LUDWIG GANGHOFER

DIE MARTINSKLAUSE

ERSTES BUCH

1

Eine stille Sommernacht war hingegangen über die Berge, und der Tag wollte kommen.

Um die regungslosen Wipfel der alten, schwer mit Moos behangenen Fichten fiel schon ein graues Licht und zitterte durch alle Lücken des steilen Waldes. Einzelne Vogelstimmen ließen sich schüchtern vernehmen. Sonst lautlose Stille. Nur manchmal ein helles Klirren, wenn die beiden Männer, die auf schmalem Wildpfad durch den Wald emporstiegen, mit den gestachelten Bergstöcken die Moosdecke durchbohrten und auf Stein gerieten.

Voran stieg ein Alter mit gebeugtem Rücken und schwerfälligem Schritt; die Beine waren mit Ziegenfell umschnürt, den Körper bedeckte ein Hemd aus grobem Hanftuch mit fransigen Ärmeln, und darüber hing ein rauhaariger Kittel. Ein Gesicht war kaum zu erkennen; bis tief in die Wangen wucherte der graue struppige Bart, wie Dächlein hingen die weißen Brauen über die Augen herab, und unter der abgegriffenen Lederkappe quollen in dicken Büscheln die schneeigen Haare hervor. Gewand und Arme des Alten waren mit Ruß bestäubt; die Kohlhütte war sein Heim. Das verriet auch der Name, mit dem der hinter ihm Schreitende, ein Mönch im weißen Ordenskleid der Augustiner, ihn anrief: „Kohlmann!"

„Herr?"

„Wie lange dauert der Wald noch?"

„Nimmer lang. Dann kommen die Alben. Und eh die Sonn noch aufgeht, stehen wir droben auf dem Fels, von dem du das ganze Land überschauen kannst, das die Grafengadener[1]) dir geschenkt haben."

„Nicht mir! Der Kirche!“ sagte der Mönch; ein tiefer Atemzug schwellte seine Brust, und weiter holte er mit dem Bergstock aus, als triebe ihn heiße Ungeduld dem Ziel entgegen.

Scharf umrissen hob sich die hohe Gestalt im weißen Habit vom grauen Dämmerlicht des Waldes ab. Die Kutte war mit ledernem Gurt geschürzt und zeigte die nackten Füße mit den eisenbeschlagenen Sandalen; beim Führen des Bergstockes fielen die faltigen Ärmel zurück und entblößten die sonnverbrannten Arme. Das unbedeckte Haupt war nach strenger Regel geschoren; doch war wohl schon manche Woche vergangen, seit die Schere diesen Kopf berührt hatte, denn in dem Ring von Haaren, der vom Nacken aus die Stirn umzog, begannen sich schon wieder schüchterne Locken zu zeigen. Noch lichter als das blonde Haupthaar war der weiche Bart, der die Wangen umkräuselte und in zwei Spitzen auslief. In dem von der Wanderung leicht geröteten Antlitz, aus dem die blauen Augen wie helle Sterne strahlten, vermischte sich der Ernst des gereiften Mannes mit der träumerischen Weichheit eines Knabengesichtes. Auch in der ganzen Erscheinung des Mönches zeigte sich ein gleicher Gegensatz: abgeklärte Ruhe und dennoch treibendes Leben und jugendliche Kraft.

Bei gemächlichem Vorwärtsschreiten, denn der alte Kohlmann hatte bedächtige Füße, ließ der Mönch die Augen rastlos umherschweifen im Zwielicht, das ihm die grünen Zauberhallen des Urwaldes entschleierte, in dem noch der Hall keiner Axt erklungen, kein Baum noch gestürzt war unter Menschenhand. Die riesigen Stämme, die zwischen ihren lebenden Brüdern tot umherlagen, waren vor Alter gestürzt, oder der Sturm hatte sie gebrochen, der Schnee des Winters zu Boden gedrückt. Moos und Schlingwerk überwucherte diese Leichen des Waldes, und aus dem zerfallenden Holze sproßten schon wieder die jungen Stämmlein hervor.

---

[1]) Grafengaden, das heutige Gartenau bei Salzburg, einst Stammsitz der Grafen von Sulzbach

Immer heller wurde der Wald, und über die zerflossenen Wolken, die am Himmel schwammen, fiel eine leuchtende Röte.

Der Kohlmann deutete mit dem Bergstock nach einer nahen Lichtung. „Dort liegen die Alben, Herr!“

„Herr und immer Herr!“ erwiderte der Mönch mit herzlichem Klang in der Stimme. „Ich bin nicht zu euch gekommen als neuer Herr. Ich will euch sein wie ein Bruder. Nenne mich bei meinem Namen: Eberwein!“

Der Kohlmann blickte sich um und lachte; dann schüttelte er den Kopf und stieg weiter.

„Und dein Name?“ fragte der Mönch.

„Eigel heiß ich. Aber die Leut sagen wie du: Kohlmann!“

„Und wie nennen dich dein Weib und deine Kinder?“

„Gar nit!“ Der Alte wandte das Gesicht. „Ich hab meiner Lebtag kein Weib und Kind gehabt.“ Seine Stimme hatte rauen Klang. „Muß denn eins Weib und Kind haben? Du hast doch auch kein Weib, Herr, und Kinder, mein’ ich, hast du wohl auch nit?“

Eberwein lächelte. „Ich habe tausend Kinder: alle Menschen, die ich liebe.“

„Da hast du aber viel zu schaffen mit so viel Lieb!“ meinte der Alte trocken.

Eine Weile stiegen sie wortlos weiter; dann blieben sie lauschend stehen. Sie hörten das helle Wiehern eines Pferdes und hörten Hufschlag, der wieder verklang. In der Stille des Urwaldes war das wie ein Laut aus einem Märchen. „Ein Pferd in solcher Höhe, in dieser öde?“ fragte Eberwein.

„Es muß von Wazemanns Söhnen einer sein, der ins Gejaid geritten ist.“ Die Stimme des Alten dämpfte sich. „Oder es war von König Wutes Helden einer, der vor Tag wieder heimreitet in sein Berghaus.“

Auf Eberweins Stirn zeigte sich eine Furche. „Du redest Torheit, Eigel!“

„Torheit, Herr? Es ist der Untersberg, auf dem wir stehen! Und das weiß doch jedes Kind im Gaden, daß der ganze Berg ein einziges Gehöhl ist, eine Kemenat an der andern, die eine goldig, die ander silberig. Und da drinnen haust mit seinen tausend Helden der König Wute. Der hat nur ein einzig Aug und sitzt an einem steinernen Tisch und kann nit aufstehen, denn sein langer Bart ist zweimal um den Tisch gewachsen. Alle hundert Jahr schickt er von seinen Helden einen hinauf in die Welt, und wenn der heimkehrt, fragt ihn der König: ‚Fliegen die Raben noch allweil um den Berg?‘ Und wenn der Bote sagt: ‚Wohl, Herr König!‘ dann seufzet Wute, daß die Berg davon erzittern, und sagt: ‚So muß ich noch schlafen hundert Jahr!‘ Dann macht er sein Aug wieder zu, und der lange Bart hebt wieder zu wachsen an.“

„Schweig!“ unterbrach ihn Eberwein mit harter Stimme. „Ich will solche Heidenrede nicht hören.“

Der Alte streifte den Mönch mit scheuem Blick. „Es ist doch Wahrheit, was ich red! Ich hab’s von meiner Ahnl, und die hat’s von ihrem Vater. Und bist du nit selber auf dem Weg von der Salzburg über das Walser Feld gewandert? Hast du nit selber den dürren Birnbaum gesehen? Er schaut sich an wie ein toter Baum und hat kein Blattl nimmer und keinen Ast. Aber wie das Feuer im Stein, so steckt noch in ihm das Leben und die Wachskraft, und einmal, wenn’s schier keiner nimmer hofft, wird der Baum ausschlagen und Laub treiben. Dann wird der alte Wute aus seinem Schlaf erwachen und wird heraufsteigen aus dem Berg mit seinen tausend Helden und wird auf dem Walser Feld seinen Schild an den Birnbaum hängen. Und dann wird die gute Zeit anheben für uns arme Leut, und keiner mehr wird ein Herr sein und keiner ein Knecht. Und alles, was Leid und Weh heißt, wird weggeblasen sein von der Welt, und jedem wird sein Blüml blühen und sein Glück wachsen.“

Mit hartem Griff umspannte Eberwein den Arm des Alten. „Eigel! Du bist kein Christ!“

Der Kohlmann nickte. „Doch, Herr! Mein Vater ist auch schon einer gewesen. Und wie ich zwanzig Jahr geworden bin, hab ich hinein müssen auf die Salzburg, und da haben sie mir auch das

Wasser über den Kopf geschütt." Er löste seinen Arm und stieg bergan.

Eberwein stand auf seinen Stab gestützt, tiefe Kümmernis in dem Blick, der dem Kohlmann folgte. „Fester sitzen nicht die Wurzeln der Eiche in den Runsen des Gesteins als die alten Mären in dieser Menschen Herzen. Will einer sie roden mit Gewalt, er reißt auch die beste Erde mit und läßt nur kahlen Grund zurück, steinig und unfruchtbar. Und gute Erde muß doch bleiben, soll die Lilie gedeihen an Stelle der Distel!

„Herr, warum kommst du nit?" rief der Kohlmann von einem Steinwall herab, den er mühsam erklettert hatte.

„Ich komme, guter Eigel!" Und Eberwein folgte rasch.

Eine kurze Strecke noch, dann ging der Wald zu Ende, und sanft geneigtes Almland dehnte sich vor den beiden. Der Morgen hatte seinen violetten Schimmer über allen Grund gegossen. Saftig wucherte das Gras, doch nirgends weidete ein Rind, die Stimme keines Hirten klang - und es war doch Almenzeit! Inmitten des Hanges lag ein wüster Haufe halbverkohlten Gebälks, und weit draußen im Almfeld stand ein Rudel Hochwild.

„Wir müssen eilen, Herr, die Sonn will steigen!" mahnte der Alte. „Und wir haben noch ein hartes Stückl Weg bis dort hinauf. Schaut nur!" Er deutete mit dem Bergstock nach einer steilen Felszinne, die sich mit silberigem Grau in die rotschimmernden Lüfte hob.

Sie wanderten und stiegen.

Als Eberwein, seinem Führer voraneilend, den Fuß auf die Zinne der kahlen Felsen setzte, tauchte über den Kamm der östlichen Berge die Sonne empor, groß und strahlend, alle Spitzen der Berge überflutend wie mit glühendem Erz. Von Glanz umwoben stand Eberwein auf seinen Stab gestützt, und im frisch ziehenden Morgenwind flatterten die Falten seines priesterlichen Kleides.

Vor seinen Füßen senkte sich der Fels in schwindelnde Tiefe und verlor sich in dunklen Fichtenwäldern, die alle Rippen und Rinnen der Berghänge umschlangen wie ein grünes Gewand. Je tiefer der Wald sich senkte, desto häufiger mischte sich zwischen die finstere Farbe der Nadelbäume das lichte Grün der Buchen, und wo es zu siegen begann, dehnte sich in Schönheit, überschleiert vom ziehenden Morgennebel, ein stundenweites kesselförmiges Tal, dessen schmälere Seitentäler nach allen Richtungen griffen wie die gespreizten Finger einer riesigen Hand. Weiß blinkten die schäumenden Bäche, und aus versteckten Bergwinkeln lugten stille Seespiegel empor wie große blaue Augen, die im Erwachen den Tag bestaunen. Und zwischen Wald und Matten, spärlich und weit zerstreut, winzig klein und im Morgenschatten nur schwer erkennbar, zeigten sich dunkle Gevierte: die braunen Moosdächer menschlicher Wohnungen. Das mußten armselige Hütten sein, und dennoch winkte jedes dieser Dächer herauf zur starren Bergeshöhe wie ein freundlicher Gruß des Lebens. Und rings umher, das weite Tal im Kreis umspannend, hoben sich die grauen Felsen steil und ragend, bald eine gezahnte Wand, bald eine plumpe Kuppe, bald eine scharfe Zinne, und hinter den Bergen wieder Berge, einer höher als der andere, ein steinernes Volk mit tausend Häuptern, die einen behangen mit grünem Schmuck, die anderen wie vor Alter weiß. Und mitten unter ihnen, alle anderen überragend, erhob sich ein gewaltiger Riese, steil aufgetürmt zur Pyramide, von der Spitze bis herunter zum grünen Wald von Eis und Schnee umgossen, wie blankes Silber leuchtend im Glanz der Morgensonne.

Aus Eberweins Händen sank der Stab, und seine Arme hoben sich zum Himmel. „Herr, wen du lieb hast, den lässest du fallen in dieses Land! Hier laß mich leben und schaffen in deinem Dienst! Und wenn mein Werk gelang, hier laß mich sterben!“ Er ließ die Arme sinken, atmete tief, drückte die zitternden Fäuste auf seine schwellende Brust, und wieder trank er mit leuchtendem Blick die Schönheit des ihm zu Füßen gebreiteten Landes - seines Landes, zu dessen Fürst und Hirten er berufen war.

Fürst dieses herrlichen Landes!

Das hätte der vierzehnjährige Knabe, der vor zwanzig Jahren auf den Almgehängen des Karwendel die Geißen hütete, auch im Traume nicht geahnt, daß ihn der versteckte Wildpfad, auf dem er einen verirrten Mönch zu Tal geleitete, bis zu solcher Stelle führen würde. Der Verirrte, das war Herr Gosbert gewesen, der Abt zu Scharnitz, ein freundlicher Greis; auf der Suche nach heilsamen Kräutern hatte er Weg und Richtung verloren und war in pfadloses Gestein geraten. Da hörte er die singende Stimme des Geißbuben, der in der brütenden Sonnenhitze auf einem Felsblock hockte, halbnackt, mit gebräunter Haut, das Gesicht umwuchert von einer Wirrnis blonder Locken, mit kurzem Messer an einer Zirbenwurzel schnitzend. Als der Bub den Mönch erblickte, erschrak er, daß ihm Holz und Messer aus den Händen fiel. Kaum aber hörte er, daß Herr Gosbert einen Führer nötig hätte, da lächelte er und nickte: „Komm nur, Herr, ich führ dich heim!“

„Weißt du denn auch den Weg zum Kloster?“

„Ich komm doch all Jahr zweimal dran vorbei, wann ich auftreib zur Alben und wann ich heimtreib!“ „Heim? Wohin?“

„Hinüber ins Partnachgau, zum Wertofels. Dort bin ich daheim.“

So plauderten sie weiter, während sie niederstiegen durch den dunklen Bergwald. Der Abend dämmerte schon, als sie das Kloster erreichten, und der Geißbub mußte nächten im heiligen Haus. Er durfte im Refektorium an der Tafel des Abtes sitzen, der an dem heiteren, aufgeweckten Buben seine Freude fand. Lachend füllte Herr Gosbert den hölzernen Teller des Knaben, und da aß der Bub und aß, bis ihm die Schweißtröpflein auf die Stirn traten - er getraute sich nicht aufzuhören, weil immer noch etwas auf dem Teller lag. Nach dem Mahle schwatzten die Mönche mit dem Buben. „Wie heißt du?“ fragten sie.

„Eberwein.“

Da lachten sie. „Freund des Ebers! Der muß gut stehen mit den wilden Sauen! Einen schönen Namen hat dein Vater für dich ausgesucht.“

Er schaute sie mit großen Augen an. „Ich hab keinen Vater.“ „Keinen Vater? Wem gehörst du dann? Deiner Mutter, gelt?“ Er schüttelte den Kopf. „Dem Wertofelser Burgherrn bin ich hörig. Mutter hab ich keine.“

Nun lachten sie wieder. „Schauet den Buben an! Der hat nit Vater und Mutter und ist doch zur Welt gekommen. Wie ist das zugegangen?“

„Ich weiß schon, die Diemud hat mir's gesagt.“ „Die Diemud? So? Und wer ist denn das?“ „Die Alberin.“

„Und was hat sie gesagt?“

„Sie hat gesagt, die Hulfrau hätt mich aufgefischt in ihrem Kindelteich und hätt mich auf der Straß verloren, bevor sie zu dem Haus gekommen ist, in das sie mich tragen hat wollen.“

Da machten die einen ernste Gesichter und schüttelten die Köpfe; die andern aber lachten, und während Herr Gosbert schweigend aufhorchte, fragten sie: „Wer hat dich gefunden?“

„Der alte Ostalar vom Eibensee, der Ferchenfischer. Auf der Romstraß hat er mich gefunden, die bei der Partenkirch vorbeigeht, mittendrin im Buchwald, als ein winzigs Kindl. Und eine Wildsau ist über mir gestanden, und derweil ich allweil geschrien hab, hat sie mich umgekugelt mit dem Rüssel. Aber wie sie den Ostalar gesehen hat, ist sie davongelaufen, und er hat mich aufgehoben und hinaufgetragen in den Wertofelser Burgstall. Dort hat er alles erzählt, wie's gewesen ist, und drum haben sie mich Eberwein getauft. Und so bin ich halt aufgewachsen.“

„Bei der Diemud?“ fragte lachend einer der Brüder.

„Nein, Herr, bei den Geißen im Stall.“

„Ohne Vater, ohne Mutter!“ flüsterte Pater Azzo, ein greiser Mönch, und streifte zärtlich mit der zitternden Hand über den Scheitel des Knaben. Der Bub wurde still und machte scheue Augen. Aber Herr Gosbert faßte ihn bei der Hand und zog ihn an sich. „Nicht ohne Vater! Nein, Eberwein, einen Vater hast auch du. Oder kennst du ihn nicht? Schau hinauf zu ihm!“ Und Herr Gosbert deutete zur Höhe.

Eberwein hob die Augen, starrte das mit Schnitzereien verzierte Gebälk der Decke an und fragte: „Hockt er da drin im Holz, oder ist über der Decken noch eine Stub, wo er hauset?"

Ein Gelächter erhob sich, daß es einen Hall gab an den Wänden. Sogar Herr Gosbert schmunzelte; und als es wieder stille geworden war, fragte er: „Sag, Eberwein, was meinst du wohl, daß aus dir noch werden soll?"

Da leuchtete das Gesicht des Buben. „Zwei Jahr noch muß ich die Geißen hüten, aber dann, Herr, wenn ich noch gewachsen bin um eine Spann und so starke Arm hab, daß ich den Näbiger[1]) werfen und die Langwaad[2]) ziehen kann, dann will mich der alte Ostalar in die Lehr nehmen, und ich soll ein Fischer werden."

„Ja, Eberwein, ein Fischer sollst du werden!" Herr Gosbert erhob sich und legte die Hand auf des Knaben Schulter. „Aber nicht ein Fischer, der nach Hecht und Ferchen geht, sondern einer, der Seelen fischt. Sag, Eberwein, gefällt es dir im Kloster? Möchtest du nicht bleiben bei uns?"

Der Bub machte verdutzte Augen; dann aber streifte er mit flinkem Blick den Tisch, auf dem noch die Reste des Mahles standen. Jeden Tag essen wie die Klosterleut, warum hätt ihm das nicht gefallen sollen?

Lärmend umdrängten ihn die Mönche, und Herr Gosbert wiederholte seine Frage: „Möchtest du nicht bleiben bei uns?"

Da drückte der Bub das Kinn auf die Brust und stotterte: „Wohl, Herr, ich möcht schon, wenn ich dürft!"

„Dein Wille ist dein Recht! So bleib und trage das Kleid der Kirche, das dich löset von aller Knechtschaft." Herr Gosbert wandte sich zu einem der Mönche: „Reich mir einen Denar!"

Der Mönch nestelte einen ledernen Beutel von der Kuttenschnur und reichte dem Abt eine Münze. Schweigend standen die andern umher. „So viel ist deine Knechtschaft wert!" sagte Herr

[1]) Fischspeer mit Widerhaken, dessen Schaft zugleich zum Vorwärtstreiben des Floßes diente

[2]) großes, doppelwandiges Netz für den Hechtfang

Gosbert und legte den Denar in Eberweins offene Hand. Dunkle Röte überfloß das Gesicht des Buben; doch als er die Finger schließen wollte, schlug ihm Herr Gosbert die Münze aus der Hand, daß sie bis an die Decke flog, klirrend niederfiel und über die Dielen in einen Winkel rollte. „Nimmer hörig bist du, von dir abgefallen ist die Knechtschaft, Eberwein Frymann sollst du heißen von Stund an und ein Sohn des Klosters sein!“

Der Knabe wußte nicht, wie ihm geschah. Herr Gosbert zog ihn an sich und küßte ihn auf die Stirn. „Multis itineribus fata decurrunt, te in viam salutis dominus inducat!“ Dann winkte er jenen greisen Mönch herbei. „Nimm den Knaben, Azzo, ich geb ihn in deine Hut, denn ich hab es wohl gesehen: Dein erster Blick für ihn war Liebe. Nimm ihn und schaff ihm ein Lager in deiner Zelle! Scher ihm die Locken und gib ihm ein Scholarenkleid!“

Pater Azzo schlang den Arm um den Knaben und zog ihn zur Türe. „Komm, Büebli, ich will dir ein Vater sein, ein guter. Sollst dir keinen besseren wünschen!“

Eberwein ließ sich führen; er schien von allem, was mit ihm geschah, nur das eine zu begreifen, daß er im Kloster bleiben sollte, und das schien ihm Freude zu machen, denn er lächelte. Doch als er die Tür erreichte, wandte er sich um und stammelte: „Herr! Wenn ich bleib, wer soll denn morgen meine Geißen betreuen?“

Herr Gosbert lächelte: „Sei ohne Sorge, vor Tag noch schick ich einen Hüter hinauf.“

Eberwein besann sich, dann sagte er: „Aber gelt, Herr, du mußt ihm einreden, daß er nit unmütig tut mit ihnen. Ich hab nie hüten mögen mit Stecken und Geißel, sie hören all auf gute Wort.“

Freundlich nickte Herr Gosbert. „Das will ich ihm sagen.“

„Und wenn er hinaufkommt, soll er das Messer suchen, das ich hab liegen lassen, und der Diemud soll er sagen, daß ich sie grüßen tu, und sie soll mich bald heimsuchen!“

Da lachten die Mönche wieder; auch Pater Azzo schmunzelte, während er den Knaben mit sich fortzog. An der Hand führte er ihn durch eine dunkle Halle. Sie betraten eine kleine kahle Zelle; von der Decke nieder hing eine irdene Ampel, deren winziges Licht eine matte Helle über die Wände zittern ließ.

Pater Azzo hieß den Knaben auf das Strohbett niedersitzen und holte die Schere. Als die erste Locke fiel und das kalte Eisen Eberweins Stirn berührte, überlief den Knaben ein Schauer. Zitternd sprang er auf und rannte zur Türe; dort blieb er stehen und blickte scheu zurück.

„Was hast du, Büebli? Komm doch!"

„Muß das sein, Herr?"

„Freilich, das muß sein."

Da kehrte Eberwein zögernd zurück, setzte sich wieder und hielt geduldig still. Pater Azzo schor ihm das Haupt. Das war eine schwere Arbeit. Und während die Schere knirschte und die blonden Locken fielen, kollerten dicke Zähren über die Wangen des Knaben.

Zwanzig Jahre waren vergangen seit jenem Abend. Aus dem Geißbuben, der nicht Vater noch Mutter hatte, war ein Priester geworden, dessen frommer Eifer und hohes Wissen gerühmt wurden, dessen Name hellen Klang hatte zu Tegernsee und Buren, zu Ammergau und Altomünster, zu Seon und Raitenbuch, in allen Klöstern der bayerischen Lande, sogar am Hofe des Fürsten. Als Herzog Welf in schwerer Krankheit lag, wurde Eberwein zu ihm berufen als Beichtiger und Tröster; doch als der Herzog genas und den jungen Priester, dem er Freund geworden, mit Ehren und Würden überschütten wollte, bat Eberwein: „Lasset mich ziehen, Herr! Ich tauge nicht zu Hofe. Ich bin geboren zu Arbeit und Werk. Mich sehnt nach Kampf und Schaffen, ich will pflügen und säen auf Gottes weitem Feld."

Wie rasch nun hatte dieser Wunsch sich erfüllt! Vom Hofe war Eberwein nach Raitenbuch gezogen und der eifrigste Förderer des jung entstandenen Klosters geworden. Da kam die Botschaft, daß Gräfin Adelheid von Sulzbach, auf dem Sterbebett ein Gelübde ihrer Mutter erfüllend, ein großes Land, das in stundenweiter Ferne von der Salzburg tief in den Bergen lag, dem Orden des heiligen Augustinus als Seelengerät' zur Gründung eines neuen Klosters gewidmet hätte: den Berchtesgaden. Die Brüder zu Raitenbuch hatten diesen Namen noch nie gehört, niemand wußte von diesem Lande. Als die Brüder Umfrage hielten, erfuhren sie, das sei eine wilde und raue Gegend, von finsteren, pfadlosen Wäldern bedeckt, umschlossen von riesigen Bergen; wohl bringe der Sommer schöne Zeiten über das Tal, doch unerträglich sei der Winter mit seinen Stürmen, seinem grimmigen Frost und seinem alles erstickenden Schnee. Die wilden Tiere, Wölfe, Bären, Sauen und Luchse, seien hier so zahlreich wie im ebenen Land die Ziegen und Schafe; und bewohnt sei das unwirtliche Land nur von ein paar hundert Menschen, armseligen Hirten, Jägern und Fischern, die im zähen Kampfe mit der rauen Natur ein kümmerliches Leben fristeten, halb noch versunken in der Nacht des Heidentums; über diese Menschen herrsche mit grausamer Strenge ein Ministeriale der Grafen von Sulzbach, Herr Waze von Falkenstein, der zu der Botschaft, daß die seinem freien Schalten überlassene Landmark an das Kloster gefallen wäre, hellauf gelacht hätte: „Sie sollen nur kommen, die Kutten, und sollen mir nehmen, was mein ist!"

Mit Kopfschütteln hörten die Brüder zu Raitenbuch diese Nachricht. Solch ein Land für die Kirche zu gewinnen, für Ordnung und Gesetz? Da galt es, ein schweres Werk zu bestehen. Und sie wußten zur Lösung solcher Aufgaben keinen Besseren zu wählen als Pater Eberwein, der sich, seit er die Weihen trug, als ein Hirte nach jenem Wort des Knaben erwiesen: „Ich hab nie hüten mögen mit Stecken und Geißel, sie hören all auf gute Wort!" In stolzer Freude hatte er die schwierige Sendung übernommen, hatte mit treibendem Eifer alle Vorbereitungen für die Ausfahrt getroffen. Drei Männer wurden ihm als Geleit gegeben, Pater Waldram, ein blasser, stiller Mönch, den sie um seiner finsteren Strenge willen im Kloster gerne los wurden, und zwei Laienbrüder, Schweiker, der aus Buren stammte, und Wampo von Tegernsee.

Am Morgen nach Mariä Himmelfahrt brachen sie auf. Rasch ging die Reise vonstatten. Die letzte Nacht verbrachten sie in der Salzburg. Eine Stunde vor Mitternacht verließ Eberwein die Burg und wanderte in der Sternenhelle über das Walser Feld, um in Begleitung des alten Führers, den man aus dem Berchtesgaden für ihn herbeigerufen hatte, den Untersberg zu ersteigen und von hoher Felsenwarte das Land zu überblicken, dessen Schicksal in seine Hände gegeben war. Er hatte sein Ziel erreicht.

Da stand er nun, umflossen vom Schimmer der Morgensonne, im tiefsten Herzen ergriffen von aller Schönheit, die ihm zu Füßen lag. Und während er ausblickte über Höhen und Tiefen, klang von irgendwo, weit aus dem Tal herauf, der vom Wind getragene Laut einer Menschenstimme, ganz leise nur, fast wie das Bimmeln eines von der Herde verirrten Glöckleins. In tiefer Erregung streckte Eberwein die Hände gegen das Tal, in das schon die volle Sonne fiel. „Ich will sie locken, ich will sie rufen! Ich will sie hüten in Treu und Liebe!"

Verwundert blickte der alte Kohlmann, der sich vorsichtig auf der schmalen Felszinne niedergekauert hatte, an der hohen Gestalt des Mönches empor. „Was sagst du? Ich hab dich nit verstanden." Eberwein hörte nicht. „Oder hast du gar nit mit mir geredet?"

Da erwachte Eberwein und ließ sich an Eigels Seite nieder.

„Schau, Herr, alles, was da drunten liegt, Berg und Tal", sagte der Kohlmann, „das alles gehört zum Berchtesgaden. Alles dein Land! Schau, da drüben, der erste hohe Berg auf der Linkseit, den heißen sie den Göhl. Drunten am Bergfuß - siehst du die vier Hütten? -, da hauset der Vorderecker mit Vieh und Weib und Kind. Der ist ein Freier, kein Gescherter. Wohl, Herr, schier alle Bauern im Gaden sind freie Leut von alters her. Aber Herr Waze macht's ihnen sauer, das Freisein! Schau nur, da drüben, nit weit vom Vorderecker, da hauset der Greinwalder. Dem sein Vater hätt einmal fronen sollen, wie Herr Waze die Bärengruben hat schaufeln lassen; aber er hat nit fort können vom Haus vor lauter Arbeit, und da ist er trotzig worden und hat gesagt: ‚Ich brauch nit fronen, ich bin ein Freier!' Da hat Herr Waze einen jungen Fichtenbaum von seinen Knechten herunterbiegen lassen mit aller Gewalt, die Ast haben sie abgehauen, haben den Greinwalder an den Gipfel gebunden und haben den Baum wieder aufschnellen lassen. Und wie der arme Teufel droben gehangen hat in der Luft, hat Herr Waze zu ihm hinaufgeschrien: ‚So, jetzt laß dir wohl sein in der Freiheit!' Tag und Nacht hat er hängen müssen, und am andern Morgen, wie ihn Herr Waze ledig gemacht hat, da hat der Greinwalder gern geschaufelt, recht gern!"

„Eigel!" Eberwein faßte den Arm des Kohlmanns, und dunkle Zornröte flammte in seinem Gesicht.

„Wohl, Herr! Solche Sachen sind ihm all Tag eingefallen, und seit Herr Waze alt geworden ist, treiben es seine sieben Buben noch ärger. Aber, daß ich weiter zeig: Schau, gleich hinter dem Göhl, der ander hohe Berg, den heißen sie das Brett, weil er so eben ist in der Höh. Und der nächst, der mit dem spitzigen Grind, heißt der Jennar. Hinter dem werden die Berg eben, und da liegen die schönsten Alben bis weit hinaus. Von allen die beste, die heißet Regenalb. Und ganz dort hinten, schau, wo die Berg den weiten Bogen machen und so gäh herunterfallen in den tiefen Kessel, da liegt der Schönsee. Den mußt du bald heimsuchen. So was hast du deiner Lebtag nit gesehen. Wer den Schönsee zum ersten Mal sieht, dem verschlagt's die Red vor lauter Schauen. Und dort, wo die Ache aus dem See herauslauft wie ein silberigs Bandl, dort hauset der junge Sigenot vom Schönsee, der Fischer, mit seiner alten Mutter Mathilt und seiner Schwester Edelrot. Der sitzt auf einem Freigut, das nit zinset noch steuert, und seit die Leut denken, gehört zu seinem Haus die Fischenz[1]) über Bach und See. Sein Vater hat Gelfrat geheißen. Der ist im Schönsee versunken. Die Leut sagen, eine Elbißdirn[2]) hätt ihn hinuntergezogen.

---

[1]) die Fischweid als Eigentum

[2]) Schwanjungfrau

Aber der Sigenot mag solche Red nit leiden, und es sagt's ihm auch keiner ins Gesicht. Nit aus Furcht, Herr, sondern weil sie ihn lieb haben und weil ihn keiner bekümmern will. Er hat den Leuten schon viel Gutes getan und hat schon manchem geholfen, der bei Waze in Buß gefallen. Das ist der einzig im Gaden, an den sich die Wazemannsbuben nit antrauen. Er steht aber auch da wie ein Baum, der kein Ducken und Zucken kennt, wenn das Wetter kracht."

„Sigenot heißt er?" fragte Eberwein, als wollte er diesen Namen seinem Gedächtnis einprägen.

„Wohl, Herr! Sigenot! Aber, daß ich zeig: Schau, nit weit vom Fischer, da hauset der Marderecker. Dann kommt ein Fichtenwald, da drin sitzt der Untersteiner. Und wo die Ache wieder herauslauft aus dem Wald, da steht ein Hüttl um das ander. Siehst du das größte unter ihnen, das mit dem weiten Hag? Da hauset der alte Schönauer. Der ist Richter im Gaden, und seine Nachbarsleut, der Kaganhart und der Köppelecker, das sind die Schöffen. Die rufen in Zeiten der Not das Thing ein auf dem Totenmann - da drüben auf dem niedrigen Waldberg, siehst du ihn? - und sprechen Recht und Urteil. Für die Katz!" Der Kohlmann lachte zornig. „Das einzig Recht im Gaden ist allweil nur, was dem Wazemann und seinen Buben taugt."

„Das soll sich wenden!" sagte Eberwein mit ruhigem Wort. „Zeige mir Wazes Haus!"

„Schau: Aus dem Schönsee steigt ein endsmächtiger Berg auf, der größte von allen, der mit dem weißen Schneekittel! König Eismann heißen ihn die Leut oder Wazemanns Berg, weil dort Herr Waze am liebsten aufs Gejaid ausgeht und weil er bei Leib und Leben ein Verbot getan hat, daß kein Bauer einen Fuß auf den Berg setzen soll und das Wild stören. Wo der Berg aus dem See steigt, schiebt sich aus dem Buchwald eine Nas heraus, die heißt der Falkenstein. Da schaut ein spitziges Dach und ein Mauerturm über die Buchengipfel. Das ist Wazemanns Haus."

Eberwein erhob sich und deckte, in die Ferne spähend, die Hand über die Augen. „Wenn meine Klause steht, soll der Weg zu diesem Haus der erste sein, den ich suche.“ Er bückte sich und nahm den Bergstock auf. „Komm, Eigel, wir gehen zu Tal!“

Als sie, von der schroffen Zinne niedersteigend, um die Felswand bogen, öffnete sich vor ihnen ein weiter Ausblick gegen Westen.

„Alles noch dein Land!“ sagte der Kohlmann, mit dem Bergstock deutend. „Schau, neben dem König Eismann, da liegt ein langes Tal und in dem Tal ein See, der größte von allen. Den heißen die Leut den Windachersee, denn aus dem See fließt ein wildes Wasser und brauset durch eine tiefe Schlucht, und da drinnen wehet allweil ein Wind so kalt wie Eis. Und über dem Tal drüben - siehst du die zwei hohen Berg? Die heißen der Steinberg und der Schneekalter. Und hinter denen liegt wieder ein Tal und wieder ein See. Der hat keinen Namen, die Leut sagen nur ‚der hinter See‘. Die Ache, die aus ihm herauslauft, das ist ein böses Wasser! Wenn Wetter losbrechen und viel Regen fällt, treibt der Bach allen Rams[1]) mit her, der von den Bergen herunterbröselt. Davon heißt das Tal die Ramsau. Wohl, Herr, und in dem Tal, da hausen die besten Christenleut. Freilich, die haben gut fromm sein, bei denen sitzt ein Pfarrherr. Hiltischalk heißt er.“

„Ein Leutpriester in der Ramsau?“ rief Eberwein, freudig betroffen von dieser Nachricht.

„Jung ist er nimmer, aber ein guter, freundlicher Mann. Und alle Leut haben ihn gern.“ Eigel verstummte und hob lauschend den Kopf. Auch Eberwein horchte auf. „Was war das?“ fragte er. Es hatte geklungen wie der jauchzende Aufschrei einer weiblichen Stimme.

Sie spähten umher. „Dort, Herr, schau!“ stammelte der Kohlmann und deutete nach den dichten Krummföhrenbüschen, die zwischen der kahlen Felswand und dem tiefer liegenden Almfeld den Berghang bedeckten. Ein mächtiger Bartgeier schwebte langsam über die Büsche hin; das zappelnde Gemskitz, das er in den

[1]) Schutt

Fängen hielt und hinwegschleifte über die schwankenden Äste, erschwerte seinen Flug. Doch mit jedem Schwingenschlag strebte er höher und gewann schon die freie Luft. Da tauchte unter den Büschen am Saum des Almfeldes eine Reiterin auf; rötliches Haar umflatterte den Nacken; das jagende Roß schien nur ihrem Rufe zu gehorchen, denn sie führte keinen Zügel, sondern hielt in erhobenen Armen den gespannten Bogen mit aufgelegtem Pfeil. Nun plötzlich stand das Roß, einen Augenblick erschien die Gestalt des jungen schönen Weibes regungslos, wie aus Erz gegossen. Dann schwirrte mit hellem Klang die Bogensehne.

Der Geier machte eine jähe Schwenkung im Flug und ließ die Beute fallen; laut klagend raffte das gestürzte Tierchen sich auf, taumelte hin und her und verkroch sich zwischen die Büsche; der Geier schwankte in der Luft, er mußte tödlich getroffen sein; mit aller Kraft noch kämpfte er gegen den Sturz, doch immer matter wurden seine Schwingen, immer tiefer ging sein Flug. Nun verschwand er im schrägen Niedergleiten hinter einer Wölbung des Almfeldes. Hinter ihm her, mit jauchzendem Schrei und wehendem Haar, jagte die Reiterin mit so ungestümer Hast, daß es Sprung um Sprung den Anschein hatte, als müßte das Roß sich überstürzen auf dem steinigen Hang. Aus den Büschen kamen zwei gefleckte Bracken hervorgeschossen und suchten mit heiserem Gekläff den Weg, auf dem ihre Herrin verschwunden war.

Eberwein strich sich mit der Hand über die Augen. Wie ein toller Spuk war das wildschöne Bild dieser seltsamen Jagd an ihm vorübergeflogen. „Eigel! Wer war dieses Weib?“

„Die rote Recka war es, Wazemanns Tochter. Sieben Söhn hat er und diese einzige Dirn. Aber die Leut sagen, sie wär kein richtiges Menschenkind. Ihr Vater ist freilich ein Mensch. Und was für einer! Aber ihre Mutter wär eine Alfin gewesen! Ich glaub's auch. Denn die Dirn hat Feuer und Luft im Blut. Wie verwachsen ist sie mit ihrem Roß. Für die ist kein Wald zu schiech und kein Berg zu hoch, überall kommt sie hin, als hätt sie Flügel am Leib wie eine Walmaid.“

Eberwein schüttelte seufzend den Kopf. „Wute und Elbißdirn, Walmaid und Alfin. Fast hab ich noch kein ander Wort von dir gehört. Eigel, Eigel, mit deinem Christentum ist es schlecht bestellt."

„Wohl, Herr, da kannst du recht haben!" meinte der Kohlmann kleinlaut. „Aber wo soll ich ein besseres hernehmen? In die Ramsau ist mir der Weg zu weit, und was einer im Gaden von Wazemann und seinen Buben lernt, das ist alles eher, nur kein Christentum. Aber komm, Herr! Schau, wie hoch schon die Sonn steht! Wir müssen uns tummeln, daß wir rechterzeit wieder hinunterkommen ins Tal!"

Eigel bahnte den Weg durch die dichten Föhrenbüsche, und Eberwein folgte ihm. Als sie das offene Almfeld erreichten und den Überblick über den weiten Hang gewannen, blieb Eberwein stehen und spähte umher. „Ich sehe sie nicht mehr. Sie muß den Wald schon erreicht haben."

„Wen meinst du? Ach so, die Rote!" Der Kohlmann lachte. „Herr, nimm dich in acht vor der! Und wenn sie dir wieder begegnet, dann schau dich nit um nach ihr!"

Eberwein furchte die Brauen, und fester schloß sich seine Hand um den Stab. „Ich wollte, sie träte mir noch heut in den Weg. Ich hätte Lust, ihr eine Botschaft aufzutragen an ihren Vater."

Eine tiefe Mulde nahm die Wanderer auf. Als sie wieder den höheren Grund erreichten, lag jener Haufe verkohlten Gebälks vor ihnen. „Eigel! Was ist hier geschehen?"

„Da hat der Gernreuter, der drunten beim Albenbach hauset, seine Albhütt stehen gehabt. Aber die Wazemannsbuben haben gemeint, daß dem Gernreuter sein Vieh den Hirschen zu viel Gras wegfrißt, und drum haben sie den roten Hahn auf das Hüttl gesetzt. Im letzten Sommer war's. Drei Stückl Vieh und dem Gernreuter sein Weib, die heroben gesennet hat, sind mitverbronnen."

Eberwein stand mit erblaßtem Gesicht. „Und das habt ihr geschehen lassen, ihr im Gaden? Und da es geschehen war, habt ihr nicht Klage geführt?“

„Wohl, Herr! Der Gernreuter hat geklagt. Und auf dem Jahrthing zu Grafengaden hat der Sulzbacher Herr das Urteil gesprochen. Herr Waze hat Wergeld zahlen müssen für das Weib. Und alles ist gut gewesen!“ Die Augen des Kohlmanns funkelten. „Und weißt du, Herr, was die Leut sagen? Sie sagen, es wär gar nit hergegangen um das Gras für die Hirschen und Gemsen. Es wär eine Rach gewesen an dem Weib. Bei der sind die Wazemannsbuben an die Unrechte gekommen. Den einen hat sie mit der Faust ins Gesicht geschlagen, und den andern hat sie über die Hausgräd hinuntergeworfen, daß er das blaue Mal im Gesicht drei Wochen lang herumgetragen hat. Wären nur alle, wie die gewesen ist! Dann hätt das schieche Treiben im Gaden bald ein End. Aber so! Kein Weib ist sicher. Jede Mutter, die ein Dirndl hat, das sich sauber anschaut, muß zittern vor jeder Stund. Und jeder Vater, dem ein Kindl im Wiegbett schreit, muß sich kratzen hinterm Ohr. Sieben Buben und eine einzige Dirn, mehr wirst du nit finden in Wazemanns Haus. Aber geh herum im Gaden: An Wazemannskinder kannst du hinlaufen auf jedem Steig und Steg!“

Eberwein faßte den Arm des Kohlmanns und schüttelte ihn. „Eigel! Kann es Wahrheit sein, was ich höre?“

„Wahrheit, Herr? Als ob ich’s nit erfahren hätt an mir selber! Weit über die dreißig Jahr mag’s her sein, da hab ich - hab ich eine Dirn gekannt.“ Die Stimme des Kohlmanns schwankte. „Ein Gesichtl hat sie gehabt so warm und lichtscheinig wie Rötelstein, wenn die Sonn drauf liegt. Und sauber gewachsen wie ein junges Bäuml und Haar wie der Hanf so goldig. Und hast du ihr in die Augen geschaut, so hast du gemeint, du schaust ins blaue Himmelreich. Und so gut ist das Dirndl gewesen, so brav und gradschlächtig! Und ihre Lieb zu mir ist ihr Um und Auf gewesen. Auf Sonnwend, Herr, da hab ich ihr zum Herdverspruch den beinernen Armreif angelegt, den meine Mutter getragen hat. Und die ander Woch drauf hätten wir heuern sollen. Ein paar Tag ehnder bin ich hinaufgestiegen auf den Göhl und hab ihr ein Kränzl heruntergeholt aus Edelweiß. Es ist schon auf den Abend zugegangen, wie ich heimgekommen bin und hab's ihr bringen wollen. Aber die Salmued - so hat sie geheißen, Herr - die Salmued ist nit daheim gewesen. Ihre Mutter und ich, wir haben gewartet und gewartet, es ist Nacht worden, und eine Stund um die ander haben wir hingepaßt. Am End ist mir die Angst gekommen, und ich bin umgelaufen und hab angefragt in jedem Nachbarhaus. Die ganze Nacht bin ich auf den Füßen gewesen, und schier die Seel aus dem Leib hab ich mir herausgelaufen. Von meiner Salmued aber hab ich nichts gesehen und gehört."

„Doch als es Tag wurde, kam sie?" fragte Eberwein mit bebender Stimme.

Heiser lachte der Kohlmann. „Wie's Tag worden ist, bin ich gegen den Untersteiner Wald gelaufen, weil ich schon gefürchtet hab, die Salmued könnt in der Finsternis in eine von Wagemanns Bärengruben gefallen sein. Auf einmal, wie ich hinlauf zum Achensteg, kommt Herr Waze dahergeritten. Und wie er an mir vorbeireitet, da sieht er mich, und da zuckt ein Lachen über sein Gesicht. Mit der Faust hat er dem Roß eins auf den Hals gehauen, daß es einen Sprung getan hat und davongeschossen ist, als wär Feuer hinter ihm. Da hat's mir durch die Seel geschrien: Wenn du die Salmued finden willst, so mußt du suchen in Wazemanns Haus! In einem Sauser bin ich durch den Wald aus und hinauf zum Falkensteiner Weg. Das Brückl war aufgezogen und das Tor versperrt. Aber wie ein Zeck hab ich mich angehängt an die Mauer und bin hinaufgekommen. Und droben, was ich schreien hab können, hab ich geschrien: ‚Salmued! Salmued!' Vier Knecht sind gegen mich hergelaufen, aber aus dem Haus hab ich einen Schrei gehört, und wie ich aufschau, seh ich im Dachfenster der Salmued ihr Gesicht. Die Arm hab ich noch in die Höh gestreckt, und da hat mich einer von Wazes Knechten mit dem

Speerholz vor die Brust gestoßen, daß ich rücklings hinuntergefallen bin über die Mauer. Der Gelfrat, Sigenots Vater, hat mich gefunden und hat mir das Blut abgewaschen. Und seit derselbigen Stund hab ich von der Salmued kein Wörtl nimmer ghört und hab sie meiner Lebtag mit keinem Blick mehr gesehen." Der Kohlmann lachte. „Sie wird halt sein, wo dem Gernreuter sein Weib hat hin müssen!" Er blickte nach einer fernen Berghöhe, und sein heiteres Lachen verlor sich in Murmeln. „Frau Friderun, mein ich, kennt den Weg, den die Salmued gegangen ist!"

Eberwein hörte die letzten Worte nicht. Er stand hochaufgerichtet, und seine flammenden Augen spähten über das sonnige Tal und suchten in der von Schatten umsponnenen Ferne den Falkenstein und Wazemanns Haus. Er hob die Faust, und der zurückfallende Ärmel entblößte den nervigen Arm. „Herr Waze! Wir wollen rechten miteinander! Komm, Eigel, führ mich zu Tal!"

Dem Alten voran, eilte Eberwein den Hang hinunter. Der Kohlmann holte ihn ein und schüttelte den Kopf. „Nit so tummeln, Herr! Auf Bergweg gehören langsame Füß, und Zeit lassen!' grüßen bei uns die Leut, wenn's einer gar so nötig hat. Überlauf dich nit, sonst geht dir vor der Zeit der Schnaufer aus."

Eberwein mäßigte die Hast seines Ganges. „Dank, Alter, für diesen Rat! Auf den Wegen, die meiner warten, ist mir eines vor allem nötig: Geduld und Ruhe! Komm!"

Sie schritten weiter.

2

Nur mit spärlichen Lichtern drang die Morgensonne in den dichten Urwald, durch welchen Eberwein und Eigel auf mühsamen Pfaden niederstiegen. Ein leichter Windhauch, feucht und kühl, wehte zwischen den Bäumen und erfrischte die heißen Stirnen der Wanderer. Kein Wort wurde gesprochen. Eigel mußte seine Aufmerksamkeit daran wenden, um unter den vielfach sich kreuzenden Wildsteigen, zwischen dem wirren Gerank und Unterwuchs den rechten Pfad zu halten. Und Eberwein war in Gedanken versunken. Was er gesehen und erfahren in diesen vergangenen Stunden, brauste ihm durch Herz und Seele wie ein Sturm. Ein schwerer Kampf stand ihm bevor, aber mit siegesfreudigem Mute sah er allem Kommenden entgegen.

Der Wald wurde lichter, und eine grüne Matte schimmerte durch die Bäume. „Da hauset der Gernreuter!“ sagte der Kohlmann.

Eberwein erwachte aus seinem Sinnen: „Der Mann jenes unglücklichen Weibes? Führe mich zu ihm!“ Sie erreichten den Waldsaum. Eine weite, sonnige Wiese lag vor ihnen und in der Mitte ein großer Hag, dessen dichtes Flechtwerk fast von doppelter Mannshöhe war und von dem verwitterten Moosdach der eingeschlossenen Hütte nur einen schmalen Saum noch gewahren ließ. „Ein Zaun wie eine Schanze!“ meinte Eberwein.

„So hoch muß der Hag sein, daß im Winter, wenn der Schnee steigt, die Wölf nit drüber springen.“

Sie näherten sich und hörten das Grunzen eines Schweines und die lachenden Stimmlein zweier Kinder. Als sie die Ecke des Hags umschritten, erblickten sie zwei Knaben von vier und fünf Jahren, die sich nackt und unter lustigem Balgen im Gras umherkugelten; die Sonne hatte ihnen ein dunkles Braun auf die Haut gebrannt; und daß das Wasser auch noch zu anderen Zwecken als nur zum Trinken geschaffen wäre, dessen schienen sich die beiden Knirpse seit geraumer Zeit nicht mehr erinnert zu haben.

Als sie die näherkommenden Schritte hörten, hoben sie erschrocken die Struwelköpfe und starrten mit aufgerissenen Augen den Mönch an, der ihnen lächelnd entgegentrat, die Hand zum Gruß gestreckt. „Gott grüß euch, Kinderlein!“ Bevor jedoch Eberwein diesen Gruß noch ausgesprochen hatte, erhob das jüngere der beiden Bübchen ein zeterndes Geschrei und flüchtete gegen den Hag; da hielt auch die bleiche Tapferkeit des älteren nicht länger stand, schreiend lief es hinter dem anderen her, in der blinden Angst überrannten sie sich und stürzten. Einen Augenblick sah man vier nackte Beinchen in der Luft, die Kinder rafften sich wieder auf, heulend und zeternd verschwanden sie im Hag und drückten hinter sich das Tor zu. Nun verstummte ihr Geschrei, und man hörte den hölzernen Riegel knarren.

Eberwein stand verlegen, während Eigel lachte; dann ging der Kohlmann auf das Tor zu und rüttelte an den. Bohlen. „Bauer! Heia, Bauer!“ rief er mit lauter Stimme, aber es ließ sich aus dem Gehöft keine Antwort hören. „Er wird mit dem Vieh auf der Weid sein. Und die Kinder machen nimmer auf.“

„Was mag sie nur so erschreckt haben?“

„Schau deinen Kittel an! Die Gespenster und ein Pfaff, die haben allbeid lange Kittel, und die Kinder machen keinen Unterschied.“

Eberwein lächelte. „Er wird manchmal auch den Großen schwer.“ Einen Blick noch warf er über Tor und Hag. „Zwiefaches werd ich erkämpfen müssen: Furcht bei den Wölfen und Vertrauen bei meinen Lämmern.“

Sie folgten dem ausgetretenen Pfad, der über die Wiese hinunterführte zum Waldsaum. Eigel hatte das Gehölz schon betreten; da blieb Eberwein stehen und griff nach der Ledertasche, die an seinem Gürtel hing; er hatte sie am verwichenen Abend in Bruder Wampos Händen gesehen - da war sie gewiß nicht leer. Er öffnete die Tasche. Zuerst kam ein kleines, in Schweinsleder gebundenes Buch zum Vorschein; dann folgte ein weißes Brot, ein Stück gebratenen Wildbrets und eine Handvoll roter Kirschen. Eberwein eilte zum Hag zurück, warf sich auf die Knie, und durch den schmalen Spalt zwischen Tor und Erde schob er Brot und Fleisch und Kirschen in das Gehöft. Der scheue Klang einer wispernden Kinderstimme ließ sich vernehmen: „Schau, Wasli, da schau hin!"

Lächelnd erhob sich Eberwein. „Für Kindersinn muß auch Gottes Liebe eine verständliche Sprache wählen." Eilenden Schrittes suchte er den Kohlmann einzuholen.

Der Wald, der die Wanderer aufnahm, wurde freundlich. Viehsteige liefen kreuz und quer, unter den Buchen gab es saftige Weide, und manchmal verrieten splitterige Baumstümpfe, daß hier schon die Axt gewaltet hatte. Aus der Tiefe des Waldes quoll ein dumpfes Rauschen herauf. Immer näher klang es, und als der Pfad, dem die beiden folgten, zur Höhe einer steil abwärts ziehenden Bergrippe führte, senkte sich vor Eberwein eine tiefe Schlucht, darin ein schäumendes Wasser floß. „Das ist der Albenbach!" sagte Eigel.

Der Pfad verließ den Rand der Schlucht nicht mehr; bald lenkte er vorüber an engem Geklüft, in dessen Tiefe ein Dunkel herrschte, daß man nur matt noch das weiße Wasser schimmern sah; bald wieder führte er um breite Kessel, in denen das Wasser über hohe Felsstufen niederbrauste oder große stille Tümpel bildete, darin sich ein Stücklein blauen Himmels und die sonnbeglänzten Buchenwipfel spiegelten. Bei einer Wendung des Pfades blieb der Kohlmann stehen. „Heut wimmelt der ganze Berg von Leut", sagte er und deutete hinunter in die Schlucht, „da ist schon wieder einer! Und ich mein', es ist der Fischer."

„Jener Sigenot?" fragte Eberwein und trat mit raschem Schritt an Eigels Seite. In der Tiefe der Schlucht, jenseits des Baches, der hier in breiterem Bett um die Felsklötze rauschte, stand mit der Angelrute ein junger Mann von hohem, kraftvollem Wuchs. In dichten Strähnen quoll das braune Haar unter der pelzverbrämten, mit einer langen Schwanenfeder gezierten Lederkappe hervor und schwankte um die Wangen; das dem Wasser zugeneigte Gesicht war nicht zu erkennen, denn bläulicher Schatten lag darüber, man sah nur, daß ein junger Bart, etwas lichter als das dunkle Haupthaar, die Lippen und das Kinn umsproßte. Ein ledernes Wams umschloß die breite Brust, und ein plumper Gurt, an dem ein kurzes Messer in hölzerner Scheide hing, umspannte die Hüfte. Die aus rauhhaarigem Loden geschnittene Hose ließ die Knie nackt, und zottige Fellstücke waren mit Riemen um die Waden geschnürt. Dem jungen Mann zu Füßen lag das hölzerne Fischlägel. Der aufdampfende Wasserstaub, farbig schimmernd in der Sonne, verhüllte zuweilen die ganze Gestalt des Fischers.

„Höi, Sigenot!" rief der Kohlmann; aber das Rauschen des Wassers verschlang den Ruf.

„Er kann dich nicht hören, steig zu ihm hinunter", sagte Eberwein, „und führ ihn her zu mir, ich will ihn kennenlernen!"

Eigel griff nach den Ästen, um sich hinausgleiten zu lassen über den Hang der Schlucht. Da erhob der Fischer die Augen, aber nicht zu den beiden, sondern empor zur Höhe des Baches. Er schien dort oben etwas gewahrt zu haben, was ihn jäh um alle Ruhe brachte. Die Angel aufschnellend, sprang er mit flinkem Satz auf einen hohen Felsblock und deckte spähend die Hand über die Augen. Und dann, zurückspringend an das Ufer, haschte er den Riemen des Lägels, schwang das von Wasser triefende Fäßlein auf den Rücken und eilte über den steilen Hang der Schlucht hinauf, als wär es ebener Grund und müheloser Weg. Hinter schlagendem Gezweig, durch das er sich hindurchgeworfen hatte, verschwand er.

„Was sagst du, Herr? Weg ist er! Und den holen meine alten Füß nimmer ein!" brummte der Kohlmann. Da sah er, daß auch Eberwein emporblickte zur Höhe. „Was mag denn nur da droben sein?" fragte er und drückte die Zweige zur Seite, die ihm den Aufblick verwehrten. Hoch droben, am Rande einer Felsplatte, die sich über das tief abfallende Geklüft hinausstreckte, sah er ein Pferd erscheinen: den Rappen, der die rote Recka trug. Das Pferd scheute vor dem Absturz, aber ein Rutenhieb zwang es zum

Sprung. Mit eingezogenen Hufen flog es über die Schlucht hinweg, auf ihm das Mädchen mit erhobenem Arm, das Haupt vom offenen Haar umflattert wie von einem roten Schleier. Noch im Sprung verschwanden Pferd und Reiterin hinter dichtem Gebüsch. Steine kamen in die Schlucht herabgerollt, und ihr Aufschlag übertönte das Rauschen des Wassers. Eigel stieg auf den Pfad zurück. „Jetzt, Herr, sag selber: Hat die da droben Flügel oder nit?“

„Flügel nicht, aber einen frevlen Sinn, welcher Gott versucht.“

„Sie muß da kommen, sie hat keinen andern Weg.“

„So laß uns warten!“

Schweigend standen sie. Nach einer Weile hörten sie seitwärts aus dem Wald eine helle, singende Stimme, die sich entfernte. „Herr, wir haben umsonst gewartet“, lachte der Kohlmann, „sie ist gradaus geritten durchs Holz. Ist das eine! Wo unsereins kaum durchschleift, findet die noch Bahn für ein ganzes Roß!“

Eberwein wandte sich schweigend ab, und so folgten sie wieder ihrem Wege. Eine halbe Stunde waren sie talwärts gestiegen, da wurde zwischen sonnig durchleuchteten Bäumen der Pfad so eben, daß er ein gemächliches Wandern gestattete. Eberwein zog das kleine Buch aus der Tasche; die pergamentenen Blätter waren mit zierlicher Schrift und winzigen Malereien bedeckt. Dieses Buch war sein Trost in ernsten und schweren Stunden. Es hatte ihm schon oft den Sturm der Seele beschworen. Ob ihm sein Freund Horazius wohl auch jetzt die Erregung lösen würde, die sein Wesen erfüllte? Aufs Geratewohl schlug er das Büchlein auf und begann zu lesen:

„Justum et tenacem propositi virum
Non civium ardor prava jubentium
Non vultus instantis tyranni
Mente quatit solida...“

Still waren die beiden eine Weile dahingeschritten, als von einer Lichtung her, die aus dem nahen Waldtal heraufschimmerte, laute Stimmen klangen. „Herr, deine Leut sind da!“ rief Eigel über die Schulter.

Sie beschleunigten ihren Gang und traten bald unter den Bäumen hervor. Am Ufer der Ache, die breit und ruhig in ihrem felsigen Bett das Tal durchfloß, lag eine kleine blumige Matte. Vier Saumtiere zogen weidend über das Gras, die Rücken schweißfleckig von der schweren Last, die man ihnen abgenommen hatte; im Schatten eines Gebüsches lagen die Ballen und Päcke übereinander gehäuft. Am Waldsaum brannten zwei lustige Feuer. Ober dem einen hing an gekreuzten Stangen ein kupferner Kessel. Ein junger Mönch trug dürres Holz herbei. Es war eine stämmige, ungeschlachte Gestalt, Arme wie Balken, Fäuste wie Hämmer; das geschorene Haupthaar schimmerte wie Flachs, und der silberblonde Bart hing dick und zottig nieder, als hätte man dem Bruder Schweiker einen ganzen Spinnrocken vors Gesicht gebunden; dazu ein sonnverbranntes, gutmütiges Jünglingsgesicht und unter den weißen Brauen zwei wasserblaue Augen, die so harmlos blickten wie die Augen eines Kindes.

Über dem andern Feuer schmorte an hölzernem Spieß ein mächtiges Rippenstück, und Bruder Wampo, der neben dem Feuer kauerte, Gesicht und Hände dunkelrot von der Hitze, drehte achtsam den Spieß und goß mit hölzernem Löffel reichlich Fett über den rauchenden Braten. In seiner kauernden Stellung verdeckte die weiße Kutte seine Füße, die aufgezogenen Knie verschwanden unter dem Bäuchlein, und so war er in seines Leibes rundlicher Fülle schier anzusehen wie eine große Kugel, der man ein kleines beinernes Köpfl aufgesetzt hatte. Denn von den Brauen an, über den ganzen Kopf hinweg, bis in den faltigen Nacken hinunter war keine Spur eines Härleins zu entdecken; und bartlos war auch das rote Gesicht mit dem breiten, immer lächelnden Mund, mit den rührsamen Hängebacken und den kleinen, tief versunkenen Auglein, die so flink und glänzend blickten wie zwei

Vogelaugen. Und wie hurtig die Hände gingen! Jeder Griff und jede Bewegung waren wie ein Haschen nach einer Mücke.

Um ihn her standen vier Knechte, die Führer der Saumtiere; und im Schatten des Waldes lagen zwei gewappnete Kriegsleute, deren langmähnige Pferde an einen Baum gekoppelt waren. Ein Knecht, der den Kohlmann mit Eberwein aus dem Walde treten sah, puffte den Bruder Wampo mit dem Knie in den Rücken. „Guck, du, dein Herr kommt!“

Der Bruder blickte auf. Er machte eine zuckende Bewegung, als wollte er vom Feuer wegspringen. Aber seine Hand war wie festgewachsen an der Kurbel des Bratspießes. Einen flinken, musternden Blick warf er über die Knechte; dann rief er zum anderen Feuer hinüber: „Komm her, Bruder, und dreh den Spieß! Die da können nichts als fressen. Schau nur, wie sie am Dampf schnuppern! Der Hunger schaut ihnen schon zu den Augen heraus, und das Wasser rinnt ihnen schon im Maul zusammen.“

Die Knechte lachten, und Schweiker kam herbeigestapft, schwer und langsam wie ein Baum, dem Füße gewachsen sind. „Da bin ich, was soll's?“

„Komm her und hock dich nieder! Mit der Linken dreh den Spieß!“ Wampo drehte, bis Schweiker die Hand an die Kurbel gelegt hatte. „So, recht so! Und da hast du den Löffel, und da steht das Häfelein mit dem Schmalz. Gieß nur allweil schön langsam auf! Und beim Drehen und Aufgießen mußt du achthaben, daß nit zu viel Fett ins Feuer tropft, sonst schlagt die Flamm in die Höh und sengt mir den Braten an. Hast du verstanden?“

„Wohl!“

Wampo wischte die fetten Finger über die Hüften, fuhr mit dem Kuttenärmel vom Nacken herauf über die schweißbetropfte Glatze und sprang über die Matte hinweg auf Eberwein zu, flink und hopsend wie ein Ball, der im Spiel getrieben wird. Bruder Wampo hatte Schwung in den kurzen Beinen trotz seines Bäuchleins.

„Salve domine!“ rief er mit strahlendem Gesicht.

„Gott zum Gruß, Bruder!“ erwiderte Eberwein lächelnd.

„Ich sehe, du bist schon fleißig bei der Arbeit."

„Freilich, es schreien doch alle Mägen schon, am lautesten der meinige. Aber sagt, Herr, seid Ihr droben gewesen? Wie schaut es aus, unser Landl? Wirklich so, wie uns Pater Meginhart aus der Salzburg geschrieben: ‚vasta solitudo, quae saltus ferarum et cubile draconum est[1])?'"

„Von einer vasta solitudo hab ich nichts entdeckt. Unser Land ist blühend in Schönheit und gesegnet von Gottes Hand. Aber", fügte Eberwein scherzend bei, „mit den Drachen mag es wohl seine Richtigkeit haben. Einem bin ich begegnet!"

Wampos Äuglein wurden starr, und mit hurtiger Hand schlug er ein Kreuz über das erschrockene Gesicht. „Misericordia Domini! Er hat Euch doch nit angeblasen mit seinem Gifthauch? Aber nein, sonst stündet Ihr nimmer da vor mir, gesund und lebendigen Leibes!" Er schlug die Hände über dem Kopf zusammen. „Mirum spectaculumque! Saget, saget, wie hat er denn ausgeschaut? Halb wie der Teufel und halb wie Fisch und Vogel? Gelt?"

„Nein, Bruder, ein klein wenig anders. Unten wie ein Pferd und oben wie ein Weib! Zwei Köpfe hat er gehabt, sechs Füße und zwei Arme, vier Hufe und zehn Finger, eine schwarze Mähne und rotes Lockenhaar, zwei dampfende Nüstern im einen Gesicht und eine Nas im andern –" Eberwein mußte lachen.

Da schien auch in Bruder Wampos Oberstübchen das Verständnis aufzudämmern. „Ach, Ihr!" brummte er schmollend. „Aber jetzt kommt, Herr, ich hab schon ein Plätzl für Euch ausgesucht im schönsten Moos und im besten Schatten."

Eigel ließ sich nieder, wo er stand. Eberwein folgte dem Bruder und blickte suchend umher. „Wo ist Waldram?"

---

[1]) Eine wüste Einöd, die der Tummelplatz reißender Tiere und die Wohnstätte der Drachen ist - (eine Stelle aus dem libellus vetustissimus, der ältesten Urkunde des Klosters Berchtesgaden, in der die Gefahren geschildert werden, mit denen die Erbauer der Martinszelle zu kämpfen hatten).

„Ins Holz ist er hineingegangen, wo's still und finster ist. Beim Feuer war's ihm zu lustig."

„Und Herr Friedrich von Haunsperg?"

„Er ist auf dem Wege zurückgeritten bis zum anderen Bach, an dem wir vorbeizogen. Wie wir dahergekommen sind und Ihr seid nit dagewesen, hat er gemeint, der Kohlmann hätt die Abred falsch verstanden und Ihr wärt auf dem gleichen Weg herunter, auf dem Ihr hinaufgestiegen seid."

„Man muß ihm Botschaft schicken."

„Wohl, das besorg ich schon. Setzt Euch nur!"

Bruder Wampo hatte den stillen Ruheplatz für Eberwein prächtig gewählt: zu Füßen einer Fichte, in schwellendem Moos und dicht am Ufer der Ache, deren kristallene Wellen mit sachtem Gemurmel um die grauen Steine spielten. „Hier ist gut sein!" lächelte Eberwein und streckte die Glieder.

Bruder Wampo hopste geschäftig hinweg, und gleich darauf schwang sich einer der beiden Kriegsknechte aufs Pferd und trabte durch den von zitternden Lichtern erfüllten Wald davon. Als der Bruder zum Feuer zurückkehrte, saß Schweiker breit auf der Erde und quirlte langsam den Bratspieß zwischen den Händen, während einer der Knechte das Aufgießen besorgte.

„Was ist denn? Was machst du da?"

Mit rotem Gesicht und verlegen blickte Schweiker zu Wampo auf. „Ich weiß nit, ich muß wohl ein lützel grob zugegriffen haben. Da ist mir die Kurbel in der Hand geblieben."

„Natürlich! Wo so ein Pratzl hingreift, geht alles in Scherben."

„Ich hätt's ja wieder gemacht", stotterte Schweiker, „aber ich hab mich nit getraut, daß ich den Spieß rasten laß."

„Du Unglücksmensch! Hast du mir am End den Braten verbrennen lassen?" Erschrocken beugte sich Wampo über das kreisende Rippenstück; doch er atmete erleichtert auf. „Gott sei Dank! Aber lang hätt's nimmer gedauert, so wär das Unglück fertig gewesen. Gib her!" Geschäftig schob er mit dem Ellbogen den

Bruder beiseite und übernahm wieder die Sorge für den Braten. Schweiker erhob sich, ließ den Kopf hängen und ging davon.

Eberwein saß in seinen Horaz vertieft; manchmal ließ er das Buch sinken und blickte mit sinnenden Augen nieder in das Spiel der Wellen. Da klang vom höheren Bergwald her eine singende Mädchenstimme, hell und jauchzend. Eberwein hob lauschend den Kopf, sah gegen den Wald hinauf und dann hinüber zu Eigel. Der Kohlmann nickte und deutete über die Schultern, als wollte er sagen: Da kommt sie! Immer näher klang die Stimme, und die Worte des Liedes wurden verständlich:

„Ich hab ein trauten Liebgesell,
Heija!
Der ist als wie der Wind so schnell,
Heija!

Und wenn ich reit auf grüner Au,
In Wald und tiefen Klüften,
Zieht hoch er über mir im Blau
Und grüßt mich aus den Lüften.
Heia ho! Mein Edilo,
Mein weißgefleckter Falke!

Es lag sein Horst, weiß nit wie weit,
Heija!
Doch kennt er nit das Heimeleid,
Heija!
Und fliegt er noch so hoch und frei,
Mein Wink beruft ihn schnelle;
So minnet er mich fest und treu,
Recht wie ein Trautgeselle.
Heia ho! Mein Edilo,
Mein weißgefleckter Falke!“

Ein heller Jauchzer endete das Lied. Das Knacken brechender Äste ließ sich im Walde vernehmen, gedämpfter Hufschlag näherte sich, und zwischen den Bäumen erschien der Rappe, der Wazemanns Tochter trug. Von der Trense des Pferdes troff der Schaum, und in weißen Flocken hing der Schweiß an Hals und Flanken; eine braune Bärendecke mit niederbaumelnden Tatzen verhüllte den Sattel, auf dem die Reiterin ruhte; auf der einen Seite hing die Beute des Morgens, der Bartgeier, mit verwirrtem Gefieder und schwankenden Flügeln vom Sattelknopf herab, auf der anderen Seite stak in einem ledernen Köcher der kurze dickbesehnte Stahlbogen mit den gefiederten Pfeilen. In Falten floß das graue Wollkleid, das schmucklos die stolze schöne Gestalt umschmiegte, bis auf den Schuh hinab, an dem der silberne Stachel blitzte. Ein kleines grünes Käpplein mit einem Büschel weißer Reiherfedern bedeckte den Scheitel und verschwand fast unter dem üppigen Gelock des rotschimmernden Haars. Blätter und kleine Reiser hingen im Haar verstrickt, und das unhöfliche Gezweig des Waldes hatte dünne rote Linien auf die halbentblößten Arme gezeichnet. Auch über die eine Wange ging ein roter Strich, wie mit einer Nadel gerissen; doch er störte nicht die Schönheit des Gesichtes, sondern erhöhte nur den kühnen Ausdruck dieser Züge und stimmte gut zu diesem trotzigen Mund und den dunkel blitzenden Augen.

Eberwein erhob sich und blickte halb verwirrt und halb in unmutiger Strenge auf das schöne Weib. Recka hatte, von dem Anblick der Mönche überrascht, die Zügel des Pferdes angezogen; ihre Augen glitten über die Gruppe der Männer, über die flackernden Feuer und über die Saumtiere, die auf der Matte weideten. Dann lachte sie „Bei meiner Mutter Friderun! Sind die weißen Wildschwän auf dem Flug?“ Ihr Blick haftete auf Eberwein. „Oder bist du von den Weißkutten eine, die meinem Vater sein Land nehmen wollen? Mir meinen Wald, meine Jagd und meine Freude?“

Dunkle Röte färbte Eberweins Stirn. „Jagen magst du, wo und wann es dir beliebt. Der Wald ist frei und hat Wege für jedermann. Deinem Vater aber kann nicht genommen werden, was nicht sein eigen ist.“

„Nit sein eigen?“ lachte Recka. „Mein Vater und meine Brüder werden die Ohren spitzen, wenn sie solche Weisheit hören.“

„Nie war dein Vater dieses Landes Herr. Wer hat ihn belehnt mit diesen Bergen? Wo steht das Recht geschrieben, das er sich anmaßt?“

„In seiner Faust. Laß dich warnen, Mönch! Das ist eine Schrift, die noch keiner gern gelesen hat.“

Eberwein richtete sich auf. „Ich werde sie öffnen, diese Faust, und werde finden, daß alles in ihr geschrieben steht, nur nicht ein Wort des Rechtes. Dein Vater war nur ein Diener seiner gräflichen Herrin, die das Wohl dieses Landes in die Hand der Kirche legte, in meine Hand. Ich komme nicht, um deinen Vater zu verjagen; er mag, als mein erster Diener, auch fernerhin bleiben, was er gewesen, der Spisar[1]) dieser Landmark. Doch er wird sich der Ordnung fügen, die ich aufrichte. Gerechte Buße wird er leisten für jedes Unrecht, das er begangen, und dem Greuel und Laster ein End machen, das seine Söhne hinaustragen aus ihres Vaters Haus.“

Recka erblaßte.

„Dein Vater soll erkennen, daß der Ärmste in der Hütte mir wert ist als Gottes Geschöpf und meines Landes Kind, das meinen Schutz genießt und meine Liebe. Sicherer Friede und freundliches Glück sollen gedeihen unter meinem Stab, und frohe Zeit soll Einkehr halten unter jedem Dach. Will dein Vater mir helfen bei diesem Werk, dann soll mir sein Dienst willkommen sein. Leistet er mir Widerstand, reißt er wider Recht nur einen Strohhalm von eines Bauern Dach, so lösche ich seinen Namen, und sein Wort und Wille sollen in meinem Land wie Rauch sein, den der

---

[1]) Verwalter

Wind verweht. Bringe deinem Vater diese Botschaft! Das läßt ihm Eberwein Frymann sagen, der erste Propst zu Berchtesgaden."

Eberwein schwieg; die Knechte hinter ihm sahen sich mit erstaunten Gesichtern an; Schweiker machte zwei Fäuste und hing mit leuchtenden Augen an dem Pater; sogar Bruder Wampo hatte seines Amtes am Feuer so weit vergessen, daß der Braten eine verdächtig braune Kruste bekam. Eberwein fühlte seine Hand ergriffen - der Kohlmann kniete neben ihm. „Eigel", sagte der Mönch, „steh auf, wir Menschen sollen nur knien vor Gott!"

„Nein, Herr, auch vor der Lieb!" Eigel erhob sich. „Und laufen will ich, was mich meine Füße tragen, und ausschreien will ich's von Haus zu Haus!" Er packte seinen Stab und eilte durch den Wald davon.

Reckas Rappe trippelte mit unruhigen Hufen und warf, knirschend in die Trense beißend, den Kopf auf – er hatte den Stachel gefühlt. Mit dem Körper jeder zuckenden Bewegung des Pferdes folgend, saß Recka im Sattel; sie nagte an den Lippen, zornig blitzten ihre Augen, und in ihrer Hand zitterte die Gerte, die sie im Wald gebrochen hatte. Dann lachte sie, und während sie alle Kraft gebrauchte, um die Unruhe des Pferdes zu bändigen, rief sie Eberwein spottend zu: „Das war wohl die erste Predigt, die Ihr in Eurem neu gebackenen Sprengel gehalten, Herr Propst? Aber sagt mir doch: Soviel ich weiß, gehört zu einem Propst ein Kloster wie zum Reiter ein Roß. Wo steht Euer Kloster? Ich seh es nirgends. Habt Ihr's vielleicht in der Kutte stecken wie die Katze im Sack? Heraus damit! Ihr seht doch, wie mich die Neugier plagt!"

„Spotte nur!" erwiderte Eberwein. „Du und die Deinen, ihr werdet mein heiliges Haus noch sehen, sicher gebaut auf einen Fels. Noch steht es in Gottes Hand. Doch über Jahr und Tag soll die Glocke rufen von meines Klosters Dach, und ihre Stimme soll freudig klingen allen Guten!"

„Ein Jahr?" unterbrach ihn Recka lachend. „Und bis dahin werdet Ihr beten? Und geduldig warten, bis Gott so gefällig ist und trägt Euch das Kloster aus den Wolken herunter und stellt es hin auf den Fleck, auf dem es Euch passen möchte, mitten in meines Vaters Land?“

Da klang hinter ihr eine zornige Stimme von schneidender Schärfe: „Weh über dich, denn du hast Gott gelästert!“

Reckas Lachen verstummte, betroffen wandte sie das Gesicht, am Zügel reißend, daß der Rappe sich bäumte.

Pater Waldram war unter den Bäumen hervorgetreten; eine hagere Mönchsgestalt, das Antlitz finster, die Wangen fahl; in tiefen bläulichen Höhlen lagen die brennenden Augen. Er faßte das Kreuz, das an einer Schnur von Holzperlen an seinem Gürtel hing, hob es mit gestrecktem Arm empor und kam auf Recka zugeschritten: „Sieh dieses Zeichen an! Es ist das Zeichen des Gottes, der dein frevelndes Wort gehört und auf dich sein Gericht herniederschicken wird mit flammenden Blitzen und stürzenden Bergen.“

Recka erhob die Gerte, doch mit beiden Händen mußte sie die Zügel fassen, um nicht die Herrschaft über das ungebärdige Pferd zu verlieren. Zornig rief sie: „Schafft mir diesen Narren weg, mein Pferd verträgt seinen Anblick nit!“

„Schmähe nur“, rief Waldram, „du sollst noch erkennen, welche Weisheit in diesem Zeichen wohnt! Sieh es an und zittere! Seiner wirst du gedenken an dem Tag, an dem die höllische Schönheit abfällt von deinem Leib wie faulende Rinde vom Baum. In Ekel wird sich verwandeln jeder Reiz, mit dem du mein Auge quälst! Nach dir greifen wird die rächende Hand und wird dich niederziehen –“

Mit zuckenden Fingern griff Waldram nach Reckas Gewand; doch Eberwein umklammerte den Arm des Eiferers. „Mäßige dich, Waldram! Du weißt nicht, was du redest –“ Er konnte nicht weitersprechen und mußte den anderen mit sich fortreißen, damit er nicht von den schlagenden Hufen des scheuen Pferdes getroffen würde. Unter schmetterndem Gewieher stieg der Gaul in die Luft, drehte sich im Kreis und flog mit tollen Sätzen hinaus in die Wiese. Die Saumtiere flüchteten ins Gebüsch, schreiend rannten die Knechte auseinander, und Bruder Wampo warf im ersten Schreck den Spieß mitsamt dem Braten über die Schulter und sprang in den Wald hinein.

Bleich, die Lippen eingekniffen, die Augen blitzend unter den gefurchten Brauen, saß Recka im schwankenden Sattel, mit dem Aufgebot aller Kräfte gegen die Wildheit des Pferdes kämpfend. Der Rappe schien Zügel und Stange nicht mehr zu fühlen und raste mit bäumenden Sprüngen auf der Wiese hin und her; jetzt kam er dem Ufer zu nah, unter seinen Hufen wich der Grund; um nicht zu stürzen, sprang er in den Bach, daß Roß und Reiterin fast verhüllt wurden vom aufspritzenden Wasser – dann wieder flog er mit jähem Sprung ans Ufer. Recka wankte im Sattel, ein leiser Schrei zitterte von ihren Lippen, und während sie schon zu sinken drohte, stürmte das Pferd dem Wald entgegen. Aber da stand es plötzlich, wie von einem Zauber gebannt.

Sigenot, der Fischer, den niemand kommen sah, hatte mit eisernem Griff die Zügel gefaßt. „Da bin ich zu rechter Zeit gekommen!" rief er lachend zu Recka hinauf. „Sonst hätte es dir gehen können wie König Davids Sohn, von dem mir der alte Hiltischalk erzählt hat, daß er mit dem Goldhaar hängen blieb an den Ästen."

„Gib die Zügel frei!" stieß Recka im Zorn hervor. „Ich dank dir nit für diesen Griff!"

Ein Schatten ging über das sonnverbrannte, männlich schöne Gesicht des Fischers. Doch ruhig blickten die klaren, lichtbraunen Augen zu dem Mädchen auf. „Ich hab nit gefragt um Dank. Ich hab ein scheues Roß gesehen und hab's zur Ruh gebracht." Er ließ den Zügel fahren und trat zurück.

Recka drückte den Stachel in die Flanke des Pferdes. Keuchend machte das Tier einen Sprung und schoß davon, dem schmalen Wege folgend, der zwischen den Bäumen verschwand. Vor dem Gezweig sich duckend, haschte Recka das flatternde Haar und wand es um den Hals.

Verstummt, doch immer noch mit erhobenem Kreuz, stand Waldram und starrte der Entschwindenden nach. Eberwein wandte sich zu ihm, eine Wolke des Unmuts auf der Stirn. „Ich wollte, dein Übereifer hätte uns diesen Auftritt erspart.“

Waldram ließ den Arm sinken, und ein trockenes Lächeln glitt über die welken Lippen. „Sieh zu, ob du Besseres wirkst mit deiner Lauheit! Wir beide verstehen uns nicht. In dir ist der Menschen Zweifel und Schwäche, in mir ist Gottes Zorn.“

„Darüber wollen wir nicht rechten“, erwiderte Eberwein ernst, „doch merke dir, Waldram: Ich will hier bauen, nicht zerstören!“

Wortlos kehrte Waldram sich ab und trat in den Schatten der Bäume.

3

Sigenot hatte die Angelrute und das hölzerne Lägel, das von Wasser troff und schwer war, von der Erde aufgenommen. Da stand Eberwein vor ihm. „Du bist Sigenot, der Fischer?"

Sigenot nickte nur, und forschend hing sein Blick an Eberweins Zügen. Bruder Schweiker kam herbei, neugierig, mit gutmütigem Lächeln; der Fischer schien ihm zu gefallen.

„Ich habe schon gehört von dir!" sagte Eberwein. „Und Gutes! Hier, meine Hand zum Gruß!"

Sigenot rührte keinen Finger. „Ich biet meine Hand nur einem, mit dem ich gut bin. Von dir weiß ich nit: Bist du mir Feind oder Freund?"

„Ich bin aller guten Menschen Freund, also auch der deine."

Der Fischer schüttelte den Kopf. „Ich kenn dich nit, und bei mir macht eine linde Red noch keine Freundschaft."

Schweiker bekam einen roten Kopf. „Laß dir raten, Fischer: Red ein lützel sanfter! Und nimm die Hand! Der sie bietet, ist dein neuer Herr."

Sigenot trat einen Schritt zurück und maß den Bruder vom Kopf bis zu den Füßen. „Ich versteh deine Red nit." Schweiker wollte erwidern, doch Eberwein legte die Hand auf seinen Arm und winkte ihm zu schweigen. „Wie kann da ein neuer Herr sein, wo kein alter gewesen?" sagte der Fischer. „Ich sitz auf meinem Haus, das nie gezinset und gesteuert hat, und die Fischenz ist mein freies Eigen. Ich hab keinen Herrn."

Lächelnd blickte Eberwein in Sigenots Augen. „Das mag ich nicht glauben, Fischer."

„Ich sag, ich hab keinen Herrn, und meine Red ist wie Stein."

„So wär auch jener dein Herr nicht, der aller Menschen Herr ist? Jener Eine dort oben?"

„Der?" Sinnend hob Sigenot die Augen zum blauen sonnleuchtenden Himmel. „Wohl! Den laß ich mir gefallen als Herrn, wenn's derselbig ist, den der alte Hiltischalk in der Ramsau meint.

Aber ich glaub, es müssen zwei da droben hausen, dem Hiltischalk der seinig und der andere, den der Magere mit dem Kreuz gemeint hat und der die Rösser scheu macht und die Weiber zornig. Den behaltet für euch. Muß ich da droben einen Herrn haben, so halt ich zu dem, den der Hiltischalk meint. Und jetzt laß mich in Fried, ich muß meiner Fischweid nach!" Er nickte einen Gruß, ließ die Angelschnur durch die Finger gleiten und schritt dem Ufer der Ache zu.

„Ist das ein Lümmel, ein unguter!" brummte Schweiker, der den Fischer ungern scheiden sah. „Soll ich ihn wieder holen?"

„Laß ihn! Um diesen zu gewinnen, bedarf es einer besseren Stunde." Eberwein wandte sich ab und sah nach der Richtung, die Waldram genommen hatte. „Sein erstes Wort", sprach er leise vor sich hin, „und schon liegt ein Schatten auf meinem hellen Weg!"

Schweiker stand noch immer inmitten der Wiese und spähte in die Büsche, hinter denen Sigenot verschwunden war. Da hörte er Bruder Wampos Stimme: „He, Schweiker, komm!" Er ging zum Feuer, bei dem sich Wampo nach dem überstandenen Schrecken schon wieder häuslich mit Spieß und Braten eingerichtet hatte.

„Komm, dreh noch ein Weil, er wird bald gar sein! Ich hab ein Wörtl mit dem Fischer zu reden."

„Du? Mit dem Fischer?"

„Sein Lägel hat Wasser", Wampo kniff die Augen zu und schnalzte mit der Zunge, „es muß auch Fisch haben!" Mit beiden Händen hob er die Kutte, sprang davon und erspähte hinter den Stauden den Fischer, der gerade das Lägel niedersetzen wollte, um die Angel zu werfen. Geschäftig die Hände reibend, lächelnd und nickend, ging der Bruder auf ihn zu. „Gottes Segen über dich, mein Sohn!"

Sigenot hob die Augen.

Wampo zwinkerte, fast bis zu den Ohren verzog sich sein lachender Mund, und während er mit dem Fingerknöchel an das Lägel pochte, fragte er: „Hast du heut schon was gefangen, mein Sohn?"

„Ich bin meiner Mutter Sohn, nicht der deinige. Aber gefangen hab ich, denn ich hab gefischt."

„Gefangen? So? So? Schöne Fische?"

„Gering Zeug fang ich nit."

„Freilich, ein rechter Fischer! Gefangen also? So? Laß einmal sehen!" Wampo wollte nach dem Lägel greifen, aber Sigenot streckte die Angelrute vor. Seufzend legte der Bruder die Hände über das Bäuchlein und sah den Fischer an, mit Augen voll tiefer Kümmernis. Da mußte Sigenot lächeln. „So schau halt!" sagte er und öffnete den Deckel des Lägels. Hurtig fuhr der Bruder mit der Nase bis dicht an die Lücke. „Ei, da wimmelt ja ein Buckel neben dem andern!" Er richtete sich auf, und sein Gesicht strahlte. „Jetzt sag, mein Sohn –" Da erinnerte er sich der abweisenden Rede Sigenots. Zutraulich klopfte er ihm auf die Schulter. „Von mir kannst du dir das gefallen lassen. Ich könnt sagen: So redet die Kirche mit ihren Kindern. Aber zu dir sag ich: Schau, lieber Fischer, bin ich nit so alt, daß ich dein Vater sein könnt? Und bist du nit so jung, wie mein Bub wohl sein möcht, wenn ich einen hätt? Gelt, ja? Und drum sag, mein Sohn, wie wär denn das, wenn du mir für Gottes Lohn und freundlichen Dank von deinem Fang ein paar Schwänzlein ablassen tätest? Hm?"

„Fisch willst du haben? Das hättest du kürzer sagen können."

„Kurz oder lang, was meinst du dazu?"

„Nichts mein' ich!" sagte der Fischer lächelnd; je länger er den Bruder betrachtete, desto fröhlicher wurde sein Gesicht. „Auf die Fisch da wartet Herr Waze, ich hab ihm die Ferchen zugesagt zum Mahl auf die Nacht."

„Herr Waze?" Wampo spitzte die Lippen wie zum Pfeifen. „Von dem hab ich schon gehört! Der soll die schönen Fisch alle haben, zum Mahl auf die Nacht? Aber schau, wir haben ein Mahl zu Mittag. Und haben nichts dazu als einen großen Hunger und ein kleines Stückl Fleisch. Und Mittag kommt vor Abend, Mittag ist jetzt! Also, tu eine gescheite Red, sag ja!" Der Bruder legte die Hände auf den Gürtel und machte die freundlichsten Äuglein, die er zustande brachte. „Schau mich an, Fischer! Wenn ich dich gar schön bitt, kannst du da nein sagen?“

„So nimm halt!“ lachte Sigenot. Er drehte das Lägel um. Mit einem dicken Wasserguß flossen an die zwanzig Forellen in das Moos und hüpften silberschimmerig durcheinander.

Bruder Wampo wußte nicht mehr, wohin er mit seinen Händen greifen sollte. „Ei, ei, ei!“ Das war der ganze Ausdruck seiner Freude. Er sah nicht, daß Sigenot sich lachend entfernte, und dachte nicht an Gruß und Dank, sondern warf sich auf die Erde nieder, höhlte die Kutte zu einem Sack, und schlipp, schlupp, verschwanden die zappelnden Fischlein eines nach dem andern im Schoß der Kirche. „Ei, ei, ei!“ Stolpernd sprang der Bruder auf, rannte dem Feuerplatz entgegen, und breit vor Eberwein sich aufpflanzend, mit strahlendem Gesicht, zog er eine pfündige Forelle aus der Kutte und rief lachend: „Schauet, Herr, das ist die erste Steuer, die unser Kloster gehoben hat in Berchtesgaden!“

Eberwein lächelte, und hinter ihm ließ sich eine rauhe Stimme vernehmen: „Ein guter Anfang! Nur lustig fortgehoben! Und wohl bekomm euch, was Herr Waze und seine Buben noch übriggelassen!“ Während Bruder Wampo zum Feuer rannte, ließ sich der Sprecher dieser Worte, ein stämmiger Kriegsmann, neben Eberwein auf einen Steinblock nieder. Es war Herr Friedrich von Haunsperg, der erzbischöfliche Kastellan der Salzburg. Ein grauer Spitzbart verlängerte das harte, knochige Gesicht, darin zwei graue, scharfblickende Augen funkelten; am Gürtel trug er ein breites Schwert, einen Dolch an dünner Eisenkette, und unter dem grüngefärbten Lederwams klirrte das Ringhemd. „Ich bin um Euretwillen schön in die Irre geritten!“ sagte er lachend zu Eberwein. „Draußen beim Rotemannsbach wurde mir das Warten zu lang, ich wollt Euch ein Stück den Berg hinauf entgegenreiten, im dichten Gehölz hab ich den Pfad verloren, und wär der Knecht nicht gekommen und hätt nach mir geschrien wie ein Jochgeier, wer weiß, ob ich den Weg so bald wieder gefunden hätt!“

„Ich beklage die Übermüh, die ich Euch durch mein Zögern verursacht habe. Doch wüßtet Ihr, was ich erfahren und gesehen, Ihr würdet mich entschuldigt halten."

„Entschuldigt seid Ihr für alle Fälle. Aber nun leget los, Herr Pater", die Augen des Kastellans wurden kleiner, und über seine schmalen Lippen zuckte ein kaum merkliches Lächeln, „oder muß ich schon sagen: Herr Propst? Also, erzählet, wie hat Euch das Ländlein gefallen, das Ihr Euch angesehen habt von oben herab?"

Eberweins Augen leuchteten; er hatte kein Ohr für den versteckten Spott dieser Worte und begann zu erzählen.

Inzwischen schaffte Bruder Wampo drüben am Feuer mit blitzschnellen Händen; bald sprang er zum Bratspieß, bald wieder zum Kessel, in dem er die Forellen sott. Dabei wußte er für jeden der Knechte ein Geschäftl; sie mußten flink durcheinander surren wie die Hummeln. „Schwitzet nur, heut hab ich noch gute Zeit!" kicherte Wampo. „Steht die Klaus einmal, dann muß ich alles selber schaffen!"

Nah im Walde klangen wuchtige Beilhiebe; Bruder Schweiker hantierte mit der Axt, und wo er hinschlug, sprangen die Splitter und sanken die jungen Bäume. Nach einer Weile kam er, ein Dutzend dicker Stangen auf dem Rücken schleppend; viere trieb er in den Grund und legte über die Stangen eine Steinplatte als Tisch; daneben richtete er zwei kleine Bänke. Als sein Werk zu Ende gediehen war, kam Bruder Wampo herbeigeschossen, deckte ein weißes Linnen über den Tisch, legte drei Holzteller auf die Platte, Löffel und Messer und neben jeden Teller eine kleine Handzwehle mit rot gesticktem Saum.

Schweiker riß die Augen auf. „Mensch? Wo hast du denn das herrische Zeug her?"

„Gestern auf die Nacht hab ich's dem Tafeldecker in der Salzburg abgehandelt."

„Was hast du ihm gegeben dafür?"

„Eine Litanei."

„Hast du sie schon gebetet?“

„Wann hätt ich denn Zeit gehabt? In der Nacht hab ich schlafen müssen, den ganzen Vormittag laufen, und jetzt hab ich alle Hände voll zu schaffen!“ Er rannte zum Feuer.

Mit schiefem Kopf sah ihm Schweiker nach. „Wenn der nit vergißt an die Litanei, heiß ich Hänsel. Ich will's ihm lieber abladen.“ Er schlug ein Kreuz, verschlang die Hände und wanderte murmelnd in den Wald hinein.

Bruder Wampo holte indessen die Forellen aus dem Kessel, legte sie säuberlich auf eine hölzerne Platte und umgab sie in Ermangelung eines würdigeren Schmuckes mit einem Kränzl kleiner Fichtenzweige. Er trug die Platte zum Tisch und lief, um die Herren zu rufen, die er in unmutigem Gespräch fand; auf Eberweins Zügen brannte die Erregung, und Herr Haunsperg schien übler Laune zu sein. Der Bruder machte eine Verbeugung, die einem Koch des herzoglichen Hofes zur Ehre gereicht hätte, und sagte: „Das Tischl ist gedeckt, wohl bekomm's den Herren!“

Herr Haunsperg sprang auf. „Das erste gescheite Wort, das ich höre!“ Und zu Eberwein sich wendend, meinte er lachend: „Kommt, Pater, lassen wir jetzt die Zungen ruhen und dafür die Zähne arbeiten!“ Er ging zum Tisch.

„Wo ist Waldram?“ fragte Eberwein.

Bruder Wampo rannte davon, daß die Kutte flatterte. Nach kurzer Weile kam er zurück und schüttelte den Kopf. „Ihn hungert nit, hat er gesagt, ihn speiset die Gnade Gottes.“

Schweigend wandte sich Eberwein zum Tisch, faltete die Hände und sprach das Gebet. Herr Haunsperg lächelte kühl, doch er entblößte das Haupt. Auch die Brüder und mit ihnen die Knechte standen betend abseits. Man hörte das Murmeln der Ache, das Knistern des erlöschenden Feuers und die sachte Plauderstimme, die der leichte Windhauch in den Wipfeln der Bäume weckte. Dann saßen sie alle und aßen, die Herren am Tisch, Schweiker und Wampo neben dem Feuer, die Knechte tiefer im Wald. „He, Bruder!“ rief Herr Haunsperg. „Mich dürstet, gib zu trinken her!“

Wampo lief und kam mit einer schweren Bitsche. Herr Haunsperg öffnete den Deckel. „Wasser? Damit bleib mir vom Leib! Laß Wein anfahren. Ich hab doch bei der Ladung ein Fäßl gesehen! Zapf an!"

Bruder Wampo machte ein verlegenes Gesicht und schielte hustend nach dem Pater. „Der Wein ist für Gottes Tisch bestimmt!" sagte Eberwein.

Brummend hob Herr Haunsperg die größte Forelle von der Platte.

Als Wampo zum Feuer zurückkehrte, fragte Schweiker: „Was hat's denn gegeben?"

„Der Haunsperger hat vom Meßwein haben wollen."

„Da wird ihm die Zung trocken bleiben!"

Wampo schmunzelte; was er sich dachte bei diesem Schmunzeln, das verschwieg er; Bruder Wampo schien seine kleinen Geheimnisse zu haben, auch vor Schweiker. Oder meinte er nur, daß beim Forellenschmausen alles Reden vom Übel wäre? Mit stillem Eifer bewies er, daß er im Fischverspeisen ein Meister war. Während Schweiker mit seinen plumpen Händen den Fisch packte wie der Schmied die Goldnadel, faßte Wampo die Forelle zierlichen Griffes mit zwei Fingern am Kopf, mit zwei Fingern am Schwänzl. Ein flinker Zuck, und in zwei appetitlichen Spalten löste sich das weiße zarte Fleisch vom Rückgrat los - schlick, schluck, und von der Forelle war nur noch das leere Gerippe vorhanden, das ins Feuer flog.

Als die letzte Forelle und das letzte Restlein des Bratens verschwunden waren, leckte Bruder Wampo fein säuberlich die Finger ab, wischte die Hände über die Kutte und seufzte tief.

„Was hast du?" fragte Schweiker.

„Ach Bruder, mir schwant was!"

„So red doch! Was?"

„Mir schwant, als käm eine böse Zeit für uns. Mir schwant, als hätten wir heut auf lang hinaus zum letzten Mal gegessen, wie's einem Menschen wohl tut."

Lachend zuckte Schweiker die Schultern. Was liegt daran, wenn's ein lützel grob kommt!" Er blickte das waldige Tal entlang, und seine Augen nahmen einen sinnenden Ausdruck an. „Es kommt halt, wie Gott will! Schau, deswegen sind wir Gottesstreiter. Da mußt du denken: Unser lieber Herr Jesus Christ ist auch in die Wüstenei gegangen, und da hat er auch nit Fisch und Kälbernes gegessen alle Tag!"

„Freilich", meinte Bruder Wampo kleinlaut, „aber ihm hat sein himmlischer Vater alle Tag einen Engel geschickt mit Himmelsbrot."

Schweiker legte die Arme um die Knie und sagte langsam: „Wenn's uns einmal recht schiech geht in der Klaus, und wir bleiben nur gut und fromm – meinst du nit, Bruder, daß der liebe Herr uns in der größten Not auch einen Engel schicken tät mit Himmelsbrot?" Er lächelte. „Ich wär mit einem Bröserl schon zufrieden. Das tät bei mir reichen fürs ganze Leben! Einmal hab ich gehört, wie ein Pater gepredigt hat: Wer gespeiset aus Gottes Hand und wer gegessen des Himmels Brot, hat er gesagt, der fühlt sein Herz erhoben in Freud und reiner Süßigkeit, ihn quälet nimmer Sorg und Kummer, und seine Seel ist voll des Glückes, das ihr Gott gegeben!" Er strich mit dem Rücken der schwieligen Hand über die Stirne.

Als die Herren ihre Mahlzeit beendet hatten, räumte Bruder Wampo den Tisch; solange er zugegen war, schwieg das Gespräch. Dann sagte der Kastellan mit kühlem Lächeln: „Ich will Euch meinen Rat nicht aufdrängen, aber wenn Ihr ebenso klug seid als fromm, dann richtet Ihr Euch nach meinen Worten. Ich kenne Herrn Waze. Er ist nicht besser und nicht schlechter, als alle sind, die an solcher Stelle sitzen. Sein Graf war immer weit und hat sich um Land und Leute im Gaden den Teufel gekümmert."

„Ihr redet derb, Herr Haunsperg!" mahnte Eberwein in mühsam bekämpfter Erregung.

„Ich wollte nur sagen: Herr Waze hat in seiner Einöd nie einen Druck von oben gespürt, und das hat ihn übermütig gemacht. Ich rate, findet Euch im guten mit ihm ab! Ober die vierzig Jahre sitzt er als Spisar im Berchtesgaden."

„Und das ist sein einziges Recht?"

„Ihr meinet, nach dem Landgesetz? Soll ich die Wahrheit sagen, ja! Aber muß denn ein Recht immer ein geschriebenes sein? Das Herkommen, Pater, wenn es graue Jahre auf dem Buckel hat, ist auch ein Recht, und das hält oft besser als Eure geschriebenen Gesetze."

„Ich will das Recht des Herkommens, auf das sich Herr Waze stützen mag, nicht verneinen. Ich hab es heute schon gesagt, er soll in meinem Lande sein, was er bisher gewesen, soll seinen gerechten Teil haben an Zins und Steuer, und den Wildbann will ich ihm nicht beschränken. Doch soll er meinem Land ein guter Walter sein, nicht ein Wolf in der Herde."

Herr Haunsperg verzog die Lippen. „Ach was, Wolf! Wen reißt er denn am Fell? Den Bauer! Mit Euch wird er zechen und jagen."

Dunkle Röte flog über Eberweins Züge. „Mich lüstet nicht nach solcher Kurzweil. Mag Herr Waze Unbill über Unbill gegen mich begehen, ich will es dulden. Aber das Wohl meiner Bauern, die Unschuld und das Recht in meinem Land werd ich vor ihm und seinen Söhnen zu wahren wissen."

„Man merkt Euch an, Herr Pater, daß Ihr noch niemals Land und Leute in der Hand gehabt. Sonst würdet Ihr anders reden und den Bauer billiger schätzen. Aber ich hab keine Sorg um Euch! Werdet nur erst warm auf dem Herrensessel! Den Rahm schöpfen, der am besten schmeckt, das lernt sich leicht. Ihr werdet bald hinter das Sprüchlein kommen: Bauernbutter ist Herrenfutter. Ich erleb's noch!"

„Das glaub ich kaum, Herr Haunsperg, und wenn Euch der Himmel auch Methusalems Alter schenkt."

„Dafür wär ich dem Himmel dankbar. Aber genug jetzt! Ich hab Euch meinen Rat gegeben, Ihr schlagt ihn in den Wind. Über Jahr und Tag wollen wir uns wieder sprechen. Ihr werdet bald dahinterkommen, wie mit Herrn Waze am besten zu fahren ist. Mit Gewalt geht's nicht, ich sag's Euch noch einmal voraus! Das haben seine Herren im Grafengaden seit langen Jahren gemerkt und haben ihn hausen lassen, wie er wollte!" Herr Haunsperg lachte spöttisch. „Gerade Ihr hättet die geringste Ursach, seine Art zu schelten. Denn hätten die im Grafengaden nicht seit lang gespürt, wie schlecht sich mit Herrn Waze die Kirschen essen, so hätte Frau Adelheid von Sulzbach das fromme Gelübde ihrer Mutter kaum erfüllt. Die frommen Frauen werden wohl gewußt haben, weshalb sie dem Orden nicht fruchtbares Land mit zinstragenden Bauernhöfen schenkten, sondern diesen verlorenen Fetzen Bergland, von dessen spärlicher Steuer Herr Waze das Schmalz in die eigenen Tiegel schöpfte und seinem Herrn nur die schimmeligen Sauerkäse schickte. Man muß klug schenken, Pater, auch wenn man dem Himmel schenkt."

Auf Eberweins Lippen schien ein zorniges Wort zu liegen; doch es wurde nicht laut. Ruhig klang seine Stimme: „Ihr redet übel, Herr Kastellan, und Euer bischöflicher Herr möchte solche Rede mit Zürnen vernehmen."

„Meint Ihr?"

„Ihr habt scharfblickende Augen. Aber wie unklar sieht Euer Blick in dieser Sache! Wollten die frommen Frauen dem Himmel eine Freude machen, welch ein besseres Geschenk hätten sie wählen können als gerade dieses unwirtbare Tal mit seinen armen, von Unrecht und Gewalt bedrückten Menschen, denen noch kein Schimmer des Heils geleuchtet, denen vom Brot des Himmels nur verstreute Brosamen zugefallen sind? Daß zwischen dieser Menschen Hütten ein Gotteshaus sich erheben möchte, von dessen kreuzgeschmücktem First das Licht hinausstrahlt in die Dunkelheit, einen neuen freundlichen Tag erweckend – das, Herr Haunsperg, war der fromme Sinn der Schenkung, die das Schicksal dieses Landes in meine Hand gelegt."

„Gut, Pater! Reichet das Himmelsbrot mit vollen Händen! Ihr scheint Überfluß zu haben. Ich meine nur, es wird Euch die Erfahrung nicht erspart bleiben, daß Eure neuen Herzenskinder den gewohnten Sterz und Sauerkäs besser vertragen als Euer feines Klostergebäck." Herr Haunsperg blickte nach der Sonne. „Die Zeit verrinnt, wir müssen an den Aufbruch denken."

„Für diese Mahnung dank ich Euch! Wir haben mit Reden eine kostbare Stunde verloren. Ich könnte das offene Tal schon erreicht haben und Ihr auf dem Heimritt schon das Walser Feld."

Betroffen blickte der Haunsperger auf. „Was soll das heißen? Ich reite mit Euch und wähle den Platz, auf dem die Klause stehen soll."

„Ich danke für Euer Geleit. Reitet heim, Herr Kastellan. Ich wähle selbst."

„Das geht nicht an, Pater! Ihr seid ein Fremder im Land. Und mein Bischof will –"

„Hier gilt mein Wille!" unterbrach Eberwein die grobe Rede. Stolz richtete er sich auf. „Es ist mein Land, auf dem wir stehen."

Dem Kastellan blieb das Wort in der Kehle stecken; mit halbgeschlossenen Augen maß er die Gestalt des Mönches. Dann lachte er. Und wandte sich gegen den Wald. „He, Ruppert!" Einer der Kriegsknechte kam gelaufen. „Die Pferde her! Wir reiten heim!" Ohne Gruß und Abschied folgte Herr Haunsperg dem Knecht. Eberwein legte die Hände auf die Brust und atmete, als hätte er eine drückende Last von sich abgewälzt. „Bruder Schweiker!" rief er. „Laß die Saumtiere laden, wir brechen auf!"

Ein geschäftiges Treiben begann; Eberwein selbst überwachte die Ladung und griff mit kundigen Händen zu.

Herr Haunsperg war zu Pferd gestiegen; als er unter den Bäumen hervorritt auf den offenen Weg, trat ihm Waldram entgegen. Vom Pferd herunter reichte ihm der Kastellan die Hand. „Lebt wohl, Pater, wir reiten heim!"

Waldram furchte die Brauen. „Seid Ihr schon müde geworden im Dienste Gottes?"

„Ich und müde?“ Herr Haunsperg lachte. „Wenn Ihr mich hungern scheiden seht, so müßt Ihr mit dem Propst von Berchtesgaden rechten. Ihm ist der Herr` zu Kopf gestiegen wie junger Wein; er hat mir bedeutet, wo die Grenzen seines Landes liegen.“ Der Kastellan gewahrte den finsteren Blick, der aus Waldrams Augen zu Eberwein hinüberfunkelte; er neigte sich im Sattel und dämpfte die Stimme. „Er ist mit dem Herrenspielen flink bei der Hand, Euer Propst. Das werdet auch Ihr noch fühlen!“

„Ich werde tragen, was Gott mir auferlegt.“

„Eurer Frömmigkeit alle Ehre, Pater! Aber ich meine fast, die frommen Väter zu Raitenbuch hätten besser wählen können.“

„Sie wählten, wie es ihnen gut schien.“

„Freilich! Aber ich rede, wie mein Bischof redet. Er hat Euch lieb gewonnen, Pater! Gestern vor Schlafengehen sagte er zu mir: Wenn ich zu walten hätte in dieser Sache, und wer weiß, ob die Zeit nicht kommen wird, dieser Waldram hätte mein Vertrauen. Ist das ein Mann! Göttliche Glut jeder Gedanke, göttliche Kraft jedes Wort.‘ Ja, Pater, so sagte er.“

Waldram schwieg; dünne Röte färbte seine bleichen Wangen, und heißer brannten seine Augen.

Herr Haunsperg lächelte. „Ich weiß, Euer frommes Gemüt kennt die Eitelkeit nicht. Doch die Meinung meines hohen Herrn soll Euch Freude machen und Euren Mut heben. Ihr geht einem schweren Kampf entgegen. Und ist bei Eberwein die jähe Hitze verflogen und kommt bei ihm die Zeit der ratlosen Schwäche -“

Waldram hob den hageren Arm. „Dann will ich ihn stützen mit meiner Kraft.“

„Das ist ein Wort! Und nun lebt wohl, Pater! Ihr habt mich guten Mutes gemacht.“

„Gottes Geleit auf Euren Weg! Und bringet Eurem Herrn den Gruß seines frommen Knechtes!“

„Das will ich, Pater! Gott befohlen!“ Herr Haunsperg gab dem Pferd die Sporen und folgte den beiden Knechten, die schon ein gut Stück Weges vorausgeritten waren. Bei einer Wendung des

Pfades blickte er noch einmal zurück und lächelte. „Rodet und pflanzet, pflüget und säet! Wenn die Ähren stehen, komm ich wieder und lege meines Herren große Hand auf Euren Schweiß.“

4

Hochbeladen standen die vier Saumtiere inmitten der Wiese, jedes von einem Knecht am Leitzaum gehalten. Bruder Wampo, schon den Stab in der Hand, machte ein verdutztes Gesicht, als er den Kastellan davonreiten sah. Er trat zu Eberwein. „Der Haunsperger reitet heim? Wer soll uns führen jetzt?“

„Eigel, der Kohlmann. Wo ist er?“

Wampo und Schweiker riefen den Namen des Alten nach allen Richtungen, umsonst, es ließ sich keine Antwort hören. „Er ist nimmer da, Herr“, jammerte Wampo, „jetzt hat uns der auch noch sitzen lassen, der weißhaarige Tropf!“ Aus Eberweins Augen traf ihn ein mahnender Blick. „Verzeihet das schieche Wort, Herr, es ist mir nur so herausgerutscht! Aber wer soll uns führen jetzt?“

„Einer, ohne dessen Wissen kein Schritt geschieht. Es liegt der offene Weg vor uns, wir wollen ihm folgen.“

Die Fahrt begann, und Schweiker eröffnete den Zug, dem schmalen Waldpfad folgend, auf dem die Tochter Wazes davongeritten war. Eberwein stand noch, den Stab in der Hand, und wartete auf Waldram; als der Pater kam, hingen Eberweins Augen mit Sorge an dem bleichen Gesicht des Mönches. „Waldram? Erzählte dir der Haunsperger, daß wir in Unmut schieden?“

„Nein!“ Waldram schritt vorüber.

Ein bitteres Lächeln glitt über Eberweins Lippen. Er wollte folgen, aber da stockte schon der Zug, und man hörte die laute Stimme Schweikers: „Herr, wir wissen nimmer weiter. Da scheidet sich der Weg. Welcher ist der richtige?“

Man fragte die Führer der Saumtiere; sie waren Salzburger Leute, doch keiner von ihnen hatte den Berchtesgaden je betreten. Eberwein lauschte nach der Richtung, aus der das Gemurmel der Ache sich hören ließ, und spähte in das dichte, hohe Gestrüpp, das jeden Ausblick verwehrte.

Schweiker kraute sich hinter den Ohren und brummte: „Was tun jetzt?“

„Wart ein lützel“, kicherte Wampo, „ich werd’s gleich wissen.“ Mit flinken Händen brach er von einem Buchenstrauch zwei dürre Reiser, das eine kurz und gerade, das andere länger und krumm. Zwischen den hohlen Händen schüttelte er die Stäbchen und warf sie gegen die Wegscheide; das krumme fiel zur Linken, das gerade zur Rechten. „Schau“, rief der Bruder, „dort hinaus müssen wir, nach der Rechten!“ Lachend sprang er auf das Hölzlein zu, um es von der Erde zu heben. Da traf ein derber Schlag seine Finger.

Pater Waldram hatte den Stab geschwungen. Mit zornrotem Gesicht stand er vor dem erschrockenen Bruder. „Heide, du! Willst du Runen werfen?“ Wieder wollte er schlagen.

Eberwein fing den Stab. „Waldram!“

„Laß meinen strafenden Arm! Weißt du nicht, was dem gebührt, der Gottes Kleid trägt und wie ein Heide tut?“

„Und du, Waldram, weißt du nicht, was Christus von jenem sagt, der seinen Bruder schlägt?“

„Streitest du wider Gott mit Gottes eigenem Wort? So billige das Teufelsspiel und folge dem Weg, den euch die Hölle gewiesen! Ich folge dem Pfade Gottes.“ Mit dem Stabe vortastend, folgte er dem linkshin führenden Wege.

Eberwein stand vor Wampo und schüttelte den Kopf. „Bruder! Bruder!“

„Ach, Herr“, Wampo fuhr mit der Zunge über die brennenden Knöchel, „ich hab nit an Wute und Run gedacht, hab nur gemeint, es kann der liebe Gott die Reiser doch auch so fallen lassen, wie er will.“ Wieder fuhr die breite Zunge über den roten Striemen.

Eberwein mußte sich abwenden, um sein Lächeln zu verbergen. Da zupfte ihn Schweiker am Ärmel und flüsterte: „Herr, wir müssen nach rechts hinaus. Auf der Linksseit liegt das Wasser."

„Wir müssen Waldram folgen, gleichviel wohin!"

Der Zug setzte sich nach der Linken in Bewegung. Den langen Stab unter dem Arme schleifend, brummend und die geschwollenen Finger netzend, trollte Bruder Wampo hinter Eberwein und Schweiker einher.

Sie erreichten die Ache und überschritten den Bach in seichter Furt. Zwischen hohem, dichtem Gestrüpp von Erlen und Weiden wand sich der schmale Pfad; der Boden war feucht, und zuweilen sperrten trübe Pfützen den Weg. Eine Stunde währte die Wanderung; es wurde immer schwieriger, einen Pfad zu unterscheiden, und immer dichter traten die Büsche aneinander, so daß die Saumtiere mit ihrer Ladung sich nur mühselig hindurchzwängten. Und schließlich verschwand jede Spur eines Weges.

Waldram, der den Zug geführt, stand eingekeilt zwischen wirrem Gezweig und suchte sich vorwärts zu kämpfen. Bald versagten seinem erschöpften Körper die Kräfte. Wo er stand, ließ er sich niedersinken. Eberwein kam zu ihm. „Was ist dir? Hat eine Schwäche dich befallen?"

Bleich und zitternd richtete Waldram sich auf. „Geh! Ich hab dich nicht gerufen zu meiner Hilfe." Er faßte das Kreuz an seinem Gürtel und warf sich in die Büsche.

Eberwein hielt ihn zurück. „Ich bitte dich, Waldram, bleib und raste! Wir wollen den verlorenen Pfad wieder suchen." Er wandte sich und rief die beiden Brüder; der eine sollte nach rechts, der andere nach links durch das Buschwerk dringen; er selbst gedachte in gerader Richtung zu suchen.

Bruder Wampo blies die Backen auf und fuhr mit dem Kuttenärmel vom Nacken bis zur Stirn. „In Gottes Namen!" Er begann sich zwischen dichtem Gezweig hindurchzuwinden. Das war harte Arbeit. Bruder Wampo brauchte Raum, und nicht immer gaben die Äste gerne nach. Ranken umwickelten seine Füße, dürre

Äste spreizten die Falten seiner Kutte auseinander, und stacheliges Gezweig verfing sich in seinem Gewand. Gelang es ihm, sich zu lösen und fand er etwas freiere Bahn, dann tauchte er wieder bis an die Knie in Sumpf und Schlamm. Seufzer und Stoßgebetlein wechselten auf seinen Lippen, und in glitzernden Perlen troff ihm der Schweiß über Nase und Ohren. Sehnsüchtig spähte er nach allen Seiten. Im Schlamm gewahrte er Spuren von Tritten. „Da müssen doch Leut gegangen sein! Oder Küh? Oder Geißen?“ Seufzend schüttelte er das runde, von Tropfen überronnene Köpfl und arbeitete sich weiter. Wieder geriet er in Sumpf und rettete sich auf einen Stein, der wie eine kleine weiße Insel aus dem Schlamm hervorragte. Aber wie nun weiter? Aus einem Wuste dürrer Blätter lugte ein schwarzer Klotz. Wohl ein vermoderter Baumstrunk? Mit beiden Händen faßte Wampo zwei hängende Äste und gab sich einen kühnen Schwung. „Hopsa!“ Glücklich erreichte er den Klotz – aber das schwarze Ding unter ihm wurde jählings lebendig, sprang auf und rannte grunzend davon, während Bruder Wampo rücklings niederpurzelte in den Schlamm, Arme und Füße in die Höhe streckte und mit zeternder Stimme schrie: „Me salva domine! Unter mir tut die Hölle sich auf und will mich schlingen! Hilfe! Hilfe!“

Da ging ein Rascheln, Knacken, Surren und Grunzen los in allen Büschen, überall ward es lebendig unter den welken Blättern, und nach allen Richtungen stoben die aus ihrem Mittagsschläfchen aufgescheuchten Wildschweine durcheinander in wirrer Flucht, mit breiten borstigen Rücken und dicken Köpfen, alte und junge. Schreiend raffte Wampo sich auf und überkollerte sich wieder; zwei Frischlinge waren ihm zwischen die Beine gefahren. Quieksend rannte das eine Tierchen davon, während Wampo mühsam sich aufrichtete, triefend von Schlamm. Im fernen Gebüsch verstummte das Brechen und Rauschen, und der Bruder, zum Himmel aufblickend, stand mit seitwärts gestreckten Armen und gespreizten Fingern: „Herr! Deine Straf hat flinke Füß gehabt! Schön hast du mich eingetaucht für mein sündiges Hölzlspiel!“ Da rührte sich etwas vor seinen Füßen, ein ganz klein wenig nur, dann war’s wieder ruhig. Starr blickte Wampo zu Boden und sah eine behaarte Ohrmuschel aus dem Schlamm hervorlugen. „Ei, ei, ei!“ Mit beiden Händen griff er zu und hob einen Frischling auf, den er im Sturz erdrückt hatte mit seines Leibes Gewicht. Nur einen Augenblick besann er sich, dann schwang er das Tierchen hurtig über die Schulter. „Das gibt einen guten Braten auf die Nacht!“ Freundlich zwinkerte er zum Himmel auf. „Gott schickt halt doch mit aller Not auch allweil einen Trost.“

Es rauschte in den Büschen. „Bruder, Bruder!“ klang die Stimme Eberweins, der mit zwei Knechten kam, von Wampos jammervollem Geschrei herbeigerufen. Es hatte weithin durch Gebüsch und Wald geklungen.

Auch bis an Schweikers Ohr. Der hatte in lichterem Gebüsch einen Hügel erstiegen, als er das Geschrei vernahm. In Besorgnis lauschte er und wollte schon zurückkehren; da hörte er das laute Gelächter der Knechte, und beruhigt schritt er weiter. Immer lichter standen die Büsche auf dem steiler werdenden Gehänge, über das er emporstieg. Er hoffte eine Höhe zu erreichen, die ihm einen freien Ausblick über das dicht bewachsene Tal gewähren möchte.

Da klang ein Jodelruf, hell und rein wie ein Geigenstrich, und dann setzte eine singende Mädchenstimme ein. Der munteren Weise folgend, erreichte Schweiker einen freien, von Geröll überschatteten Hang. Nun stand er und riß die blauen Augen auf. Das heitere Lied und der frische Laut der Stimme hatten in Schweiker die Erwartung eines freundlichen Anblicks erweckt. Und was fand er? Im spärlichen Schatten eines Dornstrauches saß eine kleine, schmächtige Gestalt, mit einem grauen Kittel bekleidet. Der Kopf war von wirrem, dick verfilztem Haar umstarrt, das keine Farbe zu haben schien. War es blond, braun oder grau? Und das Gesicht? War es hübsch oder häßlich? Schweiker grübelte, aber eine Lösung dieser Frage wollte ihm nicht gelingen. Gesicht und Arme des Mädchens, alles an ihm, was der Kittel zu sehen gab, war so ausgiebig mit Schmutz bedeckt, als wäre es die Gewohnheit dieses sonderbaren Menschenkindes, an jedem Morgen ein saftiges Schlammbad aufzusuchen. Neben dem Mädchen lag ein zottiger Geißbock und hielt den bärtigen Kopf mit dem krummen Gehörn an die Hirtin angeschmiegt; weiter draußen auf dem Hang, zwischen sonnigem Geröll, weideten vier gefleckte Ziegen. Sie hoben, als Schweiker unter den Büschen hervortrat, die Köpfe und kamen neugierig näher. Der Bock sprang auf und meckerte, als wollte er fragen: Was ist das für einer? Kurz entschlossen ging er auf Schweiker zu, streckte den Hals und schnupperte an der Kutte. Der Geruch der Frömmigkeit schien ihm nicht zu behagen; er schüttelte den Kopf, daß der Bart wackelte, machte ein paar hopsende Sprünge, blieb wieder stehen und blickte schief an dem Mönch hinauf.

Langsam hatte sich die Hirtin erhoben; sie schien erschrocken, der Stecken in ihren Händen zitterte, und die Augen waren aufgerissen, daß man rings um die Sterne das Weiße sah.

„Grüß dich Gott, Kindl!“ sagte Schweiker und streckte zum Gruß die Hand. Die Hirtin zitterte und schaute. „Grüß dich Gott, Kindl!“ wiederholte Schweiker. Die Hirtin schwieg. „So gib mir den Gruß doch heim!“ Keine Antwort. „Aber so red doch! Mußt ja doch reden können, ich hab dich ja singen hören.“ Keine Antwort. Schweiker schüttelte den Kopf. „Aber Kindl, warum bist du so ungut zu mir? Red doch ein Wörtl!“ Die Hirtin bewegte den Mund, aber es wollte kein Laut über ihre Zunge.

Schweiker kraute sich hinter den Ohren. „Da muß ich schon selber schauen, wo ein Weg geht.“ Einen stummen Blick noch warf er auf den sprachlosen Schmutzfink, schüttelte den Kopf und stieg über den freien Hang hinauf. Die Hirtin stand wie angewurzelt; doch langsam drehte sie das Gesicht.

Nun stand der Mönch, auf seinen Stab gestützt, in heller Sonne; sein Bart und Blondhaar schimmerten wie Silber. Er spähte in das Tal hinunter; zwischen wirrem Buschwerk sah er zuweilen ein Stück der Ache blitzen. Auch hörte er die Stimmen Wampos und der Knechte, und am Schwanken der hohen Buschwipfel erkannte er die Stelle, an der sie sich befanden. Jetzt sah er auch, daß ein Ausweg aus dem Gestrüpp nicht schwer zu finden war. Schief gegen den ansteigenden Hügel mußte der Zug sich halten; so konnte man eine kleine Blöße erreichen, von der ein deutlich sichtbarer Weg hinausführte gegen einen lichteren Hochwald. Dem freien Hang, auf welchem Schweiker stand, lag dieser Wald noch näher; so dachte er, daß es am besten wäre, wenn er durch den Wald hinunterstiege und seinen Leuten auf dem Weg entgegenkäme, den sie nehmen mußten.

Kaum hatte er den Wald erreicht, da hörte er hinter sich ein Knacken und Brechen; als er sich umblickte, stand die Hirtin vor ihm, und die Ziegen kamen ihr nachgerannt.

Schweiker lachte, spreizte den Stab vor sich hin und legte das Kinn auf die Hände. „Kindl, warum laufst du mir nach?"

„Hast du was fragen wollen?" sagte die Hirtin mit hellem und weichem Stimmlein.

„Schau, jetzt kannst du auf einmal reden! Aber was ich fragen hab wollen, weiß ich schon. Vergelts Gott, Kindl! Wer bist du? Und wie heißt du?"

„Hinzula heiß ich."

„Uuh! Das ist ein schöner Nam! Der gefallt mir besser als –" Schweiker hatte sagen wollen: besser als du! Doch er verschluckte das Wort. „Und wem gehörst du, Kindl?"

„Dem Greinwalder."

„Und wo hauset der?"

„Da droben!" Die Hirtin deutete mit dem Stecken durch den Wald hinauf.

„Gelt, Kindl, du hast wohl keine Mutter nimmer?"

„Freilich hab ich eine. Warum fragst du so?"

„Ich hab halt gemeint – sag, Kindl, wie lang hast du dich nimmer gewaschen?"

„Vier Jahr." Das sagte sie so kurzweg, als wär's eine selbstverständliche Antwort.

Bruder Schweiker brach in Gelächter aus. Die Hirtin schien verlegen zu werden und stotterte: „Weißt, ich darf halt nit!"

„Wer verbietet's denn?"

„Die Mutter."

Schweiker hörte zu lachen auf und schüttelte den Kopf. „Kindl, Kindl, du bist ein kleines Saubartele, aber deine Mutter ist ein großes!"

„Warum tust du schelten drüber? Es muß doch so sein. Und warum sagst du allweil Kindl zu mir?" Die Hirtin hob zögernd das Gesicht. „Ich bin doch schon eine Dirn!" Sie streckte sich; unter dem mürben Kittel verrieten sich die schüchtern sprossenden Formen des jungen Körpers.

Bruder Schweiker wurde rot bis unter die Haare. „So? Eine Dirn? Das ist schwer zu merken gewesen. Bist ja schier noch so klein wie ein Kindl. Mußt halt noch ein lützel wachsen, gelt? Und jetzt behüt dich Gott!" Schweiker nickte zum Gruß und ging davon.

Hinzula sprang ihm nach. „Und du? Wer bist denn du?"

„Ich?" Bruder Schweiker machte ein ernstes Gesicht. „Ich bin ein Gottesmann. Und jetzt bauen wir im Berchtesgaden eine Klaus und ein Kirchl daneben. Paß nur auf, wirst das Glöckl schon läuten hören! Nachher komm und bet für deine junge Seel!" Er machte mit der Hand das Kreuzzeichen über Hinzulas Gesicht und schritt dem Tal entgegen.

Als er zwischen den Bäumen schon die Helle der Lichtung gewahrte, blickte er über die Schulter zurück. Dort oben, immer noch auf dem gleichen Fleck, stand unbeweglich die Hirtin. „Eine Dirn? Und hat sich vier Jahr lang nimmer gewaschen!" Er schüttelte den Kopf und begann zu grübeln. „Was hat sie nur sagen wollen mit dem Wort: Es muß doch sein?" Schweiker blickte auf. Er war irr gegangen. Richtig, dort drüben lag die Blöße. Nun schritt er eilig aus und hörte auch bald die Stimmen der Seinen.

Durch das wirre Buschwerk kämpfte er sich zu ihnen. „Ich hab einen guten Weg gefunden.“

Bruder Wampo tat einen tiefen Seufzer. „Gott sei Dank!“

Da fielen Schweikers Blicke auf ihn. „Bruder, wie schaust du aus! Wie der Hinzula aus dem Gesicht geschnitten!“

„Wen du meinst mit der Hinzula, weiß ich nit. Aber wenn sie ausschaut wie ich, dann kann einem grausen vor ihr.“

Nun lachten sie alle.

„Aber red doch“, fragte Schweiker, „was ist denn geschehen?“

Wampo erzählte sein Abenteuer; den erbeuteten Frischling von der Erde hebend, sagte er: „Einen Weg bin ich suchen gegangen und hab ein Ferkel gefunden.“

Schweiker schmunzelte. „Da haben wir es allbeide gleich getroffen!“ Er suchte aus der Ladung die Axt hervor und begann im Gestrüpp einen Pfad für die Saumtiere auszuhauen. Die Arbeit ging ihm flink vonstatten, jeder Hieb gab aus; aber es währte doch eine Stunde, bis der Zug die Blöße erreichte und den Wald gewann. Eine Strecke zogen sie den Saum entlang und gerieten in eine kleine, freundliche Talmulde. Schweiker, der den Zug geführt, blieb stehen und spähte umher. „Was suchst du?“ fragte Eberwein.

„Ich schau mir das Platzl an und mein’, wir könnten ein besseres nit finden für die Nachtrast. Die Sonn geht hinter die Berg, und Wolken steigen auf, die mir nit gefallen. Eh ein paar Stund vergehen, haben wir ein Unwetter, und ich fürcht, ein grobes.“

„So laß uns bleiben!“

Der Platz war gut gewählt, nach allen Seiten gegen Wind und Sturm geschützt; im Rücken der ansteigende Wald mit riesigen Bäumen, hohes Gestrüpp zur Rechten und Linken und im Vordergrund die von blühendem Heidekraut überwucherte Mulde, an der die rauschende Ache vorüberfloß. Drüben stieg ein dicht bewachsener Hügel auf, der sich an die Waldgehänge des Untersberges mit einer welligen Hochfläche anlehnte, aus deren dunklen Fichtenwipfeln zwei mächtige Felsblöcke emporragten.

Nun gab es Arbeit. Man nahm den Saumtieren die Ladung ab, und während die Knechte sich anschickten, zwei Reisighütten aufzurichten, ging Schweiker mit der Axt in den Wald, um feste Stangen für die Zelte zu holen. Als er zurückkam, die langen Hölzer schleppend, zog Wampo aus einem der Ballen eine frische Kutte hervor. „So, Bruder, jetzt reit ich mich in die Schwemm! Und dann wird fein aufgekocht. Wenn die Zelt stehen, sei so gut, mach ein Feuer und such mir ein Eisen heraus, mit dem ich das Ferkel brennen kann. Das soll ein Brätlein werden, daß dir das Wasser auf der Zung zusammenläuft."

Er zwinkerte mit den Augen und sprang durch das blühende Heidekraut. Vor dem Ufer der Ache blieb er stehen und schnitt eine bedenkliche Miene; wohin er blickte, überall sah er im Bach nur Schaum und Wirbel. Einen ruhigen Tümpel suchend, folgte er dem Ufer und verschwand hinter dichten Büschen.

5

Die Sonne tauchte hinter die Berge, alle Lüfte mit gelbem Schimmer füllend und das ziehende Gewölk verbrämend mit grellem Glanz. Ein langer Schatten schlich von den Gehängen herunter und glitt über Hügel und Täler, bis er den Schönsee erreichte und zusammenschmolz mit dem Schatten des Falkensteins, über dem sich Wazemanns Haus erhob. Die kahle Felswand schob sich weit hinein in den See, sein Inneres verhüllend und von ihm einen kreisförmigen Weiher abschneidend gleich einem bescheidenen Vorgemach vor dem großen Prunksaal. Glatt und mit blaßgrünem Schimmer, die Felswand und über ihr das steile Dach von Wazemanns Haus und seine plumpe Ringmauer spiegelnd, lag die durchsichtige Flut über seichtem und sandigem Grunde. Von allen Seiten trat der Wald bis an das Ufer heran und ließ nur eine schmale Lände frei. Auf Steinwurfweite zog sich ein dichtes Schilf in den Weiher, und dunkles Röhricht umschloß auch die kleine Insel, die, der Falkenwand zu Füßen, den Eingang in den See verschloß. Träumende Schattenstille lag über dem Weiher. Eintönig rauschte die zwischen dünnerem Schilf dem See entströmende Ache, und zuweilen klang von Wazemanns Haus herunter ein gellender Pfauenschrei oder das heisere Gekläff der Hunde.

In der Ecke zwischen See und Ache erhob sich aus dem Waldgrund ein freier Hügel, der rings von einem hohen Hag umzogen war. Nur wenige Bäume standen auf dem Hügel, aller übrige Grund war blumige Wiese; hier schwang ein Knecht die Sense, und eine Magd raffte das gefallene Gras in ein Stück Netz und trug es auf dem Kopf in den niederen Stall. Zwischen Stall und Wohnhaus lag ein ebener Platz, auf dem die zum Hechtfang dienende ‚Langwaad‘ und das große doppelwandige Netz für den Ferchenfang, die ‚Hochsäg‘, unter einem langgestreckten Dächlein an Stangen hingen.

Das Wohnhaus war aus mächtigen, vor Alter schon grau gewordenen Balken gefügt, plump und schmucklos; es hatte ein weit vorspringendes Moosdach und darüber noch ein kleineres Oberdach, unter dem sich bläulicher Rauch hervorkräuselte; jede Seite des Hauses zeigte zwei kleine Fenster, deren Luken von innen durch vorgeschobene Läden verschlossen waren. Nach der Seeseite blickte die offene Tür; vor ihr war ein breiter Gang mit groben Felsplatten gepflastert, und ihr zu beiden Seiten zogen sich schwer gezimmerte Bänke an der Wand entlang. Über der Tür, in einer Runse des Gebälks, staken dürre Kräuter und Staud-lein nebeneinander, die ‚Heimsuchen'– ein Haselzweig, der das Haus vor Blitz und Donnerkeilen schützte, ein Eschenzweig, der die giftigen Nattern von der Schwelle jagte, Bibernell wider alle Seuchen, Holunder gegen Feuersnot, Beifuß, der die bösen Geister verscheuchte, und Himmelbrand, der die guten rief.

Unter den Bänken lagen die aus Weidenruten geflochtenen Burden[1]), neben der Türe lehnten Ruder von verschiedener Art und Größe an der Wand, und über den Holznägeln, die in die Blockwand eingetrieben waren, lagen die drei- bis siebenfach gezackten Näbiger mit langen Schäften, die Angelgerten und die hölzernen Haspel für die Legschnüre. Über diesem Gerät waren zwei Fischgeier mit ausgespannten Flügeln und eine lange Reihe eingeschrumpfter Otterköpfe an die Wand genagelt.

Nah vor der Türe war der Brunnen gegraben; ein Flechtwerk umzog den offenen Schacht, und unter einem Dächlein war die Winde angebracht, mit der die Eimer an dickem Hanfseil gesenkt und gehoben wurden. Neben dem Brunnen erhob sich der Immenstand mit seinen umschwärmten Körben, und nicht weit davon, wo der Hügel sich gegen die Lände senkte, stand eine Gruppe von sieben Eichen; die größte, zwischen deren knorrigen Wurzeln ein eckig behauener Stein hervorragte, mochte wohl zweihundert Jahre zählen, während die jüngste nur erst ein kleines Bäumchen war, kaum über die fünfzehn Jahre alt. Von den Eichen hinweg führte ein aus Balken und knorrigen Ästen gefügtes Gerüst über

[1]) Fischreusen

den Abfall des Hügels hinüber zur Höhe des Hags, ein luftiger Altan mit einem Tisch und zwei Bänken. Das war ein freundliches Plätzchen, gleich einer Laube vom niederhängenden Geäst der Eichen überwölbt und hinausgebaut über die offene Seelände, bei der ein schwerer Einbaum und ein leichter Gransen[1]) an das Ufer gezogen lagen, während der lange Waldschraten[2]), durch ein Weidenseil gehalten, im Wasser schwamm.

Auf diesem Lugaus saß ein junges Mädchen, kaum dem Kindesalter entwachsen, ein schlankes, zartes Figürchen mit schüchtern knospenden Formen. Ein blau gefärbtes Röckl aus körnigem Hanftuch floß bis auf die Knöchel nieder und ließ die mit zierlichem Geschick aus Bast geflochtenen Schuhe frei. Um die junge Brust spannte sich ein Miederchen aus braunem Hirschleder, locker genestelt mit dünnen Riemschnüren, zwischen denen das weißgebleichte Hemd mit kleinen Puffen hervorlugte. Eine Schnur aus blinkenden Otterzähnen schmiegte sich als Schmuck um den schlanken Hals, und an den rosigen Ohrläppchen baumelten zwei bräunlich glänzende Beinringe, jeder gefügt aus den zwei krummen Nagezähnen eines Murmeltiers. Das war Edelrot, Sigenots Schwester; sie glich dem Bruder wie ein junger Trieb dem Baum, wie eine Quelle dem Bergbach. Ein Gesichtchen wie von Milch und Blut, mit träumerischen Kinderaugen und einem schwellenden Mund; in Locken fiel das lichtbraune Haar um die Schultern, und mit den schimmernden Strähnen spielte der laue Windhauch, den der nahende Abend vor sich herschickte.

Edelrot saß über ihre Arbeit gebeugt; aus feinen hanfenen Fäden flocht sie eine Angelschnur; in ihrem fleißigen Eifer gewahrte sie nicht, daß drüben am Waldsaum ein junger Bursch unter den Bäumen hervorkam; er war ein Freier, denn das schwarze glänzende Haar war ungeschnitten und reichte bis zur Schulter; und der Sohn eines Bauern mußte er sein, denn er trug den grauen

[1]) Fischerhacken
[2]) Floß

Spenzer aus zottigem Loden, den Ledergurt mit Messer und Maserlöffel in hölzerner Scheide, die kurze Berghose und die schweren Schuhe, deren Holzsohlen klumpig benagelt waren. Ein Sträußl von Almrosen schmückte die mit weißem Lammfell umsäumte Kappe, und ein dicker Rosenstrauß war oben an den Schaft des langen Grießbeils[1]) angebunden.

Hastig eilte der Bursch über die Lände hinweg, der weiche Sand dämpfte seine Schritte, und als er den Hag erreichte, duckte er sich und löste flink die Almrosen vom Grießbeil. Rasch sich aufrichtend, warf er sie mit beiden Händen in die Höhe, daß die Blumen, auseinanderfallend, wie ein blühender Regen über Edelrots Köpfchen niedergingen. Erschrocken sprang sie auf und guckte verwundert über den Zaun.

„Ruedlieb! Du! Hab mir's aber doch gleich gedacht!"

Lachend gab sich der Bursch einen Schwung, haschte den Ranft des Hages, und hui, saß er auf dem Lugaus und ließ die Füße über den Zaun herunterbaumeln. Da lachte auch das Mädchen. „Bei dir geht's flink! Gut, daß du kein Wolf bist. Für dich wär der Hag noch allweil nit hoch genug."

Seine Antwort war ein Lachen. Leuchtend hingen seine Augen an dem Gesicht des Mädchens und folgten jedem Griff der kleinen Hände, welche die zerstreuten Blumen zusammenlasen. Als sie alle auf dem Tisch lagen, eilte Edelrot zu den Eichen hinüber, pflückte ein paar lange Schmelen und begann die Rosen mit diesen Halmen aneinanderzuwinden.

„Gelt, die sind schön!" sagte Ruedlieb; und als Edelrot nickte, streckte er ihr die Hand hin. „Krieg ich kein Vergelts dafür?"

„Wohl!" Sie legte ihre Hand in die seinige. „Vergelts!" Er hielt fest und drückte; aber sie sagte: „Laß aus, ich muß flechten!" Sie befreite ihre Hand und griff nach einer Rose. „Wie so was Schönes nur wachsen kann aus der schwarzen Erd!"

---

[1]) Bergstock mit eisernem Haken unter der Spitze

„Meinst wegen der Farb? Weißt, die Albenros ist halt ein Blutblümel."

Sie blickte fragend zu ihm auf. „Ein Blutblümel?"

„Ja. Weißt du nit, wo die Röserln herkommen?"

„Sie wachsen halt."

„Jetzt, freilich, weil jedes wieder Samen tragt. Aber einmal, da hat's eine Zeit gegeben, wo noch kein Albenröserl geblüht hat. Und selbigsmal, da hat eine junge Dirn gelebt, eine arme Witib ist ihre Mutter gewesen, und das Dirndl war gut wie ein Täuberl und so lieb zum Anschauen, wie – ich weiß nit, wie!" Ruedlieb fand keinen Vergleich, obwohl seine Augen an Edelrots Zügen hingen.

„Wie hat's denn geheißen, das Dirndl?"

„Das weiß ich nit. Aber ich mein' halt, sie hat Rösli geheißen, weil die Blümerln da den Namen von ihr haben. Ja, und wie das Dirndl achtzehn Jahr geworden ist, da hätt sie einen Buben heuern sollen. Den hat sie liebgehabt, und der Bub das Dirndl auch, treu und fest. Und kein Glück hat's noch auf der Welt gegeben, wie die zwei eins gehabt haben. Aber selbigsmal, da hat ein Jäger gelebt, ein Herrischer, der hat Unfürm geheißen und hat ein Aug auf das Dirndl geworfen."

„Das muß aber einer gewesen sein! Recht ein schiecher!"

„Ja, Rötli, so einer, wie –" Ruedlieb verstummte und blickte langsam über die Schulter zu Wazemanns Haus empor. „Auf Schritt und Tritt ist er dem Dirndl nachgegangen, aber sie hat von ihm nichts wissen mögen. Da hat die Mutter gefürchtet, ihr Dirndl möcht nimmer sicher sein, und hat es hinaufgeschickt auf die Alben. Aber der Unfürm hat zwei Hund gehabt, der eine hat Sucht geheißen und der ander Gier. Die haben das Dirndl aufgespürt, und der Unfürm ist hinaufgestiegen auf die Alben. Das Dirndl, wie's ihn kommen sieht, hat geschrien vor Angst, aber kein Mensch ist in der Näh gewesen, und so hat sie zu laufen angefangen und ist allweil zugelaufen. Und weil sie so arm gewesen ist, daß sie keine Schuh gehabt hat, so haben ihr die Stein und

Stauden die Füß zerrissen. Das helle Blut ist davongetropft, und wo ein Tröpfl hingefallen ist, hat der Boden das unschuldig Blut getrunken, und ein Blümerl ist gewachsen, wie Blut so rot. Und seit der Zeit sind die Albenröserln in der Welt."

„Aber das Dirndl?" stammelte Edelrot.

„Die Hund sind flink gewesen. Hinter ihr der Unfürm und vor ihr die berghohen Seewänd. Da hat das Dirndl nimmer gewußt, wo aus und ein. Die richtige Treu geht bis zum Tod.

Und so ist das Dirndl hinuntergesprungen in den See. Kein Mensch mehr hat von dem Dirndl was gehört."

Edelrots Augen waren mit Tränen gefüllt. „Und der Bub? Hat sich der denn gar nit gerührt, daß er dem armen Dirndl geholfen hätt?"

„Gelt, ja? Das hab ich auch gefragt, wie mir der alte Eigel die Geschicht erzählt hat." Ruedliebs Augen blitzten, und seine Wangen wurden heiß. „Wär nur ich der Bub gewesen, der Unfürm hätt was zu spüren gekriegt zwischen Ripp und Fleisch!2 Seine Hand zuckte nach dem Messer.

„Ruedlieb!" stammelte Edelrot erschrocken und haschte die Hand des Buben. Dann lächelte sie verlegen. „Geh! Du bist ja selber ein rechter Unfürm!" Sie griff nach den Blumen und begann an dem Kränzl weiterzuflechten. Eine Weile war Stille. Endlich fragte das Mädchen: „Hast du die Röserln weit hergebracht?"

„Von meiner Alben. Da droben ist harte Sorg. Der Bär hat uns schon wieder ein Kalb gerissen, und eins dem Kaganhart und deinem Nachbar Marderecker zwei Geißen. Ich hab dem Untier einen Riegel vorgeschoben und hab ihm in der Regenwand eine Grub gestellt."

Edelrot blickte scheu zu ihm auf. „Ruedlieb! Wenn sie das merken, die in Wazemanns Haus!"

„Sie merken's nit. Der Bär wechselt durch eine schieche Wand auf die Alben ein. Ich hab die Grub in der Wand drin aufgerissen. Da steigt von Wazemanns Buben keiner hinein, das lassen sie bleiben!" Edelrot schüttelte das Köpfchen und seufzte. „Ich hab's für die armen Leut getan!" sagte der Bub mit ruhigem Ernst. „Sie sollen nimmer Schaden leiden von dem Untier. Mein Vater ist der Richter im Gaden, und ich leid kein Unrecht. Warum hat Herr Waze den Bären nit gejagt! Die Leut haben ihn drum angegangen. Er hat sie angeschrien: Ich hetz den Bären, wenn's mir paßt, nit, wenn's euch taugt!' Jetzt soll er hetzen! Über eine Woch, dann suchen seine Hund umsonst!"

„Wenn's nur nit aufkommt, Ruedlieb!"

Er strich mit der Hand über ihre zitternden Finger. „Hab keine Sorg! Ich fürcht mich nit. Vor denen da droben so wenig wie vor Berg und Wasser."

„Bered das Wasser nit!" flüsterte das Mädchen erschrocken. „Der Bid[1]) könnt's hören!"

Mit unsicherem Blick streifte der Bub den See. „Meinst, er liegt heroben?"

„Freilich, schau nur hinüber zu seiner Insel! Siehst du im Röhricht die Gasserln? Da steigt er aus und ein, wenn er sich warmen will in der Sonn. Und wird er in seiner Ruh gestört, so springt er zornig in den See hinunter, daß alles Wasser weiß wird vor lauter Schaum."

„Hast du ihn schon einmal gesehen?"

„Aber Ruedlieb!" Mit scheuen Augen blickte das Mädchen auf. „Wer den Bid gesehen hat, muß hinunter zu ihm, eh der Mond wieder voll wird." Erschrocken streckte der Bub die Hände, als möchte er Edelrots Augen bedecken; sie verstand ihn und lächelte; wortlos flocht sie an dem Kränzl weiter, und Ruedlieb schaute ihr schweigend zu. Als das Gewinde vollendet war, sagte das Mädchen: „Schau nur, wie lieb das Kränzl geworden ist!"

---

[1]) eine Wassergottheit der baiwarischen Gebirgsstämme, zu deuten als eine Verkörperung der zerstörenden Naturgewalt. Der Stamm ‚bid' hat sich im bayerischen Dialekt bis heute erhalten: bidmen (zittern) und Erdbidem (Erdbeben).

„Wie gewachsen für dein Köpfl!“ Ruedlieb nahm die Blumen und wollte mit ihnen die Stirn des Mädchens schmücken. Edelrot wehrte: „Laß! Ich mag das Kränzl nimmer tragen, seit ich die Geschicht von dem armen Dirndl gehört hab. Das müßt ja sein, als hätt ich ihr unschuldigs Blut im Haar.“

„Rötli!“ Alle Farbe wich aus dem Gesicht des Buben. „Das mögen die guten Stern verhüten!“

„Was meinst du?“ fragte sie verwundert. „Was hast du auf einmal? Bist ja ganz weiß im Gesicht! Hab ich was Unsinnigs geredt?“

Er schüttelte wortlos den Kopf.

„Komm, gib das Kränzl her!“ Sie nahm das blühende Gewinde aus seinen Händen, eilte auf die kleinste der sieben Eichen zu und hob die Arme.

Mit bebender Stimme rief der Bub: „Tu’s nit, Rötli, tu’s nit! Häng die Blumen nit an dein Bäuml!“ Doch eh er ausgesprochen hatte, hing das Kränzl schon zwischen den Ästen der jungen Eiche.

„Was hast du?“ fragte Edelrot. „Warum soll’s da nit hängen? Schau nur, wie gut die Blumen meinem Bäuml stehen! Warum denn nit?“

„Weil –“ Ruedlieb brachte die Antwort nicht heraus.

Da klang ein schrilles Gelächter aus dem Innern des Hauses.

„Hörst? Die Mutter hat gelacht!“ flüsterte das Mädchen. „Sie will was, ich muß hinein.“ Einen Augenblick zögerte sie noch, als wäre es ihr unlieb, jetzt zu gehen. „Ich muß, die Mutter braucht mich!“ Sie eilte davon.

„Rötli! So laß dir doch sagen –“ Ruedlieb streckte die Hände. Doch Edelrot war schon im Haus verschwunden. Der Bub fuhr mit der Hand über die Stirn; er blickte hinauf zu Wazemanns Haus und starrte wieder das Kränzl an; wie Blutschimmer hing es an Edelrots Bäumchen, dessen junger Stamm in handbreiten Zwischenräumen siebzehn Kerbschnitte zeigte; sie waren vernarbt und schon wieder von Rinde überwachsen, bis auf einen, der noch frisch und weiß war; vor wenigen Wochen erst, an dem Tag, an dem sich die Geburt der Schwester jährte, hatte Sigenot diese Kerbe in den Baum geschnitten. „Ich weiß nit, wie mir so was einfallen kann!“ murmelte Ruedlieb. „Hätt ich die Blumen nur nie gebracht!“ Da fühlte er einen leichten Gertenschlag an seinem Arm; als er aufblickte, stand Sigenot unter dem Hag, mit Angelrute und Lägel.

Der Bub wurde rot und ließ sich zu Boden gleiten.

„Zeit lassen!“ grüßte der Fischer. „Was treibst du da?“

„Mit dem Rötli hab ich ein Weil geplauscht.“

„Was denn? Unsinniges Zeug?“

Ruedlieb schüttelte den Kopf und schielte nach der jungen Eiche.

Sigenots Brauen furchten sich. „Warum schaust du auf die Seit? Schau mir ins Gesicht!“ Der Bub hob die Augen; je länger der Fischer in dieses offene Gesicht blickte, desto freundlicher wurden seine Züge. „Bist von der Alben gekommen?“

„Wohl, zwei Tag und zwei Nächt bin ich droben gewesen!“

„So geh heim jetzt! Ich hab eine Botschaft für deinen Vater. Sag ihm: Heut sind sie gekommen, und draußen beim Albenbach haben sie auf Mittag Rast gehalten.“

„Wer?“

„Dein Vater weiß schon, wen ich mein. Geh nur!“

Der Bub faßte sein Grießbeil. „Zeit lassen, Fischer!“

„Zeit lassen auch!“

Sigenot blickte dem Burschen nach, der rasch davonging. Ein freundliches Lächeln glitt über seine Züge. „Der Bub möcht mir taugen für das Rötli wie keiner! Aber das hat noch Weil!“ Er trat in den Hag. „Höi, Wicho!“ rief er mit lauter Stimme.

Der Knecht kam aus dem Stall gelaufen. „Was schaffst?“ „Nimm das Lägel und trag die Ferchen hinauf in Wazemanns Haus!“

„Wohl!“ Der Knecht nahm das triefende Lägel auf die Schulter.

„Aber halt dich nit auf und laß dich nit ein mit den Burgknechten! Sonst kommst du am End wieder heim mit blutigem Kopf wie das letzte Mal, und ich müßt dir wieder unrecht geben. Wer Streit sucht, muß Hieb leiden."

„Streit suchen! Wer hat denn Streit gesucht?" brummte der Knecht. „Hätt ich ruhig stehen sollen, wie die Knecht gespöttelt haben, du wärst nur ein Freier, solang ihr Herr ein Aug zudrückt?"

„Laß die Knechte reden, was sie mögen! Tut einmal Herr Waze oder einer von seinen Buben eine solche Red, so will ich ihm schon die richtige Antwort geben."

Murrend verließ der Knecht den Hag. Draußen nahm er das Lägel ab und öffnete den Deckel; Sigenot hatte seit Mittag fleißigen Fang gehalten, es wimmelte im Lägel von Forellen. Wicho warf einen mißmutigen Blick hinauf nach Wazemanns Haus. „Und die soll er all wieder haben? Tät ihm nur eine Grät im Hals stecken bleiben!"

Sigenot hatte die Angelrute an das Brunnendach gelehnt. Da hörte er vom Waldhang des Jennar herüber das Läuten zweier Jagdhunde. Ein Schatten flog über sein Gesicht. „Mir scheint, sie ist schon wieder um den Weg!" Er lauschte gespannt. Die Hunde schienen ein wundes Tier zu jagen; bald gaben sie Standlaut, dann wieder näherte sich die Jagd unter hetzendem Gekläff, wandte sich bald zur Rechten, bald zur Linken, nun klang das Geläut der Hunde schon im Talwald, und immer näher kam es dem See. Unter den Bäumen stolperte ein Hirsch auf die freie Lände hervor, das Wasser suchend, taumelnd und keuchend, mit pumpenden Flanken und hängendem Lecker; aus seiner Schulter ragte ein Pfeilschaft, in Fetzen hing zerrissenes Schlingwerk an dem mächtigen Geweih, und vom Äser tropfte die helle ‚Roten'. Das Tier streckte das Haupt nach dem See und schwankte vorwärts, aber schon waren die Hunde hinter ihm her, sprangen ihm an die Kehle und suchten den Hirsch in den Sand zu reißen.

Sigenot stand mit finsterem Gesicht, und seine Hand zuckte nach dem Messer; ihn erbarmte das Tier, dem nur eine einzige Wohltat noch zu spenden war: der Gnadenstoß. Aber er hatte noch keinen Schritt getan, da hörte er Hufschlag im Wald. Auf ihrem schäumenden Rappen sprengte Recka auf die Lichtung hervor. Mit jauchzendem Laut sprang sie aus dem Sattel, und während das wohlgeschulte Pferd keinen Huf mehr von der Stelle rührte, riß sie den blinkenden Genicker aus der Scheide und durchschnitt mit raschem Streich dem Hirsch die Sprungsehnen der Hinterläufe; stöhnend setzte sich das Tier, und da fuhr ihm der wohlgezielte Stoß ins Herz. Lachend sprang Recka zurück, um dem schlagenden Geweih zu entrinnen. Noch ein kurzer Kampf des erlöschenden Lebens, dann stürzte der Hirsch lautlos in den rotgefleckten Sand. Die Hunde ließen von ihm ab, gaben Standlaut, und von Wazemanns Haus herunter antwortete die Meute im Zwinger.

Recka schnitt dem Hirsch die Granen aus dem Äser und verwahrte sie hinter dem Gürtel. Aufatmend warf sie das Haar zurück. Dann wieder trat sie auf ihre Beute zu, legte die Hand auf die klaffende Wunde des Hirsches und berührte mit den rotgefärbten Fingern die Lippe. „Heil zum Gejaid!“ Es war alter Jägerbrauch, den sie übte: sie ‚trank die Roten‘. Nun blickte sie am Waldsaum entlang, die Büsche musternd; sie schien nicht zu finden, was sie suchte; nach allen Seiten spähte sie und gewahrte die über den Hag des Fischerhauses niederhängenden Äste der Eichen. Einen Augenblick zögerte sie, dann ging sie rasch auf das Hagtor zu und streckte die Hand aus. Aber da trat Sigenot hinter dem Hag hervor und faßte ihren Arm. „Rühr den Baum nit an!“

Dunkle Röte flog über Reckas Gesicht. „Laß meine Hand!“ Mit zornigem Ruck befreite sie den Arm. „Dort liegt der Hirsch, den ich geworfen, ich will meinen Eichbruch haben nach Weidgesetz!“

„Brich ihn, wo du magst, aber nit von dem Baum da! Das ist meines Vaters Jahrbaum.“

Während der Fischer sprach, war Edelrot aus dem Haus getreten und herbeigekommen. Schüchtern legte sie die Hand auf ihres Bruders Arm. „Sigenot!“

„Sie will einen Zweig brechen von Vaters Baum“, sagte er, „und das leid ich nit.“

Recka zögerte mit der Antwort; Edelrots Anblick schien das heftige Wort zu beschwichtigen, das schon auf ihrer Zunge lag. „Du bist dem Baum ein guter Hüter, das muß ich sagen; aber das wird deinem Vater wohl nimmer viel helfen!“

„Laß die Toten in Ruh!“ sagte der Fischer mit finsterem Ernst. „Keiner soll einen Zweig brechen von dem Baum oder nur ein einzigs Blatt davon abstreifen und meines Vaters Schlafruh stören. Wenn du deinen Bruch schon haben mußt und der Weg in den Wald ist dir zu weit – dort steht mein Baum, reiß dir einen Zweig von ihm, und wär's der letzt, ich will's nit wehren.“

Ein spottendes Lächeln zuckte um Reckas Mund. „Dein Baum hat Ruh vor mir! Bist ein Fischer und mußt all Morgen auf sein vor Tag. Es müßt dir schaden am Gesund, wenn ich dir die Schlafruh stören möcht!“ Lachend wandte sie sich ab.

„Recka!“ stammelte Edelrot, eilte auf ihr Bäumchen zu und brach einen Zweig; sie bemerkte nicht, daß das Almrosenkränzl aus dem Geäst herunterfiel und über den Hügel niederrollte zwischen die Balken, die den Lugaus trugen. Unter dem Hagtor holte sie Recka ein und reichte ihr den Zweig. „Nimm, da hast du einen Bruch!“

„Ich danke dir!“ sagte Recka, und freundlich streifte sie mit der Hand über Rötlis Lockenkopf.

Schweigend kehrte Sigenot sich ab und schritt dem Hause zu.

„Mußt ihm nit harb sein!“ flüsterte Rötli. „Viel Jahr sind schon vergangen, seit der Vater im See versunken ist, und noch allweil hängt der Bruder an ihm mit heißer Lieb wie du an deiner toten Mutter. Mußt ihm nit harb sein! Schau, ich verrat dir was dafür.“

„Und was?“ fragte Recka lächelnd.

„Ich weiß ein Völkl Enten, dort im Weiher!“

„Das hör ich gern. Die wollen wir heut noch jagen, Rötli!"

„Heut noch? Aber schau, es schattet schon, und Gewölk zieht auf!"

Recka blickte zum Himmel. „Grob Wetter wird kommen zur Nacht. Aber es hat noch Zeit, wir fahren vor Nacht den See ohne Müh noch auf und nieder. Wart auf mich, ich hol meine Falken!" Sie ging auf ihre Beute zu, streifte den Eichenbruch über die Wunde und steckte ihn hinter die Reiherfedern auf ihrer Kappe. Bellend sprangen die beiden Hunde um sie her. „An die Wach!" befahl ihnen Recka. Da verstummten die Brachen und legten sich vor dem Hirsch in den Sand. Mit einem leisen Laut rief Recka das Pferd herbei. Leicht schwang sie sich in den Sattel und trabte davon.

Wicho kam mit dem leeren Lägel von Wazemanns Haus zurück. Als er den Hirsch liegen sah, wollte er näher treten; die Hunde fletschten die Zähne; erschrocken wich er zurück und brummte: „Hui, hui! Das sind die richtigen Wazemannshund!"

Unter der Türe kam Sigenot ihm entgegen. Wicho schob das Lägel unter die Hausbank. „Herr Waze laßt dir Vergelts für die Ferchen sagen, und du sollst heut noch hinaufkommen zu ihm."

Betroffen blickte der Fischer auf. „Was will er?"

Der Knecht zuckte die Achseln. „Ich weiß nit. Was Guts, mein' ich, wird's schwerlich sein. Er hat so freundlich getan. Sag ihm, er tät mir einen Gefallen, hat er gesagt, sag ihm, es wär mir lieb, wenn er heut noch käm, hat er gesagt."

Sigenot lächelte: „Da bin ich neugierig, was er will." Ruhig fragte er den Knecht: „Ist das Gras schon eingetan?"

„Wohl!"

„Dann Feierabend für heut." Sigenot wollte gehen.

„Willst du dein Eisen nit umhängen?" fragte der Knecht.

„Das braucht's nit. Ich hab meine Fäust bei mir."

Zwei wilde Schwäne kamen über das Fischerhaus einhergestrichen. Sigenot hörte ihren rauschenden Flügelschlag und blickte zur Höhe. „Die bringen Sturm!" Er folgte mit den Augen den weiß schimmernden Vögeln, sah sie über dem Seeweiher kreisen und niederfallen ins Röhricht. Dann machte er sich raschen Ganges auf den Weg. Vor dem Hag begegneten ihm zwei Wazemannsknechte mit einem Karren, um den erlegten Hirsch zu holen.

Zwischen dem schilfigen Ufer und dem vom Hag umschlossenen Hügel zog sich ein schmaler Waldstreif hin. Sigenot durchschritt ihn und kam zum Ausfluß der Ache; eine aus vier breiten Balken gefügte Brücke überspannte das rauschende Wasser. Drüben nahm wieder der Wald ihn auf. Ein breit ausgehauener Reitweg führte in weitem Bogen zu Wazemanns Haus empor; aber diesem Wege folgte der Fischer nicht, sondern einem schmalen Fußpfad, der am Seeufer hinlief und unter dem Falkenstein auf einer Lichtung mündete; ein Steig lenkte über die Wand hinauf, mit schmalen, in die Felsen eingehauenen Stufen und einem dicken Seil als Halt und Stütze. Über der Felswand hob sich die plumpe Ringmauer aus wirrem Gestrüpp hervor, und ein niederes Türchen führte in den Burghof.

Der Fischer wollte emporsteigen. Da öffnete sich droben die kleine Pforte, und Recka betrat die Felsentreppe; sie hatte das Reitgewand abgelegt und trug ein kurzes Unterkleid mit braunem Überwurf, dessen Säume mit dem gelblichen Rauchwerk von der Kehle des Edelmarders verbrämt waren; ein Netz umschloß das aufgeknotete Haar, so daß sich der schöne stolze Kopf frei aus den Schultern hob; auf ihrer rechten Hand saß ein Habicht mit der Falkenhaube und ein zweiter auf ihrer linken Schulter; rasch kam sie, ohne das Seil zu berühren, über den steilen Pfad herabgestiegen. Sigenot trat zur Seite. Kaum merklich neigte sie den Kopf, als sie an ihm vorüberschritt.

Der Fischer betrat den Felsensteig; schon auf der ersten Stufe wandte er sich. „Recka!“ Sie drehte das Gesicht und sah ihn verwundert an. „Du willst auf die Beizjagd?“ fragte er. „Heut noch?“

„Was kümmert’s dich?“

„Grob Wetter steht am Himmel.“

Sie warf einen raschen Blick empor zu dem ziehenden Gewölk, dessen Säume blutrot schimmerten. „Ich fürcht es nit."

„Es könnt schneller da sein, als du meinst!"

„Dann schau nur, daß du bald unter Dach kommst!" Lachend drehte Recka dem Fischer den Rücken und schritt davon. Raschen Ganges gelangte sie zur Lände am See. Edelrot hatte sie schon gewahrt und kam mit einem Ruder aus dem Hagtor hervorgeschlüpft. „Ich hab eine Stang mitgebracht!" flüsterte sie. „Aber ich mein', wir sollten nimmer fahren. Horch nur, wie's im Röhricht zischelt! Das ist kein gutes Zeichen!" Scheu blickte sie zum Himmel. „Der König Eismann hat schon die Haub."

Recka lächelte. „Hast du Furcht?"

Edelrot schüttelte das Köpfchen. „Furcht nit, aber der Bruder wird schelten."

„So laß ihn schelten! Komm!" Mit dem Knie schob Recka den leichten Gransen ins Wasser, um ihn zu besteigen. Bei der schwankenden Bewegung schlugen die Habichte mit den Schwingen, um den Halt auf Reckas Hand und Schulter nicht zu verlieren. Edelrot folgte, und während sie im Spiegel des Nachens das Ruder in den Weidenring schob, setzte Recka sich auf das Schnabelbrett, legte das Federspiel mit den weißen Taubenflügeln, das sie in lederner Tasche getragen hatte, vor sich hin, nahm die unruhig gewordenen Beizvögel auf ihren Schoß und streichelte ihnen mit einer langen Feder Hals und Rücken.

„Gelt", fragte Rötli, „da ist dein Schätzel nit dabei?"

Recka lachte. „Schau doch, du kannst ja schon den Stockfalk unterscheiden vom Edelfalk! Gib acht, du wirst noch was lernen! Mein Schätzel sitzt daheim. Ich hab die groben Stößer mitgenommen, die taugen besser auf das Wasser und machen flinke Arbeit."

Stehend führte Edelrot das Ruder, gleichmäßig und geschickt. Mit leisem Plätschern glitt das Schiff hinaus über die glatte, schattenstille Flut. Auf dem Wasser webte der violette Schimmer des entschlummernden Tages, und auf der Zinne des Jennar leuchtete noch ein letzter Anflug helleren Lichtes. Doch zwischen dem hochtreibenden Gewölk, dessen wallende Säume alle Farben spielten von brennendem Rot bis zu dunklem Purpur, lag es schon wie kommende Nacht. Eine finstere Wolkenhaube hatte sich über den Schneegipfel des Königs Eismann gestülpt. Dort oben quollen und wirbelten die Nebelmassen durcheinander wie Dampf über einem Kessel; im Tal und auf dem Wasser rührte sich noch kein Lufthauch. Nicht die leiseste Welle kräuselte den See; nur im Röhricht zitterten die Spitzen der schlanken Blätter, als stiege der schwüle Brodem, den die heiße Sonne des Tages unter dem Schilfdach ausgebrütet, nun langsam zwischen den Halmen empor in die Lüfte.

Es raschelte im Röhricht, und leises Geschnatter ließ sich vernehmen.

„Da drinnen sind sie!“ flüsterte Rötli.

„Die Enten? Die lassen wir heut in Ruh. Ich weiß mir bessere Jagd! Ein Elbißpaar ist eingestrichen in den See, von meinem Fenster hab ich’s erschaut. Fahre hinüber in die Ecke, wo aus der Tiefe der kalte Brunnen aufsteigt. Dort liegen sie im Schilf!“

„Recka!“ stammelte Edelrot, den Gransen verhaltend. „Du wirst doch nit die Elbiß beizen?“

„Was soll mich hindern?“

„Die Leut sagen: Wo der Elbiß rauscht, da ist der Bid nit weit.“

„Ich fürcht ihn nit!“ entgegnete die Wazemannstochter lächelnd. „Fahr zu!“ Rötli zögerte. „Fahr zu!“ wiederholte Recka ungeduldig. Rötli tauchte das Ruder ein und schob den Gransen. Nahe bei der Insel kamen sie vorüber, und Edelrot lugte scheu in das Röhricht. „Dort schau hin! Siehst du die kleinen Weglein im Geröhr? Da steigt er aus und ein, der Bid.“

Recka lachte. „Närrlein, das sind Ottersteige. Fahr weiter!“

Rötli trieb den Nachen. Das Wasser wurde tief und schwarz. Da erwachte in Edelrot ein Gedanke, der sie erblassen machte. „Recka! Wenn es keine richtigen Elbiß wären, sondern –“

„Was?“

„Elbißdirnen!“ Das Wort klang wie ein Hauch.

„Narretei!“ lachte Recka. „Fahr weiter!“

Zögernd gehorchte Rötli. Der Nachen glitt über eine Stelle des Wassers, an der sich auf dem Spiegel kleine wallende Kreise zeigten; hier stiegen die kalten Quellen auf. Immer näher glitt das Schiff dem Röhricht. Recka hatte sich erhoben und setzte die Stößer auf den rechten Arm; durch die Schleifen der Falkenhauben hatte sie eine Schnur gezogen, um die Kappen lösen zu können mit einem Ruck. „Mach Lärm mit dem Ruder!“ flüsterte sie. Rötli war bleich und zitterte; aber sie folgte der Weisung. Es rauschte im Röhricht, klatschende Flügelschläge ließen sich hören, und die beiden Schwäne hoben sich schweren Fluges über das Schilf, mit offenen Schnäbeln fauchend, die Hälse lang gestreckt. Schneeweiß leuchtete ihr Gefieder in der dämmernden Luft. Rasch löste Recka die Falkenhauben und hob den Arm. Die Stößer streckten die Köpfe, und ihre gelben Augen funkelten - jetzt wurden sie starr, das Gefieder sträubte sich – sie hatten die Schwäne eräugt. In diesem Augenblick schwang Recka unter jauchzendem Ruf die Vögel. Pfeilschnell schossen die Stößer den Schwänen nach. Schon hatten sie ihnen die Höhe abgewonnen, da fiel ein dumpfer Windstoß aus den Lüften und rauschte an der Falkenwand entlang. Die Stößer gaukelten mit wehenden Schwingen, doch nur einen Augenblick, dann fanden sie wieder festen Flug und stießen nieder.

Mit klagendem Laut teilten die Schwäne ihren Weg, der eine suchte das Land, den tieferen See der andere. Diesen hatten die Stößer zu ihrem Opfer gewählt, und schlagend fielen sie ihm an den Hals. Im Fluge trug sie der klagende Schwan und tauchte mit ihnen um die Ecke der Falkenwand.

„Er fällt in den Weitsee!“ schrie Recka in Erregung. „Gib mir das Ruder, wir müssen nach, oder der Schwan ist verloren und meine Vögel dazu!“ Sie hörte nicht auf Rötlis Bitten, griff nach dem Ruder und schlug das Wasser, daß vor dem Schnabel des Nachens eine weiße Welle aufrauschte. Wieder fiel ein Windstoß aus den Lüften, dumpf und brausend, und über das Wasser ging ein Zittern.

Hinter der Insel Bidlieger verschwand das Schiff mit den beiden Mädchen.

Im Röhricht erwachte ein Glucksen und Plätschern, aller Glanz war von der Flut gewichen, grau und finster lag das Wasser, überwirbelt von kleinen stoßenden Wellen. Und weit aus dem Tal herein, plötzlich, hörte man das Rauschen der Ache.

Es kam der Sturm.

6

An der kleinen Pforte über dem Felsensteig hatte Sigenot den Hammer gerührt. Ein Knecht öffnete: „Komm nur, der Herr wartet schon!“

Der Fischer zögerte. „Sind die Buben daheim?“

„Nein. Gestern vor Mittag sind sie nach dem Eismann hinauf ins Gemsgejaid. Ich weiß nit, ob sie heut noch heimkommen.“

Sie überschritten den wenig geräumigen Burghof; der Steinwall um das Haus war eng gezogen nach dem alten Sprichwort: Je kürzer die Mauer, so länger die Wehr. An der Mauer entlang, unter den Pfeilscharten und Luglöchern, lief eine hölzerne Brustwehr mit Wächterhäuschen und kleinen Treppen; aber das Holzwerk war morsch und zerfallen. Wazemanns Haus hatte nie einen Angriff erfahren und schien auch keinen mehr zu befürchten. In die Ecken der Mauer waren Schuppen und Scheunen eingebaut, und die Wächterhäuschen dienten als Trockenkammern für die Wilddecken. Ein paar alte Ulmen standen im Hof, von Holzbänken umzogen und an den Stämmen behängt mit verwitterten Hirschgeweihen und mit Steinbock- und Gemsgehörnen, die zumeist noch auf den weißgebleichten Schädeln saßen. Zwischen den Bäumen erhob sich ein aus dicken Fichtenstangen gefügter Käfig, in dem ein brauner Bär, ein Wolf und eine Luchskatze einträchtig hausten, träg und schläfrig, mit abgeschundenem Fell. Nicht weit davon, in einer Ausbuchtung der Ringmauer, befand sich der hochvergitterte Hundezwinger, darin die Bollbeißer und Saufinder bei Sigenots Eintritt einen tollen Lärm erhoben.

An die Mauer waren auch die Ställe angebaut, die Hühnersteigen und Entenhütten. Auf einem der Moosdächer saßen zwei Pfauen; Enten und Hühner stolzierten frei im Hof umher, und mit dem Kläffen und Heulen der Hunde vermischte sich das Muhen der Kühe, das Blöken der Mastschafe, das Gackern der Hühner, das Geschnatter der Enten und das Geschrei der in den Ställen beschäftigten Knechte und Mägde.

Inmitten des Hofes stand wie ein plumper riesiger Block Herrn Wazes Wohnhaus. Der Unterbau war aus unbehauenen Felsbrocken gemauert und umschloß die Küche, die Pfisterei, die Falkenkammer, die Gesindestuben, den Keller und die Bußlöcher, von deren zweifelhafter Wohnlichkeit manches Bäuerlein im Gaden erzählen konnte. Der Oberbau, den ein steiles, vorspringendes Schindeldach bedeckte, war aus Balken gefügt. Eine hölzerne Freitreppe führte in eine Vorhalle; hier standen zwei lange Tische mit Holzbänken und dreibeinigen Stühlen; Jagdnetze, Schneereifen und eiserne Raubtierfallen hingen an der Wand; Saufedern und Grießbeile lehnten in den Ecken, und an den höheren Balken reihte sich eine Trophäe neben die andere: Eberköpfe, Bärenhäupter, Hirschgeweihe und Luchsköpfe. Von dieser Halle führten zwei niedere Türen in das Haus, und aus der einen klangen zwei Stimmen, rauh und zornig die eine, die andere scheu und stammelnd.

„Der Herr ist drin, geh nur hinein!“ sagte der Knecht zu Sigenot.

Der Fischer trat über die Schwelle. Der Raum vor ihm, das war die Herrenstube in Wazemanns Haus; sie hatte vier Fenster, aber der Schliem[1]), mit dem die Fensterrahmen überzogen waren, ließ vom späten Licht des Abends nur noch eine trübe Helle ein. Gebräunte Balken bildeten die Decke, von der an Ketten ein eiserner Reif mit aufgesteckten Hirschtalgkerzen herunterhing; darunter ein Tisch mit Stühlen. In einer Ecke der große Lehmofen; die von Geweihen starrenden Balkenwände waren rau mit Mörtel beworfen und geweißt. Entlang der Mauer liefen Holzbänke, unterbrochen von Truhen und drei niederen Türen. Hier ein Sattelbock, dort ein Gestell mit Waffen und Jagdgerät und dazwischen in der Wand ein alkovenartiger Ausbau mit dem Spanbett, auf dem Herr Waze die einsame Nachtruh zu halten pflegte, seit Frau Friderun, sein Eheweib, das Zeitliche auf blutigem Wege gesegnet hatte.

Heute schien die Stunde, in der sich Herr Waze nach Schlaf und Ruhe sehnte, noch lange nicht gekommen. Seine Stimme klang wie Bärengebrüll; mit beiden Fäusten hielt er den Bauer, der stotternd vor ihm stand, am Bart gefaßt, rüttelte und schüttelte ihn und schrie ihm ins Gesicht: „Dir will ich zeigen, wer dein Herr ist! Du sollst dir den Zinstag merken!" Mit der Faust holte er zum Schlag aus.

Da faßte Sigenot seinen Arm. „Herr! Lasset doch den Bauer aus! Ihr redet ein lützel grob. Wenn Ihr ihm das Hirn in die Ohren beutelt, wie soll er denn hören?"

Herr Waze ließ den Bauer fahren. Er hatte den Fischer erkannt und schien Ursache zu haben, seinen Zorn gewaltsam zu bezwingen. Die Säume seines langen Hausrockes über dem Leib zusammenschlagend, brummte er: „Du? So? Du bist da?"

Sigenot wandte sich an den Bauer, in dem er seinen Nachbar erkannte, den Marderecker. „Was hast du angestellt?"

„Der Lump und Gauchdieb!" schrie Herr Waze. „An Sonnwend hätt er zinsen sollen, und heut, im halben Augst[2]), kommt er und heult, ich soll noch warten bis nach der Albenzeit."

[1]) dünn gegerbte Netzhaut

[2]) August

„Guter Herr, habet doch Einsicht!" stammelte der Bauer mit halb erstickter Stimme. „Wie hätt ich käsen sollen? In sechs Wochen hat mir der Bär vier Geißen gerissen, meine besten Milchgeißen."

„Freilich! Steiner frißt der Bär nit."

„Aber ich kann doch aus Steiner auch kein Schmalz machen!"

„Schau den an!" schrie Herr Waze. „Spitzwörteln will er auch noch!" Und wieder wollte er mit beiden Fäusten zugreifen.

Sigenot trat dazwischen. „Lasset den Mann in Ruh, Herr! Der arme Hascher hat eh keinen Tropfen Blut mehr im Gesicht. Und daheim bei ihm schaut's grausig aus. Eine Kuh ist ihm umgestanden, und sein Weib kann nimmer schaffen, die geht mit dem Kind."

„Natürlich, mit der Zwielichtarbeit wird der Kerl noch allweil fertig. Da ist ihm die kürzeste Sommernacht noch lang genug. Am Tag, da liegt er auf der Faulhaut, und ich kann warten auf Zins und Steuer." Herr Waze spuckte aus und griff nach der Metbitsche auf dem Tisch. Als er sie leer fand, klapperte er mit dem Deckel und schrie: „Ulla! Ulla!" Eine greise Magd erschien, um den Krug zu holen.

Inzwischen fragte Sigenot den Bauer: „Wieviel macht dein Zins?"

„Auf Sonnwend zwanzig süße Geißkäs."

„Komm morgen zu mir! Ich red mit meiner Mutter."

Der Bauer fand kein Wort des Dankes; nur seine Augen redeten. Herr Waze lachte: „Mach, daß du weiterkommst!" Ein Tritt, und der Marderecker brauchte die Tür nicht mehr zu suchen.

Die Magd brachte den Krug. „Steck die Kerzen an!" brummte Herr Waze und wandte sich wieder zum Fischer. „Deine Ferchen sind sauber gewesen. Was willst du haben dafür?"

„Stahlstiften könnt ich brauchen auf Angelhaken."

„Die sollst du haben. Und meine Dirn hat einen Hirsch gehetzt. Von dem schick ich dir eine Keul."

Sigenot schüttelte den Kopf. „Nit von dem! Ich hab ihn sterben sehen."

Herr Waze stieß einen schmerzvollen Laut aus. „Die Leut sterben", schrie er, „die Hund verrecken, aber der edle Hirsch verendet! Ein Fischer! Sollt ein halber Jäger sein und kann nit einmal reden! Und grausen tut ihm vor Wildbret! Meintwegen!" Um seine Fassung wieder zu finden, griff er nach der Bitsche.

Auf dem Eisenring brannten die Kerzen, und ihr rötlicher Schein beleuchtete den Trinker. Der lange, aus Hirschleder genähte Hausrock umhüllte eine klobige, vom Alter schon etwas gebeugte Gestalt; ein grauer, langsträhniger Bart umrahmte das von Zeit und wüstem Leben zerstörte Gesicht; alles an diesen Zügen war welk und schlaff, doch die grauen Augen hatten noch Glanz und festen Blick. Dünnes Haar hing an den Schläfen und im Nacken; das Oberhaupt war kahl, doch über der Stirn sträubte sich ein vereinsamter Haarbusch, als hätte die Zeit ihn eigens verschont, damit ihn ein zausendes Schicksal doch endlich noch zu fassen bekäme.

Herr Waze hatte einen tiefen Zug getan und stellte die Bitsche nieder; mit einem Augenwink wies er die Magd aus der Stube. „So, Fischer, jetzt laß uns reden! Komm her!" Sie setzten sich, und Herr Waze schob seinem Gast die Bitsche hin.

„Mich dürstet nit." Sigenot steckte seine Kappe hinter den Gürtel.

Herr Waze schielte den Fischer von der Seite an. „Meintwegen!" Dann legte er die Arme über den Tisch und spähte schweigend eine Weile in Sigenots Gesicht. „Also, jetzt red! Was meinst du dazu?"

„Wozu? Ich versteh nit."

„Hast sie doch auch schon gesehen heut!"

„Wen, Herr?"

„Die Kuttenlupfer! Bist du nit dazu gekommen, wie meine Dirn mit ihnen gehachelt hat?"

Langsam hob Sigenot die Augen. „Wohl!"

„Also! Jetzt red!"

„Was gehen mich die fremden Leut an?"

„Fremde Leut?“ Herr Waze legte die unruhigen Hände um die Bitsche. „Wenn der Öberste von ihnen morgen kommt und sagt zu dir: ‚Du, Fischer, jetzt bin ich der Herr im Gaden, und ihr seid Kirchenknecht, da gibt's keinen Unterschied, Fron und Zins und Steuer, alles gehört mir, mein ist der Wildbann und die Fischenz über Bach und See, her damit!‘ Was meinst du dann, Fischer?“

Sigenot lächelte. „Ich mein', ich find schon die richtige Red.“

„Hast recht! Und wenn dir die Wort ausgehen, red nur gleich mit der Faust! Bei dir gibt's aus. Wo du hinhaust, wachst sieben Jahr kein Gras nimmer. Und ich, Fischer, ich halt zu dir! Dich hab ich gern. Du bist der einzige im Gaden, den ich stehen hab lassen wie Herr neben Herr. Nie hab ich mit einem Finger an dein Recht gerührt.“

„Das hat einen guten Grund gehabt.“

Herr Waze zog die Brauen hoch. „Wie meinst du das?“

„Ich mein', es wär schiech ausgegangen. Kann sein, für mich, für Euch aber auch! Wenn ein Baum fallt, Herr, gibt's Trümmer.“

Herr Waze machte zu dieser Rede einen bösen Kopf. Doch er lachte, griff nach der Bitsche, tat einen tiefen Zug, klappte den Deckel zu und schlug mit der Faust auf den Tisch. „Schau, Fischer, das gefallt mir, daß du so redest. Wer was ist, den laß ich gelten. Und drum halt ich zu dir.“

„Ich brauch keinen Helfer.“

„So? Du bist noch nie hinausgekommen aus dem Gaden. Aber ich, Fischer, ich weiß, wie sie's machen!“ Mit hohler Hand strich Herr Waze über die Tischplatte, als lägen goldene Schätze vor ihm, die er einstreichen möchte in seinen Schoß. „Beim Kleinen fangen sie an, schön langsam, und allweil schneller geht's, und beim Großen hören sie auf. Mit Gotteslieb und Himmelsgnad aißen[1]) sie die Gruben an, und was hereinfallt, kommt in den Klostersack. Der hat kein Loch. Was da drin ist, das bleibt!“

Sigenot lächelte wieder.

[1]) ködern

„Warum lachst du?“ brummte Herr Waze, während draußen der erste brausende Windstoß um das Haus fuhr.

„Der Ramsauer Pfarrherr ist mir eingefallen, der alte Hiltischalk. Der hat mich als Bub getauft und ist der einzig, den ich kenn. Wenn die vier, die heut gekommen sind, dem Ramsauer nachgeraten, könnt man allweil hausen mit ihnen. Vom Ramsauer hab ich noch nie gehört, daß er was eingestrichen hat in seinen Sack. Ich hör nur allweil, daß er gibt, das letzte Haftl und das letzte Hemd. Und Herz und Leib dazu!“

Herr Waze hatte regungslos dagesessen, mit funkelnden Augen. Jetzt sprang er auf und warf den Stuhl beiseite. „Hol ihn der Teufel, den er predigt! Grad der ist von den Ärgsten einer! Der weiß, wie man's machen muß, daß die Roß nach dem Reiter schlagen. Die ganzen Leut in der Ramsau hat er verdorben in Grund und Boden. Da steht jetzt einer neben dem andern wie Stein bei Stein in der Mauer.“

Sigenot erhob sich. „Herr Waze, das hat ein anderer fertiggebracht als der Ramsauer Pfarrherr.“

Der zweite Windstoß rauschte um das Haus, daß alles Gebälk erzitterte; an einem der Fenster riß der dünne Schliem, ein zischender Luftstrom fuhr in die Stube und machte die Kerzen flackern. Mit zorniger Faust stieß Herr Waze den Laden vor. „Und jetzt“, so schrie er, „jetzt will sich gleich ein ganzes Binkel festsetzen im Gaden. Und eine Klaus wollen sie bauen, und aus der hölzernen Klause soll ein steinernes Kloster wachsen mit Mauer und Türm. Und wie man der Sau das Blut abläßt, so soll ich Stückl um Stückl herlassen, was ich hab in meiner Faust. Die sollen den Waze kennenlernen! Wenn ich nur wüßt, wer hinter ihnen steht! Ob der Salzburger? Oder gar noch ein Stärkerer, der mir ans Fleisch kann? Wenn ich nur das wüßt! Dann möcht ich ihnen morgen ein Wörtl sagen, daß ihnen die Zung in den Hals fallt! Aber so –“ Herr Waze schluckte und griff mit den Fäusten an die Brust.

Sigenot schaute schweigend, mit ernstem Blick. Keuchend trat Herr Waze an den Tisch und hob den Krug. Und schnitt ein Gesicht, als wär' ihm die Zunge bitter geworden. „Was nur das wieder für ein Gesüff ist! Den Met hat der Schönauer gesteuert und hat mir mit Fleiß den Honig verdorben!"

„Nein, Herr!" sagte der Fischer. „So was tut der Schönauer nit. Aber wenn einer zu oft in den Immstock greifen muß und mehr vom Stock verlangt, als er geben kann, so sind die Immen bald nimmer heikel im Blumensuchen und heimsen auch auf Giftblumen. Das merkt man im Met. Obenauf schmeckt er süß, der Satz wird bitter."

Herr Waze roch an der offenen Bitsche, stieß den Krug von sich und schrie: „Was mich am meisten ärgert, ich selber bin schuld, daß ich die Schermäus jetzt im Land hab! Vor langer Zeit einmal, da sind der Sulzbacher und seine Gräfin auf den Einfall gekommen, sie möchten Nachschau halten im Gaden. Ohne Troß und Knecht sind sie draußen weggeritten von der Herrenburg. Unterm Lokistein, wo der Goldenbach in die Ache fließt, sind sie in die Irr geraten. Da haben sie aus dem Sattel steigen müssen und zu Fuß weiter suchen. Auf einmal bricht unter ihnen die Erd ein, und halb verschüttet sind sie in der brunnentiefen Grub gelegen, zwei Tag und eine Nacht. Und da muß mich mein Unstern dazuführen!" Herr Waze lachte zornig auf.

„Unstern?" Sigenot furchte die Brauen. Es sind doch Menschen in der Not gewesen, und Eure Herrenleut dazu!"

„Paß nur auf, was weiter kommt!" schrie Herr Waze. „Auf der Sauhatz hab ich die ledigen Gäul gefunden, hab vom Sattelzeug richtig auf die Reiter geraten und hab mich mit meinen Leuten ans Suchen gemacht. Und finden hab ich sie müssen! Und hab noch eine Freud gehabt, weil ich gemeint hab: Jetzt, wo mir der Graf und die Gräfin ihr Leben danken, hätt ich einen rechten Stein im Brett. Und weißt, was geschehen ist?" Mit beiden Händen faßte Herr Waze den Fischer am Wams. ‚Wie der Graf und die Gräfin wieder daheim waren, hat der Burgpfaff angefangen, der Frau Adelheid ins Ohr zu reden: Ihr Unglück und die Rettung wär ein Vermerk von Gott gewesen, daß Frau Adelheid das alte Gelübd ihrer Mutter erfüllen müßte und den Berchtesgaden hingeben an die Kirch!" Herr Waze schlug die Fäuste auf den Tisch. Und wie schon allweil die höchste Nummer fällt, wenn die Pfaffen ihre Knöchel werfen, so hat's nit lang gedauert, da kommt das Siechtum über Frau Adelheid, und auf dem Totenschragen hat sie den Eid getan, und zwölf Edelleut haben mitschwören müssen, daß der Berchtesgaden an das Kloster fallt!"

Sigenot zog die Kappe aus dem Gürtel. So wär das richtig und wahr? Die Schenkung ist beschworen und getan?"

„Ja, ja, ja! Und das ist der Dank, den ich hab! Was sagst du, Fischer?"

„So muß ich sagen, daß die Leut ein Recht haben, wenn sie kommen, und daß sie die Herren im Gaden sind."

„Was Herr? Wer Herr?" klang die kreischende Antwort. „Ich bin der Spisar im Gaden und bin nit gefragt worden, ich hab der Schenkung nit zugestimmt, und ich tu's auch nimmer!"

„Wer hätte Euch fragen müssen? Wenn ich mein Haus verschenken will, muß ich da mein Gesind erst fragen?"

Herrn Wazes Augen erweiterten sich, und ein Zittern befiel seine Knie. Er lachte heiser. Mit zuckenden Fäusten zog er die Rocksäume über die Brust zusammen und schritt in der Stube auf und nieder. Draußen kam der Sturm gezogen. Es pfiff und heulte durch das Haus, dumpf rauschten die Wipfel der Bäume, man hörte das Krachen brechender Äste, das Geklapper fallender Schindeln, und in weiter Ferne rollte der erste Donner. Unter diesem Dröhnen blieb Herr Waze vor Sigenot stehen, mit funkelnden Augen und fahlem Gesicht. „Fischer! Da steh ich vor dir. Draußen beim Lokistein liegen die Klosterleut. Zu wem willst du halten?"

„Warum eine solche Frag, Herr? Ich bin nur einer. Kommt's auf einen an?"

„Du gehst für hundert. An dir hängen die Leut im Gaden wie die Schaf am Salz. Zu wem willst du halten?“

„Fürs erste halt ich zu mir selber. Wenn mich noch ein anderer braucht, so muß das einer sein, bei dem ich das Recht seh.“

Langsam trat Herr Waze von Sigenot zurück und maß ihn mit stechendem Blick. „Fischer! Besinn dich! Da steh ich vor dir, und da draußen sind die andern. Schau fest hin. Auf welcher Seit –“

„Ich seh nur Euch, Herr!“ unterbrach ihn Sigenot mit ruhigem Wort. „Daß ich mir die andern anschau, dazu brauch ich Zeit!“

Wazemanns Augen blitzten, und ein tückisches Lächeln verzerrte seinen Mund. „So haben wir ausgeredet miteinander. Für heut!“

„Wohl, Herr! Und somit gute Nacht!“ Sigenot schritt der Türe zu.

Als er im Dunkel der Vorhalle verschwunden war, eilte Wazemann zu einer der beiden Türen, die in das Innere des Hauses führten, riß sie auf und tat einen leisen Pfiff. Ein Knecht kam gesprungen: „Herr?“ Wazemann besann sich; dann schüttelte er den Kopf und drückte die Türe wieder zu. Er ging zum Tisch zurück; und da sah er betroffen auf. Sigenot stand auf der Schwelle. „Hast du dich besonnen, Fischer?“

„Herr“, sagte Sigenot, „draußen geht ein schieches Wetter los, und Eure Tochter ist außer Haus.“

Herr Waze machte ein verblüfftes Gesicht. „Was geht meine Dirn dich an? Die wird wissen, wo sie bleibt!“ Damit drehte er dem Fischer den Rücken. Sigenot stand noch eine Weile; dann warf er einen Blick durch die Stube und ging.

Wazemann schielte ihm nach und lächelte. „Geh, Fischer! Du gehst deinem Vater nach.“

Graues Dunkel lag schon über dem Hof, als Sigenot aus der Vorhalle niederstieg. Jagendes Gewölk bedeckte den Himmel. An dem Pförtlein über dem Felsensteig wartete der Knecht, der den Fischer ins Haus geführt hatte. „Willst du heimzu nit lieber den Reitweg nehmen?“ fragte er.

Sigenot schüttelte den Kopf. „Ich geh hinunter, wo ich herauf bin.“

„Der Sturm blast bös an die Wand hin.“

„Mich wirft er nit. Mach auf!“

Der Knecht öffnete die kleine Pforte, und Sigenot betrat den steilen und dunklen Weg.

Von der Bergseite der Mauer ließ sich wirrer Stimmenlärm vernehmen. Wazemanns Söhne kehrten von der Jagd zurück. Das Gesinde lief zusammen, und zwei Knechte kamen mit Windfackeln, deren rußende, vom Sturm gepeitschte Flammen den Burghof mit rötlichem Schein erfüllten. Zwei Jägerknechte, die mit heimkehrten, trugen ein schweres Stück Fahlwild[1]) an einer Stange. Henning, Sindel, Rimiger und Hartwig, die ältesten von Wazemanns Söhnen, warfen die Gamsböcke nieder, mit denen ihre Rücken beladen waren. Eibert trug die Stahlbogen und Köcher der älteren Brüder, Gerold und Otloh, die beiden jüngsten, führten in ihrer Mitte einen Buben, dem die Hände auf den Rücken gebunden waren. Sie alle trugen, mit geringem Unterschied, das gleiche Gewand: die Marderkappe mit der Adlerfeder, das Lederwams, die kurze Berghose und am Gürtel den Wildfänger. Rauhe, verwegene Gestalten, denen das wilde, zügellose Leben, das sie führten, aus Gesicht und Augen blickte.

Geschrei und Hundegeheul erfüllte den Hof und übertäubte das Schluchzen des gefesselten Buben, der sich kaum mehr aufrecht zu halten vermochte. Herr Waze kam von der Vorhalle herabgestiegen, und während ihm der Sturm den Bart zauste und den Hausrock um den Körper peitschte, musterte er beim Schein der Fackeln das erlegte Wild. Der erste Gamsbock schien ihm zu gefallen. „Der hat den Schuß auf dem rechten Fleck. Wer hat den Schuß getan?“

„Ich!“ sagte Rimiger. „In voller Flucht ist mir der Bock gekommen und ist hergesaust durch die Latschen. Grad noch hab ich ein

[1]) Steingeiße

Gässel durch die Stauden gefunden, hab die Sehn klingen lassen, und wie vom Blitz erschlagen hat's ihn hingehaut."

„Bub, du hast was gelernt von mir!"

Beim zweiten und dritten Gamsbock nickte Herr Waze nur. Jetzt sah er das Fahlwild, und dunkle Zornröte schoß ihm ins Gesicht. „Höll und Pest! Wer hat mir das getan? Das ist eine Geiß!"

„Ich kann nichts dafür, Vater!" stotterte Eilbert. „Der Nebel ist eingefallen. Da hat mir das Stück stärker geschienen, und ich hab gemeint, es wär ein Bock."

„Gemeint hast du, so, gemeint?" schrie Herr Waze. „Ein Jäger soll nit meinen, ein Jäger muß wissen! Wo sollen die Böck herkommen, wenn mir so ein Schinder wie du die Geißen wirft? Da hast du einen Merk." Ein klatschender Schlag fiel auf Eilberts Wange. Alle andern lachten; Eilbert erbleichte, schoß einen funkelnden Blick auf den Vater und ging wortlos ins Haus.

Da gewahrte Herr Waze den gefesselten Buben. „Was soll's mit dem?"

„Rühr dich, du!" schrie Otloh und versetzte dem Buben einen Stoß ins Genick, daß er vor Wazemanns Füße taumelte.

Wieder lachten alle, während der Bub sich stöhnend aufrichtete. Er mochte kaum fünfzehn Jahre zählen; sein ganzes Gewand war ein alter Sack, der mit einer Weidenrute um die Hüfte gebunden war und drei Löcher für den Kopf und die Arme hatte; das Gesicht war leichenfahl, die Lippen bluteten, und die vor Angst und Erschöpfung schlaffen Wangen waren von Zähren überronnen.

„Was hat der Bub getan?" fragte Herr Waze. Und Gerold sagte: „Unter der Eismannwand, mitten im besten Wildbogen, ist er uns in die Händ gelaufen,"

Wazemanns Brauen zogen sich zusammen. „Was hast du auf dem Eismann zu schaffen, du Rabenaas?"

„Ach, Herre, Herre", schluchzte der Bub, an allen Gliedern zitternd, „ich hab nur meine Geißen gehütet, hinter dem Eismann drüben, bei der Ödhütt. Und da haben sich zwei verstiegen. Die hab ich suchen müssen."

„Weißt du nit, daß der Eismann mein Bannberg ist, auf den mir keiner steigen soll, bei Leib und Leben?"

Der Bub rührte die Lippen, aber es wollte kein Wort mehr von seiner Zunge.

Herr Waze winkte einen Knecht herbei. „Pack ihn! Hinunter mit ihm ins Bußloch! Und daß ihm für ein andermal die Lust vergeht, auf meinem Bannberg herumzustreunen, stich ihm über den Fersen die Flachsen[1]) ab!"

„Herre, Herre! Habet Barmherzigkeit, ich tu es nimmer, nimmer, nimmer!" schrie der Bub in herzzerreißendem Jammer. Der Knecht packte ihn, riß ihn mit sich fort, und hinter den dicken Mauern des Unterbaues erstickte das Geschrei des Knaben.

Herr Waze stieg zur Vorhalle hinauf; er mußte auf der Treppe das Geländer fassen, mit so ungestümer Macht fuhr der Sturmwind auf ihn ein. Aus der Halle rief er herunter: „Schauet, daß ihr bald hereinkommt in die Stub! Ich hab mit euch zu reden."

Gerold und Otloh folgten ihm. „Was meinst du, daß er hat?" fragte Gerold den Bruder.

„Was er hat? Schiech Wetter unter dem Hirndach!"

Hinter den beiden stiegen Rimiger und Hartwig die Treppe hinauf. Sindel, der mit Henning noch bei den Gamsböcken stand, fragte den Bruder mit halblauter Stimme: „Meinst du nit, der Vater hat's mit dem Eilbert ein lützel zu grob gemacht?
Was ein Vater darf, hat seine Grenz, und der Bub ist ein ausgewachsener Mensch."

„Die Maulschelle hat ihm gehört! Warum wirft er eine Geiß?"

„Er muß blind gewesen sein, oder er hat schon wieder eine Dirn im Kopf. Das macht ihn wirblig wie der Drehwurm die Gems. Ich mein', er hat's auf die Fischerdirn abgesehen."

Henning hob langsam das Gesicht. „Auf das Rötli? Da wird ihm der Schnabel sauber bleiben."

---

[1]) Sehnen

„Warum?“

„Das hat seinen Grund!“

Sindel lachte. „Deinen Grund kann ich mir denken.“

Sie gingen der Treppe zu. Da fragte einer der Knechte, die mit dem erlegten Wild beschäftigt waren, den an seiner Seite Schaffenden: „Wer ist der Bub, der da drin gebüßt wird? Kennst du ihn?“

„Huze heißt er und ist dem Schapbacher hörig, dem er die Geißen hütet. Seine Mutter ist die Heilka gewesen, die Sennin, die sich den Tod in der Windach geholt hat.“

Sindel blieb auf der Treppe stehen und stieß den Bruder mit dem Ellbogen an. „Hast du gehört? Die Heilka ist seine Mutter gewesen.“

„Laß mich in Ruh!“ brummte Henning.

„Du solltest den Buben laufen lassen!“

„Was geht der Bub mich an?“ Ein tobender Windstoß. Henning und Sindel traten in die Herrenstube, in der ihre Brüder schon um den Tisch saßen.

„Jetzt sind wir da, Vater!“ sagte Hartwig. „Aber wo ist die Schwester?“

„Gut, daß sie fort ist. Sie braucht nit zu hören, was ich mit euch zu reden hab.“ Herr Waze trat an den Tisch und stemmte die Fäuste auf. „Wißt ihr schon die neueste Botschaft?“

„Heraus damit!“ lachte Rimiger.

„Gleich wirst du nimmer lachen. Wir haben Gäst im Gaden. Die weißen Schermäus sind gekommen. Draußen beim Goldenbach, unterm Lokistein, haben sie die Zelt geschlagen.“

Um den Tisch war lautlose Stille, nur einen Augenblick, dann sprang Henning auf, und sein Faustschlag dröhnte auf der Tischplatte. „Mein Roß her! Das gibt noch eine lustige Hatz auf die Nacht! Die Kutten sollen mir laufen, daß der Wind, der draußen wettert, zurückbleibt hinter ihnen!“

Die Brüder sprangen auf, die Stühle kollerten, und wirres Geschrei erfüllte die Stube. Hennings Wort hatte die Meinung aller getroffen. Wie die Wespen aus einem Nest, in das der Fuchs gegriffen, so stoben sie auseinander.

„Ihr Narren! Bleibt!“ überschrie Herr Waze den Lärm. Ringsum an den Türen blieben sie stehen und schauten den Vater an. „Her wieder an den Tisch!“

„Vater! Was soll das?“ rief Rimiger. „Oder willst du uns die Händ binden, wo der Schlag am besten ausgibt, wenn er gleich fällt?“

„Her an den Tisch!“ befahl Herr Waze, und seine Stirn wurde rot. Zögernd kamen sie und nahmen ihre Plätze wieder ein. „Und jetzt haltet die Mäuler! Keiner soll mir dazwischen reden!“ Herr Waze atmete tief und warf sich auf einen Stuhl. „Gekommen sind sie. Und fort müssen sie auch wieder. Aber wie? Mit Gewalt geht’s nit, das hab ich mir lang gesagt. Sie haben die Kutten an, und wer hinrührt an den geweihten Rock, der könnt sich bös die Händ verbrennen. Das Mittel, das euch taugen möcht, wär von allen das schlechteste. Schlagt die viere nieder, und zehne wachsen nach. Schlagt die zehne nieder, und zwanzig stehen auf. Nein, Buben, mit dem Schlagen und Jagen geht’s nit. Von selber müssen sie wieder gehen.“

„Wenn sie nur mögen!“ lachte Henning.

„Daß sie mögen, das laß du meine Sorg sein! Ich hab zwei gute Helfer: Hunger und Winter. Euch brauch ich dabei! Drum hat’s von morgen an ein End mit dem Gejaid einen Tag um den andern. Drei von euch mögen hetzen und jagen wie allweil. Viere bleiben all Tag daheim. Henning, Sindel, Rimiger und Hartwig, ihr macht für morgen den Anfang. Vor Tag wird gesattelt, und ihr reitet hinaus –“ Zwei Mägde traten ein, um den Tisch für das Nachtmahl zu bestellen. Herr Waze verstummte und gab seinen Söhnen einen Wink zu schweigen. Er trat unter die offene Tür der Vorhalle und blickte hinaus in das Stürmen und Toben der sinkenden Nacht. „Henning!“ rief er und schritt langsam in die Halle hinaus.

Der Älteste folgte ihm. „Vater?“

„Was meinst du, wer wird der erste sein, der’s mit denen da draußen hält?“

„Ich leg meine Hand dafür ins Feuer: der Fischer!“ Herr Waze nickte schweigend.

„Vater! Hast du schon einen Beweis dafür?“ „Ich hab geredet mit ihm.“

Henning lachte. „Das ist der Dank dafür, daß du allweil die Hand über ihn gehalten hast.“

„Damit hat’s ein End!“ Herr Waze wollte die Vorhalle verlassen.

Der Sohn faßte ihn am Arm. „Wie soll das gemeint sein?“

„Wenn du’s nit verstanden hast, so horch ein andermal besser auf!“ Herr Waze löste seinen Arm und trat in die Stube.

Henning blickte durch die rauschenden Bäume hinunter auf das vom Sturm umtobte Fischerhaus. Er lachte und hob die Faust.

Ein greller Blitz zuckte über die Wolken hin, ein dumpfer Donner füllte das weite Bergtal.

7

Sigenot überschritt auf dem Heimweg die Achenbrücke. Das Wasser rauschte im wogenden Schilf, und der Sturmwind trieb den weißen Schaum über das Ufer. Kein Regen fiel, aber ohne Unterlaß rollte der Donner, und in schneller Folge zuckten die Blitze über das Gewölk. Tal und Berge leuchteten auf, um jählings wieder in tiefes Dunkel zu versinken. Zwischen den Bäumen, welche ächzten unter der Wucht des Sturmes, lag, wenn die blendende Blitzhelle erlosch, so schwarze Finsternis, daß Sigenot den Weg nur tastend fand. Als er das Hagtor seines Hauses erreichte, hörte er aus der Nähe des Stalles die kreischende Stimme der Magd: „Wicho! Wicho!“ Und aus dem Innern des Hauses klang Mutter Mathilts schrilles Gelächter.

Sigenot erschrak, denn er kannte die Sprache dieses Lachens, und eilte über den Hügel empor. Matter Feuerschein leuchtete aus der offenen Haustür. Der Fischer trat in eine weite Halle, welche Flur, Wohnstube und Küche in einem war. Die Balken der Decke waren berußt, und quer unter dem offenen Rauchfang hing das große Eisenblech, das durch einen Kettenzug geschlossen werden konnte, um die Wärme im Raume zurückzuhalten oder dem Eindringen des Windes zu wehren. Eine Türe führte in Sigenots Kammer, eine zweite in die Schlafstube seiner Mutter und Schwester. Die Balkenwände waren mit dünnen Stangen verschalt, an den Fensterluken die Läden vorgeschoben; an der Wand hingen Rahmen für Pfannen und Kochgeschirre, für die hölzernen Teller, Schüsseln und Becher. Hier ein mächtiger Schrank, dort eine plumpe Truhe; in einer Ecke standen drei Spinnrocken, in deren zottigen Hanfwuckeln die halb übersponnenen Spindeln staken; in einer zweiten Ecke war der Webstuhl angebracht; um die dritte Ecke zog sich eine Holzbank, und vor ihr stand ein Tisch, dessen runde Steinplatte von einem dicken Baumstrunk getragen wurde; dieser Stamm war in den mit Lehm beschlagenen Boden eingewachsen, und seine nach allen Seiten greifenden, knorrigen Wurzeln waren abgewetzt vom Eisenbeschlag der Schuhe. über der Bank hingen an der Wand eine Eisenhaube, ein Ringhemd, ein gebuckelter Schild und das lange Schwert in lederner Scheide. Zwischen den beiden Türen war der niedere offene Herd an die Balkenwand angebaut; über ihm, auf schmalem, schwarz berußtem Gesims standen die den Herd beschützenden Alraunen und geschnitzten Feuermännlein. Auf der Herdstatt flackerte, den dampfenden Dreifuß umzüngelnd, eine rauchlose Flamme. Ihr Schein beleuchtete Sigenots Mutter, die neben dem Herd in dem mit einem Wolfsfell überhängten Lehnstuhl saß. Das Kleid aus geblichenem Hanftuch und die regungslose Ruhe der gelähmten Füße gaben ihrem Körper den Anschein eines steinernen Bildes. Die Arme waren dem Sohn entgegengestreckt, Angst und Jammer sprachen aus dem Gesicht, über dessen Wangen vier straff geflochtene graue Zöpfe niederhingen auf die Brust; Tränen glitzerten in den weit offenen Augen, und die schwere Zunge lallte. In jener Unglücksnacht, in der das Wasser den Vater Sigenots verschlang, hatte Mutter Mathilt die Sprache verloren; nur Lachen und Weinen war ihr noch geblieben, das Weinen für die Freude, das Lachen für Wunsch und Angst.

„Mutter?“ stammelte Sigenot. „Was ist geschehen?“ Das Weib lachte und lallte. Er schien zu verstehen und blickte um sich. „Das Rötli? Wo ist das Rötli?“

Mutter Mathilt deutete mit den Armen, während ein Windstoß unter dröhnendem Donner das Haus umfuhr. Da erblaßte Sigenot. „Draußen? Auf dem See?“ Er stürzte zur Türe. Auf der Schwelle blieb er stehen, kehrte zurück, faßte die Hände der Mutter und sagte: „Mußt keine Angst haben, ich bring dir das Kind!“ Mutter Mathilt klammerte die Finger um seine Hände, blickte zu ihm auf und nickte; ihre Hände zitterten, und glänzende Zähren rollten über ihre Wangen.

Sigenot lächelte und ging zur Tür. Kaum aber war er hinausgetreten ins Freie, in den tobenden Sturm, da überfiel ihn die Unruhe. Mit raschen Händen griff er nach einem Ruder. „Wicho! Wicho!“ schrie er.

Aber es kam nur die Magd gerannt. „Der Knecht muß im Heimgart sein, ich weiß nit, wo!“

Sigenot schwang das Ruder über die Schulter und rannte über den Hügel hinunter, dem Hagtor zu; hinter ihm her die Magd. Als sie die Lände erreichten, über die jede anrauschende Welle einen schäumenden Wasserguß herausspülte, zuckte ein greller Blitz. In der brennenden Helle sah Sigenot den Einbaum am Ufer liegen. „Ach du meine Not“, stammelte er, „sie hat nur den leichten Gransen!“ Er warf das Ruder in den Einbaum und stemmte, auf die Knie gebückt, von Wasserschaum umflattert, die Schulter gegen das schwere Boot. Die Magd wollte ihm helfen, aber ehe sie noch die Hände streckte, schwankte der Nachen schon auf den Wellen, und Sigenot stand darin und zerrte das Ruder durch den Weidenring. Mit wuchtigen Schlägen trieb er den Einbaum, dessen Schnabel auf die ansteigenden Wellen klatschte. Blitz um Blitz erhellte die Finsternis, Sigenot spähte hinaus über den Seeweiher und sah nur das Gewirbel des weißen Wassers.

„Rötli! Rötli!“ schrie er mit hallender Stimme; sein Ruf erstickte im Brausen des Sturmes, und keine Antwort klang; nur droben in Wazemanns Haus heulten und kläfften die Hunde.

„Rötli! Rötli!“ schrie Sigenot und holte mit dem Ruder aus, daß die Stange knirschte. Jeder neue Wellenschlag erschütterte den Einbaum und machte ihn steigen und sinken; aber das Boot hielt feste Fahrt. Nun fuhr er knirschend durch Geröhr, rauschte vorüber an der Insel Bidlieger, und vor Sigenot öffnete sich der Weitsee. Brausen, Rauschen, Dunkel, Donner und Echo füllten den gewaltigen Felsenkessel. Es flammte ein Blitz. Sigenot sah nur die weißschäumenden Wellen und die grauen Nebelschwaden, die der Sturmwind herunterpeitschte über die steilen Berggehänge.

„Rötli! Rötli!“

Da klang von der Falkenwand herüber ein Schrei.

„Ich komm, Rötli!“ jauchzte Sigenot und warf sich mit dem ganzen Körper auf die Ruderstange. Jeder Schlag trieb den Einbaum über sprühende Wellenkämme, und immer näher rückte die schwarze Wand. Ein Blitz fuhr nieder über die Berge, und in dem Feuerschein, der über das kochende Wasser floß, sah Sigenot den Gransen an der senkrecht aus dem Wasser steigenden Felswand hängen und anschlagen wider das Gestein. Und zwei Gestalten trug der Nachen. Vier Arme hingen angeklammert an das dürftige Gestrüpp, das in den Runsen der Felswand wurzelte. Ein heißer Schreck durchzuckte Sigenots Herz. Da lag schon wieder die Finsternis um ihn her. Der klatschende Einbaum schoß der Felswand zu, die Ruderstange ächzte, und der Schaum der Wellen, vom Sturm getrieben, übersprühte Schiff und Schiffer. Wieder flammte ein Blitz. Dicht neben dem weißumbrandeten Gransen glitt der Einbaum vorüber. Sigenot ließ das Ruder sinken, griff mit beiden Armen zu, faßte die Tochter Wazes um die Hüften und schwang sie herüber in das Boot. Recka taumelte, ihre Arme klammerten sich um den Hals des Fischers, und schwer hing sie an seiner Brust. Sigenot hielt die Gerettete umschlungen. Er fühlte ihren bebenden Körper, den Schlag ihres Herzens, den heißen Hauch ihres Mundes. Da klang durch das Rauschen und Stürmen in schreiender Angst die Stimme der Schwester: „Ich sink! Ich sink!“

Sigenot erwachte. „Rötli!“ Seine Arme ließen von Recka, die wortlos niederstürzte auf den Boden des Einbaums. „Rötli! Ich komm!“

„Sigenot!“ Hart neben dem Einbaum klang der gellende Ruf, nicht mehr an der Felswand, sondern zu Sigenots Füßen, zwischen den Wellen.

Mit heiserem Schrei warf sich der Fischer auf die Knie und griff in der Finsternis mit beiden Händen hinaus über den Einbaum; seine Finger stießen noch an den Rand des sinkenden Gransens. Da kreischte Recka: „Hilf mir, ich hab sie gehascht!“

„Rötli!“ Sigenots Hände tauchten in eine steigende Welle, er fühlte einen schlagenden Arm und griff ihn. Ein keuchender Laut, dann stand er aufrecht im Boot, hob die Schwester mit zitternden Armen empor und ließ sie niedergleiten in Reckas Schoß. Er sprach kein Wort, nur ein Stöhnen rang sich aus seiner schwer kämpfenden Brust.

Krachend stieß der Spiegel des Schiffes an die Felswand. Sigenot wankte, aber seine Hände hatten schon das Ruder gefaßt; er stieß sich von der Felswand ab, und mit wuchtigen Schlägen trieb er das schwankende Boot durch Sturm und Wellen. Floß die Feuerhelle eines Blitzes über das Wasser, so sah er vor sich im Einbaum Wazemanns Tochter sitzen, mit blassem, steinernem Gesicht, das die vom Sturm gelösten Haare umringelten gleich roten Flammen; und vor ihr lag Edelrot auf dem Boden des Einbaums, Reckas Leib umklammernd, das Gesicht in ihren Schoß gedrückt, mit ersticktem Schluchzen, umschwankt von dem Wasser, das die Wellen in den Kahn geworfen.

Im Röhricht, das die Insel Bidlieger umzog, stockte der Einbaum; ein Stoß der Ruderstange befreite ihn wieder; und nun wies in der Finsternis die rotleuchtende Tür des Fischerhauses den Weg zur Lände. Die Magd am Ufer, als sie den Nachen klatschen hörte, stieß einen hellen Schrei aus und rannte dem Hause zu.

Knirschend fuhr der Einbaum in den Sand, und eine Welle überschlug ihn. Sigenot sprang an das Ufer; stammelnd beugte er sich über Edelrot, umschlang sie und hob die Schwester, deren Gewand von Nässe troff, empor an seine Brust. Wazes Tochter sprang aus dem Kahn und starrte hinaus über den tobenden See. Grell leuchtete ein Blitz.

„Recka?“ stammelte Sigenot. „Hast du Schmerzen? Ist dir was geschehen?“

„Mir? Nein!“ klang ihre harte Stimme. „Meine Stößer hab ich verloren. Um die ist mir leider, als mir um mich gewesen wär!“ Sie wandte sich ab, und unter rollendem Donner schritt sie den im Sturmwind rauschenden Bäumen zu.

„Recka!“ rief ihr der Fischer nach. „Willst du nit warten, bis ich mit einer Fackel komm?“

„Ich find meinen Weg allein.“

Enger klammerten sich Sigenots Arme um die zitternde Schwester, und raschen Ganges trug er sie in das Haus. „Mutter!“ lachte Edelrot, als der Bruder sie in der Stube niedergleiten ließ; sie sank vor der Mutter auf die Knie und schmiegte sich an ihre Brust, tief atmend, als fühle sie sich jetzt erst sicher und gerettet. Mathilt umschlang ihr Kind und weinte in Freude.

Sigenot sah stumm die beiden an; Blässe lag auf seinem Gesicht, und seine Augen brannten. Da faßte die Mutter seine Hand. Er zog die Hand zurück und schüttelte den Kopf. „Ich hab dir das Kind nur heimgetragen. Geholfen hat ihm Wazemanns Tochter.“ Langsam griff er nach einer Kienfackel, die in einer Ecke lehnte, steckte sie am Herdfeuer in Brand und verließ die Stube. Er mußte die Fackel weit von sich halten, damit ihm der wirbelnde Sturm nicht die lodernde Pechflamme ins Gesicht wehte. Als er den finstern Wald betrat, sah er beim Schein der Fackel die Tochter Wazes zwischen den Bäumen schreiten, auf dem Pfad, der hinüberführte zum Felsensteig. Er holte sie ein. „Recka“, sagte er, „über die Wand hinauf, das ist kein Weg für solch eine Nacht!“

„Ich geh, wo ich will.“

„Ein andermal, heut nit!“ Er faßte ihre Hand.

Da hob sie das Gesicht, und es zuckte um ihren Mund; sie machte einen Versuch, ihre Hand zu lösen; Sigenot hielt fest. Zwischen den Bäumen zog er sie mit sich fort, dem breiten Reitweg zu. Als er fühlte, daß Recka sich nicht länger sträubte, gab er ihre Hand frei. Mit erhobener Fackel schritt er an ihrer Seite. Sie sprachen kein Wort. Die rauchende Pechflamme loderte, und ihr greller Schein gaukelte zwischen den finsteren Bäumen. Immer brausender wehte der Sturm, immer tiefer sank das treibende Gewölk, doch immer noch wollte der Regen nicht fallen, der die Wucht des Unwetters gebrochen hätte. Reckas Gewand flatterte, und die wehenden Haare züngelten ihr um Hals und Wangen. Häufig wankte sie im Gang, vom Sturm gestoßen und getrieben. Dann hob der Fischer die Hand, als wolle er sie stützen; doch Recka raffte ihr Gewand an sich und kämpfte sich weiter.

Auf der Höhe des Weges tauchte in der Blitzhelle schon die Mauer von Wazemanns Haus empor. Nun hörte Sigenot das Rasseln der fallenden Zugbrücke. Männer mit Fackeln kamen aus dem Tor, Reckas Brüder mit den Knechten; allen anderen voran eilte Henning den Weg einher.

„Ich komme!" rief ihm Recka entgegen.

Geschrei und Gelächter waren die Antwort; die Brüder kehrten in das Tor zurück, und Henning schrie: „Wo bleibst du so lang? Der Vater flucht schon eine Weil. Wo warst du?"

„Auf dem Weitsee."

„Jetzt? Im Sturm?" Da erkannte Henning im Fackelträger seiner Schwester den Fischer. „Was will denn der bei dir?" Recka schwieg. „Hat der dich herausgeholt?"

„Ja!" Recka schritt am Bruder vorüber.

Sigenot hatte schon den Rückweg angetreten; er hörte noch Hennings Lachen und seine höhnenden Worte: „Schäm dich, Schwester! Bist Blut von Wazes Blut und mußt dir helfen lassen von einem solchen!"

Sigenots Faust krampfte sich um den Schaft der Fackel. Immer rascher wurde sein Gang. Äste, die der Sturm von den Bäumen brach, fielen ihm vor die Füße. Als er die Achenbrücke erreichte, war die Fackel niedergebrannt; er warf den erlöschenden Stumpf in das Gewirbel des Baches; überschritt in der Finsternis die Brücke, erreichte seinen Hag und verschloß das Tor mit dem Balken.

Die Stube fand er leer. Mutter und Schwester lagen schon im Schlummer. Ein Häuflein Kohlen glostete noch auf dem Herd, und auf dem Steintisch brannte die Butterlampe mit züngelndem Flämmchen. Neben die Lampe hatten sie ihm das Nachtmahl hingestellt. Sigenot sah es nicht; er ließ sich auf den Herdrand niedersinken und starrte in den roten Schein der Kohlen.

Durch die Spalten der geschlossenen Türe, durch die Ritzen der Fensterläden leuchtete der weiße Feuerschein der Blitze.

Draußen tobte das Unwetter.

Gleich einer Heerschar finsterer Gestalten jagten die Wetterwolken aus dem See hervor und flogen über das weite Tal hin gegen den Untersberg.

In den Lüften heulte der Sturm, in der Höhe des Waldes brausten die Bäume, doch in die tief gesenkte, von dichtem Gestrüpp umhegte Mulde, in der die Mönche auf Schweikers Rat die Zelte für die Nachtrast aufgeschlagen, drang der Wind nur mit gebrochener Macht, und selten geschah es, daß ein stärkerer Stoß aus den Lüften niederfuhr und an den beiden Zelten rüttelte. In dem einen teilte sich Schweiker mit Bruder Wampo den schmalen Raum. Von der Gabelung der Zelthölzer hing eine schwankende Lampe herunter und warf ihre trübe Helle über das auf einer Stangenbritsche gebettete Mooslager. Lang ausgestreckt, den Arm als Kissen unter dem Kopf, lag Schweiker in gesundem Schlaf; ihn weckte kein Donner, kein Brausen des Sturmes. Bruder Wampo konnte kein Auge schließen. Er saß auf dem Moosbett, die Knie an den Leib gezogen, die Arme um die Beine geschlungen. Zuweilen tat er im beginnenden Halbschlaf einen kleinen Ticker mit dem Kopf, doch wenn der Donner krachte, riß er die Augen wieder auf und brummte vor sich hin: „So ein Wetter! Ist das ein Wetter!“ In Neid betrachtete er den schlafenden Bruder. Als Schweiker im Traume halblaut zu lachen begann, versetzte ihm Wampo einen Stoß in die Hüfte.

„Holla! Ich komm schon. Geht's zur Mett?“ stotterte Schweiker im Erwachen, setzte sich auf und rieb die Augen. Da merkte er, wo er sich befand. „Warum hast du mich geweckt?“

„Weil ich Langweil hab.“

„So schlaf halt auch!“

„Wie soll man schlafen können bei so einem Krachen und Rumpeln!“

„Das wirst du gleich sehen!“ Schweiker streckte sich wieder.

Wampo zupfte ihn am Kuttenärmel. „Du! Was hast du geträumt? Das muß was Lustigs gewesen sein!"

Schweiker zog die Brauen in die Höhe. „Ja, du!" Er hob den Kopf und stützte ihn mit der Hand. „Mir ist gewesen im Traum, als hätt ich eine schwere Sünd begangen. Was es war, das weiß ich nimmer. Es muß was Schieches gewesen sein, denn vor lauter Schreck bin ich umgefallen und maustot gewesen auf der Stell. Und da hat's einen Knaller getan wie ein Donnerkeil, und die Brust ist mir aufgesprungen, als wär's ein Brotwecken im Backofen, und aus dem Loch heraus ist meine Seel in die Höh gefludert. Wie eine weiße Taube hat sie ausgeschaut, aber einen grauslichen schwarzen Fleck hat sie gehabt. Weißt, von der Sünd! Und allweil höher ist sie geflogen, mitten durchs Wettergewölk, und auf einmal bin ich im Himmel gewesen."

„Wie hat's da ausgeschaut?"

„Schön! Wie soll's denn im Himmel anders ausschauen?"

„Freilich! Freilich!" Bruder Wampo legte die Hände auf das Bäuchlein und trommelte mit den Fingern. Jetzt hatte er, was er wollte: einen gemütlichen Heimgart. „Weiter! Was weiter?"

„Schön war's, ja! Der liebe Gott aber hat mich angeschaut, daß meine arme Seel gezittert hat bis in alle Federspitzeln. Und wie der Donner ist seine Stimm gewesen! ‚Du Erdenwurm', hat er gesagt, ‚du sollst nit selig werden, und kein Bröserl sollst du haben von meinem Himmelsbrot, eh du nit Buß getan hast für deine schieche Sünd!' Bruder, da ist mir angst und bang geworden. Ich hab die Händ aufgehoben und hab geschrien: ‚Ach, Herre Gott, was muß ich denn schaffen zur Buß?' Und da hat er gesagt –" Schweiker schüttelte den Kopf und lachte. „Wie man nur so was träumen kann!"

„So red doch, was hat er gesagt?"

„Er hat gesagt: Zur Buß für deine Sünd sollst du das Saubartele weißwaschen!"

Da lachte auch Wampo; er wußte schon, wer mit diesem grauen Ehrennamen gemeint war.

„Und da kommt der heilige Petrus auf mich zu und gibt mir einen Renner, daß ich in einem Sauser hinausflieg aus dem Himmelreich. Da bin ich aufgewacht."

„Mit dem Renner, Bruder, das stimmt! Den hast du richtig gespürt."

„So ein Traum muß was bedeuten!" Schweiker grübelte. „Weißwaschen? Der liebe Gott kann doch das Auswendige nit gemeint haben? Der meint doch allweil nur das Einwendige. Freilich, in dem Bartele seinem Köpfl wird's grauslich ausschauen vor lauter Unglauben und Heidenzeug!" Seufzend drückte er den Kopf ins Moos.

„Was pappelst du allweil? Red laut!" sagte Wampo; ein dumpfer Donnerschlag erstickte seine Worte.

Es raschelte am Zelttuch. Schweiker hob den Kopf und lauschte. „Was ist da?" rief er.

Einer der Knechte trat in das Zelt, mit einem Span in der Hand, den er über das Lampenlicht hielt, um ihn anzubrennen. „Wir müssen Feuer machen, die Saumtier schlagen und schnaufen, Raubzeug muß in der Näh sein. Brennt ein Feuer, so haben wir Ruh." Mit dem flackernden Spanlicht ging der Knecht davon.

„So, schön!" stotterte Wampo. „Da laufen die wilden Tier umeinander wie die Hasen im Krautacker. Du mein lieber Herrgott, ist das eine Gegend!" Ein Donner krachte, und das polternde Echo rollte über die Berge. „Und hör nur das Wetter an! Das will kein End nimmer haben."

„Weil's ein trockenes ist. Tät ein Regen fallen, so wär's bald aus."

„So eine Gegend! Nit einmal regnen mag's da!" Wampo seufzte tief. „Ganz ahnd wird mir im Gemüt, wenn ich heimdenk an den Tegernsee!" Sehnsüchtig blickten seine Augen ins Leere, und mit halblauter Stimme sang er vor sich hin:

„Valles florent undique
Montium in Tegrinsee
Roseis fulgoribus
Liliis fragrantibus
Tellus herbifera
Genera plurima
Produxit bladorum.“[1])

Nach dem letzten Worte nickte er trübselig mit dem Kahlkopf, auf dem ein Widerschein der Lampe schimmerte, spitzte die Lippen und pfiff die Weise.

„Ein schönes Lied! Wer hat's gesungen?“ fragte Schweiker.

„Der Froumund, sagen sie.“

„Ein Fahrender, gelt?“

„Aber Schweiker!“ Bruder Wampo machte große Augen. „Hast du vom Froumund noch nichts gehört? Freilich, er ist lang schon gestorben. Das war ein Gottesmann, berühmt landein und -aus. Ich hab ihn noch gekannt, wie ich Laufbub gewesen bin in der Klosterküch zu Tegernsee. Der hat alles können: predigen und disputieren, dichten und singen, schreiben und malen, Glocken hat er gegossen und die farbigen Fenster gemacht, das Beinschneiden hat er verstanden und hat die Chorstühl in der Kirch geschnitzt. Und so gut und freundlich ist er gewesen, blauäugig und flachsbartet –“

„Wie Pater Eberwein?“

„Hast recht! Wenn ich den anschau, fallt mir oft der Froumund ein. Unser Herr kann auch alles: schaffen und gut sein! Das wird einmal ein rechter und schlichter Kirchenherr, kein solcher wie

[1]) Herrlich blühen Tal und Höh
Rund her um den Tegernsee,
Rosen leuchten, rot und heiß,
Lilien duften silberweiß:
Gaben gar mannigfalt
Spendet in Flur und Wald
Die fruchtbare Erde.

der Salzburger, der die seidenen Schleppen und das kostbare Pelzwerk umfegt auf der Erd."

„Horch, ich mein', er betet noch."

Wampo lauschte und schüttelte den Kopf. „Das ist der ander. Der Herr wird schlafen. Der Tag muß ihn müd gemacht haben."

Der Bruder hatte falsch geraten. Vor dem andern Zelt, aus dessen Innerem der monotone Laut einer psalmierenden Stimme klang, saß Eberwein auf einer Fichtenwurzel, mit dem Rücken an den Stamm gelehnt, die Hände im Schoß gefaltet, regungslos, fast wie in Schlummer versunken. Überfloß ihn die Helle eines Blitzes, so erleuchtete sie ein ruhig lächelndes Gesicht und stille Augen, die traumverloren hinausblickten in das Stürmen und Toben.

Die Bilder des vergangenen Tages waren an seinem Geist vorübergezogen, und schwere Sorge hatte ihn bedrückt. Was er an diesem Tag erleben mußte mit Sigenot, mit Waldram und mit dem Haunsperger, das hatte nach der Freude, die er auf der steilen Felsenzinne dort oben empfunden, geendet mit Verstimmung und Mißklang. Und war nicht der erste Weg schon, den er mit den Brüdern gegangen, ein Weg in die Irre gewesen? Wie sollte nun alles weiterkommen? Würde er, ein Fremdling in diesem unwirtbaren Bergtal, den Fleck Erde zu finden und zu wählen wissen, der die junge Klause am besten trüge? Und wenn die Klause stünde? Würden in dem schweren Kampf, der unausbleiblich schien, die Kraft und der hoffende Mut ihn nie verlassen, bis die Sendung sich erfüllte, die er übernommen? Aber stand er denn allein und ohne Hilfe? War mit ihm und seiner heiligen Sache nicht einer, der mit einem Wimpernzucken die Welten lenkt, mit einem Hauch den Sturm erregt und ihn wieder geschweigt mit einem Lächeln? „Ach über mich Furchtsamen und Kleinmütigen, der ich nur die Augen schließen darf und meines Führers harren!" Mit diesen Worten war die Ruhe über ihn gekommen, und je länger er hinausblickte in die sturmvolle Nacht, desto heller und stiller wurde es ihm in Herz und Seele.

Wieder dachte er an alles, was dieser Tag gebracht. Und alles gewann ein anderes Gesicht. War sein Weg denn wirklich in die Irre gegangen? Der Weg, der ihn und die Brüder hierhergeführt an diesen stillen, vor der Wut des Sturmes geschützten Ort? Und Friedrich von Haunsperg? Wie durfte er diesem Manne zürnen? Ein Kriegsmann, der die Worte nicht wog, von derber Art, aus hartem Holz geschnitten, ein treuer Diener, der seines Herren Vorteil zu wahren sucht! Und Waldram? Floß denn seine zornige Strenge nicht aus heißem Eifer für Gottes Sache? Wie sollte sich, was aus Gutem kam, nicht wieder zum Guten wenden lassen? Und Sigenot, der Fischer? War Eberwein ihm nicht entgegengetreten, unerwartet, ein Fremder dem Fremden? Wachsen Freundschaft und Vertrauen aus dem ersten Wort, aus dem ersten Blick? Eberwein lächelte. War nicht alles, was dieser Tag gebracht, natürlich und selbstverständlich? Wo lag ein Mißerfolg, der ihn verstimmen durfte, mit Sorgen bedrücken und kleinmütig machen?

In den Lüften heulte ein Windstoß, und im Innern des Gewölkes flammte ein Blitz; in einer Wolkenkluft, auf finsterem Grund, beleuchtete die aufzuckende Flammenhelle ein seltsam geformtes, vom Sturm gejagtes Nebelgebild. „Wie ein Roß und eine Reiterin mit wehendem Rothaar!" flüsterte Eberwein.

Da lag schon wieder tiefes Dunkel um ihn her, und über die Wolken rollte der Donner hin. Eberwein erhob sich. „Ich habe zu lange gewacht. Meine Augen sehen, was nicht ist."

Er ging dem Zelte zu, aus dem noch immer Waldrams betende Stimme klang. Da blendete ein grelles Licht seine Augen. Ober den waldigen Hügel, der jenseits der Ache lag, fuhr ein Blitzstrahl nieder und stand in der Luft gleich einem brennenden Riesenbaum, der in den Wolken gipfelte und mit flammenden Ästen nach allen Seiten griff. Himmel und Erde, Berge, Tal und Wälder, alles schien in Feuer zu schwimmen. Und ein Donner rasselte, als wäre der Gipfel eines Berges eingestürzt und hätte seine springenden Trümmer niedergeschüttet über brechende Bäume.

„Da hat's eingeschlagen, nit weit von uns!" schrie Schweiker in seinem Zelt und kam hervorgestürzt. Bruder Wampo folgte ihm stotternd, und die beiden rannten nach dem andern Zelt.

In der Finsternis, die auf die blendende Helle folgte, trat ihnen Eberwein entgegen. „Wen sucht ihr?"

„Gott sei Dank! Weil ich nur deine Stimme hör!" rief Schweiker. „Ich hab schon gemeint, es müßt was geschehen sein!"

Aus dem Walde klang das Schreien der Knechte; eines der Saumtiere war scheu geworden und hatte sich losgerissen. Schweiker wollte zum Lager der Knechte eilen, aber schon nach wenigen Schritten stand er wieder. „Schau, Herr", rief er und deutete über die Ache hinüber nach der Höhe des finsteren Waldhügels, „der Blitz muß in einen dürren Baum geschlagen und gezündet haben!"

Nah den beiden Felszacken, die schwarz aufstiegen aus dem Wald, breitete sich eine rötliche Helle über die Wipfel, und es währte nicht lange, so stieg eine schlanke Feuergarbe in die Nacht empor, schwankend und lodernd im wehenden Sturm.

„Ein Zeichen des Himmels!" stammelte Eberwein. „Gott rodet den Wald für sein heiliges Haus. Wo jene Flamme brennt, soll unsere Klause stehen!"

Da klang hinter ihm die Stimme Waldrams. „Ja! Ein Zeichen des Himmels, das ich erflehte in brünstigem Gebet. Gott erhörte meine Bitte. Was stehet ihr noch und staunet das Wunder an? Nieder auf die Knie und preiset den Herrn!" Mit ausgebreiteten Armen sank er zu Boden und begann mit hallender Stimme den Ambrosianischen Lobgesang. Die Brüder knieten nieder und fielen ein; nur Eberwein stand unbeweglich und blickte schweigend empor in die Nacht der Wolken. Als der Gesang verstummte, sagte er: „Nun wollen wir ruhen und schlummern, bis der Morgen graut, denn der kommende Tag will uns bei Kräften finden."

Sie traten in die Zelte. Schwere Tropfen begannen zu fallen, es dämpfte sich der Sturm, und in rauschendem Regen löste sich das Ungewitter.

8

Nach der finsteren Sturmnacht war ein heller Morgen aufgeblüht, schimmernd in sommerlicher Schönheit, der Himmel wolkenlos, die Lüfte frisch und ohne Hauch, alle Farben tief, jeder Zweig und jedes Gras behängt mit funkelnden Tropfen, die Berge von blauen Schatten überschleiert oder leuchtend im Frühschein, überragt vom König Eismann, dessen steile, von ewigem Schnee umgossene Zinne glänzte gleich einer riesigen Silberstufe. Schräge Lichter fielen zwischen die Wipfel des dichten Waldes, in dem der Zug der Saumtiere sich langsam fortbewegte. Waldram und Bruder Wampo hielten den gleichen Weg mit den Knechten. Eberwein und Schweiker waren nach verschiedenen Richtungen in den Wald gezogen, um die Feuerstätte der vergangenen Nacht zu suchen.

Zwischen den Urwaldbäumen schritt Eberwein dahin, mit seinem Stab die Stauden teilend, die seinen Weg versperrten. Da klang in der Nähe das Wiehern eines Pferdes. Eberwein blickte auf, und eine Furche des Unmutes grub sich in seine Stirne. „Soll ihr Weg denn immer meine Straße kreuzen?“ Er nahm eine andere Richtung. Hinter seinem Rücken ließ sich ein Lachen hören. Aber das war eine Männerstimme. Eberwein gewahrte einen Reiter, der zwischen den Bäumen flüchtig auftauchte und auf trabendem Pferd verschwand. „Wer war das? Einer von ihren Brüdern?“ Eberwein fand nicht Zeit, dieser Frage nachzudenken, denn durch den Wald her tönte Schweikers langgezogener Ruf: „Hoidoooh! Hoidoooh!“ Er mußte die Feuerstatt gefunden haben.

Eberwein schritt einer Lichtung zu, die zwischen den Bäumen schimmerte. Da kam Schweiker ihm entgegen, mit lachendem Gesicht. „Komm, Herr, und schau, was ich gefunden hab! Der feurige Weiser hat uns gut gewiesen!“ Eberwein führend, eilte er voran, und bald erreichten sie den Waldsaum. Eine weite, von hohen Bäumen umstandene Blöße lag vor ihnen, fast eben, mit Moos und Heidekraut überwachsen, eine stille, freundliche Insel inmitten des dunklen Wäldermeeres. Über der Lichtung drüben stieg gegen den Untersberg ein bewaldeter Hang empor, über den eine blitzende Quelle niederrieselte in einen kleinen schimmernden Teich; zu beiden Seiten des Hanges erhoben sich zwei graue Felszinnen. Inmitten der Lichtung stand der vom Feuer halb verzehrte Baum, einsam, gleich einer schwarzen Säule; nur die Stümpfe der beiden untersten Äste hafteten noch an dem verkohlten Stamm und ragten seitwärts wie die Arme eines Kreuzes. Asche und Kohlenreste bedeckten den Felsblock, der zwischen den Wurzeln des verbrannten Baumes sich erhob.

„Schau, Herr“, sagte Schweiker, „ein behauener Block! Ein Heidenstein!“

Raschen Ganges überschritten sie die Lichtung und standen vor dem Felsblock. Mit roher Arbeit war der vorderen Fläche des Steines das Zeichen einer Flamme eingemeißelt. „Ein Stein des Loki!“ sagte Eberwein in tiefer Bewegung. „Hier loderte die Flamme, hier floß den falschen Göttern das Blut der Opfer. Hier wollen wir die lautere Flamme des wahren Glaubens entzünden und dem Himmel opfern, auf den wir hoffen. Rufe die Brüder, Schweiker, ich will die Messe lesen auf diesem Stein!“

Noch ehe Schweiker den Waldsaum erreichte, kamen ihm Waldram und Wampo mit den Knechten und Saumtieren entgegen. Nun standen sie alle vor dem Stein; dann wanderten sie auf der Lichtung umher; bei der Quelle kosteten sie das Wasser; es schmeckte frisch und erquickend; Eberwein wies den Trunk zurück und sagte: „Nach der Messe.“

Mit zwinkernden Augen stand Bruder Wampo vor dem kleinen, von Blumen umblühten Teich. „Lieb schaut sich das Wasser an“, meinte er, „es fehlen nur die Ferchen drin, die Karpfen und Hecht.“

„Geh!“ brummte Schweiker. „Mußt du allweil an die Schüssel denken?“

Man nahm den Saumtieren die Ladung ab, und während Eberwein, Waldram und Wampo mit dem Öffnen der Ballen beschäftigt waren, säuberte Schweiker den Stein und räumte die Asche fort; zwei Knechte halfen ihm; neben dem Stein errichtete er aus Stangen ein Gerüst für die kleine Glocke, die eines der Saumtiere getragen hatte.

Stunde um Stunde verging in reger Arbeit. Die Sonne stand schon nahe der Mittagshöhe, als Eberwein, bekleidet mit Chorhemd und Stola, den Heidenstein zum Altar Gottes weihte. Dann las er die stille Messe, bei welcher Schweiker ministrierte. Waldram saß auf einer Wurzel des halbverkohlten Baumes; Bruder Wampo und die Knechte knieten an seiner Seite. Lautlose Stille lag über der sonnigen Lichtung, nur manchmal zwitscherte ein Vogel am Waldsaum, und gedämpft klang aus dem Tal herauf das Rauschen der Ache. Als Eberwein zur Wandlung den Kelch erhob, zog Schweiker die Glocke. Hell schwebten ihre Klänge durch die stille Luft und fanden ein Echo im Wald. Kleine Vögel kamen herbeigeflogen, als hätte der Klang sie neugierig gemacht, und mit erregtem Gezwitscher umflatterten sie den verkohlten Baum. Am Waldsaum erschien ein Reiter; einen kurzen Blick nur warf er über die Lichtung, dann riß er das Pferd herum und verschwand wieder.

Die Glocke läutete. Ihre Klänge schwammen über das Tal der Ache hinweg und klangen empor über die Gehänge des Göhl. Auf steiniger Halde saß Hinzula und hütete die Geißen; der Bock lag neben ihr im Gras und scheuerte das Gehörn am Stecken der Hirtin. Hell klang die Glocke. Hinzula sprang auf und lauschte. Alle Geißen hoben die Köpfe und äugten über das Tal hinweg. „Hörst du, Zottli?“ stammelte das Bartele. „Er läutet schon!“ Lachend sprang die Hirtin über die steile Halde hinunter, den rufenden Klängen entgegen; hinter ihr hopsten die Geißen; nur der Bock schüttelte den Kopf und ließ sich in seiner Ruhe nicht stören.

Als Hinzula die Ache erreichte, suchte sie nicht erst eine seichte Stelle. Sicheren Fußes sprang sie über die Steine weg, die aus dem schäumenden Wasser hervorragten. Die Geißen wagten ihr nicht zu folgen, blieben am Ufer stehen und streckten die Köpfe gegen das Wasser; eine begann zu weiden, und nun machten es ihr die andern nach. Hinzula schlüpfte durch die dichten Büsche, kletterte über einen Hang empor und gewann die Höhe des Waldes. Da tauchte zwischen den Bäumen ein Reiter auf, Henning, Wazemanns Ältester. Hinzula duckte sich hinter einen Baum, aber Henning hatte sie schon erspäht. Er kam auf sie zugeritten, hielt das Pferd an und fuchtelte mit der Gerte: „Was machst du da?"

Die Hirtin brachte kein Wort heraus; zitternd starrte sie an dem Reiter hinauf.

„Wirst du reden, du Mistfink! Oder soll ich dir die Zunge lösen? Wohin willst du?"

„Dorthin, Herr", stotterte die Hirtin, „wo er geläutet hat."

„Wer?"

Hinzula wußte keine Antwort.

„Was geht dich das Läuten an?" schrie Henning. „Mach, daß du heimkommst! Hier ist Bannwald von heut ab." Die Hirtin rührte sich nicht. „Wart, du Schmieramper", lachte Henning, „dir mach ich Füß!" Ein pfeifender Gertenschlag fiel über Hinzulas Schulter. Sie zuckte zusammen, aber kein Laut glitt über ihre Lippen. Mit einem Blick noch suchte sie die Tiefe des Waldes, dann wandte sie sich ab und schlich davon. Als sie das Tal erreicht und die Ache überschritten hatte, kamen ihr die Geißen zugelaufen. Vom Lokistein herüber klang die Glocke. Hinzula lauschte. Ein schluchzender Laut erschütterte ihre Brust, sie sank ins Gras, bewegte unter dem Kittel die schmerzende Schulter und brach in Weinen aus.

Die Glocke läutete. Ihr Klang schwoll hin über den Hang des Untersberges und widerhallte im Wald. Vor einer Rindenhütte, inmitten eines Ringes von dorrendem Astwerk gefällter Bäume standen drei rauchende Kohlmeiler. Zwischen ihnen ging Eigel hin und her, in der Hand eine hölzerne, von Ruß geschwärzte Schaufel. Stieg aus einem Meiler ein Rauchfaden an unrechter Stelle auf, so faßte Eigel von der mit Kohlenstaub gemischten

Erde die Schaufel voll und sperrte der ausbrechenden Glut die Luft. Da hörte er die Glocke läuten, ließ die Schaufel sinken und lauschte; ein paar Schritte tat er, als zöge ihn der Hall; aber mit sorgendem Blick betrachtete er die Meiler, aus denen die Rauchstrahlen hervorbrachen. „Meinetwegen, mögen sie hin sein alle drei!" Der Alte warf die Schaufel fort. „Ich muß hinunter!" Er ging auf die Rindenhütte zu, faßte das Grießbeil und verließ die Kohlstätte.

Auf ausgetretenem Pfad durchschritt er den Wald. Als er einer Stelle nahe kam, an der zwei Fußwege sich kreuzten, blieb er betroffen stehen. An der Wegscheide saß Rimiger auf einem Steinblock, den Zügel seines Pferdes um den Arm geschlungen, und spähte über den seitwärts führenden Pfad hinaus.

„Dem geh ich lieber aus dem Weg!" meinte der Kohlmann und schlich, gedeckt durch die Büsche, zwischen den Bäumen davon. In weitem Bogen schritt er durch den Wald. „Ich mein', es müßt beim Lokstein gewesen sein!" Da hörte er hinter sich gedämpften Hufschlag, und als er sich umblickte, hielt Sindel vor ihm das Pferd an.

„Was hast du da zu schaffen im Wald?"

„Meiner Arbeit geh ich nach."

„Welcher Arbeit?"

„Gestern auf den Abend hab ich Wurzen gegraben, beim Lokstein drüben. Alle hab ich nit schleppen können, und drum hol ich jetzt das Binkel, das ich gestern hab liegen lassen."

Sindel maß den Alten mißtrauisch. „Hol dir Wurzen, wo du magst, aber nit beim Lokistein. Heut nit. Und nimmer!"

Ein kaum merkliches Lächeln zuckte um Eigels graubärtigen Mund. „Ihr habt wohl beim Lokstein einen Saufang gestellt oder eine Bärengrub ausgeworfen?"

„Was kümmert's dich? Mach, daß du weiterkommst!" Mit einem Schenkeldruck trieb Sindel das Pferd an und ritt auf den Kohlmann zu.

Eigel wich zur Seite. „Ich geh schon. Und gutes Gejaid, Herr!“ Ohne sich noch einmal umzublicken, schritt er in der dem Lokistein entgegengesetzten Richtung durch den Wald davon. Der Weg, den er einschlug, war nicht der Weg nach seiner Kohlstatt.

Die Glocke läutete.

Ihr Hall schwamm über die stillen Baumwipfel hinaus in das weite Tal, gegen den Untersteiner Forst und gegen die Schönau hin.

Auf weiter Rodung, zwischen Wiesen und Feldern, umgeben von nachbarlichen Gehöften, erhob sich hier das Haus des Schönauers, von hohem Hag umzogen. Das war unter allen Huben der Au die stattlichste, nur ein niederes Blockhaus mit altersmürbem Strohdach, aber umringt von Ställen und Scheunen, von fruchtschweren Obstbäumen und volkreichen Immenständen. Zwei zottige Hunde lagen vor der offenen Haustür in der Sonne. Hühner und Enten belebten den Hof, und aus einer Scheune klang die singende Stimme einer Magd.

Vor der hölzernen Hausbank stand Ruedlieb; neben ihm sein Vater, eine breitschulterige Mannsgestalt; schwere Arbeit hatte den wuchtigen Rücken gekrümmt; lange graue Haarsträhnen hingen um ein furchiges Gesicht mit kurzgeschorenem Bart, mit schmalen Lippen und kleinen ruhigen Augen, die von buschigen Brauen überschattet waren. Vor den beiden stand auf der Bank eine hölzerne Kraxe; sie war beladen mit Brotwecken und Käslaiben, mit einem irdenen Honigtopf, mit Rauchfleisch und einem kleinen Metfaß. Ruedlieb schnürte ein Hanfseil um die Ladung, und der Schönauer prüfte jede Schlinge auf ihre Festigkeit. Da hörten sie die Glocke, gedämpft durch die Ferne, hörten sie nur wie einen klingenden Hauch in den Lüften. Sie lauschten und sahen sich an.

„Von der Ramsau herüber hört man das Glöckl nit“, sagte Ruedlieb, „das müssen sie sein, Vater!“

Der Schönauer nickte. „Jetzt brauchst du nimmer lang nach ihnen suchen, Bub. Geh nur auf den Lokstein zu, und du bist nimmer weit von ihnen."

Schweigend lauschten sie, bis der leise Hall in den sonnigen Lüften verzitterte. „Jetzt nimm die Krax, Bub! Und sag: Das schickt ihnen der Schönauer. Und sag's ihnen grad heraus: Wenn sie's gut meinen mit dem Gaden, sollen sie einen treuen Mann an mir haben."

„Und an mir keinen schlechten!" lachte Ruedlieb. Er wollte die Kraxe fassen, um sie auf den Rücken zu schwingen. Da trat ein Bauer in den Hof, eine hagere Gestalt. Das war der Kaganhart. Er fuchtelte mit den Armen und schrie: „Hast du gehört, Schönauer, hast du das Glöckl gehört?"

Kaum hatte er ausgesprochen, da kam ein zweiter, ein dritter; einer nach dem andern kamen sie gelaufen, alle die Anrainer der Schönau, alte und junge Männer, grobgefügte, wetterharte Gestalten, äußerlich einander gleichend in den rauhen Hanftuchkitteln und im grauen Loden: der Kirngasser, der Köppelecker, die beiden Brüder vom Winkler Wesen, der Waldhauser, der Schwaiger und Grünsteiner, die Hanetzerbuben, der Kinill und der Urstaller, der Bärenlochner und zuletzt der alte Gobl. Sie hatten die Glocke gehört, sie wußten, was ihr klingender Ruf bedeutete. Ging doch die Rede von der Schenkung, die Frau Adelheid in ihrer Sterbstunde getan, schon seit dem Frühjahr im ganzen Tal von Hütte zu Hütte. Da hatte man keinen Heimgart gehalten, bei dem nicht von den Klosterleuten gesprochen wurde, bald in Zweifel und Sorge, bald in scheuer Hoffnung auf bessere Zeiten. Nun waren sie gekommen.

„Hast du gehört, Schönauer, hast du das Glöckl gehört?"

Das war die Rede eines jeden, der gelaufen kam. Sie standen um den Schönauer her; die einen machten bedenkliche Gesichter und krauten sich hinter den Ohren; die andern schwatzten erregt durcheinander, bis der Schönauer die Hand erhob: „Leut! Leut! So lärmet doch nit so!"

Da verstummten die meisten; doch der Waldhauser rief: „Das Maul sollen wir uns auch noch verbieten lassen, wo's hergeht bei uns um Haut und Haar?"

„Wohl! Recht hat er!" fielen mehrere Stimmen ein. Und der ältere der Hanetzerbuben schrie: „Die droben in Wazemanns Haus müssen wir füttern. Jetzt kämen die auch noch und möchten schöpfen und abrahmen. Was bleibt denn für uns?" Diese Rede fiel in die erregten Gemüter wie Feuer ins Stroh.

„Aber Leut!" mahnte der Schönauer und drängte sich zwischen die Schreier. „Denket doch ein lützel weiter als in die Gurgel hinein. Es weiß doch ein jeder von euch, was die Ramsauer haben an ihrem Gottesmann."

„Wohl!" fiel der Urstaller ein. „Und bei denen, die zu uns kommen, soll einer sein, der den Fried auf der Zung hat und die Güt im Aug. Gestern auf die Nacht noch ist der Eigel zu mir gekommen. Der ist dabei gewesen, wie der Gottesmann geredet hat mit der Wazemannstochter."

Von allen Lippen schwirrten die Fragen, und der Urstaller erzählte, was der Kohlmann ihm berichtet hatte. „Die Händ haben dem Eigel gezittert vor lauter Freud, völlig lichtscheinig sind ihm die Augen gewesen, und keine andere Red schier hat er gehabt als allweil die einzig: Die bringen uns die gute Zeit! Die gute Zeit!"

Lautlose Stille folgte diesen Worten. Nur der alte Gobl, das weißbärtige Kinn auf den Stab gestützt, schüttelte den Kopf. „Die gute Zeit? Wo sollt denn die herkommen auf einmal? Da müßt sich erst was rühren im Berg." Die halb erloschenen Augen des Greises glitten über das Tal hinweg und suchten den Untersberg.

Noch immer schwiegen die anderen. Ruedlieb, der die Kraxe wieder niedergestellt hatte, trat zu den Leuten; sein Gesicht brannte, und seine Stimme bebte. „Die Klosterleut sind gegen die Wazemannsbuben, hat der Eigel gesagt. Ich mein', wir müßten den Wald ausschlagen, daß sie freien Weg haben überall im Tal."

Da nickten sie alle, und der Köppelecker rief: „Keiner von uns

Mannerleut hat die richtige Red gefunden, ein Bub hat sie finden müssen."

Ruedlieb wollte sprechen; der Vater schob ihn zurück. „Sei still, Liebli, du hast noch allweil nit die Jahr zum Mitreden."

„Aber die Fäust hätt ich zum Dreinschlagen, und dazu war`s schon lang an der Zeit gewesen!" Ruedlieb wandte sich ab und ließ sich neben der Kraxe auf die Hausbank nieder. Die Leute erschraken über diese Rede, und der Kinill blickte mit scheuen Augen im Hof umher und gegen das Hagtor, ob nicht ein unberufenes Ohr in der Nähe wäre. Der Waldhauser trat vor den Schönauer hin und sagte: „Du bist der Richtmann im Gaden. Sag uns, was wir tun sollen!"

„Was wir tun sollen, das wird ausgeredet in der Thingnacht. Ich für mein Teil schick den Buben hin mit Brot und Käs, mit Honig und Met und laß ihnen guten Einstand wünschen im Gaden."

„Natürlich, nur gleich zinsen am ersten Tag!" schrie der ältere Hanetzer mit rotem Gesicht. „Daß sie nur gleich draufkommen, wie's schmeckt!" Die einen nickten zu dieser Rede, die anderen schüttelten die Köpfe.

„Wir können mehr von ihnen haben als sie von uns!" sagte der Schönauer. „Und wer Milch ziehen will von der Kuh, der muß ihr zuerst das Futter legen."

„Wohl! Aber eine Kuh ist was anders! Bei der Kuh weiß ich, wie ich dran bin. Aber wer die Herrenleut melken möcht, der braucht keinen großen Milchamper." Der Hanetzer schob die Hände unter den Kittel und ging davon. Die einen lachten, und die anderen schalten, das wär keine Sache, die man abtäte mit einem spöttischen Wort.

„Laß den Buben eine Weil noch warten, Schönauer", sagte der Köppelecker, „ich spring heim und leg dazu, was ich geben kann!" Er eilte davon.

„Ich gäb auch gern, wenn ich nur was hätt!" sagte der Urstaller. „Aber eh mein Bub nit abtragt von der Alben, hab ich selber schier kein Bröserl mehr im Haus."

„Brauchst du was?“ fragte der Schönauer. „Ich hilf dir aus.“
Der Urstaller schüttelte den Kopf. „Morgen muß der Bub kommen.“ Dann ging er; und mit ihm ging der Grünsteiner, der kein Wort zu reden wußte, und der jüngere Hanetzer, der ein bißchen verlegen war.

„Ich hab ein Stück Fleisch daheim“, sagte der Kirngasser, „und auf ein paar süße Käs kommt's mir auch nimmer an.“

„Ich geh heim und red mit meinem Weib“, stotterte der Bärenlochner, „sie wird schon ein lützel was hergeben.“

„Die deinig schon“, brummte Kaganhart und verdrehte die Augen, „aber die meinig wird ein schieches Gesicht machen.“

„Sag ihr halt, sie soll ihre Zähn scheren!“ lachte einer der Winkler Buben. „Da fallen so viel Haar ab, daß die Klosterleut ein Gewand davon kriegen.“ Er wandte sich zum Schönauer. „Ich bring von meiner Mutter ein Stückl Hanftuch.“

Nun gingen sie alle; der Schwaiger wollte ein Mäßlein Honig bringen, der Waldhauser Eier und Schmalz.

„Da krieg ich die Krax so voll, daß ich gut zu tragen hab“, meinte Ruedlieb, „aber es dürft so schwer wiegen wie ein Kalb, ich schlepp alles hin.“ Er begann an der Kraxe den Strick zu lösen, um noch aufpacken zu können, was die andern bringen würden.

„Und du, Gobl?“ wandte sich der Schönauer an den Greis, der, das Kinn auf den Stab gestützt, mit halb geschlossenen Augen den Gehenden nachblickte. „Warum hast du nit geredt?“

Der Alte hob langsam das Gesicht. „Weil ich kein Wörtl gewußt hab, das der Mühe wert gewesen wär.“

„Willst du nit was dazu geben?“

Ein müdes Lächeln glitt über die dürren Lippen des Greises. „Geben? Warum denn geben?“ Er schüttelte den Kopf. „Wer was will, der kommt und nimmt. Ich hab mein Weib nit geben brauchen, der Krank[1]) hat sie genommen. Ich hab meine Buben nit geben brauchen. Den einen hat Herr Waze erschlagen, den andern hat die Lahn verschüttet, den letzten haben die Wölf zerrissen. Ich hab meine Heilka nit geben brauchen, meine liebe Dirn. Die Windach hat sie verschluckt. Warum noch geben? Und was denn? Gestern ist meine letzte Geiß verreckt. Mein Hüttl mag keiner, da wandern schon die Mäus und Ratzen aus. Ich bin noch übrig. Und der mich nimmt, der kommt schon, wenn ich auch lang auf ihn warten muß. Der tut einen Segesschlag[2]), und ich lach dazu und sag: Jetzt hab ich Ruh!" Er schritt dem Hagtor zu.

Der Schönauer ging ihm nach und hielt ihn am Arm zurück. „Gobl! Wie du, so sollt doch ein Mensch nit reden!"

„Warum nit?" Der Alte hob die roten Lider und sah mit seinen müden Augen dem andern ins Gesicht.

„Schau, Gobl, dir selber blüht wohl nimmer auf, was faulen hat müssen. Aber denk an die anderen, Gobl! Verschlag ihnen den Mut nit mit deinen Reden! Ich erhoff uns viel vom gestrigen Tag, der die Klosterleut gebracht hat. Sie kommen als Herren ins Tal, und das wird denen in Wazemanns Haus droben in die Nas steigen. Gib acht, zwischen denen hebt ein Raufen und Raiten an. Frißt Herr Waze die Klosterleut auf, so kann's nit schlechter kommen, als wie's gewesen ist. Ducken die Klosterleut den Waze, so kann's nur besser kommen, und die gute Zeit steht ein."

„Gute Zeit? Da müßt sich erst was rühren im Berg." Der alte Gobl schüttelte den Kopf. „Wir, Schönauer, wir erleben's nimmer. Die Zeit steht in der Halbscheid. Das Alte ist halb, und das Neue ist halb. Mein Stall ist abgebronnen, da hat kein Heilbuschen geholfen. Und vom Ramsauer Kirchl hat der Blitz das Kreuz geworfen. Die Heilbuschen sind dürr, und das Kirchenkraut hat steinigen Boden. Herr Wute schlaft im Gestein, und der ander im Gewölk. Bis einer aufwacht, müssen die Berg sich rühren."

„Das ist müdes Gered, Gobl!"

„Hast recht! Drum laß mich heimgehen. Wie einer auch redet, so oder so, es hat kein Wörtl einen Sinn. Die nimmer reden kön-

---

[1]) Der Dämon Krankheit

[2]) Sensenschlag

nen, die wissen das Beste. Das ist mir eingefallen unter dem Apfelbaum." Mit tastendem Stabe schritt der Greis dem Hagtor zu.

Da erschien ein junger Bauer im Tor, erregt, das Gesicht vom raschen Lauf gerötet. Es war der Schapbacher, dessen Hube zwischen der Schönau und Ramsau tief im Walde lag. Der alte Gobl blickte auf die Seite, als der Bauer an ihm vorüberlief.

„Schapbacher! Was bringst du?" fragte der Richter.

„Ich such einen guten Rat. Meine Albendirn ist heimgekommen von der Ödhütt, ganz verweint. Der Geißbub geht ab seit gestern mittag."

„Der Huze?"

Unter dem Tor blieb der alte Gobl stehen; er wandte das Gesicht nicht, doch er lauschte.

„Ein paar Geißen müssen sich verstiegen haben", sagte der Schapbacher, „die ist er suchen gegangen und ist nimmer heimgekommen. Die Dirn hat nit den Mut gehabt, daß sie ihm nachsteigt."

„Warum nit?"

„Der Bub ist hinaufgestiegen unter die Eismann-Wand."

„In Wazemanns Bannberg!" fiel der Schönauer erschrocken ein. Der alte Gobl wollte den Hof verlassen; der Schönauer lief ihm nach und faßte den Greis am Arm. „Hörst du nit, Gobl? Es geht um deiner Heilka ihren Buben her!"

In dem starren Gesicht des Alten rührte sich kein Zug; seine Stimme klang heiser. „Was geht mich der Bankert an? Weswegen redest du mit mir von ihm? Geh hinauf in Wazemanns Haus! Red mit dem Henning!" Er riß sich los und verließ den Hag.

„Gobl! Gobl!" mahnte der Schönauer. Der Alte hörte nicht mehr; und der junge Schapbacher sagte: „Laß ihn, Richtmann! Da ist jedes Wort umsonst geredet. Sag lieber: Was kann geschehen für den Buben? Man muß ihn doch suchen. Auf dem Bannberg umsteigen, das ist eine schieche Sach. Meinst du nit, ich soll hinauf in Wazemanns Haus und Anfrag halten?"

Der Schönauer schüttelte den Kopf. „Das wird nichts helfen. Geh heim und richt ein paar Kienlichter her! Und auf den Abend halt dich fertig, wir suchen die Nacht durch. Bei der Windach wart auf mich, wenn die Sonn weg ist."

„Soll die Dirn auch mit?"

„Die laß daheim, die kann das Maul nit halten."

„Geht dein Bub mit?"

„Mein Bub? Das könnt mir einfallen! Nein, Schapbacher, mein Liebli soll mir bei so was aus dem Spiel bleiben. Ich nehm den Knecht, und der Köppelecker geht wohl auch mit. Unser vier, das reicht schon. So geh halt heim derweil! Und Zeit lassen!"

„Zeit lassen!" Der Schapbacher verließ den Hof. Draußen vor dem Hag blieb er stehen, blickte über das Feld hinaus, und hastig sich duckend, als sollten die hohen Ähren ihn verbergen, schlich er davon. „Was hat er denn?" murmelte der Schönauer und trat unter das Hagtor. Quer durch die Felder sah er einen Reiter dahersprengen. Es war Herr Waze. Der Schönauer erbleichte. Dieser Besuch galt seinem Hof. Und der Richtmann wußte aus Erfahrung, was solche Besuche brachten.

9

„Vater, was ist denn?“ fragte Ruedlieb, als der Schönauer zur Hausbank gesprungen kam.

„Schnell, Bub, schnell, nimm die Krax und hinein mit ihr ins Haus!“

„Warum? Was ist denn los?“

Der Schönauer konnte nicht mehr Antwort geben; Herr Waze kam schon in den Hof geritten. Die beiden Hunde sprangen auf und stürzten dem Reiter mit heiserem Gekläff entgegen. Das Pferd scheute, doch mit einem kräftigen Ruck des Zügels bändigte Herr Waze das Tier. „Die Hund weg!“ rief er. „Oder ich schick ihnen einen Fraß, den sie schlecht verdauen.“

Mit einem finsteren Blick auf den Reiter kam Ruedlieb herbei, faßte die Hunde am zottigen Fell, schob sie in das Haus und schloß die Tür.

„Nichts für ungut, Herr“, sagte der Bauer, „sie hüten das Haus.“

„Vor mir?“ Herr Waze lachte. „Das wirst du ihnen abgewöhnen. Sie sollen wissen, wer der Herr ist, und sollen wedeln, wenn ich komm!“ Er stieg vom Pferd und winkte dem Buben. „Halt mir das Roß!“ Ruedlieb zögerte; ein Blick seines Vaters hieß ihn der Weisung folgen. Herr Waze schüttelte die Beine, als wären sie ihm eingeschlafen beim Ritt, und zog das Wams herunter. „Ich hab mit dir zu reden, Schönauer.“

„Wollen wir hinein in die Stub, Herr?“

„Nein, ich kann den Schmalzgeruch nit leiden.“ Er deutete auf die alten Eichen, die in einer Ecke des Gartens standen. „Wir wollen uns dort in den Schatten setzen.“ Herr Waze durchschritt den Hof; da sah er auf der Hausbank die Kraxe stehen; er kniff die Augen ein und zog die Finger durch den Bart. „Bauer! Wohin soll die Krax?“

„Der Bub hätt auftragen sollen.“

„Auf die Alben?“ Herr Waze schaute den Schönauer an, dann wieder die Kraxe. „Met und Honig, Fleisch und Wecken? Das stimmt. Seit wann aber tragen die Bauern den Käs auf die Alben hinauf statt herunter?"

Der Schönauer blickte an Herrn Waze vorbei, als er sagte: „Ein paar schlechte Laib, Herr. Ich schick sie wieder hinauf, für die Albleut sind sie noch gut genug. Zum Zinsen brauch ich bessere."

„Hast recht, Bauer!" lächelte Herr Waze. „Mach's nur am Käs wieder gut, was du am Met verfehlt hast."

„Ich, Herr? Am Met?"

„Ja. Schlechten Met hast du gesteuert an Sonnwend."

„Herr, ich hab den besten gegeben."

„Schon gut!" Herr Waze wandte sich ab und ging mit raschen Schritten auf Ruedlieb zu, der das ungeduldige Pferd im Hof hin und her führte. „Bub? Für wen gehört die Krax?"

„Für die Gottesleut, die gestern gekommen sind!" gab Ruedlieb zur Antwort; dann sah er erst, daß der Vater hinter Wazes Rücken hinaufdeutete gegen die Alben.

„So? Für die Gottesleut?" Herr Waze wandte sich zum Schönauer. „Also, Richtmann, komm, jetzt wollen wir reden miteinander!" Er ging auf die Eichen zu und setzte sich auf die Steinbank. „Wie ich gemerkt hab, weißt du schon, daß sie gekommen sind." Dem Schönauer versagte die Stimme; er nickte nur. „Und wie mir scheint, meinst du, sie wären die Herren im Land, denen man zinsen und steuern muß?" Herrn Wazes Augen funkelten bei dieser Frage. Der Bauer rührte wortlos die Lippen. „Red!" Das Wort klang wie ein Hammerschlag auf Stein. „Red! Sind sie die Herren?"

„Ich weiß nit, Herr Waze."

„So? Dann sag ich dir: Es kann schon sein, daß sie die Herren sind. Es könnt sogar sein, daß sie es beweisen können mit Pergamenten. Und wenn sie die Herren sind, so muß ihnen der Freibauer zinsen und steuern, und jeder Hörige muß fronen beim Klausenbau. Gelt?"

„Wohl, Herr Waze!" stammelte der Schönauer, seinen Gast mit scheuen Augen musternd.

„Gut! So wirst du auch wissen, was geschehen muß. Und vergiß nur nit, daß ich selber das gesagt hab!“ Herr Waze schob die Hände hinter das Schwertgehäng und streckte die Beine. „Aber die Gottesmänner haben gute Herzen. Wenn ich ihnen sag: Die Hörigen haben harte Zeit und viel zu schaffen – ich mein’, da drücken sie ein Aug zu und lassen es gut sein mit der Fron. Meinst du nit auch?“

„Wohl, Herr Waze.“

„Da müßt sich also von den Hörigen keiner anbieten zur Fron, eh ihn die Klosterleut nit rufen.“

Der Schönauer fragte zögernd: „Soll ich das den Leuten bekanntgeben?“

Herr Waze zog verwundert die Brauen in die Höhe. „Bin ich der Richtmann oder du? Wie weiß ich, was du als Richtmann tun sollst?“ Der Bauer atmete schwer und strich mit langsamer Hand das Haar in die Stirn. Herr Waze sah ihn mit kleinen Augen an und lächelte. Ein raschelnder Windhauch strich durch die sonnigen Eichenwipfel, und flatternd fiel ein welkendes Blatt zur Erde. „Und was meinst du, Richtmann? Wie sollen es die Freibauern halten mit dem Zinsen und Steuern?“

Der Schönauer besann sich. „Ich mein’ halt, so, wie’s allweil gewesen ist. Wir tragen Zins und Steuer dem Spisar hin. Und der seid Ihr, Herr Waze!“

„Der bleib ich auch. An Sonnwend ist Zahltag gewesen für die erste Halbscheid der Steuer. Die ander Hälft ist fällig auf Neujahr. Sechs Mond lang braucht kein Freibauer ein Bröserl Steuer geben. Das ist Gesetz und Recht. Und die Klosterleut haben gute Herzen. Die verlangen nit mehr, als was Recht und Brauch ist. Meinst du nit auch?“

„Wohl, Herr Waze! Zwischen heut und Neujahr soll kein Bauer zinsen, kein Bröserl Käs, kein Köndl Traid und keinen Tropfen Met.“

Herr Waze schüttelte den Kopf. „Bauer! Bauer! Du hast ein hartes Herz.“

„Wieso, Herr?“ fragte der Schönauer mit einer Stimme, als läge eine würgende Hand an seiner Kehle.

„Denk nur, was für gute Männer die Gottesleut sind! Die werden umgehen im Tal von Hag zu Hag und werden die traurigen Leut trösten, werden die Kinder hätscheln und werden sitzen bei den Siechen. Für solche Liebtat müßt man wohl ein übriges tun und müßt ihnen diemal, außerhalb der Steuerzeit, eine Krax voll Zeug schicken. So eine, wie da drüben steht. Das wär nur in der Ordnung! Meinst du nit auch?“

„Wohl, Herr Waze!“

„Das kann ich nur gutheißen! Liebtat muß vergolten werden mit Liebtat!“ Herr Waze kreuzte die Arme über der Brust. „Aber denk nur, Richtmann, was der Mensch diemal für Zeug träumen kann! Gestern nach Mittag hab ich mich schlafen gelegt, und da ist mir im Traum gewesen, als hätt ich den Köppelecker gesehen, wie er ein Körbl voll Zeug davontragt und hinausgeht nach dem Lokistein. Und wie ich so steh und schau ihm nach, im Traum, da schlagt auf einmal das Feuer aus seinem Haus. Und das ganze Anwesen hab ich niederbrennen sehen bis auf den Grund. Mir ist leid gewesen um den armen Teufel. Alles im Traum, Richtmann! Und denk dir, derweil das Haus noch brennt, geht der Kaganhart an mir vorbei, mit einem Pack auf dem Buckel. ‚Wohin?‘ frag ich. ‚Hinaus‘, sagt er, ‚zum Lokstein!‘ Und ich sag zu ihm: ‚Recht so, geh nur zu!‘ Ich seh noch, wie er hinübergeht über den Achensteg. Und da dreht sich auf einmal der Baum überm Wasser, und der Kaganhart ist weg. Ich hab um Hilf geschrien, aber kein Mensch hat mich hören wollen. Ich schrei und schrei, und auf einmal kommst du daher!“

„Ich, Herr?“ stammelte der Bauer.

„Alles im Traum, Richtmann!“ Herr Waze streckte sich behaglich. „Und schau, die Krax dort, dieselbig, die auf der Hausbank steht, die hast du auf dem Buckel getragen. Ich hab dich auf die Schulter geklopft und hab dein gutes Herz gelobt. So sind wir auseinandergegangen, im Traum, und wie ich heimzieh durch den

Untersteiner Wald, lauf ich an eine Bärengrub hin. Ein Bär ist drin gestanden in der Grub, und unter ihm, denk, Bauer, unter ihm ist dein Bub gelegen, der Ruedlieb. Mich hat das Grausen gepackt. Der arme, schmucke Bub! Und im Erbarmen bin ich hineingesprungen in die Grub und hab zugestoßen mit dem Fänger. Der Bär ist gelegen, aber deinem Buben hat's nimmer geholfen. Ich hab dir noch zuschreien wollen, du solltest umkehren. Aber da bin ich aufgewacht. Was sagst du, Richtmann? Wie kann man nur so was träumen!" Herr Waze klatschte auf dem Schwertknauf die Hände übereinander und sah lachend den Bauer an.

Der Schönauer hatte keinen Tropfen Blut im Gesicht; schlaff hingen ihm die Arme am Leib.

„Was hast du, Bauer? Wirst doch nit erschrocken sein über meinen Traum?" Herr Waze erhob sich. Freundlich klopfte er dem Schönauer auf die Schulter. „Schau, es ist doch nur ein Traum gewesen. Dein Bub lebt und ist heil und frisch! Freilich, das haben meine Träum: Sie pflegen einzutreffen. Aber mach dir keine Sorg! Da müßtest du zuerst die Krax hinaustragen zum Lokistein. Und die Krax dort, das hast du ja selber gesagt, die geht zur Alben hinauf. Und ein Richtmann lügt nit, gelt?" Herr Waze ging, um sein Roß zu besteigen. Als er im Sattel saß, blickte er auf Ruedlieb nieder. „Ein schmucker Bub, Richtmann!" rief er über die Schulter dem Bauer zu, der noch immer drüben bei den Eichen stand. „Ich wünsch ihm, daß er alt wird!" Lachend ritt Herr Waze zum Tor hinaus.

Ruedlieb eilte auf den Vater zu und erschrak bei seinem Anblick. „Vater? Hat er dich gebüßt?" Der Schönauer schüttelte den Kopf. „Aber so red doch, Vater! Hab ich was Schieches angerichtet, weil ich ihm gesagt hab, wohin die Krax gehört?"

Wieder schüttelte der Bauer den Kopf. „Hast nur die Wahrheit gesagt."

„Aber was ist denn gewesen?" fragte der Bub in wachsender Sorge. „Er hat doch freundlich mit dir geredt!"

Der Schönauer lachte heiser. „Je schönere Farben die Natter spielt, so giftiger beißt sie."

„Vater?"

„Frag nit weiter, Liebli! Geh hinein ins Haus und tu dich richten zur Albenfahrt!"

„Aber ich muß doch die Krax –"

„Laß die Krax in Ruh!" fiel der Bauer ein. „Die besorg ich selber. Geh, Bub!"

Ruedlieb wandte sich zögernd ab und ging ins Haus. Als er in der Flurstube auf dem niederen Herdrand saß und die Riemen der Bergschuhe knüpfte, konnte er durch die offene Tür sehen, daß der Köppelecker den Hof betrat, mit einem Pack auf der Schulter. Der Schönauer redete mit dem Nachbar; dann ging der Köppelecker mit seinem Pack wieder davon. Der Reihe nach kamen auch die andern: der Kirngasser und Bärenlochner, einer der Winklerbuben, der Schwaiger und Waldhauser. Der Schönauer redete mit ihnen, und da trug ein jeder wieder heim, was er gebracht hatte. Der Kaganhart blieb aus – er war wohl mit seinem Weib nicht auf gleiche Meinung gekommen. Einer aber erschien, den der Schönauer gar nicht erwartet hatte: Eigel, der Kohlmann.

„Hast du gehört, Richtmann, hast du das Glöckl gehört?" fragte der Alte erregt und deutete mit seinem Stecken gegen den Untersberg.

Der Schönauer nickte. „Warum kommst du?"

Eigel faßte den Schönauer am Arm und dämpfte die Stimme. „Sie haben schon einen Ring gezogen um den Stein."

„Wer?"

„Die Wazemannsbuben. Auf jedem Weg zum Lokstein ist einer dagestanden vor mir, auf der Untersberger Seit der Rimiger, hinter dem Kälberstein sein Bruder Sindel, und wie ich mich von der Talseit hab hinschleichen wollen, hab ich den Hartwig reiten sehen im Gehölz. Sie liegen um den Lokstein herum wie die Wölf um den Geißstall."

„Hat dich einer gesehen?“

„Der Sindel.“

„Aber ich hoff, du hast leere Händ gehabt?“

„Warum?“

„Sonst hätt Herr Waze heut nacht geträumt von dir. Komm, Eigel! Ich erzähl dir was.“ Sie gingen den Eichen zu und setzten sich auf die Steinbank.

Ruedlieb konnte sehen, daß sein Vater lange Zeit allein sprach; dann erwiderte der Kohlmann erregt; und der Schönauer schüttelte immer den Kopf. Als nun der Bub, für die Bergfahrt gerüstet, zu den Eichen kam, erhob sich der Schönauer und sagte zum Kohlmann: „Laß gut sein, Eigel, das reden wir zwei nit aus miteinander! Bring alles vor beim Thing, dann wirst du hören, was die andern sagen!“ Er wandte sich zu Ruedlieb. „Wart bei der Haustür, Liebli, ich komm gleich.“

Ruedlieb nickte dem Kohlmann einen Gruß zu und ging zur Hausbank. Da zog der Schönauer sein Messer aus dem Gürtel und gab es in Eigels Hand; es hatte einen Griff aus Horn mit eingeritzten Zeichen. „Heut über drei Nächt, wenn Vollmond einsteht. Kommst du aus mit der Zeit?“

„Wohl!“ Der Kohlmann verwahrte das Messer. „Heut lad ich über die Schönau hinaus in die Ramsau, über Schwarzeck und Winkel zurück ins Engedein. Morgen über Unterstein auf die Alben und über den Jennar und Göhl wieder heimzu bis zum Vorderecker. Und am dritten Tag vom Greinwalder hinaus zum Gernroder und über die Metzenleit und Aschau herunter in die Strub.“

„Lad nur wortfeste Leut, die unsichern laß aus! Und in der Ramsau geh vorbei am Hiltischalk!“

Eigel schaute betroffen auf. „Richtmann! Ich mein’, der Hiltischalk müßt dabei sein zuallererst!“

„Tu, was ich sag!“

„Du bist der Richtmann, da wirst du wissen, warum. Heut über drei Nächt, wenn Vollmond einsteht.“ Sie reichten sich die Hände und gingen dem Haus zu. Da hörten sie plötzlich ein dumpfes Rollen; es klang wie ferner Donner. Sie blieben stehen und blickten zum Himmel auf. Kein Wölklein trübte das reine Blau, und alle Bergspitzen waren nebelfrei. Eine Magd kam aus der Stalltür gelaufen, schaute verwundert umher, schüttelte den Kopf und verschwand wieder.

„Vater", rief der Bub, „was war das?"

„Ich weiß nit. Es hat gedonnert, und ich seh kein Wettergewölk."

Da sagte der Kohlmann langsam: „Ich mein', es wär nit in der Luft gewesen, sondern in der Erd!"

„Was dir einfallt!" Der Schönauer schüttelte den Kopf. Nun standen sie schweigend und lauschten; doch in den sonnigen Lüften störte kein Laut mehr die Stille. „Es muß wohl hinter dem Eismann ein Wetter liegen. Und die Tauern haben aus der Fern den Donnerhall hereingeworfen ins Tal."

„Meinst?" sagte Eigel. „Dann müßt das Wetter kommen auf die Nacht. Wir haben Tauernwind. Der müßt die Wolken hertreiben über den Eismann. Da darf ich schauen, daß ich den Weg hinter die Füß krieg."

„Zeit lassen!" grüßte der Schönauer.

„Zeit lassen auch!" nickte der Kohlmann und ging.

Zwischen Wiesen und Feldern, auf denen der reifende Sommerroggen dünn und mit mageren Ähren stand, wanderte Eigel dem nächsten Hag entgegen. Vor dem Tor, inmitten einer Wiese, schwang der Köppelecker die Sense. Eigel ging auf den Bauer zu, zog des Richtmanns Messer aus dem Kittel, drückte dem Köppelecker das Heft an die Brust und sagte: „Heut über drei Nächt, wenn Vollmond einsteht! Fehl nit! Tu nach deiner Mannspflicht! Laß dich nit halten von Wetter und Wind, von Weib und Kind, laß dich nur halten von Wassersnot, von Feuer und Tod!"

Der Köppelecker legte die Hand an das Messer. „Heut über drei Nächt, wenn Vollmond einsteht. Ich hab's gehört und schweig. Fahr weiter, Thingbot!" Eigel nickte und ging seiner Wege. Auf schmalem Pfad, zwischen dichten Hecken kam ihm der älteste der Hanetzerbuben entgegen und fragte: „Wohin so flink?“

„Meiner Arbeit nach!“ sagte Eigel und ging vorüber.

„He, du!“ rief der andere ihm nach. „Hast du vor einer Weil das Brummen nit gehört? Was war denn das?“

„Ein Wetter kommt.“

Der Hanetzer blickte zum blauen Himmel auf und lachte. „Möcht wissen, woher?“

Der Kohlmann wanderte weiter. Beim Kaganhart fand er das Hoftor verschlossen. Er lud den Kirngasser und Bärenlochner, die Winklerbuben, den Schwaiger und Waldhauser. Beim Kinill und Grünsteiner ging er vorüber. Als er den Urstaller geladen hatte, stieg er über den Hang eines waldigen Hügels empor und kam zu einem halb zerfallenen Hag. Schief hing das Tor in den Weidenringen, und dichtes Unkraut wucherte im Hof. Ein verschobenes, von Lücken klaffendes Strohdach deckte die morsche Hütte, deren faulendes Gebälk schon in allen Fugen gelockert war. Wo einst der Stall gestanden, lag ein wüster Haufe von Asche und halbverbrannten Balken. Neben dem verwahrlosten Garten ragten fünf Eichenstrünke aus der Erde; die jungen Stämme waren mit der Axt gefällt und lagen dürr, mit gebrochenen Ästen. Eine einzige Eiche, fast hundertjährig, stand noch zwischen den Strünken; ihr Wipfel war verdorrt, und die von schmarotzendem Moose fast erstickten Äste trugen nur noch einzelne Büschel braungrünen Laubes; der Baum krankte an den tiefen Kerben, die seinem Stamm eingehauen waren. Neben der Eiche, mit einem Hanfseil noch an den Stamm gebunden, lag eine tote, von einem Fliegenschwarm umsummte Ziege.

Inmitten des Hofes stand ein Baum in vollem Grün, ein Apfelbaum mit starkem Geäst; doch hingen nur wenige Früchte noch an seinen Zweigen, der Sturm der vergangenen Nacht hatte Ernte gehalten und die unreifen Äpfel heruntergeschüttelt in das Unkraut. Im Schatten des Baumes saß der alte Gobl, mit dem Rücken an den Stamm gelehnt, das weißbärtige Kinn auf der Brust, die welken Hände im Schoß. Eigel trat auf ihn zu und berührte ihn mit dem Messer. „Heut über drei Nächt, wenn Vollmond einsteht! Fehl nit! Tu nach deiner Mannespflicht! Laß dich nit halten von Wetter und Wind –“ Weiter kam Eigel nicht mit seinem Spruch. Der Greis hatte den Arm des Kohlmanns zurückgeschoben und sagte: „Ich hab’s gehört und schweig. Geh an mir vorbei, Thingbot! Ich komm nit. Heut hab ich den letzten Weg gemacht. Der reut mich schon. Ich mach keinen andern mehr. Wär schad um die Müh!“

„Gobl!“ mahnte der Kohlmann mit einer Stimme, als schliefe der Greis und er müßte ihn wecken. „Hörst du nit? Das Thing ruft!“

„Laß rufen!“

„Du bringst Unehr über dich!“

„Unehr?“ Ein Lächeln glitt über die dürren Lippen des Greises. „Die trag ich so!“ Er pflückte mit seiner zitternden Hand einen Grashalm und legte ihn auf sein Haupt.

Unwillig wandte Eigel sich ab; aber schon nach wenigen Schritten kehrte er wieder zurück. „Gobl, es geht um unser aller Wohl und Weh!“

Langsam hob der Greis die Augen. „Was redest du vom Wohl? Sag: Weh! Das eine Wörtl geht für alles. Und das kommt, wie’s will. Wozu denn raten, wo keiner wenden kann?“ Er hob einen wurmstichigen Apfel aus dem Unkraut und hielt ihn dem Kohlmann hin. „Da nimm! Den kannst du dir braten am Thingfeuer! So hat’s doch einen Zweck.“

Eigel hatte den Apfel genommen; er drehte ihn zwischen den Fingern, ließ ihn wieder fallen und wanderte schweigend davon. –

Um die gleiche Stunde stiegen Ruedlieb mit dem Grießbeil und der Schönauer, der die beladene Kraxe trug, durch den Wald hinunter zur Ache. Der Bub blieb stehen. „Geh, Vater, laß mich doch mit hinaus zum Lokstein!“

„Du gehst zur Alben hinauf!“ Der Schönauer faßte die Hand seines Buben. „Und da bleibst du, bis ich dich wieder heimruf.

Und versprich mir's: Tu nichts gegen Wazemanns Wort, laß keine schieche Red hören, steig in keinen Bannberg ein und rühr mit keiner Hand ans Gewild!" Dunkle Röte flog über Ruedliebs Gesicht; er dachte an die Bärengrube, die er in der Regenwand ausgeworfen. „Versprich mir's, Bub!" Ruedlieb nickte. „Halt dein Wort, und sie können dir nichts anhaben. Wenn's aber doch so kommen sollt, daß einer dich fassen möcht –" Die Augen des Richtmanns funkelten, und seine Stimme bebte. „Dann greif nach dem Messer und stoß zu! Dann ist schon alles eins!"

„Vater?" stammelte der Bub.

Der Schönauer schob ihn gegen den Steg. „Jetzt geh, Liebli! Und Zeit lassen!" Er blickte seinem Buben nach, und als er ihn am andern Ufer der Ache zwischen den Bäumen verschwinden sah, drückte er die Fäuste auf die Brust. Langsam folgte er dem Waldpfad und erreichte nach kurzer Weile den Weg, der hinaufführte zu Wazemanns Haus. Auf dem Falkenstein fand er die Zugbrücke niedergelassen und das Tor offen. Ein Knecht trat ihm entgegen, verwundert.

„Da bring ich eine Krax voll Zeug." Der Schönauer stellte seine Last nieder. „Ist der Herr daheim?"

„Nein, Richtmann!"

Der Schönauer atmete auf. „Nimm die Krax und lad das Zeug ab! Und wenn Herr Waze heimkommt, sag ihm, ich hätt mich besser besonnen und der Herr sollt mit dem Zeug machen, was ihm lieb ist!"

Der Knecht trug die Kraxe ins Haus, und vor dem Tor setzte sich der Schönauer auf einen Stein am Wegrain, um auf die leere Kraxe zu warten. Im Zwinger schlugen die Hunde an, die einen Fremden witterten; mit vielstimmigem Echo warfen die nahen Felswände das Geheul zurück.

Über die auf steilem Hang sich senkenden Baumgipfel blickte der Schönauer hinunter nach der Seelände. Dort unten leuchtete ein langer, weißer Streif im Sand. Es war ein frisch gewebtes Stück Hanftuch, das zum Bleichen in der Sonne lag.

Edelrot stand am Ufer, schöpfte mit einer hölzernen Kanne Wasser aus dem See und besprengte das Tuch. Da hörte sie einen knirschenden Tritt im Sand, und als sie sich umblickte, stand Ruedlieb vor ihr. Sie wollte lächeln, aber sie erschrak vor seinem blassen Gesicht. „Ruedlieb? Was hast du?“

Er vermochte kaum zu sprechen. „Kann's wahr sein, was ich gehört hab?“

„Was?“

„Daß der See dich schier verschlungen hätt!“

Sie nickte wortlos und blickte über den sonnglänzenden See hinaus. „Wer hat's dir gesagt?“

Seine feuchten Augen hingen an ihr. „Jetzt, wie ich hergegangen bin unter dem Hag, hat's eure Magd, die Heilwig, mir zugerufen.“ Er faßte ihre Hände. „Weil du nur lebst, Rötli!“

Sie blickte lächelnd zu ihm auf. „Gelt, wenn's anders hätt sein müssen, das wär zu früh gewesen für mich? Ich leb so gern! Aber viel hat nimmer gefehlt. Wär mein Bruder nit gekommen, grad noch zur rechten Zeit, so wär's hinuntergegangen.“ Mit leisem Schmerzenslaut unterbrach sie ihre Worte. „Geh, druck mir doch die Händ nit so fest, tust mir ja weh!“

Erschrocken ließ Ruedlieb ihre Hände fallen. „Ich hab gemeint, ich müßt dich halten.“ Eine Weile standen sie schweigend, dann fragte der Bub: „Wie hat denn nur so was geschehen können?“

„Komm! Ich erzähl dir's.“ Sie ging zum Waldsaum und ließ sich im Schatten einer weitästigen Fichte nieder. Ruedlieb setzte sich an ihre Seite. Ein leises Rauschen webte in den Bäumen, über der Lände lag funkelnder Sonnenglanz, und wie Perlen schimmerten die Wassertropfen auf dem ausgebreiteten Hanftuch. Edelrot begann zu erzählen. Kaum hatte sie den Namen Reckas genannt, da ballte Ruedlieb die Fäuste. Seine Augen blitzten hinauf zum Falkenstein. „Allweil die da droben! Einmal der Alte und das andermal die Jungen! Wo ein Unheil wächst, wer hat's ausgesät? Die da droben!“

Beschwichtigend legte ihm Rötli die Hand auf den Arm. „Mußt die Recka nit schelten! Die hat mich lieb.“ Sie erzählte wieder. Mit großen Augen hörte Ruedlieb zu und sah hinaus über das stille Wasser. Da glitt zwischen dem Schilf der Insel Bidlieger, aus dem Weitsee kommend, der Einbaum hervor. Wicho führte das Ruder, und vor dem Knecht saß Recka auf der Bank, in lichtem Gewand, das Gesicht und das um die Schultern rieselnde Gelock von einem grauen breitkrempigen Hut überschattet. Ruedlieb sprang auf. „Muß denn die schon wieder da sein!“

„Seit dem Morgen ist sie schon draußen auf dem Weitsee“, flüsterte das Mädchen, „sie hat ihre Stößer gesucht. Hat sie die Vögel?“

„Wenn sie nur hin wären!“

„Geh! Wie magst du so reden! Was können die Vögel dafür?“

Da klang über das Wasser her die Stimme der Wazemannstochter. „Rötli!“

„Recka!“ rief Edelrot und eilte auf das Ufer zu.

Ruedlieb stand mit finsterem Gesicht. „Allweil muß eins dazwischen kommen, wenn ich mit dem Rötli zu reden hab!“ Eine Weile noch blieb er wartend stehen; als er sah, wie Edelrot an den landenden Einbaum trat, um der Tochter Wazemanns beim Aussteigen behilflich zu sein, faßte er sein Grießbeil und verschwand im Wald.

Recka stieg aus dem Nachen, von Rötli gestützt.

„Ich seh die Stößer nit. Hast du sie nimmer finden können?“

„Nein. Alles Suchen und Rufen war umsonst.“ Recka nahm den Hut ab und schüttelte die Locken in den Nacken. „Sie haben sich nit in den Wald verflogen, sonst hätten sie mich hören müssen. Der Elbiß ist untergetaucht, hat die Stößer, die an seinem Hals verschlagen hingen, mit hinuntergezogen und hat sich festgebissen auf dem Seegrund.“

Rötli schüttelte das Köpfchen und flüsterte: „Der ist Luft worden! Das kannst du glauben!“

„Närrlein!“ lächelte Recka und strich mit sanfter Hand über Rötlis Haar.

Edelrots Blicke suchten den Buben. Nirgends erblickte sie ihn; doch einen andern sah sie, ihren Bruder. Auch Recka hatte ihn schon gewahrt; hastig wandte sie sich, um das Federspiel, das sie zum Locken der Stößer mitgenommen hatte, aus dem Einbaum zu holen. Sigenot kam von der Ache her, die Angelgerte über der Schulter, das Lägel auf dem Rücken. Sein Gesicht war bleich, und seine Augen hatten einen fremden Blick. Wicho, der vom Ufer kam, das lange Ruder schleifend, nickte ihm zu und kniff die Augen ein – aus ihm lachte die Schadenfreude über Reckas Verlust. Sigenot verstand diese stumme Sprache nicht und verhielt den Schritt. Da lief ihm die Schwester entgegen. „Denk dir, sie hat die Stößer nimmer gefunden!“

„Schad um die Vögel!“ sagte der Fischer, ohne einen Blick auf Recka zu werfen. „Sie waren gut abgetragen.“

Vom herben Klang seiner Stimme befremdet, blickte Rötli auf. Da gewahrte sie auf ihres Bruders Kappe eine seltsame Zier: Neben der Schwanenfeder war ein dünnschäftiger Pfeil mit verbogener Spitze durch das Otterfell gestoßen, so, wie man eine langstielige Blume auf die Mütze steckt. „Was hast du auf deiner Kappe?“

Sigenot lehnte die Angelrute an die Schulter, nahm die Mütze ab und zog den Pfeil hervor.

Raschen Schrittes kam Recka herbeigegangen. „Was soll der Pfeil?“

Der Fischer hob langsam die ernsten Augen. „Warum fragst du?“

„Weil es ein Pfeil ist aus Hennings Köcher.“

„Aus Hennings Köcher!“ wiederholte Sigenot mit halblauter Stimme.

„Ich kenn ihn am Gefieder. Wie kommst du zu dem Pfeil?“ Sigenot wollte sprechen; da streiften seine Augen das Gesicht der

Schwester, und er blickte gegen das Haus hinauf. „Hast du nit gehört, Rötli? Die Mutter hat gelacht."

„Die Mutter? Ich hab nichts gehört."

„Wohl! Geh nur!"

Edelrot eilte in den Hag und über den Hügel empor.

Fragend blickte Recka den Fischer an. „Warum schickst du die Schwester fort?"

„Weil sie nit zu hören braucht, wie ich zu deines Bruders Pfeil gekommen bin."

„Ich versteh dich nit. Wo hast du den Pfeil gefunden?"

„Gefunden?" Ein Lächeln zuckte um Sigenots Mund. „Nimm den Pfeil und bring ihn deinem Bruder Henning wieder!" Die Augen auf Recka heftend, legte er das gefiederte Rohr in ihre Hand. „Unter dem Lokstein bin ich an der Ache gestanden und hab die Angel geworfen. Da ist mir der Pfeil von hint her am Hals vorbeigeflogen, daß mich die Feder noch gestreift hat, und ist vor mir ins Wasser gesurrt und auf einen Stein gefahren. So hab ich ihn gefunden."

Aus Reckas Wangen war alle Farbe gewichen. „Ein böser Zufall", sagte sie mit schwankender Stimme. „Henning muß nach einem Haselhuhn geschossen haben, und der Pfeil ging fehl und flog durch die Bäume weiter."

„Kann schon sein!"

„Henning ist ein ungestümer Schütz, der Eifer macht ihn blind. Wär ein Unheil geschehen, es wäre das erste nit, das er angerichtet."

„Da hast du recht!" Der Fischer nickte einen stummen Gruß, schulterte die Angelrute und wollte in das Hagtor treten.

Recka starrte auf den Pfeilschaft in ihrer Hand; dann hob sie die Augen und sah dem Fischer nach. Sie tat einen Schritt, und mit gepreßtem Laut, als geschäh es wider ihren Willen, klang Sigenots Name von ihren Lippen.

Er wandte das Gesicht. „Was willst du?"

Sie zögerte; dann hob sie den schönen, stolzen Kopf und trat auf den Fischer zu. „Ich werde meines Bruders Unverstand dem Vater klagen. Hätt der Zufall bös gespielt, es wär ein übler Vergelt für die Hilf gewesen, die du mir gestern gebracht hast in der Not. Ich bin dir Dank schuldig. Nimm ihn!“ Sie streckte die Hand.

Sigenot sagte langsam, mit herbem Klang: „Was ich an dir getan, das hast du vergolten an meiner Schwester. Da braucht's keinen Dank. Wir sind auf gleich, und die Sach ist abgetan. Auch brauchst du deinen Bruder nit verklagen. Wenn er merkt, wie der Pfeil geflogen ist, kränkt er sich schon genug.“ Sigenot lächelte wieder. „Zeit lassen!“ Er wandte sich ab und trat ins Tor.

Ein zorniger Blick flammte aus Reckas Augen. „Das war der erste Dank, den du von mir gehört hast. Auch der letzte.“ Während sie den Bäumen entgegenschritt, zerknitterten ihre Hände den dünnen Pfeilschaft.

10

Als Sigenot das Haus erreichte, kam Rötli aus der Tür. „Ich hab recht gehabt“, sagte sie, „die Mutter hat nichts wollen.“

„So hab ich mich verhört.“ Er lehnte die Angelrute an die Balkenwand, pfiff dem Knecht und übergab ihm das Lägel, damit er die Ferchen verwahre. Während Rötli hinunterging zum Ufer, um das bleichende Hanftuch zu besprengen, trat Sigenot in das Haus. Mutter Mathilt nickte ihm zu; er ging zu ihrem Stuhl und strich mit der Hand über Mutters graues Haar. Die redete mit den bleichen Händen; er verstand die stumme Frage und sagte: „Heut hab ich schlechten Fang gehabt.“

Sie blickte zu ihm auf. „Warum?“ fragte dieser Blick.

Er zuckte die Schultern. „Es geht nit einen Tag wie den andern.“ Das sagte er mit ruhiger Stimme; doch er wich dem Blick der Mutter aus und trat in seine Kammer.

Mutter Mathilt faßte einen eisernen Zinken und schlug auf den Herdstein. Heilwig kam gelaufen, deckte für Sigenot den Steintisch und rief ihn zum verspäteten Mahl. Er kam und setzte sich an den Tisch, doch er genoß nur wenige Bissen. Lange saß er mit aufgestützten Armen und sah vor sich hin. Einmal blickte er zur Wand empor, an der seine Waffen hingen, dann hinüber zur Mutter. Wieder saß er in Gedanken versunken. Endlich erhob er sich und nahm mit raschem Griff das Ringhemd von der Wand. Mutter Mathilt hörte das Klirren und blickte verwundert auf.

„Ich muß die Wehr wieder einmal anschauen“, sagte Sigenot und ging zur Tür, „ich mein’, sie rostet.“

Vor dem Haus setzte er sich auf die Bank, nahm das eiserne Hemd über die Knie und begann das dichte Gewirr der Ringe zu mustern. Er fand keine Lücke in dem Gewebe, in den Fugen der Ringe keinen Flecken Rost. Zufrieden nickte er, und während er sich erhob, ging sein Blick hinauf zu Wazemanns Burg. Er umschritt das Haus und schob das Ringhemd durch das offene Fenster in seine Kammer. Als er zurückkehrte, kam Rötli über den Hag heraufgestiegen. Sie blieb vor dem Bruder stehen. „Hast du um die Mittagszeit das Rollen nit gehört? Es ist gewesen, wie wenn’s ein Donner wär.“

„Wohl, und ich hab gemeint, ein Wetter käm. Es muß sich wieder verzogen haben.“ Er blickte zum Himmel auf.

„Das ist kein Wetter gewesen. Ich weiß, was es war!“ Rötlis Stimme dämpfte sich zum Flüstern. „Drunten in der Seetief muß sich der Bid geärgert haben und hat aufgehaut im Zorn. Wie’s gerollt hat, bin ich an der Länd gestanden und hab gesehen, daß ein Zittern über den See gelaufen ist, grad so, wie übers Wasser in einem Schaff, wenn einer dran hinstoßt mit dem Fuß.“

Sinnend blickte Sigenot hinunter auf den stillen See, über den schon die ersten Schatten des Abends fielen.

„Ich hab gleich was getan dafür“, flüsterte Rötli, „ich hab meine Halskette genommen – sie war mir das Liebste, was ich an mir gehabt hab – und hab sie weit hinausgeworfen in das Wasser. Sie muß dem Bid gefallen haben. Gleich hat er Ruh gegeben.“ Sie atmete tief und wollte ins Haus treten. Auf der Schwelle wandte sie sich wieder. „Hast du vergessen heut?“

„Was?“

„Daß du eine Kerb in deinen Jahrbaum schneiden mußt.“ Lächelnd trat sie auf den Bruder zu und faßte seine Hand. „Heut ist der Tag, an dem dich Frau Hul der Mutter gebracht hat. Schau, ich wünsch dir an Glück und Freuden so viel, als ich Haar auf dem Scheitel hab.“

Sigenot betrachtete das holde Gesicht der Schwester. „Glück und Freuden? Vergelts, Rötli! Aber du hast zu viel gewunsehen.“ Er gewahrte die Axt, die neben der Tür an der Balkenmauer lehnte, und faßte sie. „Komm, ich schlag die Kerb in meinen Baum.“

„Was willst du mit der Axt?“ fragte Rötli verwundert. „Nimm dein Messer!“

„Das hat nit Schneid genug für den heutigen Tag.“ Er ging auf seinen Jahrbaum zu, und Rötli folgte ihm. Dreimal umschritt er den Baum, ihn jedesmal berührend mit der Hand. Dazu murmelte er: „Der Baum wachst, der Baum lebt, ist gewachsen und steht, gradschlächtig und stark, gesund im Mark, in der Wurzel fest, mit Laub und Ast. Heb dich und streck dich, hüt dich und deck dich, hast Sonn und Regen, nutz den Segen! Wie die Steiner im Bach laufen die Jahr einander nach. Eins gewinnst du und eins verlierst. Halt aus, daß du die Kerb nit spürst!“ Beim letzten Wort hatte Sigenot die Axt geschwungen, und das blitzende Eisen schlug in den dreißigjährigen Baum, daß der schlanke Stamm erzitterte. „Was tust du?“ stammelte Rötli und wollte den Arm des Bruders fassen. Da fiel schon der zweite Hieb, die Rindensplitter und Späne sprühten, und weiß, fast bis ins Mark hinein, klaffte am Baum die Kerbe.

„Du hast dein Bäuml bis hinein ins Leben geschlagen!" jammerte Edelrot, und Tränen traten ihr in die Augen.

Sigenot ließ die Axt sinken, sah die klaffende Kerbe an und murmelte: „Wenn's der Baum verwindet, verwind ich's auch!"

Er wollte gehen; Rötli umklammerte seinen Arm. „Was hast du, Bruder? Man möchte meinen, du wärst seit gestern ein anderer worden! Ist dir was?"

Wortlos schüttelte Sigenot den Kopf, warf die Axt beiseite und umschlang die Schwester. Sie war so erregt, so erfüllt von Sorge, daß sie weinen mußte. „Tu nit weinen, Rötli!" Er streichelte ihr Haar. „Ein andermal vergeß ich nimmer, daß ich dein Bruder bin."

Sie hob sich auf die Fußspitzen und faßte sein Gesicht mit beiden Händen. „Hast du mich nit heimgeholt aus Wetter und Wasser? Hätt ich nit versinken müssen ohne dich? Wir beide, ich und die Recka?" Sie wollte weitersprechen, doch er drückte sie an sich, daß ihr der Atem verging, und schloß ihre Lippen mit einem Kuß. Dann schritt er auf das Haus zu und nahm den langen fünfzackigen Näbiger von der Balkenwand.

„Willst du heut noch fort?" fragte Rötli. „Es geht schon auf den Abend zu."

„Mich leidet's nit in der Ruh, ich muß schaffen!" Er stieg, den Näbiger auf der Schulter, zum See hinunter.

Mit verlorenem Blick sah ihm die Schwester nach. „Wenn ich nur wüßt, was er hat? Ich muß den Ruedlieb fragen."

Sigenot erreichte das Ufer und löste den Waldschragen; mit dem einen Fuß das kleine aus Schilf und Stangen gefügte Floß betretend, stieß er mit dem andern das leichte Fahrzeug von der Lände ab. Fast lautlos glitt der Schragen über das Wasser hin; mit der Stange des Näbigers trieb ihn der Fischer am Saum des Röhrichts entlang, gegen den Ausfluß der Ache hin, immer langsamer und leiser. Mit scharfem Blick spähte er in die klare Flut, deren nicht allzu tiefer Grund von Moos und Algen wirr überwachsen war; die dürren blaßroten Stengel der Seerosen durchspannen das Wasser gleich den Fäden eines Netzes. Jetzt verhielt Sigenot durch einen Druck der Stange das Fahrzeug. Langsam und lautlos, den straff gespannten Körper kaum bewegend, hob er den Näbiger und drehte die eisernen Widerhaken nach unten, daß ihre scharfen Spitzen fast den Seespiegel berührten. Er zielte und stieß. Das Wasser spritzte auf, und zischend fuhr der Näbiger in die Flut. Mit jähem Ruck riß Sigenot die Stange wieder in die Höhe. Der Stoß war geglückt, am Eisen zappelte ein schwerer Hecht. Mit einem Faustschlag tötete Sigenot den Raubfisch und löste ihn von den Haken. Dann trieb er den Schragen weiter.

Die Schatten wuchsen, und der rote Schimmer des Abends leuchtete über dem Tal. Edelrot hatte das zum Bleichen ausgelegte Hanftuch ins Haus getragen. Nun stand sie vor ihres Bruders Jahrbaum; sie füllte die tiefe Kerbe, die Sigenot geschlagen, mit harzvermischtem Wachs und überband die wunde Stelle mit Bast.

Wicho verließ den Hof, das Lägel auf dem Rücken; er trug die Ferchen davon, die Sigenot am Morgen gefangen; sie waren für den Schönauer bestimmt, als Zahlung für einen Packen Hanf. Noch vor der Dämmerung erreichte Wicho die Schönauer Felder. Da blieb er stehen und lauschte. Ein leiser, sanfter Klang kam aus der Ferne durch die stille Luft geschwommen. –

Beim Lokistein tönte die Glocke.

Bruder Schweiker zog den Strang und läutete den ersten Feierabend ein. Er trug nicht die Kutte, sondern das Arbeitskleid, den kurzen ärmellosen Leinenjanker. Des Feierabends und der Ruhe schien er bedürftig zu sein. Wie ein Stier, wuchtig und ausdauernd, hatte er geschafft den ganzen langen Tag und mit Hilfe der Knechte ein tüchtiges Stück Arbeit zu Wege gebracht. An die dreißig mächtige Fichten lagen am Waldsaum schon gefällt, entästet und zu Balken von jener Länge zerschnitten, wie sie der Klausenbau erforderte. Auch Pater Waldram hatte mitgeholfen bei diesem

Werk; seinen von Kasteiung und Fasten entkräfteten Körper hatte, lange schon vor dem Abend, die Erschöpfung befallen; beim Schleifen eines Balkens war er ohnmächtig niedergesunken. Man hatte ihn ins Zelt getragen, aufs Moos gelegt und mit Trank und Speise gelabt; dann hatte tiefer Schlummer ihn überkommen, aus dem der Klang der Abendglocke ihn nicht zu wecken vermochte.

Auch Bruder Wampo hatte nicht gefeiert und manch ein Tröpflein frommen Schweißes vergossen; ihm war es zugefallen, die Zelte aufzurichten, die Mooslager zu rüsten, die Reisighütte für die Knechte und Saumtiere zu bauen, die Ballen auszupacken, deren Inhalt zu bergen und in trockenem Grund eine Grube auszuwerfen, um darin das Fäßl mit dem Meßwein und die Mundvorräte zu verwahren. Diese letzte Pflicht seines Amtes hatte er mit besonderem Eifer erfüllt. Nun stand er zwischen den Zelten beim flackernden Feuer und kochte den Imbiß für den Abend; ein mageres Mahl: Sterz mit Bohnenmus; doppelt mager, denn der Sterz war mit Wasser angerührt. Bruder Wampo hatte es sich und den Seinen wohl besser vermeint; doch als er mit der Kanne durch den Wald davonspringen wollte, hatte Eberwein ihn angerufen: „Wohin, Bruder?“

„Vom Hang dort oben hab ich eine Bauerhub gesehen, die nit gar weit liegt. Ich will hinüberspringen.“

„Weshalb?“

„Um für Gottes Dank ein Känndl Milch zu begehren. Wir haben Sterz auf den Abend.“

„Bleib nur! Wir alle sind müd und hungrig von der Arbeit. Da wird uns der Sterz auch mit Wasser schmecken.“

„Mit Milch ist er besser.“

„Mit Wasser gesünder. Ich will nicht, daß die Leute im Gaden sagen sollen: Heut sind sie gekommen, man merkt’s, denn sie verlangen schon. Wir wollen geben, Bruder, nicht nehmen.“

Wampo blies die Backen auf und ging mit der Kanne zur Quelle, um Wasser zu schöpfen. „Geben?“ brummte er. „Möcht wissen, von was?“ Er warf einen Sorgenblick zu der Grube hinüber, in der die Vorräte geborgen lagen. „Zwei kurze Wochen, und wir haben selber nichts mehr. Dann werden wir nehmen müssen, oder die heilige Zeit geht an!“ Als er mit der gefüllten Kanne zu den Zelten zurückkehrte, schien plötzlich auch er, der kurz zuvor noch so hurtig gesprungen war, die Müdigkeit zu spüren; er ließ das runde Köpfl hängen und schlurfte mit den Füßen. Den Blick zur Seite gewandt, ging er an dem Pater vorüber, der die unterbrochene Arbeit wieder aufgenommen hatte.

Auch Eberwein hatte die Kutte mit dem kurzen Wams vertauscht. Die erste Arbeit, die er nach der Messe vorgenommen hatte, stand schon vollendet: Über dem zum Altar geweihten Heidenstein erhob sich das weiße Kreuz, in welches Eberwein den halb verbrannten Baum mit der Axt verwandelte. Dann hatte er, Richtscheit und Meßschnur führend, den Grundriß der Klause und des Kirchleins abgesteckt und mit dem Spaten die Mauerfurchen ausgehoben; schwarz zogen sich die breiten Streifen durch den grünen Rasen und zeigten die Einteilung, die der Klausenbau erhalten sollte: einen größeren Mittelraum und ihm zur Rechten und Linken zwei kleinere Kammern; an die Rückwand der Klause sollte das Kirchlein sich anlehnen, mit seinen Balkenmauern den zum Altar geweihten Heidenstein und das Kreuz umschließend.

Als der letzte Spatenstich getan war, hatte Eberwein im Wald einen jungen Ahornstamm gefällt und aus ihm ein mannslanges Stück herausgeschlagen mit zwei kreuzförmig stehenden Aststümpfen. Auf der Schulter hatte er das schwere Holz zu den Zelten getragen und begonnen, es mit Hammer und Meißel zu behauen. Als jetzt der Abend dämmerte und Bruder Schweiker die Glocke zog, trat aus dem weißen Holze schon in rauhen Formen das entstehende Bildnis hervor, das Abbild des Gekreuzigten. Beim ersten Glockenton legte Eberwein Hammer und Meißel nieder und faltete die Hände im Schoß. Seine Augen streiften die schwarzen Furchen, die er gezogen, und das Gewirr der gefällten Bäume am Waldsaum, von dem die Knechte mit geschulterten Beilen einherkamen. Den Blick zu dem vom letzten Sonnenglanz umflossenen Himmel erhebend, betete er lächelnd: „Nisi Dominus aedificaverit domum, in vanum laboraverunt, qui aedificant eam[1]).“

Die Glocke schwieg. Eberwein erhob sich und trug das begonnene Schnitzwerk unter das Zelt. Als er mit den Brüdern den Imbiß genommen hatte, ordnete er für den kommenden Morgen die Arbeit an und begab sich zur Ruhe. Die Knechte schlüpften unter die Reisighütten. Schweiker und Wampo standen noch beim erlöschenden Feuer und spülten die Geschirre.

Die graue Dämmerung kam; am Waldsaum verstummten die letzten Vogelstimmen, und ein zarter Nebel dampfte aus dem Weiher; nahe seinem Ufer trat ein Reh unter den Bäumen hervor. Es stutzte beim Anblick der weißleuchtenden Zelte und des roten Feuerscheines; laut schreckend verschwand es im dunkeln Wald.

„Was war das?“ fragte Wampo.

„Ein Reh.“

„Das ist aber auch alles, was heut gekommen ist.“

„Gelt? Nit ein einziger hat sich schauen lassen. Wie man die Raitenbucher Klaus gezimmert hat, da war ich auch dabei, und da sind sie aufs erste Läuten haufenweis gekommen, Männer, Weiberleut und Kinder. Und heut keine Seel!“

„Eine schieche Gegend! Was man da noch erleben wird!“ Unmutig packte Wampo eine hölzerne Schüssel und scheuerte mit dem nassen Grasbüschel, als hätte er die böse Gegend unter seinen Händen. „Sterz mit Wasser, gleich am ersten Tag!“

Schweiker überhörte die letzten Worte, sinnend sah er in die Kohlen. „Vielleicht hausen die Leut so weit auseinander, daß sie das Glöckl nit hören können.“

„Das Glöckl ruft eine Stund weit. Es hat halt keiner kommen mögen. Die Heidenschüppel, die unchristlichen!“

---

[1]) „Wo der Herr nicht das Haus bauet, so arbeiten umsonst, die daran bauen.“

Schweiker schüttelte den Kopf. „Wie die andern sind, das weiß ich nit. Aber eine – wenn die das Glöckl gehört hätt, die wär gekommen."

Da lauschten sie. Ferne Stimmen klangen im Wald; es waren Wazemanns Söhne, die sich anriefen zum Heimritt. „Es müssen doch Leut in der Näh sein!" murmelte Schweiker.

Während sie noch lauschten, tauchte hinter den schwarzen Bergen die fast volle Scheibe des Mondes empor und warf einen blassen Schimmer über die Lichtung. „Bruder!" stotterte Wampo und deutete mit dem Arm. „Dort rührt sich was. Und schleichen tut's wie ein Wolf!"

Schweiker packte rasch die Axt und rannte in den Mondschein. Am Waldsaum sah er einen Schatten gleiten. Er schwang die Axt zum Wurfe, doch mitten im Schwung hielt er inne, wie versteinert. Hinzula stand vor ihm. „So, schön! Wenn ich jetzt geworfen hätt! Wie kommst denn du daher?"

„Hast ja geläutet!" lispelte das feine Stimmlein.

„Warum bist du nit am Tag gekommen?"

„Da hab ich nit dürfen. Ich hab warten müssen, bis es nächtet."

„Die Nacht ist keine Zeit, bei der ein Kindl, will sagen ein Mädel wie du, noch umlauft im wüsten Wald." Er trat zur Seite, denn sein Schatten fiel schwarz über Hinzulas schmächtige Gestalt; doch auch im vollen Mondschein wurde ihr Gesicht nicht heller; wie ein dunkler Kohlklumpen war es anzusehen, nur die Augen glänzten. Eine Weile standen sie stumm voreinander; dann sagte er: „Geh heim, Mädel! Es ziemet sich nit für mich, daß wir da beieinander stehen in mondscheiniger Zeit – wenn auch die guten Heiligen vom Himmel herunterschauen dürften auf uns beide. Geh heim! Und komm bei Tag!"

„Tust du morgen wieder läuten?"

„Wohl!"

„Dann komm ich!" fuhr es mit flinkem Wort über ihre Lippen. „Ich fürcht mich nit, und ich find schon einen Weg."

Diese Worte waren anders gemeint, als Schweiker sie deutete. „Brav, Mädel! Gottes Weg darfst du allweil gehen ohne Furcht. Komm nur! Dann will ich einmal scharf nachschauen, wie's bestellt ist mit deinem Seelgerät."

„Mit was?" stotterte Hinzula.

„Mit deinem Seelgerät!" wiederholte er ernst. „Daß du's nur weißt: Heut nacht hab ich geträumt von dir."

„Ich von dir auch."

„So? Aber mein Traum wird wohl der bessere gewesen sein! Gott, der liebe Herr, ist mir erschienen und hat mir aufgegeben als gutes Werk, daß ich dich weißwaschen soll."

„Das hab ich heut schon selber tun wollen", sagte sie, „aber die Mutter hat mich weggerissen vom Brunnen und hat gesagt, sie haut mir alle Knochen im Leib auseinander, wenn ich's tu."

Schweiker schlug entsetzt die Hände zusammen. „Mädel! Wenn deine Mutter den Teufel fürchten möcht, wie sie den Dreck lieb hat, müßt sie eine gute Christin sein!" Er nahm die Axt und ging davon; nach einigen Schritten rief er über die Schulter: „Mach, daß du heimkommst, solang dir der Mond noch auf den Weg scheint!" Den Zelten entgegenschreitend, murmelte er vor sich hin: „So eine Mutter! Alle Knochen im Leib! Ist das auch noch eine Mutter?"

Hinzula stand regungslos und sah ihm nach.

Als Schweiker die Feuerstatt erreichte, auf der nur wenige Kohlen noch in der Asche glosteten, schlüpfte Bruder Wampo aus dem Zelt, in das er sich geflüchtet hatte. „Es muß doch kein Wolf gewesen sein? Ich hab dich reden hören. Wer war das?"

„Mein Saubartele."

„Das Bartele?" rief Bruder Wampo, als hätte er eine freudige Botschaft vernommen. „Warum hast du mich da nit gleich gerufen?" Hurtig suchte er auf dem dunklen Rasen umher, und als er einen Span erwischte, stieß er ihn in die Kohlen und blies in die Glut.

„Was tust du?“ fragte Schweiker.

Der Bruder gab keine Antwort; er blies, bis eine kleine Flamme aufzuckte und knisternd den Span ergriff. Mit der flackernden Leuchte rannte er davon und verschwand im Schatten des Waldsaumes. Wie ein Irrlicht gaukelte das Spanfeuer zwischen den Bäumen, und des Bruders rufende Stimme klang: „He! Dirnlein!“ Nach einer Weile kam er wieder, kichernd, vergnügt die Hände reibend.

„Was hast du wollen von dem Kind?“ brummte Schweiker.

„Das wirst du morgen auf Mittag merken, wenn ich die Milchsupp auftrag und die Butternocken.“

„Geh, du Bettelsack! Weißt du denn, ob dem Kindl seine Leut was geben?“

„Um so lieber gibt das Dirnlein. Das muß ich sagen: Gut stehst du angeschrieben bei deinem Bartele. Wie ich gesagt hab, daß ich Hunger leiden muß, das ist bei ihr nit tief gegangen. Sie hat nur gefragt: ‚Der ander nit?‘ Aber wie ich gesagt hab: ‚Wohl, bei dem schreien auch schon die Frösch im Magen‘ –“

„Das ist eine Lug gewesen!“ fuhr Schweiker auf.

„Aber eine fromme, Bruder! Und du hättest nur sehen sollen, wie sie gewirkt hat.“

Die Art dieser Wirkung schien in Schweiker keine Neugier zu erwecken. „Laß mich in Ruh!“ brummte er, streifte den Bruder mit einem zürnenden Blick und verschwand im Zelt.

11

Herr Waze hatte mit Recka und seinen drei jüngsten Söhnen den Abendimbiß eingenommen. Als der Tisch geräumt wurde, ging Recka in ihre Kammer, ohne Wort und Gruß. Der Vater sah ihr nach. „Was hat sie?"

„Was wird sie haben?" lachte Otloh. „Sorgen, wo sie einen Mann hernimmt! Sie kommt in die Jahr." Er spaltete einen frisch geschnitzten Pfeilschaft, um ihn mit einer Auerhahnschwinge zu fiedern.

„Sie könnt doch einen haben!" brummte Herr Waze. „Der Pfleger von Hall, den wir auf der letzten Sauhatz an der Grenz getroffen haben, hat Augen auf sie gemacht wie der Fuchs auf die Spielhenn. Der nähm sie vom Fleck."

„Wird sich hüten!" rief Gerold, der hinter dem Lehmofen ausgestreckt auf der Bank lag. „Hast du nit gesehen, wie sie ihm mitgespielt hat? Wie er sie küssen hat wollen beim Umtrunk, hat sie ihm die Faust auf die Brust gestoßen, daß er vor ihr einen Fall getan hat, aber nit auf die Knie!"

„Ach was! Er hat doch gelacht dazu!" meinte Herr Waze. „Der Haller ist ein Freund von vollblütiger Zucht. Das sieht man seinen Rossen und Hunden an. Wenn er ein Weibsbild kriegen kann wie meine Dirn, so nimmt er auch einen Puff mit in den Kauf. Mitgeben kann ich ihr freilich nichts, dafür haben eure sieben Mäuler gesorgt. Und wenn wir die Kuttenlupfer nit wieder hinausbringen aus dem Gaden, können wir übers Jahr das Maul an den Bindfaden hängen. Wie soll ich da dem Mädel noch was mitgeben?"

„Sie hat's in der Faust", sagte Otloh, „wozu braucht sie noch was im Sack zu haben?"

„Hast recht!" Herr Waze lachte. „Die Rass' an ihr, die schlag ich auf zwei feste Burgen an."

Gerold kicherte hinter dem Ofen. „Ich mein', dem Haller möcht die Leiter ausrutschen, wenn er die Burgen nehmen wollt."

Da lachten sie alle, sogar Eilbert, der an einem Fenster stand und über den vom Mondlicht umfluteten Falkenstein hinunterspähte nach dem Fischerhaus. Jetzt rief ihn der Vater an. „Was stehst du allweil? Bring das Brett!“ Er putzte die rauchenden Räuber von den Kerzen, setzte sich an den Tisch und füllte die geleerte Bitsche aus einem mächtigen Zinnkrug.

Verdrossen brachte Eilbert das Spielbrett und die Steine. „Was soll das Spiel gelten?“ fragte er, sich setzend.

„Ich will dir nichts abgewinnen.“ Herr Waze begann die Steine zu stellen.

„Aber ich dir! Um gute Worte spiel ich nit. Da leg ich mich lieber schlafen.“ Er stand wieder auf.

„Wirst du bleiben!“ schrie der Alte und schmetterte die Faust auf den Tisch.

Eilberts Augen funkelten. „Wieder zuschlagen? Da mußt du schon warten, bis ich wieder eine Fahlgeiß heimbring.“

„So redest du mit deinem Vater?“ Herr Waze stürzte auf seinen Buben zu. Gerold und Otloh sprangen auf und warfen sich zwischen die beiden.

Aus dem Hof herauf klangen Stimmenlärm und Pferdegetrappel. „Die Buben kommen!“ rief Herr Waze, und allen Streit vergessend, eilte er in die Vorhalle.

Henning, Sindel, Rimiger und Hartwig stiegen von den Rossen. Sie kamen über die Freitreppe, auf der das helle Licht des Mondes lag, und nun standen sie in der Halle beisammen, Herr Waze und seine sieben Buben. Henning erzählte. Keinen Schritt und keinen Beilhieb hatten die Klosterleute getan, von dem die vier Späher nicht zu berichten wußten.

„Und wie haben sich die Leut dazu gestellt?“

„Vier hab ich heimgeschickt.“ Rimiger lachte. „Das Wiederkommen wird ihnen verleidet sein.“

„Mir“, sagte Sindel, „ist der Eigel in die Händ gelaufen.“

„Mir auch!“ fiel Hartwig ein. „Aus der Strub sind die Leut heraufgestiegen und von der Aschau sind sie herübergekommen. Ich hab ihnen Füß gemacht.“

„Und du, Henning?“

„Ich hab dem Greinwalder Schmierfink eins über das Fell gestrichen. Was ich sonst noch getan hab, wird sich weisen. Der Tag bringt's auf.“ Lachend trat er in die Stube. Da stand seine Schwester Recka vor ihm und warf ihm die beiden Teile eines zerknickten Pfeilschaftes vor die Füße. „Schwester? Was soll das?“

Hinter Henning erschien Herr Waze in der Tür.

„Wenn dein Aug die Pfeilbahn nit messen kann“, sagte Recka, „so schieß ein andermal mit Hennenfedern. Die fliegen nit weiter, als du sehen kannst.“

Henning hob den entzweigebrochenen Schaft von der Erde; seine Augen erweiterten sich, er erkannte seinen Pfeil.

„Soll ich bald wissen, was das bedeutet?“ schrie Herr Waze.

„Unter dem Lokistein, im Wald, hat er den Pfeil geworfen, ich weiß nit, auf was. Aber gefehlt hat er, und der Pfeil ist hinuntergeflogen gegen die Ache, dem Fischer am Hals vorbei. Der hat ihn aus dem Wasser geholt, und zum Gespött hat er ihn heimgetragen auf der Kappe.“ Es zuckte um Reckas Mund, sie wandte sich ab und verließ die Stube.

„Wo der Unschick hingreift mit seinen zwei linken Händen, da kommt allweil eine Dummheit heraus!“ Herr Waze trat auf Henning zu und dämpfte die Stimme. „Was hast du gemacht?“

„Er hat geangelt und hätt mir nit besser stehen können. Ich hab gemeint, der Schuß wirft ihn ins Wasser. Es war eine reißende Stell, das Wasser hätt ihn fortgetragen. Und mir ist nach dem Schuß noch gewesen, als hätt ich ihn fallen sehen.“

„Und da hast du Reißaus genommen, du feiner Held? Und derweil ist der Fischer ins Wasser gesprungen und hat den Pfeil gefischt. Schäm dich, Henning! Fehlen! Aber ich weiß schon: Auf den Fischer hast du gezielt, und seine Schwester hast du im Aug gehabt, an die du dich nit antraust, solang der Bruder lebt.“

„Gib mir vier Leut, Vater“, sagte Henning bleich, „und ich heb ihn aus in der Nacht.“

„Damit morgen ein Geschrei wär im ganzen Gaden und die Kuttenlupfer gleich eine Ursach hätten, die Herren herauszudrehen und sich ins Mittel zu legen? Es geht nimmer auf geradem Weg, wir müssen Umweg machen. Soll's geschehen, so muß es sein in der Still. Paß ihn ab, wenn er über die Seewänd hinsteigt und die Legangeln –“

Hennings Brüder traten in die Stube, und Herr Waze verstummte. „Warum redest du nit weiter?“ flüsterte Henning.

„Viele Hunde stellen das Wild, aber viele Treiber verschreien die Jagd. Die Hunde wider den da drunten mußt du da drin haben.“ Herr Waze stieß mit der Faust an Hennings Stirn. „Du hast den Bären scheu gemacht, jetzt plag dich und spür ihm die neuen Wechsel ab, die er suchen wird. Und laß die Dirn auf ihrer Meinung, als wär's ein Zufall gewesen. Sie soll nit wissen, was vorgeht.“ Ein hartes Lächeln. „Manchmal hat sie einen Blick, der mich an ihre Mutter mahnt. Es geht mir in die Gedärm, wenn sie mich anschaut mit solchen Augen.“

Die alte Ulla trat in die Stube und deckte für die Nachzügler den Tisch. Die Krüge wurden gefüllt und auf den Lichtreif neue Kerzen gesteckt. Lärm und Gelächter füllten die Stube, während draußen die stille Mondnacht ihren Schimmer und Zauber wob.

Ein zitterndes Leuchten lag über dem See, den der laue Windhauch der Sommernacht mit winzigen Wellen überkräuselte. Manchmal ließ sich das Quacken einer Wildente hören, und im Schilf um den Bidlieger raschelte es zuweilen und plätscherte das Wasser; eine fischende Otter stieg ein und aus. ‚Der Bid geht um!‘ hätte Rötli gesagt.

Stille Stunden vergingen, und Mitternacht war nahe. Da knirschten Schritte im Sand der Lände, und ein Wanderer überschritt den freien Platz. Eigel war es, der als Thingbot zu den Almen stieg. Auf rauhen Pfaden wanderte er, dem Falkenstein und Wazemanns Haus gegenüber, den steilen Hang der Seeberge empor; mit spärlichen Lichtern fiel der Mondschein durch die Bäume auf seinen Weg.

Es wollte die Nacht sich schon zum Morgen neigen, als Eigel auf der abgeplatteten Höhe des Berges die erste der Almen erreichte. An drei Hütten schritt der Kohlmann vorüber. Aus dem schwarzen Schatten eines vorspringenden Daches sprang eine dunkle Gestalt hervor und verschwand im nahen Gebüsch – ein Bub, der am kleinen Hüttenfenster gestanden. Eigel lächelte: „Auf den Alben sind sie dem Tod feind, da sorgen sie fleißig fürs Leben."

Über eine weite Halde führte der Weg zur nächsten Hütte, darin die beiden Sennen hausten, die dem Fischer hörig waren; Kühe lagen im Gras umher und drehten die Köpfe nach dem einsamen Wanderer. Mitten im Almfeld brannte ein loderndes Feuer, das vom Almwächter die ganze Nacht hindurch geschürt wurde, um die Raubtiere zu verscheuchen.

Die Sterne begannen zu erlöschen, und eine fahle Helle schlich über die östlichen Bergzinnen empor, als Eigel sich der letzten von allen Hütten näherte. Ein rötlicher Feuerschein leuchtete aus der kleinen Fensterluke.

„Schau, das sind fleißige Leut!" murmelte der Kohlmann. „Die warten nicht, bis der Tag wecken kommt!" Er beschleunigte seinen Schritt, und bald hörte er aus der Hütte den lauten Klang zweier Stimmen. Aber das war nicht die ruhige Zwiesprach, wie man sie halten mag vor Beginn des Tagwerks. Es klang wie Zank und Streit. Je näher Eigel kam, desto deutlicher unterschied er eine kreischende Weiberstimme und die rauhe Kehle eines Mannes; er hörte Schimpfworte, hörte das Rasseln fallender Holzgeschirre und ein Klatschen, als gäb' es Hiebe. Eigel begann zu laufen; als er über den letzten Hang emporeilte zur Hütte, tat die Tür sich auf. „Schlagen willst du? Schlagen? Wart, das vertreib ich dir!" klang die kreischende Weiberstimme, und über die vom Herdfeuer rot erleuchtete Schwelle kam ein schwarzer Klumpen herausgeflogen in die graue Dämmerung des Morgens. Die Tür wurde zugeschlagen, und der Riegel knarrte, während Eigel den an die Luft Gesetzten mit beiden Armen auffing.

„Zeit lassen, Kaganhart!“ rief der Kohlmann lachend. „Das ist lieb von dir, daß du mir entgegenkommst!“

Keuchend hob der Bauer die Fäuste und schrie gegen die Hütte: „Solch ein Schandweib! So eine Trud und Nachthex!“

Eigel druckte ihm die Hand auf den Mund und zog ihn mit sich fort, um aus dem Hörbereich der Hütte zu kommen. Es währte lange, bis Kaganhart sich so weit beruhigte, daß er auf Fragen hörte und Antwort gab. Während sie auf dem Rand eines ausgehöhlten Baumstammes saßen, in dem eine sickernde Quelle zum Trank für die Kühe gesammelt wurde, erzählte der Bauer: „Seit gestern mittag hat der Streit kein End mehr. Ich bin vom Schönauer heimgelaufen und hab gemeint, sie sollt was hergeben für die Gottesleut. Aber da bin ich schön angekommen. Geschrien hat sie und ist umgefahren im Haus wie eine Schwarzalfin im Feuerloch. Und wie wir heraufgestiegen sind auf die Alben, den ganzen Weg über hat ein Wörtl das ander gejagt.“

„Du hast halt gebockt und dawidergeschrien, gelt?“

„Da soll einer stillhalten können! Schrei einen Berg an, er schreit halt auch zurück. Auf die Nacht hab ich die Schüssel nit angerührt vor lauter Zorn. Völlig aufgeschnauft hab ich, wie ich endlich dringelegen bin im Heu. Sie hat noch eine Weil umgekrustet im Kaser, aber kaum ist sie neben meiner gelegen, da ist die Hatz von vorn wieder angegangen.“

„Und da wär die beste Zeit gewesen, daß du dich versöhnt hättest mit ihr!“

„Das hab ich doch wollen!“ platzte Kaganhart heraus.

Der Kohlmann lachte: „Aber sie hat nit mögen?“

„So eine ungute Keifin! Die ganze Nacht war kein Fried nimmer, und kein Aug hab ich zugemacht. Wie ich’s gar nimmer ausgehalten hab, bin ich aufgesprungen und hab Feuer geschürt. Und da fangt sie ein Schelten an, weil ich das Holz verbrenn, das man so weit hertragen muß über die Alben. Weil sie gar nimmer aufhört, fahrt mir der Zorn in die Fäust, und ich pack einen Besen."

„Den Stiel hat sie erwischt und hat ihn umgedreht? Gut, Bauer, daß ich bei der Hand gewesen bin. Steinplatten liegen vor deiner Hüttentür. Da hättest du mit deiner Nas an einer harten Blum riechen müssen."

„Vergelts, daß du mich bewahrt hast davor!" dankte der Bauer gutmütig. „Aber was führt dich auf die Alben, mitten in der Nacht?"

Eigel wurde ernst. „Schier mein' ich, ich sollt bei dir vorbeigehen. Wer nit aufkommt wider sein Weib, wird auch nimmer seinen Mann stellen bei Thing und Rat."

Der Bauer erhob sich. „Als Thingbot kommst? Lad mich, Eigel! Tu mir keine Unehr an!"

Der Kohlmann zog das Messer aus dem Kittel, berührte mit dem Heft die Brust des Bauern und sagte seinen Spruch. Kaganhart legte die Schwurfinger an das Messer. „Heut über zwei Nächt, wenn Vollmond einsteht! Ich hab's gehört und schweig. Fahr weiter, Thingbot!"

Eigel wollte gehen; der Bauer hielt ihn zurück. „Kohlmann! Geh mit hinein in den Kaser! Wenn ein Dritter dabei ist, halt sich mein Weib ein lützel im Zaum."

„Meinthalben."

Sie gingen zur Hütte. Kaganhart pochte an die Tür. „Tu auf, Weib!" Nur das Geprassel des Herdfeuers ließ sich aus der Hütte vernehmen. Ungeduldig rüttelte der Bauer an den Bohlen. „Weib! Wirst auftun oder nit?"

In der Hütte blieb es still. Nach einem zornigen Fluch schmetterte Kaganhart die Fäuste gegen die Tür, während Eigel flüsterte: „Wenn sie dich so fluchen hört, tut sie nit auf. Geh weg, ich will ihr ein gutes Wörtl geben!" Mit dem Ellbogen schob er den andern beiseite; im gleichen Augenblick tat die Tür sich auf, und ein nasser Tuchfetzen flog dem Kohlmann um die Ohren, daß es klatschte. Eigel duckte sich, um einem zweiten Streich zu entgehen, und humpelte flink davon. Da konnte ihm nun der Bauer das Lachen und die Schadenfreude heimzahlen. Als die Bäuerin das schallende Gelächter ihres Mannes hörte, erschien sie mit verdutztem Gesicht auf der Schwelle; ein festes Weib, noch jung, von stämmigem Wuchs, die niedere Stirn umzogen von dicken Blondzöpfen. Weil sie merkte, daß ihre Rache niedergefahren war über ein unschuldig Haupt, begann auch sie zu lachen und zeigte zwischen den dicken Lippen zwei Reihen blinkender Zähne. „Hilmtrud", lachte Kaganhart, „den hast du schön ausgezahlt!" Ruhig puffte er mit der Faust an den nackten Arm des Weibes.

„Wer war's denn?"

„Der Kohlmann."

„Wie kommt denn der auf die Alben? Was hat er wollen?"

Der Bauer wurde verlegen. „Ich weiß nit!" Er drückte sich in die Hütte.

Hilmtrud stemmte die Fäuste auf die breiten Hüften. „Ich möcht wissen, was er wollen hat von dir!"

„Frag nit weiter, ich sag's nit."

„Da muß ich dir halt die Zung lösen." Sie warf die Tür zu, als wollte sie ihrem Opfer den Weg zur Flucht versperren.

Inzwischen wanderte der Kohlmann im grauen Dämmerlicht des Morgens über das ebene Almfeld; wo er ging, hoben sich die Kühe aus dem Gras. Ein wüster Urwald nahm den Wanderer auf. Es dunkelte noch zwischen den Stämmen, und die Feuchte der Nacht, die Modergerüche des faulenden Fallholzes erfüllten die schwül zwischen den Bäumen liegende Luft. Jenseits des Waldes, in einem hügeligen, von starrenden Felswänden umzingelten Hochtal lag das fruchtbarste Weideland: die Regenalm.

Von den sieben Hütten war eine dem Marderecker eigen, eine gehörte zur Hufe der Hanetzerbuben, und in der größten von allen hausten die zwei hörigen Almerinnen des Richtmanns in der Schönau. Die beiden Dirnen waren schon munter und kochten die Morgensuppe. Vom Geprassel des Feuers wurde Ruedlieb geweckt, der im Dachraum der Hütte auf dem Heu geschlafen hatte. Er ließ sich von den Sparren niedergleiten, schüttelte die Heufäden von seinem Gewand und trat ins Freie. Da hörte er schreiende Stimmen und blickte der Richtung zu, aus der sie klangen. Ihm zu Füßen senkten sich im Halbkreis die Almgründe in ein schmales, dem See entgegenlaufendes Tal, das auf der einen Seite von einem steilen Waldhang, auf der anderen von der schroffen, nur mit Gestrüpp bewachsenen und kaum wegsamen Regenwand geschlossen wurde.

Aus diesem Tal herauf klang das wilde Geschrei. Ruedlieb eilte über den Hang hinunter und mußte zur Seite weichen; eine Schar flüchtender Kühe sprengte ihm entgegen, brüllend, jedes Tier mit schäumendem Maul und aufgequollenen Augen, im Sprung mit den Hinterfüßen ausschlagend. Nach allen Seiten sah Ruedlieb die Ziegen und Schafe flüchten, und von allen Hütten sprangen die Senner und Almerinnen dem Tal entgegen, Steinbrocken von der Erde raffend, Prügel schwingend, unter gellendem Geschrei: „Der Bär! Der Bär! Er hat eine Geiß gerissen! Dort! Der Bär! Dort! Dort! Er nimmt die Wand an! Lauft! Lauft! Erschlagt ihn! Drauf! Erschlagt ihn!“

Ruedlieb riß das Messer aus dem Gürtel, und in langen Sätzen, daß unter seinen Füßen die Steine flogen, sprang er über die steile Halde hinunter. Da sah er schon die Leute am Fuß der Regenwand, Steine werfend und die Prügel schleudernd; unter ihnen stand der Marderecker, mit fahlem Gesicht, auf den bleichen Lippen immer das eine Wort: „Meine Geiß! Meine Geiß!“ Ruedlieb sah den Bären, der, die Ziege schleifend, in die Felswand einstieg, unbekümmert um das zeternde Geschrei, der Steine und Prügel nicht achtend, die um ihn herprasselten. „Leut, laßt das Werfen sein!“ schrie Ruedlieb und sprang mit gezücktem Messer über den Schutt empor, der besudelt war mit dem Blut der Ziege. Das Raubtier gewahrte den Verfolger. Einen Augenblick zögerte der Bär, dann ließ er sein Opfer fallen, und während die verendete Ziege mit schlagenden Läufen niederrollte über den steilen Schutt, tat der Bär einen gewaltigen Sprung und gewann ein Felsenband, auf dem er hineintrabte in das schroffe Gewänd.

Ruedlieb stieß einen klingenden Jauchzer aus. Die Leute wußten diesen Ruf nicht zu deuten; sie wußten auch nicht, was sie denken sollten, als sie den Bären mitten im Gewänd auf einer schmalen Grashalde jähling verschwinden sahen, wie von der Felswand eingeschluckt. Ruedlieb schwang sich auf das Felsenband, und da fielen ihm plötzlich die Worte des Vaters ein: ‚Laß dir nit in den Sinn kommen, daß du mit einer Hand an das Gewild rührst!‘ Lachend trat er den Rückweg an; es wurde ihm nicht schwer, die Worte des Vaters zu befolgen; das Raubtier war gut aufgehoben; es bedurfte keiner Hand mehr, um ihm den Garaus zu machen. Als Ruedlieb die schreienden Leute erreichte, blieb er vor ihnen stehen, mit brennendem Gesicht, und sagte: „Geht heim, Leut! Der Braungesell hat heut die letzte Geiß gerissen.“ Das Messer in die Scheide stoßend, schritt er davon.

Der Marderecker kniete vor seiner zerfleischten Ziege und jammerte; die anderen schrien, noch immer begriffen sie nicht. „Ich steig hinauf“, kreischte der ältere Hanetzer, „ich muß wissen, was da geschehen ist.“ Es wurde ihm nicht leicht, das Felsenband zu gewinnen; als er die Stelle erreichte, wo der Bär verschwunden war, schrie er den Leuten mit gellender Stimme zu: „Da liegt er in der Grub! Seil her! Den müssen wir fangen!“

Die es hörten, begannen zu johlen wie in trunkenem Jubel; die einen rannten den Hütten zu, um Seile zu holen, drei Sennen kletterten in die Felswand ein, die anderen, Almerinnen und Geißbuben, umgingen die Wand und erstiegen den Grat von der Almseite. Als sie aus der Höhe niederblickten in die Grube, sahen sie das gefangene Raubtier aufrecht sitzen, mit den kleinen schwarzfunkelnden Augen zornig nach einem Ausweg spähend.

Schimpfworte und Spottreden kreischten von allen Seiten. „Erschlagt ihn! Erschlagt ihn!“ schrie eine der Almerinnen, und eine andere: „Laßt die Felsen über ihn hinunter!“

„Nein! Nein!“ rief der Hanetzer. „Lebendig müssen wir ihn haben! Lebendig!“

Seile wurden über die Felswand herabgelassen, an jedes knüpfte der Hanetzer eine Schlinge, und ihm und den drei Sennen gelang es, die Tatzen des Bären in die würgenden Schlingen einzufangen. Unter wildem Geschrei ein Ruck an den Seilen, und der Bär hob sich, rollte aus der Grube und pendelte, ein wehrloser Klumpen, an der Felswand, während der Hanetzer und die Sennen springend das Tal gewannen. Langsam schwebte der Bär über die Wand herab, gaukelnd in seiner ungestümen und dennoch nutzlosen Gegenwehr, im Kreis sich drehend und anprallend gegen die Steinschroffen. Mit den Haken der Grießbeile schleiften der Hanetzer und die Sennen das gefesselte Tier, als es den Boden berührte, in die Mitte des Tales, packten die Seile und rannten nach vier Seiten auseinander, so daß der Bär auf dem Rücken lag, mit seitwärts gezerrten Tatzen, wehrlos und entkräftet.

Alle kamen herbeigesprungen, schrien und kreischten, johlten und jauchzten, wie befallen von Raserei, von einem Rausch der Grausamkeit. Was hatten sie um dieses Tieres willen leiden müssen, ohne Schutz und Hilfe! Blutende Wunden hatte es ihrem Dasein gerissen, ihrem kärglichen Besitz; gedarbt und gehungert hatten sie, gezittert und geweint, Not und Jammer getragen um dieses Tier! Jetzt war es in ihre Hand gegeben und sollte büßen! In schreiender Wut bewarfen sie es mit Steinen und stießen ihm die eisenbeschlagenen Schuhe in die Weichen. Der Bär gab keinen Laut, als wäre er zu stolz, den Peinigern seine Qual zu verraten; nur manchmal suchte er den blutigen Kopf zu erheben und drehte die funkelnden Augen nach allen Seiten. Mit Prügeln schlugen sie nach ihm und rissen ihm Fäuste voll Haare aus dem Pelz. Wie ein Besessener packte der Marderecker die zerfleischte Ziege, stieß dem Bären die bluttriefenden Fleischfetzen in den Rachen und keuchte: „Friß! Friß! Friß!“ Eine Dirn, die einer von Wazemanns Söhnen ehrlos gemacht, spie dem Bären in die Augen und schrie mit schäumenden Lippen: „So wie der, so sollt ein anderer daliegen vor uns! Ein anderer!" Wie Feuer schlug dieses Wort in die rasenden Gemüter. „Waze! Herr Waze!" schrien sie den Bären an, und ein Hagel von Steinen ging nieder auf das wehrlose Tier.

Ruedlieb, den das Geschrei gerufen hatte, kam herbeigelaufen. „Aber Leut! Seid ihr noch Menschen? Habt doch Erbarmen und laßt mich hin, ich will ihm den Gnadenstoß geben!" Sie drängten den Buben zurück. Und der Hanetzer schrie: „Was tun wir dem Bären an, daß er leiden muß, recht leiden, recht, recht!" Da sah er den Kohlmann des Weges kommen. „Eigel! Her da!" Mit der Stimme des Hanetzers vermischte sich das Geschrei der anderen: „Komm her! Sag, was wir ihm antun sollen! Sag, was das grausigste ist!"

Der Kohlmann stand vor dem Bären und sagte: „Das grausigste? Laß ihn heiraten wie den Kaganhart!"

Einen Augenblick herrschte das Schweigen der Verblüffung, dann brach ein schallendes Gelächter los. Der Bär schien zu fühlen, daß die straff gespannten Seile sich lockerten, jählings machte er eine gewaltsame Anstrengung, überschlug sich und stand auf den Füßen; drei Seile flogen, nur der Hanetzer hielt das seine noch fest umklammert. Ein gellendes Geschrei erscholl, und die Dirnen flüchteten. Die Männer, allen voran der Hanetzer, sprangen auf den Bären ein. Dumpf brüllend erhob sich das Tier und schlug mit der Tatze. Erbleichend wich der Hanetzer zurück, und während das Blut von seinem Schenkel sprudelte, rannte der Bär in jagender Flucht talabwärts, die Seile schleifend, deren Enden ihn umringelten wie graue Schlangen. Zwischen den Bäumen verschwand er. Wohl stürzten ihm Ruedlieb und die Sennen nach, aber sie bekamen ihn nicht mehr zu Gesicht; nur die Seile fanden sie, deren gelockerte Schlingen von den Tatzen des flüchtenden Bären abgefallen waren. Als die Leute die Verfolgung aufgaben, sagte Ruedlieb: „Das gönn ich euch!" Er stieg in die Regenwand hinauf, um die Grube zu verschütten, die er ausgeworfen.

Die Sennen begannen miteinander zu hadern. „Du bist der erste gewesen, der das Seil hat fahren lassen!“ schrie der eine. Und der andere: „Das ist in dein Maul gelogen, du selber bist’s gewesen!“ Ein Wort gab das andere, sie gerieten sich in die Haare und redeten weiter mit den Fäusten.

Den verwundeten Hanetzer verband der Kohlmann; dann suchte er noch den Marderecker und brachte ihm als Thingbot die Ladung. Unter der steigenden Sonne zog er weiter. Als er auf dem Rückweg an der Almhütte des Kaganhart vorüberkam, sah er den Fensterladen und die Tür geschlossen. Kaganhart und Hilmtrud holten den in der Nacht versäumten Schlummer nach. Einträchtig lagen sie nebeneinander im Heu, und der Bauer hielt im Schlaf den Arm um den Hals seines Weibes geschlungen. Sie hatten Versöhnung gefeiert, nicht früher freilich, bevor nicht Hilmtrud wußte, was Kaganhart lieber verschwiegen hätte: ‚Heut über zwei Nächt, wenn Vollmond einsteht!‘

12

Fleißig hatte seit dem frühen Morgen im Walde beim Lokistein der Schlag der Beile geklungen. Neue Bäume lagen gefällt, und über dem Grundriß, den Eberwein gezogen, erhoben sich schon, vier Stämme hoch, mit doppelt gelegten Balken, die Mauern der Klause und des Kirchleins. Vor dem einen Zelte lag, mit dem weißen Holz in der Sonne schimmernd, das seiner Vollendung nähergerückte Kreuzbild; die grobe Arbeit des Meißels war getan, das sachtere Werk des Messers hatte begonnen.

Nun ruhten alle Hände, denn die Mittagsglocke hatte geläutet. Die Knechte hatten sich beim Feuer gelagert, und um den aus Stangen gefügten Tisch saßen Eberwein, Waldram und Schweiker; das Gebet war gesprochen, Wampo kam mit der dampfenden Schüssel. Eberwein furchte die Brauen, als er die Speise sah. „Bruder! Du bist meinem Wort entgegen nach Milch gegangen?“

„Nein, lieber Herr, die Milch ist zu mir gekommen!“ Wampo schmunzelte. „Heut vor Tag, wie ich aufgestanden bin, um Feuer zu schüren, ist vor dem Zelt das Känndl gestanden, ein Roggenbrot daneben, süße Käslein und ein Butterwecken, säuberlich eingewickelt in grüne Blätter.“

„Weißt du, wer die Gabe gespendet hat?“

Wampo zwinkerte mit den Augen zu Schweiker hinüber, der rot wurde bis unter die Haarwurzeln. „Das war kein Menschenkind, sondern ein Engelein mit Himmelsbrot und mit köstlicher Milch aus dem gelobten Land, in dem auch Honig fließt. Der war aber nit dabei.“

„Widerlicher Schwätzer!“ schalt Pater Waldram. „Halte deine Lippen geschlossen, wenn du sie nicht öffnen kannst, ohne Heiliges zu verletzen mit sündhafter Rede!“

Bruder Wampo wollte erwidern, doch Eberwein winkte ihm, zu schweigen.

Als das Mahl genommen und das Gebet gesprochen war, ging Schweiker mit der Axt zum Wald, und Wampo räumte den Tisch ab; auf dem Arm die hölzernen Geschirre tragend, schlich er verdrossen davon. Waldram wollte sich erheben; da sagte Eberwein: „Ich habe dir vor dem Ohr der Brüder nicht widersprochen. Jetzt, da wir allein sind, höre meine Mahnung: Sei duldsamer, Waldram!“

„Willst du mir wehren, daß ich schweigen mache, was mein Ohr beleidigt?“

„Du solltest die Rede der dienenden Brüder nicht messen an deinem eigenen Gefühl. Irdische Sorge füllt ihren Tag, sie haben schwer zu schaffen vom Morgen bis in die Nacht. Hüte dich, durch Überstrenge die Unlust in ihnen zu wecken! Du kannst ihren Mut zu Boden drücken, doch ihren verzagenden Herzen nicht die Schwingen des Geistes leihen, die dich, wenn dir die

Knie brechen, emportragen über den Staub, in den du niedersinkst."

„Die Schwingen meines Geistes!" Waldram richtete sich auf. „Gebrechlich ist mein Leib, doch Gottes Wort hat Gewalt auf meiner Zunge. Wie ein Adler hebt sich mein Geist über allen Staub der Erde und strebt dem Himmel zu, seine Heimat suchend vor Gottes Thron. Ganz erkennst du meine Art, nicht verborgen ist dir mein Eifer im Dienst der Kirche. Und ich sage dir: Übel dienest du unserer heiligen Sache, da du mich zwingst, das niedere Werk der Knechte zu teilen."

Eberwein erhob sich ruhig: „Ich zwing dich nicht zur Arbeit am Bau der Klause. Bist du müde, so raste!"

„Ich will nicht rasten. Nur weiß ich mir besseres Werk als jenes, zu dem du dich berufen fühlst. Forme das tote Holz zu dem Bilde, dessen du bedarfst für deine Sinne! Baue, schichte die Mauer, prüfe ihren Halt, du scheinst die Stunde nicht erwarten zu können, die dir Ruhe bringt unter sicherem Dach. Ich will hinaus in die Wildnis dieser Täler, mit dem Kreuz in der Hand will ich schlagen an jede Tür, will in heiligem Zorn die Verstockten rufen, die nicht kommen wollen, um zu knien vor ihrem Gott. Ihre Herzen sollen zittern, und ich will sie lehren –"

„Zu fürchten, wo sie lieben sollen?" Tiefer Ernst lag auf Eberweins Zügen. „Nein, Waldram! Du sollst mir das Werk der Liebe nicht stören! Dort führt der Weg ins Tal. Vor diesen Weg strecke ich meine wehrende Hand, in die du bei der Ausfahrt aus dem Kloster die deine legtest zum Zeichen des Gehorsams."

Waldram erbleichte und wandte sich wortlos ab. Eberwein faßte seine Hand. „Höre mich ruhig an! Ich hab es mit Kummer gewahrt, daß unsere Glocke verklang, ohne Widerhall zu finden. Aber ich will warten, um so geduldiger, da ich erfahren muß, daß Mißtrauen, Furcht und Widerstand uns begegnen. Das ist die Ursache der Hast, mit der ich den Bau unseres heiligen Hauses betreibe. Ich kenne das Volk der Berge. Bin ich doch selbst aus ihm hervorgewachsen! Ich rechne mit dem Fühlen und Denken dieser Menschen. Der Fremde erweckt ihre Scheu, unansehnlich ist ihnen der Obdachlose. Bevor ich ihre Herdstätten suche, will ich heimisch werden, will ihnen unser Kirchlein zeigen können und sagen: Sehet, ich hause in eurer Mitte, euch allen ein Bruder, und das Dach, unter dem ich herberge, ist Gottes Dach, ist euer Schutz! Nicht für meine Sinne forme ich jenes heilige Bild, ich sehe Gott, wohin ich blicke. Aber das Auge dieser armen Menschen hat irdischen Blick. Ihnen will ich das heilige Bildnis zeigen können und sagen: Schauet auf zu ihm, der aus Liebe zu den Menschen starb in Marter und Schmerz! Diese Menschen, die unter harter Faust geschmachtet, unter herzlosem Druck, in zähem Kampfe wider eine feindliche Natur? Meinst du nicht, sie werden das Wort der Liebe williger hören als einen Ruf, der sie zittern macht?“

Ein kaltes Lächeln glitt über Waldrams blassen Mund. „Ich gehorche. Was willst du mehr?“

Eberweins Brauen furchten sich. Aber rasch, wie ein gleitender Wolkenschatten, schwand dieses Zeichen des Unmuts von seiner Stirne. Herzlich klang seine Stimme: „Blick um dich her, Waldram! Still und freundlich grünt der Wald, und sonnig schauen die Berge auf uns nieder. Mahnt nicht der Wille des Himmels aus diesem Bild? Zerstörende Wetter tobten über dem Tal bei unserem Eintritt. Nun, da wir bauen an Gottes Haus, ist Frieden eingekehrt, und die Ruhe lächelt.“

„Zur Unzeit gedenkst du der Nacht, in der uns Gottes Zorn mit fallendem Feuer den Weg gewiesen. Zeichen geschehen. Du bist blind und taub. Denke an gestern! Grünte nicht still der Wald? Blickten nicht sonnig die Berge? Und dennoch ging es wie Donner durch die Lüfte, wie eine Verheißung des Tages, an welchem Gottes Augenwink die Lawinen stürzt, damit sie jeden Feuerherd begraben, an dem sich der Aberglaube und die Sünde wärmen.“

„Waldram! Erschrickst du nicht selbst vor den Bildern, die du beschwörst? Wie verträgt sich die Vernichtung, die du predigst, mit deinem Glauben an Gott? Ist Gott nicht der Schöpfer, der Unendliche in seiner Liebe? Auch ich hörte jene dunkle Stimme, die du ein Zeichen nennst. Ich deute sie anders. Nicht aus den Lüften kam sie. Aus der Erde. Und ich sollte zittern, weil Staub sich bewegt? Auf offener Straße treibt ihn jeder leichte Wind, tief unter der Erde bewegen ihn die finsteren Mächte, die dem Leben feindlich sind. Zerstörung ist ihr Wille. Doch ihr Schicksal ist es, Gott zu dienen, wenn sie Furcht in die Herzen schwacher Menschen jagen. Aus aller Furcht der Tiefe geht ein Schrei der Seelen zur Höhe, mit dürstender Sehnsucht müssen sie suchen nach Hilfe in aller Not, suchen nach einem ewig Festen über allem Stürzenden, nach einem ewig Bleibenden über allem Wandel."

„Wie Honig fließt dir die Rede von den Lippen, und mit Blumen möchtest du den Weg bestreuen, den du gehst. Siehe zu, wohin er dich führen wird!"

„Zum Guten! Härter als draußen auf ebenem Lande, dessen linde Scholle der Bauer pflügt, trägt sich das Leben in den Bergen. Da führt jeder Schritt vorüber an Gefahr und Verderben. Noch tiefer als anderwärts gräbt sich die Angst vor dem Ungewissen in die Seelen der Bergbauern. Um so zäher hängt auch an ihren Herzen der suchende Aberglaube, der irrende Wahn, die Furcht, jene dunklen Mächte zu erzürnen, welche morden und vernichten, wenn ihr Atem weht. Und da willst du ihnen Furcht bieten wider Furcht? Nein, Waldram! Wandle ihre Furcht zu hoffender Liebe! Das wird dir nicht gelingen mit einem zornigen Schlag an ihre Türen. Wir wollen geduldig warten, bis sie kommen und nach Hilfe rufen in ihrer Not. Dann wollen wir die Hände rühren, rastlos, wollen ihre Mühsal lindern, indem wir sie teilen. Und wenn sie fragen: Wer hat euch das gelehrt? – dann, Waldram, ist die Zeit des Wortes gekommen, und wir wollen sagen: Das lehrte uns der Eine über den Wolken, der die Liebe ist."

„Hättest du vor der Ausfahrt so geredet im Konvent der Brüder – niemals hätten sie das heilige Werk in deine Hand gelegt!"

„Waldram!"

„Sie hätten einen Streiter berufen, dessen flammender Eifer nicht gerechnet hätte, nicht gewogen und bedacht, nur gekämpft wider Gottes Feinde, mit Freude und in der Sehnsucht, daß ihm der Himmel das Los der Heiligen bescheiden möchte, die rote Palme der Märtyrer!“ Waldram hob die hageren Arme, und wie in Fieberröte brannten seine Wangen. „Laß kommen, o Herr, den seligen Tag, an dem ich meines Glaubens Treue besiegeln darf mit meinem Blut!“

Eberweins Augen suchten den Himmel. „Und mich, o Herr, laß leben, daß ich deinem Werke diene!“ Er wandte sich ab. Vor dem halb vollendeten Kreuzbild ließ er sich nieder und hob das Messer von der Erde. Kaum hatte er in das weiße Holz den ersten Schnitt getan, da fühlte er Waldrams Hand an seiner Schulter. Er blickte auf. „Du siehst, ich beginne die Arbeit!“

„Ich habe noch zu rechten mit dir. Den Mönch und Priester hast du gemahnt an seinen Gehorsam. Jetzt höre den Bruder deines Ordens, der gleiche Stimme mit dir hat im weltlichen Rat!“

Eberwein legte die Hand mit dem Messer in den Schoß. „Sprich!“

„Nicht als Knechte sind wir gekommen. Wir sind die Herren. Zwei Tage und zwei Nächte weilen wir in unserem Land. Wo bleibt der Richtmann, wo bleiben die Schöffen? Weshalb erscheinen sie nicht vor uns in Ehrfurcht und zu schuldigem Gruß? Als ein Knecht unseres Heiligen sitzt ein Spisar im Gaden. Weshalb säumet er, vor uns zu treten, um seines Amtes Bestallung zu empfangen?“

Fragend ruhte Eberweins Blick auf Waldram, als verstünde er die Erregung nicht, welche zitterte in diesen bleichen Zügen. „Richtmann und Schöffen? Nach ihnen verlang ich nicht. Es mag auch sein, daß sie noch nicht wissen um unsere Ankunft. Einer weiß, daß wir gekommen sind. Der Spisar des Gadens. Und hier will ich Herr sein, Waldram – Herr gegenüber diesem einzigen Manne meines Landes. Vor der Schwelle unserer Klause soll Herr

Waze erscheinen, er vor uns. Und kommen wird er. Ich ließ ihm Botschaft sagen durch seine übermütige Tochter."

„Seine Tochter!" Wie heiseres Lachen klangen die beiden Worte. „Sie! Andere Rede weißt du nicht? Und keinen besseren Boten fandest du als sie? Und nun hoffst du wohl, sie möchte auch Botschaft bringen von ihrem Vater? Und kommen? Zu dir?"

Leichte Röte glitt über Eberweins Wangen. „Waldram? Ich fasse deine Worte nicht."

„Ich aber sehe die verräterische Glut auf deiner Stirne. Und alles versteh ich jetzt. Standest du nicht vor ihr wie versteint, jeden Reiz ihrer teuflischen Schönheit verschlingend, bezaubert von der Höllenglut ihres Blicks, umstrickt von den roten Schlangen ihres Haars! Alles versteh ich: dein Zögern, deine Langmut und dieses eine Wort, das immer von deinen Lippen schreit: Liebe, Liebe, Liebe."

Eberwein war aufgesprungen. Sein ernster Blick haftete an Waldrams verzerrtem Gesicht. Dann wandte er sich wortlos ab, um seine Arbeit wieder zu beginnen.

„Du sollst mir Rede stehen!" keuchte Waldram, faßte Eberweins Arm und rüttelte ihn, daß das Messer der Hand entflog. Im Bogen schwirrte es durch die Luft und fuhr mit der Spitze in das Bildnis, an der Stelle des Herzens. Über Waldram fiel ein lähmender Schreck. Zitternd, mit verstörten Augen starrte er die Klinge an. Dann brach ein dumpfes Schluchzen aus seiner Brust, er stürzte nieder, und mit beiden Armen das Bildnis umschlingend, schlug er die Stirne auf das Holz. Eberwein hob ihn empor. „Steh auf, Waldram! Noch ist dieses Holz kein heiliges Bild. Das fallende Messer konnte nicht verletzen, was erst entstehen soll. Mich nur hast du verwundet. Mag es dir Gott verzeihen. Ich kann es nicht in dieser Stunde, ich bin ein Mensch und fühle den Schmerz des Stiches."

Ohne die Augen zu erheben, wankte Waldram in das Zelt.

Eberwein zog das Messer aus dem Holz und tilgte die Spur des Stiches mit raschem Schnitt. Er arbeitete. Nicht lange. Dann mußte er innehalten, weil seine Hand zitterte. Er legte den Arm aufs Knie und stützte das Haupt, als hätte tiefe Ermüdung ihn befallen. Aus dem Zelt klangen Waldrams betende Stimme und das Klatschen der Geißel. Eberwein hörte nicht. Seine Augen blickten ins Leere.

Bruder Wampo kam herbeigeschlichen. „Herr!“ Er wartete auf Antwort. „Ich möchte was fragen, Herr!“

Eberwein hob das Gesicht; er sah den Bruder an, als wär’s ein Fremder, und fragte: „Was willst du?“ Da hörte er aus dem Zelt die Stimme Waldrams. Immer lauter klang sie und wandelte sich zu jauchzendem Gesang, während klatschend die Schläge der Geißel fielen. Erschrocken sprang Eberwein auf und eilte ins Zelt. Waldram lag auf den Knien, mit entblößtem Rücken, auf dem die Striemen bluteten. Sein Haupt war in den Nacken gesunken, wie im Fieber glühte sein Gesicht, seine starr zur Höhe gerichteten Augen brannten, und während er mit zuckendem Armschwung die Geißel über die Schulter schlug, jauchzten seine Lippen: „Den Himmel teilt er und fährt herab. Er fährt auf dem Cherub und fliegt und rauscht auf den Flügeln des Windes daher. Es zittert vor ihm die Erde, und die Gründe der Berge beben –“

„Waldram!“ stammelte Eberwein und versuchte die Geißel zu fassen.

„Es strahlet die Helle seines Lichtes, und sichtbar werden die Tiefen des Meeres, enthüllt die Gründe der Welt vor seinem Glanz. Sieh, aus der Höhe reicht er den Arm und zieht mich aus tiefem Gewässer und rettet mich –“ In röchelndem Laut erstickte Waldrams Stimme. Schaum trat ihm vor die Lippen. Seine Hände, denen Eberwein die Geißel entrissen hatte, griffen in die Luft, stöhnend sank er zu Boden, und die Sinne schwanden ihm.

Bleich stand Bruder Wampo unter dem Eingang des Zeltes. „Wasser! Hole Wasser!“ rief Eberwein und hob, während der Bruder verschwand, den Bewußtlosen auf das Moosbett.

Wampo kam und brachte Wasser. Scheu und zitternd reichte er die Schüssel. Mit nassem Tuche kühlte Eberwein die Stirne

Waldrams und träufelte ihm Balsam auf die Striemen der Geißel. Ein Seufzer rang sich aus der Brust des Ohnmächtigen, und seine Glieder streckten sich. In der Schwäche kam der Schlummer über ihn. Und draußen, vom Waldsaum, klangen die krachenden Hiebe der Axt, welche Schweiker führte, und die langgezogenen Rufe, unter denen die Knechte die schweren Balken hoben.

Als Schweiker einmal innehielt in der Arbeit, um sich den perlenden Schweiß von der Stirne zu wischen, sah er, daß Bruder Wampo auf ihn zugesprungen kam, mit geschürzter Kutte, flink hinweghüpfend über das wirr auf der Erde liegende Astwerk.

„Was hast du?“ fragte Schweiker, als der Bruder schnaufend vor ihm stand. „Und wie schaust du mich an? Hast du was angestellt? Hast du am End das Milchkänndl umgeworfen?“

„Wie du nur reden kannst!“ stotterte Wampo, noch atemlos. „Alles zittert an mir. Denk nur, was geschehen ist!“

„So red doch! Was denn?“

„Pater Waldram ist ein Heiliger worden.“

Schweiker riß die blauen Augen auf, und vor Staunen fiel ihm das Beil aus den Händen.

13

Um die Mittagsstunde des folgenden Tages stand Edelrot auf dem Lugaus und spähte, die Augen mit der Hand beschattend, über den See hinaus. Früh am Morgen war Sigenot mit dem Einbaum ausgefahren, um von den Legangeln im Weitsee die Beute der Nacht zu lösen. Er pflegte sonst von solcher Fahrt vor Mittag heimzukehren. Nun warteten sie im Fischerhause schon seit einer Stunde mit dem Mahl auf ihn. Er wollte nicht kommen, und Mutter Mathilt war unruhig.

In der Sehnsucht, mit welcher Edelrot auslugte über den See, hörte sie nicht, daß im Uferwald der Aufschlag eines Grießbeils klirrte. Sie blickte erst auf, als das Klirren schon nah am Waldsaum klang. Und da huschte warme Röte über ihre Wangen. ‚Ruedlieb kommt von der Alben', dachte sie, er muß auf dem Heimweg hergestiegen sein über die Seewänd und muß den Einbaum gewahrt haben.'

Sie sprang über den Hügel hinunter und eilte vor das Hagtor. Erschrocken verhielt sie den Fuß. Nicht Ruedlieb stand vor ihr, sondern Henning, Wazemanns Ältester, mit dem Grießbeil in der Hand, den Eibenbogen über der Schulter. An der Lippe nagend, stand er und musterte die Gestalt des Mädchens mit frechem Blick.

„Bist du über die Seewänd hergestiegen?" fragte Rötli stotternd.

Er hob das Gesicht, seine Augen wurden klein. „Warum fragst du?"

„Mein Bruder ist ausgefahren am Morgen und sollt schon lang daheim sein. Hast du nit auf dem Weitsee den Einbaum schwimmen sehen?"

Henning lächelte. „Ich mein' wohl, daß ich ihn gesehen hab. Er ist weit vom Land gewesen, es kann eine Weil noch dauern, bis er heimkehrt." Ein heiseres Auflachen. „Sorgst du dich arg um ihn? Hast du ihn denn gar so lieb? Wenn du dem Bruder schon so gut bist, wie fest und warm erst müßt dein rundes Ärml drücken können am Hals eines Liebgesellen!“ Er streckte die Hand, um ihren Arm zu fassen.

Erschrocken wich Rötli zurück.

„Schau, wie das Vöglein sich duckt! Gib acht, wir werden noch gute Freund, wir beide!“ Wieder streckte er die Hand. Da sah er Wicho unter dem Hagtor stehen, und zurücktretend sagte er freundlich: „Eine Botschaft meiner Schwester hab ich. Sie will, daß du heut noch zu ihr hinaufkommen sollst in unser Haus. Und bald. Meine Schwester wartet nit gern. Kommst du?“

Rötli zögerte mit der Antwort. „Wenn es deine Schwester begehrt. Ich bin ihr gut.“

Hennings Augen blitzten. „Das will ich ihr sagen!“ Lachend ging er davon, dem Weg zur Ache folgend. Als er, über den Felsensteig emporklimmend, seines Vaters Haus erreichte, fragte er den Knecht, der ihm öffnete: „Ist meine Schwester schon daheim?“

„Nein, Herr.“

„Wann kommt sie heimgeritten?“

„Nit vor Abend.“

„Gut! Jetzt tu die Ohren auf -“ Hennings Stimme wurde leise, weil er vor dem Bärenzwinger den Vater sitzen sah.

Herr Waze war allein zu Hause; Hartwig und Eilbert waren auf die Jagd gezogen, Sindel, Rimiger, Gerold und Otloh hielten die Wache im Lokiwald. Um die Langweile der Einsamkeit zu verscheuchen, hatte Herr Waze ein Spiel gewählt. Auf einem Steinblock saß er vor dem Raubtierkäfig, einen langen Stecken in der Hand, und reizte mit derben Stößen die eingesperrten Tiere. Brummend erhob sich der Bär auf die Hinterfüße, knurrend fuhr der Wolf von einem Winkel in den anderen, und fauchend sprang der Luchs an den hölzernen Stäben empor und klammerte sich an die Decke des Käfigs. Herr Waze bohrte mit dem Stecken, bis der scheue Zorn der Tiere sich zur Wut steigerte, so daß sie, um ihren Grimm zu entladen, übereinander herfielen und beißend im Knäuel sich balgten. Dann ließ Herr Waze den Stecken sinken, legte die Hände auf den Bauch und lachte. Der heulende Lärm im Käfig brachte alles Geflügel des Hofes in Bewegung. Die Hühner stoben gackernd auseinander, scheu umflatterten die Tauben das Dach, auf der Mauer schrie ein Pfau, und im Zwinger kläfften die Hunde. Langsam trat die Ruhe wieder ein, als die Kämpfer im Käfig voneinander gelassen hatten. In einer Ecke lag der Bär und leckte die Tatze, die der Wolf ihm blutig gebissen, in der andern Ecke saß die rote Bergkatze an die Stäbe gedrückt und ächzte, während der Wolf, dem das Blut von der Schulter tropfte, mit glühenden Augen auf und nieder trabte und die Schnauze in jede Lücke der Stangen stieß, als möchte er den Ausweg erzwingen.

Herr Waze hob den Stecken und begann das rohe Spiel aufs Neue. Brummend richtete der Bär sich auf und hielt die funkelnden Lichter auf seinen Peiniger gerichtet. „Rühr dich, Meister Waldhauser! Munter! Munter!“ Herr Waze bohrte mit dem Stecken.

Da tat der Bär, laut aufbrüllend, einen mächtigen Sprung gegen die Wand seines Kerkers, daß die Stangen sich bogen und der Käfig erzitterte in allen Fugen. Herr Waze fuhr erschrocken zurück; als er gewahrte, daß die Stangen hielten und der Bär im Rückprall zu Boden kollerte, schlug er mit dem Stecken und lachte. „Gelt, Waldhauserlein? So wie du möcht mancher anspringen wider mich. Nur gut, daß der Käfig, den ich ihnen gebaut hab, feste Stangen hat.“ Er blickte auf, denn er hatte Hennings Schritt gehört. „Du?“ fragte er verwundert. „Warum kommst du allein?“

„Weil ich mich gesondert hab von den Brüdern.“

Herr Waze maß den Sohn mit forschendem Blick; er hatte aus Hennings Worten einen Ton herausgehört, der ihn stutzig machte. „Wo warst du?“

„Drüben auf dem Seewandlahner, über dem Moospalfen, der hinaushängt übers Wasser.“

„Hast du den guten Hirsch gespürt?“

„Nein, Vater!" Ein dünnes Lächeln. „Aber der Fischgeier ist mir zugestrichen, auf den ich warte seit lang."

Herr Waze zog die gekrümmten Finger durch den Bart.

„Und?"

„Über dem Palfen bin ich gelegen und hab ein Trumm Stein gehalten. Da ist der Fischgreifer hergestrichen über den See, auf den Palfen zu, und wie er unter mir war und die Legangel hat heben wollen, da hab ich fallen lassen."

Der Alte sprang auf. „Er liegt?"

„Schau hinaus über den See! Du kannst den leeren Einbaum treiben sehen!"

Herr Waze eilte zur Mauer und spähte funkelnden Blickes in die Tiefe. Sonnenduft umflimmerte den See, auf dessen schillerndem Spiegel in Pfeilschußweite vom jenseitigen Ufer der leere Nachen schwamm wie ein braunes Scheit. „So hast du's haben wollen!" murmelte Herr Waze. „Ich hab gemeint, es wär genug an deinem Vater. Jetzt lieg, wo du liegst!" Er wandte sich von der Mauer und ging zur Freitreppe.

Da trat ihm Henning in den Weg. „Ich will meinen Dank, Vater!"

„Verlang! Nur nit mein Roß, meinen Stächlinbogen oder den Weißfalk! Die drei Ding behalt ich, solang ich leb."

„Was ich will, kannst du leichter geben: Laß dir den Falben satteln und reit hinaus übers Tal. Der Ritt wird dir wohltun. Ich mein', du kannst den Kopf heben, jetzt, wo der eine weg ist, der denen da draußen beim Lokistein für hundert gewogen hätt."

Herr Waze schlug die Hand auf Hennings Schulter. „Ja, Bub, ich will reiten und aufschnaufen! Der eine hat mir Sorg gemacht. Die anderen halt ich wie die Mäus im Sack!" Einem Knecht, der aus den Ställen trat, rief er zu: „Den Falben!" Dann ging er ins Haus, um sich für den Ritt zu kleiden.

Henning gab dem Knecht, der die Pforte geöffnet hatte, einen Wink; dann folgte er dem Vater. Der Knecht stieg auf die Mauer, und durch die Pfeilscharte einer Eckzinne spähte er hinunter nach dem Fischerhaus. Die Hofreut und den freien Platz vor dem Hagtor sah er leer; den Ufersaum der Lände verdeckten die Bäume.

Hier am Ufer stand Wicho und löste den Waldschragen; er wollte auf Mutter Mathilts Geheiß hinausfahren in den Weitsee und Umschau nach Sigenot halten. Schon setzte er den Fuß auf den Schragen; da klang aus dem Fichtenwald der Lockruf eines Sperbers. Betroffen lauschte Wicho. Noch zweimal klang der Ruf, und da lief der Knecht den Bäumen zu; er wußte, wer sich mit diesem Ruf zu melden pflegte, wenn es Ursache gab, den Laut der Stimme zu meiden. Als Wicho den Wald erreichte, blieb er stehen und spähte umher; leise ahmte er den Ruf des Sperbers nach, und aus dem tieferen Wald kam die Antwort. Wicho sprang über die moosigen Steinblöcke. Nun sah er im Schatten seinen Herrn an einen Baum gelehnt, wie erschöpft von raschem Lauf. „Herr? Was tust du im Wald? Du bist doch ausgefahren auf dem Einbaum?“ Da stockte dem Knecht die Sprache. Naß hing das Haar über Sigenots Schläfe, seine Augen lagen tief, und Blässe bedeckte seine Wangen. Sein Gewand, von den Schuhen bis zum Hals, war schwer von Nässe. Auf der linken Schulter war das Wams zerfetzt, und dünnes Blut rann in Fäden über den nackten Arm, an dem die Haut zerschunden war. „Herr? Was ist denn geschehen?“

Sigenot streckte die Hand. „Wicho! Ich bin dein Herr! Mein ist dein Leib, dein Gebein und Haar, mein ist dein Aug und Ohr. Ich laß dir alles und will nur deine Treu. Leg den Schweigschwur in meine Hand!“ Wicho legte die Hand in Sigenots Rechte. „Unsere Händ liegen ineinander, wie Stein in Stein. Steh du für mich, wie ich stehen will für dich.“

„Herr?“ stammelte der Knecht. „Wenn ich dich anschau, wird mir kalt ums Herz. Was ist geschehen?“

Sigenot löste die Hand. „Das sollst du hören. Jetzt geh ins Haus! Heut in der Nacht hab ich das Schwert meines Vaters von der Wand genommen, und in meiner Kammer hab ich's geborgen unter der Wolfshaut auf dem Lager. Geh hinein, und daß es Mutter und Schwester nit merken, schieb das Eisen zum Fenster hinaus und bring es mir!"

Wicho wollte davoneilen und wandte sich wieder. „Was soll ich sagen im Haus? Sie haben sich gesorgt um dich."

„Sag, ich wär gekommen und hätt einen Weg zum Richtmann in der Schönau."

Während der Knecht dem Hagtor zusprang, ließ sich der Fischer auf einen Steinblock nieder, löste einen Ballen Moos vom Grund, faßte eine Handvoll der schwarzen kühlen Erde und drückte sie auf die brennenden Schürfwunden seines Armes. Er wußte kaum, daß er es tat; sein Blick ging ins Leere, und zwischen seinen Brauen lag eine Furche, scharf wie ein Messerschnitt.

Als Wicho über die Hofreut emporstieg, eilte ihm Edelrot entgegen. „Kommt er?"

Der Knecht meldete, was Sigenot ihm aufgetragen. Bei dem Jubel, mit welchem Edelrot diese Botschaft der Mutter zutrug, konnte Wicho unbemerkt in die Kammer schlüpfen. Er brachte das Schwert in den Wald.

Sigenot entblößte die breite Klinge, prüfte ihre Schärfe, stieß sie wieder zurück ins Leder und legte das Schwert über den Schoß. „Von Stund an geht mein Weg unter Eisen!" Er blickte auf. „Wicho! Sie wollen mir ans Leben. Vor zwei Tagen ist Hennings Pfeil vorbeigeflogen an meinem Hals. Und heut, auf dem Weitsee, bin ich mit dem Einbaum zugefahren auf den Moospalfen, um die Legangel zu heben. Wie ich die Hand streck, hör ich ein Rollen über mir und seh einen Steinblock auf mich niedersausen. Da ist einer zu mir gestanden, den ich gerufen hab in der Not. Nur den Arm und die Schulter hat mir der Stein gestreift, und derweil ich versink im Wasser, saust der Block auf den Spiegel des Einbaums, daß der Hohlbalken hingesurrt ist über den See wie ein Pfeil. Schier hätt mich das Ringhemd, das ich trug unter dem Wams, hinuntergezogen. Zur rechten Zeit noch hab ich die Angelschnur gefaßt, die unter der überhängenden Felswand eingeklemmt war in einen Steinriß. Der Faden hat ausgehalten. Eine feste Schnur, die mein Rötli geflochten! Nur das Gesicht und die Hand noch über dem Wasser, so bin ich gehangen im See und hab mich still gehalten, bis ich vom Henning, der hinausgestiegen ist über die Seewand, keinen Tritt und Laut mehr gehört hab. Dann hab ich zwischen dem steil ins Wasser fallenden Gewänd einen Fleck gesucht, wo ich aussteigen könnt. Es ist mir hart geworden. Gezogen hat's an meinen Füßen, als hätt mich der Bid gefaßt und möcht mich hinunterreißen zu meinem Vater."

Wicho hob die Fäuste gegen den Himmel. „Hauset denn keiner mehr im Gewölk, der den Hammer wirft und die Donnerkeil? Fahrt nit ein Blitz herunter über Wazemanns Haus? Tut nit die Erd sich auf und verschlingt die Mordbrut?"

„Nit schelten, Wicho!"

„Soll man nit schreien in der Not? Wer hilft uns denn, wenn's die nit tun, die über uns sind und unter uns? Stehen wir nit gegen die Wazemannsleut wie die Geißen gegen die Wölf? Meinst, sie werden ablassen von dir? Wer soll dir helfen? Wie willst du dich wehren?"

Sigenots Faust umklammerte den Schwertgriff. „Wenn es herging um mich allein, ich wüßt schon, was ich tät. Aber Mutter und Schwester brauchen mich. Ein einzigmal hab ich vergessen, daß ich meiner Schwester Bruder bin. Zur Straf, das spur ich, soll ich keine frohe Stund mehr haben im Leben."

„Herr?" stammelte Wicho.

Da faßte Sigenot die Hände seines Knechtes. „Wicho! Ich bin wie ein Ferch, der ans Land gesprungen nach einer roten Blum. Jetzt liegt er im Sand und muß verschmachten."

„Ich versteh dich nit. Deine Red ist wie eine Nuß. Schlag sie auf und zeig mir den Kern!"

Sigenot schüttelte den Kopf. „Weißt du, warum sie mir ans Leben wollen?"

„Ich denk mir's."

„Sie fürchten, ich steh zu den Klosterleuten, die gekommen sind und Herrenrecht haben an unser Tal.“

„Kann sein! Aber der Grund, an den ich gedacht hab, liegt noch ein lützel näher. Denk an deine Schwester! Und denk an die Wazemannsbuben! Sie wollen das Lamm reißen. Da ist ihnen der Hirt im Weg.“

„Wicho!“ Mit zornigem Schrei war Sigenot aufgesprungen.

Der Knecht erzählte, was er gehört und gesehen, als Henning vor dem Hagtor stand.

Durch das dunkle Gewirr der Zweige spähte Sigenot hinauf zu Wazemanns Haus und griff mit zuckender Hand an seine Brust, als könnte er gewaltsam von sich abreißen, was ihm das Herz bedrückte. „Ein Wasser soll sein zwischen mir und ihnen, so breit, daß kein Baum gewachsen ist für einen Steg. Nichts anderes will ich, als meiner Schwester Bruder sein und meiner Mutter Sohn. Wicho, dein Wort hat Feuer in mich geworfen. Jetzt hat der Ferch wieder heimgefunden ins Wasser.“ Er schlang das Gehäng des Schwertes um seine Hüfte. „Geh hinein ins Haus! Schick die Heilwig zur Alben! Sie soll das Vieh betreuen und meine Sennen heimschicken. Wir brauchen Männer im Hof. Eh die Dirn zur Alben steigt, soll sie auf dem Schragen in den Weitsee fahren und den Einbaum holen. Laß ihn nit liegen an der Länd, sondern schleif ihn hinter den Hag! Dann schließ das Tor und leg die Sperrbalken ein! Und meine Schwester laß keinen Schritt aus der Hofreut tun.“

„Keinen Schritt, oder sie müßt weggehen über mich.“

„Solang es sein kann, laß die Mutter nichts merken. Ich selber will reden mit ihr, wenn ich heimkomm zur Nacht. Jetzt geh!“

„Und du, Herr? Oder soll ich nit wissen, wohin du gehst?“ „Ich geh, wohin ich muß! Wohin das Recht mich ruft und die eigene Not mich treibt. Wahr mein Haus, Wicho, bis ich wiederkomm!“

„Verlaß dich auf mich!“

Ihre Hände faßten sich; dann eilte der Fischer waldeinwärts, dem Tal der Ache entgegen. Wicho sprang hinaus auf die offene

Lände; hier spähte er nach allen Seiten; alles war ruhig; nur von Wazemanns Haus herunter tönte das Gekläff der Hunde. Als Wicho die Hofreute erreichte, kam Heilwig von den Ställen her. Kopfschüttelnd hörte sie den Auftrag, den der Knecht ihr überbrachte. Sie hätte gern die Neugier gestillt, die in ihr lebendig wurde, aber Wicho schob sie vor den Hag hinaus und schloß hinter ihr das Tor.

Da nahm es ihn wunder, daß Edelrot nicht zu sehen war. „Sie wird im Haus bei der Mutter sein!“ Er trat unter die Tür der Halle. Neben dem Herd saß Mutter Mathilt im Lehnstuhl und schlummerte; die Nachricht, daß Sigenot zurückgekommen, hatte ihre Sorge beschwichtigt, und nach der schlaflosen Nacht war in der ersten ruhigen Stunde der Schlummer auf ihre müden Lider gesunken.

„Rötli!“ rief Wicho mit leiser Stimme. Nichts rührte sich in der Halle. Leise schlich der Knecht zur Frauenkammer und öffnete die Tür; die Kammer war leer. Erschrocken eilte er ins Freie und rief den Namen über die Hofreut. Keine Antwort ließ sich hören. Wicho verfärbte sich. „Ich muß sie finden! Ich muß!“

Er rannte über den Hügel hinunter und riß das Hagtor auf. Gegen das Ufer lief er, gegen den Wald zur Linken, gegen die Ache zur Rechten und schrie mit hallender Stimme: „Rötli! Rötli!“ Keine Antwort klang. Nur die Falkenwand schickte den Ruf zurück mit hohlem Echo. –

Sigenot hörte den Klang dieser Stimme nicht mehr. Er hatte schon die Sümpfe im Untersteiner Wald erreicht und eilte, die gebahnten Wege vermeidend, über die Hügel empor. Nun gewann er den Hag des Richtmanns und schlug mit der Faust an das geschlossene Tor.

Ein Knecht, der in der Nähe schaffte, lief, um zu öffnen; er machte verwunderte Augen, als er den Fischer bewaffnet sah mit langem Schwert, in dem nassen verwüsteten Gewand, mit dem bleichen Gesicht und dem blutbefleckten Arm.

„Wo ist dein Herr, der Richtmann?“

„Da drüben unter den Eichen liegt er und schlaft.“

„Schlaft?“ wiederholte der Fischer, als hätte er falsch gehört.

„Er ist außer Haus gewesen die heutige Nacht und die gestrig auch.“

Sigenot schritt den Eichen zu. Der Schönauer lag im Schatten der Bäume und hielt das Gesicht auf die Arme gedrückt. Als er geweckt wurde, blickte er mit müden Augen auf. „Du, Fischer?“

„Heb dich auf, Schönauer, jetzt ist nimmer Schlafenszeit!“

Diese Worte waren anders gemeint, als der Schönauer sie verstand. „Ich hab zwei Nächte nit geschlafen. Wir haben den Huze gesucht, den Buben, der dem Schapbacher die Geißen hütet. Er ist eingestiegen in Wazemanns Bannberg und nimmer heimgekommen. Erst haben wir gemeint, der Bub hätt sich verstiegen. Heut am Morgen, wie wir heimgekommen sind, haben wir hören müssen, was geschehen ist mit ihm. Einer von Wazemanns Knechten hat es ausgeredet. Der Bub ist gefangen und liegt unter Wazemanns Haus im Bußloch. Die Flachsen haben sie ihm abgestochen.“

Sigenot lachte zornig auf. „Ein guter Anfang für die Zwiesprache, zu der ich gekommen bin! Herr Waze hat fleißige Händ. Der Bub ist abgetan. Jetzt hat er mich in der Arbeit. Und warte noch einen Tag, Richtmann, so kommt die Reih an dich.“

Erschrocken sah der Schönauer den Fischer an. „Sigenot? Was soll deine Red? Und alle guten Mächt, wie siehst du aus! Sprich! Was hat’s gegeben?“

„Komm ins Haus!“ Sigenot schritt dem Schönauer voran.

In goldenem Glanz lag die Nachmittagssonne über Hof und Haus, die Wiesenblumen dufteten, und bunte Schmetterlinge gaukelten über den Hag. Eifrig flogen die Schwalben ab und zu, auf dem Dache gurrten die weißen Tauben, und manchmal setzte sich eine der Schwalben zu kurzer Rast und zwitscherte ein leises Lied. Blau und leuchtend spannte sich die Himmelsglocke über die schimmernden Zinnen der Berge, und der sachte Wind war wie ein Hauch des Friedens, den die Erde atmete. In diese Stille klang zuweilen aus dem Hause der Laut einer heftigen Stimme. Es schien erregte Zwiesprache zu sein, welche die beiden Männer hielten. Der Knecht im Hof ließ die Arbeit ruhen und lauschte. Nun schwiegen die Stimmen. Sigenot erschien unter der Tür mit hartem Gesicht. Der Schönauer kam ihm nachgeeilt und suchte ihn am Arm zurückzuhalten. „Bleib, Fischer, bleib! Und bei allem, was dir lieb und heilig ist, ich bitt dich, tu's nit! Geh nit hinaus zum Lokstein!“

„Ich tu, was ich muß!“

„Es wird nichts besser damit, alles schlechter!“

„Ob besser oder schlechter, das frag ich nit. Herr Waze will mir den Weg zum Lokstein verwehren. So muß es ein Weg sein, der zum Rechten führt.“

„Er wirft seinen Zorn auf dich und dein Haus, wie er's mir gedroht hat und meinem Buben. Wie willst du stehen gegen ihn und seine Knecht?“

„Ob ich steh oder fall, ich will keinen Umweg suchen wie du. Wie lang mein Weg im Licht noch dauert, das weiß ich nit. Aber grad soll er sein bis zum letzten Schritt. Dir geb ich keinen Rat. Tu nach deinem Willen und sorg nur, daß keine Reu dich ankommt! Mir laß meinen Weg, der geht zum Lokstein. Von ihnen selber muß ich hören, ob sie mit Recht die Herren im Gaden sind. Und sind sie's, dann steh ich zu ihnen mit Leib und Leben. Ob's mir hilft, das frag ich nit. Aber eins weiß ich: Den andern wird's zum Guten sein. Merken sie, daß mein Weg der rechte ist, so gehen mir zwanzig nach, einer zieht den andern, hundert stehen zu den Klosterleuten. Und dann, Herr Waze“, Sigenots blitzende Augen suchten in der Ferne den Falkenstein, „dann wollen wir sehen, wer du bist mit deinen Buben!“

„Red nit so laut!“ stammelte der Schönauer und blickte scheu nach dem Knecht, der in der Nähe arbeitete. „Die Lüft haben Ohren im Gaden und tragen jedes Wort hinauf in Wazemanns Haus.“

„Fürchtest du den eigenen Knecht? Richtmann, es ist weit gekommen! Der Mann mag recht haben, der den Spruch gefunden: ‚Lützel Treu ist allenthalben, tief im Tal und hoch auf Alben.' Aber einen muß es geben, bei dem die Treu ist und eine starke Hand wider alle Not. Den muß ich suchen. Ob ich ihn find beim Lokstein, ich weiß nit. Aber suchen muß ich. Wär nit die Hoffnung in mir, daß ich ihn find, ich müßt mit eigener Faust die Mutter erschlagen und mein lieb Geschwister, daß ich ihnen die Schand und den Jammer spar, und müßt hinunterspringen in den See, damit alles ein End hat. Wären Not und Neid, Untreu und Unehr die einzigen, die über uns Macht haben, und gäb's über ihnen keinen Stärkeren mehr, so gäb's auch für uns keinen Tag nimmer, der den Schnaufer wert ist."

Der Schönauer sah den Fischer an und fand kein Wort.

„Warum schaust du mich an wie einen Fremden?" fragte Sigenot. „Weil du mich so noch nie hast reden hören? Ich will dir sagen, wie solche Red in mich gekommen ist. Wenn ich mit der Angel hinaufgestiegen bin zur Ramsauer Ache, hab ich diemal zugesprochen beim alten Hiltischalk. Er hat zu mir geredet von seinem guten Himmelsherrn, derweil wir auf der Hausbank in der Sonn gesessen. Und einmal hat er mir erzählt, wie sein Gottesherr ihn gehoben hätt aus arger Not. Droben über dem Windacher See hat der Hiltischalk eine kranke Alberin heimgesucht. Wie er niedergestiegen ist an der Windach, hat sich der Grund gelöst unter seinen Füßen. Hinunter in die tiefe Klamm ist sein Fall gegangen, das wilde Wasser hat ihn gefaßt, und da war für ihn kein Retten nimmer und keine Hilf. Das weißt du selber, Richtmann, die Nachtalfen der Windach haben feste Hände, wenn sie greifen."

Der Schönauer nickte. „Wen die Windacher Alfen fassen, den lassen sie nimmer aus."

„Der Hiltischalk, wie ihn die Alfen haben schlingen wollen, hat aufgeschrien: ‚Mein guter Herre, du mein Gott!' Da hat ihn das Wasser auf einen Stein geworfen, zu dem eine turmhohe Ficht heruntergefallen war aus der Höh. Wie mit Armen haben die Ast ihn aufgefangen, und über den Baum ist der Hiltischalk hinausgestiegen aus der Klamm wie auf einer Leiter! Und heut, wie ich gesehen hab: Jetzt ist kein Ausweg mehr, der Stein erschlagt mich und mit mir die Mutter und mein Geschwister, mein Haus und Heim und alles – schau, Richtmann, ich weiß nit, wie's gekommen ist, aber da hat meine Seel geschrien wie der Hiltischalk: ‚Mein guter Herre, du mein Gott!' Und mich hat der Stein nit erschlagen, mich hat das Wasser nit verschlungen."

Über den Mund des Schönauers ging ein müdes Lächeln. „Wider den Stein hat dein Sprung geholfen, wider das Wasser die feste Schnur und dein starker Arm."

Sigenot schüttelte den Kopf. „Ich hab geschrien in der Not, und wohin meine Red geht, dahin gehen auch meine Füß. Ich muß zum Lokstein."

„Da ist kein Halten nimmer. So geh!" Der Richtmann atmete schwer. „Zeit lassen, Fischer!"

„Jetzt hab ich Eil." Sigenot schritt dem Hagtor zu, während der andere ihm nachblickte mit kummervollen Augen.

Der Glanz der Nachmittagssonne hatte schon rötlichen Schein, als Sigenot den Wald beim Lokistein erreichte. Die hallenden Axtschläge wiesen ihm den Weg. Während er dahinschritt zwischen den Bäumen, hörte er seinen Namen schreien, und durch brechendes Gezweig kam ein Reiter auf ihn zugesprengt. Otloh war es, Wazemanns Jüngster. Er verhielt das schnaubende Roß. „Wohin, Fischer?"

Sigenot sah finster zu dem Knaben auf. „Was kümmert's dich? Gib meinen Weg frei!"

„Kehr um, hier ist kein Weg."

„Weg ist, wo ich mir einen such."

„In meines Vaters Namen: Kehr um, hier ist Bannwald!"

„Davon weiß ich nichts. Dein Vater mag bannen für seine Knecht. Ich bin ein Freier und steh nit unter deines Vaters Faust."

Zornröte färbte Otlohs Gesicht. „Hüt deine Zunge, Fischer! Oder meinst du, deine Keckheit an mir üben zu können, weil ich der Jüngste bin? Irr dich nit in mir!“

An Sigenots Schläfen schwollen die Adern. „Gib meinen Weg frei!“

„Noch einmal: Hier ist kein Weg für dich!“ schrie Otloh. Weil er sah, daß sich die Hand des Fischers an den Schwertgriff legte, höhnte er mit kreischender Stimme: „Laß ein andermal die Wehr daheim! Das tut dem Bauer nit gut, wenn er geht wie ein Ritter. Die Wehr schlagt dir blaue Fleck an die Waden. Oder willst du Ferchen stechen damit? Oder die Würm graben für deine Angel? Sonst wüßt ich nit, wozu du das Eisen brauchst.“

„Frag deinen Bruder Henning, wenn dich die Neugier plagt!“ Sigenot schritt voran und scheuchte mit erhobenem Arm das Pferd, daß es aufbäumte.

Unter zornigem Fluch stieß Otloh dem weichenden Roß den Stachel in die Flanke und riß den Wildfänger aus der Scheide. Doch er fand nicht Zeit, um zum Streiche auszuholen. Blitzschnell hatte Sigenot mit der einen Faust den Reiter an der Brust gefaßt und mit der anderen das Gelenk der bewaffneten Hand umklammert. Otloh stöhnte unter diesem Griff, und da hob ihn der Fischer aus dem Sattel. Während das ledige Pferd davonstob durch den Wald, setzte Sigenot den Knaben ins Moos, wand ihm den Fänger aus der Hand und trieb die Klinge mit wuchtigem Stoß in einen Baum.

„Jetzt lauf deinem Roß nach, Otloh, daß du wieder reiten kannst! Bis heim zu deines Vaters Haus, das wär ein langer Weg für deine kurzen Füß.“ Sigenot wandte sich ab und schritt durch den Wald davon, dem Lokistein entgegen. In bebender Wut sprang Otloh auf und suchte den Fänger zu lösen; die Klinge haftete im Baum wie festgewachsen; fluchend riß er und zerrte, da brach der Stahl, und Otloh taumelte zurück, mit dem Stumpf der Waffe in der Hand.

„Fischer, das sollst du mir büßen!“

Sigenot hörte die drohenden Worte noch; ohne die Augen zu wenden, folgte er seinem Wege. Näher und näher klang ihm der Hall der Äxte, das dumpfe Gepolter der rollenden Bäume, das Krachen der brechenden Äste und der laute Ruf, mit dem die Knechte die Balken hoben. Unter den Bäumen trat er hervor auf die von rötlichem Sonnenglanz übergossene Lichtung. Er sah die Rastplätze der Saumtiere, die Reisighütten der Knechte und die Feuerstätte, von welcher Bruder Wampo mit einer Kanne hinwegeilte, um Wasser bei der Quelle zu holen. Er sah die beiden Zelte und das wachsende Balkenhaus; übermannshoch erhoben sich schon die Holzmauern der Klause und des Kirchleins, dessen Wände den Heidenstein umschlossen, so daß über den Saum der Mauer das aus der halbverbrannten Eiche gehauene Kreuz nur mit dem Querholz noch hervorragte.

Sigenot betrachtete erstaunt das freundliche Bild, und der Frieden dieser Stätte redete ihm warm ins Herz. Er atmete auf, als wäre ihm leichter um die Seele geworden. Raschen Schrittes ging er auf die Zelte zu. Den Eingang suchend, umschritt er das eine Zelt, und plötzlich verhielt er den Fuß, gebannt von einem unerwarteten Anblick. Aufrecht, in menschlicher Lebensgröße, stand das vollendete Kreuzbild vor ihm, mit dem Holzpflock in der Erde befestigt. Die Sonne schimmerte auf den trockenen Farben des mit schlichter Kunst geschaffenen Bildes; die strenge Nacktheit des bleichen Leibes mit seinen roten Malen redete die stumme Sprache der Schmerzen, doch sanft und freundlich blickte das zur Schulter geneigte Antlitz. Mit ausgebreiteten Armen stand das stille Bild vor Sigenot, als möcht es ihn grüßend umfangen und sprechen zu ihm: „Bei dir ist Not, bei mir ist Hilfe! Komm an meine Brust!“ Langsam entblößte Sigenot mit der einen Hand das Haupt und bekreuzte mit der anderen die Stirne und den Mund, wie es Hiltischalk, der alte Pfarrherr in der Ramsau, den fünfzehnjährigen Täufling einst gelehrt hatte.

Da bewegte sich der Vorhang des Zeltes, und Eberwein trat ins Freie; als er den Fischer gewahrte, verwandelte sich der müde Ausdruck, der auf seinen Zügen lag, in glückliche Freude, und er streckte Sigenot die beiden Hände hin. „Oft in diesen Tagen dachte ich, wann und wo ich dich wiederfinden würde. Nun bist du gekommen aus freiem Willen. Ich grüße dich!“

Sigenot faßte die Hände des Mönches und nickte stumm; dann wandte er den Blick über die Schulter und suchte wieder das heilige Bild. „Wie gut er mich anschaut! Und er muß doch leiden?“ sprach er leise vor sich hin. „Ich glaub schon selber, das muß ein Gott sein!“

Es leuchtete in Eberweins Augen. „Weshalb glaubst du das?“

„Leiden müssen und gut sein? Herr, das ist eine schwere Sach, das bringt nur ein Gott zuweg.“

„Meinst du nicht, Sigenot, daß du es lernen könntest von ihm, der auch für dich gestorben? Seine Peiniger drückten ihm den Dornenkranz auf die Stirne. Und dennoch bat er im letzten Atemzug seinen himmlischen Vater: ‚Vergib ihnen, denn sie wissen nicht, was sie tun!‘ Solltest du diesem Beispiel nicht folgen können?“

„Das wird sich hart machen, Herr! Ich bin nur ein Mensch.“

Da gewahrte Eberwein das Blut und die Wunden am Arm des Fischers und fragte erschrocken: „Du bist verletzt? Was ist dir geschehen?“ Ohne die Antwort abzuwarten, eilte er in das Zelt und kehrte mit Balsam und Linnen zurück. „Komm, setz dich auf diesen Block und reiche mir deinen Arm, daß ich ihn verbinde!“

„Aber Herr!“ Sigenot wurde rot wie ein Mädchen. „Die paar Kratzer spür ich nit.“

„Ich bitte dich, dulde meine Hilfe!“

Da ließ sich der Fischer nieder, streckte den Arm und lächelte. Nach einer Weile sagte er: „Du hast eine linde Hand. Die müßt auch gut sein und nit drucken als Herrenhand.“

Eberwein blickte auf. „Wie meinst du diese Worte?“

„Grad herausgesagt, ich bin gekommen, weil ich dich hab fragen müssen, mit welchem Recht ihr bauet in unserem Tal? Seid ihr die Herren im Gaden oder nicht?"

„Zuerst deine Wunde, dann deine Frage!" Eberwein wand das Linnen um Sigenots Arm.

Bruder Wampo kam von der Quelle, die gefüllte Kanne schleppend. Als er den Fischer erkannte, schoß ihm die Freude heiß ins runde Gesicht. In der Vorahnung des Guten, das dieser Besuch ihm zu versprechen schien, schnalzte er mit der Zunge und spitzte die Lippen. Gerne wäre er auf den Fischer zugegangen, doch sah er, daß Pater Eberwein sich an Sigenots Seite niederließ und zu reden begann; da wagte er die Zwiesprach nicht zu stören. Er ging zur Feuerstätte, um sein Werk zu beginnen. Immer wieder schielte er hinüber zu den beiden und spähte nach allen Seiten, ob er die Angelrute nicht zu entdecken vermöchte; wo die Angel war, da konnte das Lägel nicht weit sein. Eine geraume Weile verstrich, und immer noch redeten die beiden. Ober der Lichtung erlosch der Sonnenglanz, und die Schatten des Abends webten ihren dunklen Teppich; nur die Zinnen der Berge leuchteten noch in rotem Gold. Endlich erhob sich der Fischer; sein Gesicht brannte in Erregung, und seine Augen glänzten.

„Und das alles, Herr, darf ich den Leuten sagen im Thing, auf Treu und Glauben?"

„Ja, Sigenot! Und was ich versprach, das will ich halten. Ich gelob es mit Herrenwort in deine freie Hand."

Ihre Hände faßten sich, und der Fischer sagte: „Dir glaub ich ohne Zeugen und Siegel. Wenn bei dir die Treu nit ist, dann ist sie bei keinem mehr. Ich bin der deinige auf Biegen und Brechen. Wenn Thing gehalten ist, so komm ich."

„Eins noch sage mir! Du hast für die Leute im Tal geredet wie ein rechter Mann. Ich habe gehört, was sie hoffen und wünschen. Warum verschweigst du, was sie leiden und fürchten? Man hat mir Übles berichtet von Wazemann und seinem Haus."

Ein Schatten legte sich über Sigenots Gesicht. „Ich bin zu einer Frag gekommen, zu keinem Gericht, und will nit Kläger sein. Auch steht mir das Reden nit zu, eh nit das Thing gesprochen hat."

„Ich sehe, du willst nicht Antwort geben, und ich frage nicht weiter. Doch ein Zweites noch! Für die andern hast du Worte gefunden, nur nicht für dich. Hast du allein nichts zu begehren für dein Haus und Recht?"

Der Fischer schüttelte den Kopf. „Davon ein andermal. Es muß nit alles auf einmal sein."

Eberwein legte die Hand auf Sigenots Arm. „Sei nicht verschlossen! Als du kamst, sah ich Kummer in deinen Augen. Ich bin dir Freund geworden in dieser Stunde. Willst du mir dein Herz nicht öffnen?"

Sigenot schwieg. Da klang am Waldsaum das Krachen eines stürzenden Baumes, dann die hallende Stimme Schweikers: „Feierabend, ihr guten Gottesknecht!"

Mit verlorenem Blick sah der Fischer auf.

„Sprich, Sigenot! Zeige mir deinen Kummer! Vielleicht kann ich dir helfen."

„Mir hilft wohl der eigene Arm noch. Wenn der zu schwach ist, Herr, dann wirst auch du mir nimmer helfen. Oder es müßten schon morgen hundert zu dir stehen."

„Zu mir steht nur einer! Doch dieser Eine, Sigenot, ist stärker als tausend Männer in Wehr und Eisen. Blick auf zu ihm!" Den Arm um die Schultern des Fischers legend, deutete Eberwein auf das heilige Bild.

„Der?"

Mit hallenden Klängen tönte die Glocke, die Bruder Schweiker zog. Aus dem Wald und von den Bergen kam das Echo, als fände die rufende Stimme freudige Antwort auf allen Seiten. In sanften Klang verwandelt war alle Stille des Abends, die Lüfte tönten, jeder Fels, jeder Baum des Waldes schien zu klingen, und die Vögel, deren Lied schon geschwiegen, erhoben wieder ihren

Schlag und ihr Gezwitscher. Eberwein beugte zum ersten Mal das Knie vor dem Bilde, das seine eigenen Hände geschaffen, und betete mit lauter Stimme: „Wieder schwindet ein Tag, o Herr, den du gegeben. Laß mich danken für alles Gute, das deine Lieb mir bietet in jeder fließenden Stunde. Ob auch die Nacht sich senket über mich, ich fürchte nichts Böses, denn du bist bei mir, und deine Hände decken den Bedrängten, der redlichen Herzens ist. Gegen den Guten bist du gut, gegen den Treuen bist du treu, er findet Hilfe bei dir in aller Not, und gleich einem Schilde umgibt ihn dein Wohlgefallen."

An Eberweins Seite hatte Sigenot das Knie zu Boden gedrückt. Seine Augen hingen an dem stillen Bild, und die Fäuste auf die Brust gedrückt, stammelte er das einzige Gebet, das er kannte: „Mein guter Herre, du mein Gott!" Als die Glocke schwieg, erhob er sich und ging wie ein Träumender davon. Bruder Wampo, der neben dem Feuer kniend sein Gebet gesprochen, bekreuzte sich, sprang hurtig auf und winkte dem Fischer mit beiden Armen. Sigenot hatte kein Auge für ihn. „Fischer, he, Fischer! Guter Freund!" Sigenot hörte nicht. Bekümmert schüttelte Bruder Wampo das runde Köpfl, und während er den Fischer im dunkeln Walde verschwinden sah, murmelte er trübselig vor sich hin: „Eine schieche Gegend! Und schieche Leut! Auf den Fischer hätt ich noch ein Zutrauen gehabt. Jetzt will der auch nichts wissen von uns!"

Im Wald, durch dessen Gezweig nur noch ein spärlicher Schein des erlöschenden Tages schimmerte, folgte Sigenot dem gleichen Pfad, auf dem er gekommen war. Der weiche Moosgrund dämpfte seine Schritte. Da hörte er Eisen klirren, und hinter Büschen klang eine Stimme: „Wir harren umsonst, er kommt nit."

„Hab ich's nit gleich gesagt?" erwiderte eine andere Stimme. „Er wird den Talweg genommen haben."

„Den wollen wir ihm verlegen."

Sigenot hörte das Brechen von Ästen und dumpfen Hufschlag. Dann war wieder Stille im Wald; in der Ferne klang der Schrei eines Nachtvogels.

„Es rufen die Unholden“, murmelte Sigenot, „und zählen meine Stunden.“ Tief atmend blickte er zurück nach der Lichtung, die er verlassen hatte. Den blanken Stahl in der Faust, folgte er seinem dunklen Wege. Immer rascher wurde sein Schritt. Als er sich seinem Heimwesen näherte, sank schon die Nacht über See und Lände. Sorge befiel ihn, weil er das Hagtor offen sah. Doch friedlich blickte ihm das Haus entgegen, und Herdschein leuchtete aus Tür und Fenstern. Da schüttelte er die Sorgen von sich ab. Das Haupt entblößend, trat er in die Halle. „Mutter, ich bring die gute Zeit!“

Ein schrilles Lachen war Mutter Mathilts Antwort; aus dem Lehnstuhl streckte sie die Arme nach ihrem Sohn, und der Schein des Herdfeuers überflackerte die von Angst verzerrten Züge.

Sigenots erschrockene Augen gingen suchend durch die Halle. „Wo ist die Schwester?“

Mutter Mathilt deutete mit den Armen. Sigenot stand wie versteint. „Den ich suchen gegangen. Wo ist er?“ Ein hartes Lachen. „Derweil ich gebetet hab, wo war da seine Treu?“ Mit rascher Faust griff er nach seiner Waffe. „Tu dich nit sorgen, Mutter! In meinem Eisen ist Gottestreu!“ Er sprang in die Nacht hinaus.

14

Als in der Schwüle des Nachmittags der Schlaf über Mutter Mathilts Lider gesunken war, hatte sich Edelrot der Botschaft erinnert, die ihr Henning von seiner Schwester Recka gebracht hatte. Wohl dachte sie der Mahnung, die Sigenot schon oft zu ihr gesprochen: ‚Tu keinen Schritt in Wazemanns Haus!‘ Aber wie hätte sie das Wort der Herrentochter mißachten dürfen, die immer freundlich zu ihr gewesen? Und hatte sie der Tochter Wazes nicht noch mehr zu danken als gute Worte? War es nicht Reckas Hand gewesen, die in jener Sturmnacht der Sinkenden die Rettung brachte, als das Wasser schon ihren letzten Hilfeschrei erstickte?

„Ich muß!“ Edelrot hauchte einen Kuß auf das Haar der schlummernden Mutter und schlüpfte aus der Halle. Der sonnige Wald umfing sie, und raschen Ganges erreichte sie den Reitweg, der in weitem Bogen über den Berghang emporführte zu Wazemanns Haus. Überall schimmerten aus dem grünen Rasen die Sterne und Glocken der Waldblumen. Edelrot pflückte eine Blüte um die andere und band sie für Recka zum Strauß. Schon war sie bis zur Wende des Pfades emporgestiegen, da klang aus dem Tal herauf der Hall einer rufenden Stimme. Edelrot meinte die Stimme Wichos zu erkennen, aber die gellenden Rufe verschwammen mit dem Echo, das sie weckten, und klangen wie Jauchzen. „Was hat er denn, daß er so lustig tut wie ein Hütebub?“ Blüte um Blüte brechend, wanderte Rötli weiter. Nun tauchte zwischen den Bäumen die graue Burgmauer auf. Die Fallbrücke war niedergelassen, ein Knecht saß unter dem offenen Tor. Als er das Mädchen kommen sah, sprang er in den Hof zurück; hier stand, von Henning am Zügel gehalten, der gezäumte Falbe, und Herr Waze wollte sich in den Sattel schwingen.

Henning sah das Zeichen, das der Knecht ihm machte, und fragte hastig: „Vater? Bist du schon in der Falkenkammer gewesen?“

„Warum?“

„Der Weißfalk, den du im Frühjahr dem Haunsperger abgehandelt hast, will mir seit gestern nimmer gefallen."

„Was soll ihm fehlen?" fragte Herr Waze erschrocken; er hatte den kostbaren Beizvogel mit schwerem Gold bezahlt; drei Jahre hatten die Bauern zwiefach steuern müssen, bis der rote Haufen beisammen war. „Meinst du, daß er gichtig wird?"

Henning zuckte die Schultern. „Schau ihn selber an!" Und während Herr Waze im Unterbau des Hauses verschwand, zischelte Henning dem Knechte zu: „Führ sie ins Haus und bleib bei ihr, bis der Alte draußen ist!" Er folgte dem Vater.

Als der Knecht das Tor erreichte, kam Edelrot: „Deine Herrin hat mich gerufen."

„Ich weiß. Komm nur, ich führ dich!"

Schon setzte sie den Fuß auf die Brücke; da hörte sie hinter sich ihren Namen rufen und machte erstaunte Augen, als sie Recka auf ihrem Rappen den Reitweg einhertraben sah.

„Mach weiter, komm herein!" brummte der Knecht und faßte ihren Arm. Sie riß sich los. „Recka!" rief sie, ging der Wazemannstochter entgegen und reichte ihr die Blumen. „Da bin ich! Und schau, das hab ich dir gebracht!"

An den Blumen schien Recka keinen sonderlichen Wert zu finden; lässig steckte sie das Sträußl hinter den Ledergürtel, und unwillig ruhten ihre Augen auf Edelrot. „Was suchst du im Haus meiner Brüder?"

„Wie fragst du mich? Ich komm doch, weil du mich gerufen hast."

„Ich?"

„Hast mir doch Botschaft geschickt!"

Reckas Brauen furchten sich. „Botschaft? Durch wen?"

„Durch deinen Bruder Henning."

Recka glitt aus dem Sattel. „Ja, Rötli! Ich besinne mich. Und danke dir, daß du gekommen bist. Gib mir deine Hand, ich will dich führen."

„Was ist dir? Deine Hand ist heiß und zittert."

„Der Zügel hat sie müd gemacht. Wär ich minder scharf geritten, es wär dir leid gewesen." Das Mädchen an der einen Hand, an der anderen den Rappen führend, schritt Recka über die Fallbrücke.

Verlegen drückte sich der Knecht an die Mauer Als er hinter Recka und Edelrot das Tor schloß, trat Herr Waze mit Henning aus der Falkenkammer. Beim Anblick der Schwester blitzten Hennings Augen zornig auf.

„Ich weiß nit, was du an dem Vogel findest", brummte Herr Waze, „er hat einen frischen Blick und kröpft, als hätt er ein Jahr lang gehungert." Weil er den Hufschlag vernahm, drehte er das Gesicht. „Du, Recka? Was führt dich heut schon heim? Und was soll die Dirn an deiner Hand?"

Recka warf dem Knecht die Zügel des Pferdes zu und blieb vor ihrem Bruder stehen. „Henning!" Drohend funkelten ihre schönen Augen. „Ich danke dir, daß du meine Botschaft so treulich ausgerichtet! Sieh her, das Kind ist gekommen. Ich halt es an meiner Hand, ich führ es in meine Kammer. Und dir sag ich: Was eingeht unter Dach, ist heilig." Sie schlang den Arm um Edelrot und führte sie zur Halle hinauf.

Verblüfft sah Herr Waze den beiden Mädchen nach; dann wandte er die Augen auf Henning. „He, du! Jetzt weiß ich, weshalb ich hätt reiten sollen. Du bist mir ein Feiner!"

„Ich bin, wie du mich gezogen hast."

Herr Waze trat mit geballter Faust vor seinen Buben hin. „Mir graust vor dir. Am Morgen den Bruder und am Abend die Schwester. Das ist ein lützel viel für einen Tag."

„Ich will nit zu kurz kommen!" erwiderte Henning. „Das hat dir getaugt, daß ich dir den andern vom Hals geschafft hab. Der Bruder ist für dich gewesen. Jetzt laß mir die Schwester!"

„Außerhalb der Mauer tu, was du willst!" murrte Herr Waze. „Was eingeht unter Dach, ist heilig."

„Die Fischerdirn soll mir so heilig sein, wie dir in deiner jungen Zeit die Salmued gewesen ist. Die ist bei dir auch eingegangen unter Dach." Henning lachte. „Und ich bin ledig. Du hast Weib und Kind gehabt. Gegen dich bin ich ein Heiliger."

Herr Waze war bleich geworden. „Du!" keuchte er und faßte den Sohn mit beiden Fäusten an der Brust. „Wer hat dir das gesagt?"

„Eine, die's weiß!" Henning schüttelte den Vater von sich ab und trat in die Falkenkammer.

Wie ein angeschossener Eber stürmte Herr Waze über die Freitreppe hinauf in die Stube und brüllte: „Ulla! Ulla!" Die greise Magd erschien, blaß und zitternd. „Her zu mir!" schrie Herr Waze, daß es an den Wänden dröhnte. „Zähn hast du keine mehr im Maul, aber beißen möchtest du noch allweil?" Er schüttelte den Arm der Magd. „Wie kommt es, daß Henning von der Salmued weiß?"

Es währte lange, bis Ulla die Sprache fand. „Wann es war, das weiß ich nimmer. Da bin ich mit dem Zeugknecht hinter der Mauer gesessen, und wir haben geredet von den alten Zeiten. Und von Frau Friderun. Wie schön und gut sie gewesen. Und von der Schwermut, die sie getragen hat –"

„Und von der Ursach?" schrie Herr Waze in Zorn.

„Wie man halt redet, Herr!" stöhnte die Magd. „Und da ist Euer Junker Henning dazugekommen. Er muß ein paar Wörtlein aufgefangen haben und hat mich gezwungen, daß ich red, hat mich geschlagen und am Haar gerissen."

„Du Schandmaul, du!" Herr Waze schlug der greisen Magd die Faust ins Gesicht. „Ein andermal schweig! Und hinaus mit dir!" Ulla humpelte zur Tür; sie schien noch froh zu sein, daß sie so glimpflich davongekommen war.

Herr Waze ging eine Weile mit grimmigen Schritten in der Stube auf und nieder; dann warf er sich beim Fenster auf einen Stuhl. „Alles kommt über mich, das Alte und das Neue! Feind im Haus und Feind da draußen!“ Er stützte mit der Faust das Kinn und starrte in die Ferne. –

Inzwischen saßen die beiden Mädchen in Reckas Kammer. Das war ein kleiner Raum, der durch die Fenster eines Erkers das Licht der Sonne empfing. Nur ein hoher Schrein, ein von zwei hölzernen Säulchen getragener Zinnspiegel und umherliegende Gewandstücke verrieten, daß dieser Raum die Wohnstätte eines Mädchens war. Sonst sah es aus wie in einer Junkerstube. Bogen, Köcher, Wildfänger und kurze Speere, Falknertaschen, Federspiele und Falkenhauben, Zaumzeug und Vogelnetze hingen an den Holzmauern, die bis zur Decke von Geweihen starrten. Dem Lager eines Mannes glich das niedere plumpe Bett, über das eine schwarze Bärenhaut gebreitet war; zur Stütze des Hauptes diente eine mit Rehfell überzogene Rolle, zum Schutz wider die Kälte eine in grobes Hanftuch genähte Hirschdecke mit grauem Winterhaar.

Im Erker saßen Recka und Edelrot an schmalem Tisch einander gegenüber. Neugierig hatte Rötli das hölzerne, mit Eisen beschlagene Kästlein geöffnet, das vor ihr stand. Ein leiser Ruf des Staunens glitt von ihren Lippen, als sie es gefüllt sah mit Ringen, silbernen Ketten und Spangen, mit funkelnden Gürtelschließen und schimmernden Mantelhaken. Es war Geschmeide von roher Arbeit und geringem Wert, aber die Sonne machte das Gold und Silber leuchten und weckte farbigen Glanz in den ungeschliffenen Steinen, so daß Rötli den Schatz einer Königin vor sich ausgebreitet wähnte. Freundlich lächelnd, wie eine Mutter auf ihr spielendes Kind, sah Recka auf das Mädchen, das sich vor Schauen nicht zu fassen wußte und ihr Staunen in sprudelndem Geplauder ergoß.

„Schau nur, wie das gleißt und glitzert! Das muß ja so viel wert sein wie der ganze Gaden mit Wald und Häusern! Sag nur, warum tragst du nie was von dem schönen Geschmeid? Warum tust du dich nie schmücken damit?“

„Schmücken? Für wen?“ Recka lachte. „Für die Sauen und Hirschen in meinem Wald?“

„Aber geh!“ schmollte Rötli. „Es gibt doch auch noch Leut, die dich gern beschauen. Und wenn du was umlegen möchtest von deinem Geschmeid, das müßt dich noch schöner machen!“

„Ich und schön? Wer sagt dir, daß ich schön bin?“

Rötli legte die Hand auf Reckas sonnverbrannten Arm und hing an ihr mit glänzendem Blick. „So schön wie du ist keine mehr! Du bist die Allerschönst im Gaden. Mein Bruder Sigenot hat's auch gesagt.“

Reckas Züge wurden finster. „Red mir von deinem Bruder nit!“

„Warum nit?“ stammelte Rötli. „Einmal, da bist du vorbeigeritten bei unserem Hag, und ich und Sigenot, wir haben dir nachgeschaut. Und da hat er gesagt, mit einer so linden Stimm, wie er nur zur Mutter redet: ‚Stolz wie ein Baum da droben auf der Wand, über die kein Fuß hinaufsteigt, und schön wie die rote Sonn in der Höh, zu der keine Hand hinauflangt.‘ So hat er gesagt und – Recka? Was hast du? Ich hab doch kein Wörtl gesagt, das dich erzürnen könnt.“

„Schweig!“ Mit der Faust stieß Recka nach dem Kästlein, daß die Spangen und Ketten durcheinanderklirrten.

„Was hat dir mein Bruder getan?“ fragte Rötli erschrocken. „Ich mein', es war keine ungute Hand, die er in der Sturmnacht auf dem Weitsee nach dir gestreckt hat, zuerst nach dir!“

„Mahn mich nit an jene Nacht!“ Recka verließ den Erker; doch schon nach wenigen Schritten kehrte sie zurück und sagte: „Daß du nit glauben sollst, ich hätt deinem Bruder nit den Dank geboten, den er um mich verdient hat in jener Nacht! Diese Hand hab ich ihm hingereicht mit freundlichem Wort. Wie von einer Bauernmagd hat er sich gewendet von mir.“

„Das hätt mein Bruder getan?“

„Der Knecht an seines Herren Tochter!“

Edelrot erblaßte. „Dein Zorn redet hart. Ich bin dir gut von Herzen, aber meinen Bruder laß ich nit schmähen. Mein Bruder ist kein Knecht, er sitzt auf einem Freigut als ein freier Mann. Das weißt du so gut wie ich. Was redest du so bös und tust mir weh?"

Zornig wollte Recka erwidern; da sah sie eine Zähre über Rötlis Wangen rollen und wandte sich ab. Ihr Blick fiel auf einen Wildfänger an der Wand. Als möchte sie prüfen, ob das Eisen nicht roste, zog sie die Klinge halb aus der Scheide und stieß sie wieder zurück. Im Erker war der Sonnenschein erloschen, die dunklen Schatten des Abends schlichen in die Stube.

Rötli hatte sich erhoben, und während sie unbewußt mit der Hand im Geschmeide kramte, sprach sie leise vor sich hin: „Wenn mein Bruder so an dir getan hat, sei ihm nit harb darum! Er ist nimmer, wie er gewesen. Es muß was über ihn gekommen sein. Das hat ihn gewandelt wie der Winter den grünen Baum. Sein Aug hat nimmer Sonn, und sein Gesicht hat nimmer Farb. Ich muß mich sorgen um ihn. Und vor zwei Tagen hätt er seinen Jahrbaum kerben sollen. Da hat er nit das Messer genommen, sondern die Axt, hat hineingehauen in den Baum bis tief ins Mark und hat gesagt: ‚Wenn's der Baum verwindet, verwind ich's auch.' Es muß ihm was ins Herz gegangen sein wie ein Beilhieb. Ich sinn und sinn und komm nit drauf. Er hat doch keinen Feind im Gaden, er ist so gut und treu, einen besseren gibt es nimmer!" Während Träne um Träne über ihre Wangen fiel, sah sie verloren auf das absonderliche Geschmeide nieder, das ihr in die Hand geraten. Es war die Hälfte eines entzweigesprungenen Beinreifs, plump geschnitten und gelb vor Alter, mit halbverwischten Runenzeichen auf der Innenfläche.

Recka, als es still wurde in der Kammer, drückte den nackten Arm über die Augen. Und langsam, wie gezogen von einer Gewalt, der sie widerstrebte, ging sie auf Edelrot zu. Da öffnete sich eine Tür, und die alte Ulla stand auf der Schwelle. Man sah hinaus in einen mit Jagdnetzen und Federlappen angefüllten Raum, von dem eine schmale Treppe in den Unterstock des Hauses führte.

„Ulla, du? Was willst du?" Recka gewahrte, daß Ullas Augen gerötet waren. Warum hast du geweint?"

„Das Leben wird mir sauer in deines Vaters Haus! Der eine schlagt mich, daß ich red, der ander schlagt mich, daß ich schweig. Da ist schwer auskommen, Reckli, schwer!“

„Klag mir, wer dich gekränkt hat, und ich will dir Sühn schaffen.“

Ulla schüttelte den weißen Kopf. „Laß gut sein! Ich will's nit besser. Solang ich meinen Matz noch hab, ist mir alles recht!“ Sie meinte einen gezähmten Star, die einzige Freude ihres armen Lebens.

Freundlich strich Recka mit der Hand über den weißen Scheitel der Magd. Warum bist du gekommen?“

Ulla warf einen scheuen Blick auf Edelrot und flüsterte: „Draußen vor dem Tor steht Wicho, der Fischerknecht. Felsbrocken wirft er wider das Tor, tut wie ein Unsinniger und schreit nach seines Herren Schwester.“

„Geh hinunter!“ erwiderte Recka leise. Sag ihm, seines Herren Schwester weile bei mir und stehe in meinem Schutz!“

Ulla nickte und wollte gehen. Da gewahrte sie das seltsame Geschmeide in Rötlis Hand, stürzte auf das Mädchen zu und entriß ihm das beinerne Reifstück. „Dirn, wie kommt das unselig Bein in deine Hand?“ Edelrot blickte erschrocken auf und wußte keine Antwort. Recka war näher getreten und sagte betroffen: Ulla, was ist dir? Weshalb erschreckt dich dieser wertlose Tand?“ Sie nahm das Bein aus Ullas Händen.

„Laß deine Hand davon!“ stammelte die Greisin. „Der halbe Reif ist ein gesprungen Glück. Unheil haftet an dem Bein. Wirf's hinunter, wo der See am tiefsten ist!“

Recka schüttelte den Kopf. Es kommt von meiner Mutter Friderun.“

„So verwahr es hinter Holz und Eisen! Wenn es deinem Vater vor die Augen kommt, ist Unwetter im Haus.“

Auf Reckas Lippen schien eine Frage zu liegen; aber sie blickte auf Rötli und schob die Magd zur Türe. Geh zum Tor!“ flüsterte sie. „Und tu, wie ich dir gesagt hab.“

Zögernd verließ Ulla die Stube. Und Recka kehrte zum Erker zurück; ihre ernsten Augen hafteten an dem seltsamen Geschmeid, das sie zwischen den Fingern drehte, als sollte es ihr Antwort geben auf die Frage, die sie vor Rötlis Ohren vermieden hatte.

„Recka! Leg das Unding aus der Hand!“ mahnte Edelrot ängstlich. „Siehst du nit die Hel-Zeichen in dem Bein? Es ist ein Fluchzahn aus eines wütigen Wolfs Gebiß.“

„Ein Zahn? Nein, Rötli, es ist die Hälfte eines Armrings, wie ihn vor Zeiten die Frauen im Gaden trugen. Weh und Unheil mag wohl haften an diesem Bein. Als ich noch ein Kind war, sah ich es oft in meiner Mutter Hand, und dann waren ihre schönen Augen naß von Zähren.“ Reckas Stimme schwankte. Aus gestreckter Hand ließ sie den zersprungenen Reif auf das Geschmeide fallen, und wie ein Schrei der tiefsten Marter klang es von ihren zuckenden Lippen: „Mutter Friderun! Wo bist du, Mutter? Wo hast du mich gelassen?“ Die Hände vor die Augen schlagend, sank sie nieder auf die Erkerstufe und brach in Schluchzen aus.

Erschrocken warf sich Edelrot vor Recka auf die Knie, zog ihr die Hände nieder und suchte sie zu trösten durch zärtliche Worte. Mit einem Laut, wie es aus der Brust eines Dürstenden quillt, schlang Recka die Arme um Edelrot und überströmte ihr Gesicht mit Küssen, als könnte das brennende Verlangen nach Liebe, einmal erwacht in ihrem Herzen, sich nimmer stillen. Mund an Mund, mit verschlungenen Armen, saßen die beiden, während draußen der Abend dämmerte.

Da klang im Unterbau des Hauses ein klagender Vogelschrei. Unter Reckas Stube lag die Falkenkammer, ein niederes Mauergelaß mit vergitterten Fenstern. An der Wand, mit einem Drahtgeflecht verwahrt, brannte eine Talglampe mit rußender Flamme. Rings an der Mauer hin zog sich ein hölzernes Gestell, auf dessen oberster Stange, in armslangen Zwischenräumen voneinander, fünf Sperber und vier Wanderfalken saßen, an den ‚Händen‘ mit der aus Hirschleder geschnittenen Kurzfessel gebunden.

Herrn Wazes Weißfalk saß getrennt von den übrigen Beizvögeln. Von der Decke hingen an Schnüren zwei große Reifen nieder; in jedem saß ein Habicht mit verhaubtem Kopf und gefesselten Schwingen. Ein Bub, der auf einem Schemel hockte, hielt die Reifen in schwingender Bewegung. Neben ihm stand Henning und ließ sich berichten, wie weit die Zähmung der beiden vor kurzer Zeit erst eingefangenen Vögel vorgeschritten wäre. Dann ging er an der Stange entlang und blieb vor einem Blaufalk stehen. Das war von allen Falken der schönste, ein stolzer Vogel von seidenem Gefieder und scharfem Blick: Edilo, der Liebling Reckas.

Henning wollte den Vogel greifen; der Falk sträubte das Gefieder und schlug mit der scharfen Hand. Über Hennings Lippen glitt ein hämisches Lächeln. „Bist du auch wider mich wie dieselbig, der du gehörst?“ Seine Augen hoben sich zur Decke – dort oben lag Reckas Kammer. „Heut hast du mir eine Freud verdorben. Das zahl ich dir heim.“ Er griff in den hölzernen Napf, der das Trinkwasser des Falken enthielt, und schrie den Wärter zornig an: „Du Schuft! Die Vögel haben laues Wasser.“

Der Bub sprang erschrocken auf. „Nein, Herr! Grad erst hab ich frisches Wasser aufgegossen.“

„Das lügst du! Hinaus zum Brunnen, und frisches Wasser her! Oder ich mach dir Füß.“

Der Bub nahm den Krug und verließ die Kammer. Rasch trat Henning zum Tisch und faßte eine der langen dünnen Nadeln, die, wenn ein Falk auf der Beizjagd eine Schwungfeder gebrochen hatte, in den geknickten Kiel eingeschoben wurden, um der verletzten Feder wieder Halt zu geben. Langsam ging er auf Reckas Liebling zu, drückte flink, ehe der Falk sich wehren konnte, dem Vogel die eine Hand auf den Rücken und stieß ihm mit der anderen die Nadel in das Eingeweide. „Da hast du deinen Teil!“ Er ließ den Falken ledig. „Eh du hin bist, will ich die Freud genossen haben, um die mich deine Herrin heut gebracht hat.“ Der Falk schüttelte das Gefieder, zog den Kopf zwischen die Schultern und rückte unruhig auf der Stange hin und her. Henning warf die Nadel auf den Tisch, und weil er den Buben kommen hörte, trat er zu den Reifen und schaukelte die Habichte.

Als der Bub das frische Wasser in die Holznäpfe goß und zu Edilo kam, rückte der Vogel auf die Seite; die Bewegung schien ihn zu schmerzen, er zog den Rücken auf und stieß einen klagenden Schrei aus.

Der Schrei klang hinauf in Reckas Kammer, durch deren Fenster nur noch ein trüber Schein des entschlummernden Tages schimmerte.

„Hörst du ihn?“ flüsterte Recka, die Arme von Rötlis Nacken lösend. „Das ist mein Liebgesell. Er sehnet sich nach mir und klagt, daß ich ihn seit Tagen nit geschwungen auf meiner Hand, daß er sitzen muß zwischen übler Mauer, derweil ihn hinaus verlangt in Luft und Sonne, zu hohem Flug.“ Wieder umschlang sie das Mädchen. „Ach, Rötli! Wie meinem Edilo, so ist auch einem andern edlen Falk zumut. Er möcht hinaus in lichte Freiheit und den Flug hochauf nehmen ins Gewölk, der warmen Sonn entgegen. Und muß doch sitzen zwischen üblen Mauern, in einer Rabenkammer, darin die unholde Brut um Aas sich rauft!“ Mit einem Laut des Ekels sprang sie auf, schüttelte das Haar in den Nacken und streckte die Arme.

„Recka?“ stammelte Edelrot.

Die Wazemannstochter atmete tief und strich mit der Hand über die Augen. „Schau, wie dunkel es worden ist! Komm, Rötli, ich führ dich heim.“ Sie nahm von dem Geschmeide, das in der Dämmerung funkelte, einen Goldring und faßte Rötlis Hand. So traten sie hinaus in die Herrenstube, in der auf dem Lichtreif schon die Kerzen brannten. Herr Waze saß noch immer am Fenster, die alte Ulla deckte den Tisch, und Henning trat aus der Halle herein in die Stube.

„Rötli“, sagte Recka mit lauter Stimme und streifte dem überraschten Mädchen den Ring an den Goldfinger der linken Hand,

„wir haben Kuß und Lieb getauscht, und ich will dich umschließen mit meiner Treu wie mein Reif deinen Finger."

Edelrot wollte sprechen, doch Recka sagte lächelnd: „Red nit! Komm, ich führ dich heim. Es ist spät geworden."

An Henning vorüber führte Recka das Mädchen in die Halle hinaus. Auf der Freitreppe kam Eilbert ihnen entgegen; er war mit seinem Bruder Hartwig, der im Hof mit den Knechten schrie, von erfolgloser Jagd zurückgekehrt. Als Eilbert das Mädchen an seiner Schwester Seite erkannte, flammten seine Augen; doch eh' er noch Sprache fand, war Recka mit Edelrot an ihm vorübergeschritten. Da hörte er aus der Stube die Stimme seines Vaters und Hennings zornige Gegenrede.

Nach einer Weile trat Henning auf die Schwelle. „Und ob sie eingegangen ist unter Dach, ob meine Schwester Ring und Treu mit ihr getauscht hat oder nit", rief er in die Stube zurück, „die Dirn ist mein! Das sollst du mir nit wehren. Du nit! Und die Schwester auch nit!"

„Aber ich!" klang Eilberts Stimme hinter ihm.

Henning wandte sich um, maß mit funkelnden Augen die von der Dämmerung umflossene Gestalt seines Bruders und stieg lachend die Treppe hinunter. Im Hofe rief er den Knecht, der ihm als Späher gedient hatte, und trat mit ihm in den finsteren Schatten der Mauer. „Ich kann mich verlassen auf dich?" Der Knecht nickte. „Leg scharfe Wehr um, wenn meine Schwester wieder heimkehrt!"

„Wohin geht der Nachtweg?"

„Zu einem Nest, aus dem ich mir einen schmucken Vogel heben will."

Der Knecht verstand. „Wir zwei nur? Das ist zu wenig. Der Fischer hat Fäust wie Hämmer."

„Um den sorg dich nit!" Henning lachte. „Der hat heut nacht ein stilles Geschäft im Weitsee. Schlag du den Knecht nieder! Den Vogel hol ich mir selber aus dem Nest."

15

An Wazemanns Ringmauer öffnete sich das Tor, und die Fallbrücke rasselte nieder. Recka trat mit Edelrot hinaus in die sinkende Nacht. Sie hatten die Brücke noch nicht verlassen, da kam ihnen Wicho entgegengestürzt und streckte die Arme.

„Wicho, du?" fragte Edelrot. „Wer hat dich geschickt?"

Recka schob den Stammelnden mit dem Arm beiseite. „War dir Wazes Tochter nit Schutz genug für deine Herrin?"

Schweigend trat Wicho zurück und folgte den beiden Mädchen, die Arm in Arm auf dem dunklen Reitweg talwärts wanderten. Als sie die rauschende Ache erreichten, drückte Recka einen Kuß auf Rötlis Mund.

„Nimm den Wicho mit auf den Heimweg", sagte Edelrot, „es ist dunkle Nacht geworden."

„Ich find meinen Weg. Geh heim, meine liebe Gesellin! Und eines merk dir: Betritt nie wieder meines Vaters Haus, es wäre denn, daß ich dich selbst hole!" Zwischen den schwarzen Bäumen verschwindend, schritt Recka dem steilen Felspfad der Falkenwand entgegen.

Edelrot sah ihr nach. „Wicho? Weshalb warnet sie mich?"

„Sie wird wohl wissen, warum!" murrte der Knecht. „Komm, laß uns heimgehen!"

Sie überschritten die Brücke und gingen den Hag entlang; als sie die Hofreut betraten, sperrte Wicho das Tor. Rötli eilte über den Hügel hinauf; auf halbem Wege hielt sie inne; sie hörte aus der Halle, deren offene Tür im roten Schein des Herdfeuers leuchtete, jene Worte Sigenots: „Derweil ich gebetet hab, wo war da seine Treu?" Dann hörte sie ihn schreien: „Tu dich nit sorgen, Mutter! In meinem Eisen ist Gottestreu." Und schwarz erschien seine Gestalt in der roten Tür.

„Sigenot?" stammelte sie.

Beim Klang ihrer Stimme stand er unbeweglich; dann stürzte er auf die Schwester zu, faßte ihre Hände und zog sie in den hellen Schein der Türe. „Deine Augen haben reines Licht!“ Er atmete auf, als fiele ein Stein von seiner Brust. „Rötli! Rötli!“ Und sein Arm umklammerte sie.

Mit großen Augen sah sie zu ihm auf, in der Ahnung einer Gefahr, scheu erschreckend wie ein Kind, das über einen Abgrund niederblickt in tiefes, finsteres Wasser.

Sigenot gab die Schwester frei. „Geh zur Mutter, Rötli, sie sorgt sich um dich!“

Schweigend betrat Edelrot die Halle, und Sigenot hörte den schluchzenden Freudenlaut, mit welchem Mutter Mathilt ihr Kind empfing.

Wicho war über den Hügel emporgestiegen. „Weißt du, wo sie gewesen ist? In Wazemanns Haus. Und bei aller Treu, die ich dir in die Hand geschworen, hätt ich deiner Schwester nimmer geholfen, wenn nit –“

„Wenn nit einer geholfen hätt, dessen Arm noch stärker ist als tausend Männer in Wehr und Eisen.“

„Einer?“ Wicho schüttelte den Kopf. „Nein, Herr, es war eine Weiberhand, die so stark gewesen. Besser als ich hat Wazemanns Tochter deine Schwester gehütet und hat sie heimgeleitet durch die Nacht bis herunter zum Achensteg.“

Mit jähem Griff hatte Sigenot den Arm des Knechtes gefaßt. Nun wandte er sich schweigend ab und ließ sich niedersinken auf die Hausbank. In der Halle klang Rötlis Stimme. Sie erzählte der Mutter von jener Botschaft, die ihr Henning gebracht, und von allem, was sie erlebt in Wazemanns Haus. Sigenot lauschte mit verhaltenem Atem. Sein Blick war hinausgerichtet in die Nacht und hing an der finsteren Höhe der Falkenwand. Da blitzte droben im schwarzen Mauerstreif ein Lichtschein auf. Über dem Felsensteig hatte sich die Pforte geöffnet, und ein Knecht hielt die lodernde Kienfackel über das Gewänd hinaus, um Reckas Weg zu erhellen.

Sigenot erhob sich und trat ins Haus. Der Tisch war gedeckt; doch niemand aß.

Eine Stunde später, als Mutter Mathilt und Edelrot zur Ruhe gegangen waren, blieb Sigenot einsam hinter dem Steintisch. Wicho kam und fragte: „Herr, schaffst du noch was?“

Sigenot erhob sich. „Lösch das Feuer auf dem Herd!“ Während Wicho die Flammen erstickte und die letzten Funken mit Asche überschüttete, nahm Sigenot die Eisenhaube und den Schild seines Vaters von der Wand und verließ die Halle. Nach einer Weile folgte der Knecht und sah seinen Herrn im Dunkel auf der Hausbank sitzen, den blanken mattschimmernden Stahl über den Schoß gelegt.

„Wicho! Ich muß dich um deine Nachtruh bringen.“

„Ich hab die letzte Nacht geschlafen bis in den sonnscheinigen Tag.“

„Sind Fisch im Kalter?“

Verwundert hörte Wicho diese Frage. „Wohl, Ferchen und Hecht.“

„So nimm das größte Lägel und tu hinein, was Platz hat.“

„Herr“, fuhr es dem Knecht heraus, „du wirst mich doch in der heutigen Nacht nicht ausschicken wollen zum Fischtragen? Was du fürchtest, merk ich an deiner Wehr. Ich mein’, da wär mein Platz an deiner Seit.“

„Hier bin ich allein genug. Hilft mir nit derselbig, der meiner Schwester den Falk zu Hilf geschickt hat wider die Aasraben, so möchten mir deine zwei Arm wohl wenig helfen. Geh und tu den Weg, den ich dir ansag!“

Schweigend ging Wicho davon. Sigenot hörte vom Brunnen her das Lägel poltern und das Wasser plätschern. Nach einer Weile kam der Knecht zurück, das triefende Fäßl auf dem Rücken.

„Wohin?“

„Geh hinaus zum Lokwald!“

„Wo die Klosterleut sitzen?“ fragte Wicho rasch.

„Dort fließt zwischen Lokstein und Kälberstein ein Bächel über den Hang herunter und füllt einen Weiher. Dort leer das Lägel aus und geh wieder still davon! Zeit lassen!“

„Zeit lassen auch!“ erwiderte der Knecht und schritt hinunter zum Hagtor. Als er den Sperrbalken zurückgeschoben hatte, rief er zum Haus hinauf. „Komm, Herr, und leg hinter mir den Balken ein!“

Sigenot rührte sich nicht. „Geh nur! Wenn’s not tut, schieb ich mein Eisen vor. Das hat besseren Halt als Holz.“

Tiefe Nachtstille lag um das Fischerhaus; nur gedämpft klang durch die Bäume das Rauschen der Ache. Zuweilen ließ sich vom See herauf ein Plätschern hören, wenn aus dem Weitsee eine Wildente gestrichen kam und zur Äsung einfiel in das Schilf. Droben in Wazemanns Haus leuchteten noch die Fenster der Herrenstube; man sah in der Finsternis weder Dach noch Mauer, und so hing der Lichtschein eines jeden Fensters im Dunkel wie ein großer, strahlender Stern. Allmählich wurde der Himmel heller, über die Berge fiel ein falber Schein, und langsam schlich das Mondlicht über die steilen Wälder nieder in das finstere Tal. In weiter Ferne bellte ein Wolf, und ein anderer gab ihm Antwort. ‚Die Schneespringer melden sich‘, dachte Sigenot, es wird bald Winter werden.‘

Ein kühler Hauch kam aus dem See gezogen und milderte die Schwüle der Sommernacht; das Schilf begann zu rascheln, und sanfter Wellenschlag erwachte, leise anrauschend wider das Ufer. Hinter dem Grat des Jennar war der Mond emporgestiegen wie ein rundes, brennendes Gesicht. Silberne Helle floß über das Dach des Fischerhauses und über den stillen Wächter.

Lauschend hob Sigenot den Kopf; von der Ache war ein Geräusch an sein scharfes Ohr gedrungen. „Er kommt!“ Sich aufrichtend, faßte Sigenot mit der Rechten das Schwert, hob mit der Linken den Schild vor die Brust und stieg über den Hügel hinunter zum Tor.

Draußen vor dem Hag trat Henning mit dem Knecht unter den schwarzen Bäumen hervor in den hellen Mondschein. Er trug einen Mantel über dem Arm, und die Faust ruhte am Griff des Wildfängers. „Es ist kein Lichtschein mehr im Haus!“ flüsterte der

Knecht, der mit Dolch und Saufeder bewaffnet war. Am Hag entlang schleichend, erreichten sie das Tor. „Herr, sie haben den Balken nit eingelegt, das Tor gibt nach."

„Stoß auf!"

Die Torflügel öffneten sich, Henning zog den Fänger und wollte in die Hofreut stürzen; wie versteinert hielt er inne beim ersten Schritt. Vor ihm stand Sigenot, das blitzende Schwert erhoben, umschimmert vom Mondlicht, gleich einer gespenstigen Hünengestalt. Mit gläsernen Augen starrte Henning, befallen von abergläubischem Schreck, die unerwartete Erscheinung an. Der Knecht hatte die Saufeder im Anlauf gefällt, ein Schwertstreich Sigenots zersplitterte den Schaft.

„Die Toten stehen auf!" lallte Henning und faßte, zur Flucht sich wendend, den Arm des Knechtes.

„Herr, so steh doch!" keuchte der Knecht. Henning war nicht mehr zu halten; eine Strecke riß er den Knecht mit sich fort, und als er den Schutz der Bäume erreichte, ließ er den Arm des Gesellen fahren und sprang hinein in die Finsternis des Waldes, rannte wider die Stämme, stürzte, raffte sich wieder auf und stürmte bergwärts in sinnloser Flucht.

Sigenot trat vor das Tor und schleuderte mit dem Fuß die Speerstücke hinaus in den Sand der Lände. „So feig wie schlecht!"

Im Walde klang die schreiende Stimme des Knechtes: „Herr! Herr!" Henning hörte nicht mehr. Keuchend, ohne Atem und totenbleich, erreichte er den Burghof; kaum trugen ihn seine Knie noch hinauf über die Freitreppe, auf der ihm das Licht der Herrenstube entgegenstrahlte. Als er über die Schwelle taumelte, erhob sich Herr Waze vom Tisch, um welchen Sindel, Rimiger, Gerold und Otloh saßen, die vor kurzem erst heimgekehrt waren aus dem Lokiwald. Eilbert saß in der dunklen Ecke hinter dem Ofen, und Hartwig lag auf einer Bank.

Henning sah die Brüder nicht, er sah nur den Vater und keuchte: „Hinter mir ist die Höll! Der Fischer, den ich erschlagen am

Morgen, ist ein Sträggel[1]) geworden und waizet[2]) in seinem Hag."

Zornig stieß Herr Waze den Sohn mit der Faust zurück, und am Tisch erhob sich schallendes Gelächter. Rimiger sprang auf und schrie: „Ein Sträggel! Hörst du, Otloh, der Fischer, der dich heut in der hellen Sonn vom Roß geworfen, ist gar nit Fleisch und Blut gewesen, sondern ein Butzemännlein, das im Mondschein die Kinder schreckt, bis ihnen das Herz in die Hosen fallt!" Seine Stimme erstickte fast unter Lachen. „Armer Otloh, jetzt kommst du gar um die Sühn, die der Fischer dir schuldig ist! Heut am Abend hat er dich ins Moos gesetzt, aber heut am Morgen hat ihn der gute Henning schon erschlagen!" Alle lachten, nur Otloh wurde rot vor Zorn, und Henning starrte umher, als wäre er von Sinnen.

„Dummkopf! Verstehst du noch allweil nit?" schnauzte der Vater ihn an. „Wie dein Pfeil, so ist auch der Stein fehlgegangen, den du gelöst hast über seinem Kopf. Eins aber möcht ich wissen! Was hast du denn jetzt beim Fischerhag zu schaffen gehabt?"

Eilbert war aufgesprungen. „Die Dirn hat er sich holen wollen", rief er höhnend, „aber wie der Fuchs hat er in den Immstock gegriffen und flink die Pfot wieder eingezogen!"

Mit einem Fluch stürzte Henning zum Tisch, packte ein Messer und schwang es gegen den Bruder. Herr Waze und Rimiger faßten den Arm des Wütenden, entwanden ihm die Klinge und stießen ihn hinaus in die Kammer. Wirres Geschrei erhob sich um den Tisch, übertönt von der Stimme Otlohs. „Soll der freche Übermut da drunten noch lang den Streit und Hader unter uns Brüder werfen? Hinunter zu ihm! Ich hab keine Ruh, eh nit die Schand gelöscht ist, die er mir angetan!"

„Halt dein Maul, du Grasaff!" rief Herr Waze. „Wärst du besser im Sattel gesessen, so hätt er dich nit gelupft!" Den Lärm schlug er mit der Faust auf den Tisch. „Wird Ruh werden oder nit?

[1]) Nachtgespenst

[2]) geistern, umgehen

Ich will doch sehen, wer in meinem Haus noch zu reden hat, ihr oder ich!“ Mit funkelnden Augen maß er die Söhne, die widerwillig verstummten. „Von Stund an geschieht, was ich will, nur ich allein! Daß mir keiner wieder dreintappt mit einer Hand, wie sie der Unschick da draußen hat! Es müßt denn sein, daß ihr dastehen wollt ohne Haus und ohne Fraß, ein Gespött für jeden Bauernknecht im Gaden.“ Herr Waze schritt durch die Stube und trat wieder zum Tisch. „Der Fischer soll euch gehören. Die Stund aber, die ihn wirft, sag ich selber an. Heut ist er beim Lokstein gewesen und hat gesponnen mit den Pfaffen. Tät er ihnen morgen fehlen, sie möchten wohl bedenken, daß er der erste gewesen, der zu ihnen gehalten hat, und möchten anrücken wider mich mit Fahn und Kreuz. Und das hab ich erfahren: Wider ihre Sipp und ihre Heiligen ist ein schieches Raufen. Ich will Fried haben mit ihnen, freilich auf meine Art. Eh ich einen Streich tu, muß ich wissen, für welche Nacht der Richtmann das Thing geladen hat, muß wissen, was sie beschließen im Thing. Und muß noch so manches andere wissen. Drum genug für heut! Rimiger!“

„Ja, Vater!“

„Du reitest morgen wieder hinaus zum Lokwald. Nimm den Henning, Eilbert und Otloh mit, und will einer von ihnen Streit anheben, so hau ihm eins übers Dach in meinem Namen. Jetzt weiter und auf die Häut mit euch!“

Herr Waze trat in die vom Mond umglänzte Halle hinaus, um kühle Luft zu schöpfen, denn in dicken Perlen rann ihm der Schweiß von den Schläfen; er lehnte sich an die Treppensäule, spähte über das Tal hinweg in die Ferne der schimmernden Mondnacht und schüttelte die Fäuste. „Könnt ich nur einen Berg fassen im Gedärm und ihn umkehren, daß er hinfallt über sie und ihr hölzernes Nest!“ Hinter ihm in der Stube war es still geworden; als Herr Waze nun zurückkehren wollte, blieb er betroffen auf der Schwelle stehen. Vor ihm, inmitten der Stube, stand seine Tochter Recka, in weißem Schlafgewand, das bleiche Gesicht umringelt vom gelösten Rothaar, den ernsten Blick auf den Vater geheftet.

„Mädel? Was willst du?"

„Was Henning wider den Fischer tat - ist das geschehen mit deinem Willen, auf dein Geheiß?"

„Du hast gelauscht!" fuhr Herr Waze auf.

„Muß man lauschen bei einem Geschrei, das durch jede Wand geht? Mich kümmert nit, was Henning tut. Zwischen ihm und mir liegen Berg und Tal. Du aber bist mein Vater. Gib mir Antwort: Hat Henning wie ein Meuchler den Pfeil geworfen und den Stein gelöst auf dein Geheiß?"

Reckas Blick schien ein unbehagliches Empfinden in Herrn Waze zu erwecken. „Ich könnte nein sagen. Was der Lapp getan hat, muß mir eher schaden als nützen. Wie könnt ich meinen eigenen Nachteil wollen?" Mit halb geschlossenen Augen spähte er in Reckas Gesicht und suchte zu lesen in ihren steinernen Zügen. „Bevor ich aber weiter antwort, hätt ich selber eine Frag. Was kümmert dich der Fischer?"

„Er? Nichts!" erwiderte Recka heftig. „Ich sorg mich um seine Schwester."

„So?" Herr Waze fing mit der Zunge den Schnurrbart zwischen die Zähne und nagte an den grauen Haaren. „Warum hast du sie denn so lieb, die Schwester?"

„Weil sie treu und rein ist."

„So? Die Schwester? Sonst hast du keinen Grund?"

„Einen Grund? Welchen?" Kalt und ruhig klang ihre Stimme, doch über ihre bleichen Wangen schlich eine dünne Röte.

Herr Waze lächelte. „Komm, mein schönes Rotfüchsl, tu nit so finster! Setz dich her zu mir und laß uns reden in Ruht Ich wüßt einen Weg, auf dem der Fischer ein gutes Leben hätt. Da wär auch seiner Schwester geholfen, die du so lieb hast!"

Zögernd ließ Recka sich auf den Sessel nieder, zu dem der Vater sie gezogen hatte. Langsam, als wöge er jedes Wort, begann er von den Sorgen zu sprechen, die ihm die Klosterleute bereiteten. Er wählte die Worte glücklich; Recka lauschte gespannt, und zornig blitzten ihre Augen, als sie jener ersten Begegnung mit Waldram und Eberwein gedachte.

„Mein Haus und Land wollen sie mir nehmen und dir den Wildbann, dein Roß, die Falken und die freie Luft. Ich hätt ihnen wohl einen Hag geflochten wider solch Gelüst.
Aber Sigenot –"

„Laß den Fischer aus deiner Rede!" fuhr Recka in Unmut auf.

„Ich brauch ihn aber! Wär der Fischer für mich, so hätt ich leichteren Stand. Er geht für hundert, ihm laufen die anderen nach. Ich muß ihn haben."

„Und meinst du, wie Henning um ihn wirbt, das wär die beste Art, ihn zu gewinnen?"

„Ich hab zuvor auch im guten mit ihm geredet."

„Zuvor?" Recka sah den Vater an; dieses Wort hatte ihr viel gesagt.

„Ja, ja, ja!" schrie Herr Wazc in entfesselter Ungeduld. „Aber dieser Stock hat einen Sinn wie Eisen. Ich hab ihn nit halten können, und ich bin doch ein Mann mit Fäust! Und ich muß ihn haben, ich muß! Schau, Mädel, was ein Mann nit fertigbringt, das wird oft einem Weib ein leichtes Spiel. Runde Arm und langes Haar machen feste Schlingen."

Recka war aufgesprungen, daß ihr Sessel zu Boden fiel. Mit flammenden Augen maß sie den Vater, und wortlos schritt sie zur Türe.

„Was rennst du davon?" rief der Alte in Verblüffung und Zorn; und als sie keine Antwort gab, sprang er auf und vertrat ihr den Weg. Bleib, Dirn!"

„Gib mir die Tür frei! Wir haben ausgeredet. Du bist zu Scherzen aufgelegt, wie sie deinen Buben gefallen mögen, nit mir!"

„Scherz! Meinthalben mag aus der Sach auch Ernst werden. Ich muß den Fischer haben, so oder so! Faß ihn mir, Füchsl, faß ihn! Ich mein', es kostet dich nur einen Blick. Du selber machst keinen schlechten Tausch. Vergleich ihn mit dem Pfleger von Hall, mit dem einzigen, den ich weiß für dich. Steht der Fischer nit da wie ein Baum in seiner jungen Kraft? Ein freier Mann, ein Herr auf seinem Eigen! Hat Haus und Hof, Sennen und Vieh. Und seine Fischenz wiegt wie ein Herrengut. Was meinst du?"

„Ich meine", erwiderte Recka mit erstickter Stimme, „wenn dir wieder einmal die Laun kommt, mit mir zu reden, so tu es vor dem Mahl, nit hinter dem Becher. Ich höre den Met aus dir."

„Dirn!" schrie Herr Waze gereizt und hob den Arm. „Daß ich dir für solche Red die Faust ins Gesicht schlag, wer hindert mich?"

Das Mädchen richtete sich auf. „Mein Arm! Und eine, die zwischen dir und mir steht. Meine Mutter Friderun!" Am Vater vorüber schritt Recka in ihre Kammer und schlug hinter sich die Türe zu.

Das Gesicht von Wut verzerrt, starrte Herr Waze seiner Tochter nach. „Deine Hand hätt ihn noch halten können, für dich und mich. Jetzt muß er fallen."

In der Kammer brannte eine Leuchte neben dem Zinnspiegel; als Recka an ihm vorüberschritt, zeigte ihr das blanke Metall das von Zorn und Scham gerötete Gesicht. Als könnte sie den eigenen Anblick nicht ertragen, so stieß sie mit der Faust die Leuchte um. Langsam erlosch das qualmende Flämmlein auf der Diele, während Recka sich im Erker niederwarf, durch dessen Fenster das Mondlicht in die Kammer fiel. Das Gesicht in den Armen vergraben, saß sie über den Tisch gebeugt. Das Mondlicht umwebte ihr Haupt mit Schimmer und machte das Geschmeide funkeln, das noch immer neben dem offenen Kästlein verstreut umherlag. Zwischen dem glitzernden Gold und den farbig glimmernden Edelsteinen leuchtete mit fahlem Weiß der zersprungene Beinreif wie ein aus dem Grab geworfener Totenknochen, wie der letzte Überrest eines vermoderten Lebens, eines versunkenen Glücks.

Draußen in der Mondnacht schrie ein Uhu, der von den Seewänden hinausstrich in das waldige Tal, um seinen Raub zu suchen. Über dem Fischerhause klang sein häßlicher Schrei und tönte an Sigenots Ohr, der unter seinem krankenden Jahrbaum saß, das Haus bewachend und der Heimkehr seines Knechtes harrend. ‚Es ruft der Totenvogel!‘ Er spähte durch das Gezweig empor in den bleichen Himmel und sah einen Schatten huschen.

Weiter und weiter ging des Nachtvogels Flug, über den Untersteiner Forst und gegen die Schönau hin. Da hörte ihn der Richtmann, der in schlummerloser Sorge lag und seines Buben dachte. Beklommen lauschte er. Gib's mir oder gilt's meinem Liebli?“

Immer weiter strich der Schreier in der Nacht, über Felder und Halden hinweg, vorbei an Gehöften und nah vorüber bei einer Brandstätte und einem zerfallenen Haus. Der alte Gobl erwachte unter dem Apfelbaum; er hörte den Ruf und lächelte: „Schrei nur! Schrei nur! Wie öfter, so lieber hör ich dich. Vergelts der Botschaft, die du mir anschreist!“

Über die Ramsauer Ache ging der Flug des Vogels, über die Gehänge der Strub hinauf zum Lokiwald und dem Untersberg entgegen.

16

Hell lag der Mond auf den Zelten der Klosterleute und über dem wachsenden Klausenbau. Wicho, mit dem geleerten Lägel auf dem Rücken, stand vor dem Zelt der dienenden Brüder; die Neugier hatte ihn nähergezogen. Als er den Schrei des Nachtvogels hörte, schüttelte ihn ein Grauen, und hastig suchte er den Heimweg.

Im Zelt, durch dessen Ritzen ein matter Dämmerschein der Mondnacht quoll, richtete Bruder Wampo sich von seinem harten Mooslager auf. „Schweiker!“ Der Schlummernde hörte nicht; von der Arbeit müde, schlief er den Schlaf des Gerechten „Schweiker!“ Da rührte sich der Bruder, und die Stangen seines Lagers ächzten. „Was ist denn schon wieder?“ fragte er verschlafen.

„Es hat sich was gerührt draußen, ich hab schon gemeint, es kommt herein.“

Schweiker erhob sich und trat ins Freie; tiefe Stille herrschte ringsumher, und öde lag die mondhelle Lichtung. „Du hast geträumt!“ sagte er, in das Zelt zurückkehrend. „Laß mich doch einmal in Fried mit deiner unsinnigen Angst! Wir stehen in Gottes Schutz.“

„Angst?“ schmollte Wampo. „Gehört hab ich halt was. Und das hätt doch auch was Gutes sein können. Dein Bartele ist selbigsmal mit dem Himmelsbrot auch in der Nacht gekommen.“

Schweiker brummte ein unverständliches Wort und warf sich auf sein Lager.

„Lang bleibt der Segen aus!“ seufzte Bruder Wampo, die beiden Arme um die Knie schlingend. „Die Milch ist gar und das Schmalz verkocht. Jetzt dürft dein Bartele schon bald wieder kommen.“

„Red doch nit allweil von dem Kind!“ fuhr Schweiker auf.

„Warum kommt sie nimmer? Sie hört doch jeden Tag das Glöckl! Und der Fischer? In dem hab ich mich auch getäuscht!“

„So gib doch Fried, Bruder!“ mahnte Schweiker. „Es ist Schlafenszeit. Und müd bin ich, daß mir die Knochen wie Stein im Fleisch liegen!“

Bruder Wampos Züngl, einmal munter geworden, kam nicht zur Ruhe. „Eine schieche Gegend!“ jammerte er. „Wie können nur verstandsame Gottesleut auf eine solche Wildnis verfallen? Wie die Zeiten sich gewandelt haben! Früher einmal, da ist der Klosterdienst eine Freud und Lust gewesen. Ich hab die gute Zeit noch mitgemacht als Küchenbub zu Tegernsee. Da hat man den guten Himmelsherrn mit Lachen und Freuden geliebt. Jetzt dienet man ihm in Weh und Buß, mit Geißel und Fasten. Schau den Pater Waldram an! Und denk an meinen Froumund mit dem Liederherzen, der sich lustig hinaufgesungen hat in den Himmel! Früher einmal, da ist den Leuten wohl gewesen in Klosternäh. Jetzt ziehen die Christenmenschen und Rittersleut übers Meer ins heidnische Muselland und meinen, der liebe Herr Jesus Christ wär ihnen auf dem Boden, auf dem er hat sterben müssen, näher und gnadenreicher als daheim in den Gotteshäusern, in denen er aufersteht an jedem Ostertag und liebreich wohnet das ganze Jahr."

„Bruder!" fiel Schweiker erschrocken ein. „Wie kannst du so was reden! Wer das Kreuz nimmt und einen Schwertstreich tut fürs Heilige Land, der baut sich ins Himmelstor ein Loch, so groß, daß er aufrecht eingehen kann in die Seligkeit, derweil sich unsereiner bucken und zwängen muß."

„So? Meinst du? Jetzt sag mir aber: Glaubst du nit, daß der Himmelsherr die Heiden aus dem Heiligen Land verjagen könnt mit einem einzigen Blaser? Daß sie fliegen täten wie die Mucken?"

„Wohl."

„Warum tut er's nit?"

Schweiker fand keine Antwort.

„Gelt? Jetzt geht dir die Red aus! Ich sag: Das ist ein Zeichen. Es wird seinen guten Grund haben, daß die Heiden sein müssen, wo sie sind. Ich denk mir, der liebe Herr Jesus Christ hat gesagt: Auf dem Grund und Boden, wo sie mich gemartert haben, soll meiner Lebrag kein Kirchl stehen und keine Glock läuten. Zur Straf!"

„Da kannst du recht haben!" sagte Schweiker zögernd. „Freilich, die das Kreuzfahren predigen, sagen –"

„Die das Kreuzfahren predigen, haben mir nie gefallen!" fiel Bruder Wampo hitzig ein. Die sind's gewesen, die uns die guten Zeiten so schiech gewandelt haben. Die sind's gewesen, die den Menschen die lachende Gotteslieb genommen und die Angst dafür gegeben haben. Die sind dran schuld, daß wir da sitzen müssen in solcher Wildnis. Früher einmal, wenn man ein Kloster hat bauen wollen, hat man die schönste Gegend ausgesucht, mit lieblicher Umschau und fruchtbarem Grund, in blumigem Tal und an fischreichem Wasser, zwischen festen Burgen und großen Dörfern mit freundlichen Leuten. Jetzt ist keine Gegend mehr wild und öd genug. Mitten im wüsten Wald und unter reißendem Getier! Ach, Bruder, mir wird die Zung lang und das Herz weit, wenn ich heimdenk an mein liebes Tegernsee! Das schöne Tal! Der grüne See mit so viel Fisch! Renanken. Salmen, Ferchen und Hecht! Die runden grünen Berglein und der Wald voll Reh und Hirsch! Die vielen Bauernhöf, aus denen Milch und Honig tropft! Das wunderschöne Gotteshaus, der Klostergarten und der Keller – o du meine Güte! Und jede Zell wie eine Herrenstub! Das Refektorium wie eines Fürsten Tafelzimmer! Und erst den Büchersaal hättest du sehen sollen! Da sind die schönsten Bücher gestanden, hundert um hundert, christlich und heidnisch."

„Heidnische? Mit denen laß mich aus!" brummte Schweiker.

„Warum? Die sind gar nit so übel!" Bruder Wampo kicherte. „Eins ist drunter gewesen – das ist vom vielen Lesen völlig schwarz geworden an den Ecken. Du! Was da für Geschichten drin gestanden sind! Die muß ich dir einmal erzählen. Von allen die liebste war mir immer die von der holdseligen Daphne, der schönen Nympha. Die hat anders ausgesehen wie dein Bartele."

Auf Schweikers Lager krachten die Stangen.

„Wenn die das Kleidl hat fallen lassen, um ins Bad zu steigen, ist sie dagestanden – ich sag dir, Bruder: unus nitor in illa, alles an ihr ein einziger Glanz, schlohweiß und rosig, von den Füßlein bis –"

„Hör auf!" rief Schweiker zornig. „Solche Sachen mag ich nit leiden!" Ungestüm drehte er sich auf die Seite.

„Freilich, bei dir fehlt's an der richtigen Schul!" meinte Bruder Wampo mitleidig. „Der Ovidius will verstanden sein. Das geht nit ohne Gottesgelehrtheit. Mit der hapert's bei dir noch.

„Aber“, fügte er tröstend bei, „bist ja noch jung! Mit der Zeit, da wird man dir noch was eintrichtern.“

„Gib endlich Ruh und schlaf!“

Seufzend ließ Bruder Wampo sich auf das Lager zurücksinken, und um den Schlummer leichter zu finden, begann er eine Litanei zu beten.

Draußen vor dem Zelt rauschte im Nachtwind leise der Wald. Der Mond war gesunken, Finsternis deckte die Lichtung, in tiefer Schwärze ragten die Berge, und am stahlblauen Himmel funkelten die Sterne in reinem Glanz.

Stille Stunden verrannen, und es wandelte sich die Nacht zum Morgen. Im ersten Grau kam ein Fuchs über den Berghang heruntergeschlichen; langsam schob er sich durch das Heidegras, vorsichtig nach allen Seiten windend. Plötzlich verhoffte er, hob spähend den Kopf und flüchtete mit langen Sprüngen den Felsen zu.

Hinzula war aus dem Wald getreten, mit einem Weidenkorb auf dem Rücken, mit dem Hirtenstecken in der Hand. Zögernd näherte sie sich dem Zelt der Brüder, stellte den Korb zur Erde und begann seinen Inhalt auszukramen: Milch und Honig, Butter und Eier, Käse und Roggenbrot. „Der wird schauen, wenn er aufwacht!“ flüsterte sie lächelnd, während sie sich erhob und den Korb wieder über die Schulter schwang. Schon wollte sie gehen, da hörte sie ein Geräusch aus dem Zelt; es klang wie eine Säge bei der Arbeit – Bruder Schweiker schnarchte. Hinzula kicherte und versuchte die Schlummerstimme des Bruders nachzuahmen; was sie fertigbrachte, klang im Vergleich mit dem Urlaut wie das Zirpen einer Grille gegen eines Bären Gebrumm. Sie kicherte: „Schnarkel nur! Wer schnarkelt, schlaft gut, und der Schnarkler scheuchet die Truden und Maren.“ Lachend sprang sie dem Waldsaum entgegen, während das wachsende Licht den Morgennebel steigen machte.

Bruder Schweiker erhob sich vom Lager. „Jetzt mein’ ich aber selber, ich hätt was gehört!“ Er lauschte. Da merkte er, daß es Tag wurde. „Freilich, die Arbeit hat nach mir geschrien!“ Mit gleichen Füßen sprang er auf die Erde. „Auf mit Gott, beim Teufel ist kein Trost!“ Sein Anzug war bald in Ordnung gebracht; er hatte in der Wollhose und im Arbeitskittel geschlafen und brauchte nur in die Schuhe zu schlüpfen. Den aus Holzperlen gereihten Rosenkranz, der zu Häupten seines Lagers gehangen, steckte er hinter den Gürtel, denn nach dem Morgenläuten sollte das gemeinsame Gebet gesprochen werden. Als er vor das Zelt trat, sah er die freundliche Bescherung auf der Erde. Mit breitem Lachen nickte er vor sich hin. „Schau, das Bartele!“

Ein feines Kichern klang vom Waldsaum herüber. Schweiker blickte auf. „Hinzula?“ rief er und eilte den Bäumen zu. Flink wie ein Reh sprang die Hirtin aus ihrem Versteck und eilte talwärts durch den Wald, der Ache entgegen. Noch war sie nicht weit gekommen, da rief ihr eine zornige Stimme zu: „Steh, Dirn!“ Henning kam zwischen den Bäumen hervorgeritten. „Treff ich dich schon wieder auf meinem Weg? Hab ich dir nit gesagt, du Schmierfink, daß hier Bannwald ist?“

Hinzula ließ den Stecken sinken, und während sie mit beiden Händen die Tragbänder des Korbes faßte, blickte sie in Angst zu dem bleichen, übernächtigen Gesicht des Reiters auf, in dessen Augen alle Wut funkelte, die an ihm gezehrt hatte in schlafloser Nacht. Henning sah den leeren Korb auf der Schulter des Mädchens. „Wo kommst du her?’ schrie er und riß die mit schwerem Hirschhorngriff versehene Reitpeitsche aus der Satteltasche. „Wo kommst du her?“

„Von dort, Herr“, stotterte das Mädchen, „wo die frommen Brüder bauen.“

„Was hast du zu schaffen dort?“

„Albengab hab ich hingetragen, Milch und Honig, Eier und Butter.“

„Das soll der Teufel dir gesegnen!“ Henning schwang den schweren Knauf der Peitsche.

„Herr! Was tust du mir?“ stammelte die Hirtin und wollte fliehen. Ehe sie sich zu wenden vermochte, fiel der Schlag und traf die Stirne des Mädchens. Ein Schmerzenslaut rang sich aus Hinzulas Kehle; während das rote Blut über ihre Augen rann, taumelte sie zwischen den Bäumen; von ihrem Rücken fiel der Korb und rollte über das Moos; dann wankte sie; mit zuckenden Händen griff sie in die Luft und stürzte zu Boden.

„Hinzula!“ klang Schweikers Stimme im Wald. Er hatte den Wehschrei des Mädchens gehört und kam gesprungen mit webendem Bart, einen Knüppel in der Faust, als gilt es, die Hirtin zu retten vor einem reißendenTier. „Hinzula!“ Der Ruf erlosch ihm auf den Lippen; zwischen den Bäumen sah er die Hirtin liegen, regungslos, mit geschlossenen Augen, besudelt von Blut. Der Knüppel fiel aus seiner Hand, er hörte nicht das Brechen der Äste, hörte nicht den Hufschlag des Reiters. In Jammer warf er sich auf die Knie. „Kind! O mein lieber Himmelsherr, was ist denn da geschehen?“ Er hob das von Blut überströmte Köpfl der Hirtin auf seine Arme; ein mattes Stöhnen kam aus der Brust der Ohnmächtigen, und reichlicher blutete die klaffende Wunde an der Stirn. Mit verstörten Augen blickte Schweiker umher, als müßte die Hilfe aus den Bäumen hervortreten, aus den Lüften kommen wie ein Wunder. „Ihr guten Heiligen! Was tu ich denn?“ Er drückte die zitternde Hand auf die Wunde, um das Blut zu stillen; der rote Quell rann ihm heiß durch die Finger. Von namenloser Angst befallen, schrie er: „Mordio! Mordio!“ Mit beiden Armen umschlang er das Mädchen und begann mit seiner Last zu laufen. Keuchend erreichte er die von bleicher Morgenhelle übergossene Lichtung, von welcher dünne Nebel aufdampften gegen den Berghang. Wie ein Schleier lag's über den Zelten und über dem Klausenbau.

„Mordio?“ hallte Schweikers Stimme.

Da tauchte eine Gestalt im Nebel auf. Eberwein war es. „Schweiker! Wer ist in Not?“ Er sah auf des Bruders Armen das blutende Mädchen liegen, mit hängendem Haupt und schlaffen Gliedern, einer Toten gleich.

„Schau, Herr!“ Schweikers Stimme war halb erstickt von Tränen. „Jetzt haben sie uns das Kindl erschlagen! Unser einzigs, unser einzigs!“

„Trage das Mädchen zum Teich, kühle die Wunde mit Wasser! Ich hole, was ich brauche!“ Eberwein sprang davon, im Nebel verschwindend.

Schweiker fühlte, wie ihm das Blut der Hirtin über die Arme rann, an der Brust durch den Kittel quoll und warm an seinen Körper rieselte. Ein Schwindel befiel ihn. „Sie verblutet, sie verblutet!“ lallte er und rannte dem Teich entgegen. Am Ufer ließ er sich niedersinken, bettete den Kopf des Mädchens in seinen Schoß, schöpfte Wasser in der hohlen Hand und goß es über die wunde Stirn; mit dem über Hinzulas Haar und Schläfe strömenden Wasser vermischte sich das Blut und wurde dünner. Schweiker schöpfte und schöpfte. Zwischen den grau sich färbenden Wasserfäden und dem rinnenden Blut erschien mit weißer Haut ein Gesichtl von kindlichem Liebreiz. Immer weiter öffneten sich Schweikers Augen, immer flinker schöpfte seine zitternde Hand das Wasser und goß und wusch.

Da streckte sich Hinzula, ein stockender Atemzug erschütterte ihre Brust.

„Kindl, mein liebes Kindl!“ stammelte Schweiker und hob mit beiden Armen das Köpfl der Hirtin.

Langsam schlug sie die Augen auf und hing mit starrem Blick an seinem Gesicht. Nun schien sie ihren Retter zu erkennen. Während ein mattes Lächeln ihren Mund umspielte, hob sie müde die Hand und griff mit gespreizten Fingern in den Flachsbart des Mönches wie ein krankes Kind, wenn es, aus bösem Fieber erwachend, das kummervolle Gesicht des Vaters über sich gebeugt sieht.

Ein Nackenschauer rüttelte den bärtigen Kopf des jungen Mönches. „Kindl, wie ist dir denn?“

„Gut!“ lispelte Hinzula. In neu beginnender Schwäche verschwamm ihr schon wieder der Blick unter sinkenden Lidern.

Es wurde lebendig bei den Zelten, man hörte die Stimme Bruder Wampos, und Eberwein kam. „Sie lebt, Herr, sie lebt“, rief ihm Schweiker entgegen, „aber sie hat vor Schwäch schon wieder die Sinn verloren!“

Neben dem Bruder kniete Eberwein nieder; mit einem Tuche trocknete er die Stirne der Hirtin und begann mit dem Skalpell die Wunde zu untersuchen. Da mußte Schweiker auf die Seite blicken. Er konnte nicht sehen, wie das blinkende Eisen in die Wunde tauchte. Während auch Wampo und die Knechte gelaufen kamen, betätigte Eberwein schweigend seine hilfreiche Kunst. Als er mit dem Messer einen Knochensplitter aus der Wunde löste, streckte sich Hinzula stöhnend und schlug mit den Händen gegen den Arm des Arztes. „Halte sie fester!“ flüsterte Eberwein.

Schweiker fesselte mit raschem Griff die Hände des Mädchens, doch er wurde bleich, und nach einer Weile blickte er mit umflorten Augen zu Wampo auf: „Gib mir einen Trunk Wasser, Bruder, mir ist übel!“

Wampo riß einem der Knechte die lederne Kappe vom Kopf und schöpfte Wasser, das Schweiker in langen Zügen trank. Als Wampo, um die Kappe von neuem zu füllen, sich wieder zum Wasser bückte, wurden seine Augen staar; er ließ die Kappe fallen, warf die Arme in die Höhe und schrie: „Herr du Allmächtiger, ein Wunder! Der Teich, der gestern noch leer gewesen, hat Fisch! Hat Fisch!“ Lachend sprang er in die seichte Flut und tappte mit beiden Händen nach den scheu durcheinanderschießenden Hechten und Ferchen.

Da richtete sich Eberwein auf. „Bruder!“ rief er zornig. „Hier liegt ein armes Geschöpf in Not und Blut! Und du –“ Sein zürnender Blick ergänzte, was sein Mund verschwieg. Bruder Wampo machte scheue Augen und stapfte aus dem Wasser. „Geh und bring einen Becher von unserem Meßwein!“

Wortlos schlich Wampo davon; auf halbem Weg schielte er über die Schulter zurück. „Sie kommen mir nimmer aus!“ Er wrang das Wasser aus dem triefenden Saum der Kutte und begann zu laufen.

Pater Eberwein legte den Verband um Hinzulas Stirn; dabei erwachte die Hirtin aus ihrer Ohnmacht, und als sie den Pater und die fremden Gesichter der Knechte sah, wollte sie sich erheben. Schweiker hielt sie fest in seinen Armen. „Kindl, tu stillhalten! Es ist dir zum Guten, was geschieht.“ Sie blickte zu ihm auf und rührte sich nicht mehr. Ein sanfter Wind erwachte, der Nebel kräuselte sich über den Berghang empor, die Sonne stieg, und ihre Strahlen fielen auf Schweiker und Hinzula. Bruder Wampo brachte den mit Wein gefüllten Becher. Eberwein setzte ihn an die Lippen der Hirtin und flößte ihr den stärkenden Trank bis auf den letzten Tropfen ein. Der Wein erquickte sie, ihre Augen bekamen Glanz, ihre Glieder Kraft, und von Schweiker gestützt, vermochte sie sich zu erheben. Zitternd stand sie. ihr Köpfl ruhte an Schweikers Brust. Die weiße, blutfleckige Binde umzog die Stirn und das Haar, das zur Hälfte noch starrte von Staub und Ruß, zur Hälfte in Nässe und blondem Schimmer glänzte. Wie eine Farbentafel, die der Maler aus der Hand gelegt, war das schmale Gesichtchen anzusehen, weiß und rot und grau – dazu der unter Schmerzen lächelnde Mund und die großen, scheublickenden Kinderaugen in ihrem reinen Blau.

„Wer bist du, Mädchen?“ fragte Eberwein.

Sie starrte ihn an und wußte kein Wort zu finden.

„Hinzula heißt sie“, sagte Schweiker, „und ihr Vater ist der Greinwalder, der da drüben über der Ache hauset.“

„Sie ist die erste gewesen, die auf das Glöckl gehört hat“, fiel Bruder Wampo eifrig ein, „die erste, die zu uns gekommen ist mit frommer Gab. Aber sag nur, Bartele“, wandte er sich an das Mädchen, „wie ist dir denn das Unglück zugestoßen? Bist du auf einen Stein gefallen?“

Auch Eberwein fragte; doch Hinzula stand schweigend, als hätte sie die Sprache verloren; ihr scheuer Blick glitt über die fremden Gesichter und blieb mit stummer Bitte an Schweiker haften.

„So red doch, Kindl! Was willst du?“

„Heim!“ lispelte sie.

„So komm, ich führ dich.“

„Weißt du den Hag ihres Vaters?“ fragte Eberwein den Bruder. „Ich hoffe nur, er liegt nicht weit. Es ist schwach bestellt um ihre Kräfte.“

„Und läg das Haus einen Tag weit, ich bring das Kindl heim. Solang ich selber noch Füß hab, kann sie laufen. Komm, Hinzula, komm!“ Fester legte Schweiker den Arm um die Hirtin und führte sie den Bäumen zu. Bis zum Waldsaum ging Eberwein mit ihnen, dem Bruder Auftrag gebend, welche Pflege Hinzula empfangen sollte. Zum Abschied drückte er die Hand der Hirtin und streichelte ihr Haar. „Gott mit dir, mein Kind! Ich komme morgen und sehe nach deiner Wunde.“

Während Schweiker mit dem Mädchen im Wald verschwand und Eberwein zu den Zelten ging, sprang Bruder Wampo, als hätte er mit Sehnsucht diesen Augenblick erwartet, flink zum Ufer des Teiches. Die Sonne lag über dem klaren Wasser, und regungslos standen die Hechte und Ferchen auf dem seichten Grund. Die Äuglein des Bruders glänzten, während er mit deutendem Finger die Fische zählte. Sorglich umschlich er den Teich und fand keine Stelle, die den Fischen einen Fluchtweg geboten hätte. „Ich brauch keine Angst zu haben, sie können nimmer aus!“ Nun blinzelte er vergnügt den fettesten der Hechte an. „Du kommst morgen an die Reih, zur heiligen Sonntagsfeier!“ Er blickte hinaus in den leuchtenden Morgen und schmunzelte: „Heut gefallt mir die Gegend.“ Eine Weile ließ er sich die Sonne auf das Bäuchlein scheinen; dann eilte er zur Feuerstätte, um die Morgensuppe zu kochen. Bei der Klause klangen schon die Beilschläge der Knechte, die über der hölzernen Mauer die Balken zum Dache schränkten.

Inzwischen hatte Schweiker mit Hinzula das Tal erreicht. Nun, da sie mit Schweiker allein war, fand sie die Sprache und erzählte, daß es Henning gewesen, Wazemanns Ältester, der sie blutig geschlagen.

„Warum?“

„Er hat gesagt, weil Bannwald ist, wo ich geh.“

Schweiker ballte die Faust. „Käm er mir in den Weg, ich wollt einen Bann legen um ihn her, daß er den Arm nimmer heben möcht zu einem Schlag.“

Scheu blickte Hinzula zu ihm auf. „Laß dich mit dem nit ein, das ist ein Arger.“

„Ich fürcht ihn nit. Und wenn er hundertmal stärker wär als der Teufel. Ich weiß einen, der mir hilft.“

„Wen meinst du?“

„Schau hinauf, Kindl! Den mein’ ich, der da droben hauset in der Himmelsburg und für alle Guten die Hilf ist, für die Argen ein Schrecken.“

Hinzula hob das scheckige Gesichtl; dabei übersah sie einen Wurzelknollen, strauchelte und wäre gestürzt, hätte nicht Schweiker sie aufgefangen.

„Aber Kindl! So schau doch auf den Weg!“

„Hast ja gesagt, ich soll hinaufschauen zur Himmelsburg.“

„Freilich, aber man muß doch auch einen Blick auf die Erd hin haben.“ Sie erreichten das Ufer der Ache. „Kindl, da hinüber tragen dich deine Füßlein nit.“ Er hob die Hirtin auf seine Arme. Sie lächelte und umschlang seinen Hals. Schweiker stieg in das Wasser, und während die schießenden Wellen ihn umrauschten bis an die Hüften, blickte er lachend in die Augen des Mädchens. „Jetzt mein’ ich schier, ich bin der Christophorus.“

„Wer ist das?“

Da wurde er rot bis über die Ohren, denn er meinte nun doch, daß es nicht anginge, das Bartele mit dem Christuskinde zu vergleichen, welches Christophorus über den Strom getragen; er selber war wohl auch noch weit davon entfernt, ein Heiliger zu sein.

Als aber Hinzula ihre Frage wiederholte, mußte er Antwort geben. „Der Christophorus ist ein Heiliger. Wie er noch ein Heid gewesen ist, hat er einmal ein Kindl übers Wasser getragen und hat nit gewußt, wen er auf seinen Armen hält. Auf die Letzt aber hat er doch gemerkt, daß er sein Heil getragen und sein Himmelsbrot verdient hat."

Sinnend blickte Hinzula auf Schweikers Mund; die knapp gefaßte und dunkle Geschichte schien ihr nicht völlig einzuleuchten.

Das Ufer war gewonnen, und triefend wanderte Schweiker über die grasige Mulde hinweg, in der die Brüder gelagert hatten in jener ersten Sturmnacht. Es war wohl die Erinnerung an jenes Abenteuer. die ihn vergessen machte, Hinzula wieder von seinen Armen zu lassen. Und die Hirtin vergaß, ihn an ihre eigenen Füße zu mahnen. So erreichten sie den Wald, und Schweiker stieg mit seiner Last über den Hang empor, als wöge sie auf seinen eisernen Armen wie eine Feder. Seitwärts schimmerte eine Lichtung, und da hörten sie Getrippel hinter sich. Hinzula blickte über Schweikers Schulter. „Da kommt mein Zottli!" Mit mattem Stimmlein lockte sie, und der Bock, dem die vier Geißen folgten, kam mit spielenden Sprüngen zwischen den Bäumen hervor. Meckernd lugten die Tiere zur Hirtin auf und trippelten hinter Schweiker her.

Der Wald wurde eben, dann kam eine weite Wiese, in deren Mitte ein hoher Hag sich erhob, das Haus verdeckend; gegen den Berghang zog sich ein Roggenfeld hin, auf dem ein Mann und ein Weib mit der Sichel die mageren Ähren schnitten. „Schau", flüsterte Hinzula, „der Vater und die Mutter! Mein Bruder ist nit daheim, der sennet auf der Alben."

Schweiker schöpfte Atem; seine Stirne zog sich in Falten, denn es erwachte in ihm die gruselige Frage: Wie muß die Mutter aussehen, die ein Kind hat, das sich vier Jahr lang nicht gewaschen?

Der Greinwalder und sein Weib hatten den Fremden schon gewahrt. Was da zu sehen war, mußte ihr Staunen wecken: dieser

Fremde in der seltsamen Tracht, ein Mensch wie ein Riese, mit dem wallenden Flachsbart und dem geschorenen Kopf, eine Dirn auf seinen nackten, braunen Armen und hinter ihm die meckernden Ziegen! Da erkannte die Greinwalderin ihr Kind, warf die Sichel weg und kam gelaufen, während der Mann ihr zögernd folgte.

Bruder Schweiker riß die blauen Augen auf, als er das freundlich anzusehende Weiblein erblickte, bei aller Ärmlichkeit sauber gewandet und an Gesicht und Händen tadellos gewaschen. Vor Verwunderung fand er, während er Hinzula zur Erde gleiten ließ, keine Antwort auf die erschrockenen Fragen der beiden Leute. Hinzula selbst mußte berichten, was ihr geschehen und wie sie Hilfe gefunden.

Als der Greinwalder hörte, daß Schweiker einer von den Gottesmännern wäre, die ins Tal gekommen, musterte er den Bruder vom Kopf bis zu den Füßen und sagte: „So einen Senn möcht ich haben! Da wär mein Vieh vor den Wölfen und Bären sicher und mein Haus vor den Wazemannsbuben.“

Schweiker hatte kein Ohr für dieses Lob. Er mußte der Greinwalderin, die ihr Kind in den Hag führte, die Aufträge hersagen, die ihm Pater Eberwein für Hinzulas Pflege erteilt hatte. Dabei wären, wie er eindringlich betonte, Wasser und Reinlichkeit nicht zu vergessen.

„Aber hör“, sagte das Weib, „das versteht sich doch von selber.“

Diese Antwort brachte den Flachsbärtigen um alle Fassung. Seit vier Jahren hatte die Greinwalderin nicht an Wasser und Seife gedacht, jetzt auf einmal waren ihr diese beiden Dinge eine selbstverständliche Sache. Kopfschüttelnd betrat Schweiker das sauber gehaltene Gehöft. Dem kleinen Balkenhaus sah man die Liebe an, mit der es erhalten wurde. In jeder Fensterluke stand ein hölzernes Tröglein mit blühenden Nelken, zwei weiße. kraushaarige Lämmer trippelten im Hof umher, die Hühner scharrten in der Sonne, und zu Tausenden schwärmten die aus- und einziehenden Immen.

Als Hinzula, von der Mutter geführt, das Haus betreten wollte, wandte sie auf der Schwelle das Gesicht und fragte den Bruder mit beklommenem Stimmlein: „Gelt, du bleibst noch?“

„Freilich, Kindl!“ Er nickte ihr lachend zu. Dann ließ er sich auf die Hausbank nieder und streckte die Beine. Der Greinwalder bot ihm die Hand. „Vergelts, Gottesmann, für alles, was du getan hast für mein Kind!“

„Ist gern geschehen.“

„Lohnen will ich's auch. All Woch, wenn mein Bub abtragt von der Alben, schick ich euch ein Körbl voll Zeug hinunter. Jetzt weiß ich, wem's zukommt!“

„Das muß nit sein!“ sagte Schweiker; aber weil er an Bruder Wampo dachte, fügte er zögernd bei: „Wenn du was übrig hast und du gibst es gern, meinthalben. Aber sein muß es nit.“

Die Greinwalderin kam gelaufen, füllte an der Quelle eine hölzerne Kanne und verschwand wieder. Schmunzelnd blickte Schweiker ihr nach. „Wo ich hinschau, alles gefallt mir. Bist ein rechtschaffener Bauer. Auch dein Weibel schaut sich gut an und tragt sich sauber. Aber wie kann denn die Mutter ihr Kindl so umlaufen lassen? Vier Jahr lang nimmer gewaschen!“

„Vier Jahr lang“, nickte der Greinwalder, „seit wir halt gemerkt haben, daß die Dirn sich sauber auswachst.“

Schweiker verstand diese seltsame Logik nicht. „Weil sie sauber ist, drum muß man sie schiech machen, daß einem hätt grausen können vor ihr?“

„Freilich! Wie mehr, so besser. Da haben die Wazemannsbuben geschrien: ‚Der Schmierfink!‘ und sind davongelaufen.“ Die Augen des Bauern funkelten. „Hätten sie gemerkt, was hinter der Schmier ist, so hätt ich meine Dirn schon lang einmal suchen dürfen mir Kummer und Fluch.“

Nun verstand der Bruder. Er ballte die Fäuste und blickte über den Bergwald hinunter. „Wahr ist's, eine schieche Gegend das, wo der Dreck die einzig Hilf ist, die der Unschuld bleibt.“ Er legte die Hand auf den Arm des Bauern. „Laß gut sein, Greinwalder, das soll sich wenden, und müßt ich selber dreinschlagen mit allen zwei Fäusten! Den Wazemannsbuben soll ein Riegel gelegt werden."

„Es wär an der Zeit!" Um dieses Wort zu bekräftigen, erzählte der Greinwalder, was die Seinen von den Wazemannsbuben erduldet hatten seit langen Jahren. Bei meinem Vater haben sie angefangen", so schloß die böse Litanei, und jetzt kommen sie über mein Kind. Schau, Gottesmann!" Er deutete nach einer einsam stehenden Fichte, die ohne Gipfel war. „Dort steht noch der Baum, an den die Wazemannsknechte meinen Vater gebunden haben, weil er sich als Freibauer gewehrt hat wider die Fron. Den Gipfel hat mein Vater abgeschnitten, und der dürre Stecken harret in meiner Kammer auf den Tag, an dem gezahlt wird."

Die Greinwalderin guckte aus der Tür und sagte zu Schweiker: „Komm ein lützel herein, mein Mädel verlangt nach dir!"

Mit einem Sprung war Schweiker im Haus. Als der Grein-walder folgen wollte, hielt ihn das Weib am Kittel fest und fragte scheu: „Hast du gescholten wider die Wazemannsleut?"

„Gehörig auch noch!"

„Bauer, Bauer!" flüsterte die Greinwalderin erschrocken. „Wenn's der Fremde weitertragt?"

„Der? Da hab keine Sorg!"

Schweiker hatte die Herdstube betreten. Der niedere Raum zeigte nur armseligen Hausrat, aber ein Hauch von Wohnlichkeit strömte aus den gebräunten Holzmauern. An den Fenstern waren die Läden vorgeschoben; nur einzelne Sonnenstrahlen, die durch die Ritzen fielen, durchspannten leuchtend das in der Stube herrschende Zwielicht. Schweiker blickte suchend umher. Da klang das lispelnde Stimmlein der Hirtin: „Siehst du mich nit?"

Neben dem Herde war in der Holzmauer eine Vertiefung, die einem länglichen Kasten ohne Türe glich. In dieser Vertiefung lag Hinzula auf dem Heubett, unter einer Lammfelldecke, auf der die Hände ruhten.

Zögernd näherte sich Schweiker. Verwundert, fast erschrocken hingen seine blauen Augen an der Hirtin, die sauber gestrählt und gewaschen war. Sie trug ein ärmelloses Kittelchen aus gelblichem Hanftuch, unter dessen groben Falten der junge Busen atmete; weiß schimmerte das schmale Gesichtl zwischen dem Blondhaar und unter der blutfleckigen Stirnbinde; nicht minder weiß waren die nackten Arme, die der Sonnenbrand unter der grauen Hülle, die sie getragen, nicht hatte bräunen können. Mit schüchternem Lächeln blickte Hinzula zu Schweiker auf: „Gelt, jetzt bleibst du noch ein lützel? Du mußt doch rasten!“

Er stotterte: „Freilich, freilich, freilich!“

„So tu dich niederlassen!“ sagte sie und rückte an die Mauer, damit er Platz hätte auf dem Rand des schmalen Lagers. Er streckte schon die Hand und wollte sich setzen. Da klang es leise in den Lüften und quoll durch Tür und Wände mit verschwommenem Hall, kaum hörbar, wie ein Ruf aus weiter Ferne.

Schweiker richtete sich auf. Seine Stimme zitterte: „Ich kann nimmer bleiben, Kind! Das Glöckl ruft.“

Erschrocken hob sich Hinzula aus dem Heu und griff mit der Hand nach ihm. Er schüttelte den Kopf, daß der lange Flachsbart wie eine Welle floß. Der Atem schien ihr zu versagen. Es währte eine Weile, bis sie fragen konnte: „Kommst du bald und suchst mich heim?“

Er sah zu Boden und murmelte: „Ich weiß nit!“

Hinzulas Augen füllten sich mit Tränen. Scheu blickte er auf, und als er an ihren Lidern diesen Schimmer sah, zog es ihm den Kopf gegen die Schultern, als hätte er einen Schmerz im Nacken. Langsam streckte er die Hand, machte das Kreuzzeichen über Hinzulas wunde Stirn und flüsterte: „Pax tipi dom’ni!“ Als wäre ihm der gewohnte Spruch zu kurz und nicht kräftig genug, so fügte er bei: „Der liebe Gott soll dich hüten und schützen, Kindl“ Er wandte sich und schritt zur Türe. Der Bauer und die Bäuerin traten ihm entgegen. „Was ist denn, Gottesmann“, fragte der Greinwalder, „willst du schon wieder fort?“ Wortlos schritt der

Bruder an ihm vorüber, mit beiden Händen den Rosenkranz umklammernd, den er aus seinem Gürtel gezogen. „Was hat er denn?“ fragte das Weiblein verwundert und sah ihm nach.

Als Schweiker die Wiese erreichte, zog ein schwüler Windhauch über den sonnigen Wald herauf, und heller tönte die Glocke. Immer rascher wurde Schweikers Gang. Als er den Wald betrat, kam er auf dem steilen Hang ins Laufen. Am Ufer der Ache hielt er inne. Eine Weile hing sein Blick an den sonnblitzenden Wellen. Dann hob er die Hände und sah die Arme an, die gesprenkelt waren mit eingetrockneten Blutflecken. Er bückte sich, schöpfte Wasser mit der Hand und begann zu waschen, bis die letzte Spur des Blutes getilgt war. Als wäre er müde geworden von dieser harten Arbeit, ließ er sich am Ufer nieder auf einen Stein und drückte das Gesicht in die nassen Hände.

Vor seinen Füßen ließ sich im Wasser ein leises Plätschern hören. Ohne daß Schweiker es merkte, war ihm der Rosenkranz entfallen und in den Bach gerollt.

Die hölzernen Perlen schwammen, ein Wirbel ergriff und drehte sie; hier stießen sie wider einen Stein, dort hafteten sie an einer niederhängenden Staude. Eine leuchtende Welle faßte die Perlen und trug sie gaukelnd davon.

17

In der Mittagssonne ritt Herr Waze über die Schönauer Felder. Auf einzelnen Äckern schnitten die Leute das Korn, auf anderen lagen schon die gebundenen Garben und harrten des Erntekarrens. Wo Herr Waze ritt, eilten die Knechte und Mägde auf ihn zu und küßten unter scheuem Gruß den Steigbügel.

Am Gehöft des Kaganhart führte sein Weg vorüber; das Tor war geschlossen. Lautlose Stille lag über dem Hag. Als Herr Waze durch einen Hohlweg gegen den Talwald ritt, begegnete ihm die Hausfrau des Kaganhart mit beladener Kraxe. Scheu blickte sie zu dem Reiter auf und trat seitwärts in die Dornbüsche. Herr Waze musterte das Weib. Ein dünnes Lächeln.

„Woher, Hilmtrud?"

„Von der Alben, Herr!"

„Wo ist dein Hauswirt?"

„Der kehrt morgen heim."

„So? Nächtet er auf den Alben?" Wie zwei Dolche blitzten die Augen des Reiters. „Oder hat er einen Weg in der Nacht?"

„Einen Weg, Herr?" stotterte das Weib. „Ich weiß nit, was Ihr meinet."

Eine Weile schwieg Herr Waze. „Da hast du eine schwere Krax voll Zeug. Wenn du abladest daheim, so vergiß nit, daß mir dein Hauswirt von Sonnwend her noch die halbe Steuer schuldet." Hilmtrud erblaßte. „Schau doch", lachte Herr Waze, „meine Mahnung treibt dir alles Blut aus dem Gesicht. Ihr braucht euer Sach wohl selber? Das ist ein schlechter Sommer heuer. Ich möcht deinem Hauswirt die Steuer gern erlassen. Aber ein Dienst wär des andern wert."

„Was müßt er schaffen dafür?" fragte die Bäuerin hastig. „Nit viel. Nur heimlich müßt er mich wissen lassen, für wann er zum Thing auf dem Totenmann geladen ist."

„Herr", stammelte sie, „wie kann er das? Der Thingbot ruft unter Schwur."

„Da wirst du halt die Steuer zahlen müßen! Und heut noch. Oder ich müßt dich morgen mahnen lassen!“ Freundlich grüßte Herr Waze und ritt davon. Er hatte den Wald noch nicht erreicht, da kam die Bäuerin ihm nachgelaufen ohne Kraxe. Mit beiden Händen faßte sie den Bügel, und Herr Waze verhielt das Roß. „Was willst du noch?“

„Euch sagen, was ich weiß, ich hab's erlauscht!“ raunte das Weib mit bleichen Lippen. „Er ist geladen in der heutigen Nacht, wenn Vollmond einsteht.“

„Heut schon? Da hab ich Eil!“ Herr Waze gab seinem Pferd die Haken.

„Herr, Herr!“ keuchte Hilmtrud, klammerte sich an den Bügel und ließ sich vom Rosse schleifen. Euer Wort, Herr, daß es heimlich bleibt und daß die Steuer –“ Weiter kam sie nicht; um nicht unter die Hufe des Pferdes zu geraten, mußte sie den Bügel fahren lassen und taumelte rücklings in die Dornbüsche.

Jagend sprengte Herr Waze davon, vor dem niederhängenden Gezweig des Waldes auf den Hals des Pferdes gebückt. Bald erreichte er den Reitweg, der emporführte zu seinem Haus. Bei einer Wendung des Pfades konnte er über die Bäume niederblicken auf das Fischerhaus, in dessen Hofreut er vier Männer bei der Arbeit sah.

„Er hat seine Sennen gerufen und festet den Hag. Schlag nur die Pfähl und leg die Balken! Sie sollen mir den Weg nit sperren, wenn deine Stund gekommen ist.“

Als Herr Waze sich dem Burgtor näherte, kam seine Tochter ihm entgegengeritten; wie ein steinernes Bild saß sie auf ihrem Rappen, die beiden weißgefleckten Brassen sprangen ihr voraus, und während sie mit der Linken die Zügel hielt, trug sie auf der Rechten ihren Liebling Edilo, der sich unsicher, das Gefieder sträubend, an den Handschuh klammerte. Finster sah Herr Waze auf seine Tochter, die schweigend vorbeireiten wollte. Heiß fuhr es ihm in die Stirn, er riß das Pferd herum und sperrte den Weg. „Betrag dich wider mich, wie dir die Laun steht! Aber Narrheit im Weidwerk leid ich nit. Die heiße Tagsonn ist keine Zeit zum hohen Flug."

„Ich reit nit zu meiner Lust", erwiderte Recka, „ich reit um des Falken willen. Er krankt seit der heutigen Nacht, Flug und Freiheit werden ihm wohltun."

„Was soll ihm fehlen? Er steht in Futter und Pfleg und war noch gestern frisch. Aber ich kenn den Vogel, stutzig ist er wie du!" Schweigend sah Recka den Vater an und setzte das Pferd in Gang.

Herr Waze murrte ihr nach: „Wie die Mutter war! Der gleiche Blick!" Zornig stieß er dem Roß den Stachel in die Flanken und sprengte dem offenen Tor entgegen.

Eine Weile später zogen zwei berittene Knechte aus Wazemanns Haus. Als hinter ihnen die Fallbrücke sich gehoben hatte, fragte der eine leise: „Wohin, Gesell?"

„Ich hol den Rimiger im Lokwald. Wir reiten nach der Salzburg zum Haunsperger. Und du?"

„Zum Fuchsloch auf dem Totenmann. Ich hab stille Arbeit heut nacht." Sie setzten die Pferde in Trab. Als sie zur Achenbrücke kamen, hörten sie vom Fischerhaus die Beilschläge herüberklingen.

„Was die wohl schaffen mögen?" fragte der eine. Und der andere sagte: „So neugierig ist unser Herr auch! Ich muß vorbeireiten und Umschau halten."

Sie trennten sich; während der eine dem Lauf der Ache folgte, ritt der andere über die Brücke und der Lände entgegen; als er unter den Bäumen hervorritt, sah er neben dem offenen Hagtor eine Grube ausgeworfen. Sigenot kam aus der Hofreut, auf seiner Schulter zwei schwere, zum Kreuz gefügte Balken schleifend; Wicho mit einer Schaufel und die beiden Sennen mit Beilen und kurzen Pfählen folgten ihm. Sigenot ließ den Kreuzstamm in die Grube gleiten und richtete ihn auf; Wicho schaufelte, und die beiden Sennen trieben rings um das Kreuz die Pfähle in den Grund. Verblüfft sah Wazemanns Knecht den Schaffenden zu.

„He, Fischer! Bist du ein Ramsauer worden?" rief er. „Was machst du da?“

Sigenot blickte auf. „Ich stell vor meine Hofreut einen Wächter.“

„Hui, du“, lachte der Knecht, „vor dem werden die Wölf aber laufen im Schnee!“

Die Sennen blickten dem Knechte nach, der lachend davonritt; der eine, dem der Bart schon grau war, kratzte sich hinter dem Ohr, lugte an dem Kreuz hinauf und fragte: „Wicho, was meinst du?“

„Ich mein’, was mein Herr meint!“ erwiderte Wicho und stampfte mit den Füßen um das Kreuz her die Erde fest. „Wenn er sagt, das Holz hilft, so hilft es auch.“

Sigenot war über den Hügel emporgestiegen und hatte die Halle betreten. Mutter Mathilt saß im Lehnstuhl, Edelrot vor ihr auf dem Herdrand, neben dem flackernden Feuer; ihre Gesichter waren bleich und ernst; seit dem Morgen kannten sie die Gefahr, die über dem Dach ihres Hauses hing. „Mutter, schau durchs Fenster“, sagte Sigenot, „es steht schon!“

Mutter Mathilt schüttelte den Kopf und wandte die Augen zur Herdflamme; sie griff nach den dürren Kräutern, die neben dem Herd in einer Ecke lagen, zog eine Himmelbrandstaude hervor und warf sie in das Feuer. Sigenot sagte ernst: „Was rufst du die guten Holden, Mutter? Von allen Guten der beste hat seinen Kreuzarm wehrend ausgestreckt vor meiner Hofreut. Der ist stärker als tausend Männer in Wehr und Eisen. Das hat mir einer gesagt, der die Treu ist und nit Lügen redet.“

Stumm saß Mutter Mathilt und legte eine neue Staude in die Flammen, während Sigenot zum Steintisch ging, die Eisenhaube über den Scheitel drückte und mit dem Schwertgurt die Hüften umschloß. Zum Herde zurückkehrend, streifte er mit der Hand über das graue Haar der Mutter. „Komm, Rötli!“ Er faßte die Hand der Schwester und verließ mit ihr die Halle. Schweigend, Hand in Hand, stiegen sie über den Hügel hinunter und traten vor das Hagtor.

„Schau, da steht es!“ sagte Sigenot, die Schwester zum Kreuze führend. „Jetzt leg deine Hand an das Heilholz!“ Edelrot tat es, und über die Hand der Schwester drückte Sigenot die seine. „Jetzt schau hinauf und sag: Mein guter Herre, du mein Gott!“

Edelrot flüsterte: „Mein guter Herre, du mein Gott!“

Aufatmend legte Sigenot den Arm um Rötlis Schultern. „So, Schwesterlieb, jetzt hast du einen festen Hüter! Geh hinein zur Mutter und bleib bei ihr! Jetzt tu ich ohne Sorg den Weg, auf den der Schwur mich ruft.“ Er führte die Schwester zum Hagtor und schritt der Ache zu.

„Wohin geht er?“ fragte der jüngere der Sennen. Und der ältere murmelte: „Ich mein’ wohl, daß ich es rat.“ Aber Wicho fiel ihm ins Wort: „Wenn du s weißt, so schweig!“ Der Alte nickte, und seine grauen Augen spähten hinaus in die Ferne, in der eine dunkle Waldkuppe aus dem Tal emporstieg, der Totenmann.

Sigenot folgte dem Pfad am Ufer der Ache und erreichte den Untersteiner Forst. Da hörte er das Geläut zweier Hunde.

Es waren Reckas Bracken, die in den Achensümpfen stöberten. Am Rande des Röhrichts hielt die Wazemannstochter auf ihrem Rappen und spähte über das Schilf, auf erhobener Hand den trauernden Falken. Die Hunde jagten. Rotwild, das im Sumpfe Kühlung gesucht, flüchtete dem Walde zu, behängt mit Schlamm und triefend von Wasser. Eine Weile war Stille, dann wieder läuteten die Hunde. Es rauschte im Schilf, und eine Kette Rohrhühner stob auseinander. Recka enthaubte den Falken und schwang ihn unter lautem Ruf: „Holiiih!“ Edilo schlug wohl mit den Schwingen, aber nur, um den Halt nicht zu verlieren, und seine Fänge klammerten sich am Handschuh fest. Erschrocken blickte Recka auf ihren Liebling. Er schüttelte das Gefieder, zog den Kopf zwischen die Schwingen, und während er lechzend den Schnabel öffnete, folgte sein unruhiger Blick den entschwindenden Hühnern.

„Edilo? Trautgesell? Was ist dir?“ stammelte Recka. Sie ließ die Zügel sinken, drückte den Falken an ihre Brust und streichelte ihm Kopf und Schwingen; aber so sacht ihre Hand auch glitt, sie schien den Falken zu drücken, denn er sträubte sich wider die Zärtlichkeit seiner Herrin. Die Hunde jagten, und ängstlich kreischend hoben sich zwei Wildenten über das Röhricht. „Holiiih! Holiiih!“ Mit kräftigem Schwung warf Recka den Falken in die Luft. Edilo taumelte, doch er breitete die Schwingen und begann zu schlagen, flatternd hielt er sich einen Augenblick auf der gleichen Stelle, dann klang sein gellender Schrei, und pfeilschnell flog er den kreischenden Enten nach, die sich über die Baumwipfel erhoben hatten und dem Schönsee entgegenstrebten. „Er gesundet!“ jauchzte Recka, und auf jagendem Roß, durch aufspritzendes Wasser und brechendes Röhricht folgte sie der Jagd.

Im Schatten des Hochwaldes wanderte Sigenot. Da klang über ihm das klagende Geschrei einer Wildente; er blickte auf, es rauschte in den Wipfeln, und wenige Schritte vor ihm stürzten zwei zum Klumpen geballte Vögel mit dumpfem Fall auf den Moosgrund. Die Flügel gespreizt, den Hals mit offenem Schnabel auf die Erde streckend, lag die Ente im Verenden unter dem Falken, der die eine ‚Hand‘ in ihren Rücken, die andere in ihren Hals geschlagen hatte; er hielt die Schwingen steil erhoben und hackte mit dem Schnabel nach dem Kopf der Ente. Festgebissen hing er an seiner toten Beute, sein Gefieder blähte sich auf, seine zitternden Schwingen fielen, und lautlos sank er in das Moos, mit den scharfen ‚Händen‘ noch verkrampft im Fleische seines Opfers.

„Ihr Liebling!“ Sigenot eilte auf den Falken zu. Da sprengte Recka zwischen den Bäumen her mit dem zornigen Ruf: „Laß deine Hand von meinem Falken!“ Sie glitt aus dem Sattel. Nun sah sie den Falken liegen, leblos. „Edilo!“ In Schreck sich niederwerfend, löste sie mit zitternden Händen die Fänge des Falken und rüttelte ihn, als könnte sie ihn gewaltsam wieder zum Leben erwecken. „Edilo!“ Die Schwingen des Vogels hingen schlaff, sein Kopf baumelte, und über die erloschenen Augen waren halb die dünnen, gelben Lider gefallen. Recka ließ unter klagendem Laut den verendeten Falken zu Boden sinken. Mein Einziges, mein Letztes und Liebstes!"

Der Fischer sagte mit schwankender Stimme: „Wenn ich den Falk wieder lebig machen könnt, ich weiß nit, was ich gäb!"

Recka hörte nicht, was er sagte; nur der Klang seiner Stimme schlug an ihr Ohr; sie hob die funkelnden Augen, und ihr Gesicht verzerrte sich. „Fischer, was hast du meinem Falken getan?"

„Ich hab ihn nit angerührt."

„So hat ihn wohl die Ente zu Tod gestochen mit ihrem stumpfen Schnabel? Oder hat sie ihn erwürgt, da sie schon verendet lag? Er flog und lebte. Deine Hände haben gegriffen nach ihm!" Sie trat vor den Fischer hin, bebend vor Zorn. „Was hast du meinem Falken getan?"

„Nichts, Recka! Und meine Red ist Treu und Wahrheit."

„So treu und wahr, wie daß mein Falk noch lebt!" fiel Recka dem Fischer mit schriller Stimme ins Wort. „Wenn du ihn schon erschlagen hast, so hab auch den Mut und sag mir's ins Gesicht! Sag's frei heraus: Das ist die Vergeltung für Hennings Pfeil und Stein!"

Erbleichend war Sigenot zurückgetreten.

„So nimm sie, deine Buß!" Mit zuckender Hand hob sie den Falken von der Erde und schleuderte ihn vor die Füße des Fischers. „Hennings Pfeil hat dich gefehlt, mich hast du getroffen in meinem Liebsten. Und üble Buß hast du genommen. Henning hat geschlagen wider einen, der in Wehr und Eisen geht. Du hast geschlagen wider mein wehrloses Tier. Noch schlechter als er bist du!" Der Zorn erstickte ihre Stimme, sie wandte sich ab und ging zu ihrem Pferde, das mit schleifendem Zügel zwischen den Bäumen graste.

Da vertrat ihr Sigenot den Weg. Seine Augen brannten, „Du hast mir gesagt, was keiner, der Mannsnamen hat, mir sagen hätt dürfen, ohne daß ich ihn niedergeschlagen hätt mit meiner Faust."

Heiser lachend richtete Recka sich auf und griff nach dem Messer am Gürtel.

„Laß die Hand von deiner Wehr! Ich brauch nit denken, daß du ein Weib bist, ich denk nur, was du gestern getan hast für meine Schwester. Und der Schimpf, den du mir angetan, ist wettgemacht. Noch einmal sag ich dir: Ich hab deinem Vogel an keine Feder gerührt. Ich hab gesehen, wie er fallt und wie ihm das Lachen ausgeht. Und mir ist leid gewesen um ihn, denn ich hab gewußt, daß der Vogel dir lieb ist. Hätt ich Buße gesucht für Hennings Pfeil und Stein, so hätt ich anderen Weg genommen als zu dir und deinem Vogel. Ich hab geschieden zwischen deinem Bruder und dir. Und hab ich ihn gehaßt wie der Tag die Nacht, dir bin ich gut gewesen wie der Baum dem Licht. Was schaust du mich an? Das Wort ist heraus. Und weil wir schon raiten miteinander, soll geraitet sein bis auf das Letzte! Dir bin ich gut gewesen, seit ich denk. Zu dir hab ich aufgeschaut wie die Morgenerd zur lieben Sonn. Das hättest du merken können auf dem Weitsee in der Sturmnacht, in der ich untreu mein eigen Blut hab sinken lassen, weil ich greifen hab müssen nach dir!"

Reckas Gesicht verfärbte sich. Sie tastete nach einem Baum, als bedürfte sie einer Stütze.

„Und seit ich dich in selbiger Nacht gehalten hab an meinem Herzen, derzeit hab ich hangen müssen an dir in Weh und Lieb. An dich hab ich denken müssen in Licht und Finsternis, öfter in jeder Stunde als der streifende Wolf in der Schneenacht die eigene Fährt überläuft!" Verstummend drückte Sigenot die Fäuste auf seine Brust, als müßte er gewaltsam den Sturm bezwingen, der in seinem Herzen entfesselt war.

„So sprich doch weiter!" stieß Recka mit verzagender Stimme hervor. „Red es zu End, was mein Vater begonnen hat in der heutigen Nacht! Es klingt deine Red zu der seinigen wie das Echo zum Hall." Sie lachte zornig. „So sag es doch, daß du handelseins mit ihm geworden! Sag es doch, daß du geschachert hast und den Preis bestimmt, für den du mit ihm gehen willst und zu ihm halten wider die Klosterleut! Eins aber merk dir: Eh du mit deiner heißgewordenen Fischhand rühren sollst an mich, eh mögen die da draußen beim Lokstein meines Vaters Dach über mich und meine Brüder werfen!“

Sigenots Augen richteten sich mit hartem Blick auf Recka. „Ich weiß nit, was du meinst. Daß ich zu deinem Vater steh für einen Weg, auf dem ich Treu und Recht nit find, dafür gibt’s keinen Preis in der Welt, und möcht er so schwer auch wiegen, wie du mir gewogen hast. Ich kann mein Herz nit umwerfen wie der Bauer den Acker mit seinem Pflug. Aber sterben kann ich an meiner Treu, die meinem Haus und Blut gehört und dem, was recht und gut ist. Schau her!“ Er raffte einen dürren Ast von der Erde. „Schau den Stecken an! In aller Not, die deine Brüder sinnen wider mein Haus, nach allem Schimpf, den du mir angetan, hängt meine Lieb an dir wie Holz an Holz! Aber so“, mit jähem Ruck zerbrach er den Ast und schleuderte das eine Stück zur Linken, das andere zur Rechten, „so gehen unsere Weg auseinander! Ich bin, was ich sein muß. Und du bist Blut von Wazes Blut. Zwischen dir und mir ist ein Wasser, das nimmer ausrinnt, zwischen dir und mir ein Berg, der nimmer fallt und eben wird.“ Er wandte sich ab und schritt durch den Wald der Ache zu.

Recka stand zitternd und ballte die Faust. „Triff ihn, Henning!“ keuchte sie „Triff ihn! Und ich will den Streich nit schelten!“ Stöhnend schlug sie die Hände vor das Gesicht, und so stand sie lang an einen Baum gelehnt. Endlich ließ sie die Arme sinken; wie versteinert waren ihre Züge. Sie ging auf den Falken zu, hob ihn von der Erde und bestieg das Roß; langsam ritt sie durch den Wald, keinen Zügel führend, dem Pferde die Sorge um den Weg überlassend. Im Schoße hielt sie ihren toten Liebling, und während sie starr auf ihn niederblickte, suchte ihre zitternde Hand das wirre Gefieder zu glätten.

Um die Wildente, die vergessen im Moose lag, begannen die Fliegen zu summen.

Der Abend kam, still und mit goldschönem Schimmer. Ein leiser Wind erwachte, und von den grünen Buchen flatterte zuweilen ein gelbes Blatt zur Erde; im Sommerleben der Natur erwachte die Ahnung des nahenden Winters. Über den Feldern der Schönau, hoch in den Lüften, kreiste eine Schwalbenschar, die sich sammelte zur Reise.

Im roten Schein der sinkenden Sonne wanderte Sigenot, einem Pfad am Ufer der Ramsauer Ache folgend, über die Halden der Strub, vorüber an kleinen, hagumschlossenen Hütten. Von der Höhe des Lokiwaldes klang der Hall der Glocke. Sigenot verhielt den Schritt, blickte hinauf über das schattige Waldgehänge, strich mit der Hand über die Stirn und wanderte weiter.

Die Glocke klang. Sie läutete den letzten Feierabend der Woche ein und grüßte mit ihrem Hall die vollendete Klause, auf deren mit Reisig, Moos und Rinden gedecktem Dach ein grünes Tannenbäumchen befestigt war.

Bruder Wampo kochte am flackernden Feuer das Abschiedsmahl für die Knechte, die in der Mondnacht mit den Saumtieren heimziehen sollten nach der Salzburg. Waldram lag im Zelte, gepeinigt vom Schmerz der Geißelwunden, die nicht heilen wollten; Eberwein schaffte noch im Zwielicht des Kirchleins, an der hölzernen Platte schnitzend, die er für den steinernen Altar gefertigt hatte. Vom ragenden Kreuz blickte das farbige Bildnis des Erlösers auf ihn nieder; durch eine der schmalen Fensterluken fiel noch ein roter Strahl der sinkenden Sonne und umschimmerte die blutende Herzenswunde des stillen Bildes.

Vom Strang der Glocke hinweg war Bruder Schweiker wieder in die Klause getreten, um die kleinen Kammern zur Not für die erste Nacht noch wohnlich einzurichten. Seine Augen hatten einen suchenden Blick, und alle Arbeit tat er wie ein Träumender.

Die Knechte hatten ihr Mahl genommen und standen zur Heimfahrt bereit, jeder ein Saumtier führend, jeder ausgerüstet mit einer Kienfackel, deren Flamme in der Nacht die Raubtiere verscheuchen und den Weg erleuchten sollte, bis das Licht des Vollmondes niederfiele in das enge Tal. Mit herzlichen Worten gab Eberwein den Knechten Abschied. Schweiker drückte wortlos ihre schwieligen Hände und streichelte die Saumtiere zum Gesellendank für die Arbeit, die sie redlich mit ihm geteilt hatten in dieser fleißigen Woche. Seufzend blickte Bruder Wampo den abziehenden Knechten nach.

Als sie im Dämmerschein des Abends zwischen den Bäumen verschwanden, sagte Eberwein: „So stehen wir allein und wollen vertrauen auf den Schutz des Himmels. Bruder Schweiker, reiche mir die Stola und das heilige Wasser, daß ich unsere Klause weihe, ehe wir zur ersten Nacht unter ihrem Dach die Häupter bergen."

Schweiker ging zu den Zelten; als er zurückkehrte, küßte er das weiße, goldgestickte Band, das er um Eberweins Schultern legte. In sinkender Nacht, umgeben von lautloser Stille, umschritten sie das Kirchlein und die Klause. Mit bewegter Stimme sprach Eberwein die Worte der Weihe und taufte die Klause auf den Namen des heiligen Martin. „So wie du, Martine, der du nun wohnest in Gottes Nähe", sprach er, aufblickend zum Himmel, an dem die ersten Sterne blitzten, „so haben auch wir unser frommes Haus errichtet in Wald und Einöd, zwischen irrenden Menschen und schleichendem Getier. Sei diesem Haus, das deinen heiligen Namen trägt, ein Schirm und Schutz!" Die Brüder sprachen das Amen.

Im Kirchlein wurde das ewige Licht entzündet und in der Herdstube das erste flackernde Feuer. Waldram, der kaum eines sicheren Schrittes mächtig war, wurde von Eberwein in die Klause geführt. Schweiker brach die Zelte ab und verwahrte das heilige Gerät und die Werkzeuge; Bruder Wampo schleppte das kleine Gebinde mit dem Meßwein und die schmal gewordenen Vorräte in eine der Kammern. Dann saßen Eberwein, Wampo und Schweiker auf niederen Holzklötzen um das flackernde Feuer, dessen Flamme den ersten Ruß an die hölzerne Mauer hauchte. Rot leuchtete der Herdschein in die stille Nacht hinaus, denn Tür und Fenster waren noch unverwahrt. Man besprach den kommenden Tag.

„Ich will im Morgengrauen die Messe lesen“, sagte Eberwein, „dann will ich den Stab zur Hand nehmen und hinauswandern über den weiten, steinigen Acker, auf dem wir pflügen sollen und Gottes Samen streuen. Unseren Bruder Hiltischalk in der Ramsau will ich grüßen, und von meinen Wegen der erste soll der armen Hirtin gelten, damit ich nach ihrer Wunde sehe.“

Schweiker beugte den Kopf gegen das Feuer, während Bruder Wampo seufzte: „Jetzt wird das Bartele so bald wohl nimmer kommen! Das ist ein schiecher Mensch, der das getan hat!“

„Er soll es sühnen an dem Kinde, so wahr ich Herr dieses Landes bin!“ Eberwein erhob sich. „Herr Waze will nicht kommen, so muß ich ihn rufen zum andernmal!“

„Schick mich, Herr!“ fuhr Schweiker auf. „Ich will denselbigen, der Henning heißt, wohl finden in Wazemanns Haus.“

Eberwein schüttelte den Kopf. „Nein, Bruder! Du hast mir zu schnelle Fäuste für solche Botschaft. Ich brauche nur eine Zunge.“

„Da muß halt die meinige herhalten!“ meinte Wampo. „Schicket nur mich, Herr! Ich will reden mit diesem Waze und seinen Buben, jedes Wörtl ein Pfeilschuß. Ich fürcht mich nit. Ich will mich schon rüsten mit Kreuz und Rosenkranz, dann sollen sie nur anrucken wider mich.“

Ein freundliches Lächeln ging über Eberweins ernstes Gesicht. „So ziehe morgen hinaus zum Schönsee! Und kommst du in Wazes Haus“, Eberweins Augen blitzten, „so lad ihn im Namen unseres Heiligen, seines Herrn, binnen drei Tagen mit seinem Sohne Henning zu erscheinen vor meinem Aug. Es ist Gericht, das ihn erwartet.“

„In unseres Heiligen Namen, ich lad ihn, Herr!“

„Nun wollen wir den Tag beschließen!“ Sie löschten in der Stube das Feuer und gingen zur Ruhe. Eberwein und Waldram schliefen in getrennten Zellen, Schweiker und Wampo gemeinsam in der Kammer, die an die Wand des Kirchleins stieß.

Um die stillgewordene Klause lag die Nacht. Sanft rauschte die Ache im Tal, der kühle Nachtwind machte die Wipfel der Bäume raunen, und zahllose Sterne funkelten am Himmel, den der nahende Vollmond über den östlichen Bergen schon zu lichten begann.

Aus dem schwarzen Schatten des Waldes trat ein Mann auf die Rodung. Der Anblick des Balkenhauses und der geheimnisvolle Lichtschein, der aus den Fensterluken des Kirchleins schimmerte, bannte seinen Fuß. Lange stand er, auf das vorgestreckte Grießbeil gelehnt. Dann wanderte er lautlos über die Lichtung hinweg, im Walde verschwindend. Unter den Bäumen rief ihn eine gedämpfte Stimme an: „Zeit lassen, Nachbar!"

„Zeit lassen auch!" klang die leise Antwort. „Wohin zur Nacht?"

„Ich mein', wir haben den gleichen Weg."

„Wohl! Komm nur! Wir müssen gut ausschreiten, wollen wir droben sein, bis Vollmond einsteht." Schweigend schritten sie weiter auf dem dunklen Pfad.

Dieser Pfad war nicht der einzige, der sich belebte in der stillen Nacht. Überall in weiter Runde, auf offener Flur und in dichtem Walde klangen Schritte, auf jedem Weg und Steg. Zuweilen tauchte der Schein einer Fackel auf und ging wieder unter in Finsternis. Dunkle Gestalten wanderten, bald einzeln, bald zu dreien und vieren gesellt, und sie alle suchten das gleiche Ziel.

Von der Höhe des Totenmannes reckte sich eine Feuerzunge über die schwarzen Gipfel empor. Zu der Stätte, an der sie brannte, war das Thing gerufen, das entscheiden sollte über Wazemanns Haus und das Geschick der Klause, über die kommende Zeit im Gaden. Jeder Schritt auf rauem Stein, der klirrende Aufschlag eines jeden Grießbeils klang in der stillen Thingnacht wie das Rollen eines eisernen Würfels.

18

Auf der kahlen, von dichtem Urwald umschlossenen Kuppe des Totenmannes loderte in der stillen Nacht das Thingfeuer. Die Flammen beleuchteten eine alte, dürre Eiche, zwischen deren Wurzeln ein behauener, von Moos und verkümmertem Efeu umwucherter Stein sich erhob. Mit zuckender Helle fiel der Schein des Feuers über die grasige Lichtung, auf der in Gruppen die zum Thing erschienenen Männer standen oder lagerten, die einen schweigend, die anderen in halblautem Gespräch. Immer noch tauchten neue Gestalten aus dem finsteren Walde hervor und machten mit wortlosem Händedruck die Runde bei den andern.

Neben dem Feuer stand Eigel, der Thingbot, und von dem dürren Holze, das andere herbeitrugen, legte er Ast um Ast in die Flammen. Vor dem Stein, auf dem das Messer des Richtmanns und ein Wedel aus Wacholderzweigen lagen, saßen die beiden Thingschöffen, Kaganhart und der Köppelecker; zwischen ihnen lag ein Bündel dünner Buchenruten, die sie in kurze Stäbchen zerschnitten; immer eines ließen sie in der dunklen Rinde, und das andere schälten sie weiß. Nicht weit von ihnen lag ein an den Füßen gebundener schwarzzottiger Bock im Gras und daneben ein Hahn, an Füßen und Flügeln gefesselt.

Während sich mit dem Schein des Thingfeuers schon das Licht des steigenden Vollmonds mischte, kam einer der letzten, der Schönauer. Sein Gesicht war ernst, und schwer ging sein Atem. Eigel und die Schöffen traten ihm entgegen und reichten ihm die Hand; dann kamen auch die anderen, um den Richtmann zu grüßen. „Viel seh ich, aber einen miss' ich!" sagte er. „Wo ist Sigenot der Fischer?"

„Er war der erst, der gekommen ist." Eigel deutete gegen den Waldsaum. Dort saß der Fischer im Schatten einer Fichte, das Schwert über dem Schoß, das Gesicht in die Hände gedrückt. Der Richtmann wollte auf ihn zutreten; Eigel hielt ihn am Arm zurück und flüsterte: „Die Ramsauer fehlen. Es hat mir gleich geschwant." Er hatte kaum ausgesprochen, da kam aus dem Wald ein Zug stiller Männer hervor, wohl dreißig an der Zahl, geführt von einem weißhaarigen Greis; der alte Runot war's, der auf dem Lindtaler Zinsgut saß, der Gaumann der Ramsauer.

„Da sind sie!" sagte der Richtmann aufatmend und schritt den Kommenden entgegen. „Ihr säumet lang, Männer! Schon will der Vollmond einstehen zur Mitternacht. Lugет hin; der Eichschatten schneidet den Blutstein!"

„Beim Hirscheneck haben wir uns gesammelt", erwiderte der Greis, „und haben geharret auf einen, der nit hat kommen wollen. Er ist der Beste von uns."

„Wen meinst du?"

„Unseren guten Bruder Hiltischalk."

„Es kann nit kommen, wer nit geladen ist!" sagte der Richtmann.

Erschrocken legte Runot die Hand auf des Schönauers Arm, während aus der Schar der Ramsauer unmutige Worte sich hören ließen. „Richtmann, das war übel getan!"

„Das war getan nach Recht und Brauch. Wenn das Thing gerufen wird wider einen im Gaden, so laden wir seinen Vater nit und nit seinen Bruder. Heut hab ich das Thing gerufen wider die Klosterleut, die ins Tal gekommen sind." Eine murmelnde Unruh ging durch den Kreis der Männer; mancher von ihnen hörte mit diesem Wort die erste Botschaft von der Ankunft der Mönche. „Ich hab den Hiltischalk nit geladen, er ist ein Gottesmann und der Gottesmänner Bruder. So hab ich getan nach Recht und Brauch." Der Widerspruch der Ramsauer wollte nicht verstummen. Unwillig hob der Schönauer den grauen Kopf. „Wenn ihr meinet, ich hätt gefehlt an meinem Amt, so wählt einen anderen Richtmann! Heut halt ich das heilige Messer noch, und wer murren will gegen mich, wider den ruf ich das Thinggericht." Er schritt zum Stein und faßte das Messer. „Vollmond steht ein. Das Thing ist aufgetan. Gauleut, tut euch zueinander!"

Während Eigel das Feuer schürte, sammelten sich die Männer zu getrennten Gruppen. Um den Köppelecker standen die von der Schönau und von Unterstein, um Runot die von der Ramsau, vom Hintersee, vom Schwarzeck und von der Taubenlack, um den Schmied Ilsanker die Männer aus dem Engedein und der Strub, um den Hochgarter die aus der Aschau und dem Loipl, um den Greinwalder die Hochbauern vom Göhl und Untersberg. Sigenot der Fischer stand allein.

„Thingbot!" rief der Richtmann. „Zähl die Stimmen!" Von einer Gruppe schritt Eigel zur andern. Als er zum Richtmann zurückkehrte, sagte er: „Hundert und vier hab ich geladen. Hundert und drei hab ich gezählt. Einer fehlt!"

Der Richtmann spie auf die Erde. „Wie er auch Namen hat, und wäre er mein eigen Blut, keiner soll ihm Freund sein, jeder soll ihm Feind sein! Fallt er in Not, so löst ihn keiner, liegt er in Weh, so tröst ihn keiner! Unehr über ihn!"

„Unehr über ihn!" klangen hundert Stimmen im Ring.

„Thingbot, tu seinen Namen kund!"

Eigel zögerte. „Der alte Gobl."

Ein Gemurmel ging durch die Gruppen der Männer. Im Gauring der Schönau sagte der Schapbacher: „Hätt ich gewußt, daß es der Gobl ist, ich hätt nit geflucht wider ihn. Ober seinen Weißkopf ist so viel Leid gefallen, daß die Unehr daneben kein Platzl nimmer hat."

Eigel hatte den Hahn von der Erde gehoben und ihm die Füße und Flügel entfesselt. Der Vogel flatterte und krähte, als ihn der Richtmann ergriff. „Was ein Gockel ist, muß gackern!" sagte der Schönauer. „Wer das Thingfeuer hat brennen sehen, muß schweigen können, wenn der Morgen kommt." Er hob mit der Linken den flatternden und krächzenden Hahn. „Schau das Feuer an und tu keinen Laut mehr!" Mit jähem Messerhieb schlug er dem Vogel den Kopf vom Rumpf und warf ihn zu Boden. Ein Brünnlein spritzte aus dem Hals des Hahns, der kopflos, mit schlagenden Flügeln, noch einige Sprünge tat. Als er tot zur Erde fiel, hob ihn der Köppelecker auf, riß ihm eine Feder aus, reichte den Hahn weiter und steckte die Feder auf seine Kappe. So wie er tat jeder andere. Eigel, der den Hahn zuletzt empfing, warf den gerupften Vogel ins Feuer.

„Wer da redet in der Thingnacht, soll unter der Hahnenfeder schweigen am Tag", rief der Richtmann, „oder eh der Mond wieder voll wird, soll er heißen, wie der Boden heißt, auf dem wir stehen. Mannerleut, hebet die Hand zum Schwur!"

Alle Schwurhände erhoben sich, nur eine nicht. Eigel war, als er den Hahn ins Feuer warf, der Flamme zu nah gekommen, und sie hatte den Zipfel seines grauen Kittels gefaßt; nun mußte er die Glut des Tuches mit den Händen ersticken.

„Thingschöffen", fragte der Richtmann, „ist kein unberufen Ohr im Ring?"

Kaganhart und der Köppelecker traten vor und sprachen, einer mit dem andern wechselnd: „Die Nacht ist einödig, und unbegangen der Wald. Wir haben gelugt in jeden Gipfel und geschlagen auf jeden Busch. Der Ring ist gezogen auf dreimal hundert Gäng in der Weit, die Wächter stehen und lassen nit ein, was nit gerufen ist, sei's Mensch oder Tier, Haar oder Feder."

„So wollen wir unter uns Mannerleut raiten um unser Wohl, mit Mannswort und Mannsverstand. Zwei Weg gehen aus, der eine ist recht, und der ander ist schlecht, wir wollen meiden den schlechten und suchen den rechten, daß wir hüten vor Schad und Nöten unser Haus, Weib und Kind, Stall, Vieh und Gesind. Mannerleut, her zur Heilstätt!" Während ein enger Ring um Feuer und Eiche sich bildete, hoben die Schöffen den Bock auf den Blutstein. Da gewahrte der Richtmann, daß die Ramsauer zur Seite stehen blieben in getrennter Gruppe. „Ramsauerleut, her zur Heilstätt!"

Der alte Runot streckte das Grießbeil vor seine Gauleute und schüttelte den Kopf. „Tu mit den Deinen, wie du meinst, daß es Brauch ist seit alter Zeit. Das soll euch keiner wehren. Es soll aber auch uns nit verwehrt sein, daß wir tun nach unserem Brauch, wenn's gilt, zu hüten vor Schad und Nöten unser Haus, Weib und Kind, Stall, Vieh und Gesind!" Der Alte stieß das Grießbeil in die Erde, beugte sich nieder und faltete die Hände. Rings um ihn her knieten die Männer der Ramsau, und der Feuerschein glänzte in ihren Augen, die emporgerichtet waren zum mondlichten Himmel.

Bewegung und Murren gingen durch die Reihen der anderen, und die Erregung steigerte sich noch, als Sigenot der Fischer auf die Ramsauer zuging und neben dem alten Runot das Knie beugte. „Fischer!" stammelte der Richtmann, und es zitterte seine Hand, die das Messer schon an den Hals des Bockes gelegt hatte.

Der Greinwalder schien dem Fischer folgen zu wollen; auf halbem Wege blieb er stehen, kraute sich hinter dem Ohr und drehte die Augen wieder dem Blutstein zu. Eigel, dessen Hände den Bock gefesselt hielten, stieß den Köppelecker mit dem Ellbogen an und sagte: „Greif zu, Schöff, daß ich die Händ ledig krieg. Ich hab einen Weg da hinüber."

„Thingbot", rief ihn der Richtmann an, „halt fest!" Er führte durch den Hals des Tieres rasch den tötenden Schnitt, während die Ramsauer mit halblauten Stimmen ihr Lied begannen:

„Mein guter Herre, du mein Gott,
Dein Schild ist wider alle Not,
Du hürdest fest und haltest gut,
Herr, nimm uns auf in deine Hut!"

Gleich einem sprudelnden Quell rann das Bocksblut über den Stein. Der Richtmann tauchte den Wacholderwedel in das dampfende Bächlein und sprengte die Tropfen gegen den Eichbaum. „Das Blut soll rinnen, daß uns die Holden Gutes sinnen!" Wieder netzte er den Wedel. „Das Blut soll rinnen, daß uns die Unholden kein Übel spinnen!"

Mit wachsenden Stimmen klang das Lied der Ramsauer:

„Mein guter Herre, du mein Gott,
Tu speisen uns mit Himmelsbrot,
Und heb uns aus dem Leidental
Hinauf in deinen Freudensaal!"

Das Lied verklang, und die Stimme des Richtmanns hallte: „Das Feuer scheinet, das Feuer reinet!“ Er warf den bluttriefenden Wedel in die Glut; eine schwarze Rauchwolke trübte den Schein der Flammen, doch schnell verzehrte das Feuer die qualmenden Zweige und loderte wieder in reiner Helle.

„Jetzt, Mannerleut, lasset uns raiten um unser Wohl!“ Vor dem Blutstein ließ sich der Richtmann auf eine Wurzel der Eiche nieder, und um ihn her im Halbkreis lagerten sich die hundert Männer, während die Schöffen dem verbluteten Bock das Fell abzogen und Eigel neben dem Feuer über einem Haufen glühender Kohlen den Bratspieß rüstete. Die Metkannen gingen um, ihre hölzernen Deckel klapperten, und murmelnder Zuspruch und Dank ließen sich vernehmen.

Mit lauter Stimme begann der Richtmann zu sprechen, langsam, als wöge er jedes Wort. Er redete von der Stiftung, die Frau Adelheid auf ihrem Sterbebett getan, von der Ankunft der Klosterleute, von ihrem Klausenbau beim Lokistein. „Sie sind nach Brief und Siegel wohl die Herren im Gaden, Herr Waze aber sitzt auf seinem festen Haus und hat die Macht. Für ihn und seine Buben ist Zins und Steuer, was für die Kuh das Futter ist, und so müssen sie stehen wider die Klosterleut wie der Senn wider die Wölf. Es wird ein schieches Raufen anheben zwischen denen beim Lokstein und denen in Wazemanns Haus. Und wir Gadener liegen dazwischen wie das Korn zwischen Mahlstein und Reiber. Zu wem sollen wir halten? Jetzt raitet, Mannerleut, wie wir uns hüten mögen vor Not und Schaden! Runot, du bist der Älteste, tu die erste Red!“

Der Greis erhob sich. „Ich weiß keine! Unser Bruder Hiltischalk hätt das richtige Wörtl gefunden und den guten Weg gewiesen. du hast ihn nit geladen, Richtmann. So haben wir ausgeredet, wir Ramsauer, denn mit ihm ist unsere Stimm daheim geblieben.“

Wirr schrien im Kreis alle Stimmen durcheinander. Der Schönauer hob das Messer, doch eh er noch sprechen konnte, war Eigel mit geballten Fäusten in den Ring gesprungen. „Leut, Leut!

Ich hätt gemeint, die Frag, zu wem wir halten sollen, wär ausgeraitet beim ersten Wort. Wenn ich die Wahl tun muß zwischen Trunk und Durst, zwischen Tag und Nacht, zwischen Lieb und Haß? Muß ich mich da noch besinnen und raiten? Ist denn einer unter euch, der den Waze nit kennt und seine Buben? Einer, dem er nit gerissen von seinem Gut und Vieh? Einer, der seine Buß nit geschmeckt hat und nit weiß, wie seine Ruten brennen? Einer, der vor ihm und seinen Buben nit gebanget hat um Weib und Tochter? Und da raitet Ihr noch?" Die Glut seiner Worte faßte die Männer und weckte zornigen Beifall. „Not und Unrecht hat er ausgeworfen über uns, Lieb hat er gerissen von Lieb und hat uns geschlagen mit Weh und Jammer. Jetzt kommt für ihn die zahlende Stund und für euch die gute Zeit!"

Der Schönauer war aufgesprungen. „Kohlmann? Du hast sie wohl schon in der Hand, die gute Zeit? Schau sie doch an beim Lichtschein! Ob´s auch die gute ist? Es könnt auch die schlechter sein! Du raitest nit für die anderen, nur für dich. Dein Gesicht ist rot. Aus dir redet Zorn wider Waze, der dir die Salmued genommen."

„Und dein Gesicht ist weiß. In dir zittert die Angst um deinen Buben. Besinn dich, Richtmann! Die Zeit, die uns die Klosterleut bringen, ist die beste, die uns blühen kann. Deinem Buben und dir! Ich hab von den Klosterleuten einen geführt. Das ist der Öberste von ihnen, dem der Gaden gelegt ist in die Herrenhand. Ich hab ihm ins Aug geschaut. Lichtscheinig hat´s mich angeleuchtet wie der Vollmond in der Finsternis. Mit dem ist ein gutes Hausen, Leut! Und eh ich mein Hölzl in die Bockshaut leg, mag jeder wissen, wie ich lose: weiß für die Gottesmänner!"

„Ich auch!" fiel Kaganhart ein. Während im Ring die Stimmen durcheinanderschwirrten, faßte Eigel den Kaganhart am Arm: „Mehr ist dir nimmer eingefallen? Um die zwei Bettelwort wär's nit der Müh wert gewesen, daß ich dich geladen hab. Dein Weib hätt das Maul wohl anders aufgetan!"

„Laß mir doch Zeit“, brummte der Bauer, „ich red schon noch und stell meinen Mann.“

Den wachsenden Lärm überklang die Stimme des Gernroders: „Ich bin den Klosterleuten gut. Einer von ihnen ist zu meinem Haus gekommen und hat meinen Kindern Liebs erwiesen.“

„Ohne die Klosterleut hätt mein armes Mädel verbluten müssen“, rief der Greinwalder, „ich steh zu ihnen.“ Er ballte die Faust. „Der Fichtenwipfel in meiner Kammer wartet auf seinen guten Tag.“ Und der Mardereeker schrie: „Ob für oder wider die Klosterleut, das ist mir alles eins, wenn's gegen den Waze geht.“

Immer mächtiger wuchs das Gewirr der Stimmen. Der Schönauer hob das blitzende Messer, aber niemand achtete des Zeichens, mit dem er Schweigen forderte. Da sprang der Schmied von Ilsank auf einen Stein, und mit hallender Stimme, die sich Gehör erzwang, schrie er über die Köpfe hinweg: „Mannerleut! Was wir leiden müssen vom Waze und seinen Buben, das wissen wir all. Wer aber sagt uns, was wir hoffen sollen von denen beim Lokstein?“ Tiefe Stille trat ein. „Das muß uns einer sagen, wenn wir raiten sollen!“ rief der Ilsanker. „Wer weiß denn das?“

„Ich, Leut!“ Sigenot war in den Ring getreten. Laute Rufe begrüßten den Fischer. Der Spannung, die aus allen Gesichtern sprach, war es anzumerken, wie schwer das Wort dieses einen wog. Enger zog sich der Ring um Sigenot, der, die Hände über den Knauf des Schwertes gelegt, hochaufgerichtet stand, das ernste Gesicht überstrahlt vom Schein des lodernden Feuers. „Mannerleut“, rief er mit klingender Stimme, „ich weiß vom Thingfeuer weg für mich und euch nur eine Straß. Die geht zum Lokstein und zu dem, der jetzt der Herr ist über den Gaden.“ Eine stumme Bewegung rann über die hundert Köpfe hin. Nur der Schönauer stand regungslos und hing mit bangen Augen am Fischer. „Der Oberste der Klosterleut heißt Eberwein. Nach Brief und Recht, durch eidfeste Schenkung hat er im Gaden Herrenmacht über Land und Leut. Dawider kann nimmer Streit sich heben, und auf der Seit, auf der das Recht ist, müssen wir stehen, Schulter bei Schulter und Faust bei Faust."

Unruhiges Gemurmel erhob sich im Ring, und der Ilsanker schrie: „Hut ab vor dem Recht! Aber wissen möcht ich halt doch, was ich hab davon!"

„Du wirst haben, Ilsanker, was das Recht einem jeden gibt: die Ruh in der Brust. Aber höret mich an! Ich bin beim Lokstein gewesen und hab geredet mit dem Herrn, hab geraitet mit ihm um Leutwohl und Landrecht. Da hab ich gespürt, daß er eine Hand hat, lind und gut, und daß in seinem Herzen die Lieb ist wie das Feuer auf dem Winterherd. Wie er es halten will als Herr im Gaden, das laßt er euch sagen durch mich: Recht soll hausen bei jedem Hag, und Schirm soll haben jeder Blutstropfen an Mensch und Vieh, jeder Span an Tür und Tor, jeder Halm auf Acker und Wiesgrund. Wer unrecht tut, soll stehen nach altem Brauch unter dem Spruch der Gauleut. Nimmer in heimlicher Nacht soll das Thing gerufen sein, sondern frei am Tag, in heller Sonn. Ein jeder soll die Felder hagen dürfen wider Hirsch und Sauen, und die Jagd soll frei sein auf alles Raubzeug, das von Schaden ist für Mensch und Tier. Keiner soll rühren an den Bergwald, der gegen die Lahnen steht und gegen die Wildbäch. Im Tal soll jedes Haus seinen Heimwald haben, in dem der Bauer schlagen mag, was er braucht für Herd und Bau. Was überbleibt im Tal an Waldgrund, soll gerodet werden, und die Gauleut sollen das neue Feld aufteilen unter die Häuser nach gleichem Maß. Über dem Bergwald droben soll keiner das Feuer in die Latschen werfen und die steilen Häng kahl brennen zum Weidgrund für Geißen und Schaf. Denn wo in der Höh der Bergwald schwindet um einen Baum, wachst im Tal der Winter um eine Not. Aber es sollen auch dem Wild zulieb keine Alben mehr in der Öd liegen. Wo ein Kaser gestanden in alter Zeit, soll wieder einer stehen, und jeder Bauer soll an freier Albweid haben, was er braucht für doppelt Vieh. Wie die Felder sich mehren sollen, soll der Viehstand wachsen, daß bessere Zeiten einkehren für jeden Bauer im Gaden. Und weil der gute Herr gemeint hat, es läg an Zins und Steuer zu viel auf jedem Kopf, so laßt er euch sagen: Was Zins und Steuer heißt, soll gemindert sein um das halbe Maß."

Sigenot konnte nicht weitersprechen. Ein jubelndes Geschrei erhob sich, alle drängten auf ihn zu, und die ihm zunächst standen, faßten sein Gewand, seine Hände, als wäre er nicht der Bote eines anderen, sondern selbst der gute Herr, der die neue, bessere Zeit zu verkünden gekommen.

„Richtmann", überschrie der Ilsanker allen Jubel der andern, „laß die Stäb austeilen! Wir wollen losen. Weiß für die Klosterleut!"

Der Schönauer hob das Messer in der vom Opfer noch blutigen Hand. Die Schöffen warfen sich in den schreienden Haufen und drängten die Männer auseinander. „Haltet Ruh, Leut, haltet Ruh! Das Messer weiset auf Still!" Allmählich erweiterte sich der Ring, und Schweigen trat ein. Da sagte der Richtmann: „Thingbot, trag die Los um, ein schwarzes und ein weißes für jeden Mann! Schöffen, tut Met in die Kannen und reichet vom Bockfleisch jedem Mann sein Teil! Ihr aber, Leut, haltet Ruh eine Weil und höret, was ich zu reden hab mit dem Fischer!" Langsam trat er vor Sigenot hin. „Du hast mit denen beim Lokstein geraitet um unser Wohl und Landrecht wie ein rechtschaffener Mann und guter Nachbar, und deine Botschaft ist lichtscheinig wie der Sonnenglanz, der die Bergwänd anfallt vor gutem Tag. Ich will nit sagen: ‚Viel versprechen und lützel halten ist neuer Herren Art und Walten.' Ich will alles glauben. Aber eine Frag noch hätt ich."

„So frag!" erwiderte Sigenot, während im Ring die Männer auflauschten.

„Viel Gutes hast du verkündet. Verschwiegen hast du, was ich gehört hätt am liebsten. Werden die Klosterleut dem Gaden einen neuen Spisar setzen? Oder soll Herr Waze bleiben, was er ist?"

„Das weiß ich nit."

„Warum hast du nit gefragt?"

Sigenots Brauen furchten sich. „Das hat seinen Grund, Richtmann, und der gehört nit vor das Thing."

„So?" Der Schönauer nickte vor sich hin. „Meinetwegen verschweig den Grund! Ich weiß: Du hast beim Lokstein keine Frag tun wollen wider die Wazemannsleut. Und da weiß ich genug." Die Augen des Richtmanns glitten im Kreis über die erschrockenen Gesichter hin. Dann fragte er wieder: „Fischer? Wenn die Klosterleut halten wollen, was sie versprochen haben, und Herr Waze stemmt sich dagegen und wütet gegen sie und uns mit seinen Buben und Knechten, mit Feuer und Eisen, wer hilft ihnen wider ihn? Wer, Fischer?"

„Einer, Richtmann", sagte Sigenot und hob das Schwertkreuz gegen den Himmel, „Einer, der stärker ist als tausend Männer in Wehr und Eisen."

Ein dumpfes Gemurmel ging durch die Reihen der Leute, und mancher von ihnen kraute sich hinter dem Ohr und blickte scheu zum mondlichten Himmel auf. Nur die Ramsauer winkten dem Fischer Beifall zu; und der alte Runot, als er das Lächeln sah, das dem Schönauer um die bleichen Lippen zuckte, hob das Grießbeil und rief: „Gib acht, Richtmann, daß dir das Lachen nit vergeht!"

Eigel war in den Ring gesprungen; er hatte das blutige Bocksfell um die Lenden gebunden und zum Sack geschürzt, in dem die noch unverteilten Lose lagen. „Wer ihnen helfen soll wider die Wazemannsleut? Wer sonst als wir? Wir alle miteinand, Schulter an Schulter und Faust bei Faust."

„Recht hat der Kohlmann!" schrie Kaganhart und schwang den gespitzten Stecken, an dem er ein dampfendes Stück Bockfleisch umgetragen. „Wir sind hundert gegen die zwanzig in Wazemanns Haus. Auf, Mannerleut! Gleich vom Thingfeuer ziehen wir hinaus zum Falkenstein und werfen die Bränd über Haus und Ställ und brennen das Blutnest nieder mit dem alten Gauch und seiner Brut, mit seinen Schandbuben und seiner rothaarigen Wetterhex!" Lautes Geschrei erhob sich, während Kaganhart zum Kohlmann sagte: „Das wird wohl eine Red gewesen sein, eine richtige Mannesred!“

Da packte eine Faust ihn an der Brust. „Mordbrenner!“ Der Bauer starrte den Fischer an, der vor ihm stand mit blitzenden Augen.

„Thingfrieden!“ rief der Schönauer und streckte den Arm mit dem Messer zwischen die beiden. „Was einer auch reden mag, jedes Wort ist frei.“ Und als der Fischer schweigend zurücktrat, sich mühsam zur Ruhe zwingend, rief der Richtmann mit hallender Stimme: „Ich mein', der Kaganhart hat heißer gekocht, als er essen möcht. Aber sag, Fischer! Wenn wir täten, was er geraten hat, und wir kämen morgen zum Lokstein mit der Botschaft: Herr Waze liegt erschlagen, sein Haus ist Feuer und Rauch geworden', was meinst du, daß er sagen möcht, dein Herr?“

„Was er sagen muß nach heiligem Recht. Wer Feuer wirft, soll die Händ verlieren, wer Blut vergießt, soll stehen unter Strick und Messer.“

Der Schönauer nickte, während der Schmied von Ilsank mit seiner Bärenstimme den wilden Lärm überschrie: „So höret doch, Männer! Wenn wir den Wazemannsleuten ein Härlein sengen, müssen wir noch Gericht beim Lokstein fürchten!“

Unter dem Geschrei, das diesen Worten folgte, sprang der Richtmann zum Blutstein und hob das Messer. „Höret, was ich noch sagen muß! Und du, Nachbar Kaganhart, sei froh, daß deine Stimm nit hinaushallt über den eidfesten Ring! Sonst möcht Herr Waze von dir noch träumen in der heutigen Nacht!“ Das seltsame Wort, das der Schönauer gesprochen, machte die Schreier verstummen und lauschen. „Höret, Mannerleut! Der Fischer hat euch Botschaft getragen vom Lokstein. So muß ich euch Botschaft bringen von der andern Seit. Der Fischer hat es gut gemeint und ist zum Lokstein gegangen. Herr Waze aber ist zu mir gekommen und hat mir das Messer an den Hals gelegt und hat das Eisen gehoben über meines Buben Kopf. Mannerleut! Ich scheu mich nit, vor euch allen sag ich's grad heraus: In mir zittert die Angst um meinen Buben, der mein alles ist, meine einzige Freud!“ Lautlose Stille herrschte im Ring, während der Schö-nauer von Wazes Besuch in seinem Hof erzählte. Und er brauchte den lauschenden Männern Wazemanns Träume` nicht zu deuten, jeder verstand, wie sie gemeint waren. Wie der trübe Schlamm, den die Wildbäche nach einem Unwetter hinauswälzen in den klaren See, von einer Welle in die andere quillt, so floß die dunkle Angst, die aus den Worten des Richtmanns redete, in die Herzen der Lauschenden über. Jeder dachte der eigenen Kinder und sah sie fallen unter dem ersten Schlag, den Herr Waze zu führen drohte. Die Hoffnung der besseren Zukunft, die Sigenots Botschaft geweckt hatte, ging unter in der Furcht der Gegenwart, in der Angst vor der Not des kommenden Tages.

„So hat Herr Waze geredet“, rief der Schönauer, „und was er mir und meinem Buben vermeint hat, das gilt euch allen. Ein jeder von euch hat Kinder, an denen er hängt mit Leib und Seel. Jedem ist sein Kind, was dem Baum sein Mark, das er haget mit Holz und Rinden, mit Ast und Blättern. Mannerleut! Wer von euch will morgen heimkehren in seinen Hag und will seinen Buben im Blut und im letzten Schnaufer finden? Und wenn sein Kindl, sein liebes, ihn anschaut und seufzet: ‚Vater, was hast du gerufen über mich!‘ – wer will dann sagen von euch: Meintwegen sei hin, aber ich muß von Neujahr an nur halbe Steuer legen!“

Da kam es aus allen Kehlen wie ein einziger Schrei; sie streckten die Hände, als möchten sie den Mund verschließen, der solche Worte sprach; und der Marderecker sprang auf den Schönauer zu und rüttelte seinen Arm. „Drei Kinder hab ich, Richtmann! Drei! Eins lieber wie's ander! Sag doch, sag, was tu ich, daß ich meine Kinder hüt?“

Der alte Eigel stand mit dem blutigen Bocksfell um die Lenden und schüttelte den Kopf, während Sigenot über die erregten, vom zuckenden Feuerschein erhellten Gesichter hinblickte, als könnte er nicht fassen, was hier geschah. Da hob sich die Stimme des Schönauers über den Lärm: „Mannerleut! Weil ihr mich fraget, was ich rat, so höret! Wir müssen den Weg gehen, den die Not uns weiset. Wir müssen stehen zu Wazemann, so lang er Spisar ist im Land. Ihm tragen wir Zins und Steuer hin, ihm bieten wir die Fron, und außer ihm geht uns kein anderer was an. Keiner von uns soll sich einlassen mit den Klosterleuten, keiner von uns soll Albengab tragen zu ihrem Haus –"

„Richtmann", rief Sigenot erschrocken und faßte die Hand des Schönauers, „du hast üblen Rat!"

Im Ring schrien die Männer: „Red weiter, Richtmann! Weiter!"

„Mein Rat ist, wie die harte Stund ihn fordert. Noch allweil ist Wazemann unser Herr. Blüht einmal eine bessere Zeit und kommen die Klosterleut obenauf – du selber, Fischer, hast gesagt, wie gut ihr Herz ist und wie stark ihre Lieb –, da müssen sie auch einsehen, daß wir heut nit anders können. Und da dürfen sie uns in einer kommenden Zeit deswegen nit harb sein, weil heut der einzige Weg, auf dem wir unsere Kinder hüten, um den Lokstein herumgeht und dem Wazemann zu!"

„Richtmann!" mahnte Sigenot. „Dein Rat hat krummen Weg, du gehst dem Unrecht zu. Richtmann, tu die Augen auf, du hast die Wahl zwischen Tag und Nacht. Denk an deinen Buben und reiß ihn nit hinaus auf den Nachtweg! Laß ihn stehen bei Licht und Recht!"

Sigenots Worte erstickten unter dem Geschrei, mit dem der Rat des Richtmanns aufgenommen wurde. Und alle andern überschrie der Schmied von Ilsank. „Wir wissen genug. Das Raiten hat ein End. Richtmann, laß die Los werfen! Schwarz wider die Klosterleut!"

Der Thingbot brauchte nicht im Ring zu gehen, um die Stäbe zu sammeln; haufenweise drängten sich die Männer um ihn her und warfen die dunklen Lose in das Bocksfell. Da schrie der Marderecker mit kreischender Stimme: „Richtmann, die Ramsauer losen nit!" Tumult erhob sich, und laute Rufe schwirrten durcheinander. „Das ist wider Brauch und Recht. Sie müssen losen!"

„Wer will uns zwingen?“ fragte der alte Runot und streckte das Grießbeil vor sich und die Seinen hin. „Wir losen nit. Wir haben nur eine Stimm, und die ist daheim geblieben.“

„Das ist eine Ausred“, klang es aus dem Haufen, „sie wollen sich lösen aus dem Schwurbann und wollen ihrem Kuttenbruder zutragen, was wir geraitet haben in der Thingnacht.“

Die Ramsauer hoben die Fäuste gegen den Schmäher, während ihr greiser Gaumann sie ermahnte: „Gebet Ruh, Leut! Was die Lügenzung geredet hat, das fallt auf unser Ehr und Treu wie ein Stäubl ins Wasser. Nach einer solchen Red haben wir Ramsauer auf der Thingstätt nichts mehr zu schaffen. Kommet, Leut, wir gehen heim!“ Ohne Gruß ging der Alte dem Walde zu, und die Ramsauer folgten ihm.

Mit zornigem Geschrei drängte der Haufe ihnen nach. Aber da stand der Fischer vor den Schreiern und hob die Fäuste. „Die Ramsauer haben freien Weg. Wollt ihr raufen im Thing wie die Buben in der Hofreut? Nur her auf mich! Ich mein’, ich steh noch wider euch alle!“ Vor seinen eisernen Armen und seinen blitzenden Augen wandelte sich die Streitlust in den erhitzten Köpfen zu raschem Frieden.

Eigel war auf den Schönauer zugetreten und hatte das Bocksfell mit den Stäben auf die Erde geworfen; zwei weiße Lose hielt er in der Hand. „Da brauchst du nimmer zählen, Richtmann!“ sagte er mit zornigem Lachen. „Alle sind schwarz, bis auf die zwei in meiner Hand! Das erste hat der Fischer geworfen und das ander ich!“ Da gewahrte er den Kaganhart. „Du? Wo ist denn das deinige?“

„Such nur, es muß schon dabei sein!“ brummte der Bauer und drängte sich zwischen die andern.

Der Schönauer blickte auf die dunklen Lose nieder und atmete auf, als wäre ein drückender Stein von seiner Brust gefallen. Er faßte die Hand des Mardereckers, der an seiner Seite stand und flüsterte: „Nachbar, wenn du zur Alben kommst, so sag meinem Liebli, ich wart auf ihn, er kann wieder heim.“ Dann hob er das

Messer und sprach: „Mannerleut! Das Thing hat den Spruch getan: Für Wazemann und wider die Klosterleut! Wir stehen unter Schwur, das ist ein Weiser für alle!“

„Nit für alle! Einen nimm aus!“ Mit bleichem Gesicht trat Sigenot vor den Blutstein.

„Fischer?“ stammelte der Schönauer, während die anderen lärmend herbeidrängten.

„Was ich sag, das muß in keinem die Angst erwecken. Den Schweigschwur halt ich und geh von der Thingstätt unter der Hahnenfeder. Aber ich kann nit stehen, wo ich Unrecht seh und krumme Furcht. Und weil ich gehen müßt mit euch, solang ich zur Gemein gehör“, er riß ein brennendes Scheit aus dem Feuerstoß, löschte mit einem Schlag auf den Blutstein die rauchende Flamme und schleuderte das glimmende Holz hinaus über den Ring der Männer, „so reiß ich mich los von euch und eurer Gemein und will von Stund an nimmer teilen mit euch weder Rat noch Tat, weder Gut noch Blut, weder Leid noch Freud und will als Einschichtiger den Weg gehen, den ich für den rechten halt!“

Ehe der Schönauer ein Wort erwidern konnte, war Sigenot den Bäumen zugeschritten. Totenstille blieb hinter ihm, nur das versinkende Thingfeuer rauschte und knisterte. Doch als der Fischer den Wald betrat, erhob sich beim Blutstein ein wüster Lärm. Ohne das Gesicht zu wenden, folgte Sigenot dem schmalen Waldpfad, auf den die sinkende Mondhelle nur mit spärlichen Lichtern herunterblickte. Er war nicht weit gekommen, da hörte er klappernde Schritte hinter sich. „Fischer! Fischer!“ Eigel war es, der Kohlmann.

„Was willst du? Keiner wird wenden, was ich getan hab. Auch du nit!“

„Wenden?“ lachte der Alte. „Ich hab dir’s nachgetan und bin Thingbot gewesen zum letzten Mal. Die Narrensupp, die man da droben gekocht hat, schmeckt mir nit. Jetzt merk ich’s: Der einzig Gescheite von uns allen ist der gewesen, der nit gekommen ist, der alte Gobl. Aber Verstand muß Unehr heißen. Hätt ich mir nur den Apfel mitgenommen!“ Wieder lachte der Kohlmann. „Wie alles geworden ist, da steh ich lieber zu dir als zu den andern. Nimm mich mit in die Einschicht und laß mich hausen in deinem Hag!“

Sigenot zögerte mit der Antwort. „Ich könnt dich brauchen, Kohlmann, aber ich muß dir sagen: Meine Hofreut hat einen heißen Boden.“

„Warum?“

„Mein Weg geht unter Eisen, ich steh in Fehd wider Wazemanns Haus.“

„Wider Wazemann? Ich könnt ein besseres Wort nit hören! Da hast du meine Hand!“

„So komm!“

Sie stiegen talwärts durch die Nacht. Als sie auf vorspringender Bergrippe eine kleine Blöße erreichten, blieben sie lauschend stehen.

Ein dumpfes Rollen, wie Donner in der Tiefe, ging unter ihren Füßen hin, und noch eh es verstummte, lief ein Stoßen und Zittern über den festen Grund. Die Bäume ächzten im Wald, für einen Augenblick erlosch im Tal das Rauschen der Ache, und überall auf dem Berghang kollerte das lose Gestein.

„Fischer!“ schrie der Kohlmann und faßte den Arm des Gefährten. „Es rührt sich im Berg! Ob die Narren beim Feuer wollen oder nit, die gute Zeit steht ein!“ Er streckte die beiden Fäuste gegen den Untersberg, der fern in der Nacht sich schwarz emporhob aus dem Tal, die Zinnen umflimmert vom letzten Duft des erlöschenden Mondlichts. „Rühr dich, Herr Wute, rühr dich! Die hundert Jahr sind um, und der Birnbaum harret.“

Es rollte in der Erde, und wieder bebte der Grund. „Mein guter Herre, du mein Gott!“ stammelte Sigenot. „Meine Mutter! Mein Haus!“ In jagenden Sprüngen stürmte er über den steilen Berghang hinunter, daß ihm der Kohlmann nicht mehr zu folgen vermochte.

Droben auf der Thingstätte waren die Männer, die sich mit den Metkannen um das Feuer gelagert hatten, erschrocken aufgesprungen, als im Beben der Erde der glühende Holzstoß zusammenfiel. Bleich und lallend standen sie und starrten einander an, und als zum zweiten Mal der Grund erzitterte, faßten sie schreiend, was jeder zu greifen fand in seiner Nähe, der eine ein Grießbeil, der andere eine rollende Metkanne, der dritte ein halbverkohltes Scheit, der vierte die Kappe, die seinem Nachbar entfallen, der fünfte einen hüpfenden Stein; keiner sah, wonach seine Hände griffen, jeder wollte in sinnloser Angst nur bergen und retten, jeder faßte, was ihm vor die Füße kollerte, und so stürzten sie vom Feuer weg und rannten schreiend davon nach allen Seiten.

Öd und schweigend lag die Thingstätte. Da raschelte es im Stamm eines vor Alter morschen Baumes, als wäre rührsames Leben in seinem hohlen Holz; dann knackten die Zweige, und eine Gestalt glitt an der Rinde nieder; sie huschte über die Thingstätte, rannte talwärts und verschwand im Wald. Nach einer Weile klangen auf dem tieferen Hang die Hufschläge eines Pferdes.

Überall im Tal ertönte Geschrei der Menschen. Wer geschlummert hatte unter Dach, war aufgesprungen und aus der Hütte gerannt. Die einen standen geschüttelt von Angst und starrten in die Nacht hinaus, die anderen liefen um die hölzernen Mauern, ob sie noch festhielten in ihren Fugen. Von den Almen tönte das Gebrüll der scheu gewordenen Kühe, und hoch in den Felsen knatterten die Steinlawinen, welche niedergingen über die steilen Wände. Im Gaden zündeten sie auf dem bedrohten Herd die Feuer an und warfen die dürren Heilbuschen in die Flammen – in der Ramsau rannten sie zum Kirchlein, dessen Glocke sich gerührt hatte, ohne daß eine Hand den Strang gezogen. Und mancher, der die Hände in christlichem Gebet gefaltet hielt, schielte nach den Alraunen im rußigen Herdwinkel; und manchem, der die Heilbuschen in die Flammen legen wollte, zögerte die Hand, und seine Augen suchten mit zweifelndem Blick die Höhe.

In der Schönau war der alte Gobl unter dem Apfelbaum erwacht, im zerlegenen Gras zwischen Schutt und faulenden Äpfeln, umgeben vom Aasgeruch der verwesenden Ziege. Halb hob er sich auf und lachte müd: „Schau, jetzt rührt sich richtig der Berg? Gute Zeit? Komm oder nit, mir ist alles eins." Er schloß die Augen wieder. Als der zweite Erdstoß den Grund durchzitterte, klatschten ein paar Äpfel durch die Zweige herunter ins Gras. Am brüchigen Hause ächzten die Balken, dann rührte sich das Dach, die morschen Mauern wichen auseinander, und langsam fiel die Hütte in sich zusammen. Das machte keinen großen Lärm; ein kurzes Gepolter, und alles war wieder still. Der Alte hob den Kopf. „Hätt ich drin geschlafen, nit einmal erschlagen hätt's mich!" Seufzend drehte er sich auf die Seite.

Von den Nachbarhöfen klangen die kreischenden Stimmen der Weiber; vor den Hagtoren standen sie in Furcht und schrien die Namen ihrer Männer, die noch immer nicht heimkehren wollten, in die Nacht hinaus. Von diesen Stimmen am lautesten klang die Stimme der Hilmtrud. Und immer spähten ihre Augen in Angst über den schwarzen Wald hinauf gegen den Falkenstein.

Dort oben zitterte ein trüber Lichtschein; er kam aus Reckas Kammer, in der die Leuchte neben dem Spiegel brannte; schlummerlos lag die Wazemannstochter auf ihrem Lager, die nackten Arme schimmerten, und in wirren Strähnen hing das gelöste Rothaar über das Bärenfell auf die Diele nieder. Als der Stoß durch das feste Haus gegangen, hatte sie die Arme zur Decke gehoben und gestöhnt: „Fall doch! Fall! Dann hab ich Ruh!" Und schluchzend war sie hingesunken über das Lager.

Ihren Vater und ihre Brüder hatten das Rollen in der Tiefe und der Erdstoß nicht geweckt; sie lagen im dumpfen Schlaf des Metrausches. Aber die Knechte und Mägde waren schreiend aus dem Steingeschoß des Hauses und aus den Ställen geflüchtet. Und die alte Ulla hatte, als sie vom Heubett gesprungen, mit gellender Stimme geschrien: „Mein Star! Mein Star!" In der Finsternis hatte sie den kleinen Käfig, zwischen dessen Holzstäben der erschreckte Vogel umherflatterte, an sich gerissen, während unter ihren Füßen im Erdkeller das laute Gewimmer des gebüßten Knaben klang.

Lärm erfüllte den Burghof, und unter den Mauern schwankte der in seinen Tiefen erregte See mit rauschenden Wellen, die klatschend durch das Röhricht an die Lände schlugen und über den Sand hinausspülten bis an den Fuß des Kreuzes. Matt schimmerten die beiden frischbehauenen Balken in der Nacht, während am Fischerhause roter Feuerschein aus der offenen Tür und aus allen Fenstern leuchtete.

Mutter Mathilt und Edelrot hatten die Nacht beim flackernden Herdfeuer zugebracht, während Wicho und die Sennen auf der Hausbank die Wache hielten. Als die Erde dröhnte und die Felsen zitterten, waren die Männer erschrocken in die Halle gesprungen, um Mutter Mathilt mit dem Lehnstuhl unter freien Himmel zu tragen; sie hatte die Knechte von sich gewiesen, hatte Salz auf die glühenden Kohlen geworfen und die Heilbuschen in das Feuer gelegt. Mit Wicho war Rötli vor das Hagtor geeilt, und ihre bebende Stimme klang in der Nacht: „Sigenot! Sigenot!“

Als das Echo des Rufes von der Falkenwand zurückfiel, rann zum andernmal das Beben durch die Erde. Hoch über dem See löste sich ein mächtiger Felsblock; mit Dröhnen und Gepolter ging sein Sturz über die steilen Wände nieder, und der schwere Fall ins Wasser klang in der Nacht aus dem Weitsee heraus bis an die Lände. „Der Bid! Der Bid!“ stammelte Rötli und umschlang mit beiden Armen den Stamm des Kreuzes. Auch Wicho griff mit flinker Hand nach dem heiligen Holz.

Nun war wieder Stille; nur der See rauschte im Röhricht. „Ich hab mir gleich gedacht, daß was geschehen muß!“ flüsterte der Knecht. „Der Bid hat das Heilholz gesehen, und das hat ihm nit getaugt. Vor Wut ist er heruntergesprungen in den See aus aller Höh.“

„Er wird doch nit auf der Alben gewesen sein!“ stammelte Rötli in Angst. „Da ist der Ruedlieb droben!“

Noch schlummerte die Liebe in diesem jungen Herzen; doch ihre Sorge wurde wach in der Stunde der Gefahr und flog auf den Schwingen zärtlicher Angst empor durch die Nacht, den fernen Knaben suchend. In der gleichen Stunde geschah es, daß Ruedlieb auf der Regenalm aus der Hütte stürzte. Das Geschrei der Sennen und Almerinnen umgab ihn, das Gebrüll der rasenden Kühe, das Dröhnen der fallenden Steinlawinen – und er starrte in die finstere Tiefe und lallte: „Ihr guten Mächt! Es wird doch dem Rötli nichts geschehen!"

In stundenweiter Ferne von der Regenalm, unter den Waldgehängen des Göhl, saß ein junges Mädchen, den blutfleckigen Bund um die Stirne, zitternd auf dem Heubett und lauschte mit verhaltenem Atem den halbverwehten Klängen, die vom Lokiwald emporschwebten durch die Nacht.

Wie in der Ramsau, so hatte auch in der Martinsklause die Glocke geläutet, ohne daß eine Hand ihren Strang gezogen. Eberwein und die Brüder waren vom Lager gesprungen, und während Schweiker das Feuer anzündete, lag Wampo auf den Knien und betete mit lallender Stimme. Eberwein wollte in Waldrams Zelle eilen; auf der Schwelle trat ihm Waldram entgegen, bleich, das kleine Holzkreuz in der erhobenen Hand: „Die Zeichen mehren sich. Gottes Stimme mahnet in der Nacht wie Donner. Will dein Auge noch immer nicht sehen, dein Ohr noch immer nicht hören?"

„Ich höre, wie die Mächte der Finsternis sich sammeln zum Streite gegen zitternde Menschen und werde sehen, wie Gottes Macht die Geister der Vernichtung bändigt, wie Gottes Liebe sich erweist an seinen Kindern!" Eberwein legte die Stola um die Schultern und trat hinaus in die Nacht; Schweiker folgte ihm mit der Kienleuchte, und Bruder Wampo, dem die Zähne klapperten, trug die Kanne mit geweihtem Wasser. Sie umschritten die Klause. Eberwein besprengte die Erde und sprach mit lauter Stimme den Exorzismus wider die Dämonen der Tiefe. Da machte unter dumpfem Rollen der zweite Stoß den Grund erzittern, und die

Glocke wimmerte. Auf dem Berghang, über dem Fischteich, löste sich eine Schuttlawine; die Finsternis deckte ihren Fall, doch ihr Rauschen und Gepolter hallten in der Nacht, und hüpfende Steine sprangen über die Rodung, kollerten um die Füße der Mönche und schlugen an die hölzerne Mauer der Klause. Bruder Schweiker hob die lodernde Fackel; seine Augen spähten in Sorge über die schwarzen Baumwipfel einer fernen Höhe zu, und leise stammelten seine Lippen einen Namen.

Eberwein hatte die Arme erhoben. Zu den Sternen aufblickend, deren Glanz in der schwindenden Mondhelle wuchs, sprach er die Worte des Psalmisten: „Gott ist unsere Zuflucht, unsere Stärke, als Hilfe mächtig erfunden in allen Nöten. Darum wandelt keine Furcht uns an, ob auch die Erde wechselt und die Berge wanken. Denn du, o Herr, weilest in unserer Mitte und wankest nicht, und deine Hilfe wird sein wie Anbruch des Morgens!“ Da fühlte er seinen Arm erfaßt mit heftigem Griff. Waldram stand vor ihm. „Was willst du?“

„Folge mir und sieh mit eigenen Augen, was geschehen ist!“ Er zog ihn hinter sich her in das Kirchlein. Die zinnerne Schale, in der das ewige Licht brannte, schaukelte an ihren dünnen Ketten. „Blick auf zu ihm!“ rief Waldram und deutete nach dem Kreuzbild. Aus den Händen des Bildes hatten sich die Nägel gelöst; und vorgeneigt, nur mit den Füßen noch haftend, hing es am Kreuz, als wollt es mit jedem Augenblick zur Erde stürzen. „Verstehst du die Sprache dieses Zeichens?“

„Ja, Waldram!“ erwiderte Eberwein ruhig. „Sie sagt mir, daß ich schwaches Holz für die Nägel wählte.“ Er löste seinen Arm und ging in die Klause, um den Hammer zu holen. Nach einer Weile hallten die Schläge. Weithin klangen sie in der Nacht.

Der Reiter, der auf keuchendem Pferd über die nahen Felder jagte, hob beim Hall dieser Hammerschläge lauschend den Kopf. „Die haben es nötig! In solch einer Nacht noch schaffen sie!“ Er schlug seinem Roß die Gerte über den Schenkel. Durch die Schönau ging sein Weg, zum Falkenstein. Die Weiber, die den Hufschlag hörten, stammelten zitternd: „Die Untersberger reiten."

Fackelschein leuchtete in Wazemanns Burghof; der Reiter fand das Tor geöffnet und die Brücke gesenkt. In Gruppen standen die Knechte und Mägde umher, während droben in der Halle Herr Waze saß, nur vom Hausrock umhüllt, mit nackten Beinen; seine Leute hatten ihn aus Bett und Stube herausgezerrt in die Halle; hier war er wieder eingeschlafen im Rausch und schnarchte mit offenem Mund. Der Knecht, der aus dem Sattel gesprungen war, stolperte über die Treppe hinauf und weckte den Schläfer. „Auf, Herr, auf, auf!"

Herr Waze hob den Kopf, glotzte in das Gesicht des Knechtes und erkannte ihn; er wollte sich aufrichten, doch seine Füße trugen ihn nicht; fluchend fiel er wieder zurück auf die Holzbank.

„Auf, Herr, auf! Wer kann denn schlafen in einer solchen Nacht? Es hat die Erd gerumpelt!"

„Laß rumpeln", lallte der Berauschte, „und erzähl! Wie war's beim Thing?"

„Das Thing hat für Euch gesprochen, wider die Klosterleut!"

Mit grölendem Lachen schlug Herr Waze die Fäuste über den Tisch. „Der Käfig, den ich gebaut hab, hat gute Stangen! Jetzt sollen sie springen, die Kutten. Bub, erzähl! Wer hat wider mich geredet?"

„Der Fischer."

„Den Tod an seinen Hals!"

„Und Eigel, der Kohlmann."

„Wart, Rußiger! Ich weiß dir ein heißes Bett in deinem Meiler! Wer noch?"

„Der Kaganhart! Der hat geraten, den Pechbrand in Euer Haus zu werfen."

Herr Waze sprang taumelnd auf. „Zacho! Heripot!" Zwei Knechte kamen gesprungen. „Hinunter zu der Hilmtrud Haus! Den roten Hahn aufs Dach! Ich will das Aug nit schließen, eh ich die Keuch nit brennen seh. Weiter! Soll ich euch Füß machen?"

Herr Waze hob die Fäuste zum Schlag; er taumelte und fiel über den Tisch hin.

Die Knechte eilten davon, und der zuckende Schein der Fackeln, die sie trugen, glitt durch den Bergwald. Als sie zur Achenbrücke kamen, hörten sie den Schrei einer Mädchenstimme. Es war der Freudenschrei, den Edelrot ausgestoßen bei ihres Bruders Heimkehr. Am Waldsaum vor der Schönau mußten die Knechte hinter Gebüsch sich bergen. In allen Höfen war es lebendig; überall klangen in der Nacht die schrillen Stimmen der Weiber, die heiseren Rufe der heimkehrenden Männer. Einer rannte über die Halden, keuchend und stolpernd; kaum trugen ihn seine Füße noch; sein Weib, das im Dunkel harrte, hatte ihn schon gewahrt und schrie: „Bauer, Bauer!“

„Hilmtrud!“

Sie lief ihm entgegen, umfaßte mit ihren derben Armen den Wankenden und schleppte ihn zum Hagtor. „Dank allen Gutholden! Weil du nur wieder daheim bist!“

„Steht unser Haus noch?“ keuchte er mit erlöschendem Atem. „Steht’s noch?“

„Wohl! Schau hin! Noch allweil steht’s!“

Er taumelte in der Finsternis auf die hölzerne Mauer zu und griff nach ihr mit zitternden Händen, lachend und schluchzend. Da faßte das Weib seinen Arm, bebende Angst in der heiseren Stimme. „Gelt, du hast im Thing nit geredet wider Wazemann?“

Kaganhart stotterte: „Was dir einfallt! Kein Wörtl hab ich geredet, kein einzigs Wörtl!“

Hilmtrud atmete auf. „So ist alles gut!“

„Was ist gut?“

Das Weib schüttelte den Kopf und stieß mit dem Ellbogen die Haustür auf.

„So red doch!“

„Laß mich in Ruh! Wenn du schon merkst, daß ich nit reden will, was fragst du noch?“

„Muß da gleich wieder gescholten sein, weil ich einmal das Maul auf tu zu einer Frag?“

„Wirst du Ruh geben?“ klang die drohende Stimme des Weibes aus der Türe.

„Grad nit, jetzt grad nit! Das könnt mir taugen! Ich lauf in Ängsten heim, daß ich schier keinen Schnaufer nimmer hab -“

„Hättst dir Zeit gelassen! Meintwegen hättst noch ausbleiben können, bis der Kuhmist Butter wird!“

„So? So?“ schrie der Bauer. „Ist denn keiner da? Hört denn keiner, was für ein Weib das ist? Die Erd bidmet, daß die Berg einfallen, und noch allweil gibt das Weib keine Ruh!“

„Wirst du bald still sein?“ Hilmtrud griff aus der Tür und faßte den Bauer am Kragen.

„Wirst auslassen oder nit? Auslassen!“ zeterte Kaganhart; da stand er, von der Faust seines Weibes geschwungen, schon in der Stube und stolperte gegen den Herd, daß die Geschirre durcheinanderklapperten. Die Tür wurde zugeschlagen, und mit kreischendem Schelten mischten sich im Haus die beiden Stimmen.

Beim Hagtor klang ein Lachen: „Wirf! Tust ihnen einen Gefallen damit. Die zwei haben gern heiß.“

In hohem Bogen wirbelte ein Feuerbrand über den Hag und klatschte auf das Moosdach. Flink, wie kleine leuchtende Wellen, liefen die gelben Flammenzungen über das dürre Moos und Stroh. Lachend rannten die beiden Knechte dem Wald entgegen; als sie die Ache erreichten und rückwärts blickten, sahen sie schon die funkensprühende Lohe in die Lüfte schlagen. Ein rötlicher Schein fiel über die Waldberge und an die Falkenwand.

Sigenot, der mit Wicho in flüsterndem Gespräch auf dem finsteren Lugaus saß, gewahrte den Schein, und als er aufblickte, sah er die Röte am Himmel, sah in der Ferne den Funkenflug. „Feuerjo! Das muß in der Schönau sein! Die armen Leut!“ Er sprang vom Lugaus über den Hag hinunter auf den Sand.

„Laß brennen, was brennt!“ schrie Wicho. „Wahr dein eigen Haus!“

„Leut in Not, und ich sollt nit helfen?“ Sigenot rannte. Als er die Halden der Schönau erreichte, meinte er zu träumen; wohl sah er die Flammen lodern, aber Stille war rings umher in der grell erleuchteten Nacht; keine Stimme klang, kein Schrei, kein Feuerruf. Nur die Hunde kläfften in den zerstreuten Höfen. Von den Nachbarn des brennenden Hauses war keiner zur Hilfe herbeigeeilt; die Furcht dieser Nacht, das zitternde Bangen vor dem Ungewissen hatte sie festgehalten im eigenen Hag, unter dem eigenen Dach.

Sigenot erreichte die Brandstätte. Er sah: Hier war nicht mehr zu helfen; bis auf den Grund schon brannten die Mauern des Hauses und der Scheune, und von den rauchenden Flammen und dem glostenden Gebälk ging eine schwelende Hitze aus, die das Nähertreten wehrte.

In der Hofreut, vom Feuer rot beleuchtet, stand Hilmtrud regungslos wie ein steinernes Bild; der Bauer hockte neben ihr auf der Erde, klagend und schluchzend, mit den Armen eine rußige Pfanne umklammernd; sie war von seinem Hab und Gut das einzige Stück, das er gerettet hatte in der wirren Angst. Wie der Mann, so hatte auch das Weib gejammert und in Verzweiflung die Hände gerungen. Doch als der Bauer in seinem Jammer geschrien: „Jetzt hab ich selber, was ich dem Wazemann beim Thing gewunschen! Sein Haus hab ich wegbrennen wollen, jetzt brennt das meinig!“ – da hatte Hilmtrud den Bauer schweigend angestiert, und kein Laut mehr war über ihre Lippen gekommen.

Als Sigenot die Hand auf ihre Schulter legte, starrte sie ihn an wie einen Fremden und wandte die verstörten Augen wieder dem Feuer zu. Der Bauer ließ die Pfanne sinken und warf sich schluchzend vor Sigenots Füße hin. „Mein Häusl, Fischer, mein liebes Häusl, in dem ich gelacht hab als Büebli bei Mutter und Vater, in dem ich gehauset hab in Glück und Fried!“ Alle Zwietracht und alle üblen Stunden waren vergessen in seinem Jammer; nur der guten Stunden noch dachte er, die er genossen unter dem in Glut und Asche sinkenden Dach.

Sigenot hob den Schluchzenden auf. „Ich weiß dir keinen Trost, Nachbar, als nur den einzigen: Da ist dein Haus gestanden, und schau, da wird's auch wieder stehen, neu und fest! Bist doch ein Mann! Streck dich! Und wenn die Glut erkaltet ist, heb das Bauen an! Mich und meine Leut kannst du haben zur Hilf in jeder Stund. Und bis du dein eigen Dach wieder hast, sollst du mit deinem Weib ein gutes Hausen haben an meinem Herd."

Krachend stürzten die brennenden Balken in einen rauchenden Gluthaufen zusammen. Ein Schrei löste sich aus Hilmtruds Kehle, und Kaganhart streckte die Arme wie ein hungerndes Kind, dem eine grausame Hand das Brot entrissen. Sigenot suchte die beiden mit sich fortzuziehen, weil er sah, daß jeder Blick in die Glut ihren Jammer erneuerte. Es dauerte lang, bis Hilmtrud auf die Worte des Fischers hörte. Endlich nickte sie und drückte wortlos Sigenots Hand; dann schlug sie den Arm um ihres Mannes Hals und, sagte mit tonloser Stimme: „Tu nit weinen, Hartli! Ich hab dein Haus verbronnen, ich bau's wieder auf."

Er achtete dieser Worte nicht, er schluchzte nur, raffte die Pfanne von der Erde und ließ sich willenlos zum Hagtor führen; hier blickte Hilmtrud ein letztes Mal zurück auf den glühenden Trümmerhaufen; ihr Gesicht verzerrte sich, mit geballter Faust erhob sie den nackten Arm und schrie in die erbleichende Nacht hinaus: „Wazemann! Wazemann!"

Der Bauer fand keine Frage.

So verließen sie die Stätte, die ihr Haus getragen. Bis weit hinunter ins Tal verfolgte sie der Brandgeruch. Als sie den See erreichten und Sigenot mit herzlichem Zuspruch seinen Hag vor ihnen öffnete, graute der Morgen, und über die Schneekuppe des König Eismann fiel die erste Röte des nahenden Tages.

ZWEITES BUCH

1

Das war ein seltsamer Morgen, still, ohne Lufthauch, ohne Vogelstimme. Grauer Duft bedeckte die Gräser und das Grün der Bäume. Dieser Schleier sah aus wie Tau, war aber Staub, dünner, fein zerteilter Staub. Woher war dieser Staub gekommen? Keine Wolke am Himmel, über den Wäldern kein Nebelstreif. Dennoch füllte ein trüber Dunst das Tal und hing um alle Höhen wie vor einem aufziehenden Ungewitter. Zuweilen sah man in der Luft ein Flimmern und Glitzern wie von feinem Sand, auf den die Sonne scheint. Und überall war ein Geruch zu spüren wie jener, der auftritt, wenn Mahlsteine sich ohne Korn aneinander reiben.

Ein seltsamer Morgen, ein Morgen wie ein Geheimnis, wie das Schweigen auf eine leidenschaftliche Frage.

Still lag die Martinsklause inmitten des stummen Waldes. Im Morgengrau war Eberwein ausgezogen, und Waldram, den nach der Erregung der vergangenen Nacht die körperliche Schwäche wieder befallen hatte, hütete das Lager. Schweiker ging auf der Lichtung umher und sammelte die Steine, die von der Schuttlawine über die Rodung und bis vor die Mauern der Klause gerollt waren. Und immer glitt sein Blick über das Tal der Ache und empor über den jenseitigen Berghang.

Vor dem grauen Lawinenwust, der die jungen Bäume erdrückt, den Lauf der Quelle verändert und den Teich verschüttet hatte, stand Bruder Wampo und betrachtete den wirren Schutt, unter dem die schönen Ferchen und Hechte begraben lagen. Trübselig schüttelte er den runden Kahlkopf und guckte scheu zum Himmel hinauf. „Herr! Das ist aber doch nit gut und recht, deinen armen Knechten die Fastenspeis zu verderben!“

Schweiker war zum Waldrand gegangen und hatte die Steine aus seiner Kutte geschüttet, Als er wieder hinüberspähte nach dem Berghang, sah er Eberwein über die Halde heruntersteigen, auf welcher Hinzula ihre Ziegen zu hüten pflegte. Wachsende Unruhe befiel den Flachsbärtigen, der kein Auge mehr von der Stelle verwandte, an welcher Eberwein bei der Heimkehr aus dem Walde treten mußte. Doch er wartete umsonst.

Eberwein war im Tal dem Lauf der Ache gefolgt, hatte den Lokiwald umgangen und schlug den Pfad ein, der zur Ramsau führte. Schatten lagen um seine Augen. Die Ereignisse der Nacht hatten ihn mit Sorge erfüllt, und was er vor den Brüdern nicht hatte zeigen wollen, nagte in ihm mit doppelter Schärfe, jetzt, da er einsam war. Bei solcher Stimmung hatte auch die befremdende Erfahrung, die er soeben gemacht, tiefer auf ihn gewirkt, als es sonst wohl geschehen wäre: Beim Hag des Greinwalders, zu dem die Sorge um die mißhandelte Hirtin ihn geführt, hatte er stehen müssen vor geschlossenem Tor; er hatte gepocht und gerufen, aber niemand war gekommen, ihm zu öffnen, obwohl er Schritte in der Hofreut gehört hatte. Man wollte nicht öffnen. Weshalb nicht? Welche Ursache konnten sie haben in jenem Haus, das Tor vor der Hilfe zu sperren, vor dem Freund?

Der Pfad führte unter den Bäumen hervor auf eine weite Lichtung. Das waren die Halden der Strub. Gemähte Wiesen wechselten mit geräumten Feldern, und dazwischen, weit zerstreut, standen einzelne Gehöfte, niedere Hütten und Scheunen, von hohem Hag umzogen. Bei ihrem Anblick wich die Schwermut aus Eberweins Augen. Ihm schwoll das Herz bei dem Gedanken, wie viel es da für ihn zu schaffen gab, zu raten und zu nützen. Hier lebte und wirtschaftete das Volk noch, wie es draußen vor den Bergen die Leute getrieben hatten vor hundert Jahren. Das sollte anders werden! Er wollte sie lehren, den Lein zu bauen an Stelle des rauhen Hanfes, besseren Pflug zu führen, die Steine aus den Furchen zu sammeln und sie rings um den Acker aufzuschichten zur Schutzmauer, auf der sich die Dornenhecke wider das Hochwild flechten ließ. Und diese armseligen Hütten! Das sollte sich wandeln! Er wollte die Leute lehren, mit steinernem Sockel zu bauen, mit geschindeltem Dach. Und so übel wie von außen waren die Hütten wohl auch anzusehen in ihrem Innern? Da sollten geräumige Stuben entstehen und wohnsame Kammern. Und wenn der lange Winter käme, sollten die Männer und Buben das Hohleisen und das kurze Messer führen lernen, um handliches Holzgerät zu fertigen und freundliches Schnitzwerk.

Raschen Ganges folgte Eberwein dem Pfad, der einem Hag entgegenführte. Blauer Rauch wirbelte aus dem Hüttendach, Stimmen klangen in der Hofreut, und das Tor stand offen. Auf der Schwelle der Haustür saß ein Weib, den Hanfrocken unter dem Arm, in der Hand die tanzende Spindel; zwei nackte Kinder tummelten sich im Hof, und der junge Bauer hielt ein drittes auf dem Arm. Als Eberwein vor dem Tor erschien, fuhr ein zottiger Hund auf ihn los und kläffte. Der Bauer schien beim Anblick des Mönches zu erschrecken; hastig setzte er das Kind auf die Erde, sprang zum Hag, schleuderte mit dem Fuß den Hund zurück, schlug das Tor zu und legte den Balken ein.

Schweigend wandte Eberwein sich ab und folgte einem schmalen Felsweg. Nach einer Weile kam er zu einem zweiten Gehöft. Im offenen Hagtor stand ein alter Bauer. Nun verschwand er, und wieder fand Eberwein das Tor geschlossen. Ruhig rief er: „Mann, tu auf! Gottes Gruß deinem Haus!“

„Wer will ein zu mir?“

„Dein bester Freund!“

„Der bin ich selber und brauch keinen andern.“

In Zorn schlug Eberwein an das Tor. „So öffne deinem Herrn!“

„Was Herr? Wer Herr?“ klang die rauhe Stimme. „Ich tu nit auf!“ Und klappernde Schritte entfernten sich.

Eberwein stand ratlos. „Was ich erlebe, ist wie ein Rätsel! Wer soll es mir lösen?“ Er wanderte über die Halden, ohne Wahl jedem Pfade folgend, den er fand. Bald hier, bald dort sah er Leute laufen und in den Gehöften verschwinden. „Bin ich ein reißendes Tier, daß die Menschen vor mir fliehen wie die Schafe vor dem Wolf?“ Des Weges nicht mehr achtend, geriet er in dicht verwachsenen Wald. Über niedere Felswände mußte er klimmen, durch wirres Gebüsch sich kämpfen, über Schluchten sich schwingen, unter gestürzten Bäumen hindurchschlüpfen. Stunde um Stunde verging ihm bei mühsamer Wanderung, und noch immer wollte der Wald kein Ende nehmen. Schon war ihm in Erschöpfung zumut, als sollte er niemals wieder dieser Wildnis entrinnen. Da klang ihm der Schall einer Glocke entgegen. In Freude streckte er die Arme. „Klinge, du liebe Stimme, du führst den Irrenden auf guten Weg!“ Mit erneuten Kräften kämpfte er sich durch die Wirrnis des Urwaldes der Richtung zu, aus der die Glocke tönte, und fand einen Pfad ins Freie.

Ihm zu Füßen, zwischen Halden und Bergwald, lag ein enges, langgestrecktes Tal, in dessen Tiefe ein reißender Bach durch grauen Schutt seine Straße grub; an seinen Ufern sah man die Zeichen der Zerstörung, die er angerichtet in wilden Tagen. In der Ferne, wo die Berge sich schlossen, schimmerte ein kleiner grüner See. Friedliche Sonntagsstille lag über dem Tal; nur die Ache rauschte, und die Glocke tönte. Zwischen den Kronen alter Ulmen und Linden sah Eberwein ein plumpes, hölzernes Türmlein ragen, das die Spuren eines Brandes zeigte und ein neues, weißes Holzkreuz auf der Zinne trug. „Hier wohnet Gott, hier will ich frohe Einkehr finden!“ Er stieg über die steilen Halden hinunter. Aus einem Gehöfte liefen ihm zwei Kinder entgegen, ein Bub und ein Mädel, in hanfene Kittelchen gekleidet, sauber gewaschen. Als sie näher kamen, blieben sie stehen und schauten zu Eberwein auf, der den Stab in die Erde stieß und die Hände streckte: „Gott grüß euch, ihr lieben Kinder!“

Zutraulich faßten sie seine Hände. „Gott grüß dich auch!“

Eberwein umschlang die Kinder und drückte ihre linden, warmen Körperchen an seine Brust. „Die ersten, die mir freundlich sind!“

Scheu beugte sich das Mädel zurück. „Mann? Tut dich hungern oder dürsten?“

Er mußte lächeln. „Ja, mein Dirnlein! Mich hungert und dürstet nach eurer Liebe! Wie heißt du denn?“

„Moidi[1])“ erwiderte die Kleine stolz. „Wie die liebe Gottesmutter!“

„Und du, mein Bürschlein?“

„Ich heiß, wie Gott Vater heißt: Seppeli!“

Eberwein hörte bewegt die christlichen Namen und hatte seine Freude an dem kleinen Kirchengelehrten, der in seiner fünfjährigen Weisheit Gott Vater mit dem Zimmermann von Nazareth verwechselte. Da rief hinter dem Hag des Gehöftes eine Frauenstimme die Namen der Kinder, mit dem wirkungsvollen Zusatz: „Kommet zum Mus!“ Nun konnte Eberwein das Pärchen nicht mehr halten. „Ich will den Trost vergelten, den ich von euch gewonnen!“ sagte er und küßte die Kinder auf die roten Wangen.

Dann stieg er die Halde hinunter, wie neu belebt. Noch eh er das Tal erreichte, sperrte zwischen Bäumen und welkenden Büschen eine hohe Hecke seinen Weg. Die Glocke war verstummt, doch aus dem Kirchhof, von dem die Hecke ihn schied, hörte er Stimmen. Durch eine Lücke sah er die Holzmauer des Kirchleins, das von Grabhügeln umgeben war, und sah ein niederes Balkenhaus, der Hütte eines Bauern gleichend; neben der Tür erhob sich eine alte Linde, die mit ihren Ästen das Moosdach überspannte. Ihren mächtigen Stamm umzog eine Steinbank, auf welcher Hiltischalk saß, der Ramsauer Leutpriester; er hatte wohl achtzig Winter schon gesehen, schneeweiß fielen ihm die dünnen Haarsträhnen auf die Schultern. Eine lange, schwarze Lodenkutte, an der Hüfte mit einem Strick gebunden, umhüllte den hageren Leib; der Bart war geschoren; freundliche Augen lugten unter den weißen Dächlein der Brauen hervor, und herzlich klang die sanfte, langsame Stimme. „Jetzt gehet heim zu Weib und Kind!“ sagte der Greis zu einigen Männern, die mit sorgenvol-

[1]) Marie

len Gesichtern vor ihm standen. „Ich weiß auch besseren Trost nit als allweil den einen: Bauet auf den Himmel, vertrauet auf Gott! So kann euch kein Unheil ankommen, und keine Not kann fallen über euch!"

„Wohl!" sagte einer der Männer kleinlaut. „Aber der alte Runot ist doch auch ein guter Christ, der beste von uns allen, und heut in der Nacht, derweil er fern gewesen ist, hat doch der Bidem[1]) sein Haus geworfen."

Der Pfarrer hob die zitternde Hand. „Das hast du gut gesagt: derweil er fern gewesen ist! Freilich, das Häusl ist gefallen. Aber es ist ein altes Häusl gewesen. Was alt ist, geht seinem letzten Stündl zu, Mensch oder Haus, Vieh oder Baum, Berg oder Tal. Das Häusl hat fallen müssen. Und jetzt schauet, was Gott getan hat, weil der Runot sich allzeit gehalten hat als guter Christ. Gott hat das alte Häusl fallen lassen, derweil der Runot fern gewesen ist. Das Häusl liegt, aber der Runot steht gesund und kann seine Buben rufen von der Alben und kann ein neues Häusl bauen. Und wir alle, gelt, wir wollen helfen dazu um Gottes Lieb?"

Da nickten die Männer.

„Ich sag's doch allweil: Nur auf den lieben Gott vertrauen! Haltet nur ihr fest! Der liebe Gott laßt nit aus. Schauet nur, wie er an mir getan hat! Da bin ich einmal hinaufgestiegen über den Windacher See, eine Alberin besuchen, weil sie krank gelegen ist –"

Hundertmal hatten die Männer schon gehört, wie ein Wunder Gottes den Hiltischalk in der Windachklamm gerettet hatte aus Not und Tod. Aber geduldig und gläubig lauschten sie der Erzählung des Greises bis zum frohen Ende.

„Und schauet, seit derselbigen Zeit ist in mir der rechte Glaube gewesen. Ist eine Not über mich oder über euch gefallen, gleich hab ich zu meinem lieben Herrn gerufen aus tiefstem Herzen. Das hat noch allweil geholfen. Viel Unglück hab ich verhütet mit meinem Rufen. Und hat das eine oder das ander doch kommen müssen, so hab ich es mit meinem Rufen doch allweil linder gemacht

[1]) das Erdbeben

und hab die ärgste Härt davon weggebetet. Drum sorget euch nimmer! Sie soll nur bidmen, die Erd! Ich weiß schon einen, der festhält." Die Hände faltend, sah er zum Himmel auf. „Eine einzige Sorg noch hab ich gehabt in meinem Leben, und die hat mein guter Herr jetzt auch von mir genommen."

Fragend blickten ihn die Männer an, und einer sagte: „Sorg? Was wär das für eine?"

„Bin ich nit alt, wie dem Runot sein Häusl gewesen ist? Was alt ist, geht seinem letzten Stündl zu. Und wenn ich einmal nimmer bin, wer wird euch beim Guten und Rechten halten? Wer wird rufen für euch in der Not? Allweil ist das meine Sorg gewesen. Aber derzeit ich gehört hab gestern, daß die frommen Brüder gekommen sind, derzeit ist die letzte Sorg von mir gefallen."

Eine Bewegung der Unruhe ging über die Männer hin.

„So eine Freud hat mein guter Herr mich noch genießen lassen auf meinen Abend! Ober die vierzig Jahr lang hab ich keinen geweihten Bruder mehr gesehen. Vierzig Jahr! Aber heut noch muß ich hinaus zum Lokistein! Freilich, der Weg ist weit für meine müden Füß –"

„Ich will ihn dir sparen, mein Bruder!" klang die Stimme Eberweins; er hatte die Hecke geteilt und war über den brüchigen Erdwall in den Kirchhof niedergestiegen. Scheu traten die Männer auseinander, und der greise Pfarrherr schaute auf Eberwein wie auf ein frohes Wunder. Gleich einem Vater, der den ersehnten Sohn begrüßt, eilte er mit offenen Armen auf Eberwein zu und warf sich an seine Brust. „Sei gegrüßt viel tausendmal, mein Bruder in Jesu Christ!" Und als wäre für ihn die Freude zu groß, um sie allein zu tragen, so rief er: „Mannerleut, so kommet doch her!" Betroffen verstummte er. Die Männer waren verschwunden. „Schau, jetzt sind sie heimgegangen, jetzt, derweil sie doch hätten bleiben sollen! Freilich, ich hab doch gesagt zu ihnen: Gehet heim!" Wieder schlang er die Arme um Eberwein. „Gelt, mein Bruder, du tust dich setzen an meinen Tisch?" Er humpelte in geschäftiger Eile dem Hause zu. In der Tür verschwand er, und seine zitternde Stimme klang: „Hilti, Hilti! Jetzt tu dich tummeln, schaff nur, schaff, wir haben einen Gast!“

Mit glücklichem Lächeln hatte Eberwein dem Greise nachgeblickt und hob die Augen zum Himmel: „Ja, Herr, hier wohnest du!“ Langsam ging er zur Steinbank unter der Linde. „Wie mir wohl ist!“ Da hörte er ein Rascheln, und als er sich umblickte, gewahrte er einen kleinen Holzbau, der sich an die Mauer des Kirchleins lehnte: das Beinhaus. Fast zur Mannshöhe waren unter dem niederen Dächlein weiße Totenschädel und gebleichte menschliche Gebeine übereinandergeschichtet. Eine große Ratte kletterte schnuppernd an der Knochenwand hinauf. Von Grauen befallen, machte Eberwein eine scheuchende Bewegung; die Ratte verschwand hinter den klappernden Gebeinen, ein kahler Schädel kollerte auf die Erde, rollte unter dem Dach hervor und blieb im Grase liegen, zu Eberwein aufgrinsend mit zerstörtem Gebiß und schwarzen Augenhöhlen.

Ein Schauer rann durch Eberweins Glieder. Die Furcht vor dem Tode war ihm fremd. Doch mitten in der reinen Gottesfreude, die an dieser Stätte über ihn gekommen, war beim Anblick des widerlichen Tieres und beim Klappern des fallenden Gebeins in seiner Seele etwas erwacht, das jede Fiber seines Wesens zittern machte. Ein Gesicht stieg auf vor seinen Augen: überall sah er offene Gräber, der Leichen harrend, die sie empfangen sollten; in den Tiefen der Erde hörte er ein Rollen gleich dem dumpfen Gebrüll eines hungernden Ungetüms; er sah die Berge wanken und stürzen, und über einem Chaos der Vernichtung schwebte in grauer Luft ein riesenhafter Geist, mit schwarz gebreiteten Flügeln, mit grinsendem Gebiß und leeren Höhlen an Stelle der Augen.

Eberwein schlug die Hände vor das Gesicht. „Gott der Liebe, wo bist du?“

„Da bin ich, mein lieber Bruder in Jesu Christ“, klang die Stimme Hiltischalks, „da bin ich wieder!“

Und Eberwein sah auf und sah den Glanz des herbstlichen Tages, sah den blauen, wolkenlosen Himmel, sah das glücklich strahlende Faltengesicht des frommen Greises. Er atmete tief und lächelte.

Sie gingen zur Steinbank unter der Linde. Hier saßen sie und plauderten.

Kopfschüttelnd hörte Hiltischalk, was ihm Eberwein von seinen Erlebnissen am Morgen erzählte.

„Die Gadener sind raue Leut", sagte der Alte, „und der Unglaube hauset noch in ihren Herzen wie die Mäus in der leeren Stub. Sie haben ein hartes Leben. Der Winter ist lang und der Sommer kurz, die Not ist allweil fett, das Brot ist mager. Und wie die Hand den Käs, so macht das Leben die Leut. Die Gadener haben ein raues Wesen, aber geschlossene Türen hab ich bei ihnen noch nie gefunden. Da muß was dahinterstecken."

„Meinst du, es könnte die böse Nacht sie so sehr geängstigt haben, daß sie in blinder Furcht ihr Haus verschließen? Vor mir wie vor jedem anderen?"

Der Greis schüttelte den Kopf. „In der Not schreien die Leut, und jede Hand sucht einen Halt. Wär die Angst in ihnen gewesen, du hättest offene Häuser gefunden. Aber glaub mir, eh der Tag noch gekommen, haben die meisten ihren Nachtschrecken schon wieder vergessen gehabt. Wenn sie nit ein so kurzes Gemerk hätten, sie könnten nimmer leben. Schau die Berg an! Da steckt in jedem Steinl ein Tod, eine Not in jedem Wasserloch. Da muß man schnell vergessen können, oder der eine Schmerz fallt auf den andern hin wie Schnee auf Schnee im langen Winter. Nein, Bruder, aus Angst haben sie ihre Türen nit zugemacht vor dir. Das muß was anderes sein. Wir kommen schon dahinter, wir zwei! Nur Geduld mußt du haben! Und wenn du Honig begehrst von ihnen und sie bieten dir Salz, da mußt du schlucken! An die sechzig Jährlein sitz ich auf meinem Widum. Wie ich gekommen bin, o lieber Herr, wie hat's da ausgeschaut! Aber ich hab's in meinem Kirchlein gemacht wie drunten in meinem Gärtl. Da rinnet der Bach vorbei, und jedes Jahr hat er mir ein Trumm guten Boden weggerissen. Pfähl hab ich geschlagen, und eine Mauer hab ich gebaut, und die Mauer hat er geworfen und die Pfähl gerissen. Aber ich hab nit nachgelassen, hab gepfählt und gebaut und hab ihm seine Bosheiten abgelugt. Jetzt laßt er mein Gärtl in Ruh, der schieche Feind!“ Hiltischalk erhob sich. „Aber gelt, jetzt tust mir das zulieb und schaust mein Kirchl an?“

Eberwein stand auf. „Führe mich!“ Sie traten in die kühle Halle des Kirchleins. Plumpe Betstühle füllten den schmucklosen Raum, und armselige Geräte zierten den steinernen Altar; jedes Stücklein streichelte der Greis mit zärtlicher Hand, von jedem wußte er eine lange Geschichte zu erzählen. Die Betstühle hatte er selbst gezimmert, das steinerne Taufbecken mit eigener Hand gemeißelt. Kummervoll blickten seine Augen, als er aus einer Wandnische einen hölzernen Buchdeckel mit eisernen Schließen hervornahm – nur einige Fetzen beschriebenen Pergaments umschloß der Deckel noch.

„Schau, Bruder! Das ist einmal mein heilig Meßbuch gewesen. Aber die Mäus sind mir drüber gekommen. Die Mäus! Wenn die nur nagen können! Die haben nit einmal Scheu vor dem Heiligsten. Über mein Evangelienbuch im Haus drüben sind sie mir auch gekommen, die bösen Mäus!“

„Wie kannst du ohne Buch die Messe lesen?“ fragte Eberwein erschrocken.

„Hab sie doch vierzig Jahr lang mit dem Buch gelesen!“ lächelte Hiltischalk. „Da ist schon was hängengeblieben in meinem Gemerk. Und wenn's einmal auslaßt, in Gottes Namen, so red ich halt mit meinem lieben Herrn, wie's das Herz mir eingibt.“ Er blickte in Eberweins Augen und fragte zögernd: „Das wird doch wohl kein Unrecht sein?“

„Nein, Bruder Hiltischalk!“ Tiefe Bewegung sprach aus Eberweins Worten. „Doch wenn der Winter kommt, will ich dir ein neues Meßbuch schreiben.“

Der Greis nahm dieses Versprechen auf wie die Verheißung reicher Schätze.

Dem ersten Schreck, den Eberwein überstanden, folgte rasch ein zweiter: Seit Jahren las Hiltischalk die Messe nicht nur ohne Buch, auch ohne Wein. In früheren Zeiten hatte wohl immer das gefüllte Fäßlein in der Kellergrube gelegen. Eines Tages waren Wazemanns Knechte im Pfarrhof eingekehrt, durstig von der Jagd; sie hatten den Wein gesucht und hatten ihn gefunden. Die Bauern steuerten dem Kirchlein Honig, Butter und Käse, trugen die frommen Gaben nach Hall und tauschten dafür ein neues Fäßlein ein, und bald ein drittes, ein viertes. Doch wo der Wein auch verborgen wurde – Wazemanns Knechte fanden ihn wie die Mäuse das Meßbuch. „Und schau, lieber Bruder, da hab ich mir sagen müssen: Wie darf ich allweil den Schweiß meiner armen Leut in die schiechen Gurgeln rinnen lassen? Die Mess' aber hab ich doch lesen müssen. So hab ich halt gemeint, es geht mit Wasser auch. Und schau, der zu Kana das Wasser in Wein verwandelt hat, der hat sich das Wasser gern gefallen lassen und hat's gewandelt. Wenn ich den Kelch gehoben hab und hab gebetet und getrunken, da hat's mir nie wie Wasser geschmeckt, allweil wie der rechte, heilige Himmelstrank!" Lächelnd blickte der Greis zum Altarkreuz auf und nickte dem Bilde zu wie einem guten Freund, der sich bewährt in aller Not.

„Selig, die festen Glaubens sind!" flüsterte Eberwein. Er legte die Hand auf die Schulter des Greises. „Aber du sollst nicht weiter Gottes Allmacht auf die Probe stellen. Ich werde dir Meßwein senden und will dafür sorgen, daß böse Hände nicht wieder rühren an das Gut deiner Kirche."

Da rief eine schwerfällige Stimme den Namen des Pfarrherrn. „Das ist unsere Mätzel", sagte Hiltischalk, „sie rufet zum Tisch." Im Tor erschien eine Magd von abschreckender Häßlichkeit, mit dem Ausdruck des Blödsinns in den rotgeränderten Augen. „Geh nur, meine gute Mätzel, wir kommen schon!" Als die Magd verschwunden war, sagte der Greis: „Tu dich an ihr nicht scheuen, lieber Bruder! Einwendig ist sie sauber und lieblich. Ist eine fromme, treue Magd. Ihre Mutter ist tot. Die hat gesennet. Wer ihr Vater ist, weiß niemand. Keiner im Tal hat sie nehmen mögen. So haben halt wir sie genommen und haben's nie bereut." Sie waren aus der Kirche getreten und schritten am Beinhaus vorüber; Hiltischalk sah im Gras den Schädel liegen und hob ihn auf. „Schau, jetzt möcht mir der Loipli gar davonlaufen."

Erstaunt wiederholte Eberwein den Namen. „An dem kahlen Gebein erkennst du noch das einstige Leben?"

Den Schädel in der einen Hand, streichelte der Greis mit der anderen den Knochenhaufen. „Die kenn ich alle. Die hab ich alle hinuntergelegt und hab sie wieder heraufgehoben, wenn ich Platz hab machen müssen für andere. Wenn unser guter Herr da droben am Jüngsten Tag sich ein lützel irren tät, da könnt ich ihm aushelfen, daß wir meine Ramsauer wieder schön zusammenklauben! Und der da, schau, mit dem Loch im Kopf", er streckte die Hand mit dem Totenschädel, „das ist der Loipli gewesen, ein junger, schmucker Bub, rechtschaffen und fromm. Am heiligen Ostertag, wie er heim ist aus der Kirch, hat ihn unter der Felswand ein Stein erschlagen. Ein halbes Stündl früher hat er gebeichtet und das Himmelsbrot genommen. So ein Glück! Wie ein weißes Täubl ist seine Seel hinaufgeflogen zu ihrem guten Herrn." Er legte den Schädel auf den Knochenhaufen. „So, Loipli, mein braves Büebli, jetzt bleib schön liegen da! Ordnung muß sein."

Eberwein fuhr sich mit der Hand über die Stirne, als möchte er einen Gedanken verjagen, für den er nicht Worte fand.

Langsam gingen sie dem Hause zu; Eberwein hatte keinen Blick für den Weg und strauchelte auf der Schwelle. Mit beiden Armen stützte ihn der Greis und meinte lächelnd: „Ach, Bruder, du wirst mir doch kein Unheil in meine Stub tragen?"

Da schüttelte Eberwein den Kopf. „Welches Haus wäre sicher, wenn nicht das deine?"

Sie traten in die Herdstube; das war ein kleiner Raum, nicht besser als die Stube eines Bauern; aber die Armut, die hier wohnte, hatte ein lächelndes Gesicht. Der mit gebleichtem Hanftuch überdeckte Holztisch schien dem Gaste sagen zu wollen: ‚Komm, ich gebe, was ich habe.‘ Das Feuer brannte noch auf dem Herd, dessen angerußte Wand mit roh geschnitzten Figürchen behangen war; man hätte sie für Alraunen halten können, wenn nicht die gelb bemalten Strahlen, die in ihren Köpfen staken, sie als Heilige bezeichnet hätten. Ober dem Tisch im Winkel hing ein großes Holzkreuz, geschmückt mit den letzten Blumen des Sommers; auf einem Wandgesimse stand der zinnerne Kelch zwischen anderem Altargerät; ein frisch gewaschenes Chorhemd hing an hölzernem Nagel und rührte sich im leisen Windzug, der durch die unverwahrten Fensterluken in die Stube strich.

Mätzel kniete neben dem Herd und überwachte eine Pfanne, während eine greise Frau die dampfende Milchsuppe in hölzerner Schüssel zum Tisch trug. Sie war, wie Hiltischalk, in eine lange, schwarze Lodenkutte gekleidet, deren weite Ärmel die welken Arme zeigten; zwei dünne, weiße Zöpfe hingen über die Brust der Greisin, und tief in Stirn und Wangen des freundlichen Faltengesichtes reichte das aus Garn geklöppelte Häubchen, das den Scheitel bedeckte. „Schau, lieber Bruder“, sagte Hiltischalk zu Eberwein, „das ist meine gute, brave Hiltidiu.“ Er humpelte auf die Greisin zu und faßte sie am Ärmel. „Komm, Hilti, tu unseren Gast begrüßen und dank ihm für die Freud, die er gebracht hat in unser Haus!“

Dünne Röte glitt über die Wangen der alten Frau, als sie dem Mönch die Hand zum Gruß bot. „Gesegnet sei dein Eingang, Herr!“ Ihre Stimme klang wie das Plaudern einer Quelle.

Hiltischalks Antlitz leuchtete, als er sah, daß der Blick seines Gastes herzlich auf Hiltidiu ruhte. „Ich danke deinem Gruß!“ sagte Eberwein zu der Greisin. Und zu Hiltischalk gewendet, fragte er: „Deine Schwester, Bruder? Ich sehe, sie gleichet dir.“

„Freilich gleichen wir uns. Sind wir doch ein Herz und eine Seele seit zweiundfünfzig Jährlein! Nimm zwei Felsen, Bruder, und laß sie hinunterrollen über den ganzen Berg, von der höchsten Höh bis ins tiefe Tal! Wenn sie drunten sind und das letzte Hupferlein machen, schaut einer wie der ander aus. Da hat ein jeder die Ecken abgestoßen. Freilich gleichen wir uns, aber meine Schwester ist die Hilti nit."

„Deine Magd?" fragte Eberwein erstaunt.

Lächelnd schüttelte die Greisin den weißen Kopf, während Hiltischalks heitere Laune wuchs. „Freilich, eine Magd, eine fromme Gottesmagd. Aber meine Magd? Der liebe Herr soll mich bewahren, daß ich sie je gehalten hätt wie eine Magd. Nein, lieber Bruder in Jesu Christ, die Hilti ist mein gutes Weib."

Erschrocken trat Eberwein zurück. Der Greis gewahrte die Wirkung seiner Worte nicht. Er hatte Hiltidius Hand erfaßt und streichelte zärtlich ihre dürren Finger. „Zweiundfünfzig Jährlein! Und allweil harren wir noch auf den ersten Streit, den wir haben sollen. Recht und treu haben wir zusammengehalten im Krieg des Lebens, grad so wie unsere Namen zueinanderklingen, Hiltischalk und Hiltidiu, der brave Kriegsknecht und die brave Kriegsmagd! Hätt ich nit auf tausend Wegen den lieben Gott gefunden, ich hätt ihn finden müssen auf dem einzigen, auf dem er mir meine Hilti gegeben hat."

„Aber geh, was schwatzest du!" schmollte die errötende Greisin.

„Sag ich was Unwahres? Haben wir nit gehauset miteinander wie zwei rechte Christenleut in gottesfürchtiger Eh? Hat es uns der gute Herr im Himmel nit gelohnt? Hat er uns nit alle Lieb und Freud genießen lassen, bis auf eine? Die hat er uns versagt in seiner Weisheit! Wir haben doch hundert Kinder gehabt um unser Haus her." Er wandte sich zu Eberwein. „Das kannst du mir glauben, Bruder: Die Hilti ist ihnen eine gute Mutter gewesen. So manches harte Köpfl, das ich nit hab ducken können in Güt oder Streng, das hat meine Hilti vor dem Kreuz gebeugt mit ihrer

Mutterhand. Aber schau nur, das Süppl will nimmer dampfen. Komm, jetzt wollen wir uns niedersetzen! Aber beten müssen wir auch. Das muß allweil das erste sein."

Er trat zum Tisch und faltete die Hände. In frommer Inbrunst hingen seine Augen am Kreuz, und mit seinen betenden Worten mischte sich die sanfte, leise Stimme der Greisin. „Amen!" sprach Hiltischalk. „Komm, lieber Bruder, setz dich auf den Ehrenplatz!" Da gewahrte er die Verwandlung in Eberweins Gesicht und stammelte erschrocken: „Bruder, was ist dir?"

Eberwein trat auf ihn zu, mit bebender Stimme: „Hiltischalk, ich darf nicht zehren an deinem Tisch."

Zitternd stand der Greis. „Warum denn nit?" Hiltidiu war an seine Seite getreten, als fühlte sie, daß eine Gefahr ihn bedrohe.

Eberwein atmete tief und richtete sich auf. „Hiltischalk! Weise die Frauen aus der Stube, ich habe mit dir zu sprechen."

Der Priester starrte auf den Mönch, als hätte er nicht verstanden. Hiltidiu ging zum Herd, faßte Mätzel bei der Hand und zog sie zur Tür. „Ihr könnet laut reden", sagte sie, „wir gehen weit vom Haus."

Hiltischalk sah ihr nach, während sie die Stube verließ, sah wieder auf den Mönch, rührte die Lippen und fand kein Wort. Wie der Angstschrei eines Verzweifelten klang Eberweins Stimme: „Hiltischalk! Was hast du mir angetan!"

„Ich, Bruder? Was denn?" lallte der Greis.

„Ich bin getreten in dein Haus, als wär's in eine Kirche. Gottes Nähe meinte ich zu fühlen an deiner Seite. Nun wirfst du Feuer über mich und weckest Zwietracht zwischen meinem Herzen und heiliger Pflicht."

Der Greis tastete mit den Händen ins Leere. „So was hätt ich getan?"

„Du kannst noch fragen? Hast du denn nicht ein Weib?"

„Wohl, Bruder!"

„Ein Weib! Du! Ein Priester!"

„Wohl! Aber laß das jetzt! Und sag mir, was ich getan hab!"

Eberweins Augen irrten, als wüßte er sich nimmer Rat noch Hilfe. „Mensch, wie redest du? Mitten in Flammen stehst du, deine Kleider und Haare lodern, und du fragst: Wo brennt es? Weißt du denn nicht, daß es dir als Priester verwehrt ist, ein Weib zu nehmen? Und daß du in schwerer Sünde lebst wider der Kirche heiliges Gebot?"

Hiltischalk sank auf die Holzbank nieder. Dann schüttelte er den Kopf und stammelte: „Mein lieber Bruder, jetzt muß ich dir aber doch sagen: Du tust dich irren! Wenn ich kein Weib haben dürft, wie hätt es denn sein können, daß vor zweiundfünfzig Jährlein der hochwürdigste Herr Bischof in der Salzburg meine Hilti und mich zusammengegeben hat? Vierzig Denar hab ich gezahlt zur Sportel. Mit Müh hab ich sie aufgebracht und hab gezahlt für das heilige Sakrament. Wie schwer ich das Geld hab sparen müssen -"

Eberwein wollte sprechen, die Worte versagten ihm.

„Das hab ich nie vergessen, Bruder! In meinem Kirchl hat keiner zahlen müssen, keiner! Wenn sie gekommen sind, der gute Bräutigam und die liebe Braut, da hab ich ihre Händ ineinander gelegt und hab gesagt: Nur festhalten in Lieb und Treu, in Ehr und Gottesfurcht! Und wenn sie den anderen Tag mich heimgesucht haben und haben mir Käs gebracht und Schmalz und Honig und Eier, da bin ich zornig worden und hab gescholten." Mit zuckenden Händen fuhr sich der Greis in das weiße Haar und stotterte: „Was red ich denn? Das gehört doch nit daher! Von mir ist die Red, von mir und meiner Hilti. –" Atem und Worte gingen ihm aus.

„Hier ist Gott!" stammelte Eberwein, während seine Augen in Erbarmen an dem Greise hingen. Hier ist doch Gott. Das sagt mein Herz. Das Gesetz der Kirche aber ruft: Hier wohnt die Sünde! Und mein Herz darf keine Stimme haben."

In ratlosem Jammer hatte Hiltischalk sich von der Bank erhoben. Sein Blick fiel auf das Kreuz, er streckte die Hände, und da schien es über ihn zu kommen wie Trost und Ruhe. „Nein, Bruder! Du mußt dich irren. Ich sollt meine Hilti nit haben dürfen? Warum denn nit? Ich bin kein Ordensbruder wie du. Dich bindet ein heilig Gelübd. Und auch ein Bischof soll sich enthalten, wenn er kann. Das steht in der Heiligen Schrift. Die kenn ich gut. Aber ich, Bruder, bin nur ein niedriger Leutpriester wie tausend andere. Wie ich noch ein junger Klerikus gewesen bin da draußen im tiefen Land, da hab ich überall den Pfarrherrn sitzen sehen mit seiner Pfarrin. Und wie sie mich dahergeschickt haben in die Einöd, hat mir alles fehlgeschlagen bei den harten Köpfen. Ich hab gemeint, ich muß verzweifeln. Da hat mich der liebe Himmelsherr die Hilti finden lassen, und sie ist mein Trost geworden und meine Hilf zu allem Guten. Wenn ich sie genommen hab, so hab ich nur getan, was draußen im Land viel tausend andere tun."

„Was sie taten, war ein Greuel, sagt die Kirche!"

Der Greis schüttelte den Kopf. „Nein, Bruder! Wie könnt eine fromme Eh vor Gott ein Greuel sein? Das kann die Kirch nit sagen. Ich weiß schon – wie ich noch ein junger Klerikus gewesen bin, da hab ich oft gehört, daß über den Bergen drüben im welschen Land ein paar hitzige Köpf so reden, als wär die fromme Priestereh ein Unrecht –"

„Nein, Hiltischalk! So hat der Papst entschieden!" rief Eberwein in Qual und Marter. „Auf heiligem Konzil, umgeben von allen Bischöfen der christlichen Welt!"

Der Greis erbleichte. Schweigend standen die beiden voreinander, als wäre der gleiche Jammer in ihnen.

In die dumpfe Stille klang von einer nahen Halde her der fromme Gesang zweier Stimmen; dort oben wandelte ein Bursch mit seinem Mädel in der Sonne, und die beiden, die sich gefunden, jubelten ihr Glück dem Himmel zu.

„Bruder – davon hör ich heut das erste Wörtlein!" sagte Hiltischalk tonlos. „Wann wär das gewesen?"

„Vor vierzig Jahren."

„Aber schau, wie hätt ich das wissen sollen? Über die vierzig Jahr lang bin ich nimmer hinausgekommen aus meinem einödigen Sitz, über die vierzig Jahr lang hab ich keinen mehr gesehen, der das heilige Kleid getragen hat. Wer hätt mir's denn sagen sollen? Und was wär denn anders geworden, wenn ich's gewußt hätt?" Ein Gedanke des Trostes fiel in sein Herz wie Sternenschein in die Nacht. „Ich und die Hilti sind schon über fünfzig Jahr lang Mann und Weib. So kann es für uns nit gelten."

„Das Wort des Papstes hat gelöst, was gebunden war", stammelte Eberwein, „wer Priester bleiben wollte, mußte lassen von seinem Weibe. Das ist gegangen durch alle Lande wie ein Sturm. Und nur an deinen Herd hat keine Welle geschlagen? Land auf und nieder sitzt kein beweibter Priester mehr. Nur du noch, du!"

„Ich, der einzig!" Wie ein Schwindel überkam es den Greis.

Eberwein umschlang ihn, ließ ihn auf die Holzbank niedersinken und setzte sich an seine Seite. Wär ich doch nie gekom-men, hätt ich dieses stille, reine Haus doch nie betreten! Glück will ich säen und muß Unheil streuen, wohin ich schreite!"

Hiltischalk löste sich aus Eberweins Armen. „Du mußt dich irren, Bruder! Es kann nit sein, ich kann's nit glauben. Oder ich müßt versterben. Wie meine Hilti und ich gehauset haben miteinander – vor einer Stund noch hab ich gemeint, es müßt der liebe Herr im Himmel seine Freud dran haben! Jetzt auf einmal soll –" Das Wort erstickte. „Nein, Bruder! Das Wort des Heiligen Vaters in Ehren. Aber wie könnt er sprechen wider das Heilige Buch? Steht nit im Heiligen Buch: Es haben die Apostel Weib und Kind gehabt? Heißt es nit bei Paulus an die Korinther: Haben wir nit, so wir essen und trinken, auch das Recht, von einer christlichen Frau uns begleiten zu lassen wie die Apostel, wie die Brüder des Herrn und Kephas?' Und eins noch, Bruder! Heißt es nit bei Paulus an Timotheus: ‚Darum muß ein Priester unbescholten sein, eines Weibes Mann, der seinem Haus gut vorsteht, denn wie könnt er sonst in allem ein gutes Beispiel geben seiner Gemein?' Wart nur, Bruder, wart, die Stell, die muß ich dir zeigen –" Er humpelte davon und stolperte über die Schwelle einer Kammer.

Die schlaffen Hände im Schoß, starrte Eberwein ihm nach.

Unter den gleichen Worten, mit denen Hiltischalk die Stube verlassen, kehrte er wieder zurück, einen plumpen Pergamentband auf den Armen schleppend. „Wart nur, wart, die Stell muß ich dir zeigen!“ Er legte das Buch auf den Tisch, die Schüssel zurückstoßend, daß die erkaltete Suppe hinausschwankte über den Rand; rote Flecken erschienen auf seinen bleichen Backen; bei dem zitternden Eifer, mit dem er im Buch den Brief an Timotheus suchte, fielen einzelne Blätter aus dem Bande, vergilbt und brüchig, mit halberloschener Schrift, an Kanten und Ecken übel zugerichtet von den Zähnen der Mäuse. „Wart nur, wart –“, er warf die Blätter um und suchte, „an die Philipper, an die Kolosser, gleich muß es kommen, an die Christen zu Thessalonich – jetzt hab ich es: an Timotheus! Drittes Kapitel, zweiter Vers. Da schau her, da muß es stehen –“ Er wollte mit dem Finger deuten, doch jäh verstummte er, stand wie vergeistert und starrte auf das Pergament, das bis über die Mitte zu Fasern und Fetzen zerbissen war. „Jetzt haben mir die Mäus das heilige Wort gefressen!“ Lallend sank er in die Knie, fiel mit Gesicht und Armen auf das Buch und brach in Schluchzen aus.

Eberwein, das Herz erfüllt vom Kampfe seines menschlichen Erbarmens mit der beschworenen Pflicht seines Amtes, legte die Hand auf die Schulter des Greises. Doch er fand kein Wort des Trostes, kein Wort des Rates, weder für Hiltischalks Jammer noch für die eigene Pein. „Ich kann ihn nicht weinen sehen, ich ertrag es nicht!“ Den Arm vor die Augen pressend, taumelte er aus dem Hause.

Hiltischalk richtete sich auf, und sein verstörter Blick irrte in der leeren Stube umher. „Fort ist er! Hat mich geworfen in Not, und in der Not verlaßt er mich!“ Er lief zur Türe. „Bruder, lieber Bruder in Jesu Christ!“ Als er den Hof erreichte, sah er Eberwein am Ufer der reißenden Ache auf schmalem Karrenweg dahineilen, mit flatterndem Gewand und vorgebeugten Hauptes, wie einer, der im tobenden Sturme schreitet.

Hiltidiu kam mit Mätzel vom Kirchlein gelaufen. „Warum ist er fort? Was hat er?“ Die Sprache versagte ihr, als sie das Gesicht ihres Mannes sah.

„Wo lauft er denn hin?“ jammerte Hiltischalk, als wäre der Weg, den Eberwein genommen, seine einzige Sorge. „Er will zum Lokiwald und lauft der Windach zu. Er muß sich verirren! Es kann ihm doch was geschehen! Mätzel, komm doch, lauf und zeig ihm den rechten Weg!“

Mätzel rührte sich nicht; ihre Augen hingen an ihrem Herrn, und sie begann zu zittern, als fiele ihr jede Zähre, die sie über seine weißen Bartstoppeln heruntertropfen sah, wie ein heißer Schmerz in die treue Seele.

„So lauf doch, Mätzel! Oder ich selber muß ihn führen!“ Hiltischalk wollte zum Hagtor; da hielt ihn Mätzel kreischend zurück, schoß zum Hof hinaus und folgte mit jagenden Sprüngen dem Weg, auf welchem Eberwein verschwunden war.

„Was sagst du, Hilti! Der wär jetzt hineingelaufen in die Windachklamm!“ Mit diesen Worten wandte sich Hiltischalk zu seinem Weibe, das bleich und schweigend stand, von dunkler Angst bedrückt. „In die Windachklamm –“ wiederholte er, dann ging ihm die Sprache aus, und mit erloschenem Wehlaut wankte er der Steinbank unter der Linde zu. Erschrocken eilte ihm Hiltidiu nach. „Herr im Himmel, was ist denn? Mann, so red doch!“ Sie wollte ihn stützen, doch er wich zurück und stammelte: „Tu nit rühren an mich!“ Im nächsten Augenblick streckte er selbst die Hände nach ihr, warf sich an die Brust der Greisin, umschlang sie, drückte sie an sich mit der müden Kraft seiner alten Arme und weinte wie ein Kind. Sie sprach kein Wort. Den Wankenden zärtlich stützend, ließ sie ihn auf die Steinbank sinken, hielt sein Haupt an ihrer Brust und streichelte mit linder Hand sein weißes Haar.

Wie ein Frierender schmiegte er sich in ihre Arme und flüsterte scheu: „Weißt du, was er gesagt hat, Hilti? Er hat gesagt: Wir zwei, wir wären nit Mann und Weib!“

Hiltidiu schüttelte den Kopf. Sie verstand nicht. „Wir zwei nit Mann und Weib? Was sonst?"

„Ich weiß nit!" Mit zuckenden Händen griff Hiltischalk an seine Brust und erhob sich. „Komm, Hilti, komm!" Er umklammerte ihre Hand. „Das reden wir zwei nit aus, wir zwei allein! Da muß noch ein anderer dabei sein, ein anderer!" Er zog die Sprachlose hinter sich her und verschwand mit ihr im Tor des Kirchleins.

Stille lag um die hölzernen Mauern und über den Gräbern; manchmal raschelte es leise im Beinhaus, und von der Linde fiel das welke Laub.

2

In der Morgenstille kam Recka durch den Untersteiner Forst geritten. Ihr Rappe suchte den Heimweg, wie er wollte. Die Reiterin blickte aus ihrem Sinnen erst auf, als das Pferd aus dem Walde hinaustrat auf die Seelände. Beim Anblick des Fischerhauses wollte sie wenden, ließ aber die Zügel wieder sinken. „Fürcht ich mich schon vor ihm?" Zornig auflachend, stieß sie dem Pferde den Stachel in die Flanke, daß es hinjagte über den Sand.

Edelrot, die mit Hilmtrud auf der Hausbank saß, gewahrte die Wazemannstochter. „Recka!" rief sie und eilte zum Hagtor. Als sie auf die Lände trat, war die Reiterin schon im Uferwald verschwunden. „Recka!" Edelrot lief der Ache zu; auf der Brücke holte sie die Wazemannstochter ein. „Recka? Kennst du deine Gesellin nimmer?"

Recka verhielt das Pferd und sah mit halb geschlossenen Augen auf das Mädchen nieder. „Wer bist du?"

„Aber Recka! Ich bin's! Deine Treugesellin!"

„Du bist deines Bruders Schwester, mehr weiß ich nit von dir!"

Erblassend trat Edelrot zurück und streifte den Goldring, den sie von Recka empfangen, von ihrem Finger. „Wenn du um meines Bruders willen mich nimmer kennen magst, so nimm auch den Reif wieder, den du mir gegeben hast." Sie legte den Ring in Reckas Hand. „Tu, wie du magst, lös deine Treu von mir, die meine soll dir bleiben, solang ich leb."

Schritte klangen im Wald. Sigenot kam unter den Bäumen hervorgesprungen und faßte die Hand der Schwester. „Wie hast du vergessen können, was ich dich geheißen hab? Du sollst nit weilen außer Tor. Winter liegt her um unseren Hag, und die Wölf gehen um."

„Aber so schau doch", flüsterte Edelrot, „ich bin nit allein."

„Ich seh nur dich."

Da lachte Recka; sie senkte die Hand, der Ring kollerte über ihren Schoß, fiel nieder und verschwand im schießenden Wasser der Ache. Rötli hatte das Kleinod noch haschen wollen; aber Sigenot hielt die Schwester fest und führte sie mit sich fort.

Recka jagte über den Reitweg empor, daß ihr Rappe zu schäumen begann. Ihr Gesicht war wie versteinert. Als sie das Tor erreichte, hörte sie aus dem Burghof lautes Johlen und schallendes Gelächter. „Sie lachen, und ich möchte schreien vor Schmerz und Zorn!" Den Rappen wendend, nahm sie den Weg wieder talwärts. Hinter ihr schallte das heitere Geschrei, über das sich eine kreischende Stimme hinaushob.

Im Burghof, zwischen Wazemanns Knechten und Mägden stand Bruder Wampo, der gekommen war, um Eberweins Weisung zu erfüllen und Herrn Waze mit seinem Sohne Henning vor den Richtersitz im Lokiwald zu laden. Unter dem höhnenden Gelächter, das ihn umringte, wickelte er den Rosenkranz um die Linke und zog gleich einem Schwerte das hölzerne Kreuzlein aus dem Gürtel. „So, jetzt kommet nur an, jetzt bin ich gewappnet!" Er trat den Lachenden entgegen. Bei der Frage nach Herrn Waze schwankte seine Stimme ein bißchen. Kaum aber hörte er, daß Herr Waze mit seinen Söhnen ins Gejaid gezogen wäre, da richtete er das runde Köpfl auf, und es wuchs ihm der Mut. Mit hohen Worten verkündete er die Wichtigkeit seiner Sendung. „Und ich rat euch, erweiset mir alle Freundlichkeit, auf daß ihr eurem Herrn einen guten Fürsprech an mir gewinnet! Er kann ihn brauchen. Sonst möcht ihn das Grausen ankommen vor dem Gericht, das ihn erwartet.“ Die Mägde nahmen diese Rede mit Verblüffung auf, die Knechte mit Geschrei. „Was sperret ihr die Mäuler auf?“ rief Bruder Wampo wurdevoll. „Führet mich in das Haus, daß ich euren Herrn in Ruh erwarte! Und führet mich in die beste Stub, darin das Tischl gedeckt ist und der Krug gefüllt, wie es einem fürnehmen Gaste zukommt.“

Unter dem Gelächter der anderen warf sich eine Magd auf die Knie. „So fürnehmen Herrn muß man grüßen mit Fingerkuß!“

Freundlich blickte der Bruder auf sie nieder und reichte ihr die Hand. „Deine Demut soll dir vergolten werden mit reichem Lohn!“ Als aber die Magd nicht seine Hand, sondern die eigene küßte und lachend aufsprang, rief er zornig: „Wartet nur, es soll euch die Lust vergehen, Gespött zu treiben mit einem frommen Mann. Ich sag euch zum letzten Mal: Führet mich ins Haus! Ich bin nur ein bescheidener Gotteskneecht, und für mich selber möcht ich keinen Tropfen und kein Bröselein begehren. Aber ich bin gekommen an meines Herren statt, um seinetwegen will ich kein Härlein von der Ehr vermissen, die ihm zukommt. Gebet Gott, was Gottes ist, oder es könnt geschehen, daß der Teufel an euch sein Recht begehrt.“

Die Mägde lachten, die Knechte wurden grob, und einer schrie: „So führet ihn doch zum Mahl, es ist schon aufgetragen.“ Er faßte Wampos Arm, zerrte den Verblüfften gegen die Mauer und öffnete vor ihm die Tür des Schweinestalls. „So! Fang an! Und tummel dich, daß du nit zu kurz kommst.“

Es fehlte nicht viel, daß Bruder Wampo in seinem Zorn dem Knecht das Kreuz auf den Kopf geschlagen hätte; doch ehe sein Arm herunterfiel, besann er sich. Unter dem Gelächter, das ihn umgab, küßte er das Kreuz, verbarg es mit dem Rosenkranz unter der Kutte und hob die Augen zum Himmel. „Tu mir nit zürnen, Allgütiger, weil ich deine heiligen Zeichen an einen solchen Ort getragen hab!" Dann ballte er die Fäuste, und kreischend hob sich seine Stimme: „Nur her auf mich! Meint ihr, daß ich mich fürcht vor euch? Ihr Unfläter, ihr Stallbrüder von denen da drinnen! Ich will keinen Schrei wider euch zum Himmel tun. Gottes Hand ist mir zu heilig, als daß ich sie anrufen möcht zur Hilf gegen euch. Ihr Teufelsbraten! Euch wird eine Schüssel aufgetragen werden mit einer brenzligen Supp, von der ein übler Geruch ausgeht und ein heißer Dampf."

Die Prophezeiung trug dem Bruder einen Puff ein, der ihn wanken machte, nicht schweigen. Wie ein mutiger Jagdhund biß er um sich mit den scharfen Worten seines Grimmes. Die Adern schwollen ihm an Hals und Schläfen, und der Schweiß rann ihm über den Kahlkopf. Jedes saftige Schmähwort, das sie ihm zuschrien, jeder Stoß, der ihm an die Rippen fuhr, mehrte noch seine Tapferkeit. „Schimpfet nur und schlaget mich, es kommt schon die zahlende Stund! Wie der Sturmwind über das Traidfeld wird der Teufel herfahren über eure Köpf. Es hat schon gerumpelt heut nacht. Da hat er sein Schürhakl aus dem Feuer gerissen. Aber wartet nur, wenn er ausfahrt aus dem Berg, mit glühenden Hörnern und feuriger Zung, da wird es heißen von euch wie beim Propheten Ezechiel: Nicht viele werden entkommen, in den Schlupfen der Berge werden sie sich verkriechen, Furcht wird sie umhüllen, Angst wird auf ihren Gesichtern sein und Glatze auf ihren Köpfen!"

Die Stelle war unvorsichtig gewählt, Bruder Wampo hatte der eigenen Glatze vergessen. Da gab es böse Scherze zur Antwort, und das kahle Köpfl des Mönches hatte viel Bitteres zu leiden. Seine Stimme, ob sie auch schmetterte wie eine Trompete, ging unter in dem Höllenlärm, der ihn umringte. Das Geschrei im Hofe hatte auch alle Stimmen in den Ställen geweckt. Die Hunde im Zwinger kläfften wie toll, im Käfig brummte der Bär, und der Wolf saß auf den Hinterbeinen und heulte geradauf in die Luft.

Man spielte dem Bruder so übel mit, daß in einer Magd das Erbarmen erwachte; sie riß ihn aus dem Knäuel und lachte: „Laßt ihn doch endlich in Ruh! Schauet ihn nur an, wie er schwitzt!“

„Jawohl, ich schwitze“, schrie Bruder Wampo atemlos, „und jedes Tröpfl, das ich vergieß, ist eine Ehr für mich. Mir geht's wie dem schwitzenden Philosophen, dem eines Tages ein Freund begegnet ist. ‚Warum schwitzest du?‘ hat ihn der Freund gefragt. Und der Philosoph hat erwidert: Weil ich mich herumgeschlagen hab mit Unflätern und Dummköpfen!‘“

Viele Hände griffen nach ihm, und da der Bruder merkte, daß die Reise vor die Mauer begänne, rief er mit kreischender Stimme: „Nur zu, nur zu! Ich bitt euch, gebet mir nur einen festen Schwung. Mein Wohltäter ist jeder, der mich hinauswirft aus einem solchen Haus. Eurem schiechen Wirt aber saget, daß er geladen ist vor Gericht, zwischen heut und dem dritten Tag! Stehen soll er vor meinem Herrn wie das Wölflein vor dem Löwen! Merken soll er, daß von meinem Herrn das Wort des Jesaias gilt: Gott hat ihn gerufen zur Gerechtigkeit, er führt ihn an der Hand und setzet ihn zum Licht –“

Bruder Wampo fand nicht Zeit, die Worte des Propheten zu vollenden; seine Bitte, ihm einen festen Schwung zu geben, wurde flink erfüllt. Aber nicht das Falltor hatten sie für ihn geöffnet, sondern die schmale Pforte über dem Felsensteig. Da war es ein Glück, daß Bruder Wampos Bäuchlein in dem Türloch einen harten Durchlaß fand, dessen Reibung die Kraft des Schwunges linderte. Sonst wär' es ihm kaum gelungen, mit den Händen das Seil zu haschen, das an der steilen Felswand befestigt war. Ein Schwindel befiel ihn fast, als er von der knappen Stufe niederblickte in die Seetiefe. Und doch verließ ihn der Mut nicht. „Bin ich denen da drin entronnen, so komm ich wohl auch noch heil da hinunter.“ Unter einem Stoßgebetlein begann er den Abstieg. Das war für ihn ein doppelt bedenklicher Weg, denn die Stufen waren schmäler als die Breite seines Leibes, und er mußte sich krampfhaft an die Felswand drücken, um das Übergewicht seines irdischen Teils nach Möglichkeit zu mindern. Während er sich von Stufe zu Stufe tastete, klang über ihm das Geschrei der Wazemannsleute, deren Köpfe auf der Mauer erschienen waren. Es regnete üble Scherzworte auf ihn nieder und auch sonst noch mancherlei Dinge, für deren nähere Betrachtung dem Bruder auf seinem bösen Wege keine Zeit verblieb.

Als er glücklich den Waldgrund erreichte, schüttelte er den Unrat von sich ab, den sie von der Mauer auf ihn niedergeworfen. „So ein Teufelsnest!" schalt er und hob die geballten Fäuste gegen Wazemanns Haus. Dem Pfad folgend, gelangte er zum See, der ihn so kühl und verlockend anblickte, daß der nach Erfrischung Lechzende nicht zu widerstehen vermochte. „Kalt wird's sein, aber gut!" Ein Busch, in dem er sich entkleiden konnte, war bald gefunden. Als er mit Armen und Schultern aus der Kutte schlüpfte, machte er sorgenvolle Augen zu seinem eigenen Anblick. „Fein haben sie mich zugerichtet! Ausschauen tu ich wie ein Ferch: blau und grün, mit roten Tupfen!"

Er sprang ins Wasser, vor Kälte prustend und mit den Zähnen schnatternd. Wie ein Fisch, der an der Angel zappelt, schlug er um sich, und dabei wurde ihm warm, so daß ihm das Bad behagte. Nicht weit vom Ufer sah er die stille Insel. Auf dem Rücken liegend, schwamm er dem Röhricht entgegen, und wenn ihm Wasser in den Mund geriet, blies er die Backen auf und spritzte ein dünnes Brünnlein in die Höhe. Als er die Insel erreichte und zwischen dem Schilf umherwatete im weichen, warmen Schlamm, hörte er auf dem jenseitigen Waldhang die Stimme eines Burschen klingen.

Fröhlich hallte das Almenlied im Wald, und die Jodelrufe weckten das Echo an der Falkenwand.

Edelrot erschien in der Tür des Fischerhauses. „Der Ruedlieb!" Noch konnte sie den Heimkehrenden nicht gewahren, hörte nur sein klingendes Lied, das ihr sagen wollte: „Hab acht, ich komm!"

Es zog sie zum Tor, aber sie dachte der Mahnung ihres Bruders.

Der war mit den Knechten, mit Eigel und Kaganhart hinter dem Haus und zimmerte an den Pfählen, mit denen er den Hag zu höhen und das Tor zu festigen gedachte. Edelrot wollte ihn suchen und lief am Haus entlang. Da hörte sie, daß das Lied des Buben jäh verstummte, wie entzweigerissen von einem Schreck. In Sorge eilte sie zum Tor hinunter; kaum gelang es ihr, den schweren Sperrbalken aus der eisernen Ose zu heben. Als sie den Torflügel aufstieß, hörte sie den Buben schon über die Lände herspringen, mit keuchendem Atem.

Nun stand er vor ihr, verstört und blaß, ohne Hut, ohne Grießbeil, und umklammerte ihre Hände: „Rötli? Ist das wahr, daß einer sterben muß, der den Bid gesehen hat?"

„Ihr guten Mächt! Ruedlieb!" Sie wollte den Namen des Bruders schreien. Aber der Bub drückte die Hand auf ihren Mund: „Tu nit rufen! Wer's ausredet, der macht's noch ärger."

Dann saßen sie auf dem Lugaus aneinandergelehnt, mit verschlungenen Händen. Sonnenlichter spielten um sie her, und im Laub der Eichen raunte der sachte Wind. Gesund und grün stand Edelrots Bäumchen; es war an ihm kein Blatt noch welk geworden, während an Sigenots krankendem Jahrbaum alle Blätter lechzend hingen wie nach langer Dürre.

Schwer atmend sah Edelrot hinaus über den stillen, schimmernden See, in dem die kleine Insel lag, umgeben von blaugrünem, unbewegtem Röhricht. Diese Ruhe berührte sie wie Trost. „Gelt, nein?" lispelte sie. „Gelt, du hast ihn nit gesehen?"

Scheu blickte Ruedlieb um sich und flüsterte: „Durch den Seewald bin ich hergestiegen und hab gesungen in meiner Freud. Denn weißt du, in der Nacht, wie die Erd gebidmet hat und die Steinlahnen sind niedergegangen über alle Wänd, da hab ich nur allweil an dich denken müssen. Drum ist mir leicht ums Herz worden, wie nach der schiechen Nacht ein so stiller Tag aufgestanden ist und der Vater mir hat sagen lassen, daß ich heim darf. Wie ich vom Seewald aus euer Dach gesehen hab, da hab ich singen müssen in meiner Freud. Aber wie ich herkomm ans Ufer und schau zum Bidlieger hinaus." Die Worte versagten ihm. „Vor Schreck hab ich gemeint, ich müßt tot umfallen auf der Stell!"

„Gesehen hast du ihn? Gesehen?"

„Aus dem Schilf ist er aufgestiegen, ein grauslicher Unhold. Keinen Hals hat er und keinen Leib, nur einen endsgroßen runden Kopf, schier zehnmal größer als ein richtiger Mannskopf. Und gleich am Kopf hängen die schwarzen Füß. Und wo die Menschenleut die Ohren haben, hat er die Arm. Und keine Nas hat er im roten Gesicht. Haar hat er auch nit, er muß Beschuppet sein wie ein Fisch. Rötli, ich hab den Bid gesehen! Jetzt muß ich sterben."

Lautlos bewegte Rötli die Lippen.

Er sah sie an. „Ich tät mich vor dem Sterben nit fürchten. Aber schau, ich hab dich lieb."

„Ich dich auch!" Sie umschlang ihn, schmiegte ihre Wange an die seine, und so saßen sie wortlos.

Als Ruedlieb scheu hinausspähte über den See, faßte ihn neuer Schreck. „Tu nit aufschauen!" stammelte er und wollte die Hände über ihre Augen drücken. „Ich seh ihn wieder."

Edelrot sprang auf und riß die Hände des Buben von ihrem Gesicht. „Hast du ihn sehen müssen, so fürcht ich mich auch nimmer und schau ihn an!"

„Rötli!" jammerte Ruedlieb und suchte sie vom Lugaus wegzureißen. Aber Edelrots Blick war schon hinausgeglitten über den Seeweiher. Zwischen der Insel und dem waldigen Ufer unter der Falkenwand trieb eine große, runde, rotschillernde Kugel über die Flut, vergleichbar einem riesigen, halb in das Wasser versunkenen Kürbis – der ‚Kopf des Bid'. Weiße Wellen umschwankten ihn, manchmal tauchte etwas auf wie eine rote Flosse, und dann spritzte ein Wasserstrahl in die Höhe, der in glitzernde Tropfen zerfiel. Im Röhricht des Ufers verschwand der Unhold.

„Rötli, was hast du getan!" klagte der Bub. „Wär's nit an mir genug gewesen? Jetzt hab ich dich auch noch in den Tod gerissen."

Da faßte Edelrot sein Gesicht mit beiden Händen und flüsterte lächelnd: „Ich hab's so wollen. Jetzt sterben wir miteinander." Die beiden sanken auf die Bank, im ersten Kusse hingen ihre Lippen aneinander, und ihre Sinne gingen unter im süßen Vergessen junger Liebe.

Schimmernd lag der See, auf dem Dache gurrten die Tauben, und aus dem Walde herüber tönte das Rauschen der Ache. Rötli und Ruedlieb hörten nicht.

Hinter dem Hause kam Wicho hervor; er sah das Hagtor offen, schüttelte befremdet den Kopf und ging, das Tor zu schließen. Als er den Sperrbalken eingelegt hatte, gewahrte er das Pärchen auf dem Lugaus. „Schau nur, da ist ein Blüml aufgeblüht in aller Not!" Ein dumpfes Dröhnen, wie ferner Donner, machte ihn aufblicken. „Ist denn noch allweil keine Ruh?" Er spähte sorgenvoll zur Höhe. Unter den höchsten Felswänden des Jennar sah er eine Staubwolke aufsteigen, und wie ein Stöhnen der Natur lief der Widerhall der Schuttlawine über die Berge hin. War es ein verspäteter Nachklang der vergangenen Nacht? War es eine Mahnung an kommende Schrecken? Das Echo rollte – Ruedlieb und Rötli hörten nicht.

Sie hatten in der Not nicht gesucht nach Trost und Hilfe, und dennoch hätten sie sagen können: Wir haben gefunden, was wider alles hilft und alles überdauert.

Freilich, der alte Gobl hätte gelächelt zu solcher Rede. „Meint ihr die Lieb? Ist die Lieb nit auch in meinem Herzen gewesen, in meinem Haus? Mein Herz ist leer geworden. Wo steht mein Haus? Aber ich hab gefunden, was hilft. Mich geht kein Schrecken mehr an und keine Furcht. Mein Lachen bleibt hinter allem." – Und in stundenweiter Ferne, im Kirchlein der Ramsau, saßen Hiltischalk und Hiltidiu in einem Betstuhl. „Tu nimmer weinen, Hilti!" flüsterte der Greis. „Schau hinauf zu ihm, der die Hilf ist wider alle Not! Mich hat er gehoben aus der Windach. Er wird uns nit sinken lassen. Nur recht aus tiefstem Herzen müssen wir schreien: Mein guter Herre, du mein Gott! Und Vertrauen müssen wir haben. Da wird er schon alles schlichten, wie's gut und recht ist." Hiltidiu trocknete die Tränen und nickte lächelnd. Mit verschlungenen Händen saßen die zwei greisen Menschen im Betstuhl – so still in sich und in ihren Trost versunken wie auf dem Lugaus des Fischerhauses das junge blühende Paar.

Rötli und Ruedlieb hörten nicht, daß am Hagtor gerüttelt wurde und daß eine fremde Stimme rief: „In Himmels Namen, gebet Einlaß einem fremden Gottesmann!" Sie blickten erst auf, als es lebendig wurde in der Hofreut. Sigenot kam mit den Sennen, mit Eigel und Kaganhart hinter dem Haus hervor, und Hilmtrud erschien in der offenen Tür.

Der Hag wurde geöffnet, und Bruder Wampo, der den Fischer erkannte, breitete in Freude die Arme. „Ich hab mir's gleich gedacht, daß mir das liebe Kreuz da draußen ein guter Weiser sein wird!" Sigenot mußte die mit einiger Schwierigkeit sich vollziehende Umarmung des Bruders dulden. Dann setzte sich Wampos Zünglein in Bewegung. Das erste, was er zu berichten hatte, war das traurige Schicksal, das die Ferchen und Hechte im Lokiteich gefunden.

„Wäre das die einzige Not, die aus der heutigen Nacht gewachsen", meinte Sigenot, „wider die wär bald geholfen." Er führte den Bruder zum Haus und wollte schon hinter ihm in die Türe treten. Da sah er den Sohn des Richtmanns stehen, Hand in Hand mit Rötli. In Freude und zugleich mit Kummer betrachtete er das junge Paar. „Ruedlieb? Weiß dein Vater, daß du in meinem Hag weilst?" Der Bub schüttelte den Kopf. „So muß ich dich weisen aus meiner Hofreut. Ich tu es ungern, denn ich hab dich lieb. Aber dein Vater könnt mit Unmut hören, wo du gewesen bist."

Rötli und Ruedlieb standen wie entseelt. Sigenot legte den Arm um die Schwester und reichte dem Buben die Hand. „Ich mein, das spüret ihr alle beid, daß ich eurem Glück ein Haus bauen möcht, lieber heut als morgen. Aber zwiespältige Zeit ist eingefallen, die dem Glück feind ist wie der Winter den Blumen. Ich steh, wo ich stehen muß, und dein Vater, Bub, steht auf der anderen Seit. Ein Sohn muß stehen, wo der Vater steht. Von aller Treu und Lieb die erste muß die Treu für Haus und Blut sein." Sigenots Augen glitten über den See hinüber zur Höhe der Falkenwand. „Geh heim, Liebli! Kommt wieder gute Zeit, so wird wohl der Weg, der deinem Herzen lieb ist, auch deinem Vater taugen. Eine weiß ich, die wartet auf dich. Gelt, Rötli?" Zärtlich strich er über das Haar der Schwester, die das Gesicht an seiner Brust verbarg.

Stammelnd streckte der Bub die Hände; doch als der Fischer den wehrenden Arm zwischen ihn und die Schwester legte, wandte sich Ruedlieb und taumelte schweigend über den Hügel hinunter. Beim Hagtor schrie er: „Ich komm wieder, Rötli! Ich komm!"

Da riß sich Edelrot aus ihres Bruders Armen und rief: „Kämst du auch nimmer und nimmer, wir zwei, wir müssen uns finden, sobald der Mond wieder voll wird!" Sie meinte die Nacht, in welcher Ruedliebs Leben und das ihre dem Bid verfallen waren.

Hilmtrud, die auf der Hausbank saß, verschlang die Hände im Schoß und murmelte: „Not über Not! Schau einer hin, wo er mag, überall brennt ein Haus, überall schreien die Leut." Da setzte sich Kaganhart an ihre Seite. Unruhe sprach aus seinen Augen. „Was willst du?" fragte Hilmtrud.

„Laß dir im Guten raten", flüsterte der Bauer, „und bleib dem Pfaffen aus der Näh! Herr Waze ist wider die Klosterleut. Wenn wir bauen wollen, müssen wir hinauf zu ihm und um das Schlagrecht für das Bauholz betteln."

Das Weib sprang auf, wilden Haß in den Augen. „Mann! Nit eher wird der erste Baum zu unserem Haus geschlagen, eh der da droben nit den letzten Schnaufer tut." Sie trat ins Haus.

Der Bauer folgte ihr. „Ist das ein Weib! Will mit dem da droben auch noch zanken und raufen!"

Nach einer Weile saßen sie alle in der Herdstube um den gedeckten Tisch; nur Mutter Mathilt wollte das Mahl nicht teilen, und Rötli blieb bei der Mutter am Herd. Bruder Wampo hatte den Ehrenplatz eingenommen. Jeden Bissen würzte er mit Späßen, so daß sich manchmal ein frohes Lachen um den Tisch erhob und zuweilen sogar über Sigenots Lippen ein Lächeln huschte. Es schien, als hätte sich der drohende Schatten, der über den Köpfen dieser Menschen hing, für ein Stündlein in freundliche Helle verwandelt. Am lautesten unter allen lachte Kaganhart, und um doppelten Trost zu haben, griff er so mutig in die Schüssel, daß Bruder Wampo, den Entsetzten spielend, die Arme wie zum Schutz vor die anderen streckte und mit dem alten Sprichwort rief: „Habet acht, ein Bayer frißt, da werden wir alle mitgefressen!"

Als das Mahl zu Ende war und die Männer die Herdstube verlassen wollten, stellte sich Bruder Wampo vor die Türe. „Holla! Jetzt wird noch geblieben eine Weil! Vor dem Mahl haben wir all im Hunger das Beten vergessen. Das wird fein säuberlich nachgeholt. Wartet, ihr Heidenschüppel, ich will euch Christentum predigen. Draußen vor dem Hag wird der Herr aufgestellt, und euer Haus soll er hüten. Gelt, das tät euch schmecken? Aber beten und danken will keiner. Her da zum Tisch und nachgebetet, was ich sag!"

Bruder Wampo faltete die Hände und betete vor. Sigenot fiel als der erste ein, und da wurden auch die Stimmen der anderen laut. Nur Mutter Mathilt blieb stumm. Sie legte ein dürres Kraut ins Feuer, und die verbrennende Staude füllte die Stube mit schwerem Duft.

Nach dem Gebet verließen die Männer das Haus. Bruder Wampo wollte auf der sonnigen Hausbank die Mittagsruhe halten, doch Edelrot faßte ihn beim Kuttenärmel und zog ihn unter die Eichen. „Ich muß dich was fragen, Gottesmann!" Er sah den Kummer in ihrem lieblichen Gesicht und ließ sich führen, wohin sie wollte. Im Schatten der Bäume hielt Rötli inne und sagte mit bebendem Stimmlein: „Es geht die Red, ihr wisset viel, ihr Gottesleut."

„Ein guter Gottesmann weiß alles."

„So sag mir: Ist das wahr mit dem Bid?"

Bruder Wampo machte ein verdutztes Gesicht. „Mit wem? Mit was?“

„Mit dem Bid?“

„Bid, Bid? Den kenn ich nit! Wer soll das sein?“

Scheu erklärte Rötli dem Bruder, wer der Bid wäre, wo er hause und welches Schicksal aus seinem Anblick erwachse. Da schüttelte Wampo lachend den Kopf. „Dirnlein, das ist Narretei und schiecher Aberglaube. Außer Menschen und Getier und außer den leblosen Dingen der Welt gibt's nur zwei Sachen noch; das ist der liebe Gott mit seinen Engeln und Heiligen, die im Himmel wohnen, und der Teufel mit seinen schwefligen Heerscharen, die in der Höll hausen. Da bleibt fürs Wasser nichts übrig als nur die Gottesgab der Fisch und Krebsen. Bid? Nein, Dirnlein! Einen solchen Kerl gibt's nit. Sag nur: Ich hab's gesagt!“

„Wenn ihn aber doch einer schon gesehen hat?“ fragte Rötli, in deren Augen schon ein Fünklein von Hoffnung glomm.

„Gesehen? Wie soll er denn ausschauen?“

„Grauslich! Einen weltsgroßen, roten Kopf hat er, mit glitzrigen Schuppen wie ein Ferch, keine Nas und keine Augen im Gesicht, und wo die Leut die Ohren haben, da hat er Flossen.“

„Pfui Teufel!“ lachte Bruder Wampo. Dann stockte er und schien sich zu besinnen. „Freilich, er weiß gar mancherlei Künst, der schieche Feind, und diemal schreckt er die Menschen in grauslicher Gestalt. Die lieben Heiligen können davon erzählen. Aber da muß man sich noch lang nit fürchten, Dirnlein. Sei nur gut und fromm, so hat er keine Macht über dich. Und wenn er dir einmal erscheinen sollt, so schlag das Kreuzzeichen, tu dein Stoßgebetlein, und du wirst sehen: Weg ist er! Wie fortgeblasen! Aber ein Geruch bleibt hinter ihm. Da gehört eine gute Nas dazu.“

Mit beiden Händen faßte Rötli den Arm des Mönches: „Ach, guter Gottesmann, ich tu dich bitten, zeig mir, wie ich es machen muß!“

„Ja, Dirnlein, komm nur und setz dich her zu mir!“

Sie saßen auf dem Lugaus in warmer Sonne, umgeben vom leisen Fall der welkenden Blätter! Als Wampo Abschied nahm vom

Fischerhause, geleitet von Wicho, der das schwere Lägel trug, war aus Edelrot eine gute Christin geworden, freilich eine ‚gute Christin' nach der Meinung Bruder Wampos. Sie hatte gezittert in Angst, und da war ihr der Glaube leicht geworden, der den lieben Gott im Himmel walten und daneben den Teufel bestehen ließ, bei starker Hilfe wider seine üblen Kräfte. Ein Stündlein hatte Bruder Wampo reden müssen, um die Furcht aus dem zitternden Kind zu lösen. Vielleicht wäre ihm das rascher gelungen, wenn es ihm in den Sinn gekommen wäre, zu erzählen: ‚Ich habe gebadet im See.' Da hätte Rötli hellauf gelacht und hätte für kommende Zeiten die Lehre gewonnen, daß es um manche Angst des Lebens bestellt ist wie um den Bid des Ruedlieb: Blick hin mit verwirrten Sinnen, und Grauen erfaßt dich - blick hin mit klarem, sehendem Aug, und die Posse macht dich lachen.

3

Auf beschwerlichem Pfade wanderte Eberwein, von Mätzel geführt, durch schattendunklen Fichtenwald. Er hörte das dumpfe Brausen nicht, das ihm entgegenscholl, und blickte erst auf, als er den aus einem mächtigen Baumstamm gebildeten Steg erreichte, der die Schlucht der Windach überspannte. Ein kalter Luftstrom fuhr ihm entgegen und peitschte sein Gewand. Unter seinen Füßen zitterte und schwankte der Steg wie ein Mühlbrett über den Mahlsteinen. Steil und wirr geklüftet stürzten die Felsen niederwärts, Wasser rann und sickerte über das Gestein; in mächtigen Fetzen, noch von Wurzeln durchflochten, hing die zerrissene Erde über die Kanten der Felsen; auf allen Seiten bröckelte und kollerte das Erdreich. Gewaltige Felsblöcke hingen eingekeilt zwischen den Wänden der Schlucht, in deren grauem Zwielicht der weißschäumende Wildbach hauste wie ein gefesselter, in seinen Banden tobender Riese. Aus dem Rauschen klang noch das dumpfe Poltern des Gesteins, das der Bach auf seinem Grunde wälzte und zerrieb, und bis zur Höhe des Steges sprühte der kalte Wasserstaub, Eberweins Wangen anhauchend wie eisiger Atem der Vernichtung.

Mätzel deutete unter kreischenden Worten in die Schlucht. So laut die Magd auch schrie, Eberwein verstand sie nicht; das Brausen, das aus der Tiefe quoll, verschlang den Hall ihrer Stimme. Dennoch schien er zu wissen, was sie ihm sagen wollte. Seine Hand griff nach dem schwankenden Geländer, als befiele ein Grauen seine Sinne. „Aus diesem Höllenrachen hat ihn Gott gehoben mit barmherziger Hand! Und ich soll ihn stürzen in Jammer, der noch tiefer ist? Was Eid und Pflicht mir gebieten? Ist es nicht wider Gott?“ Als könnte er den Anblick der finsteren Tiefe nicht länger ertragen, eilte er mit so jagendem Schritt davon, daß die Magd ihm kaum zu folgen vermochte.

In seinem Gesichte spiegelte sich der Kampf, der seine Seele erfüllte. Zum erstenmal geriet sein Herz in schreienden Widerspruch zu den Gesetzen der Kirche, deren treuester Sohn er gewesen. Immer hatte er im Wort der Kirche das Wort des Himmels gehört, und freudigen Herzens hatte er stets gestritten für der Kirche Macht. Jeder Fußbreit Weges, den er erobern half, war ihm erschienen wie geheiligtes Land, auf welchem Gottes Größe sich erweisen, Gottes Liebe sich betätigen würde. Und nun war alles wankend geworden, was fest und unerschütterlich in seinem Herzen gewohnt hatte. Zwiespalt war jeder Gedanke, den er dachte; Pein war jede Regung, die er empfand. Wie sollte er sich lösen aus diesem Streit? Wie das Rechte finden? Was tun, um nicht untreu seinem Herzen zu werden, das heiß für diese beiden Menschen sprach, und auch nicht untreu seinem Eid und seiner Pflicht?

Es erwachte in ihm die Erinnerung an jene Zeit, da er als junggeweihter Priester noch das Ende jener Kämpfe mit angesehen, welche die Kirche siegreich wider die ,irdische Lust' der Laienpriester ausgefochten. Zu hundert Malen hatte auch er in frommer Begeisterung nachgesprochen, was Papst Gregor mit mächtigem Hall in die Welt gerufen: Non liberari potest ecclesia a servitute laicorum, nisi liberantur clerici ab uxoribus! Der lauteren Seele des jungen, in strenger Klosterzucht erzogenen Mönches war diese Begeisterung um so leichter geworden, als er auf der Seite der Gegner das Laster sah, Verworfenheit der Gemüter und Verderbnis aller Sitten. Hier aber waren zwei Menschen ihm entgegengetreten, Mann und Weib, zwei Körper und doch eine Seele nur, und diese Seele rein und fromm, gläubig, ein Wohlgefallen für Gottes Augen! Wie zwei treue Gärtner des Himmels waren sie Hand in Hand gewandert durch ein langes Leben. Kein Tag war ihnen vergangen, an dem sie nicht den Samen des Guten ausgestreut, nicht einen Fleck des steinigen Grundes gewandelt hatten in fruchtbares Erdreich! Welche Ehe ward im Himmel geschlossen, wenn nicht diese? Mußte sie ihm nicht erscheinen wie reiner Gottesdienst? Bei diesem Gedanken wurde in ihm die Empfindung wieder lebendig, mit der er das Haus des frommen Greises betreten. Seine Seele war mutlos gewesen, und er hatte Trost und Vertrauen gefunden. Die Luft dieser stillen Mauern hatte ihn angeweht, warm und erquickend wie ein Hauch der ewigen Liebe. Und zum Danke sollte er in dieses Haus den Jammer tragen, das Weh und die Verzweiflung? Nein, nein, tausendmal nein!

Aber sein Eid? Seine Pflicht?

Er stürmte weiter, willenlos den Weisungen der Magd gehorchend, die, wenn er auf falschen Pfad geriet, bald wehrend den dürren Stecken vorstreckte, bald wieder den Irrenden am Kuttenärmel faßte und ihn zurückzog auf den rechten Weg.

Nur im Sturm seiner Seele sah er keinen Pfad. Streng und unerbittlich lautete das Gesetz der Kirche, das er beschworen bei seiner Weihe und zum andernmal bei seinem Auszug nach dem Lande, in dem er walten und richten sollte als Kirchenfürst. Daß diese Ehe rein war, fromm und heilig? Solche Ausnahme kannte das Gesetz nicht. Daß diese beiden Menschen nach einem fast vollendeten Leben nicht mehr zu zählen waren als Mann und Weib, nur noch als Greis und Greisin, als Bruder und Schwester im weißen Haar? Solche Ausnahme kannte das Gesetz nicht. Ehern lautete sein Gebot: Jeder beweibte Priester ist verlustig seines Amtes und seiner Pfründe; jeder beweibte Priester, der die Sakramente spendet, jeder Laie, der aus eines solchen Priesters Hand das Sakrament empfängt, verfällt dem Bann und ewiger Verdammnis!

„Das Gesetz ist wider mein Herz! Wie soll ich wählen? Wer weiset mich?"

Da ging der Wald zu Ende. Vor Eberweins verstörtem Blick lag ein hügeliges Weideland, eine Halde der Schönau. Von der Höhe eines Hügels tönte eine freundlich klingende Stimme, ein junger Hirte lockte seine Schafe, griff in die Ledertasche und bot den Tieren, die ihn umdrängten, mit vollen Händen das Mied[1]). Der Hirt verschwand mit seiner kleinen Herde. Doch vor Eberweins Augen blieb ein Bild. Die dunklen Wälder erschienen ihm wie ein weites Meer, der niedere Hügel wurde zu ragendem Berg; Tausende von Männern, Weibern und Kindern waren auf dem Hang gelagert, und auf der Höhe des Berges predigte der ‚Mildeste der Menschen' im Kreise seiner Jünger, umflossen vom Schimmer der Verklärung: „Ich sage euch, wenn eure Gerechtigkeit nicht besser ist als die der Schriftgelehrten und Pharisäer, so werdet ihr nicht in das Himmelreich kommen." Wie Erleuchtung drang die Mahnung dieser Worte in Eberweins Seele. Lächelnd, erlöst von allem Sturm seines Herzens, blickte er hinaus in das sonnige Tal. Rings um seine Füße standen die Heideblumen noch in später Blüte, und das silberige Laub einer einsamen Birke flüsterte im leisen Wind. Vom Stamm des Baumes löste Eberwein ein Stück

---

[1]) eine Mischung aus Salz und Kleie

der Rinde und ritzte auf das weiße Blatt mit spitzem Stein die Worte: ‚Was Gott zusammenfügte, soll der Mensch nicht scheiden!'

Er pflückte von den Heideblüten, wickelte das Birkenblatt um die Stiele, band es fest mit langer Schmehle, reichte der Magd die Blumen und sagte: „Bringe sie deiner guten Herrin und sag ihr, daß ich mich nach der Stunde sehne, in der ich wieder weilen darf an ihrem freundlichen Herd. Ich komme, wenn die Woche vergangen ist – nein, gute Mätzel, morgen, schon morgen!"

Die Magd verstand nur halb; aber sie fühlte: Es war gute Botschaft, die sie tragen durfte. Wie ein Falk seine Beute greift, haschte sie den kleinen Strauß und rannte davon. Eberwein sah ihr nach, bis sie im Wald verschwunden war. Dann wanderte er über die Halden und erreichte auf bewaldetem Hügel einen halb zerfallenen Hag. Erschrocken verhielt er den Fuß, als er die traurige Verwüstung gewahrte, die der morsche Zaun umschloß: die Reste einer niedergebrannten Scheune, die Trümmer eines gestürzten Hauses und den von Unkraut überwucherten Garten. Im Schatten eines Apfelbaumes lag ein schlafender Greis auf der Erde, und ein Fliegenschwarm umsumste eine halbverweste Ziege, deren Aasgeruch die Luft verpestete. Unter dem Gerümpel, das im Unkraut umherlag, gewahrte Eberwein einen Spaten. Er hob ihn auf, und seinen Ekel überwindend, schaufelte er in der Hofreut eine Grube und versenkte den Leichnam des Tieres. Während er die Grube wieder mit Erde füllte, erschien ein Mädchen von neun Jahren im Tor; das Kind hatte verweinte Augen, und zögernd schlich es zum Apfelbaum. „Gobl-Ähni!" Das lispelnde Stimmchen weckte den Schläfer nicht. „Gobl-Ähni!" Schüchtern griff das Kind nach dem Schlummernden. Da erwachte der Greis: „Was willst du?"

„Ich such den Huzebuben!" stotterte das Mädchen. „Hast du ihn nit gesehen?"

„Was geht der Bub mich an!" murrte der Alte. „Lauf hinauf in Wazemanns Haus und frag! Mich laß schlafen!" Er streckte sich wieder hin.

Eine Weile noch stand das Kind, stumm und zitternd, dann verließ es die Hofreut. Seufzend drehte sich der Greis auf die Seite und sah den Mönch.

„Dein Haar ist weiß, und beim Alter sollte die Milde wohnen", sagte Eberwein, „aber dein Herz ist hart. Du hast übel geredet mit diesem Kind. Fürchtest du nicht, daß dich Einer straft, der die Tränen der Kinder zählt?"

„Fürchten?" lächelte Gobl. „Es gibt keinen, den ich fürcht, nur einen noch, auf den ich wart! Zu mir kommt er heut oder morgen, zu dir ein andermal. Zu allen kommt er und hat sie lieb wie der gute Hirt seine Geißen. Laß sie laufen, wohin sie mögen, einer jeden steigt er nach, einer jeden bringt er das Mied zum guten Heimweg in den kühlen Stall!"

Eberwein beugte sich nieder und faßte die Hand des Greises. „Du rufst den Tod? Ich will dich zu jenem führen, der das Leben ist."

„Den kenn ich nit. Und wüßt ich, wo er hauset, ich tät keinen Schritt. Das Leben noch suchen? Ich wart auf das Stündl, das mich erlöst von ihm."

„Mensch, wie redest du? Glimmt in deinem Herzen kein Funke der Liebe mehr? Denkst du nicht deiner Kinder?"

Die halb erloschenen Augen des Greises richteten sich auf Eberwein. „Schau mein Haus an, dort liegt's! Such meine Kinder – wo sie liegen, weiß ich nit. Drei Buben hab ich gehabt, gewachsen wie Bäum. Den einen hat die Lahn geschlungen, den anderen haben die Wölf gefressen, den letzten hat der Teufel geholt, der Wazemann heißt. Eine Dirn hab ich gehabt, lichtscheinig und gut." Gobl ballte die Fäuste. „Frag beim Henning an, wo meine Heilka geblieben ist! Einen Bankert hat sie gebracht von ihm und ist zur Windach gelaufen. Heimgekommen ist sie nimmer." Zitternd an allen Gliedern hob der Greis sich auf die Füße. „Wo haust der Deinige, der das Leben ist? Sag mir's! Oder ich könnt den Weg verfehlen, der ihm ausweicht!"

In die Stille, die diesen Worten folgte, klang vom Hagtor her das Schluchzen des Kindes. Eberwein ging dem Greise nach bis zu den Trümmern des Hauses. „Schwere Not hast du erfahren, Unheil und Unrecht sind über dein Herz gefallen wie Wölfe über das Lamm. Und ich sage dir doch –“

Gobl unterbrach ihn: „Hörst du nit? Da draußen weint das Kind! Mein Herz wär hart? Hast recht! Aber das deinige ist härter noch. Mich laß in Ruh, mir hilft nur der einzige, auf den ich wart. Aber dem Kind da draußen kannst du einen Trost sagen. Tu's! Das wär gescheiter, als daß du mich um den Schlaf bringst, in dem ich ein leichteres Warten hab!“ Der Greis wandte sich ab, zog aus dem Wust der Trümmer ein zerschmettertes Stück des Hausrates hervor, betrachtete es aufmerksam und ließ es wieder fallen.

Eberwein stand in schwerem Kampfe. Erbarmen hielt ihn fest an der Seite des Greises, Mitleid trieb ihn zu dem Kinde. Wer war der Hilfe bedürftiger? Dieser sinkende Stamm oder jenes zitternde Stäudlein, dem der erste Schmerz an die Wurzel seines jungen Lebens rührte? Er sah dem Alten nach, der unter dem Apfelbaum sich niederstreckte in das Kraut und das Gesicht in den Arm barg. „Schlafe nur! Einer wird kommen und dich wecken. Noch lebst du. Und wie die Schmerzen des Lebens nimmer enden, so enden auch seine Freuden nicht. Ich sehe es kommen, daß du den Tod, den du heiß gerufen, mit Zähren bitten wirst: Warte noch ein Weilchen, laß mir nur dieses letzte Stündlein noch! Dann wirst du jenen suchen, der das Leben ist!“

Der alte Gobl lachte, ohne das Gesicht zu heben.

Eberwein hatte nicht weit zu gehen; nah vor dem Hagtor, im Schatten eines Dornstrauches fand er das weinende Kind. Er setzte sich an die Seite des Mädchens und umschlang es.

„Sag mir, Kind, warum weinst du?“

„Um meinen Huzebuben tu ich weinen.“

„Wer ist das, dein Huzebub?“

„So ein lieber, guter Bub! Meinem Vater hat er die Geißen gehütet hinter dem Eismann droben. Allweil hab ich mich gefreut, bis er heimgekommen ist. Blümlein hat er mir gebracht. Und auf den Abend ist er bei mir gesessen, hat mir Lieder gesungen und hat gehäuselt mit mir.“ Die Worte des Kindes erstickten in Schluchzen.

Eberwein hob das Mädchen auf seinen Schoß und stellte Frage um Frage. Als er hörte, welch einer grausamen Strafe der Bub verfallen war, stieg ihm der Zorn in die Stirn. Das Kind zur Erde stellend, sprang er auf, und seine blitzenden Augen suchten in der Ferne den Falkenstein. „Herr Waze! Das soll deiner Sünden Abend sein!“ Er beugte sich nieder und streichelte dem Kind das Haar. „Mußt nimmer weinen, Dirnlein, ich bring dir deinen Huzebuben.“

„Bald?“ Es ging wie Sonnenschein über das Gesicht des Kindes. „Und tust du ihn grüßen von mir?“

„Ja, mein Dirnlein, das will ich nicht vergessen.“ Eberwein küßte das Kind und wanderte seewärts.

Als er die Achenbrüche erreichte, kam auf dem Reitweg einer von Wazemanns Knechten herabgestiegen; die Erinnerung an Bruder Wampo machte ihn beim Anblick des Mönches lachen, aber das Lachen verging ihm vor Eberweins Augen. An der Kleidung erkannte Eberwein den Troßknecht. „Führt dieser Weg zu deines Herren Haus?“

„Wohl!“ sagte der Knecht und griff nach der Kappe. Scheu blickte er dem Mönche nach und tat, als Eberwein zwischen den Bäumen verschwand, einen leisen Pfiff vor sich hin. Hastig rannte er quer durch den Wald, dem nahen Felsenpfad entgegen, und hetzte über die steilen Stufen empor. Mit der Faust schlug er an die kleine Pforte. „Wo ist der Herr?“ Ohne die Antwort abzuwarten, rannte er über den Hof, an dem erlegten Wild vorüber, das Herr Waze und seine Buben von glücklicher Jagd nach Hause gebracht. „Herr, Herr!“ schrie der Knecht noch auf der Freitreppe und stolperte über die Schwelle. Ulla und zwei Mägde deckten in der Stube den Tisch, und Herr Waze saß auf seinem Spanbett, halb nackt; die Gegenwart der Mägde hinderte ihn nicht, das Gewand zu wechseln. Draußen in der Kammer hörte man die Buben lärmen.

„Herr, Herr!“

„Was schreist du wie ein Jochgeier?“

„Einer kommt, einer von den Kuttenleuten“, keuchte der Knecht, „und es muß der Oberste von ihnen sein. Er hat mich angeschaut mit Herrenaugen. Der bringt nichts Gutes!“

Herr Waze wurde blaß und rot. „Hol ihn der Teufel!“ Er fuhr in die Strumpfhosen. Dann sprang er zornig gegen den Knecht. „Das hab ich jetzt von dem heillosen Unsinn, den ihr getrieben habt am Morgen!“ Er hob die Faust, doch er schlug nicht, sondern sprang auf das Spanbett zu und griff mit der einen Hand nach dem Gürtel, mit der anderen nach dem ledernen Wams. „Das Kreuz? Wo ist das Kreuz, das über Frau Frideruns Bett gehangen?“

„Keiner hat's haben mögen“, sagte die alte Magd, „so hab ich's in meine Kammer gehängt.“

„Her in die Stub damit!“ kreischte Herr Waze und fuhr mit den Füßen in die Schuhe. „Neben dem Ofen soll es hängen. Da sieht er es gleich.“ Die Mägde liefen aus der Stube. „Und du, hinaus in die Kammer! Die Buben sollen Ruh halten, und keiner soll sich blicken lassen.“ Der Knecht rannte davon.

Mit beiden Händen griff Herr Waze an seinen Kopf. „Wär nur der Rimiger schon daheim von der Salzburg, so wüßt ich doch, wie ich dran bin!“ Da hörte er das Knarren der Fallbrücke. Im Zwinger schlugen die Hunde an; nur kurz, dann verstummten sie wieder. Herr Waze stand wie befallen von abergläubischem Schreck. „Die Hunde schweigen? Als käm einer, der zum Haus gehört, oder einer, den sie fürchten?“ lallte er vor sich hin. „Fürchten? Fürchten? Wen soll ich fürchten in meinem Haus, mitten unter meinen Knechten?“ Er wollte lachen, doch das Lachen gelang ihm nicht. Seine Augen sahen ins Leere, und er drückte die Hände über die Ohren. Ihm war, als klänge von irgendwo eine gellende Weiberstimme: Hab acht, du! Einer wird kommen über dich. Der soll vergelten, was du an mir getan!'

Herr Waze wehrte mit der Hand; aber das Bild, das aus vergangenen Zeiten vor ihm aufgestiegen, wollte nimmer weichen. Ihm war, als stünde er im Hof, lachend, im vollen Haar noch und schwarzgebartet, und vor ihm die Salmued, mit gefesselten Händen, Verzweiflung in den Augen und Schaum auf den verzerrten Lippen, welche schrien: ‚Hab acht, du! Einer wird kommen über dich. Der soll vergelten, was du an mir getan!'– ‚Wirf sie auf deinen Karren!' rief Herr Waze dem fahrenden Händler zu. ‚Hundert Denar hast du genommen, einen für jede Wegstund, die du legen sollst zwischen mich und die Narrendirn! Fort mit ihr!' Der Händler und die Knechte griffen zu; mit der Kraft der Verzweiflung wehrte sich die Gefesselte, und ihr gellendes Geschrei erfüllte den Hof: ‚Eigel, Eigel! Hilf, mein Bub! Hilf mir! Hilf!' – ‚Gebt ihr den Knebel!' rief Herr Waze; da streiften seine Augen das offene Tor, und Blässe flog über sein Gesicht. Unter dem Tor stand Frau Friderun, mit ihren beiden Knaben, dem vierjährigen Henning und dem dreijährigen Sindel. Früher, als Herr Waze erwartet hatte, war sie heimgekehrt aus dem Fischerhaus, in dem sie mit der jungen Frau Mathilt, dem Weib des Gelfrat, zu plaudern liebte. Ihre Augen erweiterten sich, als sie das gefesselte Mädchen sah; ein paar wankende Schritte tat sie, dann blieb sie stehen wie ein steinernes Bild, die Gesichter der Knaben in ihren Schoß drückend, den Blick auf ihren Mann gerichtet, der an der Lippe nagte und mit der Ferse trommelte. Es klirrte vor ihren Füßen; unter der wilden Kraft, mit der die Gefesselte sich wehrte und im Ringen alle Muskeln spannte, war der beinerne Reif zersprungen, den sie am nackten Arm getragen; wie eine Klammer haftete die eine Hälfte noch an den geschwellten Muskeln, die andere Hälfte war klirrend über die Steine gehüpft bis vor die Füße des bleichen Weibes. Der kleine Henning hob das Bein von der Erde; seine Mutter riß es ihm aus der Hand. Und die Stimme der Salmued gellte: ‚Halt es fest oder nit, es soll nimmer lassen von dir! Hör meinen Fluch –‘ Der Knebel erstickte ihre Stimme. Frau Friderun ging auf ihren Gatten zu. Sie sprach kein Wort, sie hielt ihm nur das zersprungene Bein vor die Augen; dann barg sie das böse Erbe der Salmued an ihrer Brust, faßte die Hände der Knaben und schritt ins Haus. ‚Macht ein Ende!‘ schrie Herr Waze den Knechten zu und stampfte mit dem Fuß. Als die Gefesselte auf den Karren gehoben wurde, schossen ihre Augen noch einen Blick, bei dessen stummer Sprache Herr Waze ein kaltes Grausen empfand. Er atmete auf, als der Händler mit der Peitsche auf seine Mähre losschlug und der Karren, den vier Knechte geleiteten, sich in Bewegung setzte. Knarrend hob sich die Fallbrücke und schloß das Tor. –

Das Bild der Vergangenheit zerrann vor Wazemanns Augen. „Narretei, Narretei!“ lallte er. „Soll ein Weiberfluch mich schrecken?“ Wieder sah er ein Bild: eine steile Felswand über dem See, und der Wand zu Füßen, auf blutigem Geröll, lag Frau Friderun mit zerschmettertem Haupt, die Augen noch offen im Tod. –

Als flösse ihm das eine Bild in das andere, so hörte er wieder das Knarren der Fallbrücke. Nein, er hörte ihr Ächzen wirklich und wahrhaftig. Es schloß sich die Brücke nicht hinter dem Karren, der die Salmued davonführte. Sie hob sich hinter Eberwein, der den Hof betreten hatte. Herr Waze lauschte. Aus dem stillen Hof klang eine hallende Stimme: „Führt mich zu eurem Herrn!“

Da faßte er mit beiden Fäusten die eigene Brust, als müßte er seine taumelnden Sinne aufrütteln zu wachem Leben. Er ging zum Tisch, auf dem schon die Metkrüge standen, und tat einen langen Trunk. „So, jetzt komm nur!“ murmelte er, richtete sich lächelnd auf und schritt hinaus in die Halle. Noch eh er die Freitreppe erreichte, klangen Hammerschläge hinter ihm in der Stube. Das Kreuz, das die greise Magd gebracht hatte, wurde neben dem Ofen an die weiße Wand genagelt.

Im Burghof waren die Knechte und Mägde zusammengelaufen; sie lachten und schrien nicht wie am Morgen bei Bruder Wampos

Ankunft; flüsternd standen sie, mit scheuen Augen aufblickend zu der hohen Gestalt des Mönches, der, von einem Knechte geführt, auf die Freitreppe zuschritt. Noch hatte er die Stufen nicht erreicht, als Herr Waze in der Halle erschien. Wie in freudigem Staunen breitete der Spisar die Arme: „Täuschen mich meine Augen, oder seh ich recht? Ein Gottesmann!" Er humpelte über die Treppe herab. „Seid mir gegrüßt, frommer Vater, gegrüßt in meinem Haus! Es hat in der Nacht die Erd gebidmet, und Unheil hat mir geschwant. Aber schau: Da kommt eine Gottesfreud zu meinem Dach!" Aus Eberweins Augen traf ihn ein flammender Blick. Herr Waze stutzte. Wo hatte er diese Augen schon gesehen? Diesen Blick? Wo nur, wo? Diese Frage flog ihm durch die Sinne. Aber seine süßlichen Worte stockten nicht. „Es hat die Erd gebidmet, und der große Lärm hat große Freud verkündet! Kommt, frommer Vater, kommt! Zu guter Stunde seid Ihr eingekehrt, es steht die Tafel gedeckt, als hätt sie Euch erwartet."

Eberweins Stimme klang wie Hammerschlag: „Ich komme nicht zum Mahl, ich suche nicht Trank und Speise in deinem Haus. Knecht Waze! Ich komme, mit dir zu rechten als dein Herr."

Heiß schoß es über Wazes Gesicht. „Du? Mein Herr?" fuhr es ihm über die Lippen. Dann verstummte er wieder. Er hatte die Maske verloren und suchte mühsam seine Fassung zu gewinnen. Da sah er die Knechte und Mägde stehen. „Was gafft ihr?" Das Gesinde stob auseinander wie ein Hühnerschwarm, in den der Fuchs gefahren. Der Hof war leer und still. Nur im Zwinger winselten die Hunde, und im Stangenkäfig trabten die gefangenen Raubtiere hinter dem Gitter auf und nieder. Herr Waze wandte sich zu Eberwein mit gekränkter Miene: „Frommer Vater, Ihr bietet mir üblen Gruß!"

„Den Gruß, den du verdientest. Du hast gewaltet in meinem Lande als ein schlechter Knecht."

Herr Waze nickte und lächelte. „Schlecht und niedrig, niedrig vor Euch! Ich hab es gleich aus Eurem Aug gelesen, daß Ihr es sein müßt, dem der Gaden in die Herrenhand gelegt ist. So müßt Ihr Eberwein heißen. Euer Nam ist hergegangen vor Euch wie Schein vor dem Feuer. Keinem Besseren, hat es geheißen, könnt das Ländlein übergeben sein, das Frau Adelheid zu frommer Stiftung an die Kirch gegeben. So grüß ich Euch, der Knecht den Herrn!" Das klang so ehrlich, daß Eberwein um sich blickte, als müßte er sich überzeugen, ob er wirklich in dem Hause sich befände, das er im Zorn gesucht. Herr Waze beugte das Knie und griff nach dem Ärmel der Kutte, um ihn zu küssen. Eberwein trat mit gefurchter Stirne zurück: „Ich höre dich blöken wie ein Lamm und weiß doch: Du bist der Wolf. Rühre nicht an den Saum meines Kleides! Nach deinem Gruß verlangt mich nicht. Du warst nicht eilig, ihn zu bieten. Eine Woche schon bin ich in meinem Land. Du hörtest die Botschaft, daß ich gekommen. Dein übles Gewissen hat mein Auge gemieden."

„Frommer Vater! Was denket Ihr von mir!" Herr Waze schien von diesem Vorwurf tief gekränkt in seinem schuldlosen Herzen. Wie ein Bächlein sprudelte ihm die Rede. Mit Freude hätte er die Botschaft begrüßt, die Recka, sein gutes Kind, ihm gebracht; er hätte ein Mahl gerüstet, hätte gewartet auf die willkommenen Gäste. Und als sie zu seinem Staunen nicht erschienen wären, hätte er Tag um Tag mit Söhnen und Knechten das Tal durchsucht. „Umsonst! Ich hab Euch nicht gefunden und hab schon gefürchtet, Ihr hättet wieder das Land verlassen. Das wär mir leid gewesen, frommer Vater! Wir brauchen Euch im Tal wie das liebe Brot. Die Leut im Gaden sind dicke Heidenschädel. Es wird eine Weile dauern, bis Euer frommes Wort offene Ohren findet und Euer Fuß auch überall ein offenes Tor."

Diese letzten Worte hatte Herr Waze gut gewählt; sie weckten in Eberwein die Erinnerung dessen, was er beim Auszug am Morgen hatte erleben müssen.

Scharf erspähte Herr Waze den verwandelten Ausdruck in Eberweins Zügen und benutzte diese Stimmung, um seinen Gast unter freundlichen Worten über die Freitreppe emporzuführen. In der Halle erwachte Eberwein wie aus einem Traum. Seine Stimme bebte. „Ich will die Wahrheit nicht suchen in deinen Worten. Magst du ehrlich reden oder falsch, ich kam nicht, um deine Gesinnung wider mich zu erkunden. Sei mir Feind, es soll mich nicht betrüben. Immer ist es die Art des Wolfes, daß er wider den Hirten steht. Mich hat anderes zu dir geführt!“ Seine Stimme wurde fest, seine Augen brannten. „Seit ich mein Land betreten, hab ich keinen Schritt getan, ohne Blut zu finden, das du vergossen, ohne auf die Asche eines Lebens zu stoßen, das du vernichtet, ohne Tränen fließen zu sehen, die du erpreßt! Waze! Wie hast du gewaltet in diesem Land!“

„Ich? Ich? Hör ich denn recht?“ Herr Waze schlug erschrocken die Hände zusammen. „Und Ihr, frommer Vater, Ihr glaubet von mir –“ Er faßte Eberweins Arm. „Aber tretet doch in die Stub, ich bitt Euch! Wie mögt Ihr so böse Worte wider mich rufen unter freiem Himmel, vor meinem lauschenden Gesind!“

Eberwein löste den Arm. „Mag das Gesinde lauschen! Es hört nichts Neues. Was du getan, ist ausgeschrien zwischen allen Bergen.“

„Nein, nein, man muß mich verlästert haben bei Euch! Hat es der Fischer getan, so glaubet ihm nit. Er ist mir widersässig –

„Kein Wort der Klage kam über Sigenots Lippen. Wider dich schreien die Steine!“

„Was denn? Redet doch, frommer Vater! Bei Eurem mächtigen Heiligen, ich bin mir keiner Schuld bewußt. Sollt ich wider Wissen gefehlt haben, so will ich mein Unrecht einsehen und zum Guten wenden.“

„Kannst du Tote wieder lebendig machen, vergossenes Blut zurückgießen in die leeren Pulse? Verzweiflung in Freude wandeln und Schmach in Ehre? Mich faßt Erbarmen, wenn ich denke, wie du stehen wirst vor dem ewigen Richter! Noch lebst du. Und ich komme, dein Herr, und sage dir: Jeden Halm sollst du mir wieder aufrichten, den deine Faust nur gebeugt hat, noch nicht gebrochen! Gib mir den Knaben heraus, den du grausam straftest um geringe Schuld!“

Staunend fragte Herr Waze: „Welchen Knaben?“ Er lachte. „Ihr meint doch nit den Huze, frommer Vater, den Geißhirt?“

„Gib mir den Knaben!“

„Wie soll ich ihn geben? Der Bub ist lang schon wieder über alle Berg. Gegen mein Gebot ist er eingestiegen in meinen Bannberg. So hab ich ihn, weil Ordnung sein muß, eine Nacht ins Loch gesteckt und hab ihn am andern Morgen wieder laufen lassen.“

„Der Knabe ist nicht heimgekehrt.“

„Nit heimgekehrt?“ Herr Waze machte verblüffte Augen. „So wird er wohl auf dem Berg bei seinen Geißen sein. Wo sonst? Nein, die Leut, die Leut! Nur gleich über den Herrn schimpfen! Eine Schwalb laß ich fliegen, und da heißt es am anderen Tag im ganzen Tal, ich hätt einen Geier streichen lassen. Und bis der Geier hinausfliegt zum Untersberg, ist schon ein Drach aus ihm geworden. So reden die Leut, wenn es wider den Spisar geht, dem sie die Steuer legen müssen. Aber der Fischer, ja! Er ist mir widersässig. Aber ich muß sagen von ihm: Er hat eine redliche Zung. Hätt er eine Klage gefunden gegen mich, er hätt sie getan!“ Herr Waze blickte zu Eberwein auf. „Und noch allweil seh ich Unglauben in Eurem Aug? So kommt in die Stub mit mir! Dort hängt das liebe Kreuz, vor dem ich bete jeden Morgen und Abend. Ich leg zum Eidschwur die Hand darauf. Und wollt Ihr noch allweil nit glauben, ich ruf meine Knecht als Zeugen und Eidhelfer!“ Er wollte zur Treppe.

„Laß das, Waze! Du hast beim Kreuze geschworen. Da muß ich glauben. Nach dem Anblick deiner Knechte bin ich nicht lüstern, die das fromme Haus des Hiltischalk zur Schänke machten und sich vergriffen am Meßwein!“

„Wildes Volk, frommer Vater! Und Jagdselde! Der alte Brauch ist ihnen nit auszutreiben. Aber ich will sie lehren, Wasser saufen! Und jeden jag ich aus dem Haus –“

„Verjage die schlechten und wirb dir gute Knechte“, unterbrach ihn Eberwein, „das böse Beispiel deiner Söhne wird sie verderben. Rufe mir deinen Ältesten, welcher Henning heißt!“

Es zuckte über Wazemanns Gesicht. „Der weilt noch im Gejaid." Jammernd hob er die Hände. „Hätt ich den Buben nur jetzt daheim, frommer Vater, daß Ihr ihm ins Gewissen reden möchtet! Ach, dieser Bub! Ist schier ein Mann an die vierzig Jahr, und ich muß mich noch sorgen mit ihm wie mit einem zahnenden Kind. Jeder Tag bringt einen neuen Streich. Und nit viel besser sind die andern. Es wär ein Wunder! Vor fünfzehn Jahren, kaum daß der Jüngste geboren war, haben sie die gute Mutter verloren und sind aufgewachsen wie die Wildling im Wald. Schauet hinüber, frommer Vater", Herr Waze deutete über den See und ließ die Stimme zittern, „dort auf der Rabenwand ist ihre Mutter Friderun über die Felsen gestürzt. Noch heut weiß keiner, wie das Unglück hat geschehen können. Jetzt denket: sieben Buben und keine Mutter!"

„Keine Mutter!" Leise klangen die beiden Worte. Eberwein richtete sich auf und strich mit der Hand über die Augen, als müßte er sich gewaltsam der weichen Regung erwehren. „Schweres Los ist deinen Söhnen gefallen, da sie die Mutter verloren. Es wär ihnen die üble Zucht und der wilde Mut zu verzeihen. Nicht das Laster und das schreiende Unrecht. Henning, dein ältester Sohn, soll stehen unter meinem Gericht. Blutschuld hat er auf sich geladen."

Die Demut begann Herrn Waze schwer zu werden. Seine Augen schossen einen Blitz. Um die Wallung zu verbergen, neigte er das Gesicht. Als er wieder aufblickte, zeigte er eine betrübte Miene. „Blutschuld? Ja, frommer Vater, ich weiß, wen Ihr meint. Die Dirn des Greinwalders. Ich selber bin erschrocken. Wohl hat sie lästerlich geredet wider meinen Buben. Es war auch der Streich nit so grob gemessen, als er ausgefallen. Aber Blut ist Blut. Es soll geschehen nach Eurem Willen."

„Nicht nach meinem Willen. Nach dem Recht. Dein Sohn wird Buße leiden. Vor meinen Augen soll er bittend die Hand auf die Stirne legen, die er blutig schlug. Und dem Vater des Mädchens wirst du Wergeld zahlen nach dem Gesetz!"

Herr Waze zögerte mit der Antwort. „Ja, frommer Vater! Der Bauer soll verlangen. Es wär nit das erste Pflaster, das ich auf Wunden leg, die der wilde Bub geschlagen."

„Was legtest du auf die Wunden der Heilka, die den Weg zur Windach ging?"

Da verlor Herr Waze die Geduld. „Meine Söhne sind gewachsene Buben. Gebt ihnen Land und Haus, so können sie adelig heuern und brauchen nit in die Fenster der Dirnen zu steigen. Ich kann doch die Buben in der Nacht nit an die Bettlad binden. Da wär ein Sack voll Flöh noch leichter zu hüten als meine sieben –" Herr Waze verschluckte ein Wort. „Und geht so ein heimlicher Weg schief aus, natürlich, so muß der Vater leiden, und ein Geschrei geht an."

„Waze!" klang Eberweins Stimme in Empörung. „Das erste, was ich an dir begreife, ist, daß du dem Laster deiner Söhne zuliebe redest, du, der dem Eigel die Salmued nahm. Was ist geworden aus ihr? Steigt nicht der Schatten dieses Mädchens vor dir auf? Sieht dich ihr Auge nicht an mit drohendem Blick?"

Herr Waze schien nicht zu hören, starrte nur in Eberweins Augen. Dieser Blick des Mönches! Wo hatte er diesen Blick nur schon gesehen? Wo nur? Wo?

„Zitterst du, weil einer kam, der Rechenschaft von dir begehrt? Ich will meine Herde erlösen von dem reißenden Wolf. Du bist der Spisar in diesem Land gewesen!"

Herr Waze streckte die Fäuste, als wollte er dem Mönch an die Kehle springen; doch jäh verwandelte sich der Ausdruck seiner fahlen Züge. Er fuhr sich mit den Händen in die dünnen Haare und schrie: „Ja, Herr, ich hab gesündigt, hundertmal in jedem Tag! Einschichtig bin ich gestanden in meiner Öd, ohne Freund und frommen Rat, ohne Mahnung und geistlichen Zuspruch. Da ist der Teufel stärker worden in mir als mein himmlisch Teil. Und jetzt, wo die Reu mich packt vor meinem nahen End, jetzt wollt Ihr mich niederstoßen ins höllische Feuer?" Er stürzte auf die Knie und umklammerte Eberweins Schoß. „Kann Euch meine

Reu nit rühren? Wer soll mich lösen, wenn Ihr mich verdammt? Wer soll mir helfen zum ewigen Heil, wenn Ihr mich verlaßt?" Verstummend drückte er das Gesicht in die Kutte des Mönches und schluchzte.

Bleich stand Eberwein, erschüttert von diesem wilden Ausbruch. Tränen wogen ihm schwer. Er hörte das Schluchzen des Greises. Und das gläubige Kinderherz in diesem dreißigjährigen Mann schmolz wie Wachs. Er glaubte an die Reue, die er schreien hörte zu seinen Füßen. Reue war ihm heilig. Sein Zorn wich dem Erbarmen. Und da war auch sein Mitleid schon geschäftig, alles Schwarze in milderes Grau zu wandeln. Einsam hatte dieser Sünder gestanden, seinem wilden Blut überlassen, ohne Freund und Rat, ohne Mahnung und Zuspruch. Er hatte schwere Schuld auf sich geladen. Aber manche seiner Sünden wäre verhütet worden, wenn ein Warner sich gefunden hätt zu guter Stunde. Vielleicht hatte der Haunsperger die Wahrheit gesprochen, als er sagte: Herr Waze ist nicht schlechter, als die anderen sind. Und Eberwein hatte diese anderen kennengelernt, überall im Land, zumeist am Hofe des Herzogs: diese kleinen, dienenden Herren, hart gegen die Niedrigen, unterwürfig vor dem Größeren, ränkevoll und zügellos und doch mit einem Funken unter der Asche, mit einer weichen Faser im rauen Wesen. Bei manchem von ihnen hatte er diesen Funken angeblasen, die Faser bewegt. Sollte ihm ein Gleiches nicht auch hier gelingen? Durfte er von dem Sinkenden sich wenden, den Reuigen verstoßen, der aus seiner Tiefe die Arme streckte nach der ewigen Güte?

Eberwein legte die Hand auf den Scheitel des Knienden. „Ihr sollt zu Gottes Licht nicht umsonst gerufen haben. Doch stehet auf, Herr Waze, hier ist der Ort nicht, daß ich den Mittler mache zwischen Euch und dem Himmel. Morgen, in meiner stillen Kirche –" Er verstummte.

Mit dumpfem Gerassel war am Tor die Fallbrücke niedergegangen, und Recka trabte auf ihrem Rappen in den Hof.

4

Herr Waze, als er den Hufschlag hörte, hob das Gesicht. Seine Zähren mußten rasch getrocknet sein, denn auf den hageren Wangen zeigte sich keine feuchte Spur; doch demütig klang seine Stimme: „Da kommt meine gute Tochter! Ich bitt Euch, frommer Vater, redet vor dem Kind nit übel wider den Vater!"

Eberwein errötete. „Es hätte solcher Mahnung nicht bedurft." Und während Herr Waze über die Freitreppe hinuntereilte, ruhten die Augen des Mönches auf Recka, die aus dem Sattel glitt und den Gurt des Pferdes lockerte. „Eine wilde Taube unter Krähen!" flüsterte er.

Herr Waze war zu seiner Tochter getreten, die staunend den Gast in der Halle gewahrte. Mit eisernem Griff umklammerte er ihre Hand und zischelte, während ein Knecht das schweißbedeckte Roß zu den Ställen führte: „Wenn du mich und deine Brüder nit verderben willst, so gib dem Pfaffen ein freundlich Wort! Ich muß ihn im Guten halten, bis Rimiger kommt. Es wird gespielt um unser Haus, mehr noch, um mein Leben."

„Du bist mein Vater. Ich kann deinen Tod nit wollen."

Lächelnd führte Herr Waze seine Tochter über die Freitreppe. Vor Eberwein blieb er stehen. „Seht, frommer Vater, das ist das beste Reis auf meinem Stamm, gesund und in der Blüt. Seid gut mit ihr, und sie soll Euch eine liebe Schwester werden."

Ungestüm löste Recka ihre Hand und sagte: „Wir haben scharf widereinander geredet beim Albenbach. Nun find ich Euch wieder als Gast in meines Vaters Haus, und wir wollen Frieden halten. Hört nit auf meines Vaters Lob! Ich bin nit, wie er sagt. Ich bin, wie ich bin, nit gut, nit schlecht. So biet ich Euch meine Hand. Wollt Ihr sie nehmen?"

Wazemanns Augen funkelten vor Zorn. Mit Verblüffung aber sah er, wie Reckas Worte wirkten. „Ja, ich will!" sagte Eberwein und faßte die Hand des Mädchens. Der Gruß, den Recka ihm bot, hatte rauhen Klang, doch dieser Klang war echt. Und ihm war, als fände er an dieser Hand eine Stütze, deren er bedurfte in diesem Haus. Hatte er doch im Gaden noch kein Wort gehört, das übel redete von Wazemanns Tochter – nur Eigel hatte gescholten wider ihren tollen Wagemut, der beim Weidwerk in den Bergen keine Höhe scheute und keine Tiefe. So faßte er die Hand des Mädchens wie ein Wanderer im pfadlosen Sumpf den grünen Zweig, der zu ihm niederwinkt.

Mit dem Ellbogen stieß Herr Waze an Reckas Arm. „So führ doch deinen Gast ins Haus!“

„Laßt Euch geleiten, Herr!“

Eberwein zögerte. Da furchten sich Reckas Brauen. „Scheint Euch der Tisch, an dem ich sitze, zu schlecht für Eure Würde?“

Wortlos schüttelte Eberwein den Kopf. Als er auf die Schwelle trat und die weite Herrenstube mit der gedeckten Tafel sah, mußte er an das Stübchen in der Ramsau denken. Hatte er jenen frommen Tisch verlassen, um hier zu sitzen? Er war geflohen, wo er hätte weilen sollen, und sollte nun bleiben, wo er fliehen mußte? Wie eine Strafe erschien es ihm, was dieser Gedanke sagte. Schon zuckte seine Hand, als möchte sie sich lösen. Da trafen ihn Reckas Augen, und er mußte bleiben.

Herr Waze holte die Söhne. Schweigend hörte Eberwein ihre Namen. Rimiger fehlte. Auch Henning. Der saß in der Kammer hinter der Tür und lauschte jedem Wort, das in der Stube gesprochen wurde. Verblüfft sahen die Buben sich an, als Herr Waze vor das Kreuz trat und zum Tischgebet die Hände faltete; eine Weile zögerten sie, dann folgte einer nach dem anderen dem Beispiel des Vaters; nur Recka wandte sich ab. Eberwein rührte weder Hand noch Lippe; er konnte nicht beten.

Lärmend trat Herr Waze mit den Söhnen zum gedeckten Tisch und wies, seinem eigenen Stuhl gegenüber, dem Gaste den Platz an zwischen Recka und Otloh. Ein Bärenschinken wurde aufgetragen. Herr Waze faßte ein langes Messer und stieß es in die braune Schwarte; dann hob er die Metbitsche und sagte mit heiserem Lachen: „So biet ich meinem edlen Gast die Minne und trink ihm zu als meinem Herrn! Auf Eure Gesundheit, frommer Vater!“ Er setzte die Kanne an; sie hob und hob sich – ein Trunk, der nimmer enden wollte. Es wäre wohl auch der letzte Tropfen aus der Bitsche geronnen, hätte Eberwein nicht über den Tisch gegriffen und Wazes Arm mit der Kanne niedergezogen. „Meiner Gesundheit dienet Ihr auch mit minderem Trunk. Noch mehr der eurigen.“

Herr Waze strich mit dem Ärmel über den tropfenden Bart. „Nein, frommer Vater! Meine sündige Seel mögt Ihr krampeln, so viel Ihr wollt. Aber die langen Züg, die müßt Ihr mir lassen. Bei mir muß alles tief sein, Reu und Durst, Lieb oder Haß. Mein Los ist so gefallen, weil meine Mutter mich geboren hat im Zeichen der Venus und des Wassermann. Mein Herz ist allzeit heiß gewesen, und meine Gurgel schreit nach Feuchtigkeit wie die Frösch um nasses Wetter.“ Herr Waze verstummte, und während die Söhne lachten, erweiterten sich seine Augen in starrem Lauschen. Hufschlag klang im Hof und die Stimme Rimigers: „Wo ist der Vater?“

Die Buben sprangen auf. Herr Waze, dessen Züge sich mit fahler Blässe überzogen hatten, schrie ihnen zu: „Bleibt sitzen!“ Seine Augen richteten sich auf Eberwein, funkelnd, mit stechendem Blick; es schien, als läge ein Wort auf seiner Zunge. Doch er sprach nicht, lachte nur heiser vor sich hin, stieß den Sessel zurück und eilte zur Halle. Betroffen erhob sich Eberwein. Recka faßte, wie vor Scham errötend, seine Hand. „Verzeihet meinem Vater seine Art, er hat durch Jahre keinen Gast in seinem Haus gesehen.“

Auf der Freitreppe kam Rimiger dem Vater entgegen, und Herr Waze griff nach dem Arm des Sohnes, zitternd vor Erregung. „Was bringst du?“

„Zwielicht!“ sagte Rimiger und zuckte die Achsel. „Ob es Tag bedeutet oder Nacht, ich weiß nit.“

„Red, daß ich versteh! Es muß auf meine Frag doch Antwort sein? Hast du den Haunsperger nit gesprochen?“

„Wohl, Vater! Er hat mich angehört und hat gelacht. Geredet hat er nit. Beim Frühmahl hab ich sitzen dürfen an der Tafel des Bischofs, und der große Herr ist freundlich zu mir gewesen. Bei jeder Anred hat er mich seinen guten Sohn geheißen. Für unsere Sach hat er kein einzig Wort gehabt."

„Kein einzig Wort?" wiederholte Herr Waze. „Aber ich weiß doch, wie er selbigsmal vor Wut sich verfärbt hat bei der Botschaft, daß Frau Adelheid den Gaden an das Kloster und nit an seine Kirch gegeben hat. Sag's noch einmal: kein einzig Wort?"

„Kein Wort! Aber wie ich schon im Sattel gesessen bin, ist der Haunsperger auf mich zugetreten und hat mir einen Streifen Pergament gereicht." Rimiger zog eine kleine Pergamentrolle aus dem Wams hervor. „Dabei hat er gesagt: Unser Schalksnarr hat ein neues Lied gesungen, bring es deinem Vater mit meinem Gruß." Herr Waze faßte mit raschem Griff das Pergament, während Rimiger brummte: „Eine solche Narretei! Um Schelmenlieder sollen wir uns kümmern, wo es hergeht um unsere Haut!"

„Der Narr ist des Bischofs liebster Gesell. Da muß er wissen um seines Herren Meinung. Ich schwör darauf: Es steht was in dem Lied!" Herr Waze starrte auf die Rolle und griff nach seinem kahlen Scheitel. „Wer liest mir's? Ich müßt zum Hiltischalk in die Ramsau reiten. Doch wenn er gelesen hat? Wie schließ ich ihm das Maul?"

„Der Haunsperger hat gemeint, du hättest vier gute Freund im Gaden, die sich aufs Lesen verstehen."

Forschend sah Herr Waze seinen Buben an; dann schüttelte er den Kopf und entfaltete das Pergament. In zierlicher Schrift stand Zeile unter Zeile. Herr Waze konnte nicht lesen. Doch rasch verstand er den Sinn des kleinen, in bunten Farben ausgeführten Bildchens, das den ersten Buchstaben umschloß. Auf dem Wipfel einer Fichte war ein Nest zu sehen, das vier weiße Raben umflatterten; um den Fuß des Baumes drängte sich ein Häuflein seltsamer Tiere; sie waren rot gemalt, und man konnte sie als Füchse deuten; über dem Baum, in blauer Luft, stand ein Adler mit gebreiteten Schwingen.

Herr Waze lachte. „Komm! Jetzt mag der Würfel fallen, wie er will!“ Er stieg zur Halle hinauf.

Lautes Gelächter tönte aus der Stube, und die Stimme Sindels klang: „Nimm dich in acht, Otloh! Der Pater sitzt neben dir. Wenn du noch einmal so übel scherzest, legt er gegen dich los mit einem Sprüchl, das dir schmecken wird wie eine Kratzbürst.“

„Was hat er denn Arges gesagt?“ verteidigte Eilbert den jüngeren Bruder. „Es ist doch die Wahrheit, daß sich der Pater um die Bauern sorgt wie eine Bruthenn um ihre Küchlein. Das muß er tun, schon seinem Namen zulieb. Wer Eberwein heißt, muß Freund sein mit den Säuen.“

Gelächter erhob sich. Weil Recka zornig auffuhr, sagte Eberwein ruhig: „Laßt ihn! Wenn Eure Brüder der Gegenwart der Schwester nicht achten, wie soll ich erwarten, daß sie Ehrfurcht zeigen vor meinem Kleid und vor dem Gast ihres Vaters.“ Er stand vom Sessel auf. Da trat Herr Waze in die Stube; der Ausdruck seines Gesichtes und der Anblick Rimigers machten die Lachenden verstummen; sie wußten, was dieser Augenblick für sie bedeutete; aus der Kammer ließ sich ein Geräusch vernehmen, als wäre ein Stuhl gefallen, und die Tür öffnete sich um einen schmalen Spalt.

„Frommer Vater“, rief Herr Waze, „seht, was mein Rimiger gefunden hat. Das Pergament muß Euch gehören. Ihr müßt es verloren haben.“

„Nein. Das Blatt gehört mir nicht.“ Eberwein nahm den Streif und rollte ihn auf. „Auch keinem meiner Brüder. Ein Fahrender mag das Blatt verloren haben. Es ist ein weltlich Lied.“ Mit halblauter Stimme las er:

> „Es schwebt der fürstliche Aar im Blau,
> Den Blick gerichtet zur Ferne,
> Ihn lockt Frau Sonne, ihn kümmern nicht

Die kleinen Knechte, die Sterne.
Sein Blick späht über die Berge hin,
Sucht nimmer Tal und Halde,
Ihn kümmert das Nest der Raben nicht,
Das sie bauten im finsteren Walde.

Es mag bestehen, es mag vergehn
Und fallen den zausenden Winden,
Es mögen die Füchse schleichen und spähn
Und ihre Beute finden.
Der fürstliche Aar nimmt hohen Flug,
Die Blicke fernab gewendet,
Und nimmer frägt er, wie der Streit
Im tiefen Wald sich endet."

„Ein Meisterlied!" schrie Herr Waze wie von Sinnen und faßte die Bitsche. „Dem unbekannten Sänger einen festen Trunk zur Minne! Er meint es gut mit den Füchsen." Sein heiseres Lachen erstickte in der Kanne.

Eberwein legte das Pergament aus der Hand und blickte befremdet an der Tafel umher. Überall sah er funkelnde Augen und brennende Gesichter. Ihm war, als stünde er inmitten eines tollen Traumes. Wie konnte solche Wirkung aus diesem Spielmannsliede kommen, das ihm wertlos erschien und mit geringer Kunst gesungen? Herr Waze stieß die geleerte Kanne auf den Tisch, lachend, und kreischte: „Setzt Euch, mein lieber fürstlicher Herr! Euch zu Ehren will ich schmausen und zechen. Es hat mir im Leben noch kein Mahl geschmeckt, wie es heut mir schmecken soll. Nur Euch zu Ehren! Ihr seid ja mein Herr! Mein Herr!" Seine Worte gingen unter im Gelächter seiner Söhne.

Eberwein strich mit der Hand über die Stirne und ließ sich nieder. Er hörte nicht, daß die Tür der Kammer sich öffnete, aus welcher Henning heraustrat, einen hochstämmigen Rüden am Halsband führend. Und er schien nicht zu sehen, daß Recka bleich, mit blitzenden Augen den Vater streifend, von der Tafel ging und den Saal verließ, als wollte sie nicht teilhaben an dieser Stunde. Mit zitternden Händen griff er nach einem Brot, segnete es und brach es entzwei. „Nehmt, Herr Waze!“ Er reichte die Hälfte des Brotes über den Tisch. Da griff eine Hand über seine Schulter. „Mir die ander Hälft! Meinen Hirschmann hungert.“

Heiteres Geschrei erhob sich um den Tisch. Eberwein sprang auf und sah, wie Henning das gesegnete Brot dem Hunde zuwarf, der es mit klaffendem Rachen haschte. Zornröte fuhr über das Gesicht des Mönches. Mit beiden Händen faßte er die Tafel an der Kante und stürzte sie um, daß Herr Waze mit dem Sessel wankte und daß die hölzernen Teller, die zinnernen Schüsseln und die Metkannen klirrend über den Estrich rollten. „So ende ich dieses Mahl!“ klang seine schrillende Stimme. „Und nichts mehr hab ich gemein mit euch!“

In Wut, mit geballten Fäusten, sprang Herr Waze auf; seine Söhne aber starrten in das Gesicht des Mönches – er war es doch gewesen, der diese Worte geschrien, und dennoch schien es ihnen, als hätten sie ihren Vater gehört. So klang seine Stimme im Zorn.

„Faßt ihn!“ schrie Herr Waze. „Er hat mein Haus geschändet. Das soll er büßen.“

Henning war der erste, dessen Fäuste nach Eberwein griffen. Da sah auch der Hund in dem Mönche einen Feind seines Herrn und stürzte auf ihn los. Mit einem Faustschlag streckte Eberwein das Tier zu Boden. „Feinde über mir!“ Eine Metkanne von der Erde raffend, schwang er sie zum Schlage wider Henning. Doch er schlug nicht. Aus erhobenem Arm ließ er die Kanne sinken. Und zwei der Wazemannssöhne beiseite schleudernd, gewann er mit raschem Sprung das an der Mauer hängende Kreuz, griff nach ihm mit beiden Händen und rief: „Vergib die Sünde meines heißen Blutes, o Herr! Bei Dir ist die Rache, bei Dir die Hilfe! Eripe me, domine, ab homine malo, a viro iniquo eripe me!“

Da faßten sie seine Arme, seine Brust, seinen Hals; er wehrte sich nicht, während sie an ihm hingen wie die Hunde am gestellten Hirsch. Die Fäuste vor Eberweins Augen streckend, leerte Herr Waze in unflätigen Worten die Schale seiner Wut über ihn aus. Ein bitteres Lächeln zuckte um Eberweins bleichen Mund. „Knecht Waze, nun kenn ich dich. Nun zeigst du mir dein wahres Gesicht. Wie steht doch der Redliche vor dem Schlechten - wehrlos, beschämt und aller Bosheit ein Spiel!“

„Ist gefangen! Und will noch den Herrn spielen! Fort mit ihm! Hinunter in meinen tiefsten Keller! Ich will ihm die weißen Rabenflügel stutzen.“

Über das Geschrei der Söhne, die den Gefangenen zur Türe stießen, hob sich Eberweins Stimme: „Waze, ich warne dich! Da du Gott nicht fürchtest, fürchte den Kaiser, vor dessen Gericht ich dich berufe, der Fürst seinen ungetreuen Knecht.“

„Der Kaiser!“ höhnte Herr Waze. „Wo ist dein Kaiser? In vierzig Jahren hab ich ihn nicht gesehen, hab keinen Ruf von ihm gehört, hab keinen Mann zu seinem Heer geschickt. Er wird den Käfig nit auftun, in dem ich dich bergen will. Packt ihn, meine Füchslein! Hinunter mit ihm!“

Schreiend stießen sie ihn aus dem Saal und über eine steile Treppe hinunter; eine schwere Türe wurde vor ihm aufgerissen, er taumelte in Finsternis und kalte Moderluft, hinter ihm dröhnten die Bohlen, und der eiserne Riegel klirrte. Draußen Gelächter, das sich entfernte, Geschrei, das unterging wie in weiter Ferne. Dann dumpfe Stille.

Eberwein streckte im Dunkel die Arme. Seine Hände griffen den nassen Fels der Mauer und einen eisernen Ring. Um den Sturm seiner Seele zu bezwingen, sprach er aus heißem Herzen und mit lauter Stimme ein Gebet. Plötzlich verstummte er. Ein Geräusch war an sein Ohr gedrungen. Er lauschte. Wieder hörte er ein leises Rascheln. Und da schüttelte ihn der Ekel: Er mußte an das Beinhaus denken und sah die Ratte huschen.

Mattes Stöhnen klang aus einem Winkel des finsteren Raumes. Erschrocken fragte Eberwein: „Wer teilt meinen Kerker? Bist du ein Mensch, so rede!“ Ein Wimmern, eine wortlose Sprache des Schmerzes. Eberweins Herz erzitterte. „Gott des Erbarmens!“ Er warf sich zu Boden. Über die Fliesen kriechend, tastete er mit den Händen vor sich her. Er fühlte halbverfaultes Stroh und jetzt einen menschlichen Körper, fast nackt, mit schlaffen Armen und steifen Fingern, mit bartlosem Gesicht und kurzgeschorenem Haar. „Der Knabe, den ich suchen kam! – Wazemann, Wazemann!“ Mit beiden Armen griff er zu und stützte das taumelnde Haupt des Knaben, dessen Zunge lallte: „Wer ist bei mir?“

„Einer, der es gut meint!“

„Gibt's noch einen, der gut ist?“

„Ja, ja, ja!“ rief Eberwein, die Stimme halb erstickt. „Allgütiger! Wie blind war meine Seele! Ich wähnte, daß ich irre ging, von Dir verlassen. Nun seh ich: Es war der Weg Deiner Liebe, die mich leitete, um dieses Kind zu finden!“ Er fühlte, wie die Hände des Knaben an ihm emportasteten und sein Gesicht berührten, das naß von Tränen war.

„Er weinet! Einer, der weinet um den Huzebuben! Bist du ein Geißhirt? Hat er dich auch gebüßt?“ Wie der Sinkende den Balken, den eine mitleidige Welle ihm zugeworfen, umklammerte der Bub seinen Gesellen und schmiegte sich an ihn unter fiebrigem Zittern. Aus der Höhe des Hauses klang ein dumpfer Lärm: das Johlen der Wazemannssöhne, die den umgestürzten Tisch wieder aufgerichtet hatten und die Kannen leerten auf das Glück ihrer kommenden Zeit.

Eberwein tastete in der Finsternis umher und fand an der Mauer einen vorspringenden Stein; er setzte sich und hob den Knaben auf seinen Schoß; der Bub wimmerte, weil die Bewegung seine Schmerzen mehrte. Unter zärtlichen Worten schmiegte Eberwein das Gesicht des Knaben an seine Brust, streichelte ihm das struppige Haar und flüsterte in der heimatlichen Sprache seiner Berge: „Mußt nimmer weinen, Büebli! Schau, bald hebt für dich die gute Zeit wieder an. Ich tu dich pflegen, daß du gesunden sollst, und will dich liebhaben mein Leben lang. Und meine Arm, die tragen dich, bis du wieder laufen kannst auf deinen Füßen. Hab nur acht, wenn die Tür sich auftut, wie ich dich hinauftrag in die liebe Sonn!"

Wenn die Tür sich auftut? Es war kein leerer Trost, den Eberwein dem Knaben spendete mit dieser Hoffnung auf die nahe Freiheit. In seinem Herzen wohnte dieser Trost als fester Glaube: Fände sich keine Menschenhand, den Riegel aufzustoßen und den Weg zu öffnen, so mußte Gott ein Wunder wirken um dieses Knaben willen.

Langsam hatte der Bub den Kopf erhoben. „Du bist kein Geißhirt. Wer bist du denn?"

„Ein Gottesmann. Weißt du, was das ist?"

„Wohl! So einer wie der Hiltischalk? Den hab ich einmal gesehen. Der hat ein Kirchl, in dem das Glöckl läutet."

„Und einen guten Vater im Himmel hat er! Hast du nie von dem gehört?"

„Wohl, ich mein' schon, ich hätt so was reden hören!" Stöhnend griff der Knabe nach seinen schmerzenden Füßen.

„Schau, Büebli", Eberweins Arme schlangen sich fester um den Knaben, „schau, das ist ein treuer Vater, dem alle redlichen Menschen liebe Kinder sind. Wer leiden muß, den tröstet er, und wer in Not gefallen, dem bringt er Hilf!"

„Mir auch?" klang scheu und zitternd die Stimme des Knaben.

„Freilich, Büebli! Alles weiß er, und alles kann er. Er hat dich gesehen in deinen Schmerzen und hat zu mir gesagt: Geh hin und hilf dem Huzebuben! Und wie ich gegangen bin, dich suchen, hat er mir ein kleines Dirnlein geschickt, von dem ich dich grüßen soll und das dich lieb hat. Gelt, du weißt schon, wen ich mein'?"

„Ach, du guter Mann!" Der Knabe lachte in seinen Schmerzen. „Es wird doch nit das Trudli gewesen sein?"

„Das Dirnlein des Bauern, dem du die Geißen hütest."

„Das Trudli, das Trudli!"

Eine stumme Weile verging. Dann begann Eberwein wieder zu sprechen, und leuchtend öffnete sich die Tiefe seines hoffenden Glaubens, wie ein Fels in geheimnisvoller Stunde die verschlossenen Schätze zeigt. Der Knabe tat keine Frage mehr; er lauschte und schien im Lauschen seine Schmerzen vergessen zu haben. –

Wüster Lärm klang aus der Höhe. Die Berauschten sangen und schlugen die Tafel mit den Fäusten. Die Mägde weigerten sich, den Saal zu betreten, es mußten die Knechte bedienen und die Metkrüge schleppen. Draußen dämmerte schon der Abend, und das Zechen wollte kein Ende nehmen. Den ganzen Bau des Hauses durchschütterte das Geschrei und das Poltern der stürzenden Krüge und Sessel.

In Reckas Kammer, in der schon die Leuchte brannte, hallten vom Lärm die Wände. Das Haar gelöst, im weißen Schlafgewand, saß Recka im Erker, das Gesicht in die Arme vergraben. Sie hörte nicht, daß die Tür der Zeugkammer sich öffnete; der Bub, der die Falken pflegte, brachte das Federkleid, das er dem verendeten Liebling Reckas abgestreift hatte. Scheu trat er zum Erker. „Herrin!“

Recka fuhr auf; als sie den Balg des Vogels sah, griff sie nach ihm, breitete auf ihrem Schoß das Gefieder aus und strich mit zitternden Händen über die Schwingen. Der Bub ging zur Türe; dort blieb er stehen. „Herrin! Ich weiß, wie dein Falk hat umkommen müssen. Willst du mich nit verraten, wenn ich red?“

Recka hatte sich erhoben. „Sprich!“

„Ich sag’s, weil mir leid ist um den Vogel, den ich liebgehabt.“ Der Bub faßte den Balg und deutete auf eine Stelle der Innenseite. „Schau, da hat die Haut einen Stich wie von einer Nadel.“ Er griff in das Wams. „Und schau die Spulnadel an: Sie ist rostig von Blut. Durch das ganze Ingeweid ist der Stich gegangen. Den Tag, vor du ausgeritten bist, auf den Abend, da ist dein Falk noch frisch und gesund gewesen. Ich bin um Wasser gegangen. Und wie ich wiederkomm, hat der Vogel getrauert.“

Mit zornigem Griff umklammerte Recka das Handgelenk des Buben. „Wer war in der Kammer?"

Scheu blickte der Knabe gegen den Saal, aus dem das Geschrei der Zechenden hallte. Er wollte sprechen. Doch Recka schob ihn zurück. „Schweig! Ich könnte, wenn der Zorn mich faßt, den Namen nicht wahren." Sie öffnete das auf dem Erkertisch stehende Kästlein und reichte dem Buben eine silberne Spange. „Nimm!"

Er schüttelte den Kopf und legte die Hände hinter den Rückken. „Ich hab nit um Lohn geredet."

Als er gegangen war, hefteten sich ihre funkelnden Blicke auf die Saaltür. „Wann kommt die Reih an mich?" Zum Erker wankend, schlang sie stöhnend die Arme um ihr Haar. „Hol mich, Mutter! Bei dir wär Glück und Ruh!" Sie sank auf den Sessel und griff nach dem Federkleid des Falken; ihr Blick ging durch das offene Fenster und nieder über den abenddämmerigen See zum Fischerhause, dessen Türe vom Widerschein des Herdfeuers leuchtete. „Ich tat ihm unrecht!" Sie drückte das Gefieder des Falken über die brennenden Augen.

Raschelnd strich der Abendwind durch die welkenden Bäume, die sich vor dem Erker erhoben.

In der Tiefe murmelte der See, der in sachten Wellen ging, und leise Plätscherstimmen zischelten durch das schwankende Röhricht.

In der Hofreut des Fischerhauses stand Sigenot, durch die Dämmerung emporspähend nach Wazemanns Haus. Wicho trat zu ihm: „Hörst du sie lärmen?"

„Sie zechen. Die Nacht über werden sie liegen im Rausch, und mein Haus ist sicher bis zum Morgen. Trag die Langwaad in den Einbaum und mach die Pechpfann fertig, wir ziehen auf die Fischweid. Der Kalter ist leer, und das Haus hat Leut."

Hinter dem Haus eine Stimme. Eigel der Kohlmann sprach. Hilmtrud, Kaganhart und die beiden Sennen saßen um ihn her und lauschten seinen Worten. Er sprach vom Untersberg, von König Wute und seinen Helden, vom Birnbaum auf dem Walser Feld und von der guten Zeit. „Sie muß kommen! Es haben die Berg noch nie umsonst gebidmet. Die hundert Jahr sind um. Und steigt Herr Wute nit aus der Tief, so weiß ich einen: Der steigt hinauf zu Wazemanns Haus!“

Hilmtrud ballte die Fäuste. „Da tu ich mit!“

„Freilich“, brummte Kaganhart, „weil du überall dabei sein mußt, wo's schiech hergeht!“

Eine Stunde später, als der Himmel schon übersät war mit Sternen, fuhr Sigenot mit Wicho zum Fischfang aus. Der Einbaum glitt an der Falkenwand vorüber. In tiefer Schwärze lag der weite Seekessel, und der Wind trug das dumpfe Rauschen eines Wildbachs über das Wasser her. Gegen die Mündung dieses Baches steuerte Sigenot den Kahn. In der Nähe des Ufers hielt er, hob das Ruder, ließ sich im Spiegel des Schiffes nieder und spähte zum Falkenstein empor. Fast eine Stunde verging. Dann schwieg der letzte Laut in Wazemanns Haus, die Hunde schliefen, und alle Fenster waren dunkel.

„Zünd die Pfann!“

Wicho schlug Feuer und warf den glimmenden Schwefelfaden auf die mit Pech getränkten Späne. Lodernd wuchs die Flamme, ihr greller Schein fiel über den See und lockte die Fische aus der Tiefe. Der Knecht warf das Ende der Langwaad aus und ließ die Maschen gleiten, während Sigenot im Bogen fuhr. Als sie das Netz hoben, war es schwer; überall im Garne zappelten die Hechte, die Salmen und Ferchen.

„Solchen Zug haben wir nit oft getan!“ rief Wicho lachend.

„Ich weiß, wer das Netz so schwer gemacht hat“, sagte der Fischer ernst, „denn ich hab den ersten Zug den Klosterleuten zugelobt.“

„Den ganzen Zug? Da wird der dicke Bruder lachen! Wenn er wüßt, was ihm zusteht, möcht er springen vor Freud!“ –

Bruder Wampo hatte keine Ahnung, daß seiner gedacht wurde beim Fischfang in stiller Nacht. Dennoch sprang er um diese Stunde. Aber nicht vor Freude.

Sorge hatte die Brüder befallen, als die Nacht erschien, ohne daß Eberwein heimkehrte zur Klause. Da sie meinten, er hätte sich auf dem Rückweg im Walde verirrt, zogen Schweiker und Wampo mit Spanlichtern aus, um Eberweins Namen durch die Finsternis zu rufen. Schweiker stieg zur Ache nieder. Bruder Wampo nahm die Richtung gegen die Ramsau. Er schrie und schrie. Plötzlich wich der Grund unter seinen Füßen. Nach einem Halt suchend, ließ er die Fackel fallen, und während sie erlosch, stürzte er in eine tiefe Grube. Es tat einen festen Klatsch, als Bruder Wampo den Boden erreichte. Ein Wust von Reisig fiel hinter ihm her und überschüttete ihn. Sich aufraffend, warf er die stacheligen Reiser von sich ab und fühlte nach seinen Gliedern; sie waren ganz und heil. „Ein Glück, daß ich gute Polster hab!" Er begann in der Finsternis umherzutappen. Überall griff er steile, glatte Erdwände, nirgends fand er einen Halt, an dem er sich hätte emporziehen können. Und den Rand der Grube konnte er mit den Händen nicht erreichen. Er tappte und tastete. Da geriet ihm etwas unter die Finger. Fest griff er zu, doch mit einem Schrei des Entsetzens wich er zurück. Seine Hände hatten struppiges Haar gegriffen. Und da fuhr auch schon ein unsichtbares Etwas im Kreis um ihn her wie der ledige Teufel. Bruder Wampo sah nichts, fühlte nur die Püffe, die er bekam, hörte ein Schnauben, ein Springen und Scharren – das währte eine Weile –, dann war wieder Stille um ihn her. Er taumelte, geriet in eine Ecke und kauerte sich auf die Erde, mit lallender Stimme betend. Seine Glieder waren wie gelähmt, er wagte keinen Finger mehr zu rühren und starrte mit aufgerissenen Augen auf die zwei runden, glimmenden Lichter, die er nahe vor sich in der Finsternis erblickte. Wenn ihm die betende Stimme erlosch, vernahm er den fliegenden Gang lechzender Atemzüge, wie ein Jagdhund atmet nach der Hetze. Das Grauen machte ihm die Sinne wirbeln, und seine schweißtreibende Angst malte ihm das Bild eines Ungeheuers vor die Augen, mit Drachenflügeln und aufgesperrtem Rachen, groß genug, um einen Berg zu schlingen, geschweige denn das winzige Bröcklein, das Bruder Wampo hieß.

Fern, im Tal der Ache, klang die rufende Stimme Schweikers, und in Zwischenräumen tönte beim Lokistein die Glocke, die von Pater Waldram gezogen wurde, um den Verirrten heimzurufen. Weit drangen ihre Klänge in die stille Nacht hinaus, über die Gehänge des Göhl empor, über die Halden der Strub und das Tal entlang, bis zum Schönsee und zu Wazemanns Haus, an dem ein einsames Fenster in matter Helle schimmerte, das Erkerfenster in Reckas Kammer.

Neben dem Spiegel flackerte die Leuchte. Mitternacht war vorüber, und noch immer stand das Lager unberührt. Recka saß im Erker. Stille herrschte draußen im Saal, im ganzen Hause. Nur aus dem Hofe war Geräusch zu hören: Die gefangenen Raubtiere wachten in ihrem Käfig. Recka spähte nach dem Himmel. Ein bleicher Schein begann das Firmament zu erhellen und die Sterne zu löschen. Als hätte sie auf diese Helle gewartet, so nickte sie vor sich hin und erhob sich, streifte die Schuhe von den Füßen, nahm die Leuchte und schlich auf nackten Sohlen in die Herrenstube. Als sie zurückkehrte, schüttelte sie sich, wie um die Erinnerung des häßlichen Bildes, das sie gesehen, von sich abzuwerfen. Lautlos schritt sie hinaus in die Zeugkammer. Als sie den Unterstock des Hauses erreichte und an der Magdstube vorüberschlich, hörte sie das leise Gezwitscher eines Vogels: Ullas Liebling, der geblendete Star, sang in der Nacht.

„Der hat es gut. Er muß den Tag nimmer sehen."

Über eine zweite Treppe ging es hinunter, und nun hielt sie vor der niederen Tür des Bußloches. Sie öffnete mit einem Schlüssel das Hängeschloß und schob den Riegel zurück. Als die Tür sich auftat und der Schein der Leuchte in den Kerker fiel, stand Recka ergriffen. Einen Verzweifelten wähnte sie zu finden und sah zwei Menschen, schlummernd in stillem Frieden. Eberwein saß auf dem Steinblock, an die Mauer gelehnt; von seinen Armen umschlungen, ruhte ihm der Knabe an der Brust; so schliefen sie, Wange an Wange.

Recka berührte die Schulter des Mönches. Als Eberwein erwachte und die vom Lichtschein umzitterte weiße Gestalt erblickte, die vor ihm stand wie herausgetreten aus seinen Wunderträumen, stammelte er: „Gott sandte seinen Engel." Da erkannte er Recka und verstummte.

Huze schlug die Augen auf und zitterte beim Anblick der Wazemannstochter. „Schweige, Kind!" flüsterte Eberwein. Der Schein der Lampe fiel über das fahle Gesicht des Knaben mit den hohlliegenden Augen, über die abgezehrten, von Lumpen umhüllten Glieder und über die mit geronnenem Blut bedeckten Füße. Ein Grauen schüttelte Reckas Nacken. „Wer ist der Bub?"

„Ein Opfer deiner Brüder. Und kamst du, um mir die Freiheit zu bringen, so danke ich dir um dieses Knaben willen."

Recka, zur Tür lauschend, sagte flüsternd: „Löset Eure Schuhe von den Füßen." Eberwein ließ den Knaben auf den Steinblock nieder, löste die Sandalen und knüpfte sie an seinen Gürtel.

„Folgt mir!" Recka hob die Leuchte und schritt zur Tür.

Eberwein nahm den Knaben auf seine Arme. „Fürchte dich nicht!"

Da schüttelte der Bub den Kopf, und seine Augen glänzten. „Fürchten? Es ist doch der gute Vater mit uns."

Fester umschlang ihn Eberwein, als er die Schwelle des Kerkers überschritt.

Recka schloß die Türe, schob den Riegel vor und drehte den Schlüssel um. Lautlos stiegen sie die Treppe hinauf. Noch immer sang der Star. Sie erreichten Reckas Stube. „Ich bitt Euch", flüsterte Eberwein, „reichet mir Zeug, daß ich die Wunden des Knaben verbinde."

Recka zog die Hirschdecke von ihrem Lager, riß von dem Hanftuch, das über die Haut geschlagen war, einen Streifen ab und schob ihn hinter den Gürtel des Mönches. Dann löschte sie die

Leuchte und faßte Eberweins Arm. „Laßt euch führen und seid ohne Sorget. Sie liegen im Rausch.“

Nun traten sie hinaus in die Herrenstube. Mondlicht fiel durch die offene Hallentür und durch die Fenster. Gestürzte Sessel lagen umher, auf dem verwüsteten Tisch und auf dem Estrich schimmerten die zinnernen Kannen; in ausgeronnenen Lachen spiegelte sich der Mondschein, und der verschüttete Met erfüllte den Raum mit widerlich süßem Geruch. Henning und Otloh lagen wie Klötze unter dem Tisch; vor der Tür, die zur Kammer der Buben führte, war Eilbert niedergesunken, und Herr Waze lag in den Kleidern auf seinem Spanbett, schnarchend, mit Kopf und Armen niederhängend über die Kante. Eberweins Schritte stockten. Recka zog ihn mit sich fort, in die Halle hinaus, hinunter in den Hof. Als sie dem Zwinger sich näherten, schlugen die Hunde an; mit leisem Lockruf machte Recka sie verstummen. An der Mauer öffnete sie eine Pforte, die gegen die Höhe des Berges führte. „Nach hundert Gängen teilt sich der Pfad, Ihr müßt zur Rechten schreiten und die Mauer umgehen. So gelangt Ihr auf den Reitweg, der Euch zur Ache führt“, ihre Worte klangen heiser, „und zum Haus des Fischers. Unter seinem Dache seid Ihr sicher. Er ist ein starker und redlicher Mann.“

Eberwein rückte den Knaben höher an die Brust. „Mag Gott Euch diese Stunde lohnen! Ihr habt getan an mir wie eine Schwester an ihrem Bruder.“

„Ihr, mein Bruder?“ klang Reckas raue Antwort. „Ihr mahnet mich zur Unzeit, daß ich Brüder habe und einen Vater.“ Von Eberwein sich wendend, schloß sie hinter ihm die Pforte. Sie wollte zum Hause schreiten; neben dem Zwinger sank sie nieder auf die Steine. Winselnd streckten die Hunde ihre Schnauzen durch die Lücken der Stangen und fuhren mit den heißen Zungen nach Reckas Gesicht und Händen.

5

Unter Bäumen, zwischen denen der von ziehenden Wolken häufig verschleierte Mond nur mit spärlichen Lichtern glänzte, folgte Eberwein dem Pfad. Im Wirbel seiner Gedanken und in dem mit Finsternis wechselnden Zwielicht übersah er die Zweigung des Pfades und schritt zur Linken weiter. Auf einer kleinen Lichtung mußte er rasten, seine Arme zitterten unter der Last des Knaben. In der Mondhelle sah Huze das Antlitz seines Retters; leuchtend traf ihn der Blick dieser stillen Augen, und den Mönch umschlingend, seufzte der Knabe wie einer, der nach üblen Wegen die sichere Ruhstatt fand.

Nach einer Weile erhob sich Eberwein; er hatte die Sandalen angelegt, und mit gestärkter Kraft seinen Schützling tragend, folgte er dem Pfad, der sich nach kurzer Strecke über steile Stufen hinuntersenkte. Aus der Tiefe klang sachtes Rauschen, und durch die Nacht her leuchtete ein rötlicher Schein wie der Glanz eines Herdfeuers bei offener Tür. Das mußte die Ache sein und der Herdschein des Fischerhauses, dessen Bewohner sich vor der Dämmerung schon zum Tagwerk erhoben hatten. So meinte Eberwein. Doch als er den Niedersteg über den steilen Pfad mühsam vollendet hatte, gewahrte er im Mondlicht, daß er auf engem, von Felswänden eingehegtem Raum stand, während vor ihm der See sich dehnte, in weitem Kreis umschlossen von den schwarzen Mauern der Berge. Sorge befiel ihn. Wie sollte es seinen erschöpften Kräften gelingen, den Knaben wieder emporzutragen über die Felsen? Da leuchtete draußen im See der Feuerschein, und ein hoffender Gedanke zuckte in Eberwein auf: Das ist der Fischer, der bei Fackelhelle die Netze wirft.

„Sigenot!“ hallte der Ruf des Mönches in die Nacht. Keine Antwort. Doch Eberwein meinte zu gewahren, daß die Fackel näher käme. Auf einer Steinstufe saß er, den Knaben auf seinem Schoß, und harrte.

Der Himmel wurde bleich, es graute der Morgen, und der Feuerschein erlosch. In Eberwein verstummte jede Sorge vor der überwältigenden Schönheit des Bildes, das die schwindende Dämmerung vor seinen Augen entschleierte. In sachten Wellen schwankend, durchsichtig grün wie ein Smaragd, eine geheimnisvolle Flut, die mit jedem Wellenschlag das Lied der eigenen Schönheit sang, so dehnte der See sich in stundenweite Ferne. Die Ufer schienen keinen Pfad zu dulden; als hätte die Natur diese herrlichste ihrer Stätten geheiligt vor dem Fuß der Menschen, so stiegen die im Rund geschlossenen Berge steil aus der Flut und wuchsen zum Himmel. Dunkle Fichtenwälder und Laubgehölze, die im Welken alle Farben spielten, bekleideten die Gehänge, wie bunte Festgewänder die Fürsten schmücken, wenn sie den Thron umstehen. „Wahrlich, ein Thron der Schönheit", rief Eberwein, „ein königlicher See! Er soll den Namen führen, der ihm gebührt."

Immer herrlicher traten alle Formen und Farben aus dem Duft des Morgens hervor, neue Schönheit wuchs hinter jedem weichenden Schatten, und die Gießbäche schimmerten, als gössen geheimnisvolle Hände flüssiges Silber über die Wände. Ein hoher Felsgrat und der weiße Schnee der höchsten Kuppen begannen schon zu leuchten im ersten Glanz des nahenden Tages. Rot säumten sich die Wolken, die hoch durch die Lüfte schwebten wie geflügelte Boten. Träumend blickte Eberwein zu ihnen auf. Er sah die leuchtende Strahlengarbe, die von Osten über die Höhen loderte, und ihm war, als hätte der Himmel sich aufgetan und eine Stimme rief: ‚Preise die Größe meiner Allmacht! Genieße, was ich schuf zur Freude der Menschen!'

Aus seiner Versunkenheit riß ihn ein leiser Wehlaut des Knaben. „Hast du Schmerzen?" Der Bub schüttelte den Kopf und lächelte. Hastig trug ihn Eberwein zum Ufer und ließ ihn auf weichen Rasen nieder. Mit dem Tuche, das er am Gürtel fand, wusch er ihm die von Blut überronnenen Füße und verband die Wunden. Der Knabe lispelte: „Wie das kühlet, wie das wohltut!" Und nach einer Weile fragte er: „Gelt, das alles tust du an mir, weils der gute Vater so will?“

Eberwein konnte nicht sprechen; die Prüfung der Wunden hatte ihm gesagt, daß der Knabe an den Füßen gelähmt sein würde fürs ganze Leben. Huze, der nicht sah, was in den Zügen des Mönches redete, blickte zum leuchtenden Himmel auf: „So gut wie der, ist keiner nimmer!“ Und als die Binden geschlossen waren, sagte er: „Ich mein', ich müßt schon laufen können?“ Er zog sich an Eberwein in die Höhe. Der Glaube gab ihm Kraft. Er konnte stehen. Mit klunkernden Füßen tat er ein paar kleine Schritte; dann sank er auf einen Stein. „Es geht schon wieder. Ein lützel hinken werd ich halt müssen. Das tut nichts. Wer schnell hinket, kommt auch vom Fleck! Freilich, hinauf –“ seine Augen suchten die Almen, „hinauf werd ich wohl nimmer können. Aber herunten ist auch ein gutes Weilen.“

Wortlos streifte Eberwein mit der Hand über das Haar des Knaben.

Da deutete Huze: „Schau, dort schickt uns der gute Vater auch schon das Schiffl her!“

Eberwein sah den Einbaum schwimmen, noch ferne, doch nahe dem gleichen Ufer, und der Kahn schien sich zu nähern. Nun lenkte er jäh zur Seite, hinter einer Biegung der Felswand verschwindend. Eberwein wollte rufen; da hörte er von der Höhe die Stimme Reckas: „Ulla! Hier! Nimm den Mantel und bring ihn mir hinunter ans Ufer.“ Auf einer vorspringenden Felsplatte erschien sie, von einem weißen Mantel umhüllt. Durch die Lücken des Buschwerks blickte Eberwein empor und sah, wie Reckas entblößte Schultern sich aus der Hülle hoben. In Schreck umschlang er den Knaben. Und sah den Mantel niedergleiten, sah den schimmernden Körper von der Höhe stürzen, umflattert von Goldhaar, und sah ihn niedertauchen in die Flut. Als das Wasser rauschte, riß Eberwein den Knaben auf seine Arme und eilte durch die Büsche am Ufer hin, bis die Felswand seine fliehenden Schritte hemmte. Auf den Knien, mit hämmernden Pulsen, drückte er den Knaben an sich. Er mußte jedes Wort vernehmen, das Recka aus den Wellen rief, jedes Wort, das die alte Magd erwiderte. Und er hörte das Wasser plätschern, als die Badende an das Ufer stieg und nach der Hülle verlangte.

„Schau nur, wie du zitterst!“ jammerte die Magd.

„Es war wie Eis. Aber diese Nacht ist weggespült!“

Die Stimmen entfernten sich und verklangen auf der Höhe des Felsenpfades; durch die Büsche schimmerte noch der weiße Mantel.

Da rang es sich von Eberweins Lippen: „Hiltischalk! Vergib mir!“

Scheu blickte Huze in das brennende Gesicht des Mönches. „Was hast du, Gottesmann? Warum tust du dich fürchten vor ihr? Sie hat uns doch geholfen in der Not!“

Gedämpfte Stimmen klangen, und der Schlag eines Ruders ließ sich vernehmen. Eberwein sprang auf und trug den Knaben durch die Büsche ans Ufer. Als seine Augen niederblickten in die klare Flut, gewahrte er ein wundersames Bild: In der Tiefe des Wassers, auf grünem Moosgrund, hing mit gebreiteten Schwingen ein verendeter Schwan im Kraut verbissen; sacht bewegte der Wellengang das schneeige Gefieder und rührte die Leichname zweier Falken, die im Tod noch ihre Fänge um den Hals des Schwans geschlagen hielten.

„Wer sendet mir diesen Anblick?“ stammelte Eberwein. „Wie die Falken an diesem Schwan, so hängen Zweifel und Sünde an meinem Herzen. Herr! Laß mich niedertauchen in die Tiefen deiner rettenden Liebe!“

An der Biegung der Felswand glitt der Einbaum hervor. Sigenot erkannte den Mönch und trieb den Kahn zum Ufer. Eberwein ließ sich mit dem Knaben in den Einbaum heben, wußte aber kaum, wohin die Füße stellen; der Boden des Kahnes war bedeckt mit den Fischen, die in der großen, an einem Weidenseil nachschwimmenden Kufe nicht mehr Platz gefunden hatten. Immer dem Fuß der Felswand folgend, trieb Sigenot mit wuchtigen Ruderschlägen das Boot. Den Knaben auf seinem Schoß, saß Eberwein mit gesenkten Augen; er schien nicht zu sehen, nicht zu hören. Doch

Huze gab Antwort auf die Fragen des Fischers und erzählte von seinem Leiden, von dem Wunder seiner Rettung.

Hinter dem Nachen schloß sich der Weitsee. Vom Duft des Morgens umflossen, lagen die Lände und das Fischerhaus, aus dessen Moosdach sich der Herdrauch kräuselte. Dünne Nebel dampften aus dem Röhricht und hoben sich in die weißen Lüfte, als trügen sie den immer dichter ziehenden Wolken Kunde aus der Tiefe zu.

Der Einbaum fuhr in den Sand, es wurde lebendig im Hag. Eigel und die beiden Sennen kamen gelaufen. Als der Mönch aus dem Nachen stieg, fiel der Kohlmann vor ihm nieder und küßte den Saum seines Kleides. Eberwein sah ihn nicht; seine Augen hingen an dem ragenden Kreuz. Er eilte dem heiligen Zeichen entgegen, beugte das Knie, umklammerte den Stamm und preßte die Stirn an das Holz.

„Er redet mit seinem guten Helfer!“ flüsterte Sigenot. „Laßt ihn allein! Tragt den Buben ins Haus!“

Huze wollte sich nicht tragen lassen. „Ich geh. Mir hilft einer!“ Seinen Schmerz verbeißend, richtete er sich auf und duldete kaum, daß Wicho und Eigel ihn stützten, als er Schrittlein um Schrittlein dem Hagtor entgegenhinkte.

Es währte lange, bis Eberwein sich erhob. Unter dem Tor trat Sigenot vor ihn hin und sprach: „Eh du den ersten Schritt in meine Hofreut tust, laß raiten mit dir! Wie ich selbigsmal von dir gegangen bin, hab ich gemeint, ich könnt wiederkommen mit hundert hinter mir. Ich kann mein Wort nit lösen. Frag nit, warum! Aber mich nimm ganz, mich und meine Leut! Und wo der Mann ist, muß sein Haus sein.“ Er zog das Messer, schlug vom Pfosten des Hagtors einen Span und legte ihn in Eberweins Hand. „So nimm mein Haus mit allem Recht und Eigen! Tu mit ihm nach deinem Willen, laß mir die Nießung oder gib sie einem anderen. Du bist der Herr.“

„Was du bietest, soll gelegt sein in Gottes Hand!“ erwiderte Eberwein. „Du aber schalte in deinem Haus als freier Mann. Tage des Glückes und der Ruhe sollen blühen unter deinem Dach."

„Glück, Herr?" Schwer hob sich die Brust des Fischers. „Hätt ich die Ruh allein, ich wär zufrieden."

„Sigenot, was bedrückt dich?"

Da klang es wie ein Schrei aus tiefer Qual: „In mich ist Feuer gefallen. Bei lebendigem Leib verbrennt mein Herz. Wo ich hassen müßt –" Sigenot verstummte. Seine heißen Augen blickten über den See hinaus, zur Höhe der Falkenwand.

Eberwein sah diesen Blick. „Sigenot?" stammelte er. Und wortlos umschlang er den Fischer. –

In Wazemanns Haus kläfften die Hunde.

Es stieg der Morgen.

Im Tal der Ache hoben sich schwere Dünste aus allen Sümpfen und zogen wie schleichende Gespenster durch den Wald und über die Halden.

Die grauen Schleier senkten sich auch in die Wolfsgrube, in welcher Bruder Wampo gefangen saß. Noch immer kauerte er in der Ecke, die schlotternden Backen überronnen von kaltem Angstschweiß, ihm gegenüber in einen Winkel gedrückt, hockte der Wolf wie ein Hund auf den Hinterbeinen. Die lechzende Zunge hing ihm zwischen den Zähnen hervor, und seine Augen waren unverwandt auf den Gesellen in der Grube gerichtet, der dem Wolf nicht minder schrecklich erschien als der Wolf dem Bruder. Wampo redete mit keuchender Stimme; seit das erste Grau des Tages in die Grube gefallen, hatte er die Zunge nicht ruhen lassen; verstummte er, so wurde das Tier unruhig – sprach er, so saß der Wolf mit schiefem Kopf und äugte nach den tönenden Lippen, halb in Scheu und halb in Neugier. Alle Gebete, die er wußte, alle Lieder und Litaneien, deutsch und lateinisch, hatte Bruder Wampo schon hergesagt. Auf die Psalmen Davids waren Salomonis Sprüche gefolgt. Er hatte dem Wolf die schöne Geschichte der holden Ruth erzählt und war von der Königin Esther auf Hiob geraten, als fern im Wald die rufende Stimme Schweikers klang. Ein Zittern befiel den Bruder; er wagte weder zu schweigen noch zu schreien; nur langsam hob sich seine erschöpfte Stimme. Näher klangen die Rufe Schweikers. Der Wolf wurde unruhig, sein Haar sträubte sich, und mit funkelnden Augen streckte er den Hals. Schritte ließen sich hören. Schweiker kam durch den Wald gegangen.

„Nit wehren will ich meinem Munde", scholl Hiobs Klage in der Grube, „will reden von der Bedrängnis meines Herzens und will heraussagen von der Betrübnis meiner Seele –"

Schweiker erkannte die Stimme. „Bruder?" schrie er und spähte in den leeren Wald.

„Bin ich denn ein Meer oder Walfisch, daß du mich so ver wahrest!" klang es lallend aus der Erde. „Wenn ich gedacht –"

„Bruder, wo bist du?" In langen Sprüngen folgte Schweiker dem Hall dieses biblischen Jammers und fand die Grube. „Allmächtiger!" stammelte er und griff nach dem Beil, das er im Gürtel trug. Da erloschen die betenden Worte unter lautem Gezeter. Mit tollem Satz war der Wolf auf Wampo losgesprungen, und des Bruders Glatze als Schemel benutzend, schwang sich das Tier zum Rand der Grube. Schon wirbelte Schweiker das Beil. Einen Sprung noch tat der Wolf, dann stürzte er blutend ins Moos. Ein wuchtiger Hieb endete sein Leben. „So soll es jedem ergehen, der wider uns anspringt!"

Wampo hüpfte wie ein Frosch, um die Hände zu fassen, mit denen Schweiker in die Grube hinuntergriff. Das kostete ein festes Ziehen, obwohl das gewichtige Bäuchlein nach dieser Nacht um etliche Pfund erleichtert war.

„Bruder! Das soll dir Gott vergelten mit reichem Himmelsbrot!" stöhnte der Erlöste. Er fühlte nach seiner Glatze, ob sie nicht blutete, wischte den Angstschweiß vom Gesicht und taumelte ins Moos, alle viere streckend.

Schweiker warf sich zu ihm. „Dich hab ich! Aber wo ist der Herr?"

„Ich weiß nit. Laß mich nur erst mich selber finden!" Wampo war so erschöpft, daß ihm die Sinne zu schwinden drohten. Der

Anblick des erlegten Raubtiers machte ihn wieder lebendig. „Schweiker, das Fell muß ich haben für mein Bett! Ich mein', ich hab's verdient." Lachend nickte Schweiker, hob den Wolf auf seine Schulter, und so traten sie den Heimweg an.

Eine Stunde später war Bruder Wampo an Leib und Seele gestärkt. Der Sterz mit Wasser hatte ihm noch nie so köstlich gemundet wie an diesem Morgen. Nun lag er auf seiner Stangenpritsche. Kein Laut störte seine Ruhe. Er war allein. Waldram und Schweiker waren ausgezogen, um nach Eberwein zu forschen.

„Er hat den Leutpriester in der Ramsau aufgesucht, dort will ich fragen nach ihm!" hatte Waldram gesagt und war hinausgewandert gegen die Strub.

„Er muß bei dem kranken Kindl gewesen sein, dort will ich suchen!" meinte Schweiker und stieg über die Gehänge des Göhl empor. Als er die Höhe erreichte und den Hag des Greinwalders erblickte, hämmerte sein Herz. Er meinte, es käme vom raschen Gang. Mit Faust und Grießbeil schlug er an das geschlossene Tor. „Tut auf in Gottes Namen!"

Hinter dem Hag blieb alles still. Er trommelte auf die Bohlen und schrie: „Tut auf! So tut doch auf!" Da war ihm, als klänge vom Haus ersticktes Weinen an sein Ohr. Der Schreck fuhr ihm in alle Glieder. „Da muß ein Unheil geschehen sein!" Waren Wazemanns Söhne in den Hag gefallen? Hatten sie den Bauer und die Bäuerin niedergeschlagen? Und war die Hirtin – Er dachte nicht weiter. „Hinzula!" schrie er, warf das Grießbeil fort und rannte mit der klobigen Schulter gegen das Tor. Die Bohlen krachten, der Riegel splitterte, und Bruder Schweiker hatte freien Weg. Er raffte einen Prügel von der Erde und stürzte dem Hause zu. Unter der Türe trat ihm die Bäuerin entgegen und knickte fast zu Boden vor Schreck, als Schweiker den Knüppel schwang und brüllte: „Wo sind die Buben? Wo sind sie?"

„Was für Buben? Ich hab nur einen. Der ist auf der Alben."

Schweiker ließ den Prügel fallen und griff mit beiden Händen an seinen Kopf, in dem er einen Wirbel spürte, als wären seine

Gedanken ein Häuflein Blätter, die der Wind gefaßt. Hinter dem Stall kam der Greinwalder hervorgeschlichen. „Da hört sich doch alles auf! Gleich ein Loch in den Hag rennen! So ein Unfürm!“ Er ging zum Tor und besah den Schaden.

„Warum habt ihr das Tor nit aufgetan?“ stammelte Schweiker.

Das Weib wurde rot bis hinter die Ohren. „Was willst du denn?“

Schweiker mußte sich besinnen; nach einer Weile fiel es ihm ein. „Meinen Herrn hab ich suchen wollen. Ist er nit dagewesen?“

Verlegen suchte die Bäuerin nach Worten. „Hab nichts gehört, hab nichts gesehen.“

Schweiker machte ein paar Schritte gegen das Tor, blieb stehen und fragte: „Wie geht's ihr denn?“

„Gut!“ sagte die Bäuerin hastig. „Du brauchst keine Sorg nimmer haben. Sie wird bald wieder hüten können.“

Ein tiefer Seufzer, und Schweiker wollte gehen. Da klang es aus der Stube: „Gottesmann!“

Mit einem Sprung war Schweiker bei der Türe. Im Halbdunkel der Stube leuchteten ihm vom Bett das Gesichtl der Hirtin und die weiße Binde entgegen. „Kindl!“ Mehr brachte er nicht heraus. Als er näher trat, sah er ihre verweinten Augen. „Gelt, so hab ich doch recht gehört!“ stammelte er. „Was ist denn geschehen, Kindl? Warum hast du geweint?“

„Weil –“ Hinzula gewahrte die Zeichen, die ihr die Mutter hinter dem Rücken des Mönches machte. Sie senkte die Augen und lispelte: „Weil ich Schmerzen hab.“ Erschrocken faßte er ihre Hände, setzte sich auf die Kante des Lagers und betrachtete kummervoll ihr blasses Gesicht. „Mir ist schon wieder ein lützel besser“, flüsterte sie lächelnd und ließ sich auf das Heupolster zurücksinken. „Tu nur meine Händ nit auslassen!“ Bruder Schweiker hielt fest. Nach einer Weile wurde er unruhig und drehte immer wieder das Gesicht zur Türe. „Was schaust du denn allweil?“ fragte sie.

Er zögerte mit der Antwort. „Ich werd wohl fort müssen." Sie hob sich erschrocken auf, und ihre zitternden Finger umklammerten seine Hände. „Schau, Kindl, ich muß meinen Herrn suchen!"

„So gut ist mir, wenn deine Händ mich halten. Völlig gesunden hätt ich können. Jetzt gehst du, und da muß ich wieder liegen in Schmerzen."

Bei dem Zwiespalt, in welchen Bruder Schweiker geriet, fiel es ihm gar nicht auf, daß dem Druck seiner Hände eine so wundersame Heilkraft innewohnte. Was sollte er tun? Konnte er gehen? Durfte er bleiben? Im Wirbel dieser Fragen fiel es ihm ein, daß Eberwein einst zu ihm gesagt hatte: „Findest du ein Menschenkind in Schmerzen, so denke nicht deiner selbst, nicht deiner Brüder und des Klosters! Not hat kein Gebot als nur das einzige des Erbarmens!" Und nun war sein Herz des Erbarmens so voll, daß es ihm fast zerspringen wollte. „Kindl! Wenn du Schmerzen hast, da muß ich bleiben. Das hat er selber gesagt."

Über die Züge der Hirtin ging es wie Sonnenschein. Draußen leuchtete kein Strahl. Grau hing das dichtgeschlossene Gewölk über dem Tal. Kein Windhauch regte sich, und trübes Zwielicht verschleierte die Farben. Über allem Leben der Erde lag's wie eine dumpfe, trostlose Stimmung.

Dunkler und dunkler sammelten sich die Wolken. Aus allen Bergscharten tauchten sie auf, glitten die Gehänge entlang und drängten sich über dem Tal zu Hauf, als wäre in den Lüften ein Thing berufen, das entscheiden sollte über die kommende Zeit.

In schwärzlichem Blau wälzte sich ein gesonderter Wolkenzug hinter dem Totenmann über das Ramsauer Tal einher.

Die ziehenden Schwaden streiften den steilen Bergwald, durch den der alte Runot von den Almen niederstieg. Er hatte seine Buben gerufen, um mit ihrer Hilfe sein in Trümmer gefallenes Haus wieder aufzurichten. Als er am Kirchlein vorüberschritt, sah er das greise Paar auf der Steinbank unter der Linde sitzen, bei der die Erde gelb war von gefallenen Blättern. Der Bauer deutete zu den Wolken hinauf: „Die tragen den weißen Winter im grauen Kittel.“

„Wohl“, nickte Hiltischalk, „tummle dich nur, daß du dein Häusl unter Dach bringst, eh der Schnee kommt.“

„Es wird sich machen. Bieten doch alle Nachbarsleut die Händ zum Schaffen.“

„Recht so! Nur fest zusammenhalten! Bei solchem Bund ist Gottes Segen.“

Der Bauer wanderte weiter.

„Ist ein guter Mann!“ nickte der Greis. „Gott wird ihm das neue Haus behüten.“

„Ja, das wird er!“ sagte Hiltidiu mit ihrer leisen Stimme und blickte auf das Sträußlein in ihren Händen. Es waren welkende Heideblumen. „Meinst du, heut kommt er noch?“

„Freilich! Hat's ja durch die Mätzel sagen lassen!“ Hiltischalk tastete an seiner Kutte. „Hab ich das Birkenblättlein?“ In einer Tasche fühlte er die Rinde. „Wohl! Ich hab's. Dann schlang er den Arm um die Greisin. „Gelt, ich hab halt wieder einmal recht gehabt! Das wär das erstemal gewesen, daß ich umsonst gerufen hätt.“ Sinnend lächelte er vor sich hin. „Unser Leben? Ein Greuel vor Gottes Aug? Ja, freilich, das wird wohl ein Greuel gewesen sein beim letzten Sturmwetter, wie ich dem kranken Buben das heilige Himmelsbrot durch Hagel und Wind hinaufgetragen hab zum Schwarzeck! Und wie du an meiner Seit gegangen bist mit dem ewigen Lichtlein, mein Stab und Stecken auf dem frommen Weg!“

Eine Erinnerung knüpfte sich an die andere. Durch die vielen Jahre, die sie Hand in Hand durchwandert hatten, ging ihr Gedenken zurück bis in die längst entschwundene Jugend, bis zu jener Stunde, in der ihre Herzen sich gefunden hatten zwischen Tod und Leben.

„Sag, Hilti, denkst du noch an jene Nacht?“

„Wie ich keine Ruh mehr gehabt hab und kein Aug mehr schließen hab können? Und auf einmal ist mir gewesen, als hätt eine Stimm gerufen: Steh auf und laß ihn nit allein!"

„Es war eine harte Stund. Alle sind wider mich gestanden. Aber ich hab gewußt: Mit mir ist einer, stärker als alle! Ihren sündhaften Feuerstoß hab ich niedergeworfen und hab die Axt gehoben und hab den Schlag getan auf ihren Heidenbaum."

„Und wie der alte Schwarzecker den Stein gehoben hat, bin ich dazugekommen."

„Und hast dich hingeworfen vor mich und hast gerufen: ‚Mein guter Herre, du mein Gott!' Du, die erste, die mir's nachgeredet hat!" Hiltischalk streifte mit zitternder Hand das weiße Tüchlein von der Stirn der Greisin. „Schau, noch allweil sieht man die Narb! Wie ein Schlänglein lauft sie hinein unters graue Haar. Aber gelt, ich hab dir das Blut gedankt? Gelt, ja?"

„Mit Lieb und Treu, mit tausend Freuden."

Ihre welken Hände faßten sich. Die Blätter fielen, und hoch in den Lüften, fast im Gewölk, eilte eine Schwalbenschar der Ferne zu.

Die Greisin fuhr auf. „Er kommt! Zwischen den Bäumen seh ich den weißen Rock."

„Wohl, das ist er!" lachte Hiltischalk. Und so schnell, als die alten Füße sie trugen, eilten sie zum Tor der Umfriedung. „Willkommen, willkommen!" rief der Greis. Und verstummte. Und sah erschrocken zu Pater Waldram auf, der wankend den Hof betrat. Keuchend ging der Atem des Mönches; seine bleiche Wange war blutig geschunden wie von einem Sturz, und übel hatten die Dornen des Weges, die Schlammpfade und Äste des Urwalds seine weiße Kutte zugerichtet. Und was er auf diesem Weg von Menschen erfahren hatte, redete aus dem gereizten Klang seiner ersten Worte: „Steht dieses Tor dem Diener Gottes offen oder nicht? Wo sind die Hunde, um mich zu jagen? Wo die Steine, die mich treffen sollen?" Seine Hände griffen nach einer Stütze, und taumelnd sank er auf die Steinbank nieder.

In Sorge stammelte Hiltischalk: „Lauf, Hilti, lauf, bring Speis und Trank, daß wir den Müden laben! Der gute Bruder ist völlig von Kräften."

Die Greisin eilte ins Haus. Bei Hiltischalks letzten Worten hatte Waldram sich aufgerichtet. „Ohne Kraft ist nur, wen Gott nicht stärkt!" Er hob die Arme. „Ich stehe auf geweihter Erde, und mir ist wohl!"

„Freilich, aber der schwache irdische Leib –"

„Rede nicht unnütz! Bist du Hiltischalk, der Leutpriester in der Ramsau?"

„Wohl, der bin ich. Und du bist von den Gadener Brüdern einer? Hat der gute Herr nicht kommen können? Hat er dich geschickt, um mir die Ruh zu bringen?"

„Mich hat die Sorge geführt. Eberwein, mein Propst, ist gestern mit dem Morgen ausgezogen und nicht heimgekehrt."

Der Greis erschrak. „Allgütiger Himmel! Es wird ihm doch kein Unheil widerfahren sein?"

„Er war bei dir?"

„Freilich, und meine Magd hat ihn geführt und hat das Sträußlein von ihm gebracht und das Birkenblatt. Und hat mir ausgerichtet, heut will er kommen. Stund um Stund schon warten wir auf ihn mit Schmerzen. Wenn mir der liebe Bruder auch das Birkenblatt geschickt hat und das Sträußlein für mein gutes Weib –" Der Greis verstummte.

Wie vor einem Aussätzigen war der Mönch zurückgewichen. „Dein Weib? Du sagst: dein Weib, und es öffnet sich unter deinen Füßen nicht die Hölle?"

„Aber Bruder", stammelte Hiltischalk, „laß reden mit dir in Ruh!" Seine Stimme dämpfte sich zu zitterndem Flehen. „Schau, da kommt meine gute Hilti –"

Die Greisin trat aus dem Haus, achtsam ein Kännlein Milch in den Händen tragend; Mätzel folgte ihr mit Brot und Käse. „Nehmet, lieber Gast, und genießet der Gottesgab!"

„Lästere nicht den Himmel mit diesem Wort!“ klang Waldrams schrille Stimme. „Eh soll der Hunger mich töten, eh meine Lippe kostet, was du berührtest mit verfluchten Händen!“ Er schlug die Kanne aus der Hand der Greisin. Bleich stand Hiltischalk, zu Tode erschrocken sein Weib. Mätzel ließ die hölzerne Schüssel fallen, rannte kreischend aus dem Hof, und durch das Tal hin klang ihr Geschrei um Hilfe.

„Herr“, keuchte Hiltischalk, „übel tust du an meinem Weib!“ Er trat vor Hiltidiu hin und breitete schützend die Arme. Da zog ihn die Greisin an sich und sagte zu Waldram: „Redet nit so bös! Blicket her auf unser weißes Haar und habet Ehrfurcht vor dem Alter!“

„Ich kenne nur eine Ehrfurcht: die Ehre, die ich dem Himmel gebe, die Furcht vor Gott. Wider den Himmel habt ihr gefrevelt, Gottes Wohnhaus habt ihr entweiht zur Stätte des Lasters! Wollt ihr der Hölle nicht ewig verfallen sein, so zerreißet ohne Zögern den verruchten Bund, den der Teufel segnete! Löset eure Hände! Tretet auseinander! Ihr sollt geschieden sein wie Tag und Nacht. Meer und Berge sollen liegen zwischen euren Leibern.“

Die flammende Kraft dieser Worte versagte auf das greise Paar die Wirkung nicht. Wohl lagen ihre Hände wie festgeschmiedet, doch in ratlosem Jammer sahen sie einander in die Augen.

„Hört ihr das Geheiß der Kirche nicht? Mit jedem Atemzug, den ihr Seite an Seite schöpfet, mehrt ihr eure Sünde. Verflucht ist jeder Blick, den ihr Auge in Auge taucht.“

„Bruder, Bruder!“ bettelte Hiltischalk und wühlte aus seiner Tasche das Birkenblatt hervor. „Lies doch, welche Botschaft uns dein Propst gesendet!“

Waldram las. In Entsetzen schleuderte er das Blatt von sich. „Er sandte dir diese Worte? Er? Und wußte, daß du in Buhlschaft lebst?“

Hiltidiu schlug die Hände vor das Gesicht, der Greis aber richtete sich auf, als wären seinen Gliedern Kraft und Jugend wiedergekehrt. „Sag das Wort nit wieder! Ich und meine Hilti leben in frommer, gottesfürchtiger Eh. Was Gott zusammengefügt hat, soll der Mensch nit scheiden! Das hat mir einer gesagt. Dem glaub ich mehr als dir."

„Er wußte um deine Sünde und mißbrauchte das heilige Wort? Er hat gehandelt wider Eid und Pflicht, hat die Treue gebrochen, die er der Mutter Kirche zugeschworen! Und ich frage noch, weshalb er nicht heimkehrte? Geh doch, suche die Tiefe, in die ihn Gott gestürzt zur Strafe seines Treubruchs!"

Hiltischalk zog das tränenüberströmte Gesicht seines Weibes an seine Brust. „Laß ihn reden, Hilti! Wir zwei können nimmer voneinander. Gewachsen sind wir, sind gestanden Seit an Seit, zwei gute, feste Bäum, die Äst verflochten, daß keiner mehr die Blätter scheidet, die Stämm aneinandergewachsen, daß zwischen ihnen nimmer Platz ist für den Beilhieb. Uns löset keiner mehr. Laß gut sein, Hilti! Es gibt kein Beil, das solche Schneid hat." Er faßte das Haupt der Greisin und küßte ihr weißes Haar.

Waldram schwieg, als wäre ihm ein menschliches Rühren in das Herz geschlichen. Nun griffen seine Hände nach dem Kreuz am Gürtel, und seine Stimme schrillte: „Wagt sich die Hölle schon heran an mich? Weichet von mir, ihr Geister der Verführung! Mit mir ist Gott!" Er trat auf die beiden zu. „Ihr wollt das Wort der Kirche nicht hören. So leg ich zwischen euch das Kreuz!"

Da stürzte Mätzel schreiend in den Hof. Ihr folgte ein lärmender Haufe von Männern, Weibern und Kindern. Sie umringten das greise Paar, die Weiber griffen nach Steinen, die Männer hoben die Fäuste, und ihr Geschrei erfüllte den Kirchhof. Waldram trat zurück, seine Augen glühten. „Wollt ihr den Diener Gottes morden? Schwinget die Steine! Lasset die Fäuste fallen auf mein Haupt! Ihr seht, ich rühre keinen Arm zu meinem Schutz!" Da wurden sie still, ließen die Fäuste sinken, die Steine fallen; man hörte nur das Rauschen der Ache und das Schluchzen der Magd, die zu Hiltidius Füßen kauerte. Waldram hob das Kreuz. „Fühlt ihr, daß ich ohne Waffe stärker bin als ihr mit euren Steinen und Fäusten? Kommt die Furcht euch an vor jenem, der über den

Wolken wohnt als meine Hilfe? Ein Hauch aus seinem Munde, und ihr seid wie dürre Blätter! Doch Gott der Herr will euer Elend nicht. Er hat mich ausgesandt, um euch zu retten. Höret mich, ihr Betrogenen! Wenn ihr nicht sinken wollt in ewiges Verderben, so löset euch von diesem Manne, der als falscher Hirte unter euch gestanden, ein Wolf in eurer Herde!"

Alle Augen wandten sich auf Hiltischalk, und einer der Männer rief: „So red doch, Bruder Hiltischalk! Wie darfst du so was sagen lassen wider dich? Du, der allweil zu uns gewesen ist wie ein Vater zu seinen Kindern!"

„Wie ein schlechter Vater", klang Waldrams hallende Stimme, „der Not und Jammer über seine Kinder ruft! Tretet hinweg von ihm! Jede Stätte, die sein Fuß berührte, ist verflucht!" Eine der Frauen griff nach ihrem Knaben und riß ihn aus der Nähe des greisen Paares, ein paar Männer schüttelten die Köpfe und schlichen zur Linde, und die anderen redeten mit wirren Worten zu Hiltischalk, während Waldrams Stimme tönte: „Löset euch von ihm, der in Sünden lebte, im Bunde mit der Hölle! Löset euch von ihm, der das priesterliche Kleid besudelte und dies heilige Haus entweihte!"

Einer der Männer, die bei Hiltischalk geblieben waren, rüttelte den Arm des Greises und schrie: „So red doch, Mensch! Wir müssen von dir selber hören, ob du so getan hast! Red doch! Red!"

Hiltischalk, ohne ein Wort zu sprechen, sah mit verstörten Augen um sich her.

„Seht, wie Gott mit Stummheit seine Zunge schlägt und die Lüge erstickt auf seinen Lippen!" Die Hand streckend, trat Waldram auf den alten Priester zu, mit steinernem Gesicht und flammenden Augen. „So lös ich von dir das heilige Zeichen, das du geschändet!" Er riß das hölzerne Kreuzlein von der Brust des Greises. „Du bist dem Bann verfallen, verlustig deines Amtes und deiner priesterlichen Würde! Die Weihe sei getilgt von deinem Haupt! Was du gebunden, sei gelöst, was du gesegnet, sei verflucht!" Er wandte sich zu einem Weibe. „Hat er dein Kind getauft? So hat er es der Hölle übergeben! Reiß es hinweg von ihm und trag es in Gottes Haus, ich will dir helfen, daß Gott deines Kindes sich erbarme!“ Erschrocken hob das Weib seinen Knaben an die Brust und lief in die Kirche, während Waldram den Arm eines Mannes faßte. „Vergab er deine Sünden? Reichte er deinen Lippen das Sakrament? Unseliger! Dein Herz ist schwer von Schuld, das Brot der Hölle hast du genossen! Wirf dich auf die Knie und bete, daß Gott dir gnädig sei!“

Murrende Stimmen ließen sich hören, doch mit wilder Kraft übertönte sie der Zorn des Mönches. „Folget mir, alle, die dieser falsche Hirte der Hölle zugeführt! Schreiet zu Gott um Gnade! Oder es könnte geschehen, daß der Himmel sein Feuer wirft auf das entweihte Haus!“

„Beim letzten Unwetter hat der Blitz in die Kirch geschlagen“, kreischte eine Weiberstimme, „und hat das Kreuz geworfen und das Dach verbronnen!“ Da lichtete sich der Kreis, der die zwei alten Menschen noch immer in Treue umstanden hatte.

Hiltischalk und Hiltidiu hatten aus den Leuten der Ramsau allzu gläubige Christen gemacht, als daß der Himmel und die Hölle, die Waldram vor ihnen beschwor, ihre Gemüter nicht hätte erfüllen sollen mit drückendem Bangen. Das kleine Kirchlein füllte sich, und es wurde einsam um das greise Paar, das in sprachlosem Jammer um sich herstarrte wie auf eine stürzende Welt.

Von allen, die um Hiltischalk und Hiltidiu gestanden, war nur die blöde Magd geblieben. Mit verzerrtem Gesicht und aufgerissenen Augen kauerte sie auf der Erde. „Willst du allein dem Himmel nicht folgen?“ rief Waldram und faßte ihren Arm. „So will ich dich der Hölle mit Gewalt entreißen!“ Keuchend wehrte sich Mätzel; doch Waldram zog sie zur Kirche und in das offene Tor.

Mit zitternden Händen griff Hiltischalk nach seinen Augen, als müßte er eine Binde niederreißen, die ihm das Sehen wehrte. „Hilti!“ lallte er. „Komm! Jetzt müssen wir rufen zu ihm. Er muß uns hören. Er muß!“ Sein Weib an der Hand, taumelte er auf die Kirche zu. Waldram stand vor dem Tor: „Weiche von dieser Schwelle, die dein Fuß entweiht! Hier wohnt der Himmel. Wo du bist, brennt die Hölle.“ Das Kreuz erhebend, trat er zurück in die Dämmerung der Kirchenhalle. Dröhnend schloß sich das Tor, und der eiserne Riegel klirrte.

Hiltischalk griff ins Leere; er drohte niederzusinken. Hiltidiu stützte ihn, mühsam bezwang sie ihre Tränen und redete zu ihm mit ihrer sanften, leisen Stimme. Immer schüttelte er den Kopf und wehrte zornig mit den Händen. Wie hätte er auf Worte hören sollen? Er sah in Scherben liegen, was sein reiner Glaube und die Liebe erbaut hatten in seinem Herzen. Er sah das Haus zerstört, darin er gewohnet in Glück und Frieden. Durch sechzig Jahre hatte er gesät. Wie lag die Ernte jetzt vor ihm? Verwüstet in einer kurzen Stunde! Wovon nun sollte er zehren? Und wie noch leben?

Verstört sah er sein Kirchlein an, sein Haus, die welkende Linde und die Gräber. Dann hob sein Blick sich empor zum grauen, treibenden Gewölk. Keuchend rang es sich aus seiner Brust: „Rufen muß ich! Hat er mich nie gehört, heut muß er mich hören! Und darf ich auch nimmer hinein in das heilige Haus – komm, Hilti, komm, ich weiß ein Kirchl, wo ich rufen kann, ein Fleckl, wo er mich hören muß!“

Er faßte den Arm der Greisin und riß sie hinter sich her, zum Kirchhof hinaus, hinunter auf den Karrenweg an der rauschenden Ache, dem stillen Wald entgegen und der Windach zu.

6

Es ging auf die Mittagsstunde. Tiefe Ruhe herrschte in Wazemanns Haus. Das Geflügel war in die Ställe gesperrt, und im Zwinger saß ein Rüdenknecht, um die Hunde bei Ruhe zu erhalten. Das Gesinde, das in Hof und Haus beschäftigt war, vermied jedes Geräusch; nach einer Nacht wie dieser vergangenen pflegten Wazemann und seine Söhne dem Lärm nicht hold zu sein.

Herr Waze lag in den Kleidern auf seinem Spanbett, einen nassen Bund um die Stirne, und kaute Schlehen, um den bitteren Pelz auf seiner Zunge zu lösen. Häufig drückte er die Fäuste an seine Schläfe, weil er an Haarweh litt; wohl hatte er nicht viel Haare mehr; die wenigen schmerzten ihn doppelt.

Es war harte Arbeit für die alte Ulla, als sie die Herrenstube in Ordnung bringen mußte, um für Mittag die Tafel decken zu können. Bei dem leisesten Geräusch, das sie verursachte, flog ihr eins von den Dingen, die in Herrn Wazes Armbereich lagen, an den Kopf oder um die Füße, begleitet von einem Fluch. Als sie die schwere Metbitsche brachte, kreischte er: „Hinaus mit dem Gesüff! Mir graust! Und Ruh will ich haben. Man soll warten mit dem Mahl. Solang mich selber nit hungert, soll auch kein anderer fressen. Wo sind die Buben?"

„Sie liegen noch!" flüsterte die Magd.

„So laß sie liegen. Und Recka?"

„Ist zu Berg geritten."

„Was stehst du noch? Hinaus mit dir!"

Ulla fragte scheu: „Soll man Zehrung in das Bußloch tragen?"

„Hinaus!" Alle Geschosse hatte Herr Waze schon versandt; nur der hölzerne Schemel vor dem Spanbett war noch übrig; doch eh ihn Herr Waze zu fassen bekam, hatte sich Ulla aus der Stube geflüchtet. „Zehrung in das Bußloch?" Herr Waze griff nach dem Schlüssel an seinem Gürtel und lachte. „Zehrung? Der Pfaff ist ans Fasten gewöhnt. Mürb soll er werden, eh ich raiten will mit ihm. Und gibt er mir den Gaden nit zu Lehen mit Brief und Siegel, so soll er –“ Stöhnend drückte er seinen brummenden Schädel auf die Bärenhaut. Nach einer Weile fiel er in Schlaf und schnarchte. –

Um diese Stunde verließ Eberwein das Fischerhaus, von Sigenot geleitet; der alte Senn und Wicho trugen auf einer Stangenbahre den Huze. Als sie zur Ache kamen, faßte Eberwein die Hand des Fischers. „Weiter sollst du nicht gehen mit mir. Kehr um und wahre dein Haus!“

„Das muß einer wahren, der stärker ist als ich.“

„Ja, Sigenot, bei Gott ist Hilfe. Doch wir dürfen die Hände nicht in den Schoß legen und rufen: Jetzt zeige, Gott, wie stark du bist! Wir müssen auch der eigenen Kraft vertrauen und müssen sinnen auf Schutz vor unseren Feinden. Weißt du mir einen sicheren Boten?“

„Wohin soll er Botschaft tragen?“

„An den Hof des Bayernherzogs.“

„Mein Jungsenn ist ein treuer Bub. Ich schick ihn zum Lokstein, wenn die beiden heimkehren.“

Sie schieden.

Versunken in den Streit seiner Gedanken, schritt Eberwein hinter der Bahre her. Er blickte nicht auf, als er an den Halden der Schönau vorüberkam, auf denen die Leute in Hast die letzten Garben von den Feldern räumten.

Tätiges Leben herrschte um den Hag des Richtmanns; die Knechte und Mägde sprachen nicht, rührten nur die Arme. Der Schönauer, manchmal einen Sorgenblick hinaufwerfend zum treibenden Gewölk, überwachte die Ladung der Karren und zählte die Garben; jeden Karren geleitete er bis zum Tor; dort stand er immer eine Weile. Ruedlieb saß auf der Steinbank unter den Eichen. Einmal rief ihn der Vater an: „Willst du nit auch ein lützel mit zugreifen?“ Der Bub schüttelte den Kopf. Da ging der Vater auf ihn zu und rüttelte ihn an der Schulter. „Wach auf, Liebli! Das ist kein Leben nimmer seit gestern. Das kann ich nimmer länger mit anschauen! In Gottes Namen, geh zum Rötli und sag der lieben Dirn, daß ich sie grüßen laß.“ Ruedlieb sprang auf und umklammerte die Hand des Vaters. „Bist du gescheit“, sagte der Richtmann, „so tust du dich gedulden bis zum Abend. Der Tag ist unser Feind, die Nacht hat besseren Weg.“

Da nickte der Bub. „Gib mir Arbeit, Vater! Die Zeit vergeht mir flinker, wenn ich schaff.“

„Ja, komm!“

Als sie zum Hagtor gingen, fuhr ein kalter Windstoß vom Untersberg über die Halden der Schönau. Der Richtmann und Ruedlieb lauschten: Auf dem Winde kam vom Lokiwald ein verwehter Hall der Glocke über das Tal geflogen.

Bruder Wampo hatte den Strang gerührt. Als er aus dem Schlaf erwachte und sich einsam in der Klause fand, befiel ihn Sorge; erst wagte er die hölzernen Mauern nicht zu verlassen; unter der Türe schrie er den Namen Schweikers in die Stille hinaus; keine Antwort kam. Die Glocke, meinte er, würde besser rufen. Nun glaubte er Stimmen im Wald zu hören. „Schweiker!“ rief er und eilte den Bäumen zu. Keine Antwort, nirgends ein Mensch zu sehen. Eine Strecke wagte er sich noch in den Wald hinein, dann schüttelte er bedenklich das runde Köpfl und kehrte um. Ein Summen machte ihn aufblicken.

Was er gewahrte, ließ ihn aller Sorge vergessen. Hoch an einem morschen Baume sah er ein Loch, das in die Höhlung des Stammes führte. „Guck, ein Immennest!“ Zahlreich flogen die wilden Bienen aus und ein. „Schau, so kann man in dem schiechen Wald doch auch was Liebes finden!“ lachte Bruder Wampo, dachte an den süßen Honig, musterte den Baum und meinte ohne allzu große Mühe das Nest ersteigen zu können, denn die Stümpfe dürrer Äste ragten wie Leitersprossen aus dem Stamm. Er griff nach Schwefelfaden und Feuerstein in seiner Kutte, schob zwei Moosbüschel hinter den Gürtel und begann emporzuklimmen. Der Baum erhob keine Schwierigkeiten, aber Wampos Bäuchlein ließ sich mit jedem Zweig und Rindensplitter in eine längere Auseinandersetzung ein. Manches Tröpflein Schweiß war vergossen, als der Bruder endlich neben dem Immenloch auf einem festen Aste saß. Während er die ihn umschwärmenden Immen durch heftiges Kopfschütteln abzuwehren suchte, schlug er hurtig Feuer, brachte einen Moosballen in glimmenden Brand, schob den rauchenden Wisch in die Höhlung des Stammes und verstopfte mit dem anderen das Loch. Flink ließ er sich auf die Erde gleiten und rannte davon, mit schlagenden Armen die Immen scheuchend.

In sicherer Ferne blieb er lachend stehen und schnalzte mit der Zunge. „Jetzt soll euch der Rauch einen Tag lang beißen! Dann komm ich wieder und hebe den süßen Schatz!“ Ein Wehlaut schloß sich an diese Worte, und mit beiden Händen griff Bruder Wampo nach seiner Glatze; er spürte zwischen den Fingern noch die Biene, die ihn gestochen hatte; kreischend schüttelte er sich, rannte der Lichtung zu, raffte einen Klumpen Erde auf und drückte ihn über die Wunde. „Schweiker! Schweiker!“ schrie er. Keine Antwort. Seine Stimme drang nicht weit, sie war noch heiser von der langen Zwiesprach, die er in der Nacht mit seinem unheimlichen Gesellen in der Wolfsgrube gehalten hatte. Aber hätte Wampos Sehnsucht nach dem Bruder auch einen Schrei getan, so mächtig wie das Gebrüll eines Löwen – er wäre nicht bis zu Schweikers Ohr gedrungen.

Hoch oben auf dem Hang des Göhl saß Schweiker noch immer in der Stube des Greinwalders und hielt die Hände der Hirtin fest, damit ihre bösen Schmerzen nicht wiederkehren möchten. Er hatte sich seines Traumes in jener ersten Nacht erinnert und begann zu forschen, wie es um das Seelgerät‘ der Hirtin bestellt wäre. Erschrocken über das zweifelhafte Ergebnis seiner Fragen rief er: „Kindl! Sauber gewaschen liegst du vor mir, aber einwendig schaut’s bei dir noch aus, daß einem grausen könnt!“ Während draußen im Hof die Beilschläge des Greinwalders klangen, der das zertrümmerte Tor flickte, fing Schweiker zu sprechen an und predigte der lauschenden Hirtin den Himmel. Das war ein Himmel, den man greifen konnte mit Händen. Um zu beweisen, welche Wonne man von der ewigen Seeligkeit zu erwarten hätte, schilderte er die Qualen, die mancher Heilige und Märtyrer auf Erden erduldet hatte, um dieser Freuden teilhaftig zu werden.

Hinzulas Augen wurden feucht. „Und das alles ist wahr?“

„Freilich, Kindl, so wahr, wie daß ich bei dir sitz!“

„Wie kann denn ein Mensch solche Leiden aushalten?“

„Das kann nur ein Heiliger, den der liebe Gott gekräftigt hat mit Himmelsbrot!“

„Himmelsbrot? Was ist das für eins?“

„Das backen die Engel im Himmel. Und wer ein Bröselein ißt davon, der fühlt in Leid und Schmerzen sein Herz erhoben zu Freud und Süßigkeit. Und seine Seel tut jauchzen im Glück, das ihr der liebe Gott gegeben. Gelt, für so ein Himmelsbrot, da möcht doch jeder leiden bis aufs Blut? Meinst du nit auch?“

Hinzula nickte. Unter träumendem Lächeln blickte sie zu Schweiker auf. Und nun schwiegen sie alle beide und hingen Aug in Auge.

„Wohl!“ stotterte Schweiker, aus seiner Verlorenheit erwachend. „Und allweil in der höchsten Not, wenn die Heiligen schier haben verzagen wollen, hat ihnen der liebe Gott einen Engel geschickt mit Himmelsbrot. Schau nur, wie’s dem heiligen Laurenzi gegangen ist –“

„Hat der auch so viel leiden müssen?“

„Paß nur auf, ich erzähl dir alles!“

Während Schweiker die Legende begann, trat draußen in der Hofreut die Bäuerin zu ihrem Mann. „Was soll ich tun? Jetzt hockt er noch allweil drin! Ich muß doch Feuer schüren und kochen.“

Der Greinwalder kratzte sich hinter den Ohren. „Ich weiß keinen Rat. Hinauswerfen? Das wird sich hart machen. Der Unfürm tät mir alle Knochen im Leib zerbrechen. Meinetwegen, setz die Supp halt zu! Jetzt ist er da, soll er halt mitessen.“

In der Stube klang die Stimme Schweikers: „Und richtig, da haben ihn die Schergen gepackt und haben verlangt von ihm, daß er die heiligen Kirchenschätz den Heiden ausliefern soll. Und der heilige Laurenzi hat gesagt: ‚Wohl, kommet nur morgen, und alle Schätze meiner Kirche will ich euch zeigen.'"

„Das ist aber doch nicht recht von ihm gewesen?"

„Wart nur, wie's weiter kommt! Am andern Tag haben sich die Schergen wieder eingestellt, und da hat der heilige Laurenzi die Kirch vor ihnen aufgetan, und die ganze Kirch ist voll gewesen mit Kranken, mit armen, notbeladenen Leuten. ‚Schauet', hat er gesagt, das sind die Schätze meiner Kirche.' Da haben die Heiden im Zorn einen eisernen Bratrost hergeschleift, haben einen Haufen heißer Kohlen drunter ausgebreitet, und wie der Rost geglüht hat, haben sie den heiligen Laurenzi lebendigen Leibes draufgelegt."

„Ihr guten Mächt!" stammelte Hinzula. „Wie kann man denn einem redlichen Menschen so was tun?"

„Gezischt und geprasselt hat's, und Rauch und Feuer sind aufgestiegen von seinem schönen Lockenhaar. Der heilige Laurenzi aber ist standhaft geblieben und hat nach einer Weil gerufen: ‚Schauet her, die eine Seite ist genug gebraten, jetzt wendet mich auf die andere!'"

„Hör auf! Ich kann's nimmer hören!" Hinzula brach in Schluchzen aus. Erschrocken suchte Schweiker das Mädchen zu trösten. Doch Hinzula hörte nicht, sie schluchzte und schluchzte. „Kindl!" rief er in Verzweiflung. „Das Weinen muß dir ja schaden!"

Unter Tränen klagte die Hirtin: „So viel leiden hat er müssen, so viel leiden!"

„Das ist doch viele hundert Jahr schon her! Und schau, wer weiß, ob's wahr ist!" Sorge und Erbarmen hatten ihm dies bedenkliche Trostwort auf die Zunge gelegt. Er selbst erschrak, als es gesprochen war, und griff an seinen Kopf, in dem alle Besinnung aus den Fugen ging.

Die Bäuerin trat in die Stube, dürres Holz auf den Armen. Als sie das Schluchzen ihres Kindes hörte, warf sie das Holz auf den

Herd und eilte zum Bett. „Was tust du denn?“ fuhr sie den Bruder an. „Jetzt macht er mir die sieche Dirn noch weinen!“

Schweiker brachte kein Wort heraus. Und Hinzula zürnte: „Aber Mutter! Er hat doch keine Schuld! Ich selber und – der heilige Laurenzi!“ Brummend ging die Greinwalderin zum Herd, und während sie Feuer schlug, murrte sie über die Schulter: „Der Bauer hat gesagt, du kannst mitessen.“

„Mitessen?“ fragte Schweiker. „Hat denn das Kindl noch kein Frühmahl gehabt?“

„Frühmahl? Bist du denn gescheit? Es geht schon bald auf den Abend zu.“

Dem Bruder fuhr der Schreck in alle Glieder. „Allmächtiger! Und mein Herr? Mein guter Herr!“ Er stürzte zur Türe; als er die Stimme der Hirtin hörte, drückte er die Hände über die Ohren und taumelte aus dem Haus. Mit langen Sprüngen gewann er das Tor, rannte in seiner blinden Eile den Bauer nieder und war schon im Wald verschwunden, noch ehe der Greinwalder wieder auf die Füße kam.

Keuchend erreichte Schweiker die Klause. Auf der Türschwelle saß Bruder Wampo, der ein Stück Rasen über seinen Kahlkopf gebunden hatte, um den Schmerz des Bienenstiches zu lindern. Schweiker, nach Atem ringend, stieß die Frage hervor: „Ist der Herr daheim?“

„Nein.“

„Hat ihn der Pater nit gefunden?“

„Ich weiß nit.“

Schweiker rannte davon. Wohin er wollte, das wußte er nicht; kreuz und quer durchirrte er den Wald und schrie den Namen Eberweins hinaus in die dumpfe Stille. Durch wirre Gebüsche schlug er sich und geriet in das Tal der Ramsauer Ache. Auf schmalem Pfade kam die Tochter Wazes auf ihrem Rappen geritten. Sie wollte wenden. Schweiker sprang auf Recka zu, faßte den Zügel des Pferdes und keuchte: „Mein Herr – hast du meinen

Herrn nit gesehen?“ Das Pferd bäumte sich, aber Schweiker hielt fest und ließ sich schleifen.

In Zorn hatte Recka die Gerte gehoben; da traf sie ein Blick aus Schweikers Augen, angstvoll und verzweifelt; sie ließ die Gerte sinken. „Sorge dich nicht, dein Herr ist unter sicherem Dach, bei Sigenot dem Fischer.“

Schweiker gab den Zügel des Pferdes frei, und während Recka davonritt, drückte der Bruder seine zitternden Fäuste auf die atemlose Brust. „Unter sicherem Dach!“ Dann warf er sich zu Boden und preßte das Gesicht ins Moos.

Dem Lauf der Ache aufwärts folgend, ritt Wazes Tochter unter den Halden der Strub vorüber und kam in das enge Waldtal, dessen Gehänge widerhallten vom Hammerschlag der Ilsanker Schmiede. Nach kurzem Ritt erreichte Recka die Stelle, an der die Windach in die Ramsauer Ache floß. Sie ritt durch den Bach und in den dunklen Hochwald, um nach einer Bärengrube zu sehen, die am Fuß einer den Wald durchschneidenden Felswand ausgeworfen war. Noch hatte sie das Ziel ihres Rittes nicht gewonnen, als sie das Pferd verhielt und gegen die Höhe lauschte. Ihr war, als hätte sie vom Gewänd der Windach herunter den angstvoll klingenden Schrei einer weiblichen Stimme vernommen. Lange lauschte sie, doch sie hörte nur das dumpfe Rauschen des Wassers. Eine quälende Erinnerung befiel sie, und kaltes Grauen schlich ihr in das zerrissene Gemüt. Der Schatten der Heilka war vor ihr aufgestiegen.

„Die Lebendigen und die Toten, alles klagt wider meines Vaters Haus! Könnt ich doch nimmer hören! Hätt nur alles schon ein End!“ Mit pfeifendem Gertenschlag trieb sie das Roß und verschwand im Dunkel des Gehölzes.

Da klang der Schrei in der Höhe wieder. Hoch über dem Geklüft der Windach, wo zwischen Felsen und Gestrüpp ein Almensteig emporführte gegen den König Eismann, rangen zwei Menschen miteinander. Ihre Stimmen mischten sich, ihre schwarzen

Gewänder und ihre weißen Haare flatterten in dem eisigen Luftstrom, der dem Sturz der Windach folgte.

Hiltidiu lag auf den Knien vor Hiltischalk und umklammerte ihn mit ihren dürren Armen; das sonst so sanfte Gesicht der Greisin war verwandelt zu einem Schreckbild, jeder Zug verzerrt von Entsetzen und Todesangst. Um Hilfe schreiend, umkrampfte sie den zitternden Körper des Alten, der sich loszureißen suchte. Hiltischalks Augen glühten wie im Wahnsinn: „Laß mich, Hilti, laß mich! Jetzt muß ich rufen zu ihm. Da ist das Fleckl, wo er mich hören muß! Hat er mich selbigsmal nit auch gehört, wie ich da drunten geschrien hab: ‚Mein guter Herre, du mein Gott'? Hat er mich nit gehoben aus Not und Tod? Jetzt muß er mich wieder hören! Nach aller Treu von siebzig Jahren! Muß Recht sprechen nach ewiger Gerechtigkeit! Recht zwischen mir und dem, der mich reißen will von deiner Lieb! Der mich gestoßen aus meinem Gotteshaus! Mir meine hundert Kinder genommen hat! Ein Urtel muß ich haben zwischen mir und ihm!"

„Mann, Mann!" schrie die Greisin. „Bist du ein anderer geworden? Du, der Gute, der allzeit Fromme! Du willst Gott versuchen und dich versündigen an ihm!"

„Laß mich, Hilti! Ein Urtel muß ich haben! Wissen muß ich, ob ich fromm gelebt hab oder ein Verfluchter bin. Ob ich Gott gedient hab oder der Höll."

„Denk schon nimmer an mich! Nur laß dich bitten: Versuch den Himmel nit!"

„Ich muß! Laß deine Hände von mir! Und hab keine Sorg! Er wird mich heben aus Not und Schmerzen! Und dem anderen wird er zeigen: Was Gott vereint hat, können Menschen nimmer scheiden! Laß deine Händ von mir! Ich muß!"

Er riß sich los und taumelte zum Rand der Felsen. Gellend hob sich sein Ruf zu den Wolken: „Mein guter Herre, du mein Gott!" Mit ausgebreiteten Armen, brennenden Blicks die grau verschleierte Höhe suchend, trat er hinaus ins Leere. Unter herzzerreißendem Schrei hatte Hiltidiu sich aufgerafft. Ihre Hände haschten noch sein flatterndes Gewand, sie wollte nicht lassen von ihm und stürzte, von seinem Fall gezogen, mit ihm hinunter in die dunkle Tiefe.

Dumpf rauschte die Windach. Ihre grauen Wasserdämpfe stiegen auf, und in der Tiefe rollten ihre Wellen den immer gleichen Weg, die fallenden Steine verschlingend, den weichenden Erdgrund fressend und alles Wachstum mordend, das ihr zu nahe kam. Sie gab nicht wieder, was sie genommen. Ein Urteil war gefallen, und es lautete, wie Hiltischalk gehofft. Nun war er ledig aller Not und Schmerzen und war vereint mit seinem Weib für ewige Zeiten.

Die Windach rauschte. Ihre tobenden Wellen erschütterten den Felsengrund und machten den Steg erzittern, der die finstere Kluft überspannte.

Der Balken schwankte unter dem Schritt eines Mannes.

Pater Waldram suchte den Heimweg. Ohne Grauen blickte er nieder in die dunkle Tiefe, furchtlos überschritt er die Kluft. Er wußte sich in Gottes Hut. Hatte er nicht das heiligste Werk seines Lebens an diesem Tag vollführt? War ihm heute der Dank des Himmels nicht doppelt gewiß, da er Gottes Haus gesäubert von Laster und Aussatz, eine ganze Gemeinde mit hundert Seelen gerettet hatte vor ewigem Verderben?

Sicher trug ihn der Steg.

Als er die Blöße des Ufers überschritten hatte und in den von Dorngestrüpp umwachsenen Hochwald trat, vernahm er einen jauchzenden Ruf, der das Rauschen des Wassers übertönte.

Über ihm, in der Weite eines Bogenschusses, hielt Recka auf ihrem Pferd vor dem Absturz der Felsen. Sie hatte in die Tiefe geblickt, dann mit den Augen den Pfad im Tal gesucht. „Ist mein Leben noch einen Umweg wert?" Lachend hatte sie das Roß zum Sprung getrieben. „Heilka, jetzt ruf die Alfen der Windach auf! Laß sie greifen nach Hennings Schwester!" Und nach dem jauchzenden Schrei, den Waldram gehört hatte, nahm sie den Anlauf zu diesem irrsinnigen Sprung. Vor dem Absturz der Felsen stockte das Pferd mit vorgeschobenen Hufen und scheute zurück. „Willst du nit?“ lachte Recka. „Du mußt!“ Sie lenkte rückwärts und begann von neuem den Anlauf, die Flanke des Pferdes mit der Gerte peitschend. Nun sprang das Roß. Vorgestreckten Halses, mit wehender Mähne, flog es über die Kluft. Seine Hufe gewannen das Ufer. Der Rasen brach und kam ins Gleiten, doch der Gaul schnellte sich vorwärts und stand auf fester Erde, zitternd an allen Gliedern.

„Gott schütze dich!“ hatte Waldram geschrien, hatte in Angst um dieses Weib die Arme gestreckt.

Recka sah ihn nicht, hörte keinen Laut seines Rufes. Das schöne Gesicht von Blässe überzogen, blickte sie lächelnd in die Tiefe. „Den Himmel find ich nimmer, die Höll begehrt mich nit. Wohin jetzt? Wieder heim in meiner Brüder Haus!“ Sie streichelte den Hals des Pferdes und ließ es mit hängendem Zügel in den Hochwald treten.

Als sie verschwunden waren, schien Waldram wie aus einem Traum zu erwachen. Er preßte die Fäuste auf seine Augen. „Teufelin! Bist du zum anderenmal geschickt, mich zu versuchen?“ Mit zuckenden Händen faßte er seine Brust. „Erbärmliches Gefäß einer gottgeweihten Seele! Du sündiges Fleisch! Ich will dich züchtigen!“

Er warf sich in einen Dornbusch und wälzte sich unter wahnwitzigem Gelächter in den stachligen Ranken.

7

Ein grauer, von Schleiern umwobener Abend.

In einem der hölzernen Wächtertürmchen, die über Wazemanns Mauer emporstiegen, stand Henning bei seinem vertrauten Knechte. Sie redeten mit gedämpften Stimmen.

„Weißt du das gewiß, daß er seit Tagen nit mehr ausgefahren ist zur Fischweid?“

„Herr, das schwör ich. Der See liegt offen unter mir. Ich hätt ihn sehen müssen, wenn er gefahren wär.“

„Er braucht aber Fisch!“ Henning lachte. „Die Leut, die er gesammelt hat in seinem Hag, wollen zu beißen haben. Bei Taglicht hält er das Tor geschlossen, so muß er fahren in der Nacht und fischen bei der Fackel. Schleich dich hinunter, bevor es dunkel wird, und steig auf einen Baum! Merkst du, daß er die Netz zur Ausfahrt richtet, so komm gelaufen. Und eh du gehst, sprich mit deinen Kammergesellen Zacho und Heripot, versprich ihnen, was du willst!“

Ein Blick des Knechtes machte ihn verstummen; unter dem Wächterhäuschen ließ sich ein Schritt vernehmen; Henning lachte spöttisch. Mit lauter Stimme begann er von dem bösen Wetter zu reden, das die schweren Wolken erwarten ließen. Dann flüsterte er: „Tu, wie ich dir gesagt hab!“ und verließ das Wächterhäuschen.

Sein Bruder Eilbert stand vor ihm. „So? Grob Wetter wird kommen? Meinst du?“

„Ich denk!“

„Dann bleib in deiner Kammer heut nacht. Sonst könnt dir das Wetter in die Knochen fahren!“ Eilbert wandte sich und ging dem Hause zu.

Henning ballte die Fäuste. Sein Zorn verrauchte schnell. Und lächelnd eilte er dem Bruder nach. „Laß reden mit dir! Ich merk, du hast gelauscht. Gut also! Dir sticht die Dirn in die Augen, mir auch. Müssen wir deshalb gegeneinander stehen? Laß uns zusammenhalten als Brüder! Wir wollen die Dirn ausspielen. Willst du?"

Eilbert besann sich. „Gut, ich stell das Brett auf. Komm!" Er stieg über die Freitreppe und hoffte zu gewinnen, weil er der bessere Spieler war. Doch Henning war der bessere Trinker; er ging in den Unterbau des Hauses und befahl der alten Ulla: „Bring einen Krug vom schwersten Met hinauf in meine Kammer!"

Während die beiden Brüder vor dem Brettspiel saßen und bei jedem Stein, der geschlagen wurde, der Schwester Sigenots die Minne tranken, stieg Hennings Knecht über den Felsenpfad hinunter zum Ufer. Als er sich in die Nähe des Fischerhages schlich, sah er Rötli auf dem Lugaus sitzen.

In Sehnsucht spähte sie gegen den Achensteg, denn sie wußte, daß Ruedlieb kommen würde. Wicho und der Altsenn waren vor kurzer Weile aus dem Lokiwald heimgekehrt; unter den Halden der Schönau war Ruedlieb auf den Knecht des Fischers zugesprungen; und bei der Heimkehr hatte Wicho dem Mädchen, das er mit Sigenot auf dem Lugaus gefunden, die Botschaft zugeflüstert: „Am Abend kommt dein Bub, sein Vater mit ihm." Und Sigenot hatte die Schwester an sich gezogen, hatte zärtlich ihr Haar gestreichelt. „Freu dich nur! Hast ja gehört, er kommt mit seinem Vater. Der Richtmann und ich, wir wollen heut vergessen, daß ein jeder von uns auf anderen Wegen geht, und treulich wollen wir raiten um euer Glück."

Nun harrte sie ihres Buben. Bei aller Sehnsucht war das Wiedersehen nicht ihre tiefste Freude; sie konnte kaum den Augenblick erwarten, daß sie dem Buben sagen durfte: „Du sollst nit sterben müssen! Leben sollst du! Es gibt keinen Bid. Das hat ein Gottesmann gesagt, der alles weiß. Und schreckt dich der böse Feind, ich weiß ein Mittel wider ihn, da muß er weichen." Das Gesicht bekreuzend, stammelte sie das Stoßgebetlein, das Bruder Wampo ihr vorgesprochen. Da klang, weit über die Ache her, der frohe Jauchzer, mit dem ihr Ruedlieb sein Kommen meldete.

Rötli, weil ihr der Weg zum Tor zu weit und das Tor geschlossen war – sprang vom hohen Hag auf den Weg hinunter. Bei der Ache kam sie an dem Busch vorüber, hinter welchem Hennings Knecht verborgen lag. Der machte große Augen: „Die Dirn allein? Bessere Stund kann nimmer kommen." Im Schatten der Bäume glitt er am Weg entlang und schlich hinter Edelrot über den Achensteg. Wo die Wege sich teilten, holte er sie ein und schlug die Hände um ihre Kehle. Unter gellendem Aufschrei stürzte Edelrot zu Boden. Der Knecht zerrte die lederne Kappe vom Kopf und schloß mit ihr den schreienden Mund. „Komm nur, ich trag dich, daß dir die Füßlen nit müd werden." Da sanken ihm die Arme. Und während Rötli sich mit halb erloschenen Sinnen vom Boden aufraffte, taumelte der Knecht und rollte lautlos über den Weg. Ein dicker Blutstrom quoll ihm aus der Schulter.

Edelrot sah ihren Buben vor sich stehen; sein Gesicht war bleich; er hielt das Messer in der Hand und starrte nieder auf den entseelten Knecht.

„Ruedlieb!"

Ein Zittern befiel ihn beim Klang ihrer Stimme.

Der Schönauer kam. „Bub! Um aller guten Mächt willen! Was hast du getan?"

„Was ich tun hab müssen. Hast du nit selber gesagt: Wenn's zum Ärgsten kommt, so greif zum Messer und stoß zu! Was könnt ärger sein, als was dem Rötli geblüht hat?"

„Bub! Du hast den Tod über dich gerufen."

„Tod oder Leben. Von denen da droben soll mir keiner an das Rötli rühren." Das Messer fiel aus Ruedliebs Hand. Er faßte das Haupt des Mädchens, bog es zurück, um ihre Augen zu sehen, und sagte: „Liebe Dirn! Jetzt hab ich dir die Blutblumen ins Haar gelegt. Der Bid hat schnelle Füß." Sie schüttelte den Kopf und rührte die Lippen, doch die Sprache versagte ihr.

„Fort! Schau, daß du mit ihr den Hag gewinnst!" keuchte der Richtmann und drängte die beiden der Ache zu.

Eines das andere umschlingend, überschritten sie im Zwielicht des Abends den rauschenden Bach; unter den Bäumen sahen sie nicht, daß ein junger Bauer ihnen entgegenkam, hörten nicht, daß er zu ihnen redete. Es war der Hanetzer, der mit halb geheilter Wunde von den Almen kam. Lachend sah er den beiden nach. „Die hat das Liebesglück blind und taub gemacht!" Er wanderte zur Ache; unter den letzten Bäumen stockte ihm der Schritt. Drüben am anderen Ufer schleifte der Richtmann einen stillen Mann zur Böschung und ließ ihn niederrollen in die schießenden Wellen. Das gelbe Wams des Knechtes leuchtete noch aus dem Wasserschaum; dann verschwand es. Der Schönauer sprang zum Seeufer, warf sich auf die Knie und stieß die blutigen Hände in den Wasserschwall. Mühsam erhob er sich und mußte, als er den Steg überschritt, das Geländer fassen. Beim ersten Schritt ans Ufer machte der Schreck ihn erstarren – der Hanetzer stand vor ihm.

„Du, Richtmann?"

„Wohl. Guten Weg zum Abend!" Der Schönauer wollte vorübergehen.

Der andere vertrat ihm den Weg. „Einer, der beim Thing gewesen, hat mich merken lassen, du wärst für die Wazemannsleut. Mir scheint, du hast dich anders besonnen. Oder hast du aus lauter Freundschaft einem von denen da droben zur letzten Ruh verholfen?"

Der Schönauer streckte die Hände nach dem Mund des Bauern. „Schweig!"

„So? Jetzt soll ich Maul und Wort halten? Aber ich bin keiner von den Wortfesten. Hast mich ja nit zum Thing gerufen! Lachend schritt der Hanetzer über den Steg und war im Dunkel des Abends verschwunden.

Um die gleiche Zeit trat Sigenot mit dem Jungsenn aus dem Fischerhause und öffnete das Hagtor. „Jetzt geh und tu dich nit fürchten. Einer geht mit dir, bei dem die Hilf ist. Einen weiten Weg mußt du laufen, und tief wird der Schnee schon auf den Bergen liegen, bis du heimkehrst. Aber denk: An deinen Füßen hängt unser Wohl und Weh. Und zeig, daß du der Bub bist, für den ich dich gehalten hab."

„Da wird nichts fehlen."

Der Fischer faßte die Hand des Burschen und trat mit ihm vor das Kreuz. „Mein guter Herre, du mein Gott! Tu mir den Buben hüten!"

Scheu zog der junge Senn das Lederkäpplein von seinem Flachshaar und hob die Augen zum Kreuz; dann schied er von seinem Herrn mit wortlosem Händedruck.

Sigenot wollte in den Hag zurückkehren. Da sah er die Schwester mit Ruedlieb von der Ache kommen. „Schau, nit erwarten hat sie's können! Die Lieb geht durchs verschlossene Tor und springt über jeden Hag." Er ging dem Paar entgegen und streckte die Hände. Bevor er reden konnte, kam der Schönauer keuchend unter den Bäumen hervorgesprungen, drängte sie alle in den Hag, warf das Tor zu und legte den Balken ein.

Nun hörte Sigenot, was geschehen war. Er schlang den Arm um die Schwester und sagte zum Richtmann: „Schilt nit wider deinen Buben! Ich steh zu ihm. Wär ich an seiner Stell gewesen, mein Messer wär rot geworden wie das seinige. Laß das Klagen, Richtmann! Alle Klag lauft hinter dem Unheil her. Wir müssen den Vorsprung haben mit der Hilf." Laut rief er: „Wicho!"

Der Knecht kam von der Scheune gelaufen. Was gibt's?"

„Wachsende Not! Führ die Kinder in deine Kammer! Die Mutter soll nichts erfahren, eh wir nit wissen, was geschehen muß. Dann hol den Kohlmann aus der Stub und komm mit ihm zur Tenn!"

Eine Weile später saßen die vier Männer in der Scheune, bei geschlossenem Tor, durch dessen Fugen noch ein matter Dämmerschein des Abends flimmerte. Wicho hielt die Butterlampe auf dem Schoß und wahrte mit hohler Hand das kleine Flackerlicht, dessen Helle über die bleichen Gesichter zuckte. Der Richtmann erzählte, wie alles gekommen. Schweigend hörten sie ihn an. Als der Schönauer von der Begegnung mit dem Hanetzer sprach, fiel

Wicho ein: „Das ist von allem das leidigste. Den kenn ich. Laßt ihm Herr Waze nur einen einzigen Käs von der Steuer nach, so wird er das Maul nit halten und verkauft uns alle."

„Und den Kerl hab ich so gut verbinden müssen, daß er heut schon wieder lauft!" schalt der Kohlmann. „Aber jetzt? Was tun? Morgen wird Herr Waze den Knecht vermissen, und die Hatz geht an. Wo wird sie ein End haben?"

„Wo mein Elend anfangt!" sagte der Richtmann. „Man wird den Blutbann werfen auf mein Haus. Wie soll ihm mein Bub entrinnen?"

Sigenot legte ihm die Hand auf die Schulter. „Sei guten Muts! Ich führ ihn zu unserem Herrn hinaus in den Lokwald."

Der Richtmann schüttelte den Kopf. „Der Weg ist meinem Buben verlegt. Ich hab geschworen im Thing."

Die Scheune widerhallte von Eigels zornigem Gelächter. „Merkst du's jetzt am eigenen Löffel, was du für eine Supp hast kochen helfen auf dem Totenmann?"

„Ich hab getan, was ich tun hab müssen. Jeder kennt nur die Stund, in der man schnauft, keiner mißt den Tag, den die Mutter Nacht im Schoß tragt. Tu das Gute, tu das Schlechte, geh zur Rechten, geh zur Linken – keiner weiß, wo der Weg ihn hinführt. Alles kommt, wie's mag." Der Richtmann preßte das Gesicht in die Hände. „Gobl! Ich fürcht, ich muß noch sitzen unter deinem Apfelbaum!"

„So denk ich nit", sagte der Fischer, „aber laß uns sinnen auf Hilf. Dein Bub muß fort, und du mit ihm."

„Fort? Mein Haus verlassen?"

„Laß dein Haus fahren, halt deinen Buben fest!"

Der Richtmann nickte. „Fort? Wohin? Überall wird er ihn finden."

„So birg ihn, wo er ihn am letzten sucht: auf Wazemanns Bannberg! Droben wird Schnee fallen in der heutigen Nacht. Da hat's mit dem Gejaid ein End. In der verlassenen Albhütt hinter dem Eismann habt ihr ein gutes Weilen. Holz zum Feuer steht nit weit.

Zehrung laß ich euch tragen in jeder vierten Nacht. Hätt ich die Mutter nit, ich selber ging mit euch."

Die Männer fanden, daß es von allem Rat der beste wäre. „Jetzt harret", sagte Sigenot, „bis ich mit der Mutter geredet hab. Ich mein', das Rötli wird den Buben allein nit ziehen lassen. Feste Lieb hat feste Ketten." Er drückte die Fäuste auf seine Brust und verließ die Scheune.

Graue Nacht lag über dem Hag, und ein kalter Wind kam von den Bergen niedergezogen. Während Sigenot dem Haus entgegenschritt, blickte er der Richtung zu, die der junge Senn genommen. „Lauf, Bub, lauf!" –

Finster ragte in der Ferne der Untersberg, und wie ein schwarzer See lag ihm der Lokiwald zu Füßen. Aus der offenen Tür der Klause strahlte der Herdschein über die Lichtung. Bruder Wampo schaffte beim Feuer, neben dem die über Stangen gespreizte Wolfshaut zum Trocknen aufgestellt war. Schweiker saß in einem Winkel, die Hände im Schoß. Als er bei seiner Rückkehr Eberwein in der Klause gefunden, war er vor ihm niedergefallen und hatte den Saum seines Gewandes geküßt. „Herr! Ich hab dich schlecht gesucht!" Dann war kein Wort mehr über seine Lippen gekommen. Auch Waldrams Heimkehr riß ihn nicht aus seinem schweigsamen Brüten.

Der Pater sah übel aus, kaum trugen ihn die Füße noch, sein Gesicht und seine Hände bluteten, und in Fetzen hing die Kutte von ihm nieder. Als Eberwein, der den hinkenden Knaben auf das eigene Lager gebettet hatte, aus seiner Zelle trat, eilte er erschrocken auf Waldram zu. Der Mönch streckte den dürren Stecken vor und rief mit erloschener Stimme: Du lebst noch? Meineidiger! Der du dem Himmel die Treue brachst!" Wortlos kehrte Eberwein in seine Zelle zurück. Dann rief ihn die schreiende Stimme Bruder Wampos; als er dem Rufe folgte, fand er Waldram in der Kirche bewußtlos zu Füßen des Kreuzes hingestreckt. Sie trugen ihn zu seinem Lager, und Eberwein wusch ihm das Blut vom Gesicht.

Die Nacht wurde finster. Aus Waldrams Zelle klangen manchmal die lallenden Worte, mit denen der unruhig Schlummernde in Traum und Fieber redete. Eine Kienfackel erleuchtete die Zelle Eberweins; Huze lag, die gefalteten Hände unter der Wange, und sah mit glänzenden Augen auf den Mönch, der bei der Fackel auf niederem Holzpflock saß, das Schreibrohr in der Hand, ein Pergamentblatt auf dem Schoß. Eberwein schrieb die Botschaft an den Bayernherzog, die der Jungsenn tragen sollte. Häufig stockte ihm die gleitende Feder. Drückende Schwere lag auf seinem Herzen, doppelt drückend, da ihm der Trost versagt war, seine Sorge auszusprechen. Wenn er die Brüder nicht entmutigen wollte, mußte er verschweigen, was ihm in Wazemanns Haus geschehen war. Ohne zu wissen, wie auf dem Totenmann das Thing gesprochen, ahnte er, daß nur die Furcht vor Waze alle Tore vor ihm schloß und alle Ohren taub machte für den Hall der Glocke. Böse Tage sah er kommen für seine junge Klause. Unter dem Druck dieser Sorge hatte er sich entschlossen, die Hilfe seines herzoglichen Freundes anzurufen. Er schrieb – und zögerte wieder. Und sah das stille Pfarrhaus in der Ramsau. Er hatte das Wort nicht einlösen können, das er gegeben, und er wußte: Waldram hatte, als die Brüder nach dem Vermißten suchten, die Richtung gegen die Ramsau genommen! Eine quälende Ahnung beschlich ihn. Hätte ihn nicht die Pflicht in der Klause festgehalten, er hätte in finsterer Nacht den Stab gefaßt und wäre ausgezogen, um die Wunde zu schließen, die er wider Willen einem frommen, gottesfreudigen Glück geschlagen. Hier hielt ihn eine Pflicht, dort zog ihn eine andere! Welche mußte ihm heiliger sein? Ein quälendes Bild stieg auf: Hiltischalk und Hiltidiu standen vor ihm, mit verschlungenen Händen, mit stummen Lippen und redenden Augen. Und ein anderes Bild erschien: in weißem Mantel und mit wehendem Rothaar. Ob er auch die Hände vor die Augen schlug, er konnte dieses Bild nicht scheuchen.

Erschrocken richtete sich Huze vom Lager auf. Guter Herr, was ist dir?“ Eberwein ging auf den Knaben zu und umschlang ihn.

Bruder Wampo trat in die Zelle. „Herr, ein Bursch ist draußen, den der Fischer geschickt hat.“

„Laß ihn warten beim Feuer!“ Aufatmend strich Eberwein mit der Hand über das struppige Haar des Knaben. „Du sollst schlafen, Huze!“

„Ich hab dich angeschaut. Jetzt mach ich die Augen zu.“ Der Bub streckte sich und schloß die Lider. Und Eberwein begann zu schreiben.

In der Herdstube saß der Jungsenn neben dem Feuer; er hörte nicht, was Bruder Wampo leise schwatzte; seine Gedanken waren im Fischerhaus, an der Stätte, die er so bald nicht wiedersehen sollte. Dort saßen sie wohl beim Herdschein um den steinernen Tisch, mit ernsten Reden und freundlichem Zutrunk.

So meinte der junge Senn; die Wirklichkeit hatte ein anderes Gesicht.

Wohl erfüllte die flackernde Herdflamme die Halle mit ihrem zuckenden Licht, und ernste Worte wurden gesprochen; aber niemand dachte des abendlichen Umtrunks. Wicho, Hilmtrud und Kaganhart standen vor dem Steintisch und beluden zwei Kraxen mit Kleidungsstücken, mit Gerät und Zehrung. Eigel stand bei der offenen Tür und lauschte hinaus in die Nacht, während der Richtmann wortlos auf dem Herdrand saß. Mutter Mathilt ruhte wie versteinert in ihrem Lehnstuhl, die Hände im Schoß; mit Sorge hingen ihre Augen an Rötli, die schluchzend den Verlobten umfangen hielt. Sigenot legte die Hand auf ihre Schulter: „Hör mich an, Schwester! Mit Weinen ist nichts getan. Jetzt mußt du reden. Der Bub steht unter Blutschuld aus Lieb zu dir. Soll er allein ziehen? Oder willst du stehen bei ihm und aushalten an seiner Seit in Gefahr und Not?“

„Allweil! Und nimmer lassen von ihm!“

„So geh, Bub“, Sigenots Stimme schwankte, „bitt die Mutter um ihr Kind!“

Der Richtmann erhob sich, und während die andern herbeitraten, knieten Ruedlieb und Rötli vor Mutter Mathilt nieder.

Lallend umschlang sie die Kinder und neigte das Gesicht auf ihre Häupter; nach einer stummen Weile richtete sie sich auf, streifte einen silbernen Reif von ihrem Finger und reichte ihn dem Buben. Der Richtmann zog das Messer und gab es in die Hand des Sohnes. Auf die blanke Klinge legte Ruedlieb den Reif und bot ihn seiner Braut: „So nimm von meiner Lieb und Treu den Reif als Pfand; den sollst du tragen an deiner lieben Hand. Fest und ohne End, wie der Reif gewunden, ist Treu an Treu in guter Eh gebunden. Fest muß sie halten in Glück und Freuden, hundertmal fester noch in Not und Leiden. Des müssen wir gedenken in aller Zeit: Treu haben wir gelobt über scharfer Schneid!“

Während Ruedlieb sprach, hob Mutter Mathilt eine Staude aus dem Herdwinkel, streifte das dürre Laub ins Feuer, brach zwei Stäbe von der Gerte und warf sie auf die Steine; Seite an Seite kamen sie zu liegen, nach dem Herd gerichtet. Ein frohes Lächeln glitt über den Mund der stummen Mutter – freundlich hatten die Lose für ihres Kindes Glück gesprochen. Sigenot hob die Schwester von der Erde. „Deine Mutter hat nimmer Sprach, dein Vater weilet, ich weiß nit, wo. So muß dir der Bruder das letzte Heimwort sagen. Bist eine brave Tochter und Magd gewesen. Sei kein schlechtes Weib! Ich muß dir eine trübe Hochzeit rüsten, kann dir kein Veiglein ins Haar legen, Blutblumen müssen dein Kränzl sein. Ich kann dir die Kunkel nit wickeln mit rotem Band, und du hast keinen lustigen Brautlauf in lichter Sonn, über Halden und Blumenklee. Dein Brautlauf geht in der Nacht über Blut und Not, über Stein und Tiefen. Aber rechte Lieb hat einen Schein in aller Finsternis, und feste Treu macht Weg und Gruben eben. Komm, Bub, und nimm dein Bräutl! Viel nimmst du uns weg. Aber eins versprich mir! Kommt wieder sonnscheinige Zeit, daß ihr heimkehren dürft, so geh in der ersten Stund mit deinem Weib hinaus zum Lokstein, daß der gute Herr eure Hände ineinanderlegt.“

„Wohl!“ Mehr brachte Ruedlieb nicht aus der Kehle.

„Jetzt geht miteinander! Einer, der von allen der Stärkste ist, wird schauen auf euch!“

Unter Tränen warf sich Rötli an der Mutter Hals. Der Richtmann legte die Hände auf die Schultern seines Buben, sah ihm in die Augen und rüttelte ihn; sprechen konnte er nicht. Dann kamen die anderen und drückten Ruedliebs Hand. Sigenot löste die Schwester aus den Armen der Mutter und führte sie zur Türe. „Wicho! Schwing der Haustochter den Herdbrand!“

Mit feierlichem Ernst zog der Knecht ein flackerndes Scheit aus dem Feuer und trug es vor der scheidenden Braut hinaus in die Nacht. Prasselnd loderte die Flamme im Wind. Dreimal umschritt der Knecht die Braut, den Brand über ihrem Haupte schwingend, dann warf er das brennende Scheit auf ihren Weg. Edelrot faßte Ruedliebs Hand und stieß den Brand mit dem Fuß beiseite: Sie war gelöst vom elterlichen Herd.

Sigenot brachte den beiden die Grießbeile, die sie nötig hatten auf ihrem Weg, und öffnete vor ihnen das Hagtor. Der Richtmann und Wicho folgten mit den beladenen Kraxen.

„Gib mir dein Messer und nimm das meine“, sagte der Richtmann zum Fischer, „zeig es meinen Leuten, und sie hören auf dein Wort.“ Sie tauschten die Messer.

„Bruder!“ stammelte Edelrot.

Er küßte ihre Wange. „Jetzt muß geschieden sein!“ Ruhig trat er in die Hofreut zurück und schloß das Tor.

Schluchzend warf sich Edelrot gegen die Bohlen; Ruedlieb umschlang sie, und zitternd hing sie an ihm, der sie unter zärtlichem Stammeln hinauszog auf den finsteren Weg.

Der Richtmann stand noch und starrte über den schwarzen See zur Höhe der Falkenwand.

An Wazemanns Haus leuchteten alle Fenster. Die Hunde rumorten, und Stimmenlärm klang aus der Halle.

Herr Waze saß bei der Tafel, fünf seiner Söhne um ihn her; er trug noch die kalte Binde um den Kopf, hatte aber das Grausen vor dem Met schon überwunden. „Wo bleiben die beiden Buben?“

schrie er in Ungeduld. „Ich hab zu reden mit euch. Wir müssen beschließen, was morgen geschehen soll. Sie sollen kommen. Wo sind sie?“

„Noch allweil sitzen sie über dem Spielbrett“, lachte Rimiger, „einer rauschiger als der andere.“

„Hol sie! Und wenn sie nit kommen wollen –“

Da klang Geschrei aus der Kammer, das Klappern des fallenden Spielbretts und das Poltern eines umgeworfenen Sessels. Henning taumelte in den Saal, und Eilbert stürzte hinter ihm her. Lärmend warfen sich die andern zwischen die beiden. „Laßt mich!“ lallte Eilbert. „Ich muß ihm an den Hals! Er hat betrogen im Spiel, hat mir den Becher gereicht und hat mit dem Ellbogen einen Stein geschoben.“

„Das lügst du!“ kreischte Henning. „Komm nur, ich will dir das Hirndach dreschen!“

Mit Mühe konnten die Brüder die Berauschten voneinander halten. Recka war auf der Schwelle ihrer Kammer erschienen, hatte sich wieder abgewandt und die Türe zugeworfen. In keifendem Zorne schalt Herr Waze auf die Betrunkenen los.

„Laß ihnen den Pfaffen heraufholen!“ lachte Rimiger. „Der soll ihnen eine Predigt halten über Bruderlieb und Ehrlichkeit!“

Gelächter erhob sich, und Herr Waze nickte. „Recht hast du, Bub! So hat der Pfaff doch einen Zweck.“ Er löste den Schlüssel von seinem Gürtel. „Hol ihn, und will er mucksen, so fahr ihm an die Rippen.“

Rimiger und Otloh eilten davon, während Herr Waze wieder sein Schelten begann. Die Stimme wurde ihm heiser, stöhnend griff er nach seinem Kopf, trat zur Tafel und hob die Bitsche. Da stürzte Otloh in den Saal: „Vater! Die Tür war gut verschlossen, aber das Loch ist leer.“

Herr Waze spuckte den Trunk wieder aus, den er genommen hatte, und starrte den Boten an. Dann schüttelte er den Kopf, riß eine flackernde Kerze vom Lichtreif und sprang zur Türe. Wie ein Rudel Wölfe rannten die Söhne hinter ihm her, auch Henning und

Eilbert, als wären sie jählings nüchtern geworden. Sie erreichten den Kellerbau. In der offenen Tür des Bußloches stand Rimiger und stotterte: „Der Pfaff und der Bub, all beid sind fort, wie durch die Wänd geflogen!"

Herr Waze stieß ihn beiseite und leuchtete in den Raum; er sah nur die kahlen Wände und das faule Stroh. „Sein Heiliger", lallte er, „sein Heiliger hat ihm geholfen!" Das Wunder machte ihn zittern.

Ein dumpfes Rauschen ging um das Haus. War es ein Windstoß, oder war es der Regen, der zu fallen begann? Über Tal und See, über alle Berge fiel es nieder durch die Nacht in unsichtbaren Strömen. Ein rauer Wind, bald stockend, bald wieder im Wirbel jagend, peitschte den Regen. –

Auf einem Karrenweg, der über die Halden der Schönau führte, wanderten die vier Menschen, die das Fischerhaus verlassen hatten. Wicho schritt voran; Ruedlieb hatte sein Lodenwams abgenommen und um Rötlis Schultern geschlungen; sie schien den Regen nicht zu fühlen; im Schreiten lag sie an Ruedlieb angeschmiegt, der sie stützte bei jeder rauen Stelle des Weges. Der Schönauer war zurückgeblieben; durch die Finsternis spähte er über die schwarzen Halden hinunter nach seinem Hag. Der Regen schlug ihm ins Gesicht, und seufzend wandte er sich ab. „Mein liebes Haus, schier muß ich fürchten, ich seh dich nimmer."

Als sie den Schapbacher Forst erreichten, zündete Wicho die Fackel an, die er mitgenommen. Nun hatten sie ein besseres Wandern; doch häufig mußten sie durch Bäche waten, die den Pfad überschwemmten. Der Weg begann zu steigen, und eine Stunde ging es bergan. Von den Almen hörten sie das Gebrüll der Rinder. „Droben muß der Schnee schon fallen", meinte der Schönauer, „die Küh begehren auf."

„Wohl", nickte Wicho, „morgen wird mancher an den Heimtrieb denken."

Schweigend stiegen sie weiter. Durch ein langes Waldtal ging der Weg, dann quer über einen steilen Berghang. Da hörten sie aus den Lüften einen seltsamen Klang, mächtig und doch wie klagend – als wäre eine baumdicke Saite gesprungen. Lauschend standen sie still; sie hörten nichts mehr; nur der Regen plätscherte, und rauschend fuhr der Wind durch die Wipfel der Bäume.

„Was muß das gewesen sein?“ fragte Wicho. Und der Schönauer sagte: „Ich mein’, es hat ein Berg geschrien. Das hab ich einmal gehört als Bub. Selbigsmal hat sich über dem Göhl eine Fragel aufgetan, und eine ganze Wand ist niedergegangen über die schönsten Alben.“

Sie stiegen weiter. Nach einer Weile senkte sich der Pfad und führte hinunter in das stundenlange Tal, zwischen dessen Felswänden der Windacher See gebettet lag. In murrendem Wellengange schwankte das dunkle Wasser. Mit schneidender Kälte blies der Wind, und die Nacht wurde grau, denn Flocken mischten sich in den fallenden Regen.

Zwei Stunden dauerte die Wanderung am See entlang. Als der Pfad über Steingeländ emporführte, begann der Grund unter den Füßen der Wandernden sich licht zu färben, und bald umhüllte sie gleich einem Schleier das Gewirbel der weißen Flocken.

8

Spät erwachte über dem Lokiwald der Morgen. Kaum auf Steinwurfweite drang der Blick, alle Luft war grau vom strömenden Regen. Schattenhaft zog sich der Waldsaum um die Rodung her, und während der kalte Wind den Regen durch Tür und Fensterluken in die Klause peitschte, rauschten auf allen Berggehängen die angeschwollenen Bäche. Zuweilen klang durch das dichte Gewölk ein dumpfes Rollen von den Höhen nieder – dort oben lösten sich Massen des Gesteines, die das Erdbeben gelockert hatte. Schwieg der sausende Wind, so tönte aus dem Bergwald herunter das Gebrüll der Rinder und das ferne Geschrei der Hirten, die unter Gefahr vor dem auf den Almen fallenden Schnee mit ihren Herden in die Täler flüchteten.

Am Waldsaum der Rodung mischten sich Beilschläge und das Knirschen einer Säge in das Geplätscher des Regens. Eberwein und Schweiker, im Arbeitskleid und triefend vor Nässe, zimmerten die Läden für die Fensterluken des Kirchleins und der Klause. Schweiker führte jeden Hieb, als schlüge er nicht auf wehrlose Blöcke los, sondern in Zorn auf einen verhaßten Feind. Die von ihm gespaltenen Bohlen fügte Eberwein mit Querlatten und Holznägeln aneinander; von seinem blonden Haarkranz rann das Wasser, und naß klebte ihm der lichte Bart an der Brust. Die schwere Arbeit war ihm Erquickung. Gesunde Röte brannte auf seinen Wangen, und seine Augen blickten ruhig, obwohl er in der Nacht, am Lager des Knaben sitzend, kaum für eine Stunde die Lider geschlossen hatte.

Gegen Mittag standen die Türen gezimmert, die Läden gefügt. Eberwein legte den Hammer nieder. „Bedarfst du meiner noch?"

„Nein, Herr! Mit allem anderen komme ich allein so weit, daß Türen und Fenster gut verwahrt sind bis zur Nacht. Vergönn dir ein Stündlein Ruh!"

„Ruhe?" Eberwein schüttelte den Kopf. „Ich ende die Arbeit, weil ein Weg mich ruft." Er schritt zur Klause, um das Gewand zu tauschen. Schweiker sah ihm nach und murmelte: „Wenn er sich nur wieder verirren tät, daß ich ihn suchen und finden könnt!“ Mit kummervollen Augen träumte er vor sich hin. „So ein Teufelsbraten, wie ich einer bin! So ein schlechter Kerl!“ Wie in Grausen vor sich selber spuckte er aus, warf das Beil zu Boden, hob vier der schweren Fensterläden auf seine Schulter und trug sie dem Kirchlein zu.

Vor der Klause trat ihm Bruder Wampo entgegen, hustend und die Augen reibend. „Bruder“, jammerte er, „die schieche Zeit hebt an! Heraußen gießt es, als käm die Sündflut, und drinnen raucht es, als hätt die Höll sich aufgetan. Da soll man kochen! Und was! Wassersterz mit Bohnenmus! Zwei Tag noch, so hat das auch ein End. Der Mehlsack schlottert, und das Bohnensäckl hat den Schwund. Allweil Fisch, da kriegt einer auf die Läng genug dran! Käm nur bald die gute Hinzula wieder mit ihrem Himmelsbrot!“

„Schweig mir von der Dirn!“ fuhr Schweiker auf, daß der andere erschrocken vor ihm zurückwich.

Als der Flachsbärtige die Kirche betrat, blickte er zum Kreuzbild empor und stellte schwer atmend die Läden nieder. In Hast begann er zu arbeiten und befestigte an der Balkenmauer die hölzernen Schienen, zwischen denen die Läden laufen sollten. Da verdunkelte sich die Tür, und Schweiker sah auf der Schwelle einen jungen Bauer stehen, dem ein triefender Lodenmantel von den Schultern niederhing. Es war der Hanetzer.

„Was willst du?“

Neugierig trat der Bauer in die Kirche und lachte. „Ich muß mir die Leut ein lützel anschauen, für die der Richtmann rote Arbeit macht.“

Schweiker hörte nur das Gelächter, seine Stirn wurde heiß. „Hier ist kein Ort zum Lachen.“ Da sah er, daß der Hanetzer die Lammfellkappe auf dem Kopf trug. Mit einem Sprunge stand er vor dem Bauer. „Trittst du so in Gottes Haus? Ich will dir Ehrfurcht weisen!“ Auf des Hanetzers Backe klatschte eine Ohrfeige, so ausgiebig, daß der Bauer an die Mauer taumelte. „Das wirst du dir merken für ein andermal!“ Schweiker atmete auf, als hätte sich die drückende Gewitterschwüle, die sein Inneres erfüllte, mit diesem Schlag entladen.

Während der Hanetzer die Lammfellmütze von der Erde raffte und aus dem Kirchlein wich, klang hinter dem Bruder, der das Hochgefühl seiner guten Tat genoß, eine bebende Stimme: „Schweiker!“ Eberwein stand vor ihm, in der einen Hand das Grießbeil, in der anderen den schwarzen, breitgeränderten Filzhut, wegfertig für die Wanderung nach der Ramsau. Vor dem Blick seines Herrn überkam den Bruder ein Gefühl, als wäre seine Tat doch nicht so gut und fromm gewesen, wie er meinte.

„Schweiker! Glaubst du, dieser eine wird wiederkommen, wenn du die Glocke ziehst?“

Der Bruder verfärbte sich. „Mit der Kapp ist er eingetreten in den heiligen Raum. Der Unchrist!“

„So? Den Splitter im Aug des anderen erkennst du, aber nicht den Balken in deinem eigenen Aug? Hast du nicht den heiligen Raum noch mehr entweiht? Hat Christus dich gelehrt, mit der Faust für sein Reich zu werben? Sagte er in seiner Liebe: Wenn dein Bruder gefehlt hat, so schlage nach seiner Wange?“

In Zerknirschung schüttelte Schweiker den dicken Kopf. „Ich mein’, er hat gesagt: Haut dich einer hinters rechte Ohr, so –“ Weiter kam er nicht mit diesem Bibelspruch, für den er seine eigene Fassung hatte. Ein Gedanke war ihm in die langsamen Sinne gefahren; er schoß zur Türe hinaus, und als er den Hanetzer erblickte, rannte er ihm nach. „He du! Halt ein lützel!“

Der Hanetzer, der den rennenden Mönch gewahrte und eine neue Belehrung fürchten mochte, fing hurtig zu laufen an. Für Schweikers lange Beine war der Bauer, der den Tatzenschlag des Bären noch spürte, nicht flink genug. Unter den triefenden Bäumen haschte ihn der Bruder beim Lodenzipfel. Schreiend suchte der Hanetzer sich loszureißen. Schweiker hielt fest und keuchte: „Verzeih mir, guter Mann, um Christi willen, und tu mir aus Nächstenlieb den einzigen Gefallen und gib mir die Tachtel wieder heim! Hau zu, ich wehr mich nit!“ Der Bauer riß Mund und Augen auf; Schweiker bat so flehentlich um die Heimzahlung, daß der Hanetzer auf die Dauer nicht widerstehen konnte; er trat einen Schritt zurück, strich mit den Fingern der rechten Hand über die Lippe und zog aus. Lachend empfing der Bruder den klatschenden Schlag, nickte dem Bauer dankbar zu und rannte zum Kirchlein; kopfschüttelnd blickte ihm der Hanetzer nach. „Einen solchen Narren hab ich meiner Lebtag nit gesehen. Könnt aus mir ein Mus machen mit seinen Fäusten. Und laßt sich hauen.“

Als Schweiker das Kirchlein erreichte, sah er Eberwein auf der Altarstufe sitzen. „Herr, jetzt hab ich sie wieder, er hat sie mir heimgezahlt.“ Es hätte dieser Meldung nicht bedurft; deutlich sah man auf Schweikers Wange die fünf Finger des Hanetzer abgezeichnet. „Das ist eine gewesen aus einer gesunden Mutter Hand. Aber ich fürcht halt doch, die meinige hat fester gewogen!“

Eberwein mußte lächeln; es war ihm anzusehen, daß ihm der Anblick dieses ungeschlachten Menschen wohl tat wie warme Sonne bei trübem Wetter. „Das nenn ich flinke Sühne! Ein andermal denke der Güte, bevor du schlägst.“

„Wohl, Herr! Aber es gibt halt Menschen, da steigt einem die Gall auf, man weiß nit wie!“

„Gegen die Guten gut sein, ist kein Verdienst.“

„Freilich. Aber gegen die Schiechen freundlich sein, das muß einer können. Ich bin ein grauslicher Kerl. Du hast es gelernt, das Gutsein!“

„Gelernt? Meinst du?“ Eberwein faßte Schweikers Hand und zog ihn an seine Seite. „Ich will dir sagen, in welcher Schule. Komm!“

Der Regen prasselte auf dem Dach des Kirchleins, und rings um die Balkenmauern plätscherte die Traufe; fuhr ein Windstoß gegen die Wände, so trieb er durch die Fensterluken den Wasserstaub herein und wehte ihn über die beiden, die dem Altar zu Füßen saßen.

„Das weißt du, daß ich nicht Vater noch Mutter habe?“

Schweiker nickte. „Meine Mutter ist eine Alberin gewesen. Vater hab ich auch keinen. Wird halt ein Senn gewesen sein oder ein Jägerknecht, ich weiß nit. Die mich ins Kloster genommen, haben mir nie geredet davon.“

„Nur wenige Tage war ich alt, als der Fischer vom Eibensee mich fand, weit von hier, auf der Romstraße bei der Partenkirche, mitten im Wald. In der Grafenburg auf dem Wertofels, unter Eigenleuten, bin ich aufgewachsen und ein Bub geworden, der auf dem Karwendel die Geißen gehütet hat.“

„Ein Geißhirt!“ Schweiker seufzte. „Selbigsmal mußt du es gut gehabt haben, gelt?“

„Als ich in das Kloster kam, hab ich in meiner kleinen Zelle manche Zähre vergossen, wenn mein Blick die hohen Berge suchte. Aber mir wurde in dem frommen Haus mit jedem Tage froher ums Herz. Die Arbeit war mir Freude, und durfte ich bei meinem Buche sitzen, so war mir wohl. Nur eines störte das ruhige Gleichmaß meines Lebens: Wenn die Väter und Brüder der jüngeren Mönche in das Kloster kamen oder wenn meine Schulgenossen zu hohen Feiertagen heimzogen in das elterliche Haus, das waren bittere Stunden für mich. Dann schwoll mein Herz in heißer Sehnsucht der Mutter zu, die ich nicht kannte, dem Vater, dessen Namen ich nicht nennen konnte. Hundert Gedanken, süß und schmerzlich, zogen in solcher Stunde durch meine Seele. Wo sollte meine Sehnsucht die Eltern suchen? Waren sie heimisch in jenem Tal, in dem ich gefunden wurde? Oder saßen sie in fernem Land? Hatte eine böse Hand mich ihnen geraubt? Hatten Mißgeschick oder Zufall mich von ihrem Herzen gerissen? Beweinten sie mich als tot? Oder hofften sie, ihr Kind noch einmal wiederzusehen? Trugen sie Schmerzen um mich, oder hatten sie Trost gefunden in der Liebe zu Kindern, die ihnen verblieben waren? Hatte ich Brüder? Oder eine Schwester?“ Eberweins Stimme wurde leise. „Eine Schwester! Das hab ich oft gedacht und habe ihr Bild mir vorgemalt: jung und hold, gut und liebenswert.“

Er streckte die Arme, als könnte er mit Händen greifen, was er sah in seinem Herzen.

Es währte eine Weile, bis Eberwein wieder zu sprechen begann: „Zwanzig Jahre zählte ich, als ich, ein jung geweihter Priester, aus dem Kloster zog. Eh ich hinauswanderte in das ferne Land, trieb es mich zum Eibensee, zum Fischer Ostalar, der mich gefunden. Es war eine helle Mondnacht, als ich den See erreichte, der zwischen schwarzem Wald und hohen Felsen gebettet liegt. In armer Hütte fand ich den alten Fischer. Nun saßen wir in der stillen Nacht, Mond und Sterne zu unseren Häupten, vor uns das schwarze regungslose Wasser. Zitternde Hoffnung im Herzen, stellte ich Frage um Frage. Er schüttelte den weißen Kopf: ‚Laß das Fragen sein, ich kann dir nichts anderes sagen, als was du schon lange weißt.‘ Ich merkte an seinem Ton, daß er nicht die Wahrheit sprach. Und als ich mit Fragen nicht nachließ, ging er in die Hütte und brachte ein wertloses Stück Geschmeide: ‚Nimm! Das hab ich nicht weit von dem Platz gefunden, an dem du gelegen bist. Ob es dir gehört oder einem anderen, das weiß ich nicht.‘ Ich starrte das stumme Rätsel an. Wenn es doch reden könnte! Ach, Schweiker, zu tausend Malen seit jener Stunde hat meine Sehnsucht jene Worte gesprochen: Wenn es doch reden könnte! Ist es mein eigen? Stammt es aus dem Hause der Meinen? Ich weiß es nicht. Seit jener Stunde trag ich das Kleinod an meinem Herzen. Mag es so wertlos sein, daß es kein Bettler von der Straße nähme! Meinem Herzen macht es der Glaube teuer, daß es ein Glied der gesprungenen Kette ist, die mich an die Meinen knüpfte.“

Eberwein legte die Hand auf seine Brust, an der er das ungelöste Rätsel seiner Herkunft unter der Kutte verwahrt trug, mit dem Zeichen seiner priesterlichen Weihe, dem Kreuz, zusammen an eine Schnur gebunden.

„Es dämmerte der Morgen, als ich den See verließ. Eine Strecke gab mir der alte Fischer das Geleit, und als ich von ihm scheiden wollte, legte er die Hand auf meine Schulter und sprach: ‚Eines noch muß ich dir sagen! Was ich dem Knaben allzeit verschwiegen hab, das wird der Mann, der du geworden bist, wohl hören können!‘ Ach, Schweiker, erschütternde Kunde war es, die ich vernehmen mußte! Nicht weit von der Stelle, wo der alte Fischer das wimmernde Kind auf seine Arme gehoben, hatte er den zerfleischten Leichnam eines Weibes gefunden, das Opfer der hauenden Schweine, deren Zähnen auch das wehrlose Kind verfallen wäre, hätte nicht der Schrei des mutigen Mannes sie verscheucht. Wer war dieses Weib? Meine Mutter? Wie der Tag sich scheidet von der Nacht, so drängte ich diesen grauenvollen Gedanken aus meiner Seele. Wer war dieses Weib?“

„Vielleicht deine Hüterin, Herr? Oder ein fahrendes Weib, das dich gestohlen hat?“

„So dachte auch ich! Denn in meinem Herzen schrie eine Stimme: ‚Deine Mutter lebt! Suche, suche!‘ Ziellos wanderte ich im grauen Morgen auf der Straße dahin, Feuer in meinem Herzen, einen Wirbel in meiner Seele. Es ging der Wald zu Ende, und Felder kamen. Am Rande des Gehölzes sah ich eine arme Frau, die sich schleppte mit einem schweren Reisigbündel. Was kümmerte mich das fremde Weib und seine Bürde? Trug ich nicht selbst auf meinem Herzen eine Last, noch drückender und schwerer? Ich eilte an der Armen vorüber. Doch das Bild ihrer Mühsal wollte mich nimmer verlassen. Quälend erwachte ein Gedanke. Du suchst deine Heimat, schrie es in mir, und willst in der Ferne suchen? Wer weiß, ob dir nicht nahe liegt, was du suchen gehst, näher als du ahnen magst! Wer weiß, ob nicht dieses Weib dir Kunde geben könnte! Und ist dir dieses Weib eine Fremde? Kannst du wissen, ob sie nicht zu deiner Sippe gehört, ob nicht Blut von ihrem Blut in deinen Adern rinnt? Und du zogst vorüber an ihr und ließest sie seufzen unter Mühsal und Bürde. Kehr um, kehr um! So rief es in mir, und ich eilte zurück, hob die Last der Armen auf meine Schulter und trug ihr das schwere Bündel bis zum Hagtor. Sie hatte keine Antwort auf meine Fragen, wußte von keinem verlorenen Kind; ihr Dank aber hatte warmen Klang; freundlich sahen ihre Augen mich an, und ich zog meiner Wege, als hätt ich Trost empfangen, der die Bürde meines Herzens leichter machte um viele Pfunde. Und sieh, Schweiker, wie mit diesem armen Weibe, so ist es mir von Stund an mit jedem Menschen ergangen, den ich seufzen sah unter einer Bürde des Lebens. Hilf, hilf, du hilfst den Deinen!' rief immer wieder die Stimme in mir. Und ich mußte lieben, die ich leiden sah, und konnte jenen nicht zürnen, die mir Übles taten. Oft wallte mir das Blut in heißem Zorn. Denn mehr als einmal hab ich Undank erfahren, wo ich Wohltat übte, habe Spott empfangen, wo ich Liebe gab. Aber je heißer mein Zorn erwachte, so lauter rief die Stimme in mir: Vergib, es könnte dein Bruder sein, wider den du stehen willst in Streit!"

„Und nie, Herr, nie hast du was erfahren von den Deinen?"

„Ich weiß auch heute nicht mehr von ihnen als in jener Stunde, in der ich den alten Fischer verließ. Längst schon hab ich das Suchen aufgegeben. Meine Sehnsucht wurde stiller von Jahr zu Jahr. Ich meinte, Gottes Willen zu erkennen. Er hat mich berufen zu seinem Dienst und hat mir die Meinen genommen, um meiner Liebe tausend Brüder und Schwestern zu geben."

„Alle Menschen? Und keiner soll ausgeschieden sein von deinem Herzen?"

Eberwein schüttelte den Kopf und wollte sprechen. Da kam Bruder Wampo in das Kirchlein und rief: „Ich bitt dich, guter Herr, der arme Bub verlangt nach dir. Er hat gemeint, er könnt schon wieder laufen, und jetzt rinnt ihm das Blut von den Füßen."

Eberwein war aufgesprungen. „Wazemann!" klang es in Zorn. „Ja, Schweiker! Dieser einzige von allen, er und seine Söhne sollen geschieden sein von meiner Liebe. Ich will diesem Tal ein treuer Hirte sein. Wie dürft ich die Wölfe lieben, die meine Lämmer schlagen?"

„Recht, Herr!" fiel Schweiker ein. „Und derselbig, den sie Henning nennen, soll aufgehoben sein für meine Fäust!" Während Eberwein mit Wampo die Klause betrat, packte Schweiker den Hammer und hämmerte los, als fiele jeder Schlag, mit dem er die hölzernen Nägel in die Balken trieb, auf Hennings Schädel. Dazu redeten seine Gedanken: ‚Wart nur! Ich will Nächstenlieb üben, rechte und feste Nächstenlieb. Aber einer soll ausgenommen sein. Lauf mir nur über den Weg, du!' Der Hammer fiel, daß die Balken dröhnten. ‚Spürst du den Hieb? Hat's ausgegeben? Du wirst mir das Dirndl in Ruh lassen, du!' Er blickte scheu um sich und ließ den Hammer sinken. ‚Es ist doch Nächstenlieb! Nur Nächstenlieb! Kein Bröselein drüber!' Er nahm einen Laden und schob ihn zwischen die festgenagelten Leisten. ‚Wie mein Herr seine Mutter, so muß ich meinen Vater suchen. Wer kann's denn wissen? Es könnt in ihr doch Blut sein von meines Vaters Blut? Weil ich ihr so gut sein muß, als wär sie meine Schwester!' Die Backen aufblasend, schüttelte er den Kopf. Der Gedanke, der ihm da gekommen war, schien ihm nicht zu gefallen. Seufzend begann er zu hämmern. ‚Sie ist in Not gewesen, ich bin ihr beigesprungen. Aber jetzt muß alles aus sein!' Er klopfte, daß der Hall das Kirchlein füllte. Plötzlich hielt er erschrocken inne – durch das Rauschen des Regens hörte er eine schluchzende Mädchenstimme. Der Hammer flog aus seiner Hand, mit raschem Sprung gewann er die Tür, und im strömenden Regen sah er vor der Klause ein häßliches Geschöpf zu Eberweins Füßen liegen, ein Bild des Jammers, Worte stammelnd, die Schweiker nicht zu deuten wußte. Doch Eberwein schien zu verstehen, was dieser Schmerz ihm sagen wollte; und es mußte böse Kunde sein, die er hörte. Seine Augen blickten entsetzt, und Blässe bedeckte sein Gesicht. In Sorge eilte Schweiker auf ihn zu. „Herr, was ist dir?"

„Waldram!" stammelte Eberwein und stürzte in die Klause.

Während Schweiker die Schluchzende von der Erde hob, hörte er durch das offene Fenster die Stimme seines Herrn: „Waldram! Was tatest du in der Ramsau?"

„Was meines Amtes war."

„Wo ist Hiltischalk? Steh mir Rede! Ich frage dich als dein Herr."

„Ich gehorche der Kirche, der du die Treue brachst, nicht dir! Du bist mein Herr nicht mehr."

„So frag ich dich als Mensch: Was ist aus Hiltischalk und seinem Weib geworden?"

„Bin ich bestellt, Verdammte zu hüten? Frage bei der Hölle an, der sie verfallen waren!"

„Und du? Du nennst dich Priester?"

Stille folgte diesen Worten. Verstört trat Eberwein aus der Klause, hinter ihm Bruder Wampo mit erschrockenem Gesicht. Eberwein faßte die Hand der weinenden Magd. „Folge mir, Mätzel! Komm! Wir wollen suchen. Und weine nicht! Wir werden sie finden." Durch den strömenden Regen zog er die Schluchzende dem Wald entgegen.

„Bruder?" stotterte Wampo. „Was ist da geschehen?"

„Ich weiß nur, daß ich meinen guten Herrn nimmer allein laß. Ich geh mit ihm, und wär's durch Feuer und Wasser." Schweiker raffte einen Stecken auf und rannte den beiden nach, die schon im Wald verschwunden waren.

9

Immer tiefer senkte sich das gießende Gewölk und hing über dem Tal wie eine weißgraue Decke; Schneefall mischte sich in den vom kalten Wind gepeitschten Regen, doch die Flocken schmolzen, ehe sie zur Erde fielen. In das Rauschen des Regens tönte das Brausen der geschwellten Bäche und das dumpfe Poltern des Gesteins, das in den Fluten trieb.

Mittag war vorüber, als Wicho, heimkehrend von seinem nächtlichen Weg, den Schapbacher Forst verließ und die Halden der Schönau erreichte; in Fäden rann das Wasser von ihm nieder. Oft mußte er durch braune Bäche waten, die das Feld überschwemmten. Kam der Knecht an einem Hag vorüber, so hörte er das Geschrei der Leute, die das Wasser zu stauen und abzuleiten suchten. In einem einzigen Gehöft nur herrschte Stille. Kopfschüttelnd blickte Wicho auf den Greis, der über den Trümmern der gestürzten Hütte aus morschen Bohlenstücken ein Dächlein schichtete zu seinem Unterschlupf. Der alte Gobl hatte spüren müssen, daß er noch lebte; es hatte ihm der üble Tag das Sitzen unter dem Apfelbaum verleidet; rings um den Baum stand eine gelbe Lache. Aus den Trümmern seiner Hütte, deren wüster Haufe sich gleich einer Insel über das angesammelte Wasser erhob, hatte Gobl einen Heusack hervorgezogen, hatte ihn zuoberst über die Trümmer gelegt und baute nun über diesem Lager das schützende Dach.

„Gobl? Was ist mit deinem Haus geschehen?“ rief der Knecht. „Hat es der Bidem geworfen?“

Der Alte blickte über die Schulter, riß von dem zerfallenen Hausdach ein Stück der faulen Moosdecke los und warf es über die kleine Hütte.

„So red doch! Kann ich dir helfen?“

„Geh heim und hilf dir selber!“ brummte der Greis. „Der heutige Tag bringt schieche Zeiten.“ Er kroch in seinen Schlupf und streckte sich auf den Heusack. „Ich hätt gemeint, mich könnt der Tod nimmer jagen von meinem Fleckl. Jetzt hat mich ein lützel Näß vertrieben. Und schau, ich hab schon wieder ein Haus!“

Eine Weile noch stand der Knecht, dann ging er seiner Wege. „Der arme Schlucker!“

Als Wicho den Talwald erreichte, begann für ihn ein übles Wandern; die Ache war ausgetreten und hatte den Waldgrund in einen Sumpf verwandelt. Von den Gehöften im Untersteiner Forst scholl dem Knechte wirres Geschrei entgegen, und als er die Rodung betrat, sah er ein Häuflein Menschen, erregt durcheinanderkreischend, am überschwemmten Ufer der Ache stehen; er erkannte den Untersteiner mit Weib und Kindern, die Winklerbuben, den Kirngasser und Bärenlochner, den Grünsteiner und ein paar andere Bauern der Schönau. Einer der Winklerbuben kam auf ihn zugelaufen: „Da schau her! Die Wazemannsknecht sind weniger worden um einen. Der Bach hat ihn ausgespien wie ein Ferch den Brocken, der ihm nit geschmeckt hat."

Schweigend betrachtete Wicho den angeschwemmten Leichnam, den das Wildwasser übel zugerichtet und halb der Kleider beraubt hatte. Die Leute dachten nicht anders, als daß der Knecht ertrunken wäre, und der Untersteiner schrie: „Am letzten Zinstag hat er mir die Faust ins Gesicht geschlagen. Jedes Jahr noch hat mir der Bach ein Trumm von meinem Feld gerissen, heut ist er mir liebgeworden, heut hat er mir die erste Guttat erwiesen!"

„So red doch nit so laut!" stotterte sein Weib und suchte den Bauer gegen den Hag zu ziehen.

Aus dem Lärm der anderen schrie der Grünsteiner: „Es müßt doch einer hinaufsteigen zu Wazemanns Haus und Botschaft tragen!"

„Da könnt sich einer schlechten Dank holen!" fiel Wicho hastig ein und verstummte, weil er hinter sich ein Lachen hörte.

Der Hanetzer, auf dem Heimweg von der Klause, war aus dem Wald getreten. „Wo ist der Richtmann? Da wär wieder ein Stück Arbeit für ihn." Er stieß mit dem Schuh nach der Leiche.

Keiner erbarmte sich des Toten, und dennoch schalten sie über diese Roheit. Und was hätte der Richtmann mit dem Ertrunkenen zu schaffen?

„Ertrunken? So? Ich mein', der hat keinen Laut mehr getan, noch eh er Wasser hat schlucken müssen."

Mit eisernem Griff umklammerte Wicho den Arm des Schwätzers.

„Ich soll den Schnabel halten, gelt?" lachte der Hanetzer. „Wenn ich schweigen könnt, hätt er mich zum Thing gerufen, der gute Richtmann! Jetzt soll ich auf einmal wortfest sein? Meintwegen, so lang ich nit reden muß!" Er ging seiner Wege.

Die Leute sahen sich mit scheuen Augen an. Einer um den andern schlich davon, und Wicho stand einsam bei der Leiche;

er wollte den Toten wieder zurückschleudern in das Wasser, das ihn ausgeworfen; aber ein Grauen faßte ihn, und den Arm vor die Augen drückend, wandte er sich ab.

Keuchenden Laufes erreichte er die Seelände und hörte die Beilschläge, die von der Hofreut des Fischers klangen. Der See war über die Ufer getreten und reichte bis zum Tor. Sigenot, Eigel, Kaganhart und der alte Senn schlugen neben dem Lugaus die Pfähle, um in doppelter Wand den Hag zu erhöhen; der Regen störte sie nicht bei der Arbeit. Unter dem vorspringenden Hausdach saß Hilmtrud und entblätterte die Buchenruten für das Flechtwerk.

Als Sigenot den Knecht erblickte, sprang er vom Lugaus nieder und riß das Hagtor auf. „Wie seid ihr hinaufgekommen?" fragte er leise.

„Nit gut, nit schlecht. Es war ein schiecher Weg durch Nacht und Schnee. Unter dem Eismann hat der Bidem eine Fragel aufgerissen, klafterbreit. Wir haben sie weit umgehen müssen. Deiner Schwester ist das Steigen hart geworden, aber der Ruedlieb hat sie gestützt in rechter Lieb, und allweil noch, in Not und Müh, hat sie ihm zugelacht."

Sigenot atmete auf. „Wüßt ich nur auch die Mutter an sicherem Platz, so hätt ich keine Sorge mehr. Aber sie will ihren Herd nit verlassen", sein Blick suchte das Kreuz, „will kein rechtes Vertrauen haben zu dem guten Helfer." Er legte die Hand auf die Schulter des Knechtes. „Den heutigen Nachtweg will ich dir vergelten. Laß uns festhalten am guten Recht der Klosterleut! Und kehrt die Ruh wieder ein, so sollst du ein freier Mann sein, und ich selber bau dir das Haus, in dem du sitzen sollst am eigenen Herd."

Die Augen des Knechtes leuchteten; doch er schüttelte den Kopf. „Ich bleib bei dir. Fortjagen wirst du mich nit."

Sigenot lächelte. „Wir reden noch drüber. Jetzt geh in deine Kammer, und laß dir die Ruh schmecken!"

„Ruh, Herr? Heut nimmer. Blut lauft um, und das Wasser hat einen Schrei wider uns getan.“ Flüsternd erzählte Wicho, was er im Untersteiner Forst gesehen und gehört hatte.

„Heut oder morgen, Blut will sein Recht haben. Die Red, die der Hanetzer getan, wird umgehen, bis ihr Hall hineinschreit in Wazemanns Fenster.“ Ernst blickte Sigenot durch den grauen Regen empor zur Höhe der Falkenwand und faßte den Griff des Messers. „Schließ hinter mir das Tor, Wicho, ich hol die Richtmannsleut in meinen Hag!“ Ohne Mantel, nur mit dem Messer bewaffnet, verließ er die Hofreut.

Als Wicho zum Lugaus kam, umdrängten ihn die Männer in Sorge. Er berichtete, was geschehen. Der alte Senn brummte ein paar Worte in seinen Bart, Kaganhart stand mit scheuen Augen, Eigel aber griff zur Arbeit und lachte wie ein junger Bursch, dem der Vater sagt: ‚Schaff, Bub, und bist du fertig, so geh zum Tanz!‘ Wicho faßte Sigenots Beil. Dumpf klangen im Rauschen des Regens die wuchtigen Schläge, mit denen die Männer die schweren Pfähle in den Grund trieben.

Nach einer Weile verließ Kaganhart den Lugaus und tat so, als müßte er seinem Weib bei der Arbeit helfen. Hilmtrud sah ihn verwundert an. Er griff nach einem Ast, und während er die Blätter abstreifte, flüsterte er: „Trudli! Da wird uns der Boden heiß. Auf leerem Feld wär bald ein besseres Weilen als unter dem Dach da!“

Sie gab keine Antwort; ihre funkelnden Augen glitten an ihm auf und nieder. Als er Wichos Botschaft wiederholte, sprang sie auf und ballte die Fäuste. „Recht so! Geht’s endlich an ein Raiten! Lieber heut als morgen!“

„Aber Weib, Weib!“ Er suchte sie niederzudrücken auf die Hausbank. „So nimm doch Verstand an!“

Sie schüttelte ihn von sich ab. „Bist du noch ein Mannsbild? Geh hinein zum Feuer, Büebli, und koch dir ein Mus! Ich such mir derweil einen Prügel für den da droben. Der soll ihm heißer machen, als mir gewesen, wie mein Haus in Glut gefallen ist!“

Seufzend kratzte sich Kaganhart hinter den Ohren und schlich zum Lugaus zurück. Unwillig griff er bei der Arbeit zu, und immer glitten seine furchtsamen Augen hinauf zum Falkenstein.

Wie ein grauer Schleier hing der Regen um Wazemanns Haus. Im Burghof ließ sich kein Laut vernehmen; das Geflügel saß unter den Vorsprüngen der Stalldächer, die Hunde lagen in ihren Hütten, ein Pfau hatte sich in die Vorhalle geflüchtet und putzte die nassen Federn. Nur die Raubtiere trabten im Stangenkäfig auf und nieder, schüttelten die triefenden Felle und knurrten.

Rimiger, der mit Otloh aus der Falkenkammer trat, spähte nach den umnebelten Berghöhen. „Willst du mit? Ich steig zu Berg. Kann's nimmer mit ansehen, wie der Vater Fliegen fangt, statt daß er Fäust macht und dreinschlagt."

„Wider einen Heiligen, der geschlossene Türen aufblast und durch Mauern geht, ist ein übles Streiten."

Rimiger lachte. „Ich mein', ich kenn den Heiligen, der die Vögel hat fliegen lassen."

Erschrocken sah Otloh den Bruder an. „Rimiger?"

„Schweig! Ich will unter unserem Dach keinen Streit wecken, von dem ich nit weiß, welch ein End er nimmt. Ich steig zu Berg. So hab ich den Ärger los und muß den Vater nit sehen, wie er im Teig sitzt. Willst du mit?"

„Kennst du des Vaters Spruch nit: Naß Gejaid hat lützel Freud?"

„Droben muß Schnee liegen. Der treibt die guten Böck aus dem Gewänd. Ich mein', wir werfen ein paar."

„Meinthalben, so geh ich mit."

Eine Weile später verließen sie, um gegen den König Eismann aufzusteigen, durch die hintere Mauerpforte den Burghof, die Bogen und Federeisen in ledernen Scheiden verwahrt. Als der Knecht, der die Pforte geöffnet hatte, hinter ihnen die schwere Türe zuwarf, erschienen, wie von diesem Lärm gerufen, Henning und Eilbert in der Vorhalle.

„Ist er heimgekommen?“ rief Henning über die Freitreppe.

Der Knecht schüttelte den Kopf und sagte, daß die Brüder zu Berg gestiegen wären. Henning nagte an seinem Schnurrbart und ballte die Fäuste. „Er hat zu viel gewagt und ist dem Fischer in die Händ gefallen.“

„Dann ist er Fischfutter worden!“ lachte Eilbert.

„Da hilft kein Schweigen mehr, jetzt müssen wir es dem Vater sagen.“

Eilbert zuckte die Achseln. „Tu, was du willst! Ich verbrenn mir das Maul nit.“ Gähnend trat er ins Haus.

Wie grauer Dunst füllte das Zwielicht des Regentages die Herrenstube. Überall lag Gerät umher, und auf dem Spanbett waren die Polster und Decken zerknüllt. Bei einem der Fenster saß Herr Waze mit aufgestütztem Arm, das blaurote Gesicht auf die Faust gedrückt. Neben dem Sessel stand eine zinnerne Kanne auf dem Boden, Mettropfen hingen an Wazes grauem Bart, und sein Gewand war übel anzusehen.

Henning trat auf ihn zu. „Vater!“

„Ruh will ich haben!“ schrie Herr Waze und sprang auf; dabei stieß er die Kanne um, daß der Met über die Dielen rann. Zornig schleuderte er die leere Kanne von sich, durchmaß die Stube und warf sich auf das Spanbett. Eilbert, der hinter dem Ofen saß, lachte vor sich hin, und Henning stand unschlüssig. Nach einer Weile ging er zum Bett, packte den Vater am Arm und rief, als hätte er einen Tauben vor sich: „Hör oder nit! Aber sagen muß ich dir's: Der Fischer hat uns einen Knecht geworfen.“

Da fuhr Herr Waze in die Höhe, als wäre Feuer auf seinem Lager. In wilder Freude schrie er: „Bub, das ist gute Botschaft! Jetzt hab ich einen, an dem ich meine Gall auslassen kann. Wart, Fischer! Ich will mir Sühn holen! Da kann sich auch kein Pfaff und kein Heiliger dagegenstellen. Das ist Recht und Gesetz, daß ich Buß verlang für meinen Knecht. Den Blutbann über das Fischerhaus! Red, Bub! Wie war's mit dem Knecht?“ Seine Freude erhielt einen Dämpfer, als er hörte, was Henning zu sagen wußte.

Aber seine Lebensgeister waren aufgerüttelt; das bekam Henning zu fühlen, über den die Schimpfworte niedergingen wie draußen über das Dach der Regen. „Hätt ich's am Morgen gehört, so hätt ich jetzt schon den Beweis in meiner Hand!" schrie Herr Waze. „Aber ich muß ihn haben, noch eh der Tag vergeht! Rimiger! Wo ist Rimiger! Her mit ihm!" Als er hörte, daß Rimiger mit Otloh zur Jagd gezogen wäre, schlug er in Zorn die Fäuste auf den Tisch. „Der einzige, auf den ich mich verlassen kann! Und lauft davon! Jahraus und -ein liegt mir das ganze Rudel an der Schüssel. Und brauch ich einen, so geht der Gauch seinen eigenen Weg."

Weder Henning noch Eilbert noch einer der drei anderen Brüder, die das Geschrei aus der Kammer gerufen hatte, wagte ein Wort zu erwidern. Herr Waze, dem der Atem ausgegangen, warf sich auf einen Stuhl. Mit heiseren Lauten sprach er vor sich hin: „Der Knecht ist weg und abgetan. Sonst wär er heimgekehrt. Wer hat ihn geworfen? Wer sonst als der Fischer? Den will ich haben! Aber ich muß den Rechtweg gehen. Ich spür eine Faust im Genick, die keiner sieht." Schwer atmend schielte er nach dem Kreuz, das an der Mauer hing. Lange schwieg er. Endlich erhob er sich und riß einen Wildfänger von der Wand. „Henning!"

„Ja, Vater."

„Nimm zwei Knecht und zieh gegen den Untersteiner Forst! Eilbert und Gerold gegen die Grünsteiner Halden! Sindel mit Hartwig und einem Knecht gegen die Schönau! Haltet Umfrag nach dem verlorenen Mann, und findet ihr einen, der wider den Fischer zu reden weiß, so schafft mir den Zeugen her in mein Haus! Beim Fischer halt ich selber Anfrag. Weiter!"

Die Brüder verließen die Stube. Sindel, der als letzter ging, hörte noch die Frage: „Wo ist Recka?"

„Ich weiß nit."

Herr Waze ging auf Reckas Kammer zu und wollte eintreten; von innen war der Riegel vorgeschoben. „Mach auf!" schrie er und stieß mit dem Fuß an die Türe.

Recka öffnete. Mit einem Gesicht, fast so weiß wie das Gewand, das sie trug, stand sie auf der Schwelle und sah den Vater an.

„Was sperrst du dich ein vor mir?“

„Nit vor dir. Vor jedem. Ich will allein sein, wenn ich Heimgart halt mit meiner Mutter.“

Zornig lachte Herr Waze; sein Lachen erstickte, als er in Reckas Hand den zerbrochenen Beinreif sah, den er erkannte, obwohl er ihn nicht mehr gesehen hatte seit Frau Frideruns letzten Tagen. Er wich zurück, und Blässe rann über sein Gesicht. „Wie kommst du zu dem verwünschten Knochen?“

„Ich hab gekramt in meiner Mutter Geschmeid und hab wieder sinnen müssen, warum meine Mutter geweint hat, so oft ich das Bein in ihrer Hand gesehen.“

„Das ist kein Kram für dich, her damit!“ keuchte Herr Waze.

Recka trat zurück. „Du bist mein Vater. Nimm, was ich hab von dir, und wär’s das Leben! Doch was ich hab von meiner Mutter, das halt ich.“ Sie legte die Hand mit dem Bein an ihre Brust.

Wazes Mund verzerrte sich, und funkelnden Blickes maß er die Tochter; doch er konnte ihre Augen nicht ertragen und wandte sich wortlos ab. Die Tür schloß sich, und er hörte den Riegel klirren, während er der Vorhalle zuschritt. Vor der Schwelle blieb er stehen und murmelte: „Ich sollt nit gehen heut. Ich hab das Fluchbein vor meinem Weg gesehen.“ Da hörte er den Hufschlag seines Pferdes, das ein Knecht vor die Freitreppe führte. Er schüttelte sich und wischte mit der Hand über die Stirn. Der Wind peitschte ihm den Regen ins Gesicht, als er über die Stufen niederstieg.

Die Brüder hatten den Burghof schon verlassen. Als sie über den Reitweg hinunterschritten, hörten sie von der Seelände schreiende Stimmen und Rindergebrüll. „Sein Vieh ist von den Alben heimgekehrt“, lachte Henning, „zu guter Zeit für uns! Er soll für den Knecht ein Wergeld zahlen, das ihn den letzten Kuhschweif kostet.“

Unweit der Achenbrücke trennten sich die Brüder. Henning folgte mit den beiden Knechten dem Lauf des Wassers.

Um die gleiche Zeit stand Sigenot in der Stube des Richtmanns, um ihn her das Gesinde, die beiden Mägde bleich, die vier Knechte mit ernsten Gesichtern. Sigenots Ruhe gab ihnen Hoffnung und Zuversicht; willig legten sie die Hände zum Treugelöbnis in seine Rechte. Rasch vollzog sich alle nötige Arbeit. Von den Vorräten, die sich im Hause fanden, wurden zwei Kraxen beladen. Die paar Stücklein Vieh, die in Heimweide standen, um den Bedarf an Milch für das Haus zu decken, wurden im Gehöft des Köppeleckers untergebracht und sollten nach Einbruch der Dunkelheit zum Fischerhaus getrieben werden. Der heimkehrenden Almenherde des Richtmanns war Sigenot auf dem Weg begegnet und hatte sie nach seinem Hag gewiesen. An Haus und Ställen wurden alle Türen vernagelt. Dann nahmen die Mägde die Kraxen auf, die Knechte verteilten unter sich, was sie im Haus an Waffen und Äxten gefunden. So verließen sie die Hofreut. Sigenot schloß von innen das Tor, legte die Sperrbalken ein und schwang sich auf den Hag. Ehe er niedersprang, glitten seine Augen über das stille Gehöft. „Der starke Herr soll dich schützen, du verlassener Herd, und soll dich wahren für deine Leut und meine gute Schwester!"

Unter strömendem Regen wanderten sie über die sumpfigen Äcker. Als sie am Hag des Köppeleckers vorüberkamen, huschte der Bauer aus dem Tor und flüsterte dem Fischer zu: „Such anderen Weg! Die Wazemannsleut gehen um in der Schönau. Ich hab sie beim Hag der Hanetzerbuben gesehen."

Sigenot nahm den Weg mit seinen Leuten talwärts gegen die Ache. So vermied er die Begegnung mit Sindel und Hartwig, die in der Schönau nach dem Vermißten forschten; doch im Tal der Ache traf er mit Henning zusammen, dessen Knechte die mit einem Mantel bedeckte Leiche auf den Speerhölzern getragen brachten, bis über die Knöchel in dem gelben Wasser watend, das die Ache übers Ufer goß.

Als Sigenot die Kommenden gewahrte, hieß er die Mägde voranschreiten und flüsterte den Knechten zu: „Schweiget, wenn er uns anruft! Muß geredet sein, so red ich allein."

Da klang schon die Stimme Hennings: „Zeit lassen, Fischer!"

Sigenot schritt weiter.

„Steh, Fischer! Oder hast du Angst in den Füßen?"

Sigenot verhielt den Schritt; auch die Knechte des Richtmanns blieben stehen, während die Mägde ihren Gang beschleunigten. Henning und die beiden Knechte mit ihrer stillen Last kamen näher.

„Was willst du von mir?" fragte Sigenot.

Henning riß den Mantel von der Leiche. „Kennst du den Mann?"

„Wohl, Henning! Es ist dein Knecht, den du auf einen Weg geschickt hast, für den dein eigener Mut nit gereicht hat."

Henning lachte heiser. „Wie gut du weißt, welchen Weg der Knecht gegangen ist in seiner letzten Nacht! Vielleicht weißt du auch, wer meinen Knecht erschlagen hat."

Sigenot schwieg.

„Bleibt dir die Red in der Gurgel stecken?"

Einen Schritt trat Sigenot näher. „Die Wahrheit will ich dir hehlen. Und lügen kann ich nit. Denk dir: Ich hab's getan. So brauchst du nicht weiterfragen."

„Er hat gestanden", schrie Henning seinen Knechten zu, „faßt ihn, mein Vater will es!"

Die Knechte ließen die Leiche in die Pfütze gleiten, um ihre Speere frei zu bekommen; als sie sahen, daß Sigenot einem seiner Leute die Axt entriß, blickten sie zögernd auf Henning.

„Es wird sich hart machen mit dem Fassen!" rief Sigenot, dessen Stimme das Rauschen der Ache hell übertönte. „Deine Helfer fürcht ich nit. Und du? Du zählst nit. Du hast nur Mut, wenn du den Pfeil werfen kannst aus dickem Busch oder den Stein lösen auf sicherem Gewänd."

In Wut riß Henning das Messer vom Gürtel und schwang es zum Wurf; auf dem durchweichten Boden glitten ihm die Füße aus; er taumelte und fiel, kollerte über die Leiche, und ehe die erschrockenen Knechte ihn zu haschen vermochten, hatte er in dem über das Ufer getretenen Wasser den Grund verloren und verschwand mit gurgelndem Schrei in den Wirbeln der Ache. Während die Knechte kreischend und ratlos standen, hatte Sigenot schon die Axt von sich geschleudert, rannte durch das aufspritzende Wasser am Ufer hin, und als er in einem schäumenden Wirbel Hennings Arm auftauchen sah, sprang er in die Wellen. Den Treibenden am Genick fassend, schwang sich der Fischer, der auf dem Grund der Ache jeden Stein und jede Untiefe kannte, auf einen von den Wellen überspülten Block. Und ehe die schreienden Knechte noch zur Stelle waren, hatte Sigenot mit dem Geretteten schon das jenseitige Ufer gewonnen. Halb von Sinnen taumelte Henning zu Boden. Sigenot schüttelte das Wasser von sich und schöpfte Atem. Ein Lächeln huschte um seinen Mund. „Henning? Denkst du noch an das Wort, das du in jener Sturmnacht deiner Schwester zugerufen, weil sie in meinem Geleit den Heimweg gefunden hat? Jetzt nimm das Wort zurück: Schäm dich, Henning, bist Blut von Wazes Blut und mußt dir helfen lassen von einem, wie ich bin!“ Er wandte sich ab und schritt unter den Bäumen am Ufer entlang.

10

Lärm füllte die Hofreut des Fischerhauses. Mit heiseren Stimmen schrien die Almerinnen, und laut brüllten die Rinder, die scheu umherrannten. Die Männer mußten die Arbeit verlassen und den Dirnen zu Hilfe kommen. Nur schwer gelang es, die Rinder Sigenots von der Herde des Richtmanns zu scheiden und im Stall zu bergen. Die Scheune vermochte die fremde Herde nicht zu fassen. Man mußte an die Errichtung eines Schuppens denken, um den Tieren Schutz vor dem Regen zu bieten. Während die Männer Pfähle und Bohlen herbeischleppten, hörte Wicho laute Schläge am Hagtor. „Da kommt der Herr!"

„Schau erst über den Hag, eh du auftust!" mahnte Eigel.

Wicho stieg auf den Lugaus und fuhr erschrocken zurück – Herr Waze zu Roß und zwei Knechte mit Sauspeeren hielten vor dem Tor.

„Was ziehst du den Kopf zurück?" rief Herr Waze. „Kennst du mich nit?"

Eigel und der alte Senn faßten ihre Äxte und rannten zum Tor. Hilmtrud, über deren Gesicht ein jähes Erblassen ging, wollte ihnen folgen, aber Kaganhart packte sein Weib am Arm: „So bleib doch! Wir müssen nit überall dabei sein."

Wicho hatte die Arme über das erhöhte Flechtwerk des Hags gelegt und auf Wazemanns Frage die Antwort gegeben: „Wohl, Herr, ich kenn dich."

„Siehst du nit, daß ich Einlaß will?"

Wicho nickte.

Herrn Wazes Stirn wurde rot. „Du Schuft! Tu mir das Tor auf, oder du sollst für die Säumnis zahlen!"

„Schuft? He, du!" rief Wicho einem der Wazemannsleute zu. „Dein Herr hat dich gerufen! Tummel dich und zeig ihm den Heimweg. Es macht grob Wetter heut. Schau nur, das Wasser lauft ihm schon beim Stiefel heraus."

Herr Waze ritt dicht an den Hag heran. „Ruf mir deinen Herrn!"

„Mein Herr ist –" Wicho verstummte, weil er den Fischer mit des Richtmanns Leuten auf der Lände erscheinen sah. Er stürzte zum Haus, riß den fünfzackigen Näbiger von der Wand, eilte über den Hügel hinunter und keuchte: „Das Tor auf!"

Als Herr Waze den Fischer erblickte, öffnete sich schon der Hag, und Wicho stellte sich mit Eigel und dem Altsenn an Sigenots Seite, während die zwei Mägde des Richtmanns mit ihren Kraxen in das Tor flüchteten.

Über Wazemanns Lippen huschte ein dünnes Lächeln; er hatte rasch die Fäuste gezählt, die wider ihn und seine beiden Knechte waren. „Fischer? Du mußt ein übles Gewissen haben. Ich seh, du rufst mehr Leut um dich her, als du füttern kannst an deinem Tisch."

Sigenot wollte Antwort geben, doch Eigel kam ihm zuvor und schrie: „Wenn du meinst, ein gutes Gewissen müßt allein seinen Weg suchen, warum denn hat man dich im Gaden noch nie ohne Knecht gesehen? Aber steck dich hinter hundert Knecht, es wird doch eine nach dir greifen! Schau dich um! Sie steht schon hinter dir und hebt die Fäust."

Herr Waze warf einen scheuen Blick über die Schulter; er sah nur seine Knechte. „Was will der Narr?"

„Kennst du die Salmued nimmer?"

Sigenot legte die Hand auf Eigels Arm, und ruhig fragte er: „Herr Waze, was wollt Ihr bei meinem Haus?"

Langsam wandte der Spisar die funkelnden Augen von dem Kohlmann und sah den Fischer an. „Die Neugier hat mich hergetrieben. Ich möchte wissen, warum du deinen Hag erhöhen und festen mußt."

„Es steht der Winter vor meinem Tor, der Schnee wird steigen, und die Wölfe haben hohen Sprung."

„So? Da laß deinen Hag nur wachsen, eh sie springen. Und eine Frag noch. Mir fehlt ein Knecht. Weißt du von ihm?"

„Wohl, Herr! Euer Henning bringt ihn heimgetragen auf dem Speerholz."

„Wer hat ihn erschlagen?“ schrillte die Stimme Wazes. „Du?“

„Ob ich’s getan hab, wird sich weisen im Gericht.“

„Du wirst dich stellen?“ fuhr es über die Lippen des Spisars, und seine Augen schossen einen Blitz.

„Ja, Herr! Aber nit in Eurem Haus, sondern vor dem Sitz der Klosterleut, die nach Recht die Herren sind im Gaden. Ich hab mein Leben und Haus in ihre Hand gelegt. Schauet, Herr Waze“, Sigenot deutete nach dem Kreuz, „da steht ihr Herrenzeichen vor meinem Hag!“ Er wandte sich zu den Seinen. „Geht ins Haus, ihr Leut, wir wollen das Tor schließen. Herr Waze und ich, wir haben zu End geredet.“ Zögernd folgten die Leute dem Geheiß des Fischers, der die Hofreut als der letzte betrat.

Wie versteinert saß Herr Waze im Sattel. Als die Torflügel sich schlossen, streckte er die Faust und knirschte: „Auf morgen, Fischer!“ Er warf das Pferd herum und ritt am Hag entlang. Da sah er Hilmtrud auf dem Lugaus stehen; sie hielt mit der Faust einen Prügel umfaßt und stieß ihren Mann zurück, der sie vom Hag wegreißen wollte.

„Du?“ lachte Herr Waze. „Hast du dich auch zu ihm gesellt? Gib acht, dir soll in des Fischers Haus noch heißer werden als unter dem eigenen Dach!“

Erbleichend taumelte Hilmtrud, als hätte ein Faustschlag ihr Gesicht getroffen. „Mordbrenner!“ kreischte sie wie von Sinnen und wollte den Prügel schleudern. Schreiend klammerte sich Kaganhart an ihren Arm; sie riß sich los und schwang sich über den Hag, stürzte in die Pfütze, raffte sich auf – „Mordbrenner!“ keuchte sie, und während Kaganhart jammernd zum Hagtor eilte, rannte sie mit geschwungenem Prügel dem Spisar nach. Unter den Bäumen, nahe der Achenbrücke, erreichte sie ihn, faßte das Roß am Schweif und schlug. Herr Waze hatte den Jagdspeer vom Sattel gerissen und fing den Streich auf, der abgleitend auf den Rücken des Pferdes fiel. Das Tier schlug aus; stöhnend taumelte Hilmtrud, vom Huf am Arm getroffen, ließ den Prügel sinken, und gleich einer Wahnsinnigen sprang sie an dem Spisar hinauf, die eine Hand um seinen bewehrten Arm, die andere an seinen Gürtel klammernd. „Mein Haus – du Mordbrenner – gib mir mein Haus wieder!“ Sie riß und zerrte, daß Herr Waze im Sattel wankte. Die Knechte sprangen ihm zu Hilfe, während vom Tor her die Rufe der näher eilenden Männer klangen.

„Macht mich ledig von der Katz!“ befahl Herr Waze, der auf dem scheuenden Pferd nur mühsam noch den Halt bewahrte.

„Mein Haus!“ keuchte Hilmtrud, und während sie, am Spisar hängend, vom Pferd geschleift wurde, riß sie den Wildfänger von Wazemanns Gürtel. „Mordbrenner! Jetzt sollst du mir zahlen –“ Da erloschen ihre Worte in röchelndem Laut; ein Knecht hatte ihr den Jagdspeer in den Rücken gestoßen; den blanken Stahl noch in der geschwungenen Faust, stürzte sie blutend auf den überschwemmten Grund, und über sie hinweg gingen die Hufe des Pferdes. Als Sigenot mit den Seinen zwischen den Bäumen herbeisprang, verschwand Herr Waze schon jenseits der Achenbrücke, und seine Knechte warfen sich in das bergende Gebüsch.

„Trudli, Trudli!“ jammerte Kaganhart. Nun sah er auf dem Rücken des Weibes, das mit dem Gesicht auf der Erde lag, den sprudelnden Blutquell. „Wazemann!“ Im Rauschen des Regens weckte sein gellender Schrei das Echo an der Falkenwand. Einen Augenblick stand er vom Entsetzen wie versteinert; dann riß er die Axt aus Eigels Hand und stürzte über die Achenbrücke. „Wazemann!“ schrie er und spähte nach allen Seiten. Öde lag der triefende Wald um ihn her. Jähes Schluchzen erschütterte seine Brust, und seiner zitternden Hand entfiel die Axt. Zwei von des Richtmanns Knechten mußten ihn stützen, seine Knie schlotterten, bei jedem Schritt drohte er niederzusinken. Sein Schluchzen wurde zu lautem Weinen, als er sah, daß Sigenot das todwunde Weib auf die Arme hob und zum Hagtor trug. Heilwig und die Almerinnen kamen klagend gelaufen, während die Männer unter Verwünschungen die Fäuste gegen den Falkenstein erhoben. Nur Sigenot schwieg. Vor dem Hagtor zögerte sein Schritt, und langsam glitten seine Augen an dem Kreuz hinauf, von dessen weißen Balken das Wasser niedertroff; schwer atmend trat er mit seiner blutenden Last in die Hofreut und trug die Sterbende in Wichos Kammer; dort legte er sie auf das Heubett und löste den blanken Stahl aus den krampfhaft geschlossenen Fingern.

Während die Männer und Dirnen sich in das enge Stübchen drängten, das schon im Zwielicht des sinkenden Abends lag, fiel Kaganhart schluchzend vor dem Lager nieder. Sigenot versuchte ihn aufzurichten. Mit den Fäusten stieß Kaganhart den Fischer von sich. „Du! Du bist schuld an allem! Hättest du uns nit hergezerrt in dein Bluthaus, so tät sie noch leben. Du! Du bist schuld an allem!“

„Bauer“, unterbrach ihn Wicho, „das ist übler Dank.“

Sigenot schob den Knecht beiseite. „Laß ihn schelten! Ich kann ihm nit Unrecht geben. Ich hab sein Weib unter mein Dach und in meinen Schutz gerufen. Schau her“, er deutete auf Hilmtrud, „so viel ist mein Schutz noch wert! Drum will ich keinen mehr halten bei mir. Jeder von euch kann gehen, wie er mag. Ich halt euch Treu. Mir braucht sie keiner zu bieten.“ Einen Blick noch warf er auf das sterbende Weib und verließ die Kammer.

Draußen stand er im strömenden Regen. Der kalte Wind wehte ihm die triefenden Haarsträhnen ins Gesicht. Seine Augen suchten den Falkenstein und Wazes Haus. „Recka“, schrie es in seiner Seele, „in der Stund, in der ich dich gehalten hab an meinem Herzen, hat meine Not begonnen! Ich hab’s gewußt: Ich soll keine frohe Stund nimmer haben im Leben, seit ich untreu worden bin an meinem eigenen Blut!“ Er strich mit dem Arm über die Stirn und trat ins Haus. In der Halle saß der Kohlmann auf dem Herdrand zu Mutter Mathilts Füßen. Steinern ruhte sie in ihrem Sessel und hob nur die Augen, als Sigenot in der Tür erschien. Er ging auf die Mutter zu und legte den Arm um ihre Schulter.

„Wie geht’s ihr?“ fragte Eigel.

„Schlecht.“

„Und nimmer Hilf?“

Sigenot schüttelte den Kopf. Da klang das schrille Lachen seiner Mutter, und zu ihm aufblickend, streckte sie die Hand und deutete durch das Fenster nach dem Kreuz. Sigenot wandte sich ab.

„Fischer!“ Der Kohlmann sprang auf, ein Scheit in der Faust. „Du, der einzige Mann im Gaden, laß nur du den Mut nit sinken! Halt fest an dir selber! Und sag, was soll geschehen jetzt?“

„Frag die andern! Es geht nit um mich allein.“

Das zornige Lachen des Kohlmanns hallte zwischen den Wänden. „Ging’s nach meinem Willen, ich wüßt schon, was ich tät! Ich möcht die Händ eintauchen in der Hilmtrud Blut und herumlaufen im Gaden. Einem jeden möcht ich die blutigen Finger hinstrecken vor die Nas und schreien: Jetzt riech, Bauer, Blutschmack hat die Supp, die ihr gekocht habt auf dem Totenmann!“ Er warf das Scheit in das Herdfeuer und verließ die Stube. Als er Wichos Kammer erreichte, sah er die Leute um das Lager gedrängt und hörte Kaganharts schluchzende Stimme: „Sie tut die Augen auf!“

„So lupf ihr doch den Kopf“, stammelte Heilwig, „sie möcht in die Höh.“

„Ja, Trudli, komm, ich tu dich heben!“

Seufzend richtete Hilmtrud sich auf und fuhr mit den Fingern übers Gesicht, als hinge ihr das Haar in die Augen; nur langsam schien sie die Leute vor ihrem Lager zu erkennen, zuletzt ihren Mann. „Hartli? – Bin ich allein hin? – Oder hat er auch seinen Treff?“

„Freilich, freilich!“ stammelte der Bauer, der mit dieser Lüge seinem Weib eine Wohltat zu erweisen meinte.

Tief atmete Hilmtrud, und lächelnd schloß sie die Augen, als wäre sie müd und möchte schlafen nach harter Arbeit. Schwer winkte sie mit der Hand. „Leut – geht hinaus!“ Als sich die Kammer geleert hatte, rückte Hilmtrud an den Bauer heran und streichelte ihm das nasse Haar. Hartli, ich hab dich liebgehabt.“

„Wohl, Trudli! Und ich dich auch.“

„Tust du mir verzeihen?“

„Freilich, Trudli! Alle unguten Reden –“

Sie schüttelte den Kopf. „Die mein’ ich nit. Da sind wir allweil auf gleich gewesen. Ich mein’ unser Haus – ich, Hartli, bin schuld –“ Schwäche befiel sie, und ein roter Tropfen sickerte aus ihrem Mundwinkel.

Kaganhart starrte wortlos in das Gesicht seines Weibes.

„Ich bin schuld – ich hab’s ihm verraten, Hartli, von der Thingnacht –“

„Ihr guten Mächt! Wie hast du denn so was tun können!“ Er fuhr sich in die Haare. Und ich hab schiech geredet wider ihn im Thing!“

„Drum hat er Feuer geworfen in unser Haus. Der Mordbrenner!“ Sie ballte die Fäuste.

„Weib!“ jammerte der Bauer. „Unser Haus!“

„Er hat mich auf der Straß gestellt –“

„Muß man denn da gleich alles ausreden?“

Unwillig hob sich die Stimme des Weibes. Hast ja du auch nit geschwiegen – und willst doch ein Mannsbild sein!“

„Hast du es nit aus mir herausgedruckt mit Schelten und Streiten?“

„Hättst mich streiten lassen, du Lapp!“

„Weil bei dir schon einer aufkommt, du ungute Dingin du!“

„Den schau an! Keifen will er auch noch! Schwören kann er. Aber den Schwur halten? Wie die Henn das Gackern!“

„So ein Weib! Im letzten Schnaufer noch muß sie raiten und raffeln!“

„Raffeln? Wer raffelt? Wart, die Raffel zahl ich dir heim!“

Draußen standen die Leute und hörten die kreischenden Stimmen. „Es muß ihr doch nit so schlecht sein“, stotterte Heilwig, „sie zanket schon wieder.“

Wicho öffnete die Tür, und hinter ihm drängten sich die anderen in das Stübchen. Auf dem Heubett sahen sie Hilmtrud halb aufgerichtet; mit der einen Hand hielt sie ihren Mann am Haar gefaßt und hob die andere zum Schlag.

„Auslassen!“ schrie der Bauer in Zorn und Schmerz. „Wirst auslassen oder nit?“

Hilmtruds Finger lösten sich, und stöhnend sank sie über das Heu. Erschrocken sprangen die Leute zum Lager. Noch einmal suchte Hilmtrud sich aufzurichten. „Hartli, mein guter Hartli -" Dann fiel sie zurück, und ihre Glieder streckten sich.

„Trudli! Was ist dir denn? So red doch!" klagte der Bauer. Da erkannte er den Tod im Gesicht seines Weibes.

Eigel verließ die Kammer. „Es ist der Müh wert, daß einer Mensch wird!" Im strömenden Regen sank er auf einen Steinblock und starrte hinaus in die grauen Lüfte.

Vom Bergwald herüber, durch alles Rauschen, klang das Geläut einer heimkehrenden Herde, und ein Hütebub jauchzte, als wären Sonnenschein und Frühling über ihm, nicht gießendes Gewölk und sinkender Winter.

11

Auf dem Herd der Klause saß Bruder Wampo in Sorgen. Er hatte ein Feuer angeschürt, um sich zu wärmen und die nassen Gewandstücke zu trocknen. Während er vor sich hingrübelte, knisterte die Flamme, und nebenan aus der Zelle klang die psalmierende Stimme Waldrams. Bruder Wampo hörte nicht; er war versunken in seinen Kummer. Vor einer Weile hatte er die Vorräte in der Kammer gemustert und hatte das Mehlsäcklein durchweicht gefunden vom Regenwasser, das der Wind durch die offene Fensterluke hereingetrieben. Auch die Hälfte der Bohnen war verdorben. Der karge Rest, den er gerettet hatte, reichte kaum für die Mahlzeit des kommenden Tages. Und war die letzte Bohne verzehrt, was dann? Die gute Hinzula war siech und kam sobald nicht wieder, und gegen Wampos Absicht, mit dem leeren Säcklein auszuziehen und an die Türen der Bauern zu klopfen, sprach Eberweins Verbot. Die Hilfe des Fischers freilich war den Brüdern sicher. Aber von Fischen allein kann der Mensch nicht leben. Seufzend blickte Bruder Wampo zu den Hechten und Ferchen auf, die er säuberlich ausgeweidet, auf kleine Stäbe gespießt und über dem Herd an der Balkenwand befestigt hatte, um sie zu räuchern. Wieder begann er zu grübeln. Waghalsige Pläne kreuzten sich in seinem runden Köpflein, und schließlich fiel ihm der wilde Immenstock ein. Honig? Kein Futter für den Hunger, aber doch ein süßer Trost für die Zunge! Hurtig eilte Bruder Wampo zur Tür und spähte hinaus. Es rieselte in Fäden, und Schnee fiel zwischen dem Regen. Die Nässe hätte den Bruder nicht abgeschreckt. Wäre nur der Abend nicht so nah gewesen! Seit dem letzten Abenteuer empfand er ein gelindes Grauen, sooft er an den dunklen Bergwald dachte. Doch die Sehnsucht nach dem Honig war stärker als seine Furcht. „Ich muß ihn holen! Ich muß!“

Er knüpfte einen hölzernen Napf an den Gürtel und barg ein Bündel Kienspäne in der Kutte. Einen Blick noch warf er in Eberweins Zelle, nickte dem Knaben zu, der auf dem Lager ruhte, und eilte davon.

Huze hatte sich aufgerichtet, weil er glaubte, der Bruder käme, um mit ihm zu plaudern. Als er ihn verschwinden sah, streckte er sich wieder auf das Moos und schob die Hände unter die Wange. Draußen plätscherte die Traufe, und durch die Holzwand klang die Stimme Waldrams. Der Knabe schlief ein und flüsterte im Traum den Ruf, mit dem er die Geißen zu locken pflegte, und lispelte den Namen des kleinen Dirnleins im Schapbacher Wald.

Nach einer Weile fuhr er aus dem Schlummer auf und lauschte erschrocken. Er hörte eine gellende Stimme schreien: „Weiche von mir! Denn sieh, ich bin gewaffnet wider dich mit Gottes Schild! Reiße mir Wunden, brenne mein Fleisch, doch meine Seele will ich retten aus deinen Klauen! Unterliegen sollst du! Nieder mit dir! Nieder!“ Und klatschende Schläge fielen.

„Zu Hilf! Sie morden den Herren! Zu Hilf!“ schrie Huze in Angst. Seiner wunden Füße vergessend, sprang er vom Lager, brach in die Knie, raffte sich wieder auf; und Eberweins Beil ergreifend, schleppte er sich hinkend zur Zelle des Paters, den er von einem Mörder überfallen wähnte. Mit erhobenem Beil erreichte er die Türe. Da sah er Waldram auf der Erde knien, in der Hand die Geißel, mit halb entblößtem, von Blut überronnenem Körper.

„Ihr Gutholden! Er ist närrisch worden!“ kreischte der Knabe; das Beil entfiel seiner Hand, und schreiend flüchtete er aus der Klause. Jeden Schritt empfand er mit stechendem Schmerz, aber die zitternde Angst vor dem Wahnsinn, den er gesehen, trieb ihn weiter. Er hielt nicht inne, als er den Wald erreichte. Mit klunkernden Füßen, stöhnend, schleppte er sich zwischen den Bäumen dahin. Bald hörte er im nahen Tal die Ramsauer Ache rauschen; eh er sie erreichte, verließen ihn die Kräfte, und halb bewußtlos sank er zu Boden.

Läutende Schellen näherten sich dem Tal, Kühe zogen vorüber, und erregte Stimmen ließen sich vernehmen.

„Hör auf! Wie soll man denn so was glauben können?“ klang eine Männerstimme. Und eine Dirn kreischte: „So frag den Hütebuben! Der hat's auch gesehen.“

„Wohl“, fiel die Stimme des Knaben ein, „wie ein Lämmlein ist das Untier vor ihm gestanden und hat ihm die Hand geleckt und ist ihm nachgelaufen wie ein Hundl. Hätt ich's nit selber gesehen, meiner Lebtag hätte ich das Wunder nit glauben mögen.“

„Das muß man dem Richtmann sagen!“ schrie die Männerstimme. „Gegen Gottesleut, die ein Wunder wirken, trau ich mich nimmer feind sein. Geschworen oder nit, ich tu von morgen an –“ Im Rauschen der Ache und des Regens erlosch die sich entfernende Stimme.

„Leut! Leut!“ So hatte Huze ein um das andere Mal gerufen. Niemand hörte ihn.

Das Geläut der Schellen klang ferner und verstummte, um nach einer Weile jenseits der Ache auf bewaldetem Hang wieder laut zu werden.

Die kleine Herde zog dem Gehöft des Urstallers entgegen, nahe vorüber am zerfallenen Hag des alten Gobl. Der Greis, der unter seinem Dächlein auf dem Heusack kauerte, hörte den Schellenklang. „Ziehet heim ins Tal oder steiget zu Berg, es gehen doch alle Weg dem gleichen Fleckl zu!"

Je tiefer das Dunkel sank, desto leiser wurde das Rieseln um die Hütte her, bis es ganz verstummte. Gobl streckte die Hand hinaus; leicht und kalt fielen die Schneeflocken auf seine Finger.

Laute Stimmen näherten sich. Ein paar Männer, von einem Haufen Weiber umgeben, eilten am Hag vorüber. Der Greis hörte sie von einem Wunder schreien, das im Lokiwald geschehen wäre. Was er vernahm, störte seine Ruhe nicht. Er streckte sich und schloß die Augen. Da klang durch die Nacht ein schluchzender Ruf. Lauschend saß der Alte, schüttelte den Kopf und legte sich wieder auf den Heusack. Näher klang der matte Ruf, und nach einer Weile hörte der Greis ein Stöhnen. Er kroch vor die Hütte, sah beim Hagtor auf der Erde einen schwarzen Klumpen sich bewegen und rief: „Du Bröckl Elend dort? Was willst du von mir?" Ein klagender Wehlaut. Der Alte lachte. „Muß Elend zum Elend laufen wie Wasser zum Wasser?" Er watete durch die Pfützen zum Hagtor, sah einen Buben liegen, faßte ihn am Arm und rüttelte ihn. „Wer bist du?" Der Knabe blieb stumm, und sein Arm, den der Alte aus den Händen ließ, fiel schwer in die Pfütze. Gobl beugte sich über den Knaben; in der Finsternis vermochte er das Gesicht nicht zu erkennen. „So komm halt! Morgen werden deine Leut schon schreien nach dir." Mit seinen müden Kräften hob er den Bewußtlosen auf und schleppte ihn unter das Dächlein. Als er merkte, daß der Knabe vor Kälte zitterte, riß er den Heusack auf und höhlte für den stillen Kameraden ein warmes Nest. Dann saß er im Dunkel an seiner Seite, und immer wieder griff er mit der Hand ins Heu,' um zu fühlen, ob der Frierende warm würde.

Einmal lachte er. „Schau nur, mein Haus hat wieder Leut! Und sorgen tu ich mich auch schon drum!"

Bald hörte er den stillen Schläfer in tiefen Zügen atmen, und ein feuchtwarmer Dunst begann aus dem Sack zu quellen.

Dem Greis wurden die Lider schwer; neben dem Knaben legte er den müden Kopf aufs Heu und fiel in Schlummer.

Still lag die Nacht um die Trümmer des zerfallenen Hauses her; der Wind hatte sich gelegt, lautlos fiel der Schnee.

Fern draußen auf den Halden der Schönau war es lebendig in allen Gehöften; Leute eilten von Hag zu Hag, schreiende Stimmen klangen, und Feuerschein leuchtete aus offenen Türen.

Auf dem Karrenweg, der von des Richtmanns Hag zur Ache führte, wanderte ein Einsamer, die lodernde Fackel in der Hand; es war einer von des Richtmanns Knechten, und sein Weg ging dem Fischerhaus entgegen. Als er die Achenbrücke erreichte, löschte er die Fackel und spähte durch die Nacht hinauf gegen den Falkenstein. In rötlicher Helle hob sich Wazemanns Haus aus dem Dunkel, als stünden brennende Pechpfannen im Burghof. „Was die da droben schaffen in der Nacht, das wird uns heiß machen am Tag!" Der Knecht begann zu laufen. Am Hag des Fischerhauses pochte er leise, worauf das Tor sich öffnete, um hinter ihm sich wieder zu schließen. „Du kommst einschichtig?" klang die flüsternde Stimme des Kohlmanns.

„Beim Köppelecker hab ich sie eingeholt, alle drei. Die Dirnen sind noch flinker gelaufen. Von ihnen hab ich keine mehr gesehen."

„Die dürfen laufen, wohin sie mögen! Aber die drei Knecht? Wir brauchen Fäust."

„Sie kommen nimmer. Jeder hat gemeint, die eigene Gurgel stünd ihm näher als des Fischers Hals."

Zornig lachte der Kohlmann. „Ich hab mir's gleich gedacht, daß sie ausreißen. Das Feuer auf ihre treulosen Köpf! Sag dem Fischer nichts, daß ich dich hinter ihnen hergeschickt hab. Er hat am Tisch die leeren Plätz gesehen und hat kein Wort geredet."

Eigel wollte zum Haus hinaufsteigen; der Knecht hielt ihn zurück. „Ich hab noch andere Botschaft. Kann sein, wir kriegen Hilf mit dem Morgen."

„Hilf? Woher?"

„In der Schönau sind alle Leut lebendig. Mit Laufen und Schreien tragen sie die Red um, einer von den Gottesleuten hätt ein Wunder getan im Lokiwald. Die Urstaller Dirn hat mit ihrem Hütebuben abgetrieben von der Alben, und wie die zwei nit weit von der Klaus durchs Holz gezogen sind, da haben die Rinder ein Brüllen angefangen und sind scheu davongesaust, als hätt man ihnen Feuer an die Schwänz gehängt. Und da sehen der Bub und die Dirn einen Gottesmann und sehen, wie ein Bär auf ihn zuspringt. Der Gottesmann hat einen baumstarken Segen gerufen. Und da sehen der Bub und die Dirn, daß der Bär vor dem Gottesmann gestanden ist, so zahm wie ein Lämmlein, und hat ihm die Händ geleckt und ist ihm wie ein Hundl nachgelaufen bis zur Klaus. Der Bub sagt noch, das Untier hätt dem Gottesmann im Maul ein Körbl nachgetragen. Aber das leugnet die Dirn, das will sie nit gesehen haben."

„Und das glauben die Leut?"

„Es muß was dran sein! Der Bub und die Dirn schwören Stein und Bein. Bei der Ramsauer Ache, wo sie ihr Vieh gefunden haben, ist ihnen der Schmied von Ilsank in den Weg gelaufen. Dem haben sie alles erzählt, und der Schmied ist der erste gewesen, der geschrien hat, er traut sich nimmer feind sein wider die Gottesleut. Er ist umgelaufen von einem Hag zum andern, und die Leut sind lebendig worden. Das wär nit schlecht, wenn man den Bärensegen lernen könnt von den Gottesleuten. Da hätt das Vieh gute Zeit, und es wär ein leichtes Hausen auf der Alben. Und ich mein' halt auch wie die Schönauer Leut: Wer so stark ist wie ein Untier, der müßt auch aufkommen gegen die Wazemannsbuben. Die haben heut den Hanetzer krumm geschlagen, bis er ihnen genug geredet hat, und sind zu unserem Hag gezogen und haben Tor und Türen aufgebrochen."

„Das muß der Fischer hören!“ stammelte Eigel und zog den Knecht in das Haus. Als sie eingetreten waren, schloß man die Tür, und an den Fensterluken wurden die Läden vorgeschoben.

Nur aus Wichos Kammer strahlte noch rötliches Licht. Ein flackerndes Spanfeuer erleuchtete den kleinen Raum. Neben Hilmtruds Totenlager saß Kaganhart auf der Erde und murmelte die Klage, während er von den Fingern der Leiche die Nägel schnitt. Bei jedem Nagelspänlein, das niederfiel, nannte er eine gute Eigenschaft seines Weibes. Der unsichtbare Geselle, der gekommen war, um die Hilmtrud einzuführen in sein dunkles Reich, hörte so viel des Lobes, daß er glauben mußte, er hätte dem Leben niemals ein besseres Weib entrissen.

Das war nicht die einzige Totenklage, die gehalten wurde in dieser Nacht.

In stundenweiter Ferne vom Fischerhaus, im Kirchhof der Ramsau, klang eine schluchzende Stimme. Finster stand das Kirchlein, denn das ewige Licht', dessen Lampe Hiltischalk an jedem Morgen mit Öl gefüllt hatte, war ausgebrannt, und finster lag auch das Haus mit seinem kalten Herd. Nur die Dächer, auf denen der Schnee zu haften anfing, schimmerten hell aus der Nacht.

In das dumpfe Rauschen der Ache mischte sich die Klage der Magd. Weinend irrte Mätzel durch Haus und Hof, um den Tod, der diesem Hause den Wirt und die Wirtin genommen, allem Leben des Gehöftes anzusagen. Im finsteren Stall umhalste sie die Ziegen, drückte das nasse Gesicht in das zottige Fell der Tiere und lallte in ihrer halben Sprache: „Der Wirti daud – die Wirti daud!“ Sie suchte den Immenstand hinter dem Haus und schüttelte jeden Stock, daß die schlafenden Bienen zu summen begannen: Der Wirt ist tot, die Wirtin ist tot! Jeden Baum und jedes Bäumlein faßte sie mit beiden Händen und rüttelte an den Stämmen, daß die welken Blätter fielen und die an den Ästen haftende Nässe wie dicker Regen niederging: Der Wirt ist tot, die Wirtin ist tot! Zum Beinhaus wankte sie und warf die Knochen durcheinander, als wäre noch Leben in ihnen, das die Trauerkunde hören müßte. An der Balkenmauer tastete sie sich zur Kirchentür – im Kirchlein war doch einer, von dem ihr Hiltischalk gesagt hatte: „Er lebt, Mätzeli, ewiges Leben hat er!“ Dem mußte sie auch die Botschaft bringen.

Ein kalter Lufthauch umwehte die Magd, als sie die schwere Tür vor sich öffnete. In der finsteren Halle fand sie tastend den Altar, umklammerte das Kreuz, rüttelte an dem Balken und schrie: „Der Wirti daud – die Wirti daud!“ Es hallte an den Wänden, und ein hölzerner Leuchter, an den ihr Arm gestoßen, fiel vom Altar und kollerte über die Bohlen; das hörte sich an, als klänge Gelächter aus der Erde und aus den Mauern. Jähe Furcht befiel die Magd, und kreischend flüchtete sie aus der Kirche. Unter der Linde fiel sie auf die Steinbank nieder und schluchzte in die Hände. –

Im Tal der Ache, fern am Waldsaum, wo der Karrenweg zwischen die Bäume lenkte, gaukelte der Schein einer Fackel. Schweiker trug sie, der mit Eberwein den Heimweg suchte. Bei jeder schlechten Stelle des Pfades senkte er die Flamme, um den Weg vor den Füßen seines Herrn besser zu erleuchten; zuckend fiel die Fackelhelle über Eberwein, der um Jahre gealtert schien. Schweigend wanderten die beiden. Während der fallende Schnee auf der nassen Erde zerschmolz, blieb er an ihren Kleidern haften; ihre Arme und Schultern wurden weiß.

Als Schweiker wieder einmal aufblickte zu Eberweins Augen, stammelte er: „Wie magst du dich so viel kränken! Schau nur, wie alt sie gewesen sind! Mit jedem nächsten Stündl dem Tod verfallen! Und man kann noch allweil nit wissen, ob sie nit doch noch leben. Wenn's aber schon so wär, daß sie hinuntergefallen sind – schau, so sind sie bei den guten Heiligen im Himmel.“

Wortlos streckte Eberwein die Hände gegen Schweiker und winkte ihm, zu schweigen.

Sie wanderten weiter. Immer langsamer wurden Eberweins Schritte. Seine Kräfte waren erschöpft. Fast Übermenschliches hatte er geleistet, seit er mit Schweiker und Mätzel bei der Ache den alten Runot mit anderen Männern der Ramsau auf der Suche nach dem verschwundenen Paar getroffen. Als Eberwein hörte, was bei Waldrams Ankunft vor dem Kirchlein in der Ramsau geschehen, stand er bleich, wie vor einem Unheil, bei dem es nicht Rat noch Hilfe gibt. Schreiend riß die Magd an seinem Gewand, und schmähend hoben die Männer ihre Fäuste gegen ihn. Unter der finsteren Gewalt, mit welcher Waldram sie gefesselt, hatten sie den Greis verlassen; jetzt schrien sie nach ihm wie nach einem Vater, den sie verloren, und sahen in Eberwein und Schweiker die Gesellen jenes anderen, der sie zu Waisen gemacht. In Zorn wollte Schweiker die Schmäher zur Ruhe weisen. Eberwein wehrte es ihm: „Laß ihrem Groll und Jammer sein Recht! Waldram hat gesät, wir müssen ernten. Könnt ich, was geschehen, mit meinem Leben ändern, ich gäb es gerne dahin!“

Der tiefe Kummer, der aus seinen Augen redete, machte die Schreier verstummen. Wohl folgten sie zuerst nur zögernd den Anweisungen Eberweins, doch immer williger gehorchten sie, je mehr sie den schmerzvollen Eifer erkannten, mit welchem Eberwein nach dem Weg der Verschwundenen zu forschen begann.

Auf durchweichter Erde fanden sie die verwaschenen Spuren, die zur Höhe der Windach führten. Da meinten sie, daß Hiltischalk und Hiltidiu sich zu den Almen am Windachersee geflüchtet hätten, denn die Almerin, die dort oben hauste, war eine Blutsverwandte der Greisin. Doch die Dirn, die ihre Herde zu Tal trieb, begegnete den Suchenden und wußte keine Antwort. Man forschte weiter und fand das weiße Häubchen der Greisin, fand am Absturz der Felsen den zerwühlten Rasen und sah in der Schlucht der Windach, an einer vorspringenden Steinschroffe einen Fetzen des schwarzen Gewandes flattern. Von der Stelle führte keine Spur gegen den höheren Weg, keine Spur zurück ins Tal. Schreck befiel die Männer, während das jammernde Geschrei der Magd von den Felsen hallte. Hier war nicht Hoffnung mehr, nicht Hilfe! Dennoch versuchte Eberwein das Unmögliche. Ob es ihm auch die anderen mit Gewalt zu wehren suchten, ob auch Schweiker mit beiden Armen ihn umklammerte – er riß sich los und wagte den Niederstieg, bis das schießende Wasser und die glatten Felsen ihm den Weg versperrten. Als er mit erschöpften Kräften wieder am Rande der Schlucht erschien und die Arme der anderen ihn emporrissen auf festen Grund, waren seine Züge verwandelt zu einem Bild des Entsetzens.

Scheu trat der alte Runot vor ihm zurück und flüsterte: „Schauet das Gesicht an, Leut! Das hab ich schon einmal gesehen. So hat Herr Waze geschaut am selbigen Tag, an dem man Frau Friderun gefunden hat unter der Rabenwand."

Mühsam atmend, in sich versunken, ruhte Eberwein auf dem Stein, zu dem ihn Schweiker geführt. Er hörte nicht den Jammer der Magd, nicht die Reden der Männer, sah nicht die Sorge Schweikers und sah nicht, was stumm aus den Augen der anderen redete, daß er sie alle, die vor kurzem noch die Fäuste wider ihn gehoben, in dieser Stunde für sich geworben hatte zu treuen Freunden.

Als Schweiker und Runot seine Arme faßten, um ihn aufzurichten, ließ er sich führen. Zuweilen, während des Niederstieges, blieb er stehen und schloß die Lider, denn immer wieder schwebte vor seinen Augen, was er in der Tiefe der Schlucht an den Felsen geschaut: die blutige Spur des Weges, den Hiltischalk und Hiltidiu genommen.

Auch jetzt, da er in finsterer Nacht mit Schweiker den Heimweg suchte unter fallendem Schnee, bedeckte er immer wieder die Augen mit der Hand. Wollte Schweiker ihn stützen, so wies er ihn stumm von sich.

Als sie das Tal der Strub erreichten, klang fernes Geschrei von der Schönau her. Eberwein hörte nicht; Schweiker lauschte: „Was die Leut nur haben mögen?"

Mühsam wurde der Anstieg durch den Lokiwald. Eberwein vermochte sich kaum mehr aufrecht zu halten. Endlich gewannen sie den Waldsaum, und Schweiker hätte jauchzen mögen, als er in der Finsternis das weiße Dächlein liegen sah. Vor der Klause hob er verwundert die Fackel, er fand die Türe mit Balken und Pflöcken verrammelt. Rasch wußte er freien Weg zu schaffen, und seine rufende Stimme klang; es rührte sich nichts in der Klause, niemand trat den Heimkehrenden entgegen; die Stube fand er leer und steckte über dem erkalteten Herd die Fackel in den Ring. Als er sah, daß Eberwein zur Zelle des Paters wankte, sprang er ihm in den Weg: „Ich bitt dich, guter Herr, nur heut red nimmer mit ihm! Nur heut nimmer!"

In der finsteren Zelle knarrten die Stangen des Lagers, und Waldram erschien auf der Schwelle, die Augen brennend wie im Fieber. An Eberwein vorüber blickte er auf Schweiker. „Wehrest du ihn ab von mir, da du weißt, daß er meinen Blick zu fürchten hat?"

Da stürzte Eberwein auf ihn zu und faßte ihn an der Brust. „Waldram! Gib mir diese Menschen wieder! Meine besten, die ich hatte!" Seine Stimme erstickte.

Es kostete Waldram nur geringe Mühe, den Entkräfteten von sich abzuschütteln. „Weiche von mir! Du hast mit diesem Wort das Urteil über dich gesprochen. Zwischen dir und mir sollen Berge und Meere liegen."

„Ja, Waldram! Hohe Berge, tiefe Meere!" Schwer stützte Eberwein sich auf Schweiker, der ihn in die Zelle führte, in die der Fackelschein einen matten Schimmer warf. Eberwein sah das leere Lager und blickte suchend umher; die Sprache versagte ihm.

Schweiker verstand den Blick. „Tu dich nit sorgen, Herr! Der Bruder wird den Buben in unsere Kammer genommen haben, damit du ruhen kannst in der heutigen Nacht."

Stumm nickte Eberwein. Ohne Wehren duldete er, daß ihm Schweiker das triefende Gewand mit trockenem Kleid vertauschte, das Moos zu weichem Polster aufschüttelte und die zitternden Glieder bedeckte. Als ihm Schweiker einen Becher brachte, schlürfte er den Trunk in gierigen Zügen, ohne zu merken, was er trank. Der Bruder atmete erleichtert auf, als der Becher geleert war bis auf den letzten Tropfen des Meßweins. Er steckte eine frische Fackel in Brand, und dann saß er neben dem Lager. Eberwein stöhnte im Halbschlaf; doch immer ruhiger wurde sein Atem, und nun lag er in bleiernem Schlummer.

Auf den Zehen schlich Schweiker aus der Zelle, steckte einen Span in Brand, löschte die Fackel und trat in seine Kammer. Zwischen den vier Wänden roch es nach Wachs und Honig, als wäre die Zelle ein Immenstand. Auf dem einen Bett lag Bruder Wampo wie ein Klotz, mit hängenden Armen. Seine Kutte, von der Brust bis nieder zum Saum, war fleckig und glitzerte. Kopfschüttelnd betrachtete Schweiker den Schnarchenden. Da sah er, daß das andere Lager leer war. Er rüttelte den Schläfer. „Bruder? Wo ist der Bub?“

„Der Bär – der Bär –“, lallte Wampo, riß die Augen auf und fuchtelte mit den Händen, zwischen deren Fingern der Honig klebrige Fäden spann.

„Ich frag, wo der Bub ist?“ brummte Schweiker, der den Bären auf sich bezog.

„Der Bub? Pater Waldram – Waldram –“ Dem Bruder fielen die Augen wieder zu, und lallend sank er auf die Wolfshaut zurück.

Schweiker gab sich zufrieden, weil er glaubte, daß Huze bei Pater Waldram in der Zelle wäre. Seufzend blies er das Spanlicht aus, warf die nasse Kutte ab und wühlte sich ins Moos. Er schien nicht gut zu liegen; von einer Seite wälzte er sich auf die andere, und murmelnd klang es im Dunkel: „Hätten wir die schieche Gegend nur nie gesehen! Dem guten Herrn wär wohler! Mir auch!“ Eine Weile lag er still, dann wieder ächzten die Stangen. „Es muß ein End haben, es muß!“ Mit raunender Stimme begann er zu beten. Bei der vierten Litanei wurde sein Murmeln immer leiser und versank in Schweigen.

Tiefe Stille war in der Klause. Um die Mauern her versiegte die Traufe, und lautlos fiel der Schnee in schweigender Nacht.

Der Morgen konnte nicht mehr ferne sein. Da rann ein leises Zittern durch die Mauern, es knirschte im Gebälk des Daches, der krächzende Schrei eines Vogels klang aus den Lüften, und unter der Klause ging ein dumpfes Murren vorüber, das wie in weiter Ferne verstummte. Die müden Schläfer erwachten nicht. Nur Waldram, auf dessen Augen kein Schlummer gefallen, erhob sich von seinem Lager.

„Ich höre die mahnende Stimme, Herr, und wache. Denn meine Stunde will kommen."

Auf nackten Sohlen schritt er durch die Herdstube in das Kirchlein, das vom Schein der schwankenden Ampel trüb erleuchtet war. Mit ausgebreiteten Armen vor dem Kreuz auf der Erde kniend, begann er den Psalm: „Erhebe dich, mein Gott, steh auf, daß deine Feinde sich zerstreuen und deine Hasser fliehen vor dir! Wie Rauch verweht, so vertreibe sie! Wie Wachs zerschmilzt vor Feuer, so laß sie vergehen vor deinem Zorn!"

12

In Wazemanns Burghof, den die Pechpfannen erleuchteten, unterbrachen die Knechte ihre Arbeit und lauschten.

„Was ist das gewesen?" fragte einer. Der andere stotterte: „Es hat der Boden gebidmet." Ein dritter schüttelte den Kopf. „Ich hab nichts gespürt, hab nur den Rumpler gehört. Es muß eine schwere Lahn gegangen sein. Droben hängt der Schnee schon mannstief."

„Eine Lahn?" murmelte ein grauköpfiger Alter. „Leut, mir grauset! Wie ich ein kleiner Bub gewesen bin, ist vom Göhl eine Wand niedergebrochen und hat die schönsten Alben zugedeckt. Selbigsmal ist alles grad so gewesen wie die letzten Tag her. Leut, es ist was ledig worden im Gestein, es muß was kommen."

„Laß kommen, was mag! Uns trifft's nit!“ lachte einer der jüngeren Knechte. „Und schlagt's ein paar Bauernköpf zu Mus? Die wachsen wieder wie der Schimmel am Käs.“

„Tu nit so laut“, mahnte der Alte, „die Herrenleut schlafen, und ein Toter liegt im Haus.“

„Laß ihn liegen! Pech her! Dem Fischer soll heiß werden, daß er Blut schwitzt.“ Der Knecht tauchte den fertiggewordenen Hanfkranz in das zerlassene Pech.

Der Alte schüttelte den Kopf. „Wenn der Fischer den Richtmann gutwillig herausgibt, hat die Sach ein End.“ Diese Weisheit hatte er in der Herrenstube erlauscht.

Seit dem Abend wußte Herr Waze, daß er die Sühne für den erschlagenen Knecht nicht von Sigenot, sondern vom Richtmann zu fordern hatte. Die Aussage, die der Hanetzer getan, war deutlich. Und hatte nicht der Richtmann seinen Hag verlassen und alle Türen versperrt? Wohin er mit seinen Leuten flüchtete, diese Frage war nach Wazes Meinung leicht gelöst: in den Hag des Fischers. Mit dem Morgen wollte er den Schuldigen fordern; er hoffte, daß ihm Sigenot diese Forderung verweigern möchte, und fürchtete, daß der Fischer sie erfüllen könnte. „Er muß sich denken, daß ich dem Richtmann nit zu hart ans Fleisch geh. Ich bin der Narr nit, daß ich die beste Milchkuh niederschlag, die ich hab im Land. Und gibt er ihn heraus, was tu ich dann? Den Fischer will ich. Und hab kein Recht mehr wider ihn.“

Recht! In seinem Leben hatte Herr Waze dieses Wort nicht so oft im Munde geführt als seit der Stunde, in der er das Bußloch leer gefunden. Seine Wut drängte nach einem Ausbruch, doch die abergläubische Furcht hielt ihn gefesselt wie ein eiserner Reif. Den Zwiespalt, der in ihm tobte, löste der Met. Schwer trunken sank er in später Nacht auf das Spanbett, während im erleuchteten Burghof die Knechte unter den vorspringenden Dächern saßen, die Pechkränze flochten und die Reisigbündel fertigten, die den Hag des Fischers in Asche legen sollten.

Noch ehe der Morgen graute, versiegte der Flockenfall. Weiß schimmerten alle Dächer um den Burghof her. Der Bergwald war mit Schnee behangen. In den Lüften teilte sich das Gewölk, und durch den Nebel schimmerten die erlöschenden Sterne.

Das Schneelicht warf einen matten Dämmerschein in die Herrenstube. Da wurde Herr Waze geweckt. „Auf!“ klang die Stimme Hennings, der vor dem Lager des Vaters stand.

Mit stumpfem Blick hob Herr Waze die Augen. „Was willst du?“

„Fragen will ich, ob ein Heiliger, der in der Nacht durch Mauern geht, die Vögel weckt!“ rief Henning mit heiserem Lachen, während seine Brüder lärmend aus ihren Stuben kamen. „Fragen will ich, ob ein Heiliger, der fliegen kann, über Treppen steigen muß und durch die Zeugkammer schleichen!“

„Treppen? Zeugkammer?“ lallte Herr Waze. „Was soll der Unsinn?“

„Unsinn? So frag die Knechtleut! Ich mein’, sie wissen, wer der Heilige gewesen ist, der dem Pfaff alle Türen aufgetan.“

Herr Waze tastete nach der Hüfte, als trüge er am Gürtel noch den Schlüssel verwahrt. Henning packte ihn an der Brust und rüttelte ihn. „Schlafst du noch allweil? Wach auf! Ich hab am Fenster den Laden aufgezogen und hab die alte Heg, die Ulla, im Hof gesehen. Sie hat den Knechten die Schüssel mit der Mor-gensupp zugetragen und hat geredet mit ihnen. Vom Wunder, von deinem Heiligen! Ihr Star hätt den Heiligen im Haus gemerkt, so hab ich sie sagen hören, und der Vogel hätt ein süßes Singen angehoben mitten in der Nacht. Da wär sie aus dem Schlaf gekommen und hätt gehört, als gingen Leut an der Tür vorbei, bloßfüßig über die Trepp hinauf, gegen die Zeugkammer.“

Weiter kam Henning nicht. Herr Waze war aufgesprungen und hatte ihn mit der Faust von sich gestoßen. Im Schlafhemd stürzte er gegen die Halle. Als ihm auf der Schwelle die Kälte an die nackten Beine fuhr, griff er mit zuckenden Händen in die Luft. „Das Weibsbild her!“

Henning und Sindel eilten in den Unterstock des Hauses; als sie an Ullas Kammer die Tür aufrissen, saß die alte Magd bei der Fensterluke, durch die ein trüber Schein des erwachenden Morgens fiel; auf ihrem Schoß hielt sie den kleinen Käfig des Staren, dem sie frisches Futter geben wollte. Henning und Sindel packten sie mit groben Fäusten.

„Mein Star! Mein Star!" jammerte Ulla, weil der Käfig von ihrem Schoß zu fallen drohte.

„Weiter! Hinauf zum Vater!" Henning zerrte die Widerstrebende zur Tür.

„So lasset mich nur den Vogel niederstellen!" schrie die Magd; da stand sie schon im dunklen Flur und wurde die Treppe hinaufgestoßen; sie stolperte; weil sie im Fallen die Arme schützend um den kleinen Käfig drückte, schlug sie mit dem Gesicht auf die Kante einer Stufe. Henning zerrte sie in die Höhe und stieß sie vor sich her; sie merkte nicht, daß ihr das Blut von den Lippen rann; ihre einzige Sorge galt dem Vogel, der ängstlich zwischen den Stäben flatterte. „Mein Star, mein Star!"

Unter der Tür der Herrenstube stürzte Herr Waze ihr entgegen, angekleidet, mit dem Fänger umgürtet. Er packte die Magd und zerrte sie über die Schwelle. „Geschwiegen hast du! Bis heut! Warum? Jetzt red! Oder ich lös dir die Zung, daß du singen sollst wie dein Starmatz. Red! Wie war's in jener Nacht?"

„Herr, Herr!" heulte die Magd, „lasset mich doch den Käfig niedertun! Schauet nur, wie der arme Vogel –"

„Red!" schrie Herr Waze und schlug ihr mit der Faust den Star aus den Händen. Der Vogel machte im zerschmetterten Käfig noch eine flatternde Bewegung. Dann lag er still.

Ulla stand wie versteinert; das Gelächter, das Henning und seine Brüder erhoben, weckte sie; mit Schluchzen und Lallen streckte sie die welken Hände und warf sich zu Boden.

Herr Waze wollte nach ihr greifen. Eine Hand faßte seinen Arm. Recka, von dem Lärm aus ihrer Kammer gerufen, stand vor ihm, die Haare gelöst, im weißen Schlafgewand. „Was hat die Magd dir getan, Vater? Du hast sie grausam gebüßt, der Vogel war die einzige Freude ihres armen Lebens."

„Vogel! Vogel!" schrie Herr Waze. „Soll ich mich um einen Starmatz kümmern, wo es hergeht um alles, was ich hab und bin? Tag und Nacht bin ich gelegen wie gebunden an Händen und Füßen. Bei jedem Schnaufer hat mich das Grausen vor dem Wunder geschüttelt, an das ich glauben hab müssen. Und das Weibsbild hat gehört in der Nacht, wie der Pfaff mit seinem Helfer davon ist! Und hat geschwiegen!" Er streckte die Fäuste nach der Magd.

Recka trat ihm in den Weg. Sie schien zu wissen, daß sie eine böse Stunde über sich heraufbeschwor; aber sie sah den Jammer der alten Magd und konnte nicht schweigen. „Willst du wissen, wer den Priester aus deinem Hause führte, so frage mich!"

In Zorn, fast wie ein einziger Schrei, klang Reckas Name von den Lippen der Brüder; nur Henning lachte: „Das hätt ich mir denken müssen!"

Mit geballten Fäusten trat Herr Waze vor seine Tochter hin. „Dirn!" keuchte er, „Dirn!"

Stolz richtete Recka sich auf. „Ich habe den Gast an meiner Hand unter Dach geführt. Wenn er euch nit heilig war, er ist es mir gewesen."

„Soll das heißen, daß du den Schlüssel von meinem Gurt gelöst, während ich im Rausch gelegen? Und daß du dem Pfaffen und dem Buben Schloß und Türen aufgetan?"

„Ja, Vater!"

Da traf ein Faustschlag ihre Wange. Als hätten die Brüder gewartet auf solch ein Zeichen, so stürzten sie unter Flüchen auf die Schwester zu, rissen ihr das Gewand von der Schulter und schlugen, wohin sie trafen. Stöhnend, wie eine Bärin, die Hunde von sich abschüttelt, machte Recka sich frei. Zum Spanbett springend, faßte sie den Jagdspeer des Vaters und schwang das Eisen gegen Henning, der ihr am nächsten stand. Schreiend wichen die Brüder zurück, jeder suchte nach einer Waffe. Herr Waze schrie. „Was lauft ihr nach Wehr und Eisen? Ich zwing sie noch mit der leeren Hand." Er sprang auf Recka zu, um den Speer zu greifen; doch als er den Blick ihrer Augen sah, trat er scheu zurück. Hochaufgerichtet stand sie vor ihm, auf der blassen Wange das rote Mal, das der Schlag seiner Faust entzündet hatte. „Stoß zu!" rief er mit heiserem Lachen. „Mich plagt die Neugier, wieviel ein Kind zuweg bringt wider den Vater. Stoß zu! Den Feind, den ich eingesponnen, hast du aus meinem Netz gerissen. Hast das Pfand, das ich gehalten, aus meiner Hand geschlagen. Stoß zu! Du bist mein Kind nit, du Wechselbalg! Stoß zu!"

Reckas Finger öffneten sich, und klirrend fiel die Waffe zu Boden. Wortlos raffte sie die Haarsträhnen und die Fetzen ihres Gewandes über die entblößte Brust. Mit erloschenem Blick den Vater und die Brüder streifend, schritt sie taumelnd zur Tür der Halle.

Henning sprang ihr in den Weg. „Wohin willst du?"

„Meine Heimat suchen!" erwiderte Recka. „Ich finde sie bei meiner Mutter."

„Oder näher noch? Beim Fischer? Weg von der Tür! Du bleibst!"

„Gib ihr den Weg doch frei!" klang Eilberts Stimme aus dem Geschrei der Brüder. „Lieber sitzt sie mir am Tisch des Fischers als mit uns vor der gleichen Schüssel. Und lachen kann er, wenn sie kommt. Wir haben ihm eine Müh erspart, er braucht an ihrem Kleid die Haften nimmer aufzutun."

„Sie bleibt!" schrie Henning und schleuderte die Schwester von der Tür zurück. „Sie bleibt, solang des Fischers Haus noch steht. Oder soll sie es halten mit ihm? Wider uns?"

Wankend unter dem Stoß, den Henning ihr versetzte, war Recka neben dem Tisch auf einen Sessel gefallen. Sie versuchte nicht, sich wieder aufzurichten. Zitternd saß sie und hielt das Gesicht mit den Händen bedeckt. Henning trat zu ihr. Doch Herr Waze, der einen Mantel umgeworfen hatte, schob ihn zurück. „Jetzt macht ein End mit dem Geschrei! Kehr ich heim zur Nacht, so will ich raiten mit ihr. Jetzt haben wir Besseres zu schaffen. Die Wehr an jeden Gurt, den Sattel auf jedes Roß! Wir reiten!"

„Wohin, Vater?" schrien die Brüder durcheinander.

„Das fragt ihr noch?" Herr Waze lachte. Sein ganzes Wesen war verwandelt, und die Faust, die er hob, schien wie aus Erz gegossen. „Den Vogel fang ich wieder ein, dem eure Schwester den Käfig aufgetan. Hätt ihm nit die Dirn geholfen, er hätte lange gewartet auf einen Heiligen! Da wird er laufen wollen und Klag tragen zum Herzog oder zum Reich. Ich will ihm den Weg verlegen. Jetzt weiß ich: Ich hab nur Menschen wider mich, bin auf meine gute Kraft gestellt, und solang ich eine Faust hab, schlag ich zu. Der Salzburger soll lachen zu meiner Arbeit! Was steht ihr noch allweil? Fort mit euch!"

Während die Brüder lärmend in ihre Stuben eilten, hob Herr Waze den Jagdspeer von der Erde, stieß die alte Magd, die schluchzend auf dem Boden saß, mit einem Fußtritt aus seinem Weg und blieb vor Recka stehen. „Dirn! Ich muß dir danken für das Wort, das du heut geredet hast. Es hat mir den Nebel aus dem Hirn geblasen und hat mir die Knochen zu Eisen gemacht." Er puffte mit der Faust an Reckas Schulter. „Ein Heiliger hat ihm geholfen, ein Heiliger! Wer wird ihm helfen, wenn ich zur Klause geritten komm?" Er sah das Kreuz an der Mauer und stieß nach ihm mit dem Speerholz. Die Nägel lösten sich, das Kreuz stürzte zu Boden, und die beiden Hölzer fielen auseinander. „So stark bist du? So stark?" Lachend trat Herr Waze in die Halle hinaus.

Ulla erhob sich, den toten Star in der Hand. Ihr Gesicht war entstellt, Tränen hingen an den rotgeränderten Augen, und schrillend klang ihre Stimme, als sie vor Recka stehenblieb. „Schau her!" Sie streckte die Hand mit dem Vogel. „Das einzige, was mir lieb gewesen! Schau her: Mein Star ist hin!"

Recka ließ die Hände sinken; sie sah den Vogel nicht an, ihre Augen waren ins Leere gerichtet.

„Schau her! Allweil hast du gern geluset, wenn er gesungen hat. Jetzt ist er hin. Er hat gesungen in Wazes Haus. Drum hat er sterben müssen. Es soll kein Leben bleiben, wo dein Vater hauset. Spring auf, Herrin, und lauf! Oder die Salmued holt dich ein. Deine Mutter ist hin, mein Star ist hin, ich hüt mich, daß ich die nächste bin!" Unter heiserem Gelächter glitten Ullas funkelnde Augen über die Wände. Zur Tür humpelnd, spuckte sie über die Schulter.

Als sie die Halle betrat, lag schon der weiße Morgen über dem Burghof. Eintönig rauschten die Bäche, kein Lufthauch war zu spüren, und wolkenlos spannte sich der Himmel über die mit Schnee behangenen Berge, deren höchste Zinnen in rosigem Glanze schimmerten.

Ulla fand das Tor geschlossen. Unter dem Mauerbogen ließ sie sich in einem Winkel nieder, drückte den Vogel an die Wange und streichelte sein Gefieder.

Immer tiefer glitt auf den Bergspitzen der rote Glanz, und wachsende Helle goß sich über den Himmel aus. Zuweilen klangen dumpfe Geräusche von den fernen Höhen, und in dem weißen Schnee der steilen Gehänge erschienen dunkle Striche: die Furchen fallender Blöcke, die Gassen der Lawinen.

In Sorge blickte manches Auge an diesem Morgen zu den Bergen auf. In der Schönau, auf deren Halden der Schnee schon wieder schmolz, stand der Köppelecker mit seinem Weib vor dem Hagtor. Sein Vieh war von den Almen noch nicht heimgekehrt. „Schau nur die Berg an!" sagte er. „Der Schnee ist auf nassen Boden gefallen, und die Sonn wird heiß machen. Das richtige Lahnenwetter! Ich möcht nur wissen, was den Dirnen eingefallen ist, daß sie gestern nit heimgetrieben haben! Es wird doch kein Unglück geschehen sein! Schau nur hinauf, es laufen die Lahnen im Gewänd wie närrisch!" Eine Weile redeten die beiden noch. Dann entschloß sich der Bauer, seinem Vieh entgegenzuziehen. Das Weib brachte ihm Grießbeil und Kappe, und in Sorge eilte er davon.

Hinter dem Hag des Richtmanns sah er viele Männer stehen und hörte aus ihrer Mitte die kreischende Stimme des Hanetzer.

Er wußte, was sie dort verhandelten: das Wunder, das der Gottesmann im Lokiwald getan, die Bluttat des Richtmanns und den Tod der Hilmtrud. Aber sein Vieh war in Gefahr, was kümmerte ihn alles andere! Er lief und lief. Am zerfallenen Hag des alten Gobl führte sein Weg vorüber; er sah den Greis auf den Trümmern seines Hauses sitzen. „Schieche Zeit, Gobl!" rief der Bauer und eilte vorüber.

Schweratmend strich der Alte mit der Hand über die Stirn, sah die kleine Hütte an und lachte. Im ersten Grau des Morgens hatte er den Gast erkannt, den die Nacht ihm zugeführt.

Unter dem Dächlein raschelte das Heu, und die Stimme des Knaben bettelte: „Gobl-Ähni!"

Der Greis drückte die Fäuste über die Ohren.

Wieder klang es aus der Hütte: „Gobl-Ähni!"

Der Alte sprang auf, als möchte er dieser Stimme entfliehen. In der Hofreut blieb er stehen, und seine Augen suchten die Hütte. „Es muß ihn der Hunger plagen!" Er spähte über die Halden der Schönau gegen Wazemanns Haus. „He du! So bring doch Futter für dein Blut! Oder hast du ihm alles ausgeschröpt, was er von dir im Leib getragen? Wär das Tröpfl, das in ihm noch übrig ist, von meiner Dirn?"

„Gobl-Ähni!" klagte die Stimme in der Hütte.

Ein Zittern befiel die Hände des Alten. Durch die Pfützen watete er zum Apfelbaum und suchte im Schlamm nach den gefallenen Früchten; nur wenige fand er; sie waren faul. Er spähte in das halb entblätterte Gezweig. Drei Äpfel sah er noch hängen und schüttelte an dem Baum, bis auch der letzte fiel.

Zwei Äpfel warf er unter das Dächlein; den dritten behielt er und hob ihn an die Zähne, ließ ihn wieder sinken und warf ihn den anderen nach. „So nimm halt! Mehr hab ich nimmer." Seufzend ließ er sich auf die Trümmer nieder und nahm den weißen Kopf zwischen die Fäuste.

13

Der rote Frühglanz fiel auf die Felsgehänge des Untersberges, als Bruder Schweiker im Arbeitskittel aus der Tür der Klause trat. Eberwein lag noch im Schlaf. Daß auch Bruder Wampo noch schlummerte, konnte man hören. Nur Waldram wachte; aus dem Kirchlein quoll der eintönige Klang seiner betenden Stimme. Schweiker sah mit großen Augen umher. Die Rodung war ein grauer Sumpf, und bis zum Fuß der Berghöhe reichte der Schnee herunter. „Schau nur einer! Vor zwei Tag noch Sommer, und heut springt uns der Winter in die Fenster!" Ein dumpfes Rollen. Auf dem Berghang stob eine silberweiße Wolke in die Lüfte. Ein breiter Schneestrom fuhr über das Gehäng und glitt am Fuße des Berges fächerartig auseinander. Nun wieder Stille. Wie feiner Regen fiel der weiße Staub, und Steine hüpften lautlos über den Schnee.

„Ihr guten Heiligen! So eine Gegend! Da lauft der Schnee, als hätt er Füß!" Schweiker wollte in die Klause treten. Vor der Türe zögerte er. „Ist der Herr nit selber aufgewacht, ich weck ihn nit. Er braucht den Schlaf wie der Hunger den Bissen Brot." In Sorge betrachtete er den gestürzten Schnee. „Jetzt heißt's aber schaffen und die Pfähl schlagen zum Hag!" Er suchte die Axt und fand sie mit Rost bedeckt auf der Stelle liegen, an der er sie am verwichenen Mittag aus der Hand geworfen.

Da rief eine leise Stimme seinen Namen. Wie Schreck fuhr es ihm in alle Glieder. Ein paar Sprünge machte er, als wäre die Hölle hinter ihm; dann blieb er stehen und blickte über die Schulter. Bei der Klause stand die Hirtin, das weiße Tüchl um den Kopf, am Arm den schweren Weidenkorb. Lächelnd blickte sie zu Schweiker auf, der zögernd näher kam. Nicht die Stimme, die ihn gerufen, und nicht die fromme Gabe, sondern das Staunen zog ihn näher. Die graue Raupe Hinzula war verwandelt in einen bunten Schmetterling. Ein rotes Röckl floß um ihren schlanken Leib, und unter dem grün gefärbten Mieder aus Lammfell quoll das gebleichte Hanftuchkittelchen hervor, dessen Ärmel mit farbiger

Wolle gesäumt waren. Sie stellte den Korb zu Boden und lüftete den Deckel. „Schau her, was ich gebracht hab!“

Er sah den Korb nicht. Seine Augen hingen an der Hirtin, die ihm zulispelte: „Was sagst du, wie die Berg ausschauen! Heut in der Nacht hat’s Not über Not gegeben auf den Alben. Der Vater und die Mutter sind lang vor Tag schon aufgestiegen. Und wie ich so allein gelegen bin, ist mir die Zeit lang geworden. So hab ich halt ein lützel was ins Körbl getan und bin heruntergelaufen. Du! Droben bei uns, da liegt der Schnee aber schiech!“ Sie hob ein wenig das Röckl und lugte auf ihre Schuhe, an denen der Schnee in Klumpen hing; der Saum ihres Kleides war schwer von Nässe.

„Kindl! Wie hast du einen solchen Weg tun können!“ stotterte Schweiker in Vorwurf und Sorge. „Bist du denn schon wieder völlig gesundet?“

Sie sah ihn mit glänzenden Augen an und lachte. „Ein lützel brummen tut mir das Köpfl noch. Aber das wird schon aufhören! Gelt?“

Er streckte die Hand und zog sie wieder zurück. Und immer größer wurden seine Augen.

Verwundert sah Hinzula zu ihm auf. „Was hast du denn?“ Sie griff nach dem Korb. „So schau doch her und nimm!“

„Leg das Zeug nur vor die Tür! Da wird’s der ander schon finden. Ich will nichts haben davon. Kein Bröckl rühr ich an. Überhaupt – es muß ein End haben! So oder so! Und schaffen muß ich auch.“ Er nahm die Axt über die Schulter, drehte dem Mädchen den Rücken und schritt zum Waldsaum.

Erschrocken stand die Hirtin und sah ihm nach; ihr Mäulchen zuckte, und Tränen kugelten ihr über die Wangen. Als Schweiker die Arbeit begann, nahm sie den Korb, schüttete seinen Inhalt vor die Tür der Klause und schlich den Bäumen zu.

Am Waldsaum schwang der Bruder die Axt; bei jedem Hieb drehte er die Augen über die Schulter. „So was! Fliegt umeinander wie ein Stieglitz! Rot und grün und schecket! Da hört sich doch alles auf! Wenn ihr einer in den Weg läuft! Von den Wazemannsbuben –" Bei diesem Gedanken fiel ihm das Beil aus den Händen. In langen Sprüngen, daß unter jedem Tritt aus dem nassen Moos das Wasser spritzte, eilte er über die Rodung, holte die Hirtin ein, packte ihren Arm, schüttelte sie und keuchte mit zornrotem Gesicht: „Du heillose Dirn du! Wie kannst du denn so umeinanderlaufen? Wie schaust du denn aus?"

„Wieso? Was hast du denn?" klagte Hinzula. „Ich hab mich doch sauber gemacht! Hast doch allweil gescholten –"

„Sauber? So? Wart, ich will dich sauber machen!" Mit der einen Hand hielt er sie fest, mit der andern fuhr er, sich niederbückend, tief in den Schlamm. Ein flinker Strich durch Hinzulas Gesicht. Wieder tauchten seine gespreizten Finger in die graue Farbe. Es währte nicht lang, und die Hirtin bot vom Scheitel bis zum Rocksaum einen Anblick, der auf ein Haar dem Bilde glich, das Bruder Wampo geboten, als er im Sumpf des Achentals den Frischling erbeutet und Schweiker ihm zugerufen hatte: „Bruder, mir graust vor dir!" Jetzt aber schien Schweiker sein Wohlgefallen an dem grauen Bild zu haben. Er nickte zufrieden vor sich hin und wischte die Hände über die Hüften. „So, mein Kindl, jetzt kannst du in aller Ruh den Heimweg suchen!" Mit einem Puff brachte er die Hirtin in Gang. „Jetzt rührt dich keiner an!"

Während Hinzula, die Hände von sich abgestreckt, mit kurzen Schritten, schluchzend und lachend zugleich, den Wald betrat eilte Schweiker so vergnügt, als hätte er ein gutes Werk getan, der Klause zu. Da hörte er Wampos jammernde Stimme. „Was ist denn schon wieder?" brummte er und sprang über den kleinen Berg von Butter, Brot und Käse, den Hinzula vor der Schwelle abgeladen. Wampos Klagetöne kamen aus der Vorratskammer; als Schweiker auf die Schwelle trat, sah er den Bruder in seiner von Honig glitzernden Kutte auf der Erde knien und verzweifelt die Hände ringen: „Schau nur das Unglück an! Das Ärgste, was noch geschehen hat können!"

„So red doch, was ist denn los?"

„Der ganze Meßwein ist ausgeronnen in der Nacht!“

Schweiker erschrak und wurde rot – er hatte in der Eile, als er den Trunk für Eberwein geholt, den Hahn zu schließen vergessen. Mit den Fingern klopfte er das Fäßl ab. Es hatte hohlen Klang. Und doch begriff er die Sache nicht; auf dem festgestampften Lehmgrund konnte der Wein nicht in die Erde sickern, die ganze Kammer hätte überschwemmt sein müssen, aber auf dem Boden stand nur eine kleine Lache. „Das ist doch nit der ganze Wein! Die paar Kännlein für die Mess' all Tag, sonst hat doch keiner davon genommen. Das Fäßl muß über die Hälft noch voll sein!“

Jetzt wurde Bruder Wampo rot bis über die Ohren. Aber statt seine heimlichen Sünden zu bekennen, jammerte er: „Was tun wir jetzt? Kein Tröpfl Wein mehr! Jetzt dürfen wir zusperren und Amen sagen. Jetzt hat alles ein End, und die Welt geht unter. So eine Gegend, wie das ist!“ Unter Seufzen und Schelten begann er alles Unheil aufzuzählen, das den Brüdern von der ersten Stunde an im Gaden widerfahren. „Und gestern“, schloß er, „was mir gestern geschehen ist, das weißt du noch gar nit! Die Haar möchten einem zu Berg stehen!“

Schweiker schielte nach Wampos Glatze.

Seufzend strich der Bruder über einen der schimmernden Honigflecken auf seiner Brust und roch an den Fingern. „So ein Honig, wie das gewesen wär! Süß wie die Seligkeit und düftig wie ein Blümelgarten! Da, riech!“ Er hob die Hand. Und erzählte von dem wilden Immenstock und von dem Weg, den er am verwichenen Abend getan, um den Honig auszuheben. „Ich hab den Baum gleich wiedergefunden. So was merk ich mir. Aber wie ich dasteh vor dem Baum, da bin ich erschrocken, weil die ganze Rind verkratzt gewesen ist, als wär einer mit Nägelschuh dran auf und nieder gestiegen. Um aller Heiligen willen, hat's geschrien in mir, es wird mir doch kein anderer über den Immenstock gekommen sein? Wie ich hinaufschau, seh ich die Immen klumpenweis am verstopften Einflug hängen. Gott sei Dank, hab ich denken müssen, da hat noch keiner hingerührt! Aber jetzt, Bruder, jetzt weiß ich, wer bei meinem Immenstock gewesen ist!“

„Wer denn?“

„Wart nur ein Weil!“ Bruder Wampo schöpfte Atem. „Ich hab an einem langen Stecken den Kienspan angezunden und hab die Immen abgebrannt vom Loch. Nachher bin ich hinaufgestiegen. Es hat ein lützel Beißen gekostet! Wie ich droben gesessen bin auf dem Ast, hab ich mich schön ausgeschnauft und hab mir aus Reisern ein Dächl über dem Kopf gemacht, weil mir der Regen über den Buckel geronnen ist, als tät man aus einem Schaffl gießen. Und hab den Holztiegel vom Gurt genommen und hab angefangen.“ Er fuhr mit der Zunge über die Finger. „Der ganze Baum ist hohl gewesen, kein Sumserlein hat sich mehr im Stock gerührt, und wie ich hineingreif, spür ich, daß eine Waben neben der andern hängt, dick und fett. Einen Schnalzer hab ich mit der Zung getan und hab geschafft, daß ich schwitzen hab müssen. Eine Waben um die ander hab ich gehoben und hab den Honig ausgedruckt, daß der Tiegel bald übergelaufen wär! Und wie ich in der besten Arbeit bin, da hör ich unter mir ein Tappen und Kraspeln. Wer kommt denn da? Ich schau hinunter – und hab gemeint, es fallt mir vor Schreck die Zung in den Hals!“

„Warum denn?“

„Weil unter mir ein Endstrumm Bär gestanden ist. Ein Kerl wie ein Ochs! Und schaut so schief herauf zu mir, als möcht er sagen: Gehst herunter oder nit?“

„Ich mein, du bist droben geblieben?“ fiel Schweiker ein, halb in Sorge und halb erheitert; er sah ja den Bruder heil und gerettet vor sich auf der Erde sitzen.

„Droben geblieben? Wohl! Aber gar nit lang! Allweil hab ich heruntergeschaut auf das wüste Vieh wie die arme Seel auf den Teufel, der mit dem Hackl kommt. Hat’s einen Schnaufer lang gedauert oder eine Ewigkeit? Nit weg ist er gegangen, und einen Brummer nach dem andern hat er getan. Ausgeschaut hat er, Bruder, ich kann’s nit sagen! Das ganze Fell verzaust, als hätt man ihm schüppelweis die Haar aus dem Pelz gerissen. Den ganzen Schädel hat er voll blutiger Schrammen gehabt, und um die Tatzen herum ist er schäbig gewesen, als hätt er schon einmal merken müssen, was Schlingen sind! So steht er und brummt herauf zu mir – und auf einmal hebt er sich in die Höh und packt den Baum an!“

„Gütiger Himmel!“ stotterte Schweiker. „Was hast du denn da getan?“

Bruder Wampo mußte schlucken; der Atem war ihm ausgegangen. „Was ich getan hab? Das weiß ich nimmer. Ich weiß nur: Es hat unter mir einen Krach getan, der Ast ist weggebrochen vom Baum, und mit mir ist's hinuntergegangen wie ein Sauser. Aufgefallen bin ich – Bruder, das hat einen Plumps gemacht, als hätt der Bidem ein Trumm Stein vom Berg geworfen. Aber hinfallen und aufspringen ist eins gewesen! Alle Heiligen hab ich angerufen, hab meinen Honigtiegel festgehalten, als wär meine Seel drin, und hab ein Laufen angefangen, daß meine Füß geflogen sind! Und wie ich lauf, da hör ich Küh brüllen im Wald und hör Leut schreien. Ich schau mich um. Und da lauft hinter mir der Bär, und wo ich ein Tröpfl Honig verschüttet hab, macht er mit der Zung einen Schlecker über den Boden. Ich renn und renn, meine Kräft haben ausgelassen, und auf die Letzt bin ich dagestanden wie angewachsen und hab geschnackelt an Händ und Füß!“

„Warum hast du denn nit um Hilf geschrien, wenn doch Leut in der Näh gewesen sind?“

„Hilf schreien! So was!“ schalt Bruder Wampo in Ärger. „Schrei du um Hilf, wenn dir kein Schnaufer mehr aus dem Hals will! Und eh ich mich recht besonnen hab, ist der Bär schon dagewesen –“

Erschrocken fragte Schweiker: „Und hat dich angepackt?“

„Angepackt? Ja, schön! Bei meinen Füßen hat er zu schlecken angefangen und hat an mir heraufgeschleckt, bis er zum Tiegel gekommen ist. Ein ganzes Loch hat er mir aus der Kutt gefressen. Da schau her!“ Bruder Wampo hob den fransig ausgeknusperten Saum der Kutte. „Jetzt ist mir die Sach zu dick geworden! Ich hab ein Stoßgebetlein getan, hab den Honigtiegel gehoben und hab ihn dem wüsten Vieh auf den Schädel gehauen, daß es gescheppert hat! Und der Bär hat den Hafen gepackt und ist hineingefahren mit der Schnauz – und ich, Bruder, ich bin gesprungen im Regen wie der Frosch im Hagelwetter. Halbtot bin ich zur Klaus gekommen und hab in meiner Angst vor die Tür geworfen, was mir in die Händ geraten ist! Wie ein Stückl Holz bin ich hingefallen aufs Bett und hab keinen Rührer mehr getan."

Schweiker lachte. Und plötzlich wurde er stumm. Eberwein stand auf der Schwelle. Bruder Wampos Stimme hatte ihn geweckt, und durch die offene Tür mußte er jedes Wort vernommen haben; aber das wundersame Abenteuer machte ihn nicht lächeln. Sein Gesicht war müd und bleich, dunkle Ringe lagen um seine brennenden Augen.

„Guter Herr!" stammelte Schweiker in Schreck und Sorge.

Eberwein fragte: „Wo ist der Knabe?"

„Ich weiß nit!" stotterte Wampo.

Schweiker faßte den Bruder am Arm. „Aber du hast mir doch in der Nacht gesagt, er wär beim Pater in der Zell!"

„Ich? In der Nacht? Sterben will ich, aber da weiß ich kein Wörtl davon! Seit dem Abend hab ich den Buben nimmer gesehen."

Sie traten in Waldrams Zelle und fanden sie leer; auf der Erde lag die Geißel, blutfleckig an Griff und Strängen. Mit zerdrückter Stimme rief Eberwein den Namen des Knaben. Während sie nach dem Kirchlein eilten, fiel draußen vor der Klause eine schwere Masse mit dumpfem Klatsch zu Boden. Der nasse Schnee, der auf dem steilen Dach gelegen, war unter der Sonnenwärme ins Gleiten geraten und hatte im Niederfallen die Gabe der Hirtin verschüttet. –

Leuchtend, in jedem hängenden Tropfen ein Blitzen und Schimmern weckend, lag die Morgensonne über Rodung und Wald. Das welke Laub hatte flammende Farben, als wär' es in

Brand geraten, und von den weißen Bergen ging ein Glanz aus, der die Augen blendete. Strahlend stand die Sonne am reinen Himmel, ihr Licht verstreuend in gleißender Fülle; sogar die Schatten, die sie warf, erschienen nicht wie Dunkel, sondern wie bläulicher Rauch, hinter welchem Feuer brennt.

Es reichte der Sonnenglanz schon weit hinaus ins Tal, alle Halden der Schönau funkelten schon im Lichte, und immer weiter seewärts rückte die Helle über den Untersteiner Forst.

Nur der Hag des Fischers und Wazemanns Haus lagen noch im Schatten der Seeberge.

Auf der Höhe des Falkensteins füllte wirrer Lärm den Burghof. Die gewaffneten Knechte beluden sich mit den Pechkränzen und Reisigbündeln, die Mägde trugen die Metkannen um, und Herr Waze stand mit fünf Söhnen am Fuß der Freitreppe, der Pferde harrend, die man aus den Ställen führte. Einer der Knechte ließ am Tor die Brücke nieder. Als sie gefallen war, erhob sich Ulla aus ihrem Winkel. Lautlos huschte sie zum Tor hinaus, und niemand achtete ihres Weges.

Schon wollte Herr Waze den Fuß in den Bügel setzen. Da dröhnten schwere Schläge an der Mauerpforte, die gegen die Bergseite führte. Man lief und öffnete. Bis über die Hüften mit Schnee behangen, trat Rimiger in den Burghof. Zornröte schlug über Wazes Stirn, als er den Sohn erblickte, und böser Willkomm schien ihm auf der Zunge zu liegen. Doch Rimiger schnitt ihm die Rede ab mit dem keuchenden Ruf: „Vater, dein Wort ist Wind geworden im Gaden! Auf deinem Bannberg hausen Leut!“ Er lachte heiser. „Und kochen ihr Mus am Feuer!“

„Laß sie kochen!“ schrie Henning. „Wir haben andere Sorg!“

Herr Waze hatte das Roß von sich geschoben und war auf Rimiger zugetreten. „Leut auf meinem Bannberg?“

„Hinter dem Eismann droben, in der öden Albhütt! Und weißt du, wer? Der Richtmann, sein Bub und Sigenots Schwester.“

„Das Rötli?“ klang Eilberts Stimme aus dem Lärm der anderen.

Der schrille Hall dieses Namens flog in die Herrenstube und weckte die Tochter Wazes aus ihrem steinernen Brüten. Wie Ulla sie verlassen hatte, so saß sie noch immer, das Kinn auf der Brust, die Hände im Schoß. Jetzt hob sie das bleiche Gesicht und lauschte. Sie hörte das wirre Geschrei, zornige Worte ihre Vaters, dann die Stimme Rimigers: „Im Schnee ist kein Weg mehr über die Wänd gewesen. Otloh wär am liebsten heimgekehrt, aber ich hab mir gute Jagd versprochen vom Morgen. Das Fahlwild hinter dem Eismann ist mir im Sinn gelegen. So sind wir hinuntergestiegen gegen den Windacher See. Noch eh wir im Seetal ans End gekommen sind, ist der Abend eingefallen. Ich hab gemeint, wir sollten noch aufsteigen bis zur Ödhütt und droben nächten. Die Hütt liegt einen Pfeilschuß von dem Wechsel, über den das Fahlwild niederzieht, wenn Schnee gefallen. Gut! Wir steigen weiter und kommen in schneeheller Nacht zur Hütt. Schon von weitem ist mir's gewesen, als käm aus der Hütt ein Lichtschein. Und richtig! Rauch geht auf, und wir hören das Holz im Feuer krachen! Ein Wilddieb? Das ist das erste gewesen, was ich denken hab müssen! Und da hör ich aus der verschlossenen Hütte die Stimm einer Dirn! Und hör den Richtmann reden! Und seinen Buben! Und rat, was ich vernommen hab! Vater! Sie haben dir einen Knecht erschlagen, weil er die Fischerdirn hat fassen wollen." Die Stimme Rimigers ging unter im Geschrei. Starr lauschte Recka. Abgerissene Worte drangen an ihr Ohr; sie hörte, wie Rimiger von seinem Heimweg sprach, und hörte ihn sagen, daß Otloh in sicherem Versteck zurückgeblieben wäre, um die Hütte im Auge zu behalten.

„Rühr dich, Vater!" schrie Henning. „Willst du zum Gespött werden im Gaden und stillsitzen, wenn dir das Bauernpack dein Fahlwild scheucht? Der Fischer hütet seinen Hag, die Kutten hüten ihre Klaus. Die bleiben dir allweil noch. Hinauf, Vater, hinauf!"

Aus dem Lärm, der diesen Worten folgte, hob sich schrill die Stimme Wazes: „Vier Knecht mit uns! Die Hetzhund an die Riemen! Und nehmt die Würfel mit, ihr Buben. Als Einsatz geb ich euch die Dirn!"

Tumult und Gelächter, Pferdegetrappel und das Gebell der Hunde füllten den Burghof. Im öden Herrensaal stand Recka, zitternd an allen Gliedern. Ein Lächeln huschte um ihren bleichen Mund, ihre Gestalt streckte sich, und die Finger schlossen sich zu Fäusten. „Rötli! Auf Tod und Leben, ich halt dir meine Treu!"

Sie sprang in ihre Kammer, und während sie sich rüstete wie zu Ritt und Jagd, ging ein Schreien und Rennen durch alle Räume des Hauses. Die Knechte liefen nach den Schneereifen und Grießbeilen.

Als Recka den Wildfänger um die Hüfte gürtete, wurde an ihrer Kammer die Tür aufgerissen. Henning erschien auf der Schwelle und maß die Schwester mit spöttischem Blick. Ohne ein Wort zu sagen, trat er wieder zurück, warf die Türe zu, und draußen klirrte der Riegel.

Recka war gefangen. Sie lachte – und koppelte den Köcher an ihren Gürtel. An jedem Pfeil, den sie im Köcher verwahrte, prüfte sie die Fiederung, den Schaft und die Spitze. Den Eibenbogen nahm sie auf den Rücken und faßte den Jagdspeer. Nun stand sie und lauschte. Im Burghof dämpfte sich der Lärm, und als der Hufschlag der Pferde und das Gekläff der Meute gegen die Bergseite hin verklangen, eilte Recka zum Fenster und schwang sich auf die Brüstung. Sie sah nicht, daß von dem wankenden Tisch der kleine Schrein mit dem Geschmeid ihrer Mutter zu Boden stürzte – sie sprang.

Auf den Dielen ging der Schrein in Scherben; die goldenen Schaumünzen, die silbernen Ketten, die Ringe und Spangen fielen klirrend durcheinander. Zwischen dem schimmernden Geschmeide hüpfte der halbe Beinreif der Salmued heraus und kollerte über den Estrich gegen die Türe.

Auf dem Lugaus des Fischerhauses stand Wicho mit dem Kohlmann, dem Gekläff der Meute lauschend, das hinter Wazemanns Haus im Bergwald verklang.

„Sie kommen!“ flüsterte Eigel.

Wicho schüttelte den Kopf. „Die Hund läuten gegen den Berg hin. Wir haben heut noch Ruh, sie ziehen ins Gejaid.“

„Dahinter steckt ein Schlich! Sorglos will er uns machen, und eh wir uns umschauen, ist er da und brennt ein Loch in den Hag! Ich schaff, solang noch Zeit ist!“ Eigel griff nach einem der Rutenbündel, die auf dem Lugaus aufgeschichtet lagen. Wicho trat zu ihm, und schweigend begannen sie die Arbeit. Rute um Rute flochten sie um die frisch geschlagenen Pfähle, und immer höher wuchs unter ihren Händen die hölzerne Mauer. Ein wunderliches Lachen machte sie aufblicken. Unter dem Hag stand Ulla. „Ihr Narren! Was schafft ihr und schwitzet? Fürchtet ihr den da droben?“ Ihr Lachen wurde zu schrillem Klang. „Der hat zu tun. Herr Waze muß raufen mit seinem Fluch.“

„Das Weib ist besoffen!“ meinte der Kohlmann.

„Sie ist aus Wazemanns Haus!“ flüsterte Wicho.

Ullas Augen hingen am Kohlmann, und ihre welke Hand streckte sich gegen ihn. „Du! Weißbartiger! Bist du nit der Eigel, dem die Salmued lieb gewesen?“

Dem Kohlmann fielen die Ruten aus der Hand, und der Haß sprühte in seinen Augen. „Weib! Wahr deine Zung!“

Ulla lachte. „Hast du nie gesucht nach deinem Mädel? Freilich, einen weiten Weg hättst du laufen müssen! Wenn der Windische Tandelmann mit seinem Karren wieder kommt, so frag ihn, wo dein Mädel geblieben ist. Zahl ihn gut oder greif ihm an die Gurgel! Vielleicht hörst du von ihm die gleiche Botschaft, die er dem da droben gebracht hat: Die wilden Säu sind über die Salmued und ihr Kind gekommen! Gelacht hat der da droben und hat gemeint, jetzt hätt er Ruh vor ihr! Aber schau hinauf zu ihm, die Tote hat heimgefunden und hauset unter seinem Dach!"

„Eigel!" stammelte Wicho und hielt mit beiden Armen den Kohlmann fest, der über den Hag auf die Lände springen wollte. Vom Hall der Stimmen gerufen, kam Sigenot zum Lugaus.

„Du Narr! Was schlägst du umeinander mit Händ und Füßen?" kreischte die Magd. „Bleib hocken in aller Ruh! Die Salmued wird fertig mit ihm. Sie rührt die Fäust in seinem Haus und schlagt auf alles, was lebig ist. Mein Star ist hin, Frau Friderun ist hin –"

„Frau Friderun?" keuchte der Kohlmann, von Wichos Arm umklammert. „Der Salmued Fluch hätt sie erschlagen? Meinst du? Lauf hinauf und sag ihm: Der Kohlmann ist's gewesen, der auf dem Steig in der Rabenwand die Mausfall aufgestellt hat! Und sag: Ihm selber war's vermeint! Sein Weib ist eingegangen in die Fall statt seiner. Ich hab gelacht dazu. Sein Weib für meine Salmued!"

„Eigel!" Mit eisernem Griff umspannte Sigenot den Arm des Kohlmanns. „Unschuldig Blut an deiner Hand! Und du? Du hast gesessen an meinem Tisch und hast geweilt in meinem Haus? Wicho, das Hagtor auf! Ich hab kein Dach für einen –"

Da klang es von der Ache her mit gellendem Schrei: „Sigenot! Sigenot!" Und jagende Hufschläge kamen näher. Unter heiserem Gelächter riß sich der Kohlmann von der Hand des Fischers. „Sigenot! Sigenot!" klang es unter den Bäumen.

Mit beiden Händen griff Eigel nach seiner Stirne. „Steht denn mein Kopf noch? Gibt's denn in der Welt noch einen, wie der ist! Die Untreu lauft ihm davon, das Wasser rinnt ihm ins Maul – und er stoßt auch die Treu noch aus seinem Hag!"

„Sigenot!" schrillte die Stimme Reckas. Auf schäumendem Pferde kam sie unter den Bäumen hervorgejagt. „Deine Schwester in Not! Meine Brüder steigen zu Berg und suchen die Ödhütt hinter dem Eismann!"

Sigenot griff ins Leere. „Wicho! Mein Eisen!“ Da sah er auf dem Lugaus eine Axt vor den Füßen liegen; er faßte sie und schwang sich über den Hag auf die Lände. Der Altsenn und der Knecht des Richtmanns kamen gesprungen, mit Beilen bewaffnet. Schreiend rannte Heilwig in das Haus, aus welchem Muther Mathilts schrillendes Gelächter tönte, und in der Tür, die zu Wichos Kammer führte, erschien Kaganhart; sein Gesicht war verweint; er seufzte und schlich wieder zurück in die Kammer.

Auf der Lände hatte Sigenot die Zügel des Pferdes gehascht; mit brennendem Blick hingen seine Augen an der Tochter Wazes. „Recka! Deine Botschaft ist mein Leben wert. Eins noch sag mir: Wo geht deiner Brüder Weg?“

„Gegen den Windacher See! Sie reiten!“ erwiderte Recka mit kämpfendem Atem. Spring auf zu mir! Mein Roß hat Kraft. Wir holen sie ein!“

Sigenot wehrte mit der Hand. Er wußte besseren Weg, über den See und durch die Schluchten hinter dem Eismann empor. Ein gefährlicher Pfad an solchem Tag, unter hängendem Schnee und drohenden Lawinen, doch um die Hälfte näher als der sichere Weg, den Waze und seine Söhne genommen.

Wicho hatte das Hagtor aufgerissen, sprang auf den Fischer zu und stammelte: „Herr?“

Sigenot schob ihn von sich. „Jetzt hilft nur einer noch!“ Seine Augen „streiften das Kreuz. Bleib und denk meiner Mutter!“ Einen Blick noch warf er über Hag und Haus, dann eilte er zum Ufer und stieß den Einbaum in das Wasser.

„Sigenot!“ rief Recka. Der Fischer hörte sie nicht, er tauchte schon das Ruder und legte sich auf die Stange. Da ließ sich Recka aus dem Sattel gleiten. Durch die Urriefe watend, erreichte sie den Einbau und schwang sich in den Nachen. Dem Fischer stockte das Ruder.

„Fahr zu! Deine Schwester in Not! Ich steh zu dir.“

Das Ruder rauschte, und von wuchtigen Schlägen getrieben, schoß der Einbaum über die stille Flut.

Die Männer am Ufer standen ratlos. Eigel war der erste, der die Sprache fand. „Wicho“, rief er, „schick den Altsenn und den Knecht in die Schönau und laß sie schreien vor jedem Hag: ‚Not über Not!‘ Ich lauf zum Lokwald und such den Herrn!“ Er eilte davon.

Kichernd streckte Ulla die Hand gegen den See. „Schauet, was die Salmued schafft! Die Schwester wider die Brüder und für den Fischer, dem Herr Waze den Vater erschlagen! Blut wider Blut, so will's die Salmued haben!“

Wicho packte die Magd mit beiden Fäusten. „Den Vater erschlagen? Wer?“

Sie lachte. „Die Alfen, gelt, die Alfen haben Sigenots Vater, den Gelfrat in den See gezogen? Freilich, die Alfen! Ich selber hab's gesehen. Zehn auf einmal sind über ihn gekommen, grad so viel, als der da droben Finger an den Händen hat. Spring hinunter in den See und such den Gelfrat! Ich mein', es steckt ihm der Pfeil noch im Hals, den Herr Waze von der Mauer geworfen hat, wie er den Fischer im Sturm hat hängen sehen an der Falkenwand! Zu stark ist ihm der Gelfrat geworden. Da hat der ander zeigen müssen, daß er stärker ist. Aber laß nur gut sein! Noch stärker ist die Salmued. Sie rührt die Fäust und wirft das Fluchbein um.“ Lachend stieß sie den Knecht von sich und humpelte den Bäumen zu. Am Waldsaum wandte sie das verzerrte Gesicht und hob die Hand mit dem toten Vogel gegen Wazemanns Haus.

Verstört blickte Wicho dem Weibe nach, während das ledige Roß mit Gewieher am Ufer auf und nieder jagte. Nun tat es einen Sprung ins Wasser, stand mit vorgeschobenen Hufen, schnaubend, und streckte den Hals. Als es den Einbaum und seine Herrin im Schilf der Insel Bidlieger verschwinden sah, sprang es mit tollen Sätzen durch das aufspritzende Wasser, versank in der Flut, erschien wieder und schwamm. Nahe der Insel gewann es seichten Grund und sprengte durch das Schilf.

Der Einbaum lenkte schon um die Falkenwand. Schweigend führte Sigenot Schlag um Schlag mit dem Ruder. Recka saß vor ihm und spähte der Ferne zu, der das Schiff entgegensteuerte. Als sie die Augen wandte, erschrak sie; sprechen konnte sie nicht; sie streckte nur die Hand und blickte ratlos zu Sigenot auf. Er warf einen Blick über die Schulter und sah den Kopf des Pferde über das Wasser gleiten. Mit aller Kraft legte er sich auf die Stange, doch immer näher kam das Tier. Es erreichte den Einbaum, hob sich im Wasser, und seine schlagenden Hufe streiften den Kahn, daß er wankend zur Seite wich. Das Tier versank, tauchte wieder auf und schwamm, die Augen weit aufgerissen, Wasser aus den Nüstern blasend.

„Wehr das Roß ab", stammelte Sigenot, „oder es wirft uns den Einbaum!"

Recka fuhr mit der Hand über die Augen; dann faßte sie den Bogen und legte einen Pfeil an die Sehne.

„Recka!" Sigenot ließ das Ruder fahren, um den Schuß zu hindern. Schon flog der Pfeil. Der Kopf des Pferdes überschlug sich, mit dcm gefiederten Schaft in der Stirne; die gekrümmten Hufe tauchten aus dem Wasser, noch einmal erschien das Haupt des Tieres mit schwimmender Mähne, dann versank es in einem kreisenden Trichter, und Schaum und Welle schlugen über ihm zusammen.

„Recka! Was hast du getan! Das Roß ist dir lieb gewesen."

„Deine Schwester in Not! Fahr zu!"

Schwer atmend faßte Sigenot das Ruder und trieb den Einbaum.

Hinter den weißen Bergen tauchte die Sonne empor, und leuchtende Strahlen fielen über den See. Schimmer und Glanz lagen ausgegossen über den weiten Felsenkessel, über die spiegelglatte Flut und die steilen Gehänge. In der wachsenden Wärme tauchten die Farben des welken Bergwaldes unter dem weichen Schnee hervor, ein Flimmern überall, und wo die Sonne den nassen Waldgrund fand, kräuselten dünne Nebel sich empor, schwebten langsam in die Höhe und zerrannen spurlos in den blauen Lüften. Funkelnd wie Silber stürzten von allen Wänden die Gießbäche nieder, und ihr Rauschen füllte den gewaltigen Felsenkessel wie mit dem eintönigen Gesang einer machtvollen Stimme.

Schon war der Einbaum dem steilen Ufer nahe, dem er entgegensteuerte. Da rann ein Zittern über das Wasser, als wäre ein Windstoß über den See gefallen. Doch es rührte sich kein Hauch in den Lüften. Rings an den Ufern blitzte ein weißer Schaumstreif auf, und während die kleinen Wellen sich langsam wieder glätten, lief über das hohe Gewänd des Königs Eismann eine weiß zerstiebende Wolke nieder, als hätte die Riesin des Berges ihren Schleier in die Tiefe flattern lassen.

Sigenot und Recka sahen nicht, was rings um sie geschah. Still hingen ihre Blicke aneinander.

Als der Einbaum an das Ufer stieß, atmeten sie auf wie Erwachende. Recka sprang zuerst ans Land. Sigenot stieß den Beilschaft hinter den Gurt und schleifte den Einbaum auf das Kiesbett, das der rauschend niederstürzende Wildbach aufgelagert hatte. Seitwärts vom Geklüft des Baches führte ein Jägersteig zur Höhe. Sigenot zögerte. „Recka! Es ist böser Weg, den ich beginn. Kehr um!"

„Er führt zu meiner Gesellin, der ich Treu geschworen. Steig an!"

„Der Weg führt wider deine Brüder."

Reckas Augen blitzten. „Deine Schwester, in Not! Steig an!"

Wortlos wandte Sigenot sich ab und begann den mühsamen Pfad emporzuklimmen. Rascher und rascher stieg er. Und immer blieb Recka dicht hinter ihm, als wäre eines Mannes Kraft in ihren Gliedern. Als der Schnee tief wurde, verließ Sigenot den Pfad und sagte: Steig voran! Es könnt dich der Schnee überwerfen, der sich löst unter meinem Fuß." Recka nickte und stieg an ihm vorüber. Ehe Sigenot ihr folgte, warf er einen Blick ins ferne Tal. Vorgeschobene Berge verhüllten sein Haus. Nur mit der Seele sah er den Hag, das Dach und das hohe, in der Sonne schimmernde Kreuz. Er atmete auf, als hätte dieses Bild ihm Hoffnung und neue Kraft gegeben. Er fürchtete nicht mehr um die Schwester, sondern wußte, daß er sie retten würde. War doch einer mit ihm, stärker als tausend Männer in Wehr, und Eisen! Wer sonst als dieser eine hatte ihm die treue Gesellin geschickt, die ihm Feind gewesen bis zur Stunde? Die ihm freund geworden um der Schwerster willen! Mit raschen Sprüngen holte er Recka ein, und bei ihrem Anblick brannten seine Wangen. –

Um die gleiche Stunde hielt Wicho, mit dem Schwerte seines Herrn bewaffnet, vor dem Fischerhaus die Wache. Und hob den sorgenden Blick zum Kreuz und murmelte: „Jetzt muß er weisen, ob er so stark ist, wie die da draußen sagen!“ Das Eisen im Arm, schritt er zum Lugaus und spähte über den Weg, der von der Ache kam. Er harrte des Sennen und des Knechtes, die er nach Eigels Rat in die Schönau gesandt.

Die beiden dachten nicht der Heimkehr. Beim Hag des Richtmanns standen sie in einem Haufen schreiender Männer und Weiber, die sich um Ulla drängten. Jedem hielt sie den entseelten Vogel vor die Augen. Mit kreischendem Hohn weckte sie in den Männern die Erinnerung an jede Unbill, die Herr Waze ihnen zugefügt, in den Weibern das Gedenken an jede Sehmach, die sie erlitten von Wazemanns Söhnen. Lachend zog Ulla weiter, während hinter ihr der schreiende Haufe blieb. Über alles Geschrei erhob sich die Stimme des Hanetzer, der in seinem verschwollenen Gesicht die Male der Faustschläge trug, die er von Sindel und Hartwig beim Verhör empfangen. Fast mit den gleichen Worten wie damals auf der Regenalm vor dem in Schlingen liegenden Bären schrie er auch jetzt: „Raitet! Raitet! Was tun wir ihm an? Ihm und seinen Buben?“

„Soll geschehen, was mag!“ schrillte eine Weiberstimme. „Ich lauf zum Lokwald, ich geh zu den Gottesleuten!“ Um die Schreiende drängten sich die anderen Weiber, und der kreischende Haufe wälzte sich über die Halden und wuchs bei jedem Hag.

Bruder Wampos ‚Wunder‘, Ullas Star und der Fluch der Salmued übten stärkeren Zug auf diese Menschen als die Botschaft der ewigen Liebe. Seit der Thingnacht halten sie vor dem Ruf der Glocke die Ohren verschlossen. Jetzt, als sie durch die sonnige Morgenluft vom Lokiwald die eherne Stimme tönen hörten, fiel's, in ihre Gemüter wie Raserei, und schreiend rannten sie dem Hall entgegen.

Die Glocke klang. Sanft schwoll ihre freundliche Stimme über, die stillen Wälder hin und brach sich an den weißen Bergen. Auch ein Einsamer hörte sie, der in der Hast von der Ache zum Lokiwald emporeilte über den steilen Hang: der Kohlmann. Als er die Höhe des Waldes erreichte, vernahm er den Schritt eines Menschen. Der Köppelecker kreuzte seinen Weg, atemlos, mit verstörtem Gesicht. „Eigel, Eigel", jammerte der Bauer, ein Vieh liegt unter der Lahn!"

Der Kohlmann hob die Faust. „Denk an den Totenmann! Die über die Bären Macht haben, hätten auch dein Vieh gehütet vor der Lahn. Jetzt lauf zum Waze und such dir Hilf! Ich geh zu den Gottesleuten."

„Eigel! Dein Weg ist wider den Thingspruch!"

„Thing hin oder her, ich such mir Hilf, wo ich sie find!" Der Kohlmann eilte der Lichtung zu, die durch die Bäume schimmerte. Als er die Rodung erreichte, hörte er Beilschläge; Bruder Schweiker zimmerte am Waldsaum die Pfähle für den Hag. Der Kohlmann sprang zur Klause; auf der Türschwelle saß Bruder Wampo in der Sonne und schabte. mit einem Holzspan die Honigflecken von seiner Kutte.

„He, du, wo ist dein Herr?"

Verdrießlich blickte Wampo auf. „Herr? Welcher?"

„Der mit den guten Augen!"

„Der ist fort."

Eigel erschrak. „Wohin?"

„In die Ramsau."

„Welchen Weg hat er genommen?"

„Dort hinunter!" Bruder Wampo deutete mit dem Arm.

Ohne Gruß eilte der Kohlmann davon. Im Wald, auf kotigem Pfade, fand er die frische Trittspur einer Sandale, die Spur des Weges, den Eberwein genommen. Als er das Tal der Ache erreichte, scholl ihm ein Gewirr von heiseren Stimmen entgegen. Zwischen den Bäumen tauchte eine Schar kreischender Weiber auf, über dreißig an der Zahl, nur wenige Männer unter ihnen: der Hanetzer, die Winklerbuben, der Waldhauser und der Urstaller, der Schmied von Ilsank und der Köppelecker, der dem zur Klause ziehenden eilenden Haufen begegnet war und sich ihm angeschlossen hatte. Die Augen des Kohlmanns funkelten. „Ihr lauft mir gut in den Weg! Ich will euch Feuer in die Strohköpf werfen." Das weißbärtige Kinn auf den Stecken gelegt, so rief er sie an: „Wohin, Leut?"

„Zum Lokwald! Zu den Gottesmännern!"

Er lachte. „Da werdet ihr schieche Köpf machen zu dem Gruß, der bei der Klaus auf euch wartet!"

Wilder Lärm erhob sich, und der Köppelecker schrie: „Luset, Leut! Er ist bei der Klaus gewesen. Reden soll er! Mein Vieh liegt unter der Lahn, und keiner will mir graben helfen. Mein Vieh ist hin. Das wird genug sein! Oder muß ich noch mehr verlieren? Red, Eigel, red!"

Der Kohlmann reckte sich. „Dein Vieh ist hin? So? Und der Richtmann ist in Not mir seinem Buben. Und hinter ihm her sind die Wazemannsleut Dem Kaganhart ist Feuer über sein Haus gefallen. Und die Hilmtrud liegt im Blut. So weit hat's kommen müssen! Wie in der Thingnacht der Bidem hingelaufen ist unter euren Füßen, hat keiner merken können, wie's an der Zeit steht! Keiner hat fragen mögen: Wer beutelt die Berg? Was für einer ist das, der so starke Fäust hat? Warum tut er's? Für wen will er Zeugnis ablegen, für den Spisar oder für die Gottesleut? Keiner hat fragen mögen! Jetzt auf einmal packt das Grausen euch an, weil jeder merkt: Not auf Not kommt über alle, die auf dem Totenmann geschworen haben!"

„Ich bin weggeblieben vom Thing", schrie der Hanetzer wie besessen, „ich hab nit mitgeschworen!"

„Haben denn wir geschworen?" kreischte eine Weiberstimme. „Und wir armen Weiberleut sollen büßen, weil unsere Manner das Hirn im Buckel haben!"

Eine Bäuerin hob zwei Fäuste wie Hämmer. „Ich schlag dem meinigen alte Knochen auseinander."

„Recht so!" übertönte der Schmied von Ilsank mit seiner Bärenstimme den Lärm. „Wär's mir nachgegangen, alles wär anders geworden im Thing. Jetzt weiß ich, was ich tu. Ich geh zur Klaus."

„So geh doch!" höhnte der Kohlmann. „Der Hammel meint, er darf nur hinlaufen zur Klaus und schreien: Ihr guten Gottesleut, da bin ich, jetzt helfet mir in der Not, jetzt feiet mein Haus wider Glut und Brand, mein Vieh wider Lahnen und Bären! Und von den Gottesleuten soll keiner fragen: Warum erst heut? Hat unser Glöckl nit gerufen Tag um Tag? Wo hat ein Tor sich aufgetan für uns? Euch sollen wir helfen? Wer hat denn uns geholfen? – Laufet nur hin! So reden sie. Mich soll keiner bei der Klaus mehr sehen, es müßt denn sein, daß ich kommen kann und rufen: Ihr guten Gottesmänner, schauet, was ich getan hab für euch! Ich hab nit mitgeschworen auf dem Totenmann. Aber dabeigewesen bin ich doch. Das mach ich wieder gut!" Er drängte sich aus dem schreienden Haufen.

Der Köppelecker hielt ihn am Kittel fest. „Red! Eigel! Was hast du im Sinn?"

Die Augen des Kohlmanns glitten hinauf gegen den König Eismann; dann warf er einen wägenden Blick über die kleine Zahl der waffenlosen Männer und schüttelte den Kopf, als müßte er den Gedanken, der in ihm aufgetaucht, von sich abwehren. „Reden? Mit euch? Wozu? Ihr habt saure Milch im Leib. Kein Blut!" Seine Stimme hob sich. In der Ramsau hausen noch Mannerleut. Zu denen geh ich. Zu denen sag ich: Herr Waze ist mit seinen Buben zu Berg gestiegen, sein Haus steht leer und wär so leicht zu werfen wie ein Strohdach. Haben die Füchs erst ihren Bau verloren, so bleibt für die Jagdhund leichte Hatz." Die Augen des Alten sprühten. „Da will ich in der Ramsau sagen und weiß, was ich zur Antwort hör. Merket auf, ihr Milchblüter! Es gibt noch was zu schauen, vor der Tag ein End hat! Und morgen bei der

Klaus, da könnet ihr zuschauen, wie die Ramsauer ihren Dank holen von den Gottesleuten!“ Lachend schritt er davon.

Tobendes Geschrei erhob sich hinter ihm. Das Kreischen der Weiber übertönend, klang die Stimme des Schmiedes von Ilsank: „Zu Wazemanns Haus! Was die Ramsauer können, bringen wir auch noch fertig. Feuer in das Fuchsloch!“

Eigel blickte zu den weißen Schneefeldern des Königs Eismann hinauf und hob die Faust. „Kehr heim, du! Und du findest einen Gruß vom selbigen, dem du die Salmued genommen!“ Jenseits der Ache verhallte der Stimmenlärm im dichten Gehölz. „Meinem Fluch sind Füß gewachsen. Gib acht, Herr Waze, er lauft dir in die Stub!“ Jagenden Schrittes folgte Eigel dem Pfad. Bei einer Furt, die an seichter Stelle durch die Ache zog, fand er wieder die Trittspuren Eberweins. Sie führten zum Gehöft des Schapbacher. Vor dem Hagtor sah er ein kleines Mädel. „Ist nit ein Gottesmann vorbeigekommen? Ein Lichtbartiger?“

„Wohl! Nach dem Huzebuben hat er gefragt und ist weitergezogen gegen die Windach.“

Der Kohlmann eilte durch das dichte Gehölz. Von weitem hörte er das dumpfe Rauschen des hochgeschwollenen Wildwassers. Als er die Lichtung gewann, sah er den Mönch über das Felsenufer der Windach aufwärts steigen. „Herr!“ Das Rauschen der Gewässer verschlang den Ruf. Eigel klomm über den steilen Hang empor, und als er den Mönch erreichte, griff er nach seiner Kutte. Eberwein wandte das Gesicht. Wie vor dem Anblick eines Gespenstes fuhr der Kohlmann zurück. Was den Greis so tief erregte, das war nicht der Kummer allein, der aus Eberweins Augen sprach. Unter lallenden Worten streckte Eigel die Hände. Eberwein, beim Rauschen der Windach, verstand ihn nicht; er faßte den Arm des Kohlmanns und zog ihn vom Ufer gegen den Waldsaum. „Eigel! Es steht auf deinem Gesicht zu lesen, du bringst mir üble Botschaft!“

Der Kohlmann sprach von dem erschlagenen Knecht, von Ruedlieb und Rötli, von ihrer Flucht mit dem Richtmann, von aller Not im Fischerhaus, vom Auszug der Wazemannssöhne und von Sigenots Bergfahrt. Und immer hing sein Blick wie gebannt an den Zügen des Mönches, als möchte er von sich abweisen oder festhalten, was verworren in ihm aufstieg und wieder versank in die Dämmerung vergangener Zeiten.

Eberwein rüttelte den Arm des Kohlmanns. „Solche Botschaft bringst du und stehst vor mir wie auf steinernen Füßen! Auf! Und führe mich! Oder hast du Furcht? So weise mir den Weg zum Eismann und bleibe!"

„Furcht?" Eigel erwachte. „Soll geschehen mit mir, was mag! Bevor ich hin bin, bleibt mir noch allweil Zeit zu einem Streich. Der soll ausgeben." Wieder hingen seine Augen am Gesicht des Mönches. Schwer atmend schüttelte er den Kopf, und an Eberwein vorüber eilte er quer durch den Wald einem Pfad entgegen.

Die beiden hatten bis zum Windacher See noch weiten Weg. Doch über alle Fernen klang ihnen ein dumpfes Brausen von jener Stelle entgegen, an der die wilde Ache dem See entströmte und in schäumendem Fall sich niederstürzte über die hohe Felsmauer, die das Seebecken gegen das Tal versperrte. Dieses Rauschen hatte anderen Klang als sonst. Seltsame Laute mischten sich in das grollende Getön, bald ein Zischen wie von springendem Gewässer, bald wieder ein Klirren wie von fallenden Ketten.

Als im Wald sich eine Gasse öffnete, griff der Kohlmann erschrocken nach dem Arm des Mönches. „Herr! Dort schau hinauf!"

Wie ein weißer Silberguß ging der Fall der Windach über die Felsen nieder, so reich an Wasser wie sonst nach schwerem Regen. Dem Fall zur Seite hatte der See sich einen zweiten Ausfluß durch die Felsen gebrochen. In der Steinmauer klaffte eine Spalte, durch die ein mächtiger Wasserstrahl gleich der blitzenden Klinge eines riesigen Krummschwertes mit zischendem Brausen hinausschoß in die Luft, um die Tiefe unter ihm mit wirbelndem Wasser zu überschütten.

„Schau nur“, stammelte Eigel, „der Bidem hat eine Fragel in die Wand gerissen!“

Eberwein hörte nicht. „Was stehst du? Wir haben Eile!“ Er schwang sich über einen Felsblock, der den Pfad versperrte, und stieg zwischen den Bäumen empor, während Eigel ihm mühsam zu folgen suchte.

Immer wieder blickte der Kohlmann scheu zu dem Gesicht des Mönches auf und schüttelte den Kopf unter leisem Gemurmel. „Wenn ich nur wüßt, was mich anschaut aus seinen Augen?“

15

Die Sonne stand in Mittagshöhe, als Herr Waze mit seinem Geleit sich dem Ende des Windacher Seetals näherte. Vor der wachsenden Wärme war der Schnee über den Berghang zurückgewichen; nur die Streifen einzelner Lawinen reichten durch die Gräben nieder bis zum Seeufer, mit so festliegendem Schnee, daß die Hufe der Rosse über ihn wegschritten wie über harten Grund. Nur kümmerlicher Baumwuchs deckte das steinige, von Schluchten durchrissene Gehäng. Dennoch bot das öde Felstal einen freundlichen Anblick; die Sonne übergoß es mit ihrem Glanz, leuchtend spiegelte der regungslose See den Silberglanz der beschneiten Höhen und das Blau des Himmels.

Lautlose Ruhe. Hoch im Gewände war das Poltern der fallenden Steine verstummt, und nirgends verriet eine aufstäubende Schneewolke den Sturz einer Lawine. War der Aufruhr, der die Natur befallen hatte, zum Schweigen gebracht? Oder sammelten die dunklen Gewalten Kraft und Atem zu neuer Empörung?

Wie eine dumpfe Stimme, fern aus dem Tal herauf, klang in die Stille das seltsame Rauschen der Windach. Herr Waze und seine Söhne, die unter lachenden Reden auf schmalem Pfad am Seeufer dahinritten, achteten der Mahnung nicht, die hinter ihnen tönte. Nur die Knechte, die, dem Zug der Rosse folgend, die ungestümen Hunde an den Riemen führten, blieben zuweilen stehen, blickten lauschend nach rückwärts und schüttelten die Köpfe.

Als der See zu Ende ging, stiegen die Reiter aus dem Sattel. Zwei Knechte übernahmen die Hunde, denen die ledernen Zwingen um die Schnauze gelegt wurden; und während die beiden anderen Knechte zur Bewachung der Pferde zurückblieben, begann Herr Waze mit seinem Geleit den Anstieg über den waldigen Hang.

Ungewöhnliches Leben zeigte sich im Bergwald; Vögel huschten ruhelos umher, und häufig war flüchtendes Rotwild zu gewahren. Nicht die bergwärts Steigenden schreckten das Wild aus seiner Ruhe; es kam von der Höhe und suchte das Tal. Auch der Wald hatte ein so verändertes Gesicht, daß Herr Waze meinte: „Da hat der Regen bös gehaust!“ Lärchen und Fichten, in ihrem Wurzelhalt gelockert, standen schief durcheinander; lange Risse gingen durch die Moosdecke; große Steine waren aus der Erde herausgedrückt wie Kerne aus der Frucht; ein leises Ächzen ließ sich manchmal vernehmen, als würden straff gespannte Wurzeln langsam abgedreht, und ein übler Geruch wie von faulem Wasser stieg aus allen Erdschrunden.

„Noch ein Regentag wie der gestrige, und der Fetzen Wald da bricht hinunter!“ Mehr schloß Herr Waze nicht aus den Zeichen, die er gewahrte. Noch minder hatten seine Söhne ein Auge dafür. Wenn unter einem von ihnen die Moosdecke brach, dann lachten die anderen und sprangen zur Seite.

Als der Wald ein Ende nahm und die verschneiten Halden begannen, hörten die Steigenden leisen Steinfall aus der Höhe. Über weißem Grat erschien ein Rudel Gemsen. Schwarz hoben sich die zierlichen Gestalten der Tiere vom Schneegrund ab. Immer neue

Köpfe tauchten über den Grat empor. Eine Weile standen die Gemsen regungslos und äugten gegen die höheren Wände des König Eismann. Dann plötzlich begannen sie talwärts zu flüchten in gedrängter Schar. Gleich einer schwarzbraunen, ins Gleiten geratenen Erdscholle kam das Rudel über den steilen Schneehang heruntergefahren. Die Hunde, die das Wild erspäht hatten, zerrten an den Riemen und winselten unter dem Leder, das ihre Schnauzen schloß. Mitten auf dem Hang hielten die Gemsen inne und äugten auf den Trupp der Leute nieder. Dann stoben sie, das Tal auf geradem Wege suchend, nah an Wazemann und seinen Leuten vorüber, als wäre in ihnen nicht die Angst vor Menschen und Hunden, sondern andere Furcht. Herr Waze schüttelte den Kopf. „Das versteh ich nit."

Henning lachte. „Hinter dem Eismann hausen Leut und schüren Feuer in der Ödhütt. Und du verstehst nit, was die Gemsen laufen macht?"

„Ich seh den Otloh!" fiel Rimiger ein. Dort oben hockt er und späht über den Schneegrat nach der Ödhütt!"

„Hinauf!" Ansteigend stieß Herr Waze den Eisenstachel des Grießbeils auf eine Felsplatte; sie brach entzwei, und die Splitter stoben auseinander, als hätte ein Zauber den festen Stein in sprödes Glas verwandelt. Das gewahrten die Knechte, die hinter dem Spisar die winselnden Hunde führten. Einer von ihnen stieß mit dem Schuh an eine Scholle des zerborstenen Gesteins, und da flogen ihm die Splitter bis an die Brust empor und ins Gesicht. „He, du", rief er seinen Gesellen an, „schau nur, was für ein närrischer Stein das ist!" Er wollte zu Boden greifen. Die Hunde rissen ihn vorwärts. Unter der Stelle, die der Knecht verlassen hatte, ließ sich ein mattes Knirschen vernehmen. Langsam hoben sich die Brocken des zertrümmerten Steines aus dem Grund hervor, es bildete sich im Boden ein Riß, der schleichend in die Breite wuchs, und ein schwarzer Erdwulst legte sich wie zäher Teig über den Schnee heraus.

Herr Waze und seine Söhne stiegen höher und höher. Sie wunderten sich, daß Otloh so regungslos dort oben saß. „Der Bub muß heißes Blut haben“, meinte Sindel, „sonst möcht er sich rühren im Schnee.“

Rimiger sagte: Er wird die Hütte nit aus den Augen lassen!“

„Jetzt laufen sie uns nimmer davon!“ lachte Henning. „Schauet nur, der Rauch steigt aus dem Albental über den Grat herauf! Sie kochen ihr Mahl.“

„Die Supp soll ihnen versalzen werden!“ Zu kurzer Rast auf das Grießbeil sich stützend, spähte Herr Waze nach der kleinen bläulichen Wolke, die sich über den weißen Grat emporkräuselte in die sonnigen Lüfte. –

Hinter jenem Grat, auf dessen Höhe Otloh so regungslos die Wache hielt, senkte sich der überschneite Steingrund zu einer weiten Mulde. Ehe Herr Waze, um seinem Fahlwild Ruhe und Äsung zu sichern, die Gehänge des König Eismann mit seinem Bann umhegte, hatte dieses Bergtal als die beste Albe des Gadens und der Ramsau gegolten. Aus jener Zeit noch stammte die Hütte, die sich inmitten des kesselförmigen Tales erhob.

Der Schnee, der über das Dach gefallen, war geschmolzen, und durch die Balken quoll der Rauch des Feuers, das auf der Herdstatt brannte. Sein Schein beleuchtete ein stilles Glück. Rötlis geschickte Hände hatten dem unwirtlichen Raum ein freundliches Aussehen verliehen. Kein Span und keine Heuflocke lag verstreut, und jedem Stücklein Gerät und Gewand, das man aus dem Tal heraufgetragen, war an der Balkenmauer seine Stelle angewiesen.

Während Ruedlieb die zerhackten Latschenäste, die er unter dem Schnee hervorgezogen, neben dem Feuer übereinanderschichtete, damit sie trocknen und besser brennen möchten, stand Rötli vor dem Herd, das Gesicht vom Feuerschein überstrahlt, und behütete als junges Hausmütterchen die Pfanne. Ihre Achtsamkeit wurde oft gestört. Ehe sie schmollen konnte, schloß ihr ein warmer Mund die Lippen.

Einmal seufzte Rötli aus tiefem Herzen.

„Schätzl, was ist dir?" fragte Ruedlieb und strich mit der Hand über ihr Braunhaar.

Sie hob die feuchten Augen. „Was meinst du, wie es meiner Mutter geht und dem Bruder?"

„Gut! Wie denn anders? Dein Bruder steht wie ein Baum, an den sich die Maulwürf nit antrauen. Uns hat er in sichere Hut geschickt. Sich selber weiß er zu wahren."

„Aber wenn die Wazemannsleut –" Rötli redete nicht weiter. Welche Sorge wäre im Herzen einer Liebenden so groß, daß der heiße Kuß des Geliebten sie nicht zu geschweigen vermöchte!

Der Trost, den Ruedlieb spendete, hatte so lange Dauer, daß der Brei in der Pfanne verdächtig zu duften begann. Erschrocken stammelte Rötli: „So, jetzt hätt ich schier unser Mahl verbrennen lassen! Geh, ruf den Vater, daß wir mahlzeiten!"

Ruedlieb sprang zur Tür und sah in lachender Freude auf sein junges Weib.

Draußen vor der Schwelle saß der Richtmann auf einem Steinblock. Er hatte die Hütte verlassen, um das Glück seiner Kinder nicht durch den Anblick der Sorge zu bekümmern, die aus seinen vergrämten Zügen redete. Die ganze Nacht hatte er kein Auge geschlossen, nur immer dem Murren der Lawinen gelauscht und dem Gerassel der Steine, die von den Wänden niedergingen und ihren Weg an der Hütte vorbei nahmen. Auch sonst noch hatte er in der unheimlichen Nacht Geräusche und Stimmen vernommen, die er nicht zu deuten wußte und die ihn mit Angst erfüllten.

Nun saß er seit zwei Stunden einsam vor der Hütte und spähte empor zum steilen Gipfel des König Eismann. Tiefe Windstille war in der Mulde um die Hütte her. Dort oben aber mußte Sturmwind herrschen. Vom Gipfel des Berges hoben sich zwei silberweiße, langgezogene Schneewolken in die blauen Lüfte, schlängelten sich und griffen durcheinander, als wären dem Bergriesen die steinernen Arme lebendig geworden.

Da klang von der Hüttentür die Stimme Ruedliebs: „Komm, Vater! Das Rötli hat aufgekocht, wir wollen Mahlzeit halten!“

Der Schönauer winkte dem Sohn. Als Ruedlieb kam, faßte ihn der Vater bei der Hand. „Ich hab vor dem lieben Kind nit reden mögen. Jetzt hör mich an, Liebli: Wir müssen fort in der Nacht! Der Berg ist nimmer sicher.“

Ruedlieb erschrak: „Meinst du, Herr Waze hätte erfahren –?“

Der Richtmann schüttelte den Kopf. „Ich fürcht den Berg.“

„Die Stein und Lahnen?“ Ruedlieb lächelte. „Schau doch auf! Es ist wieder sonnscheinige Zeit, und der Schnee liegt fest.“

„Ich kenn die Berg, Liebli, ich bin älter als du. Aber ich mein’, es müßt was kommen, was ich selber noch nie gesehen hab. Alles ist lebig in der Rund. Und zur Nachtzeit hab ich die Steinalfen schreien hören. Mir grauset, Bub! Der Bidem steckt im Berg wie die Schermaus unter dem Traidfeld. Wir müssen fort. Die Nacht ist lang und reicht wohl aus, daß wir durch die Ramsau flüchten und das Haller Tal gewinnen.“

Aus der Hütte klang Rötlis Stimme: „So kommet doch!“ Mit einem Sprung war Ruedlieb bei der Türe. Als der Richtmann ihm folgen wollte, hörte er von der Höhe des weißen Grates einen Laut. Betroffen lauschte er. War’s eine menschliche Stimme gewesen? Oder der winselnde Laut eines Hundes? „Ich muß es wissen!“ Mit der einen Hand fühlte er, ob er das Messer am Gürtel trüge, mit der anderen faßte er einen schweren Latschenast, der vor der Hütte lag, und eilte gegen den Hang.

„Vater! Komm doch!“ mahnte die Stimme Ruedliebs.

„Esset nur derweil! Mir schmeckt der Brei so lieber, wenn er verkühlt hat.“ Die Worte des Richtmanns klangen rauh. Durch den klebrigen Schnee begann er emporzuwaten. Als er nach schwerer Mühe den Grat erreichte, stand er wie versteinert. Auf blutgetränktem Schnee lag mit zerschmettertem Haupt eine Leiche, deren starre Totenhand noch den Eibenbogen umklammert hielt: Otloh, Wazemanns Jüngster. Ein stürzender Fels, der eine tiefe Furche durch den Schnee gerissen, war über ihn weggegangen. Der Richtmann begriff nicht, was er sah, und griff sich an die Stirne. Da hörte er über den Grat herüber die Stimmen der Wazemannsleute und das Gewinsel der Hunde; einen Schritt noch tat er; dann sah er sie kommen. Auf die Weite eines Pfeilwurfs waren sie unter ihm. Sie hatten ihn schon erblickt und auch erkannt. Das verrieten ihm ihr Geschrei und der Pfeilschaft, der vor seinen Füßen im Schnee versank. Einen Augenblick stand er ratlos mit verzerrtem Gesicht. Dann faßte er die Leiche und gab ihr einen Stoß, daß sie über den steilen Hang hinunter und den Emporsteigenden entgegenrollte, von Schnee überwirbelt, umprasselt von nachstürzendem Geröll.

Er sprang zurück, und das Messer aus der Scheide reißend, schickte er einen gellenden Notschrei hinunter in das stille Bergtal. Der hallende Ruf weckte das Echo an allen Wänden. Es rieselte der Schnee, Steine rollten, und überall in den Felsen schrie es, als wären zwanzig Stimmen lebendig geworden in der Öde.

Ruedlieb und Edelrot kamen aus der Hütte gesprungen. Auf der weißen Höhe sahen sie den Vater stehen und wußten nicht, was sie denken sollten.

Da schrillte der Ruf des Richtmanns: „Laufet! Hinter mir die Wazemannsleut!"

Rötli erblaßte; auch aus Ruedliebs Wangen jagte der Schreck alles Blut; seine Hand griff nach dem Messer. Gestalten tauchten über den Grat empor: Herr Waze, Henning, Rimiger und Sindel und hinter ihnen die Knechte mit den Hunden. Zitternd klammerte sich Edelrot an Ruedliebs Brust. „Der Unfürm! Und seine Hund!"

„Laß ihn kommen!" Ruedlieb richtete sich auf. „Dir geschieht nit wie dem Rösli, aus deren Blut die Albenros gewachsen. Leben sollst du, oder ich sterb mit dir!" Ein paar Schritte riß er die Wankende durch den Schnee mit sich fort, dann stand er wieder und schrie: Vater! Komm!"

Der Richtmann hörte den Ruf seines Buben, doch wie angewurzelt stand er, in der Linken den Latschenast, in der Rechten das blanke Messer zum Wurf bereit, die brennenden Augen nach der

Höhe gerichtet. Den Söhnen und Knechten voran überklomm Herr Waze den verschneiten Grat. Sein Gewand und seine Hände waren rot vom Blute Otlohs, dessen rollende Leiche er aufgefangen. Er hatte den Hut verloren, und seine dünnen Haarsträhnen klebten an dem schweißtriefenden Gesicht. Seine Züge waren entstellt und glichen der Fratze eines verwundeten Raubtiers, das sich zum Sprunge duckt. Heiser kreischte seine Stimme: „Faßt ihn! Ich will ihn haben! Lebendig!“

Rimiger und Sindel sprangen über den Schneehang nieder und auf den Richtmann zu. Henning hob den Bogen und spannte die Sehne. Da flog das Messer des Richtmanns, und mit lautem Wehschrei ließ Henning die Waffe sinken. Das Messer hatte seinen Arm durchbohrt.

„Die Hund von den Riemen“ brüllte Herr Waze. „Die Hund über ihn!“

Die Knechte lösten die Fesseln. Gleich einem Bündel abgeschnellter Pfeile schossen die heulenden Rüden talwärts.

Da rann unter dumpfem Knirschen ein Zittern durch den Felsgrund. Das verschneite Steinfeld hob sich langsam wie die Brust eines atmenden Riesen. Rings auf dem weiten Berghang stäubten kleine Schneewolken auf, und durch die Lüfte ging ein Murren. Wie fernes Echo klang es und dennoch wie ein naher Laut, dicht vor den Ohren der Lauschenden.

Herr Waze auf dem Grat, Rimiger und Sindel, Henning mit dem blutenden Arm, die beiden Knechte, die verstummten Hunde und der Richtmann, der sich schon zur Flucht gewendet hatte – alle standen wie gelähmt auf der Scholle, die sie trug. Hinter dem Grat hatte Eilbert, der die Leiche Otlohs in den Armen gehalten, den blutigen Körper fallen lassen, und die beiden Brüder, die vor dem Erschlagenen auf den Knien im Schnee gelegen, waren aufgesprungen mit bleichen Gesichtern. Irrenden Blickes starrten sie umher. Alle fühlten die Nähe einer dunklen grauenhaften Gefahr. Von welcher Seite drohte sie? In den Lüften oder im Grund der Felsen? In der Höhe oder im Tal?

Von Hennings Lippen löste sich der erste Laut. Als hätte dieses kreischende Lallen der Todesfurcht die anderen aus ihrer Betäubung aufgeschreckt, so erhob sich plötzlich ein wirres Angstgeschrei in die von dumpfem Gesumm erfüllten Lüfte.

Von Wand zu Wand hin rollte das Echo dieser Stimmen.

Ein verworrener Laut des Widerhalles drang hinunter in die Bergschlucht, durch welche Sigenot und Recka den Weg zur Ödhütte suchten, erschöpft, bis über die Hüften mit Schnee behangen. Aufhorchend faßte Wazes Tochter den Arm des Fischers. „Ich höre Stimmen. Sie schreien um Hilf!"

Sigenot riß das Beil aus dem Gürtel und lauschte; er hörte nur ein leises Murren in ferner Höhe und schüttelte den Kopf. „Hinter dem Eismann geht eine Lahn!" Wieder begann er zu klimmen und schwang sich von Stein zu Stein. Nun machte die Bergschlucht eine Wendung, und zwischen halb verdorrten Zirben fand Sigenot leichteren Pfad. Doch plötzlich stockten seine Schritte. Er sah vor sich den Absturz einer Felskluft, die an den steilen Wänden finstere Höhlen bildete und die Bergschlucht quer durchriß, zu steil für den Niederstieg, zu breit für jeden Sprung. Es war nicht das erstemal, daß Sigenot auf diesem Weg zum König Eismann emporstieg; doch diese Spalte kannte er nicht; ihre Wände waren gelb wie frisch gebrochenes Gestein. Als verließe ihn beim Anblick dieser Schranke die letzte Kraft, so stützte er sich an den Stamm einer Zirbe.

Recka holte ihn ein. „Was stehst du?"

„Unser Weg hat ein End. Der Bidem hat eine Fragel vor uns aufgerissen."

„Schlag die Zirbe nieder, sie schafft uns einen Steg!"

Noch hatte Recka nicht ausgesprochen, da schwang der Fischer schon das Beil, und alle Kraft schien ihm wiedergekehrt. Recka watete zur Höhle, die sich neben der Zirbe in die Felswand senkte, und ließ sich auf einen Steinblock fallen. In nassen Strähnen hing ihr das gelöste Haar um die Wangen, ihre Brust wogte unter schweren Atemzügen, und zitternd lagen ihr die Hände im Schoß.

Sigenot führte Schlag auf Schlag. Jeder Hieb machte den Stamm der Zirbe erbeben und widerhallte an den Wänden. Dumpfe Geräusche quollen von der Höhe des König Eismann nieder, Steine fielen, und über alle Felsen rieselte und glitt der Schnee, als wären die steilen Gehänge belebt von tausend weißen, winzigen Tierchen.

Recka griff nach ihrem Bogen. Als sie gewahrte, daß die Sehne sich von der Feuchtigkeit des Schnees gelockert hatte, legte sie, um den Strang zu spannen, eine Schlinge über die Bogenkerbe; dann nahm sie den Köcher in ihren Schoß. Ein leises Ächzen ging unter Sigenots Schlägen durch den erzitternden Baum, und Recka hob die Augen. „Der Wipfel neigt sich schon. Schlag zu!" Sie ließ die Pfeile halb aus dem Köcher gleiten. „Einen hab ich verloren im Schnee. Aber wenn es zum Ärgsten kommen soll – sieben Schäft noch hat mein Köcher. Sie reichen."

„Recka!" Der Schwung des Beiles stockte in Sigenots Händen.

„Schlag zu! Deine Schwester in Not! Der Baum muß fallen." Wieder krachten die Schläge, und schon begann der Wipfel zu schwanken. Reckas Augen flammten. Zeit meines Lebens haben sie Schmach und Ekel um mich her gehäuft, daß mir zumut war in ihrem Haus wie dem kranken Falken im Geiernest. Und nach solchem Leben diese letzte Stund! Sie haben mich geschlagen und beschimpft wie der Bauer im Metrausch seine Magd." Aufspringend schüttelte sie das Haar in den Nacken. „Ich bin gelöst von ihrem Haus. Mir sind nur noch zwei Dinge im Leben heilig, meine Mutter, die mir lieb gewesen, und die Treu für deine Schwester, die mir hold geworden." Da verstummte der Beilschlag, und ächzend neigte sich die Zirbe. Reckas Blick begegnete den Augen Sigenots. „Für deine Schwester will ich stehen und frag nit, wider wen! Ich tu, was ich muß! Und sollt ich drum im Leben auch nimmer Herd und Heimat haben!"

Unter dem stürzenden Baum hinweg war Sigenot auf Recka zugesprungen. „Nimmer Herd und Heimat?" Fast versagte ihm die Stimme. „So magst du reden, derweil ich leb?" Er streckte die

Arme. Zitternd stand die Tochter Wazes, und über ihr bleiches Antlitz fiel es wie Sonnenglanz. So haucht der junge Morgen nach langer Nacht die weißen Berge an mit leuchtender Glut. Aug in Auge standen sie, und mehr als Sprache hätte reden können, sagte der stumme Blick, der den Inhalt zweier Leben erschöpfte. Wie Feuer zu Feuer fliegt, so trieb es die beiden zueinander. Hatte Sigenot die Geliebte an sich gerissen? Hatte Recka sich an seine Brust geworfen? Sie hingen aneinander wie in jener Sturmnacht auf dem See, und in dürstendem Kusse fanden sich ihre Lippen.

Krachend fiel die Zirbe und warf ihren Stamm und ihr Gezweige über die gähnende Kluft.

War das dumpfe Brausen, das durch die Lüfte ging, ein Echo ihres Falles? Hatte ihr Sturz die schlafenden Riesen im Gestein geweckt und sie gelöst aus tausendjährigem Bann? Wie das Rauschen eines nahenden Sturmes quoll es nieder aus unsichtbarer Höhe und wuchs zu mächtigem Gerassel.

Recka und Sigenot erwachten aus dem Taumel ihres Glücks. Es zitterte die Erde unter ihren Füßen, ein sausender Luftstrom peitschte ihnen Gewand und Haar, ächzend bogen sich die hundertjährigen Zirben, und brüllende Stimmen füllten die Bergschlucht. Reckas Augen glitten zur Höhe. Sie sah das Verderben über die Felsen niederstürmen: ein weißes Riesengewölk, von braunem Rauch umflattert. Aus ihrer Kehle löste sich ein Schrei, und die Angst des Todes sprach aus ihren Zügen; doch nicht das eigene Leben war es, um das sie bangte.

„Recka!" stammelte Sigenot und wollte die Geliebte decken mit dem eigenen Leib. Sie schlug ihm die Fäuste gegen die Brust. Den einzigen Schutz erkennend, auf den in dieser stürzenden Not noch eine Hoffnung zu setzen war, stieß sie den geliebten Mann mit wilder Kraft dem Berghang zu, daß er rücklings in die Höhle taumelte. Unter frohem Aufschrei wollte sie ihm folgen. Da fiel die weiße Sturzflut auf sie nieder, und die Steine prasselten.

Sigenot hatte sich aufgerafft. Einen Schritt noch tat er. Wie durch weiße fließende Schleier sah er Reckas Haupt, ihr wehendes Rothaar, hörte aus allem Donner und Toben noch ihren jauchzenden Schrei: „Ich liebe dich!" Dann brach es vor ihm nieder mit schwarzer Nacht.

Die stürzenden Massen erfüllten die ganze Breite der Schlucht.

Von allen Wänden lösten sich neue Lawinen.

Und in der höchsten Höhe begann ein Grauenhaftes, der König Eismann, der Unbewegliche seit Jahrtausenden, fing zu laufen und zu springen an.

Hoch über dem Almental, dessen Hütte Herr Waze und seine Söhne, der Richtmann und die Knechte in jagender Flucht zu erreichen suchten, geriet der ganze Berghang in rinnende Bewegung. Aus den aufdampfenden Schneewolken flogen braune Punkte hervor, erst wie springende Kiesel erscheinend, schon im nächsten Augenblick wie mächtige Felsblöcke; in weitem Bogen wurden sie über steile Wände hinausgeworfen oder liefen wie kreisende Scheiben mit Windesschnelle über die Gehänge, um in tausend Splitter auseinanderzufahren.

Die Kräfte der Fliehenden gingen zu Ende, und schon rollte die dunkel sich färbende Lawinenwolke gegen das Almental. Unter Heulen und Gewinsel suchten die vom Schreck betäubten Hunde Schutz bei den Menschen, fuhren den Fliehenden zwischen die Füße und brachten sie zu Fall. Knatternd fiel ein Regen von Steinen über den Grat, und lauter noch als das Kreischen der Angst erhob sich das Wehgeschrei der vom Steinschlag Getroffenen. Wen nicht eine springende Scholle zu Boden warf, der stürzte, weil ihm der beißende Staub die Augen erblinden machte. Keiner hörte den Jammerlaut, der neben oder hinter ihm erscholl, halb erstickt von dem die Lüfte erfüllenden Toben. Keiner dachte des anderen, jeder nur an das eigene Leben. Der Bruder kannte nicht mehr den Bruder, der Sohn den Vater nicht, und für die Knechte gab es keinen Herrn.

Immer dichter fielen die Steine, und die Stimmen der brechenden Felsen verschmolzen sich zu schwebendem Gedröhn.

Allen Fliehenden voran war der Richtmann schon der Hütte nahe gekommen, als eine springende Scholle seinen Schenkel traf. Stöhnend brach er zu Boden. Er wußte, daß er verloren war. Und wie nach einem bösen Sturmtag unter dem Gewölk noch eine letzte schöne Röte der sinkenden Sonne schimmert, so sah der Sterbende vor seinen Augen, was seinem Leben teuer gewesen. „Liebli, mein Bub! Mein Haus und Herd!"

Da tönte eine keuchende Stimme an des Richtmanns Ohr. „Der Heilige hinter mir! Und sie lassen mich allein! Die Söhn den Vater! Die verfluchte Brut!" Mit heiserem Schrei erlosch die Stimme, und durch den Schleier des wirbelnden Staubes, durch den Hagel der Steine sah der Richtmann einen Klumpen Leben sich nähern. Mühsam hob er sich auf das unverletzte Knie und faßte die schwere Scholle, die ihn getroffen. „Helfet, helfet!" klang es in winselnder Angst. „Du gütiger Himmelsherr, schau nieder auf meine Reu und hab Erbarmen! Du starker Heiliger, nimm den Gaden, mein Roß und meinen Weißfalk! Ich gelob's! Bei meiner Seligkeit! Ich laß dein Kloster bauen aus festem Stein –" Der Jammernde stürzte, rollte vor des Richtmanns Füße und versuchte sich wieder aufzurichten. „Hilf mir! Hilf! Ich zahl mit Gold und Spangen –"

„Ich tu's umsonst!" Die Faust des Richtmanns mit der schweren Scholle fiel. Ein gurgelnder Laut, ein starrer Blick noch in das Gesicht des Bauern, und Herr Waze überschlug sich auf dem steilen Hang.

Mit Getöse stürzten die dichten Massen des niederfahrenden Gesteins über den Grat einher, und eine mächtige Staubwolke, dem Sturz der Felsen vorangleitend, verhüllte den Todeskampf der wenigen, die noch lebten. Schon sausten die ersten Blöcke gegen die Hütte im Tal und brachen die Balken. Springende Steine sangen an dem flüchtenden Paar vorüber, das mit letzter Kraft durch den Schnee sich weiterkämpfte. Von Grauen befallen, hatte Ruedlieb die Geliebte mit sich fortgerissen, des Weges nicht achtend, den er nahm. Nun stand er am Rande der steilen Felswand, die sich niedersenkte zum Windachersee. Vor ihm der Abgrund, hinter ihm der stürzende Tod. „Jetzt holt der Bid, was ihm verfallen ist!“ Er drückte das Gesicht auf Rötlis Haar und schloß die Augen, den Tod erwartend, der unter Donner und Tosen geritten kam.

Wie ein grauenvolles Ungeheuer schoß die schwarze Wolke über den Hang herunter. Aus ihrem Dunkel wurden mächtige Blöcke hervorgewirbelt wie Asche aus einem Schlot. Und ihr voran, gleich dem Brausen eines gewaltigen Sturmes, jagte die vom Sturz der Felsen angestaute Luft. Der sausende Windstrom faßte das Dach der halb zertrümmerten Hütte und fegte die Balken davon wie leichte Schindeln; die im Schnee versunkenen Latschenbüsche blies er von der Erde weg, und als er die beiden Menschen erreichte, die sich stumm umschlungen hielten, wehte er sie wie kleine Blumen über den Abgrund in die Luft hinaus, daß ihnen Atem und Bewußtsein schwanden.

Unter dem donnernden Widerhall, der über alle Wände rollte, stürzten die Massen der zu Geröll zerschmetterten Felsen in den Windachersee, dessen aufgewühlte Fluten haushoch über die Ufer schwankten. Mit dröhnendem Klang zerbarst die Felswand über den Schluchten der Windach, und der aus seiner tausendjährigen Haft befreite See ergoß sich mit tosendem Rauschen über das Tal.

Eberwein und Eigel, die schon dem Ausfluß der Windach nahe waren, sahen die Felswand auseinanderfallen und das Wasser kommen. Der donnernde Lärm, der aus der fernen Höhe an ihr Ohr geklungen, hatte sie mit Entsetzen erfüllt und ihre Sinne fast betäubt. Sie dachten erst der eigenen Rettung, als die niederbrausenden Fluten schon die Schlucht der Windach füllten und brüllend näherschossen. „Wahr dich, Herr!“ stammelte Eigel, faßte den Arm des Mönches und riß ihn gegen den Berghang. Keuchend klommen sie zwischen den Bäumen empor, um dem Weg der fallenden Gewässer zu entrinnen. Da wich unter einem Tritt des Kohlmanns die Moosdecke. Er stürzte und kam auf dem vom Regen durchweichten Hang ins Gleiten.

„Barmherziger Gott!“ schrie Eberwein und sprang, der eigenen Gefahr nicht achtend, auf den Stürzenden zu. Schon brauste die Flut heran. Eine Welle faßte den Greis und schleuderte ihn an einen Baum. Lautlos kollerte Eigel über das Netz der Wurzeln. Ehe das schießende Wasser ihn verschlingen konnte, hielt ihn Eberwein umklammert. Von einer springenden Welle übergossen, gewann er mit seiner Last den sicheren Grund. Da sah er, daß er einen Sterbenden gerettet hatte. Von Eigels Schläfe sickerte das Blut in dicken Tropfen durch die grauen Haare. Das Gesicht des Greises war aschfarben, doch ein Lächeln glitt über den weißbärtigen Mund. So sah er zu Eberwein auf, als wollte er sagen: „Was liegt an mir! Du lebst, und ich bin zufrieden.“

Keines Wortes mächtig, zerrte Eberwein aus seiner Kutte eine Schnur hervor, an der ein Kreuzlein hing. Das wollte er dem Sterbenden zum Kusse bieten. Da lief ein Zittern über die Glieder des Greises. Er kämpfte, als möchte er sprechen, und faßte gierig – nicht das Kreuz – sondern die seltsame Reliquie, die mit. dem heiligen Zeichen an die gleiche Schnur gebunden war: die Hälfte eines entzweigesprungenen Beinreifs, braun vor Alter, mit halb verwischten Runenzeichen. „Salmued!“ Das Brausen der talwärts stürzenden Gewässer verschlang den Laut. Eigels knöcherne Finger, die den Reif umklammert hielten, zuckten wie im Krampf. Seine Glieder streckten sich. Ein umflorter Blick noch suchte die Augen des Mönches, und flüsternd hauchte der erbleichende Mund: „Die gute Zeit –“

Eberwein verstand den letzten Seufzer dieses erlöschenden Lebens nicht. Er sah die Augen des Greises brechen und küßte die kalte Stirne. Als er beten wollte, versagten ihm die Worte. Tosend rauschten zu seinen Füßen in wachsendem Schwall die entfesselten Fluten vorüber, den Wald und die Felsen brechend, die Zerstörung niederwälzend auf bewohnte Stätten. Vor Eberweins irrendem Blick erschien das Tal der Ramsau. Er sah die einsame Kirche, das verödete Pfarrhaus, die stillen Hütten und ihre Menschen. Er sah die Dächer stürzen und hörte das Angstgeschrei der bedrohten Geschöpfe. Grauen befiel ihn, und aus der Tiefe seines gemarterten Herzens rang sich der bange Aufschrei: „Gott der Liebe! Wo bist du?“

Nur der Donner über den Bergen, nur das Rauschen und Toben der stürzenden Fluten gab ihm Antwort. –

Und wie von den bleichen Lippen des Mönches, so flog in dieser Stunde der Vernichtung auch aus der Seele eines anderen ein Schrei zum Himmel.

Hinter dem König Eismann, in der schwarzen Finsternis der verschütteten Höhle, taumelte Sigenot zwischen den zitternden Felsen umher und schrie: „Du Starker du! Ich hab gehalten zu dir! Jetzt mußt du dich erweisen! Tu mir den Weg auf! Laß mich zu ihr!“ Seine schreiende Stimme erlosch im dumpfen Donner, der ihn umrollte. Verzweifelt riß er mit den Händen am Gestein und zerrte an dem wirren, von Schnee und Geröll zerdrückten Astwerk, das den Ausgang der Höhle verschloß. Der Steingrund unter seinen Füßen begann sich zu bewegen gleich einer Wiege. Aus der Tiefe des Berges kam ein Klang, der mit Messerschärfe in Sigenots Ohren schnitt. Jähe Helle fuhr ihm in die Augen, und langsam wichen vor ihm die Felsen auseinander wie die Flügel eines Tores. Aufschreiend tat er einen Sprung ins Freie. Bevor er wußte, wo er stand und wohin er sich wenden sollte, verging ihm Hören und Sehen. Unter betäubendem Lärm umhüllte ihn eine braune Wolke, brennender Staubsand quoll ihm in Mund und Nase, und wie Feuer war es ihm vor den Augen. Eine kalte Welle hob ihn empor, spülte ihn aufwärts gegen die höhere Schlucht, und während er zwischen Gestein und Schnee bewußtlos lag, fuhr ein Riß, bei dem die Schlucht durchquerenden Spalt beginnend, über die kahlen Felsen hinauf, und die vom Stock des Berges losgetrennte Steinwand neigte sich vornüber.

Donnernd stürzten die gewaltigen Massen über den Schönsee. Ihr Fall zerteilte die Flut. Zwei weiße Wassermauern hoben sich turmhoch auseinander, und während die eine in den Kessel der Berge rollte, wälzte sich die andere gegen das Tal der Ache. Mit

Brausen wuchs die laufende Mauer um so höher, je mehr das Seetal sich verengte. Auf ihrem Wege spülte die riesige Welle den Wald vom Berghang weg wie einen Haufen Späne.

Im Fischerhause hatten sie den Donner des fallenden Gesteins vernommen. Sie sahen über dem Kessel des Weitsees eine Wolke dampfen und hörten das Rauschen des kommenden Wassers. Ein sausender Wind, weißen Schaum in die Lüfte peitschend, flog über den See einher, und die rollende Wassermauer tauchte um die Falkenwand, auf der einen Seite den Bergwald mit Fluten überschüttend, auf der anderen ihre Springwellen emporschleudernd bis zu der um Wazemanns Haus gezogenen Ringmauer.

Das Geschrei der Mägde und die heulenden Stimmen der gefangenen Raubtiere tönten vom Falkenstein herunter, während Heilwig und Kaganhart über die Lände gegen den Berghang flüchteten. Wicho stürzte ins Haus. „Mutter Mathilt!" Er wollte sie umschlingen. Sie wehrte sich und lachte, mit beiden Händen sich anklammernd an die Lehnen ihres Sessels. Gewaltsam riß er sie empor, und während er keuchend mit seiner Last die Tür suchte, streckte Mutter Mathilt unter gellendem Gelächter die Hände nach dem Herd. Wicho erreichte die Hofreut. Da wälzte sich über die Lände, doppelt so hoch als der Hügel mit dem Haus des Fischers, der brausende Wasserberg heran, mächtige Felsblöcke wie leichte Kiesel vor sich herschwemmend und einen Wust von gebrochenen Bäumen ausschleudernd nach allen Seiten.

Wichos Kraft versagte. Zitternd klammerte er die Arme um die Mutter seines Herrn, während in das Brausen der stürzenden Flut das Gebrüll der Rinder sich mischte. Kalkige Blässe deckte das Gesicht des Knechtes, doch über Mutter Mathilts Züge ging es wie ein Leuchten. Sie hob die Arme und schrie mit heller Stimme: „Gelfrat!" Die Nähe des Todes hatte ihre stumme Zunge gelöst. Noch einmal rief sie den Namen des geliebten Mannes, den ihr der See genommen, und streckte die Hände den anrauschenden Wellen entgegen. Brausend stürzte sich die Wassermauer über den Hügel hin. Ein Krachen und Dröhnen von brechendem Gebälk. Und die tobende Flut verschlang, was Sigenots Hag umschlossen hatte.

Immer weiter wälzte sich die zerstörende Riesenwelle. Ihr Rauschen quoll über das Tal hinaus und fand das Ohr der Menschen, die in Schreck aus ihren Hütten rannten. Tal auf und nieder flog das Gespenst der Furcht und faßte alle Gemüter. An den Wänden des Untersberges erwachte ein summendes Echo, während vom König Eismann ein dumpfes Brummen, bald stockend, bald wieder anschwellend, bis zum Lokiwald durch die Lüfte quoll.

Bruder Wampo sprang aus der Klause, und Schweiker, das Beil in der Hand, kam aus dem Wald gelaufen. „Mensch!“ fragte Wampo. „Hörst du das?“ Er verstummte, weil Pater Waldram aus der Kirche trat, gegürtet und mit dem Stab in der Hand. Sein Gesicht war wie das Antlitz eines Toten, doch seine Augen brannten; was aus ihnen leuchtete, war wie das lodernde Feuer im Blick des Kriegers, der den Ruf zur Schlacht vernommen. Erschrocken fragte der Bruder: „Herr, wohin?“

„Wohin die Stimme Gottes ruft! Leget ihr anderen die Hände in den Schoß und sehet zu, wie des Herren Zorn die Berge stürzt! Ich folge seinem Ruf, denn meine Stunde kam.“ Ausholend mit dem Stabe, schritt er dahin, vom Sonnenglanz des sinkenden Tages umwoben.

Die Brüder standen schweigend, einer suchte den Blick des andern. Als Waldram unter den Bäumen verschwunden war, stammelte Bruder Wampo: „Er könnt einem Angst machen!“ Ein Schauer rüttelte ihn. Wieder lauschte er dem fernen Murren, spähte gegen den Schönsee und kreischte: „Gottes Wunder! Zu Wazemanns Bannberg schau hinauf! Der Heidenkönig Eismann ist christlich worden und schlagt ein Kreuz!“

Auf den silberweißen, in Sonne glänzenden Schneegehängen der steilen Bergspitze erschienen zwei dunkle, schräg sich kreuzende Striche. Noch ein Augenblick der Ruhe. Und vor den entsetzten Sinnen der beiden Brüder vollzog sich ein Zerstörungswerk, gewaltig und furchtbar. Immer dunkler und breiter wurden auf dem Schnee des König Eismann die quer durcheinanderlaufenden Rinnen. Während über ihnen der Gipfel des Berges noch sein unverändertes Bild bewahrte, überwälzte sich unterhalb dieser gleitenden Risse der Schnee auf weite Flächen, und aus dem zerfetzten weißen Kleide tauchte die nackte graue Brust des steinernen Riesen hervor. Ganze Gehänge drehten sich und wurden verschoben, es begann ein Sinken der Flächen mit allem, was sie trugen, immer tiefer und weiter griff die gleitende Bewegung und erfaßte unter den kahlen Schneegefilden schon den Saum des Waldes. Viele Tausende von Bäumen, winzig anzusehen in der Ferne, begannen von der Stelle zu rücken. Schneller und schneller, gleich einer Herde hüpfender Schafe, bewegte sich der Wald; einzelne Bäume wurden, als gaukelnde Federn erscheinend, in die Lüfte geblasen. Dann sanken alle Stämme in einen grauen Wust zusammen wie Ähren unter einem Windstoß. Zwischen den gleitenden Flächen hatte sich in steiler Höhe noch ein mächtiger Fetzen Wald erhalten; plötzlich erhob er sich, wie von der Erde emporgeschnellt, und flog mit aufrechtstehenden Bäumen im Bogen durch die Luft, so daß man unter ihm hinweg einen sonnigen Hang gewahren konnte. Niederstürzend fuhr die riesige Scholle in braune Trümmer auseinander, die Bäume verschwanden, blitzende Wassergüsse erschienen zwischen den gleitenden Massen und tauchten wieder unter. Pfeilschnell schossen die schwärzlich sich färbenden Schuttströme über den tieferen Wald und griffen nach allen Seiten auseinander wie die gespreizten Finger einer Hand.

Noch stand der schlanke, weißblinkende Zinnenstock des Berges. Der Losbruch der tieferen Gehänge hatte seine Wände unterhöhlt. Jetzt neigte sich der erschütterte Riese. Zugleich auf allen Seiten begann ein Spalten und Auseinanderklaffen, ein Brechen und Stürzen des gewaltigen Felsenhauptes. Die finsteren Mächte, die jahrtausendelang in diesem Gestein geschlummert hatten, waren zum Leben erwacht und verbündeten sich zu einer unerhörten Tat. Mit rasender Schnelle stürmten sie dem Tal entgegen. Das stürzende Gewänd mit seinen brechenden Eisfeldern entschleierte das geheimnisvolle Herz des Berges, und an Stelle der verschwundenen Zinne erschienen neue, kleinere Felsgestalten – als hätte der greise Ahn den Platz geräumt für seine aus dem Schoß der Riesin Vernichtung gezeugten Kinder.

Nur wenige Augenblicke, und auf dem weiten Unterstock des fallenden Berges waren lange Täler zugeschüttet und über ihnen neue Felsenhügel aufgeworfen, über deren Rücken die stürmende Todesjagd hinunterging in die Täler. Die ganze Höhe war verwandelt in ein wirbelndes Chaos, und immer trüber verhüllte sich der rasende Wechsel der schaudervollen Bilder. Wie auf einer Brandstatt der aus Tür und Fensterhöhlen strömende Rauch zu dickem Schwaden über dem Dach sich sammelt, so flossen die von den auseinanderfahrenden Trümmerströmen aufdampfenden Staubwirbel zu einer ungeheuren Wolke ineinander, deren züngelnde Ränder im Schein der Sonne mit Flammenröte sich färbten, während den finsteren Kern des rollenden Ungetüms ein fahles Leuchten durchlief wie von zuckenden Blitzen.

Nun kam es über den weiten Gaden zum Lokiwald gezogen, erst wie ein dumpfes Tönen nur, darauf ein Ächzen und Knirschen, ein Knattern und Gerassel, das zu rauschendem Krachen wuchs, zu dröhnendem Donner. Unter dem Sturmwind, der einherflog über den Gaden, beugten sich die Wälder, und der jagende Wind trug aus dem Tal das Angstgeschrei der Menschen bis zur Klause. Schweiker und Wampo, die betend auf den Knien lagen, mit erhobenen Händen, vernahmen aus dem Tal eine Männerstimme wie das Gebrüll eines Stieres: „Es kommt der Berg! Laufet! Laufet! Es kommt der Berg!“ Die Brüder sprangen auf, betäubt und wie von Sinnen. Brausend fiel die Sturmwelle über den Lokiwald, und seine Stämme wogten durcheinander. Kreischende Vögel gaukelten in der Luft, der Sturm zersprengte ihre Schar und peitschte sie in das wogende Gezweig; ein Habicht wurde gegen die Wand der Klause geschleudert und fiel mit gebrochenen Schwingen zu Boden. Brüllend wuchsen die Macht des Sturmes und das Dröhnen in den Lüften. Ein flüchtendes Rudel Hochwild raste über die Lichtung, und einzelne Tiere überschlugen sich. Mit Heulen und Sausen prallte der Luftstrom gegen die Wände des Untersberges, wurde zurückgeworfen, überfiel den Wald und mähte unter krachendem Geschmetter die mächtigen Stämme wie ein Sensenschlag den Klee. Die Brüder wurden zu Boden geschleudert und rollten über das Moos und durch die Pfützen. Das Dach des Kirchleins hob sich in die Lüfte, und im berstenden Türmlein wimmerte die Glocke während des Fluges. Ein jäher Stoß durchzuckte die Erde, ein Zittern und Schüttern befiel den Grund, und von überall, von den Wänden des Untersberges wie von den Höhen ringsumher, ertönte das Gerassel stürzender Felsen.

„Das Jüngste Gericht! Das End der Welt! Guter Herr, sei gnädig dem armen Sünder!“ lallte Bruder Wampo und drückte das Gesicht ins schlammige Moos.

Schweiker hatte sich erhoben. Seine verstörten Augen suchten die Gehänge des Göhl. Eine Staubwolke sah er niedergleiten über die Wände, und ihre Straße ging den Halden zu. „Hinzula!“ Wie ein Hirsch, der schon den Pfeil des Jägers im Herzen fühlt, sprang Schweiker über die Lichtung hin, dem gebrochenen Wald entgegen.

„Bruder, Bruder, verlaß mich nit! Wir wollen selbander zum Himmel fahren!“ kreischte Wampo. Er raffte sich auf und begann mit schlotternden Knien die Flucht, Gebete lallend und strauchelnd bei jedem Sprung.

16

Durch das schöne Tal hin schritt der Tod, Hand in Hand mit seiner Schwester, der Zerstörung. Sie waren allgegenwärtig an allen Ecken. In der Ramsau schritten sie den brausenden Fluten voran, welche die Häuser brachen und die wehrlosen Menschen verschlangen; im Gaden folgten ihrem Fuß das stürzende Gestein und der alles erstickende Schutt des gebrochenen Berges. Hoch über dem Falkenstein, an einer scharfkantigen Bergrippe, teilte sich der sausende Wust der mit zersplitterten Bäumen durchmischten Trümmer, und während der eine Strom zum Schönsee niederfuhr, jagte der andere gegen die Schönau. Wazemanns Haus blieb unversehrt; nur verirrte Steinschläge prasselten über das Dach, und die gleitende Staubwolke hüllte Haus und Hof in schwärzliches Dunkel. Der Hag des Grünsteiner, mit Menschen und Vieh, und das Gehöft der Hanetzer Buben fielen als die ersten Opfer; Hütte um Hütte verschwand in der rollenden Wolke, und ihrem Wege voran ging ein Gewirbel von Dachteilen, Balken, Heu und Getreidegarben. Wie fliegende Boten des Verderbens sausten einzelne Felsen voraus, alles zermalmend, was sie trafen auf ihrem Pfad.

Auf freier Halde rannte eine Schar betäubter Menschen umher, unter ihnen der Hanetzer, der Schmied von Ilsank und der Köppelecker. Der stürzende Berg hatte sie aufgehalten auf dem Wege zu Wazemanns Haus. Wie ein Rudel scheuer Tiere flohen sie bald zur Rechten und bald zur Linken. Wenn sie rückwärts blickten, sahen sie die sausende Wolke und sahen die Häuser sich bewegen, sahen sie wanken und auffahren in die Luft. Von allen Hütten kamen die Flüchtenden, mit armseliger Habe beladen, ihre Kinder schleifend. Ein Mann trug auf dem Rücken sein Weib, das in den Wehen gelegen. Eine Greisin rannte mit einer Pfanne, darin der Brei noch dampfte; der Wind erfaßte die Frau und warf sie über einen Hag; sie ließ die Pfanne nicht fahren. Mit dem Geschrei der Menschen mischte sich das Gebrüll der Rinder; Hunde, Katzen und gackernde Hühner sprangen umher wie von Sinnen, und um die sinkenden Dächer flatterten die Tauben. Ein flüchtendes Mädel, das zwei fremde Kinder auf den Armen trug, sah einen Greis ermattet zu Boden sinken; zwei Knechte rannten vorüber, und jammernd schrie das Mädel: „Nehmt doch den alten Mann auf den Buckel!“ Da traf sie ein springender Block, daß sie der Barmherzigkeit für alle Zeiten vergaß.

Über die ganze Breite des Tales ergoß sich die wirbelnde Wolke, und in dünneren Rauch zerfahrend, entschleierte sie den Hagel, der hinter ihr einherging. Eis und Gestein, Stücke vom winzigen Kiesel bis zur Größe gewaltiger Trümmer schwirrten zu Tausenden durch die Luft, jedes in anderen Sprüngen, im Flug unzähligemal an andere schlagend und im Zusammenprall zersplitternd.

Die Flüchtenden sahen keine Rettung mehr. In blinder Betäubung stürzten sich die einen über steile Gehänge nieder, andere bargen sich im Geäst der gebrochenen Bäume oder sprangen in das Wasser, das die Ache brausend über die Ufer schleuderte. Die Ermatteten warfen sich mit dem Gesicht zu Boden, stumpf das Ende erwartend. Andere sanken auf die Knie und begannen mit erhobenen Armen zu beten. Die Stunde der tiefsten Angst erweckte in ihren zitternden Herzen den Glauben, es müsse doch einer sein, der stark ist wider alle Not, auch stark noch wider stürzende Berge. Und während sie lallten in Todesbangen und nicht wußten, wo sie diesen Einen suchen sollten, hörten sie durch die Schleier des dampfenden Staubes eine klingende Stimme: „Heran zu mir! Ihr alle, nach denen der Tod die Hände streckt! Bei mir ist Gott! Bei mir der Himmel und die Hilfe! Heran zu mir!“ Sie lauschten mit Zittern, sie sprangen auf und rannten, um den Gott zu finden, bei dem die Hilfe wäre.

Hinter Waldrams Schritten wuchs die Schar. Lallend begannen sie die Worte nachzureden, die er mit hallender Stimme betete. Und als sie sahen, daß dieser Mönch, durch keine Gefahr beirrt, leuchtenden Auges jedem Unheil entgegenschritt, befiel ein

Rausch der Hoffnung ihre Seelen. Immer lauter wurden ihre Stimmen, und was sie beteten, klang wie trunkenes Geschrei. Häuser stürzten, und sie sahen es nicht. Menschen fielen, und über die zerschmetterten Körper schritten die Verzückten hinweg.

Der Hagel der Steine wurde dünner, und schwächer rollte über den Bergen das donnernde Echo. Nur das Brausen, das aus dem Ramsauer Tal heraustönte, wuchs noch immer. Vereinzelte Blöcke kamen noch aus der Höhe und schwangen sich in weiten Sprüngen über den zermalmten Schutt. Ein Fels, wie ein Haus so groß, wälzte sich durch den Hag des Richtmanns, drückte die leeren Ställe nieder und rollte gegen die Trümmerstätte, die das Haus des alten Gobl getragen hatte.

Vor dem zerfallenen Dächlein saß der Alte. Mit den dürren Armen hielt er auf seinem Schoß den zitternden Knaben umschlungen, der das Gesicht in Gobls zerlumpten Kittel vergrub.

„Jetzt Büebli, jetzt kommt er, auf den ich wart!"

Der Knabe hob die Augen, sah den rollenden Block und schrie: Du guter Vater im Himmel! Tu meinem Ähni helfen, wie du mir geholfen hast!"

Da kam der Fels wie ein steinernes Ungetüm; doch die Kraft seines Laufes war schon gebrochen; kollernd wälzte er sich über die faulen Reste des Hags, zerquetschte den Apfelbaum und hob sich noch ein letztes Mal auf die Kante – fiel er, so lag die Trümmerstätte des Hauses mit den beiden Menschen unter ihm begraben. Gobl, der die Kraft nicht mehr besaß, den Knaben zu tragen, versetzte ihm einen Stoß, daß Huze seitwärts niederrollte über die Moosfladen des zerfallenen Daches. Unter der Wucht des Stoßes kam der Alte selbst zu Fall und kollerte dem Fels entgegen. Schon fiel der Block. Da wich unter seiner Last die durchweichte Erde, im Fallen drehte sich der Fels, und halb in den Grund versinkend, legte er sich seitwärts nieder. Dicht neben Gobl drückte sich eine Kante des Blockes in den Boden und zog den Kittel des Greises mit sich hinunter. Der Alte zerrte wie ein junger Hund, der zum erstenmal die Schlinge des Riemens an seinem Hals spürt; dabei keuchte er den regungslosen Felsblock an: Hast du mich selber übriglassen, so laß auch meinen Kittel aus!" Der Stein hielt fest. Gobl mußte aus den Ärmeln schlüpfen und das Gewand im Stich lassen. Da hinkte ihm schon der Bub entgegen. „Gobl-Ähni!"

„Mein gutes Büebli!" Mit den nackten Armen umschlang der Greis den Knaben und herzte ihn unter Lachen.

„Gelt, Ähni, er hat geholfen?"

„Wohl!" Die Augen des Greises suchten den von dampfendem Staub verdeckten Himmel. ‚Das muß ein Guter und Starker sein!"

Lächelnd schmiegte sich Huze an die Brust des Alten: So gut wie der ist keiner!"

Durch den sich dämpfenden Lärm dcr Lüftc tönten Geschrei und Jammer über die Halden her. So hör nur, Büebli! Die armen Leut! Es muß Not und Tod gegeben haben überall. Tätst du dich trauen, daß du ein lützel allein bleibst, so möcht ich hinauslaufen und schauen, wo ich helfen kann!"

„Wohl, Ähni, lauf!"

Der Alte streifte zärtlich mit der Hand über den Kopf des Knaben und watete durch den Schlamm davon. Als er zum Hagtor kam, blieb er stehen und blickte an seinem nackten Leib hinunter. Kopfschüttelnd kehrte er zurück und begann unter den Trümmern seines Hauses zu wühlen, ob er nicht einen Lumpen fände, mit dem er seine Blöße bedecken könnte.

Auf den Bergen war es still geworden; nur in Zwischenräumen ließ sich von den Höhen noch dumpfes Gepolter vernehmen, das die rauschenden Gewässer übertönte. Ein unruhig wechselnder Wind trieb die Staubwolken, und wo der braune Schleier auseinanderriß, enthüllte er die Bilder einer grauenvollen Zerstörung. Geschrei ertönte auf allen Seiten, herzzerreißendes Klagen, nur selten ein Ruf der Freude und des Wiedersehens.

Auf freier, von Geröll übergossener Halde lag Waldram auf den Knien, die Arme zum Himmel gestreckt, die Augen in Verzückung leuchtend, und betete mit hallender Stimme: „Es jauchze zu Gott die ganze Erde! Singet die Herrlichkeit seines Namens und preiset ihn mit Liedern! Sprechet zu Gott: Wie furchtbar sind deine Werke!“

Während er so betete, wurde die Schar, die ihn umdrängte, immer kleiner. Jeden trieb es, nach den Menschen zu suchen, die ihm teuer waren, jeden zog es zu seinem Haus und Herd. Ein Laufen und Rennen begann, und einer schrie den anderen an: „Hast du meinen Vater nit gesehen, mein Weib und meine Kinder? Steht mein Haus noch oder liegt's?“ Und alle Stimmen der Menschen übertönte das markdurchdringende Gebrüll eines Rindes, das mit gespreizten Füßen und gestrecktem Schweife zwischen den wirr durcheinanderliegenden Blöcken stand, die Augen aufgequollen, das Maul überronnen von blutigem Schaum.

Mit kalkweißem Gesichte kletterte der Hanetzer über die Felstrümmer, die Stätte suchend, auf der sein Haus gestanden. Er fand sie nicht. Als seine Brüder kamen, hatte er kein Ohr für ihren Jammer. Er starrte durch den wehenden Staub empor zur Höhe der Falkenwand, von welcher Wazemanns Haus über gebrochene Gipfel niederblickte. „Das meinige liegt, und das seinige steht noch allweil!“ keuchte er, faßte die Brüder am Arm und schüttelte sie. „Mir nach! Sein Haus muß fallen!“ Er riß einen Holzstrunk aus dem Schutt und stürzte dem nächsten Gehöft entgegen, das in Trümmern lag, mit rauchenden Balken; das Herdfeuer hatte das zerschmetterte Dach entzündet, und vor dem glostenden Haufen stand ein junges Weib in wortlosem Jammer. Der Hanetzer brüllte: „Liegt das deinige auch? So schau hinauf, das seinige steht noch! Aber nimmer leben will ich, oder sein Haus muß fallen vor der Nacht!“ Das Weib, wie eine Erwachende, riß aus dem Trümmerhaufen einen glühenden Storren hervor und schwang ihn durch die Luft, daß die Flamme erwachte. „Brauchst du Feuer?“ Heiser lachend faßte der Hanetzer den Brand. Von einer Trümmerstätte zur nächsten trug er die Flamme und den Schrei seiner Wut; Männer und Weiber gesellten sich zu ihm, und über die Schutthügel stürmte der schreiende Haufe gegen Wazemanns Haus empor. Die heiße Lust, ihren Haß zu kühlen, überfiel sie wie ein Labsal in ihrem Jammer, wie eine Betäubung ihres Schmerzes.

Die kreischenden Stimmen klangen weit hinaus über die Schönau. Mancher, der seine Heimstätte unversehrt gefunden, war schon wieder der Neugier fähig und rannte, um zu sehen, was es gäbe. Andere hatten mit sich selbst zu tun, mit ihrem Verlust und ihrem Jammer. Kinder liefen umher und schrien nach Vater und Mutter. Ein Weib mit fliegenden Haaren rannte von Hag zu Hag: „Wo sind meine Buben?“ Die Söhne liefen ihr nach und schrien ihren Namen; doch das Weib erkannte sie im Wahnsinn nicht. Einzelne Menschen saßen betäubt noch an der Stelle, wo sie bei der Flucht ermattet niedergesunken. Auf ebenem Feld, über das kein einziger Stein gefallen war, lag ein Riese von einem Menschen bewußtlos hingestreckt. Es war der Schmied von Ilsank. Als ihm die Sinne wiederkehrten, sprang er auf und schrie mit brüllender Stimme: „Es kommt der Berg! Laufet! Laufet! Es kommt der Berg!“ Er begann zu rennen, sprang über gestürzte Bäume weg, glitt, von Geröll umwirbelt, über steile Abhänge und suchte in keuchendem Lauf durch dichte Waldung den Weg zu seinem Haus. Plötzlich hielt er inne, nach Atem ringend. Er hatte gemeint, jetzt müßte er die Ramsauer Ache und die Rodung erreichen, auf der seine Schmiede stand – und sah zu seinen Füßen ein Tal, dessen ganze Breite erfüllt war von einem brausend dahinschießenden Wasser. Entwurzelte Bäume, Hausgerät und behauene Balken trieben auf den schlammigen Wellen.

„Ihr Gutholden! Wo bin ich hingeraten?“ lallte der Ilsanker. „Das ist fremde Gegend!“

Da rollte etwas vorüber, vom tobenden Wasser ausgeworfen und schon wieder verschlungen: ein Amboß auf großem Holzblock. Verstörten Blickes starrte der Mann um sich – jenseits des Wassers sah er die Halden der Strub, sah im Zwielicht des Abends die Menschen rennen und erkannte das Talgehänge von Ilsank.

Den gellenden Schrei, der sich aus seiner Kehle löste, verschlang das Brausen der Wellen.

Tosend nahmen die Gewässer durch das Tal hin ihren Weg. Sie fraßen die Erde und schwemmten die Hütten davon; doch wie sie nahmen, so gaben sie auch: Überall warfen sie Trümmer und Leichen an das Gelände.

Den weiten Lokiwald umkreiste die Flut und floß zusammen mit den reißenden Wellen der aus dem Schönsee kommenden Ache. Schon war die Stätte überschwemmt, auf der die Brüder in jener ersten Nacht gelagert hatten, und mit Toben strömten die Gewässer in das enge Tal, das hinausführte zur fernen Salzburg.

Weit draußen in der Waldschlucht tönte eine jammernde Stimme: „Bruder Schweiker! Bruder Schweiker!"

Erschöpft, von Todesangst in allen Knochen geschüttelt, suchte Wampo zwischen Gestein und Büschen einen Weg, der hinausführte aus diesem Jammertal, wohin auch immer, nur fort aus diesem gottverlassenen Erdenwinkel. „Schweiker! Schweiker!" Den schluchzenden Ruf übertäubte das näher und näher tönende Brausen. „Schweiker! Bruder! Verlaß mich nit in der Not! So komm doch und hilf!" Seine Stimme erlosch, und in Entsetzen starrte er rückwärts über das Tal. Er hörte dumpfes Rauschen und sah über das welke Buschwerk graue Buckel auf und nieder tauchen gleich springenden Mäusen. Bevor in seinem wirren Kopf ein Gedanke erwachen konnte, waren die kleinen Mäuse schon gewachsen und schossen durch das brechende Gebüsch einher mit klotzigen Rücken. Da kam dem Bruder in seiner schlotternden Angst jenes Abenteuer des ersten Tages in Erinnerung. „Allmächtiger Gott! Hinter mir die wilden Säu!" Er begann zu springen. Der neue Schreck verlieh ihm neue Kräfte. Mit schlagenden Armen warf er sich durch die Büsche, während hinter ihm ein Brechen und Rauschen sich näherte, als hätten in dem engen Waldtal sich die Wildschweinherden aller Welt gesammelt. Etwas Kaltes fuhr ihm zwischen die Beine. Und das war kein wildes Ferkel. „Schweiker!" lallte der Bruder noch, dann fing eine hohe

Welle ihn auf, und von der gebauschten Kutte wie von einem Luftsack über Wasser gehalten, segelte Bruder Wampo mit jagender Eile durch das Waldtal hin. Hätte er auch den schnellsten Renner aus des Kaisers Stall zwischen den Knien gehabt, er hätte der schiechen Gegend' nicht flinker entrinnen können.

Wohl vergingen ihm Hören und Sehen vor Todesangst. Dennoch behielt er so viel Bewußtsein, um zum ersten Mal in seinem Leben dem Himmel ehrlich für das wohlgemessene Bröcklein Fett zu danken, das ihm eine gütige Vorsicht zwischen Haut und Knochen gelegt hatte. Er konnte nicht sinken! Und als die Luftblasen aus der Kutte wichen und das Wasser ihn umgurgelte bis zum Hals, da fischte ihn eine auf der Flut einhergaukelnde Fichte mit ihrem Gezweig aus den Wellen heraus, als wäre sein Erdengewicht nur ein Flöcklein Wolle. Triefend, mit unglaublicher Schnelligkeit, klomm er über die schwimmenden Äste empor; kaum aber hatte er sich in den Zweigen eingenistet und sich erquickt mit einem schüchternen Atemzug der Hoffnung, als ihm eiskalter Schreck durch Herz und Glieder rann. Er gewahrte, daß er auf seinem grünen Schiff einen stillen Kameraden hatte: Zwischen den Ästen hing die Leiche eines Jünglings, mit gespaltener Stirn, und der starre Blick der noch offenen Augen redete dem lebenden Gesellen ein erschütterndes Memento mori in die Seele.

Bruder Wampo schwamm und büßte im Angesicht des kalten Todes reichlich seine kleinen Sünden ab. Er hielt sich an die Zweige geklammert und regte sich nicht; nur manchmal versuchte er mit bleichen Lippen einen Ruf: „Schweiker! Schweiker!"

Der matte Laut ging unter im Gebraus der Wellen. Aber hätte Bruder Wampo auch eine Stimme gehabt wie der Schmied von Ilsank, den man von der Schönau schreien hörte bis zum Lokiwald – es hätte ihr Ruf nicht ausgereicht, um den verschwundenen Bruder einzuholen.

Hoch über dem Tal, das die tobenden Fluten füllten, keuchte Schweiker im halbzerstörten Bergwald über den steilen Hang empor. Sein Atem war wie ein Röcheln. Bei der Eile, mit der die

Angst seines Herzens ihn bergwärts trieb, gingen auch die Kräfte des Hünen zu Ende. Taumelnd gewann er den Waldsaum. Auf der freien Halde, wo sonst kein Stein gelegen, gewahrte er mächtige Felsblöcke, grauen Schnee und zerstreutes Geröll. Der Hag des Greinwalders klaffte von Lücken. Und hinter dem Hag kein Haus, kein Dach. Ein dumpfer Schrei, und Schweiker begann zu rennen. Als er das Tor erreichte, sah er den Balkenwust, zu dem das Haus zerfallen war. Rinder und Ziegen trabten im Hof herum, und die Bäuerin lag auf den Knien, während der Bauer einen Dachsparren vom Trümmerhaufen hinwegzuzerren suchte und immer den Namen seines Kindes schrie. Schweiker stand wie gelähmt. Dann ging ein Ruck durch seinen Körper, er spuckte in die Hände, stürzte auf die Trümmer des Hauses zu und faßte einen Balken. Mit übermenschlicher Kraft hob er das schwere Holz und warf es zur Seite. So löste er Sparren um Sparren vom Haufen des Gebälks. Als der Bauer und sein Weib den Bruder solche Riesenarbeit leisten sahen, verstummte ihr Jammer. Schon zeigte sich im Wust der Trümmer eine dunkle Höhlung. Schweiker beugte sich vor und keuchte: „Hinzula? Lebst du noch?“

„Wohl!“ klang aus Gebälk und Schutt hervor die matte Stimme der Hirtin.

Unter Lachen griff Schweiker nach seinem Kopf, nach seinem Herzen. Die Bäuerin schrie vor Freude, und der Greinwalder zerrte an einem Balken. Schweiker stieß den Bauer zurück: „So hab doch acht, du Lümmel! Es kann ihr ja was geschehen, wenn du so grob tust!“ Er faßte einen Sparren und hob ihn achtsam, damit kein Splitter und kein Bröselein des Schuttes sich bewegen möchte. Dabei sprach er immer in die dunkle Grube hinunter und mahnte die Verschüttete, tapfer auszuhalten und keinen Finger zu regen. „Ich hilf dir, tu dich nur nimmer bangen!“

„Mir banget nimmer. Ich seh dich schon!“ klang es matt unter den Balken hervor.

Schweiker hob und hob, daß ihm an den Schläfen die Adern schwollen, und grub mit den Händen im Schutt, daß ihm die Nägel brachen. Schon konnte er das blasse Gesicht der Hirtin erkennen, die lächelnd zu ihm aufblickte. Aufrecht stehend, war sie bis an den Hals zwischen Schutt und Späne eingemauert. Je näher Schweiker der Verschütteten kam, desto hurtiger flogen seine Hände. Endlich hatte er sie so weit herausgeschält, daß er sie mit den Armen umschlingen und emporheben konnte aus dem fallenden Schutt. Er hielt sie an die Brust gedrückt und taumelte über die Balken nieder auf ebenen Grund. Seine Knie trugen ihn nicht länger. Er sank zu Boden. Auf der Erde sitzend, umklammerte er auf seinem Schoß die Hirtin und bedeckte unter zärtlichem Stammeln ihr Haar, ihre Augen und ihren Mund mit Küssen. Hinzula regte sich kaum; erst nach einer Weile konnte sie die gequetschten Glieder rühren, und da schlug sie die Arme um Schweikers Hals, daß ihm die Stimme erlosch.

Als die wortlose Seligkeit der beiden kein Ende nehmen wollte, stieß die Bäuerin den Ellbogen an den Arm ihres Mannes und murrte: „Alles, was recht ist! Aber jetzt könnt er sie uns doch auch ein lützel hergeben. Ich möchte ihr auch in die Augen schauen. Geh, red mit ihm!“

Der Greinwalder kratzte sich hinter dem Ohr. „Wenn ich ein Wörtl sag, das ihm nit taugt, so haut er zu. Red selber mit ihm! Ich kann's erwarten. Und merken tu ich auch, daß ihr nichts geschehen ist, sie busselt, als hätt sie aller Lebtag nichts anderes getrieben!“ Der Bauer wandte sich seufzend von den Trümmern seines Hauses, und seine Augen suchten das ferne Tal. „Weib! Schau hinunter!“ stammelte er erschrocken. „Mir grauset.“

Ein letzter Glanz der sinkenden Sonne fiel noch über den Hag und die vier Menschen, die er umschloß. In den Tälern lag schon der Schatten des Abends. Ein murmelndes Rauschen tönte über die halb zerstörten Wälder empor wie eintöniger Grabgesang, und gleich einem finsteren Leichentuch verhüllte eine schwärzliche Dunstwolke alle Halden des Gadens vom Schönsee bis zum Lokiwald. Überall zwischen den Bergen dampfte das gleiche dunkle Staubgewölk, und durch die Ilsanker Waldschlucht zog der braune Rauch vom Gaden hinaus bis in die Ramsau, deren Tal verwandelt schien in einen langgestreckten See. Bis hoch über alle Grate waren die Lüfte von dünnem Staub erfüllt und glühten in blutrotem Schein, von dem die Gipfel der Berge mit trübem Grau sich abhoben. Sie waren anzusehen wie eine Herde kotiger Schafe – wie eine Herde, die den Hirten verlor. Denn der weiße Riese, Wazemanns Bannberg, der sich steil über alle anderen Gipfel erhoben hatte, war verschwunden. Wohl reckte sich aus dem verschütteten Unterstock des König Eismann gegen Westen hin noch eine gewaltig starrende Spitze, höher als alle anderen Berge, und gegen den Schönsee im Osten eine plumpe Kuppe; doch das Bild des Berges war verwandelt zum Anblick eines gebrochenen Riesenzahnes mit zwei mächtigen Stumpen, zwischen denen sich an Stelle der einstigen Schneezinne ein tief gesenkter Felsgrat hinzog, aus dessen wild zerrissenem Bogen sieben höhere Steinzacken in die Lüfte starrten. Und verwandelt war der ganze Stock des Berges: Wo ewiger Schnee gelegen, gähnte kahles Gestein, Täler waren verschwunden und neue Felsenhügel aufgetürmt, und statt der grünen Wälder dehnte sich ein grauer Wust von Schutt und Trümmern.

„Und dort schau hin, zum Schönsee!“ stammelte die Bäuerin. „Zu allem steinigen Elend auch noch Feuersnot!“

Über dem Falkenstein loderte eine hohe Feuergarbe. „Wazemanns Haus!“ schrie der Greinwalder. In seinen Augen funkelte die Freude des Hasses. „Da trag ich auch noch ein Scheit zur Glut!“ Er zerrte einen zersplitterten Sparren aus dem Trümmerhaufen seines Hauses und rannte talwärts; kreischend lief ihm die Bäuerin nach, hielt ihn am Kittel zurück und zog ihn unter bettelnden Worten wieder zum Hag.

Schweiker erwachte aus seiner trunkenen Seligkeit. Gleich einem Träumenden blickte er umher und stotterte: „Wie ist mir denn? Sag, liebes Mädel, wie ist mir denn?“

„Gut halt! Wie mir!“ lispelte Hinzula, ohne das Köpfl von Schweikers Brust zu erheben.

Er streichelte mit seiner klobigen Tatze ihr Haar. „Vor einem Stündl noch sind Todesangst und Not in mir gewesen. Jetzt ist mir Leib und Seel so voller Freud, als könnt über mich in aller Lebenszeit nimmer Sorg und Herzleid kommen. Schau, liebes Mädel, mir ist, als hätt ich Himmelsbrot gegessen."

Als der Bauer mit seinem Weib zurückkehrte und den Sparren, den er davongetragen, wieder zum Haufen warf, ließ Schweiker die Hirtin aus seinen Armen und erhob sich. „Komm, Vater Greinwalder, jetzt müssen wir bauen! Das gute Kind braucht eine Ruhstatt für die Nacht."

17

Im Rotschein des Abends irrte Eberwein am Ufer der die Ramsau überschwemmenden Seeflut auf und nieder, die Seele umklammert von einem dunklen Grauen. Überall gebrochene Bäume, überall die breit ergossene Flut, die ihm jeden Weg zu den bewohnten Stätten versperrte! Im Gebraus der Wellen konnte er von den Halden der Ramsau keinen Laut vernehmen. Dennoch hörte seine Seele einen Angstschrei aus hundert Kehlen und sah die Hütten stürzen im Schwall der Gewässer und sah den Todeskampf der sinkenden Menschen. Seine Herde fiel, und er, der Hirte, mußte tatlos stehen, und seiner Ohnmacht Teil war nur ein schreiendes Gebet, das keinen Gott und keinen Himmel fand, der es erhören wollte.

Zwischen dem Trümmergewirr und dem gaukelnden Hausgerät, das die schlammigen Wellen entführten, rollte ein menschlicher Körper vorüber. Aufschreiend stürzte sich Eberwein bis an die Brust ins Wasser, haschte den stillen Schwimmer und zog ihn ans Land. Es war die Leiche eines Greises: der alte Runot, dessen starre Hand noch das Beil umklammert hielt, mit dem er an den Balken für sein neues Haus gezimmert hatte. Eberwein erkannte den Entseelten, und eine Erinnerung zuckte in ihm auf. Er sah den Pfarrhof in der Ramsau, sah unter der Linde die Steinbank, sah ein Häuflein Männer mit entblößten Köpfen und hörte eine Stimme sagen: „Weil der alte Runot allzeit fromm gewesen, hat ihn der liebe Himmelsherr behütet, hat ihn nit sterben lassen unter dem fallenden Haus und wird ihm helfen ein neues bauen!"

Die Gestalt des Mönches erbebte. „Ja, Hiltischalk! Ein neues Haus! Und fest! Für alle Ewigkeit gebaut!"

Da kamen springende Kiesel über den steilen Hang herunter. Eberwein hob das Gesicht und sah einen Reiter vorübersprengen im gelben Wams der Wazemannsknechte. Ein hoffender Gedanke erwachte in ihm; er streckte die Hände und schrie: „Dein Roß! Gib mir dein Roß! Es soll mich über das Wasser tragen. Menschen in Not!"

„In Not ich selber", klang die Stimme des verschwindenden Reiters, „und das Grausen hinter mir! Herr Waze liegt unter seinem Berg, seine Buben sind erschlagen vom Gestein."

Eberwein stand wie gelähmt. Zum Himmel aufblickend, den die sinkende Sonne blutrot färbte, stammelte er die Worte des Jesaias: „Mein Herz ist irre, Schrecken überfällt mich!" Taumelnd wandte er sich und sah, daß der fromme Runot nicht mehr allein war. Das Wasser hatte die Leichen zweier Kinder ausgeworfen, die sich im Tode noch umschlungen hielten. Eberwein erkannte sie. Zwei holde Kinderblüten! „Moidli heiß ich, wie die Gottesmutter! Und ich heiß Seppeli, wie Gott Vater!" Sie hatten ihm den ersten freundlichen Gruß in seinem Land geboten, und er hatte gelobt, den beiden Kindern diesen Gruß zu danken! Welchen Dank nun konnte er ihnen reichen?

Wie ein zu Tod Ermüdeter sank er neben den kleinen Leichen zu Boden, löste ihre starren Ärmchen und wusch den grauen Schlamm von ihren Gesichtern. Dann saß er neben ihnen und sah zum brennenden Himmel auf, den das ziehende Staubgewölk zu verdüstern begann. „Die Festen der Erde erschütterst du und wirfst die Keulen deiner Berge auf die Bösen! Wo ist dein Schild, mit dem du die Unschuld wahrst?“ Über das Tal hin glitten seine verstörten Augen zu dem von braunem Rauch umschleierten Lokiwald. „Waldram! Ich sehe deinen Gott!“ Mühsam erhob er sich und taumelte am Rand der Fluten entlang. Er sah nicht, wohin er ging, hörte das Gebraus der Wellen nicht mehr. Zitternd an allen Gliedern, schlug er die Hände vor das Gesicht. „Hiltischalk! Steig auf aus deiner Tiefe, du Christ der Christen! Reiche mir den Himmel, der in deinem Herzen wohnte, zeige mir den Gott, an den du glaubtest!“

Am Rande des Wassers irrte ihm ein Mensch entgegen. Es war der Schmied von Ilsank. Als er den Mönch gewahrte, befiel ihn Schreck. Es schien, als wollte er fliehen. Doch er stürzte auf Eberwein zu, fiel vor ihm auf die Knie und umklammerte den Mönch. „Verzeih! Verzeih! Ich hab geschworen wider euch auf dem Totenmann. Ich hab meinen Hag verschlossen vor dir. Mein Haus ist hin, mein Weib und Kind! Sieh meine Reu und laß mich leben!“

Eberwein verstand die Worte nicht – er sah nur den Zug des Leidens in dem bleichen Gesicht und strich mit der Hand über das Haupt des Knienden. „So lebt noch einer?“

„Ich bin der einzige, der entronnen ist!“ lallte der Mann, dem noch die Todesangst der vergangenen Stunde in allen Gliedern bebte. Er hatte keinen Menschen mehr gesehen, seit er aus seiner Betäubung erwacht und geflohen war, um sein Haus zu suchen. „Der ganze Gaden liegt verschüttet unter dem Eismann, den dein starker Himmelsherr im Zorn auf uns geworfen hat. Ich bin der einzige, der noch lebt!“

Eberwein erschrak nicht mehr. Nur ein wehes Stöhnen quoll aus seiner Brust. Er löste die Arme des Mannes von seinem Leib, und da sah er in der trüben Helle des Abends ein kleines Fahrzeug auf den grauen Wellen gleiten. Gleich einem winzigen Einbaum war es anzusehen.

„Eine Wieg, Herr“, stammelte der Schmied, „und in der Wieg ein lebendiges Kind!“

„Es soll nicht sterben!“ schrie Eberwein.

Erschrocken streckte der Schmied die Arme, doch er konnte die verzweifelte Tat des Mönches nicht mehr hindern. Mit irrsinnigem Sprung hatte Eberwein sich auf ein im Wasser treibendes Dach geschwungen, mit dem zweiten Sprung gewann er eine schwimmende Fichte, lief auf ihrem Stamm entlang und stürzte sich in die Wellen. Seine letzte Kraft erschöpfend, erreichte er die Wiege und hörte die weinende Stimme des Kindes. Von den reißenden Wellen getrieben und gegen sie ankämpfend, stieß er die Wiege vor sich her und dem anderen Ufer zu. Je weiter ihn die Fluten talwärts trugen, desto mehr erlosch die Abendhelle, und ein trüber Rauch begann sich über Wasser und Ufer zu legen. Zwischen dunklem Buschwerk, das den Zug der Wellen milderte, fühlte Eberwein Grund unter seinen Füßen. Keuchend riß er das schreiende Kind an sich, das mit nackten Armen seinen Hals umklammerte. Vom Wasser bis an die Brust umspült, gewann er das Ufer. Schwankend stieg er noch eine Strecke über den waldigen Hang empor, dann sank er entkräftet zu Boden, und es schwand ihm das Bewußtsein.

Finster senkte sich die Nacht über den Besinnungslosen und über die weiten Stätten der Verheerung.

Nirgends leuchtete die Flamme eines Herdes. Schweigen lag um die Hütten, die der Zerstörung entgangen waren. Nur die flutenden Gewässer rauschten, und in Zwischenräumen tönte von den Bergen ein kurzes, dumpfes Gepolter.

Auf einer einzigen Stätte war es laut und lebendig in der Nacht, und rings um sie her verscheuchte eine lodernde Flammensäule das Dunkel. Der rote Schein, der ausging von Wazemanns brennendem Haus, leuchtete weit empor über den verschütteten Bergwald und nieder auf den rauschenden See und die verödete Lände. Zuckende Lichter fielen zwischen Hof und Brücke über den kreischenden Haufen der Männer und Weiber, die mit dem Hanetzer gekommen waren. Sie hatten das Haus verödet gefunden, verlassen von Knechten und Mägden. Beim Anblick der Pechkränze und Reisigbündel, die im Burghof lagen, hatte der Hanetzer geschrien: „Schauet, ihr Leut, Herr Waze selber hat uns Zeug geliefert zu flinkem Feuer!" Auf alle Dächer, in alle Türen und Fenster waren die brennenden Kränze geflogen, und mit johlendem Geschrei begrüßte der Schwarm die erwachenden Flammen. Aber bei aller Wut, die in ihnen gärte, fürchteten sie die Heimkehr des Spisars und seiner Söhne. Die Furcht eines ganzen Lebens wird auch in einer Stunde entfesselten Hasses nicht völlig abgeworfen. Zuerst begannen die Weiber zu laufen, die Männer folgten. Als der Trupp sich durch das Tor hinausdrängte, kam jener Knecht geritten, der im Schapbacher Wald dem Mönche das Roß verweigert und ihm zugerufen hatte: „In Not ich selber!" Den fliehenden Schwarm für das Hausgesinde haltend, keuchte er auch ihnen die Botschaft zu: Not über uns! Der Herr liegt unter seinem Berg, all seine Buben sind erschlagen!"

Ein kurzes Schweigen. Solche Botschaft konnte von diesen Menschen nicht begriffen werden beim ersten Wort. Dann ein Geschrei, nicht wie von menschlichen Stimmen, sondern wie von gequälten Tieren, deren Käfig sich öffnet. Der Hanetzer raffte einen Buchenast von der Erde und brüllte: „Ich laß ihn grüßen, deinen Herrn!" Krachend fiel das schwere Holz auf die Stirne des Knechtes, und lautlos brach der Mann zusammen, während das scheue Roß über den Weg hinaus in die Tiefe sprang.

Befallen von einem Wahnsinn der Freude, unter jauchzendem Geschrei, wandten sich die Männer und Weiber in den schon taghell erleuchteten Burghof zurück, und ihr furchtlos gewordener Haß berauschte sich in einer Orgie der Zerstörung. Sie erschlugen die Raubtiere, die dem Spisar zu Spiel und Kurzweil gedient. In der Vorhalle fanden sie die Saufänger und Jagdspeere und erstachen im Zwinger die Hunde. An den brennenden Ställen erbrachen sie die Türen und metzelten die gemästeten Rinder nieder, köpften die Ziegen und Schafe und erwürgten das Geflügel. Den Pfauen rissen sie die Federn aus und warfen die zuckenden Fleischklumpen in das Feuer. „Herrenbraten, Herr Waze, Herrenbraten!“ In der Falkenkammer schleuderten sie die Beizvögel an die Mauer. In den Kellerhöhlen zerschlugen sie die Metfässer und vernichteten, was sie an Vorrat aufgespeichert fanden. Mit keinem Gedanken dachten sie, daß sie Gut zerstörten, das sie selbst von ihrem Schweiß gesteuert und gezinst hatten. Im Rausch ihres Hasses erschien ihnen alles zwischen diesen Mauern wie ein Teil des Mannes, der das Mark aus ihren Knochen sog und das Blut aus ihren Adern preßte. Die wachsenden Flammen nicht scheuend, drangen sie in alle Kammern des Hauses, brachen die Waffen entzwei, zerschmetterten alles Gerät und rissen in Fetzen, was an Gewand in ihre Hände fiel. Die Trümmer und Scherben und was der Vernichtung widerstand, warfen sie durch die Fenster in den Burghof und hielten in solcher Zerstörung nicht eher inne, ehe sie nicht durch die fallende Glut des Gebälkes aus dem brennenden Hause getrieben wurden.

Nur einer zögerte noch. In Reckas Kammer hatte der Hanetzer das über die Dielen zerstreute Geschmeid gefunden, das die Habsucht in ihm weckte. Halb erstickt vom Rauch und fast versengt von der schwelenden Hitze, kroch er umher und raffte die Spangen, Ketten und Ringe in seinen Kittel. Jetzt fand er noch ein letztes Stück, nicht schwer wie Gold und Silber, doch anzufühlen wie die Hälfte einer Spange. Er warf sie in den geschürzten Kittel, und aus der Kammer flüchtend, faßte er nach einem Jagdspeer. Was er gewonnen, wollte er auch bewahren. Während er sich durch die von Rauch und Flammen erfüllte Herrenstube kämpfte, umprasselt von fallender Glut, verstummte im Burghof das wirre Geschrei, und eine Stimme tönte in Zorn: „Die Berge erschütterte mein Gott und Herr, um seine Stärke zu weisen vor eurem bangenden Blick. Die Geschosse seiner Felsen warf er auf die Brust der Sünder und Verstockten. Unter ewigen Hügeln begrub er seine Feinde und löschte ihr Leben wie der Sturm die Kerze. Und ihr erkennet seine Größe nicht? Ihr schlaget nicht an die Brust und schreiet: Du Starker, sei uns gnädig!" Dumpfes Rollen klang aus ferner Höhe durch die Nacht. „Habt ihr nicht Ohren, um zu hören? Noch schwinget Gottes strafender Engel die Sense über euren Häuptern. Und ohne Furcht und schamlos wandelt ihr den Weg der Hölle, und eure Werke sind Mord und Brand!"

Taumelnd hatte der Hanetzer die Vorhalle erreicht, schüttelte die Funken von seinem Leib und rang nach Atem. Als er schwankend heraustrat auf die Freitreppe, tönte ihm mit schneidendem Klang jene Stimme entgegen: „Nieder den Raub aus deinen verfluchten Händen!" Vom zuckenden Schein der Flammen erleuchtet, stand vor ihm die hagere Gestalt eines Mönches, in erhobener Faust den Stab. „Nieder den Raub!"

„Was mein ist, behalt ich!" murrte der Bauer.

„Gott befiehlt es!" Der Stab des Mönches traf den Arm des Bauern, daß der geschürzte Kittel sich öffnete und das blinkende Geschmeid über die Stufen rollte.

Der Hanetzer zischte einen Fluch, es zuckte der Speer in seiner Faust, und Waldram taumelte mit durchbohrter Brust. Die Männer erblaßten, die Weiber schrien. Erschrocken streckten sich zwanzig Hände, um den Sinkenden zu stützen. Waldram richtete sich auf. Mit der einen Hand die blutende Wunde deckend, mit der anderen zum Himmel weisend, hob er die Augen mit einem Blick, vor dem der Mörder scheu zurückwich in die brennende Halle. Ohne Zorn, in feierlichem Ernste klangen die Worte des Mönches: „Du sendest mich zu meinem Gott, und ich möchte dir danken. Doch meine Wunde muß reden wider dich vor des Richters Thron. Geweihtes Blut hast du vergossen. Bete, Sünder! Bereue!"

Ein dumpfes Krachen, ein Aufschrei aus allen Kehlen, ein stürzendes Gewirbel von Flammen, von Rauch und Funken. Über der Stelle, die vor einem Atemzug den Hanetzer noch getragen hatte, lag der glühende Trümmerhaufe, zu welchem Wazemanns Haus zerfallen war.

„Zu spät deine Reue!“ stammelte der Mönch wie in Erbarmen und sank zurück.

Sie fingen ihn auf, sie trugen ihn aus der Nähe der Glut und schleppten Felle herbei, um den Sterbenden zu betten. Waldram wälzte sich auf die kahle Erde. „Mein Erlöser ist nicht auf linden Fellen gestorben, auf hartem Holz! Leget ein Scheit unter meinen Nacken!“ Sie taten ihm den Willen, und er lächelte wie ein Müder auf weichem Pfühl. Seine Hand suchte das Kreuz am Gürtel. Das heilige Zeichen an die Wange schmiegend, lag er ausgestreckt und sang mit erlöschender Stimme das Ambrosianische Lied. Stille war um ihn her, die bangen Blicke der Männer und Weiber hingen an seinen Augen, die in Verklärung leuchteten. Als könnte er den seligen Augenblick des Todes nicht erwarten, so hob er sich halb empor und hauchte lächelnd: „Was zauderst du, meine Seele? Fürchte dich nicht, der Weg zu deinem Heil steht offen!“ Mit brechenden Augen die verschleierten Sterne suchend, fiel er zurück und seufzte.

Rings um den Toten lagen sie auf den Knien, und in das Rauschen der versinkenden Flammen mischte sich das Schluchzen der Frauen; die Männer knieten bleich und wortlos. Die wilden Herzen, die der Lebende nie gewonnen hätte, erschütterte sein gottesfreudiger Tod bis ins Innerste. Eines der Weiber küßte die Sohlen des Entseelten und schluchzte: „Hebet ihn auf, ihr Mannerleut, traget ihn zu seinem heiligen Haus!“ Doch der Köppelecker streckte wehrend den Arm über die Leiche. „Keiner soll ihn anrühren mit roter Faust. Waschet erst das Viehblut und den Brandgeschmack von euren Händen! Nachher wollen wir ihn tragen.“

Während im Ring der verödeten Mauern die letzten Flammen in Glut und Asche sanken, stieg durch die Nacht ein stiller Zug über die Trümmerfelder ins Tal, umgaukelt vom Lichtschein zweier Fackeln.

Der Köppelecker eilte zum Lokiwald, um die Kunde von Waldrams Tod vorauszutragen. Als er das Tal der Ache überschreiten wollte, sperrte ihm das breit und finster flutende Wasser den Weg.

Durch das Rauschen, vom anderen Ufer herüber, vernahm er aus der Nacht eine rufende Stimme, die sich entfernte.

Es war die Stimme Eberweins.

Den Besinnungslosen hatte das Weinen des Kindes geweckt. Und da füllte kein anderer Gedanke sein erwachendes Leben als nur die Sorge für dieses zitternde Geschöpf, das unter Lallen und Tränen an seinen Hals geklammert hing. Ihm war, als trüge er mit diesem Kind die neue Zukunft seines zerstörten Landes auf den Armen und am Herzen.

Mühsam mußte er jeden Schritt erkämpfen und wußte nicht, wo er sich befand. Rings um ihn her zerstörter Wald, nirgends ein Lichtschein, kein Zeichen des Lebens. Er schrie und schrie. Alles blieb still in der Nacht. Endlich erreichte er freien Raum und erkannte mit Freude und zugleich mit Schreck die Rodung, auf der die Klause stand. Auch hier die Vernichtung? Er schrie die Namen der Brüder. Keine Stimme gab Antwort. Konnten sie schlafen in solcher Nacht? Oder waren sie dem grauenvollen Tag zum Opfer gefallen? Vor seinem spähenden Blick tauchte ein schwarzer Klumpen aus der Nacht: die ihres Daches beraubte Klause. Wankend erreichte er die Herdstube, in der die Kohlen noch unter der Asche glommen. Wieder schrie er die Namen der Brüder, eilte von Zelle zu Zelle und fürchtete bei jedem Schritt, auf eine Leiche zu stoßen. Er fand kein Leben, doch auch kein Zeichen des Todes. Wie Hoffnung erwachte in ihm der Gedanke, daß die Brüder dem Verderben entgangen und ausgezogen wären, um Hilfe zu bringen. Zitternd trat er in die dachlose Kirche. Die Schale des ewigen Lichtes lag auf der Erde, ein mattes Flämmlein zuckte noch in dem verschütteten Öl. Kaum erkenntlich hoben sich Altar und Kreuz aus dem trüben Dämmerschein; die

Farben des heiligen Bildes waren erloschen, waren grau, bedeckt von dem dichten Staub, der aus den Lüften gefallen.

Eberwein stand vor dem Kreuz und hob das Kind in gestreckten Händen dem stillen Bild entgegen. „Blick nieder aus der Nacht! Du! Der du sagtest: Lasset die Kindlein zu mir kommen!"

Die Stimme erlosch ihm. Wie gestaute Flut ihre Dämme bricht, so lösten sich die Schmerzen, die gehäuft auf seiner Seele lagen, in einem Sturz von Tränen. Das Kind umschlingend, wankte er aus der öden Halle und sah nicht, daß über den dachlosen Balken ein Stern durch die sinkenden Schleier des Staubes niederleuchtete.

In seiner Zelle streifte er dem Kinde den nassen Kittel ab und hüllte das schauernde Körperchen in die Decken seines Lagers. Dann saß er im Dunkel neben dem Kinde, dessen winzige Hände einen seiner Finger umklammert hielten. Dabei vernahm er jene schluckenden Laute, wie sie nach überstandenem Schreck aus einer Kindesbrust sich ringen, wenn die Zähren schon gestillt sind. Die Hände des Kindes begannen sich zu erwärmen, immer ruhiger wurde sein Atem, und nach einer Weile entschlief es.

Eberwein saß in sich versunken, regungslos, erfüllt von wirrer Qual und kreisenden Gedanken, bis die kleinere Not des Lebens die größere seines Herzens übertäubte. Es fror ihn in der nassen Kutte, seine Glieder waren wie zerschlagen, und der Hunger mahnte. Seufzend erhob er sich, entzündete eine Fackel, tauschte das Gewand und suchte nach Speise. Nur ein Häuflein Bohnen fand er, trug eine Handvoll zum Lager des Kindes und zernagte die trockenen Kerne. Alles tat er wie im Schlaf.

Der Schein der Fackel fiel über den Schemel, auf dem das heilige Buch lag. Eberwein schlug es auf und begann zu lesen, wie Hiob in Vorwurf rechtete mit seinem Gott.

„Und Gott erwiderte dem Hiob aus dem Sturm und sprach: Wer ist es, der von meiner Weisheit redet und sie verdunkelt mit Worten ohne Sinn und Kenntnis? Auf, gürte wie ein Mann deine Lenden; ich will dich fragen, und belehre du mich! Wo warst du, als ich gründete die Erde? Laß hören, was du weißt! Wer hat bestimmt ihre Weiten? Wer hat über sie die Meßschnur gezogen? Wer ihren Eckstein gelegt beim Jubel aller Morgensterne, da die Söhne Gottes jauchzten? Wer schloß das Meer mit Türen ein, als es, den Mutterschoß durchbrechend, hervorkam? Wo warst du, als ich Gewölk zu seinem Gewande gab und Wolkendunkel zu seiner Windel? Ringsum maß ich ihm seine Grenzen zu und sprach: Bis hierher komme und nicht weiter, hier soll brechen deiner Wogen Trotz! Und du? Wann jemals in deinen Tagen gebotest du dem Morgenrot, daß es leuchtend fasse die Säume der Erde und die Finsternis jage von ihr, damit den Bösen entzogen werde ihr Schutz und gebrochen der feindliche Arm?"

Eberweins Hände fielen von dem Buch, und sein Blick irrte ins Leere. Er sah sich am Rande der Flut, sah in der Höhe des Waldes den Reiter und hörte wieder jenen Ruf: ‚Herr Waze liegt unter seinem Berg, seine Söhne sind erschlagen vom Gestein.'

Zitternd bedeckte Eberwein die Augen, als möchte er den Gedanken, der ihn befallen hatte, gewaltsam von sich abwehren. Besser zweifeln an Gott als glauben, daß er ein Gott der Rache ist! Und zeigte ihm der gleiche Blick, der ihn den Reiter schauen ließ, nicht auch den frommen Runot, die schuldlosen Kinder und alle die andern in ungezählter Schar, die begraben lagen unter den Felsen, versunken in der Flut?

Mit leisem Hauche strich der Nachtwind in die Zelle und legte die Blätter des Buches um. Vor Eberwein lag ein Lied des Jesaias aufgeschlagen: „Es mögen die Berge wanken und die Felsen stürzen, doch meine Gnade soll nimmer weichen von dir und der Bund meiner Liebe nicht zerbrechen, spricht der Herr, dein Erbarmer." Ein heißer Schauer rann ihm durch Leib und Seele. „Der Herr, dein Erbarmer?" Als möchte er sich gewaltsam aus dem Streit der Seele reißen, sprang er auf, drückte die Fäuste an seine Stirn und stammelte: „Denke nicht über Gott! Dein Hirn ist Staub. Fühl ihn, wenn es dein Herz vermag! Und hoffe!"

Der Hall seiner Stimme hatte den Schlaf des Kindes gestört. Es regte sich, und sein tiefer Atem klang wie ein Seufzer. Eberwein trat zum Lager. Der Anblick des Kindes schlich ihm ins Herz wie warmer Trost. Es schlief schon wieder. Der Schein der Fackel leuchtete über das runde Gesicht und über das Geringel der weißblonden Härchen, die noch feucht waren und schimmerten. Wie spielend bewegten sich die Finger, und das kleine rosige Mäulchen rührte sich, als genösse das Kind im Traum die Mutterbrust.

„O Glück dieses Kindes! Wonne dieses Schlafs! Berge stürzen, es brechen die Seen, die Hütten fallen, und alles Leben sinkt. Und zwischen Schreck und Grauen dieser stille Schlummer ohne Wissen! Wo stand die Heimat dieses Kindes, wo schwimmen die Balken seines Hauses, wo liegen die Leichen der Seinen, was wird der kommende Tag ihm bringen? Jede Frage ein dunkles Rätsel! Und still und zufrieden schläft das Kind, beschwichtigt und genährt von einem Traum, zehrend am Nachgeschmack der einzigen Freude, die es erfuhr in seinem Leben. Und du, mit deinem spürenden Geiste, Mensch! Erforschtest du mit deinen wachenden Sinnen von dem großen Rätsel über den Wolken mehr als dieses schlummernde Kind von seinem dunklen Los? Spare dir die nutzlose Qual, schließe die Augen deiner Seele, schlafe wie dieses Kind und nähre dich von einem holden Traum, vom süßen Nachgeschmack eines Augenblicks der Liebe, den du empfangen aus deines Schöpfers Hand!“

Es zuckte müd um Eberweins blasse Lippen. „Wahrlich, wahrlich, wenn ihr nicht werdet wie die Kinder –“

Durch das Körperchen des schlummernden Kindes fuhr es wie Schreck. Es zappelte und schlug die Augen auf. Sie waren blau und glänzten. Das Mäulchen verzog sich, als wollte es weinen. In Sorge beugte sich Eberwein über das Lager, und da richteten sich die Augen des Kindes auf sein Antlitz, groß und scheu. Dann glitt ein Lächeln über das runde Gesichtl, und lallend griff das Kind – es hatte wohl einen flachsbärtigen Vater – mit beiden Händen in den Bart des Mönches. Die süße Zärtlichkeit und der reine Glanz der unschuldsvollen Kinderaugen weckten in Eberweins Seele ein Gefühl, so heiß und gläubig, wie es der Sinkende empfinden mag, den im Gebraus der Wellen die starken Arme des Retters umschlingen. „Herr! Nicht dem Greuel dieses Tages, ich glaube dem Wunder dieser Augen! Deine Liebe redet zu mir, ich fühle sie!“ In Freude schloß er das kleine zappelnde Leben an seine Brust und küßte mit Inbrunst die warmen Lippen des Kindes.

18

Der Morgen graute. Hoch über den Ruinen des König Eismann stand am erbleichenden Himmel noch der zur Sichel schrumpfende Mond. Sein Schimmer umwebte im Grau des erwachenden Tages die neu entstandenen Zinnen und die mit Eisblöcken und Felsklötzen besäten Trümmerstätten. Stille lag über dem steinernen Leichenfeld. Zuweilen klang das leise Kollern kleiner Steine – das vor dem Sturz entflohene Fahlwild und die verscheuchten Gemsen stiegen schon wieder zu Berg. Ruhelos klommen die Tiere im zertrümmerten Gestein umher, ihre gewohnten Äsungsplätze suchend. So fest wie in den Menschen des Hochlands wohnt auch in den Tieren der Berge das treue Hängen an der Scholle, auf der sie geboren wurden. Felsen stürzen und begraben die Stätte – kaum hat sich der Staub verzogen, so kehren die Entflohenen schon wieder zurück, um das neue Lager über den Trümmern zu wählen, die das alte bedecken. Und wie an der alten, so hängen sie an der neuen Wohnstatt mit ungebrochenem Vertrauen.

Neben dem sachten Geriesel des Schuttes, der sich unter den Tritten des ziehenden Wildes löste, unterbrach die Stille noch ein anderer Laut: ein Klirren wie vom Schritt eines eisenbeschlagenen Schuhes. Im Gewirr der Felsblöcke irrte ein Mensch umher. Schwer und langsam war sein Gang. Als er die Kuppe eines Trümmerhügels erreichte, stand er bewegungslos und starrte im Dämmerschein über das weite Schuttfeld, unter dem die Ödhütte mit dem ganzen Albental begraben lag. Keuchend klang sein Ruf und hallte in der Stille. „Rötli! Rötli!" Keine Antwort kam, nichts regte sich zwischen den Trümmern. Lange stand der Einsame an einen Fels gelehnt, als könnte er sich ohne Stütze nicht aufrecht halten. Immer wieder schrie er den Namen und strich mit den Händen über die Augen, um sie sehend zu machen für das Leben, das er suchte und nimmer fand. Schwer atmend wandte er sich endlich, stieg der Tiefe zu und kehrte wieder zurück, als wären zwei Gewalten in ihm, von denen die eine ihn festhielt, während die andere ihn niederzog in die verschüttete Schlucht.

Schon begann das Grau über den Felsen sich zu lichten. Immer tiefer stieg der Einsame. Lange stand er vor einer Fläche grau bestäubten Schnees, in dem sich eine weiße Mulde zeigte, als hätte hier, während der Staub sich senkte, durch lange Stunden ein Mensch gelegen. Aus Geröll und Schnee ragte der Wipfel einer Zirbe hervor. Langsam glitten die Augen des Mannes über das grüne Gezweig, über eine weit geöffnete Höhle, über die kahle Bruchfläche des Berges und über die wirren Massen des zerschlagenen Gesteins, das die tiefere Schlucht erfüllte. Ein Stöhnen erschütterte seine Brust, und schwankend betrat er das Gewirr der Trümmer. Sein brennender Blick haftete an jeder Scholle; an jeden Felsblock rührten seine zitternden Hände, und zögernd setzte er den Fuß, als wäre ihm jeder Schritt eine Marter. Ein steiler Abbruch sperrte seinen Weg. In der Tiefe gewahrte er den See, von Schaum bedeckt, so weiß wie Milch. Der erstarrte Schuttstrom lag vom Fuß der Felsen wie ein graues Eiland weit in die

Flut hinausgebaut – als hätten die Dämonen des Gesteins dem stolzen Mädchenherzen, das sie zerdrückten im ersten Jauchzen seines Glückes, einen ewig dauernden Leichenhügel errichten wollen, gewaltiger, als noch je ein Hügel über dem Grab eines gefallenen Helden sich erhob.

Zitternd, mit vorgebeugtem Gesichte, stand der Einsame am Rand der Felsen und starrte in die Tiefe. Röchelnd ging sein Atem, doch seine rotgeränderten, vom Staub entzündeten Augen hatten keine Träne. „Ich hab's berufen. Jetzt liegen zwischen ihr und mir die Berg!" Er streckte die Arme ins Leere, und des Todes nicht achtend, der ihm drohte, begann er den Niederstieg. Wohin er trat, lösten sich das Geröll und der graue Schnee. Als er den Grund schon fast erreicht hatte, kam eine Platte mit ihm ins Gleiten. Rasselnd trug ihn das steinerne Fahrzeug und landete ihn auf der Böschung des Schuttes. Mit heiserem Lachen richtete er sich auf und faßte das Gestein wie die Brust eines Feindes. „Mein alles hast du genommen! Nur mich nit! Warum denn? Bin ich für den Tod zu schlecht?" Das Gesicht mit den blutenden Händen bedeckend, sank er zu Boden.

Schon fiel das Frühlicht mit rosigem Schein über alle Höhen, als er sich mühsam erhob und hinausblickte über den weißen See. „Mutter! Wie kehr ich heim! Was sag ich, wenn dein Aug mich fragt –?"

Am Saum des grauen Schuttfeldes wandte er noch einmal den Blick. Seine Gestalt erzitterte, und stumm umklammerte er einen Steinblock und drückte das Gesicht an den kalten Fels, als hielte er umschlungen, was unter dem Schutt begraben lag.

Wie ein Träumender taumelte er davon. Ohne zu wissen, was er tat, suchte er die Stelle, wo er den Einbaum verlassen hatte – sie war verändert, verschwunden mit dem Kahn. Doch über den See war eine Brücke gebaut: Eine Felswand hatte ihren Trümmerhaufen bis zum andern Ufer geworfen und einen kleineren See vom Weitsee losgetrennt, wie eine Stunde der Not das Kind von der Brust der Mutter reißt. Über diese Brücke, die noch keines

Menschen Fuß betreten hatte, ging der Weg des Einsamen, dann am Ufer entlang und heimwärts über das Waldgehänge, das bis zur Höhe eines Pfeilwurfs kahlgeschwemmt war von den aufgebäumten Fluten. Die gebrochenen Stämme schwammen im See und streckten ihr wirres Gezweig aus dem weißen Schaum.

Schon fiel das helle Licht des Morgens in den Kessel, doch die bunten Farben der herbstlichen Bäume wollten nicht erwachen. Wie versteinert war der Bergwald anzusehen unter dem grauen Kleid, mit dem der Staub ihn überzogen hatte. Stumpf glitten die Blicke des Einsamen über die trüben Bilder seines Weges. Er sah in der Höhe das veränderte Gesicht des Berges und erkannte auf allem Felsgehäng die Straßen, welche die Schuttströme genommen hatten. Er sah den Falkenstein, doch über ihm kein Dach mehr, keinen Giebel und keine gefensterte Mauer, nur dünne Rauchsäulen, die langsam in die Höhe wirbelten und in der Luft zerflossen. Er sah in der Ferne die Halden der Schönau, ohne Wald, ohne Hütten, einer grauen Wüste gleich. Er sah, wie auf dem See das schwimmende Bild der Trümmer sich verwandelte: Zwischen die gebrochenen Fichten und Buchen mischten sich entwurzelte Fruchtbäume, Gebälk und Bohlen, die Reste eines Daches, eine Hundehütte und Immenkörbe, Gewandstücke und hölzernes Geschirr. Und manchmal tauchte aus dem schwankenden Schaum ein brauner Fleck hervor: die schwimmende Leiche eines Rindes.

Das alles sah er. Auch über seinen Weg, der zu Ende ging, lagen die Zeugen der Vernichtung ausgestreut: Gerätstücke und lange Fetzen eines Fischernetzes. Doch keine Frage erwachte in ihm. Seine betäubten Sinne schienen unempfänglich für neuen Schreck, sein gebrochenes Herz nicht fähig mehr eines neuen größeren Schmerzes. Als er die letzte Waldhöhe erreichte und die Lände mit dem verwüsteten Hügel zu seinen Füßen lag, griff er mit den Händen an die Schläfen und drehte langsam das entstellte Gesicht nach allen Seiten. Kein Hag und Lugaus mehr, kein Haus und Stall. Verschwunden der Immenstand, das Gärtlein und der

Brunnenstock. Nur einzelne Balken und Fetzen des Haggeflechtes lagen zerstreut umher. Zerschmettertes Hausgerät und Rinderleichen füllten alle Pfützen der Lände. Die Eichen waren gebrochen und ihre Kronen davongeschwemmt. Nur ein einziges dünnes Bäumlein hatte dem Schwall der Fluten widerstanden. Und auf dem kahl gewaschenen Hügel war nur der Baumstrunk noch geblieben, der die steinerne Tischplatte getragen, und ein Rest des gemauerten Herdes. Doch auf der Stelle, an der das Hagtor gestanden, erhob sich noch das Kreuz, nur gelockert in seinem Halt, zerfetzt an allen Rändern und bis über das Querholz hinauf mit grauem Schlamm behangen.

Zwischen den Stümpfen der gebrochenen Eichen kauerte Heilwig, die Magd des Fischers. Als sie den Kommenden gewahrte, sprang sie auf und eilte ihm entgegen. Sie wollte ihren schreienden Jammer beginnen, doch der Anblick des Mannes lähmte ihre Zunge. Das Gewand verwüstet und mit Staub bedeckt, an Händen, Armen und Knien zerschunden und blutig, das Gesicht entstellt, die Augen brennend und von dunklen Ringen umzogen, eisgrau an Bart und Haaren – so stand er vor dem entsetzten Blick der Magd. War es ihr Herr? War es Sigenot der Fischer? Oder ein gespenstiges Schreckbild, das sie zu ängstigen kam nach allem Greuel, den sie überstanden hatte? „Heilwig?“ Auch seine Stimme war verwandelt und klang ihr wie fremder Laut. „Wo ist die Mutter?“

Sie konnte nicht sprechen, nur deuten. Zögernd schritt sie ihm voran, und immer nach einigen Schritten wartete sie, ob er käme. Bei den Stümpfen der Eichen blieb sie stehen; die hundertjährigen Stämme waren über den Wurzeln abgedreht und Sigenots Baum an der letzten Kerbe gebrochen; dem einzigen, noch aufrechten Bäumlein zu Füßen lagen die beiden Leichen: Mutter Mathilt, umklammert von den Armen des entseelten Knechtes.

Sigenot wankte. Sein irrender Blick suchte das Kreuz. Dann streckte er die Hände nach dem Knecht: „Der ist treu gewesen! Und ich kann’s ihm nimmer lohnen.“

Heilwig mußte ihm helfen, die starren Arme Wichos zu lösen, der die Mutter seines Herrn nicht lassen wollte. Während die Magd zu reden begann, hielt Sigenot die Leiche der Mutter in den Armen und hing an den bleichen Zügen, die dem Antlitz einer Schlummernden glichen. Er hörte, wie die Magd von der baumhohen Welle sprach, vom Sturz des König Eismann, von allem Unheil im Gaden, von Wazemanns Tod, vom Untergang seiner Söhne und vom Brand seines Hauses. Doch ihre Worte schienen ihn nicht anders zu berühren als einen Sterbenden der leere Klatsch des Nachbarhauses. Nur einmal hob er die Augen, weil aus dem zerschlagenen Schilf des Ufers eine jammernde Stimme klang.

„Der Kaganhart!" stammelte die Magd. „Er muß die Hilmtrud suchen. Das Wasser hat sie davongetragen mit dem Haus!"

„Not über allem, was lebt!" Sigenot drückte das Haupt der Mutter an die Brust und streichelte ihr feuchtes Haar. „Mutter! Dir ist wohl. Komm! Ich will dich zum Vater bringen!"

Er ging zur Lände, schleppte die zerstreuten Balken ans Ufer und flocht sie mit Ruten zu einem Floß; alle Reste seiner Netze sammelte er und füllte sie mit schweren Steinen.

Nun holte er die Mutter. Wankend stieg er mit seiner Last über den Hügel hinunter, kehrte zurück und trug den getreuen Knecht zum Floß. Dem grauen Fährmann des Todes gleich, stand er auf dem schwankenden Fahrzeug und trieb es mit langer Stange durch den Trümmerwust, der den See bedeckte. Hinter der Insel sah ihn die Magd verschwinden. Sie stand am Ufer, erfüllt von Grauen und Sorge. Lange Zeit verging. Einmal hörte sie aus dem See heraus den verschwommenen Hall einer Stimme. War es ein Wehschrei? War es der letzte Gruß, den der Sohn seiner Mutter bot? Dann wieder Schweigen. Nur hinter dem Hügel das Rauschen der Ache.

Lange harrte die Magd. Endlich sah sie das entlastete Fahrzeug mit seinem Fährmann aus dem zerwühlten Schilf der Insel hervortauchen. Müde trieb Sigenot die Balken dem Ufer zu. Als sie an die Lände stießen, löste sich das Band der Ruten, und von dem zerfallenden Fahrzeug schwang Sigenot mit der Stange sich ans Ufer. Das kalkweiße Gesicht war wie versteinert; die Fäuste ballend, blickte er über die öde Stätte der Verwüstung. „Jetzt hab ich ausgesorgt um Mutter und Schwester. Jetzt banget mich nimmer um Glück und Lieb. Jetzt steh ich allein für mich. Jetzt will ich raiten mit allen, die mir gelogen haben und die Treu gebrochen!"

Erschrocken wich die Magd vor ihm zurück, weil sie des Augenblicks dachte, in dem sie vor dem rollenden Wasser geflohen war und in Todesfurcht das Haus und die Herrin verlassen hatte.

Durch die trüben Pfützen, über alle Trümmer weg, schritt Sigenot dem Kreuz entgegen, während die Magd entfloh. Mit geballten Fäusten stand er vor dem grauen Balken und sprach ihn an, als hätte er einen Feind vor sich, der ihn hören, mit dem er rechten könnte in Worten. „Ich hab gehangen an dir in Treu und Glauben. Derweil dir alle feind gewesen, hab ich meine Freiheit hingelegt vor deine Füße und hab gerufen: Mein guter Herre, du mein Gott! – Und du? – Ich will nit raiten um die Mutter, sie hat nit gefragt nach dir. Wer Treu nit gibt, kann Treu nit heischen. Ich darf nit raiten um mein Glück, ich hab's verrufen und hab das Wasser und die Berg geworfen zwischen meine Seligkeit und mich. Ich rait nit um dieselbig, die den Tod gefunden aus Lieb zu mir –" Seine Stimme riß. „Stark und mutig ist sie gewesen, rechtlich an Sinn und Herz, schön wie die Sonn und treu – so wie du untreu bist! Doch ihres Vaters Haus hat wider dich gestanden. Haß wider Haß. Das muß ich gelten lassen. Aber es heißt auch: Treu um Treu!" Mit beiden Fäusten faßte er den Stamm des Kreuzes und rüttelte an dem Holz. „So sag mir, wo die Schwester ist? Auf ihr hat keine Schuld gelegen. Ihr Herz und Leben ist wie die Blum gewesen, die den ersten Morgen sieht. Wie das Lamm vor dem Schäfer ist sie gestanden vor dir und hat vertraut auf deine Hut. Und du? Stark bist du, stärker als tausend Männer in Wehr und Eisen. Du kannst die Berg umwerfen und die tiefsten Wasser heben. Und meiner Schwester schuldloses Leben hast du nit lösen mögen aus der Not? Wo ist denn deine Treu, von der mir einer im Lokiwald gelogen hat? Jetzt red! Wir raiten miteinander! Und wenn du meinst, daß fallen muß, was treu und schuldlos ist, so soll auch nimmer stehen, was ich untreu find!" Mit der ganzen Wucht seines Körpers warf er sich gegen den Balken. In der Erde knirschten die Pflöcke, der Grund begann sich zu heben, und langsam neigte sich das Kreuz. Fast lautlos fiel es auf den mit Schlamm bedeckten Hang des Hügels.

Sigenot drückte die Fäuste auf seine Brust, als wäre ihm wohler geworden. „Du liegst. Und jetzt zu deinem Knecht im Lokiwald!" Er wandte sich gegen die Ache und stand wie gelähmt, an Leib und Seele befallen von einem Schreck, so furchtbar, wie er ihn auch in der Stunde nicht empfunden hatte, in der die Berge stürzten und den Tod durch die Lüfte warfen. Entgeistert sah er, was ihm erscheinen mußte wie ein Wunder, das der starke Gott in diesem Augenblick wirkte, um vor dem Zweifler seine Treue zu erweisen. Von der Ache her, zwischen dem verwüsteten Hügel und dem Wirrsal der gestürzten Bäume, kam langsam ein junges Paar gegangen, zwei stille, blasse Menschenkinder, die zu wandeln schienen wie im Traum. Wange an Wange hielten sie sich umschlungen, als müßte eines das andere stützen.

Sigenot griff ins Leere. Er sah die Schwester und wandte die Augen von ihr – er sah das liegende Kreuz und streckte die Arme. Was er fühlte, erschütterte ihn an Herz und Gliedern wie ein Sturm den Baum. Stöhnend schlug er die Fäuste an seine Brust: „Ich – ich – ich selber bin der Untreu!" Mit schluch-zendem Schrei, taumelnd an allen Sinnen, warf er sich über die Balken des Kreuzes. –

Hinter den Bergen stieg die Sonne hervor.

Weithin über das verwüstete Tal, in dem die sinkenden Bäche schon leiser rauschten, flutete der warme Glanz. Er wandelte das Grau des Staubes nicht in lachende Farben, scheuchte kein Bild der Vernichtung und verjagte nicht den atembeklemmenden Steingeruch, der die Lüfte füllte. Dennoch senkte sich der schimmernde Glanz aus den Höhen nieder wie ein goldgeflügelter Bote, um den Menschen in ihrem verzagenden Jammer zuzurufen: „Die Berge stürzten, doch blicket auf, es steht noch der feste Himmel, und seine Sonne leuchtet!“

In den mit Schlamm übergossenen Tälern weckte die Wärme den Nebel wie nach schwerem Regen. Überall kräuselten sich die weißen Wolken über den Wust der Trümmer empor, von der Sonne durchleuchtet – ein Bild der menschlichen Hoffnung, die nach aller Nacht und Kälte des Lebens immer wieder die Heimstatt des Lichtes und der Wärme sucht.

Aus dem Bett der Ramsauer Ache, in deren breitem Strom die Gewässer schon zu versiegen begannen, dampfte der zarte Nebel langsam über den Lokiwald.

Hier, zwischen gebrochenen Bäumen, suchte Eberwein einen Weg nach den Halden der Strub, das schlummernde Kind auf seinen Armen.

Jeden Schritt mußte er mühsam erkämpfen. Die Sorge, mit der er das Gesicht des Kindes vor dem schlagenden Gezweig zu behüten suchte, erfüllte ihn so ganz, daß er die Zerstörung nicht sah, die um seine Füße gebreitet lag. Tote Vögel hingen im Gezweige, und an Wildleichen führte sein Weg vorüber. Unter einem mächtigen Baumstamm lag ein erschlagener Bär mit zerzaustem Fell, mit gebrochenen Zähnen im klaffenden Gebiß – der braune Honigfreund, der mitgeholfen hatte an Bruder Wampo's Wunder!

Der Wald und seine Trümmer gingen zu Ende, und eine menschliche Stimme schlug an Eberweins Ohr. Er schrie, begann zu laufen und erreichte das Tal der Ramsauer Ache.

Am Rande des Wassers näherten sich zwei Menschen, die im Schlamm nach verlorenem Gut zu suchen schienen, ein Greis und ein Weib mit gelösten Haaren. Eberwein rief die beiden an. Und das Weib, mit gellendem Freudenschrei und gestreckten Händen, kam auf ihn zugerannt, riß ihm das Kind aus den Armen und eilte davon, in wahnsinniger Angst, als wäre Eberwein nicht der Retter, sondern der Räuber ihres Kindes.

Der Alte blieb stehen und sah dem fliehenden Weibe nach. Eberwein erkannte ihn; es war ein Ramsauer Bauer, der mit Runot zur Windach gekommen war, um nach Hiltischalk und Hiltidiu zu suchen. „Herr?“ fragte der Greis. „Hast du das Kind aus der Flut gehoben? So mußt du der Mutter verzeihen, daß sie den Dank vergessen hat. Zwei Kinder hat ihr das Wasser genommen. Die liegen im Schapbacher Wald.“

„Wo Runot liegt?“ stammelte Eberwein.

„Wohl! Der ist hin, der gute Mann! Und das Moidi und der Seppeli liegen daneben.“

Eberwein vermochte nicht zu sprechen. In Bangen hatte er gehofft, das gerettete Kind in die Arme der Mutter legen zu können. Und daß es nun diese Mutter war! Das empfand er wie einen Trost, der ihn belebte.

Während er schweigend stand, sprach der Alte von der Verwüstung im Tal der Ramsau. „Zwanzig Häuser liegen. Das Pfarrhaus auch, und die Kirch dazu. Und viel Leut gehen ab. Mein ältester Bub ist auch dabei, sein Weib und alle fünf Kinder. Sieben Leut auf einmal!“ Die Stimme des Alten zitterte. „Da käm ich nimmer drüber weg, wenn ich nit sagen müßt wie Bruder Hiltischalk: Gibt der liebe Gott, so wird er auch nehmen dürfen. Wohl! Ich hab getrauert um den frommen Bruder. Aber schau, Herr, dem hat’s der liebe Himmel gut vermeint, daß er ihn die heutige Not nit hat erleben lassen! – Guck nur, wie die unsinnige Mutter noch allweil rennt! Die fallt noch mit dem Kinde in eine Grub!“ Mit lauter Stimme rief er: „He, du!“ Und eilte, so schnell ihn seine alten Knochen trugen, dem Weibe nach.

Eberwein bedeckte die Augen mit der Hand. „Bruder Hiltischalk! Wo dein verlorenes Grab auch liegen mag, unter Fluten oder Felsen, es verlangt nach keinem Kreuz und Ehrenzeichen! Im Herzen dieses Christen sah ich dein Denkmal stehen.“

Weit über das Tal her tönte ein Gewirr von Stimmen. Freudig erschrocken lauschte Eberwein. „Dort leben noch Menschen!“ Er eilte nieder über das schlammige Gehäng und sah die Trümmer nicht, die das Wasser ausgeworfen, nicht das spitze Dächlein mit dem hölzernen Kreuz, nicht die gebleichten Knochen und Totenschädel, die der Strom aus dem Ramsauer Beinhaus bis zum Gaden herausgetragen. Über Felsblöcke und angestaute Bäume springend, gewann er das andere Ufer. Zwischen verwüsteten Büschen lagen die steinernen Schollen, die wie Hagel aus den Lüften gefallen waren. Den Schritt beflügelnd, erreichte Eberwein einen zerstörten Hag, in dessen Mitte ein Felsblock lag von der Größe eines Hauses; doch er hörte keinen Jammer, nur den Hall eines Beiles und eine freudige Knabenstimme: „Schau nur, Gobl-Ähni, da kommt der gute Herr!"

Die Beilschläge verstummten nicht. Durch eine Lücke des Hages sah Eberwein den Greis bei der Arbeit stehen: nackten Leibes, die Hüfte von einem Lumpen umwunden, schwang er das Beil mit der Kraft eines Jünglings. Nicht weit von dem Alten saß Huze in der warmen Sonne, die wunden Füße von grauen Fetzen klumpig umwickelt. Und an der Seite des Knaben kauerte das kleine Mädel aus dem Schapbacher Wald. Beim Anblick des Mönches richtete Huze sich auf und versuchte ein paar hinkende Schritte; Eberwein eilte dem Knaben entgegen und umschlang ihn, keines Wortes mächtig. „Gelt?" lächelte der Bub zu ihm auf. „Was der liebe Vater im Himmel alles an mir getan hat! Schau nur den Ähni an! Wie er schaffet an unserem neuen Haus! Und wie er mich mögen tut! Und alles hat der Vater da droben gemacht. So gut wie der ist, so gut ist keiner mehr."

Eberwein beugte sich nieder. „Mein Kind! Ich danke dir für dieses Wort."

Mit großen Augen sah der Bub ihn an. „Danken? Warum denn, Herr? Das ist doch dein eigen Wort. In Wazemanns Bußloch hast du mir gesagt: So gut wie der Vater im Himmel, so gut ist keiner mehr!"

Es zuckte um den Mund des Mönches, während sein Blick hinausirrte über die verwüsteten Halden. Tief atmend strich er mit der Hand über das struppige Haar des Knaben und flüsterte: „Werdet wie die Kinder!"

Das Beil in der Faust, kam der alte Gobl. „Ich grüß dich, Herr! Und schau, du hast recht gehabt! Mein Apfelbaum ist hin, nacket steh ich da, aber allweil freut mich das Leben wieder!“ Er zog den Knaben zärtlich an sich. „So viel gleicht er meinem lieben Mädel! Die Augen hat er von ihr, und das gute Herzl auch!“ Lachend hob er das Kinn des Knaben. „Schau, Bub, wenn du nit hinken tätst, du müßtest von deiner Mutter auch den Schritt haben, so keck und fest!“

In stummer Bewegung blickte Eberwein auf die beiden Menschen: das Alter in nackter Not, die Jugend in Schmerz und Wunden, und dennoch in ihren Augen die lachende Freude des Lebens.

Dumpfe Stimmen, von einem Windhauch über die Halden hergetragen, unterbrachen die Stille.

„Lus, Herr!“ sagte der Greis. „Es haben nit alle den schiechen Tag so gut überstanden wie mein Bub und ich. Die Leut sind gefallen wie die Fliegen im Frost. Da drüben schleppen sie die Toten auf ein Häufl.“

Eberwein hatte sich abgewandt und eilte dem verschwommenen Hall der Stimmen entgegen. Zerbrochene Zäune sah er, Hütten mit durchlöcherten Dächern, ein halb zertrümmertes Haus, in dessen Stube vom verwichenen Abend noch der Tisch bestellt war mit unberührten Schüsseln. Überall Schutt auf seinem Weg, blaue Eisblöcke, von denen in der warmen Sonne das Wasser niederschmolz, und graue Felsklötze, die keine Menschenkraft mehr von der Stelle rücken würde, auf der sie aufgerichtet standen als ewige Gedenkzeichen des schreckenvollen Tages. Kühe, Ziegen und Schafe zogen unruhig umher, Hunde trabten an Eberwein vorüber, doch bei keiner Hütte gewahrte er Menschen. Ein einziges Kind erblickte er. Das saß auf einem Schutthügel und spielte mit dem Geröll.

Immer näher klang das Gesumm der Stimmen, und endlich gewahrte er auf freiem Feld einen schwärzlichen Menschenhaufen. Langsam glitten die Gestalten durcheinander, die einen gingen, andere kamen paarweis und trugen auf Stangen eine regungslose Last herbei.

Die Leute erblickten den Mönch, und das Gesumm der Stimmen erlosch. In der dunklen Schar sah Eberwein plötzlich alle die weißen Gesichter. Einige Männer und Weiber wollten ihm entgegenlaufen; auf halbem Wege hielten sie inne. Bleich, mit kämpfendem Atem, eilte er den Harrenden entgegen. Kein lautes Wort vernahm er, kaum einen schluchzenden Laut. Doch hundert Arme streckten sich, als wäre bei ihm die Hilfe, bei ihm der Trost. Hundert Augen, gerötet von Staub und Weinen, hingen an seinen Lippen, als könnte ein einziges Wort des Gottgeweihten alle Schmerzen lösen. Die Männer faßten nach seinen Händen, die Weiber griffen nach seinem Kleid oder hoben ihm ihre Kinder entgegen, damit der Blick seiner Augen sie feie wider alle Not und Gefahr.

Wortlos, erschüttert in jedem Nerv seines Lebens, stand Eberwein inmitten dieses namenlosen Jammers – zum erstenmal im Kreise seiner Gemeinde! Wie anders hatte er diese Stunde sich gedacht! Schön, an Hoffnungen reich, als verheißungsvolle Blüte einer guten Zeit! Nun war die ersehnte Stunde gekommen. Und er stand inmitten dieser tiefgebeugten, nach Trost und Hilfe bangenden Menschen wie ein Hausvater, der von weiter Reise heimkehrt und unter seinem Dache den Tod und alles Elend findet. Wie sollte er trösten, da er selbst des Trostes bedürftig war wie ein Dürstender des Trankes? Sprechen konnte er nicht. Er drückte nur hier eine zitternde Hand, blickte mit heißem Erbarmen in ein brennendes Auge, streichelte dort ein gebeugtes Haupt, schloß einen Wankenden in seine Arme, drückte ein Kind an seine Brust und gab es der Mutter zurück.

So gab er Trost, ohne daß er es wußte. Der Schmerz hat feine Sinne, und diese Menschen empfanden es wie einen warmen Lichtstrahl in ihrem dunklen Jammer, daß einer unter ihnen weilte, der es gut mit ihnen meinte. Sie fühlten, daß sein Erbarmen und alle Liebe seines Herzens ihr Eigen war. Ihre Stimmen lösten sich aus dem stummen Bann, ihr Schluchzen wurde laut, eine

Greisin faßte den Arm des Mönches, und auf die Toten deutend, weinte sie: „Schau, guter Herr, da liegen sie auf der Erd, um deinen heiligen Bruder her!"

Im ersten Entsetzen deckte Eberwein den Arm über die Augen. Auf einer Bahre aus Buchenästen ruhte Waldram, die gebrochenen Augen noch offen, das weiße Priesterkleid übergossen von geronnenem Blut. Und um ihn her eine stille Gesellschaft, Männer, Weiber und Kinder, Leiche neben Leiche, alle geschmückt mit der roten Blume ihres erloschenen Lebens. Da waren bleiche Gesichter mit friedlichen Zügen, als hätte der Tod diese Menschen überfallen, bevor sie die Nähe des finsteren Gesellen ahnen konnten. Andere Leichen zeigten in ihren Gesichtern nur den Ausdruck höchsten Schreckens, als wären sie schmerzlos hingesunken in einem Augenblick besinnungsloser Verwirrung. Daneben Gesichter, grauenhaft entstellt, in jedem Zug die erstarrte Sprache der Todesangst und Verzweiflung; Körper, bis zur Unkenntlichkeit verstümmelt und zermalmt; ein zerschmettertes Weib, dessen Arm noch die Überreste zweier Kinder umschlungen hielt; ein Rumpf ohne Beine und Hände; einer mit halbem Kopf und entzweigeschnittener Brust; ein Haupt ohne Leib und ein Haufe zerhackter Gliedmaßen und formloser Fleischklumpen, von Sand umhüllt.

Zitternd stand Eberwein vor dieser wüsten Orgie des Todes. Seine verstörten Augen suchten den Himmel. „Wir müssen glauben! Oder verzweifeln!" Wankend schritt er zwischen den Leichen auf die Bahre Waldrams zu und schloß dem Toten die Lider. „Vergib mir, wenn ich dir unrecht tat im Leben!" Sein Blick irrte über die Gesichter der Lebenden, er suchte nach Worten und fühlte, hier gab es nur einen Trost: die helfende Tat! Sich aufrichtend, stand er inmitten der Leichen, als wäre er selbst noch eben auf der blutgetränkten Erde gelegen und hätte sich wie durch ein Wunder erhoben.

Scheu näherte sich der Köppelecker. „Herr, laß dir sagen, wie der heilige Mann gestorben ist!"

Eberwein wehrte mit der Hand. „Er ist ein Toter unter Toten. Wir wollen der Lebenden gedenken.“ Aus dem Ring der Leichen hervorschreitend, sagte er zu der Greisin, die ihn geführt hatte: „Mutter, sammle die Kinder und führe sie zu einem sicheren Hag! Tod und Wunden sind kein Anblick für Kinderaugen.“ Dem Koppelecker befahl er: „Wähle die Knaben aus, die bei Kräften sind und die Wege kennen. Sie sollen Botschaft tragen zu entlegenen Gehöften und die Bauern zur Hilfe rufen! Ihr Frauen und Mädchen! Brechet Äste und flechtet sie mit Stangen zu festen Bahren!“ Er sandte sie zu einem nahen Gehölz, damit ihnen das gräßliche Bild der Leichen entzogen wäre. Zwölf bejahrte Männer wählte er; sie sollten die Toten zur Klause tragen und vor dem Kirchlein niederlegen. Dann hob er einen Spaten von der Erde: „Ihr anderen Männer alle! Zu mir!“

Jedem wies er einen Teil der Arbeit zu, keiner sollte müßig stehen, keinem die Zeit verbleiben, um stumpf zu versinken in Schmerz und Jammer. Es gab keinen Widerspruch, alle gehorchten. Keiner fragte: Gilt die Hilfe mir, gilt sie dem Nachbar? Die gemeinsame Not hatte sie mit eisernem Band aneinandergeschmiedet wie zu einem einzigen Wesen.

Eberwein fragte nach den Verwundeten. Verwundete gab es nicht. Die stürzenden Felsen hatten den Tod gefordert oder das Leben gewährt. Er fragte, was schon geschehen wäre zur Rettung der Verschütteten, die noch leben könnten? Nur die Leichen hatten sie aufgelesen, die unter freiem Himmel lagen; an andere Hilfe hatten sie in ihrer Betäubung nicht gedacht. Eberwein teilte die Leute in Gruppen und sandte sie nach verschiedenen Richtungen aus, während er selbst mit wenigen Männern zu den Stätten eilte, auf denen die Zerstörung am übelsten gewütet hatte. Er kam zu einem Haus, das bis zum Giebel unter dünn gemahlenem Schutt begraben lag. Als Eberwein über die Böschung emporklomm, um durch die Lücken des Daches einen Weg ins Innere des Hauses zu suchen, sah er etwas im Schutt sich bewegen gleich einem Wurm. Er begann mit den Händen zu graben und zog ein

Knäblein hervor; es lebte und war unversehrt; nur das Mäulchen und die Augen waren mit Schlamm verklebt. Als ihm das Gesichtchen mit Wasser überspült wurde, begann es zu niesen, schob mit dem roten Zünglein die Erde über die Lippen hinaus und lächelte.

Diese erste Rettung belebte die Männer und spornte sie zu heißem Eifer. Einer von ihnen eilte mit dem Kind dem Gehölze zu, in dem die Frauen bei der Arbeit waren. Die Mutter des Kindes fand sich nicht unter ihnen, eine Schwester nur. Weinend und lachend umklammerte sie das Bürschlein und gab es dem Mann zurück. „Trag's nur hin, wo die anderen sind! Ich muß schaffen, oder der gute Herr könnt zürnen."

Als der Mann den Hag erreichte, in dem die Kinder versammelt waren, sah er die Kleinen dicht gedrängt um die Greisin sitzen, die mit leiser Stimme erzählte: So hauset er zutiefst im Untersberg, und derweil er schlaft, wachst ihm der lange Bart um den steinernen Tisch herum. All hundert Jahr nur wacht er einmal auf, und wenn er im Wachen den ersten Schnaufer tut, so geht ein Rumpler durch alle Berg, und überall fallen die Steiner."

„Gelt, wie gestern?" fragte ein blasses Mädel.

„Wohl! Wie gestern! Und da tun sich die Felsen vor ihm auf, und lichtscheinig steigt er aus dem Berg heraus. Überall geht er um im Tal, und wo er einkehrt, bringt er die gute Zeit!"

19

Sagentrost und Wunderglaube! Zwei Blumen im steinigen Garten des Lebens! Sie sprossen auf dem Boden gewaltiger Ereignisse wie Blüten nach schwerem Gewitterregen und senken ihre Wurzeln in die Herzen des Volkes, wie das Immergrün sich einnistet in die Fugen des Gesteins.

In der gleichen Stunde, in der die Kinder atemlos den Worten der Greisin lauschten, saßen am Ufer des Schönsees drei bleiche Menschen dem neu errichteten Kreuz zu Füßen. Nicht auf der Lände erhob sich das heilige Zeichen, sondern auf der Höhe des leeren Hügels, zwischen den mit Schlamm bedeckten Resten des Herdes. Die Fäuste auf den Knien, vorgebeugten Hauptes, saß Sigenot zwischen Ruedlieb und Edelrot, auf deren blassen Wangen noch die Spuren der Tränen waren, die sie um die Mutter geweint hatte in wortlosem Schmerz, die Seele durchleuchtet vom traumhaften Nachempfinden ihrer wundersamen Rettung. Ruedlieb erzählte. Er sprach vom letzten Morgen, den sie in der Ödhütte verbrachten, von der Sorge des Vaters und vom Beginn des Furchtbaren bis zu dem Augenblick, in dem er Edelrot mit sich fortriß und den Vater unter grauem Rauch und hagelndem Gestein verschwinden sah. „Seine Lieb zu mir hat ihm den Tod gebracht!“ Die Stimme versagte ihm, und schweigend legte Sigenot den Arm um die Schulter des Buben.

„Ich hab schon nimmer schnaufen können“, fiel Rötli mit leisen Worten ein, „doch wie ich den Liebli sagen hör: jetzt kommt der Bid’, da hab ich noch einmal aufgeschaut in Grausen. Berghoch ist eine schwarze Wand auf uns zugelaufen, und die Todesangst hat geschrien in mir: Mein guter Herre, du mein Gott!“

Sigenot nickte. „Und er ist gekommen, den du gerufen hast in Treu und Glauben!“

„Gekommen ist er!“ Mit schimmernden Augen sah Edelrot ins Leere. „Auf einmal ist er dagestanden vor uns, großmächtig, und einen Mantel hat er gehabt wie ein Wald so breit. Sein Schnaufer hat uns angeblasen wie Sturm. Und so hat er den Mantel um uns hergeschlagen und hat uns aufgehoben in die Lüft. Ich hab gemeint, ich schlaf und hätt einen feuerfarbigen Traum. Und gewesen ist mir, als wär ich so leicht wie ein winziges Federlein. Süß und wohl ist mir ums Herz geworden, ich kann's nit sagen – so, als tät ich in Armen halten, was mir lieb ist, und als wär mir zugefallen, was man im Leben sich wünschen kann: Glück und Freud und Frieden. Und denken hab ich müssen: Jetzt möcht ich sterben! Wie lang's gedauert hat, das weiß ich nimmer. Auf einmal hab ich gemerkt, daß ich leb und daß ich mich rühren kann. Ich hab die Augen aufgetan. Um mich her ist alles schwarz gewesen. Und überall ein Rauschen und Sausen. Schmerzen hab ich gespürt in allen Gliedern und hab doch gemerkt, daß ich auf linden Stauden lieg. Unter den Fingern spür ich ein Gesicht, das sich rührt. Da geht's mir wie Feuer durch Leib und Seel. Liebli? Bist du's?' frag ich und hör ihn sagen: Schätzl? Lebst du noch?' Gesehen hab ich ihn nit, aber seine Stimm ist's gewesen, und da hat er mich schon genommen und hat mich gehalset, ich weiß nit, wie lang! Allweil leichter ist mir geworden, und ich frag ihn: Weißt du, wo wir sind?' Der Liebli sagt: Beim Bid in aller Tief!' Aber ich hab den Kopf geschüttelt: Wir leben! Und der uns gehoben hat, ist nimmer der Bid gewesen! Ein anderer, Liebli, ein anderer!' Drauf sind wir still geworden und haben uns umgeschaut in der Nacht. Allweil haben wir niesen und husten müssen, und die Augen sind mir gewesen wie Nesselbrand. Wir haben die schwarzen Berg gesehen und haben weit aus der Tief herauf ein Brausen gehört. Auf einmal ruft der Liebli: ‚Wir liegen im Windacher See!' Ich hab kein Wasser greifen können. Aber der Liebli sagt: ‚Ich spür den nassen Grund, wir müssen auf einem Wasen liegen, der übers Wasser schaut! Wie sind wir von der Ödhütt in den See gekommen?' Da geht ihm die Red aus, erschrocken springt er auf und hat aus tiefster Seel ein Schreien angehoben: ‚Vater! Vater!' Aber alles ist still gewesen. Nur drunten in der Tief, da hat's gerauschet!"

In das Schweigen, das die drei Menschen umfing, tönte das dumpfe Lied der Ache. „Wir haben uns sagen müssen: Da droben ist nimmer Leben und Hilf, die Berg sind gefallen, und haushoch müssen die Felsen liegen. Und wie der Tag gegraut hat, haben wir den Eismann nimmer gesehen. Droben über dem Albental und über der Ödhütt ist's gelegen wie ein steiniges Feld. Und herunten im Tal, überall um uns her, ist alles ein Grieß und Schlamm gewesen. Keinen See mehr hast du gesehen, nur braune Lachen, und in dem trüben Wasser hat's gewimmelt von Hechten und Ferchen. Kräuter und Blumen sind gestanden, wie ich sie meiner Lebtag nie gesehen hab, und überall im grünen Wunder sind weiße Knochen gelegen, groß und klein, als wär das Beinermännli umeinandergegangen und hätt sie verloren aus seinem Schurzfell. Ein heiliges Grausen ist über uns gekommen. Wir haben uns eines ans ander angedrückt. Und derweil um unsere Füß her die Fisch gesprungen sind, haben wir den Heimweg gesucht auf blumigem Grund, über dem vor Tag und Nacht das Wasser noch gestanden ist, tiefer wie ein Brunnen."

Sigenot erhob sich, aufblickend zum Kreuz. „Der euch hinausgetragen über fallende Berge, hat auch den Weg für euch gebrochen durch See und Wasser. Gegen die Guten ist er gut, gegen die Treuen ist er treu. Schauet auf zu ihm und danket seiner Lieb!"

Sie kannten nur das eine Gebet: Mein guter Herre, du mein Gott! Es war ihr Schrei um Hilfe in der Not gewesen und war der Dank für das Wunder ihrer Rettung. Ein Wunder Gottes! Was wußten sie von den rätselhaften Gewalten der Natur, welche Meisterin im Zerstören ist, aber auch alle Zauberkünste des Schaffens und Erhaltens übt. Sie hatten erfahren, was ihre Menschensinne nicht zu fassen vermochten, hatten das Unbegreifliche erlebt und nannten es stammelnd mit dem Namen Gottes. Der Schauer des Glaubens erfüllte sie und trug ihre Herzen hinweg über allen Schmerz der Stunde, wie der vor der Steinlawine einherbrausende Luftstrom die schon dem Tod Geweihten hinausgetragen hatte über die Stätte des Verderbens und über den gähnenden Abgrund.

„Und jetzt kommet, ihr guten Kinder, ich will euch heimführen zu eurem Herd!“ Sigenot faßte Ruedliebs Hand und die Hand der Schwester. Während sie über den Hügel niederstiegen, sagte er: „Schau, Rötli, noch allweil steht dein junges Bäuml! Wenn der Winter die Erd gefrieren macht, so heb das Bäuml mit allen Wurzeln aus, und der Ruedlieb soll's hinübertragen in euren Hag! Dort hat's einen guten Boden.“

Ruedlieb nickte. Und Rötlis Augen nahmen Abschied von der verwüsteten Stätte. Jeden der ausgestreuten Balken, jedes Stück des zertrümmerten Hausgerätes streifte ihr Blick und irrte hinaus über den See, in dessen Tiefe Mutter Mathilt das Grab ihres Mannes teilte.

Sacht schwankten die von weißem Schaum bedeckten Wellen gegen das Ufer, und wie Flüstern ging es über das zerschlagene Schilf, in dem die Halme sich schon wieder aufzurichten begannen.

Langsam schritten die drei Menschen der Ache zu. Als sie die von Schuttströmen durchzogenen Halden der Schönau erreichten, sahen sie überall bei den Trümmerstätten die arbeitenden Männer. In einem Häuflein der Schaffenden erkannten sie die weiße Gestalt des Mönches, der rastlos die Picke schwang. Sigenot blieb stehen und murmelte: „Nur noch den einzigen Weg für mich! Und ich komm!“ Er folgte den beiden und drängte: „Eilet, Kinder, die Zeit ist teuer!“

Sie schritten rascher aus. Überall gewahrten sie die Bahrenträger mit den stillen Lasten. Nirgends ein hastiges Rennen, nirgends Geschrei und laute Rufe, überall ernste Ruhe. Frauen gingen an ihnen vorüber, tränenlos und still. Kein Gruß wurde getauscht, kein Wort gewechselt, ein stummer Blick war alle Zwiesprach.

Als sie den Hag des Richtmanns erreichten, brauchten sie das Tor nicht zu öffnen, es war zerschlagen; die Hofreut leer, kein

Knecht und keine Magd, kein Rind und kein Geflügel; die Ställe lagen niedergedrückt, aber die Immen summten fleißig, um die von Wazemanns Knechten geleerten Körbe mit Vorrat für den Winter zu füllen. Das Haus stand unversehrt, nur einzelne Löcher klafften im Moosdach, und unruhig flatterten die Tauben um den Giebel.

Schweigend betraten Ruedlieb und Rötli den Flur, dessen Tür sie erbrochen fanden. Sigenot war ihnen vorangegangen in die Stube und hatte auf dem Herd ein Feuer angezündet, das in reiner Helle loderte. „Schauet, Kinder, wie schön die Herdflamm brennt! Wahret das heilige Feuer in Treu und Lieb, und der gütige Herr wird euer Leben hagen wider Gefahr und Not!“ Lange hingen Sigenots Augen an dem jungen Paar, das sich wortlos umschlungen hielt. Als er sich stumm zur Tür wandte, eilten sie ihm erschrocken nach. Er löste seine Hände. „Lasset mich! Ich hab einen Weg, der nimmer Aufschub leidet.“

„Not liegt über allen Wegen!“ stammelte Ruedlieb. „Wohin willst du?“

„Wohin ich muß!“ Seine Gestalt erzitterte, und er neigte das ergraute Haupt. „Ich hab meinem guten Herrn die Treu gebrochen. Jetzt bin ich kein Freier mehr, ich muß mein Leben in Knechtschaft geben.“

Sie verstanden ihn nicht, aber sie fühlten, daß er ein Wort des Abschieds zu ihnen gesprochen hatte, und klammerten sich an seine Arme. Schweigend umschlang er die Schwester, küßte ihren Mund, ihre Augen und schritt davon.

Über die verschütteten Felder ging sein Weg, der Stätte zu, wo Eberwein bei der Arbeit war. Die Männer, die an der Seite des Mönches schafften, erblickten den Fischer und riefen seinen Namen. In Freude ließ Eberwein die Picke fallen und eilte dem Kommenden entgegen. Doch bis ins Herz erschrak er bei Sigenots verwandeltem Anblick. „Allmächtiger Himmel! Sigenot?“

„Herr! Heut komm ich mit einer Bitt.“

„Rede!“ stammelte Eberwein.

Sigenot stürzte vor dem Mönch auf die Knie und umklammerte ihn. „Herr! Gefallen ist von mir, was meinem Leben lieb gewesen. Nimm mich auf in deine Hut! Ein Gottesmann will ich werden. Und gut sein will ich, derweil ich leiden muß."

Keines Wortes mächtig zog Eberwein den Knienden zu sich empor. Scheu traten die anderen zurück und sahen, wie Eberwein den Wankenden zu einer gestürzten Eiche führte. Dort saßen die beiden, und es währte lange, bis Sigenot zu sprechen vermochte. Mühsam lösten sich die Worte von seinen bleichen Lippen. Als er vom Tode der Wazemannstochter sprach, verhüllte Eberwein das Gesicht.

„Der Schnee hat sie gefaßt, die Felsen sind über sie hergefallen, und ihre letzte Red noch ist gewesen: Ich hab dich lieb!" Sigenots Stimme brach. Wie leblos saß er.

Eberwein ließ die Hände sinken. „Dieses stolze, schöne Leben! Erloschen und tot!" Mit feuchten Augen den See und die Berge suchend, flüsterte er: „Der Toten darf ich gedenken. Wie einer Schwester, die mir starb!" Er legte den Arm um Sigenot und zog ihn an sich, als wäre diese stumme Zärtlichkeit der einzige Trost, den er zu spenden wußte.

„Herr!" stammelte der Fischer. „Sei nit so gut zu mir, eh du nit alles gehört hast!" In heiseren Lauten erzählte er, was geschehen war nach seiner Heimkehr. „So hab ich geraitet mit ihm und hab das Kreuz gepackt und hab's geworfen!" Scheu blickte er auf. Eberweins Augen waren ins Weite gerichtet. Mit leiser Stimme sprach Sigenot weiter, und alle Kraft seines neu erwachten Glaubens redete aus den Worten, mit denen er die Rettung und Heimkehr seiner Schwester schilderte. „Jetzt hab ich mein Rötli zu ihrem Herd geführt und bin gelöst von allen Sorgen. Jetzt will ich büßen, was ich getan hab. Gottes treuer Knecht will ich sein und will mein Leben lang helfen, sein Kreuz errichten, das ich geworfen hab." Noch immer schwieg der Mönch. „Herr? Hab ich in meinem Leid so schwer gesündigt, daß du mir zürnen mußt?"

„Dir zürnen? Ich?“ Eberwein sprang auf. „Komm, Sigenot, wir wollen Gott und den Himmel suchen als treue Brüder! Wir haben gesündigt, doch unsere ganze Schuld ist, daß wir Menschen sind. Wir leben in Drang und Not, wir suchen nach Gott, der Zweifel ist unser Los, doch in allem Zweifel ist unser einziger Trost nur wieder der Glaube!“

Von der Trümmerstätte kam ein Mann gelaufen. „Herr! Wir haben ein Weib unter den Balken stöhnen hören!“

„Komm, Sigenot, zu Gottes Dienst!“

Eberwein eilte dem zerschmetterten Haus entgegen. Ihm voran sprang Sigenot den Trümmern zu; mit der Schulter wälzte er die Felsen, mit den eisernen Armen hob er die Balken. Als die anderen aus der Gasse, die er gebrochen, das gerettete Weib emporhoben, stand er seitwärts und wischte den Schweiß von der Stirn. „Wohin jetzt, Herr?“

„Zum nächsten Haus!“ erwiderte Eberwein.

Als sie die neue Arbeit begannen, kam Ruedlieb mit einem Spaten gelaufen. Sigenot blieb stumm. „Sie ist bei den Frauen da drüben im Wald und schafft!“ sagte Ruedlieb, als hätte er eine Frage aus Sigenots Augen gelesen. „Ich steh zu den Mannerleuten.“

Seite an Seite waren sie bei der Arbeit, bis der Abend kam.

Bei Feuerschein wurde die Arbeit fortgesetzt, und erst gegen Mitternacht vergönnten sich die schwer Ermüdeten ein paar Stunden der Ruhe. Die Männer, deren Hütten noch standen, kehrten heim, während die Obdachlosen mit Eberwein und Sigenot unter freiem Himmel nächteten.

Als der Morgen graute, begann die Arbeit von neuem. Nur Leichen wurden noch unter den Trümmern hervorgezogen, und rastlos schritten die schweigsamen Bahrenträger vom Gaden zum Lokiwald, während die Weiber das ausgestreute Gerät und die umherirrenden Rinder zu sammeln begannen.

Gegen Mittag wanderte Eberwein mit Sigenot in die Ramsau, um neuen Jammer zu sehen. Alle Hütten, die im tieferen Tal gestanden, waren verschwunden, mit ihnen das Pfarrhaus und die Kirche. Fast noch reichere Ernte hatte hier der Tod gehalten als im Gaden; aber der Anblick der blassen, unblutigen Opfer des Wassers wirkte nicht so grauenvoll. Wie Leiche neben Leiche lag, alle mit über der Brust gefalteten Händen, glichen sie einer friedlich im Gebet entschlafenen Gemeinde. Die Weiber und Kinder lagen gesondert von den Männern, und die erste der stillen Schläferinnen, die Eberwein erblickte, war die treue Mätzel.

Auch das Bild der Lebenden war ein anderes. Sie fühlten den Schmerz nicht weniger tief als ihre Unglücksbrüder im Gaden, doch sie trugen ihn gefaßter, mit frommer Ergebung in den Willen des Himmels. ‚Gibt der liebe Gott, so wird er auch nehmen dürfen!‘ Die Saat, welche Hiltischalk und Hiltidiu ausgestreut, hatte feste Wurzeln geschlagen in den Herzen dieser Menschen.

Der Abend kam. Neue Leichen wurden nicht mehr gefunden. Dennoch verminderte sich die Zahl der Vermißten. Manche, die in besinnungsloser Angst geflohen waren, hatten sich, neues Unheil fürchtend, in entlegenen Schlupfwinkeln verborgen gehalten und kehrten erst jetzt zu ihren Heimstätten zurück. Die noch Fehlenden, und nicht gering war ihre Zahl, blieben verschollen. Unter ihnen Schweiker und Bruder Wampo. Eberwein fragte und fragte nach den Brüdern; niemand wußte von den Verschwundenen; mit trauerndem Herzen mußte er sie verloren geben.

Am folgenden Morgen wählte Eberwein aus den Männern, die von entlegenen Gehöften zur Hilfeleistung kamen, zwei Rotten; die eine sollte mit Sigenot zum Schönsee ziehen, um nach Reckas Leiche zu suchen. Sigenot wehrte mit der Hand, und dennoch ließ er die Führung keinem anderen. Als er davonschritt, sah ihm Eberwein nach: „Geh und suche! Ob es dir auch das Herz zerfleischt! Besser diese letzte Qual als in kommenden Jahren der unstillbare Vorwurf, daß du nicht das Äußerste versuchtest, und wär es auch nur, um ihres Todes gewiß zu sein!“

Mit den anderen Männern wollte Eberwein zur Stätte hinter dem König Eismann ziehen, auf der die Ödhütte gestanden. Da hörte er den ersten Widerspruch. Wohl ging der Haß dieser Männer wider den ungerechten Bedrücker nicht über den Tod hinaus. Fast war Herr Waze mit den Seinen schon vergessen: In solchen Tagen des Unheils lebt man die Augenblicke aus, da werden die Stunden zu Jahren, und das Alte erlischt unter dem Schwall des Neuen wie Lampenschein in der flutenden Helle eines Blitzes. Doch wie sie ein Wunder Gottes in jeder unbegreiflichen Rettung erkannten, so sahen sie in diesem furchtbaren Untergang eines ganzen Hauses auch den Zorn des Himmels und sein Strafgericht. „Frommer Herr! Zieh nit aus wider deinen Gott! Schau hinauf! Versteinert steht Herr Waze mit seinen Buben in der Höh, versteinert für ewige Zeiten!"

Um die Männer seinem Willen gefügig zu machen, mußte Eberwein sie an den Richtmann erinnern. Nun gehorchten sie und stiegen mit ihm zu Berge. Sie fanden nur die gebrochenen Felsen, keine Spur des Lebens mehr, das unter ihnen begraben lag. Ein einziges Balkenstück der verschwundenen Ödhütte entdeckten sie: die abgetretene Türschwelle. Sie gab der öden Trümmerstätte für kommende Zeiten ihren Namen ‚Trischübl'[1]).

Bei sinkendem Abend kam Sigenot mit seiner Schar durch die verschüttete Schlucht vom Schönsee emporgestiegen und traf mit der anderen Rotte zusammen. Fragend sah ihm Eberwein entgegen. Sigenot schüttelte den Kopf und wandte sich ab.

Ehe sie die Heimkehr begannen, standen sie lange und blickten nieder über den stundenweiten Grund des verschwundenen Windachersees und maßen staunend die Höhe der Felswand, über welche der ‚Starke im grauen Mantel' den Ruedlieb und das Rötli gefahrlos niedergetragen hatte in die sichere Tiefe. Als die Männer anfingen, das Wunder in lauten Worten zu preisen, ging Eberwein in raschen Schritten dem Abstieg zu.

In später Nacht erreichte er mit Sigenot das Tal der Ramsau. Die anderen Männer waren auf dem Grund des ausgeronnenen Sees zurückgeblieben und sammelten auf Eberweins Geheiß bei

[1]) die Türschwelle

Fackelschein die Fische, von denen es in allen Lachen wimmelte. Das gab für die Bedürftigen reiche Nahrung auf Tage und Wochen.

Am nächsten Morgen waren alle Pfade belebt, die aus der Ramsau, aus dem Gaden und von den Gehöften der Hochbauern zum Lokiwald führten. Kein Ruf wurde laut, kein Gespräch begonnen. Wortlos wanderte jeder dem Ziel entgegen.

Als der erste Sonnenschein über die Rodung fiel, herrschte noch tiefes Schweigen rings um die Klause. Müden Ganges schritten die Greise auf und nieder, welche die Leichenwache gehalten und in den Nächten lodernde Feuer geschürt hatten, um die Wölfe zu verscheuchen. Zuweilen blieben sie stehen und blickten in eine der drei mächtigen Gruben, in deren Tiefe auf einem Rost von Balken die stillen Schläfer lagen, über hundert an der Zahl, fast der vierte Teil aller Lebenden, die den Morgen des Unglückstages gesehen hatten.

Im größten der Gräber, das die Männer barg, ruhte Waldram inmitten der anderen - der Bekenner neben dem Zweifler, der Hörige neben dem Freien, die Bauern im blutbefleckten Kittel neben den Wazemannsknechtcn im gelben Wams – sie alle waren Brüder im Tod geworden und vertrugen sich gut miteinander. Im Grab der Weiber lag auch die alte Ulla. Ein Stein hatte den Nacken der Magd getroffen. Sie war nicht schnell genug gelaufen, um dem Fluch der Salmued' zu entrinnen.

Vom gebrochenen Wald her klangen Beilschläge. Und die ersten Leute kamen; ein Bauer, der auf dem Arm ein blondlockiges Kind trug, das den Vater in Angst umschlungen hielt, als könnt es auch ihn noch verlieren wie die Mutter; zwei Knaben führten eine zitternde Greisin; drei junge Frauen kamen Arm in Arm gegangen, langsam und mit nassen Augen; der Köppelecker mit seiner Bäuerin; Ruedlieb und Rötli, Hand in Hand, mit ihnen zwei Mägde, der einzige Knecht, der ihnen geblieben war, und Sigenots Altsenn. Der alte Gobl, dem der Urstaller einen Kittel geliehen, brachte auf einer Kraxe den lahmen Buben getragen.

Weiber kamen, an der einen Hand das eigene Kind, an der anderen ein fremdes und verwaistes führend. Immer zahlreicher traten die Kommenden von allen Seiten aus dem zerstörten Wald hervor, und der Ring der Menschen, über dreihundert an der Zahl, drängte sich um die Gräber. Als alle schon versammelt schienen, kam noch ein letzter, der Greinwalder; er war allein und streifte mit scheuem Blick die Klause.

Unter der Tür des dachlosen Kirchleins erschienen zwei Mönche; Eberwein mit der Stola über der weißen Kutte und ein anderer, der auf seiner Schulter ein schweres Kreuz mit dem heiligen Bilde trug. Als die Leute den Kreuzträger erkannten, ging eine Bewegung durch die Schar der Menschen, und leise weinend bedeckte Edelrot das blasse Gesicht.

Inmitten der Gräber erhöhte Bruder Sigenot das Kreuz, so daß die blauen Augen des heiligen Bildes niederblickten auf die stillen Schläfer. Mit schwankender Stimme sprach Eberwein die kirchlichen Gebete. Keine Glocke tönte, kein Weihrauch dampfte bei dieser ernsten Feier. Das Grabgeläut besorgten die Berge, von deren Höhe das Knattern fallender Steine klang, und gleich dem Rauch eines Totenopfers qualmte der Nebel aus den versumpften Gründen. Der leuchtende Morgenhimmel begann sich zu bewölken, als möchte auch er sich in Trauer hüllen. Doch über die weite Rodung fiel noch helle Sonne und umwob mit warmem Schimmer die offenen Gräber und die in dumpfem Schweigen verharrende Schar der Lebenden. Eberwein ließ die erste Scholle in das Grab der Männer fallen, und die traurige Arbeit der Spaten begann. Sie währte lange, und hoch türmten sich über den geschlossenen Gräbern die Hügel der ersparten Erde.

Unter lautloser Stille, aus der sich nur zuweilen ein kurzes, krampfhaftes Schluchzen hören ließ, trat Eberwein neben das Kreuz und begann zu sprechen. Die ernste Weihe des Augenblicks erfüllte sein Herz, und was ihm heiß und strömend aus tiefster Seele kam, floß über in die Gemüter der gebeugten Menschen wie zärtlicher Trost, gereicht von den Händen eines treuen Freundes.

Laut weinten sie, und in ihren Tränen löste sich der starre Schmerz. Von neuem erhob Eberwein die Stimme. Um sie ihren Klagen und Zähren zu entreißen, sandte er die Frauen und Kinder zum Wald. Sie sollten Zweige von den Tannen brechen und mit dem Grün die schwarzen Hügel schmücken. Und den Männern rief er zu: „Tretet her zu mir! Wir wollen raiten miteinander um das Landwohl!"

Vor der Klause saß er auf einem Holzblock, Sigenot an seiner Seite, und im Halbring standen die Männer umher, mit entblößten Häuptern. Die Zahl der ‚Raitfähigen' füllte nicht mehr das ‚Hundert' wie in der Thingnacht auf dem Totenmann. Kein Feuer loderte, es wurde kein Bock geschlachtet, kein Hahn geköpft, und die Stimmen schrien nicht wirr durcheinander. Eberwein erhob sich. „Gott ist mit uns. Nun redet, ihr Männer! Was meinet ihr, daß geschehen soll?"

Schweigen folgte. Da trat Köppelecker vor: „Schau, Herr, keiner weiß ein Wörtl, wir alle sind ratlos. Eins aber wissen wir: Du meinst es gut mit uns. Und du hast einen starken Helfer. Red du! Es soll geschehen, was du willst."

Da nickten sie alle, und ein Murmeln des Beifalls ging durch die Reihen. Warme Röte stieg in Eberweins bleiche Wangen. Nach allem Weh und Jammer schimmerte die erste Freude in seinen Augen. Mit bewegter Stimme sprach er. Seine erste Sorge war es, den verwaisten Kindern ein Heim zu suchen. Und da waren der Väter mehr, welche Kinder haben wollten, als Kinder, die der Väter bedurften. Seine zweite Sorge war die Not der nächsten Tage. Sechs Greise bestellte er, um die Fische zu verteilen, und zehn junge Männer, die in den Wäldern jagen sollten, um Fleisch zu schaffen. „Erleget, was ihr gewinnen könnt, doch schonet die Muttertiere und Kälber."

Wie sollte bei jenen, denen alles genommen war, der Bedarf an Kleidung gedeckt und der neue Stall bevölkert werden? Wer konnte geben? Einer um den anderen trat aus der Reihe, und jeder nannte, was er über den Bedarf des eigenen Lebens noch besaß und missen konnte. Keiner empfand daß er schenkte. Sie fühlten alle auf ihren Schultern die gemeinsame Not, und jeder sagte sich: Gib heute, so kannst du hoffen, daß dir andere geben, wenn an dich die Reihe kommt, zu nehmen.

Die beiden nächsten Tage bestimmte Eberwein zur Ordnung dessen, was sie bisher beschlossen hatten. Am dritten Tage sollten sie alle ruhen und Kräfte sammeln. Dann wollten sie mit dem Bau der Hütten beginnen. Ein jeder, dessen Haus verschont geblieben, sollte im Wechsel immer einen Tag für sich und die Seinen schaffen und am folgenden Tag beim Bau der neuen Hütten helfen, daß man die Mauern unter Dach brächte, bevor der Winter käme. Damit an Stelle der verschütteten Felder und Halden neues Fruchtland für das kommende Jahr gewonnen würde, sollten die gebrochenen Talwälder in Gevierte geteilt und die liegenden Stämme verbrannt werden, um durch die Asche den Gehalt der neuen Erde zu bessern.

So wurde Frage um Frage geregelt. Für alle Not fand Eberwein Rat und Hilfe. Als er nach langen Stunden die Männer entließ, drängten sich alle um ihn her, und jeder suchte einen Druck seiner Hand zu erhaschen. Nur der Greinwalder schlich davon, als wäre ihm in der Nähe des Mönches nicht geheuer.

Langsam, unter leisen Gesprächen, schritten die Männer heimwärts nach allen Seiten. Wie aus der Asche einer Brandstatt der erste grüne Halm, so war in ihren Herzen ein Trost ersprossen: der Mut zu neuem Leben, die Hoffnung auf bessere Zeit.

Als Ruedlieb und Edelrot die Gräberstätte verließen und scheu vor der Klause stehen blieben, trat ihnen Bruder Sigenot entgegen. Sein Mund blieb stumm, während er mit festem Druck ihre Hände faßte. Sie betraten das Kirchlein, und in der dachlosen Halle knieten sie auf nackter Erde. Eberwein legte die Hände der Liebenden ineinander und segnete ihren Bund.

Als das junge Paar sich erhob, hatte Bruder Sigenot die Kirche schon verlassen. In Schweikers Zelle saß er auf dem Stangenlager, das Kinn auf die Brust gesenkt, die Hände im Schoß.

Stille Stunden vergingen, immer dichter bewölkte sich der Himmel, und mit Einbruch des Abends begann ein schwerer Regen zu fallen.

Der Morgen zeigte wieder blauen Himmel; nur einzelne weißgeballte Wolken schwammen noch über die Berge hin und suchten die Ferne. Aller üble Geruch war aus den Lüften geschwunden, und der strömende Regen hatte den grauen Staub von allem Geländ und von den Bäumen gewaschen.

Ein wundersamer Spätherbst folgte, wie nur die Berge ihn kennen, leuchtend in allen Farben, mit goldener Sonne und fliegendem Silber. Jeder Tag schien den vergangenen an Glanz und Schimmer überbieten zu wollen.

Den bedrückten Menschen kam diese Zeit wie ein neuer Trost. Es schien, als hätten sich die Berge mit ihrem herrlichsten Gewand bekleidet, um den Menschen, welche irr geworden an dem väterlichen Boden, neue Heimfreude in das Herz zu flößen, das gebrochene Vertrauen zu festen und die alte Treue wieder zu erwecken.

Es dauerte wohl lange Wochen, bis auf den bleichen Gesichtern die Spuren des nagenden Schmerzes sich zu mildern begannen. Auch war bei vielen eine ungewohnte Furchtsamkeit zurückgeblieben, so daß sie bei jedem leisen Geräusch zusammenschraken. Noch immer erfüllte sie das Bangen vor neuen Stürzen. Doch im Laufe der Tage gewöhnten sie sich an das dumpfe Gepolter, das in den Höhen nicht völlig schweigen wollte, und dachten nicht mehr an neue Gefahr. Die Arbeit, die sie in den ersten Tagen wie träumend geleistet hatten, begann ihnen wieder eine Lust zu werden, und mit Freude erfüllte sie jeder kleinste Erfolg, den sie mühsam gewannen. Doppelt genossen sie nach schwerem Tag die Ruhe am warmen Herd; und jeden kargen Lichtschein, der in ihre Herzen fiel, empfanden sie wie Sonne.

Die schönen Tage förderten die Arbeit. Rastlos klangen die Beilschläge im weiten Tal, und überall loderten die Feuer, die den gebrochenen Wald verzehrten. Vom frühen Morgen bis zum späten Abend tönte von den Bruchstätten das Lied, das Eberwein die Schaffenden gelehrt:

„Rodet, Rodet!
Rodet auf dem Grunde,
Der Unkraut nur gebiert!
Ihr lobet noch die Stunde,
Die euch zur Ernte führt!
Rodet! Rodet!

Es liegt ein Schatz versunken
Tief in der dunklen Erd,
Er streuet gelbe Funken,
Und golden ist sein Wert!
Rodet! Rodet!

Mit Eisen und mit Feuer
Umbrechet allen Grund!
Es harret schon die Scheuer,
Und lohnen wird der Fund!
Rodet! Rodet!"

Die gleichmäßigen Rufe, welche die Strophen dieses Liedes unterbrachen, klangen in der Stille des Tals wie die Pulsschläge eines neuen Lebens.

Tag um Tag, vom Frühlicht bis zur sinkenden Nacht, waren Eberwein und Bruder Sigenot rastlos auf allen Wegen und bei aller Arbeit. Sigenot leitete die Rodung der Wälder, und immer stellte ihn Eberwein an jenen Platz, wo es das Schwerste zu leisten gab; besseren Trost konnte er ihm nicht bieten als Arbeit, die kein Träumen und Grübeln gestattet, den Körper ermüdet und mit tiefem Schlummer lohnt. Eberwein selbst leitete den Bau der neuen Häuser, wählte die Plätze, steckte die Flächen aus und lehrte die Bauenden, feste Grundmauern zu legen, die Balkenwände mit Fachwerk zu durchsetzen, den Flur von der Stube zu scheiden und die Räume des Hauses wohnlicher zu gestalten.

Bei Anbruch der Nacht kehrten die beiden in die Klause zurück, die wieder ihr Dach mit der Glocke hatte. Während Sigenot ermüdet auf das Lager sank, saß Eberwein noch beim Schein der Fackel vor seinen Büchern oder blickte in stillen Gedanken zum sternhellen Himmel auf, um die verschollenen Brüder trauernd.

Als er in solcher Stunde wieder einmal an Schweiker dachte, sah er plötzlich das Flachsgesicht mit den wasserblauen Augen durch das offene Fenster in die Zelle blicken, bleich und angstvoll. „Schweiker!“ stammelte er, sprang auf und streckte die Arme. Da war das Gesicht verschwunden. Eberwein eilte ins Freie und rief den Namen des Bruders mit hallender Stimme in die Nacht hinaus. Alles blieb still in der finsteren Runde.

Bruder Sigenot, den der Ruf geweckt hatte, kam herbei. „Herr, was ist dir?“

„Nichts. Ich habe geträumt.“ Zögernd kehrte Eberwein in seine Zelle zurück und fand in dieser Nacht keinen Schlummer mehr. Erst der folgende Morgen mit seinen Pflichten löschte den seltsamen Schauer, den das Gesicht in ihm geweckt hatte.

Wieder vergingen die Tage, und endlich war die Arbeit so weit gediehen, daß man ohne Sorge den Winter erwarten konnte. Die Berge waren schon bis auf die Wälder herab mit frischem Schnee bedeckt, und Eberwein rüstete sich zur Heimfahrt nach seinem Mutterkloster, um mit dem Frühjahr wiederzukehren, neue Mönche in das Tal zu führen und den Bau des Klosters zu beginnen.

Ein kalter Morgen graute, und in der Herdstube der Klause flackerte das Feuer. Eberwein hatte mit dem Bruder das Frühmahl eingenommen; nun gürtete er das Kleid und schnallte die Sandalen an die Füße. Sigenot stand an die Mauer gelehnt, die Arme schlaff, mit vergrämtem Gesicht.

Da klangen Schritte, und eine Gestalt erschien in der Tür. Sigenots Jungsenn war es, der von seinem weiten Weg heimkehrte.

„Guten Gruß, Herr! Ich bring die Botschaft.“

Eberwein lächelte. „Ich danke dir! Du bist ein treuer Bub. Doch der Hilfe, die du bringst, bedarf ich nimmer.“ Während er das herzogliche Siegel brach und das Pergament eröffnete, fielen die Blicke des Jungsennen auf den grauköpfigen Bruder, der ihm langsam entgegenschritt. Er stand mit aufgerissenen Augen, zitternd an allen Gliedern; da faßte Bruder Sigenot den Knaben am Arm und zog ihn aus der Klause.

Ein gedämpfter Laut der beiden Stimmen klang in die Herdstube, während Eberwein beim Schein des Feuers die Botschaft seines herzoglichen Freundes las. Es war ein langer Brief - doch sein Inhalt nur ein einziges kurzes Wort. Eberweins Brauen furchten sich, und es zuckte bitter um seinen Mund. Schwer atmend ließ er das Blatt in die Flammen gleiten. „Was wäre geworden aus meinem Gotteshaus und meinem armen Volk, wenn die Berge nicht geholfen hätten!“

Er faßte seinen Stab und trat ins Freie. Im erwachenden Frühlicht führte ihm Bruder Sigenot den jungen Senn entgegen, dem die Tränen in den Augen standen.

„Herr, ich komm mit einer Bitt zu dir. Schau den Buben an! Er ist verwaist und hat ausgesennet in meinem Dienst. Mach ihn zu deinem Fischer und laß ihn auf meiner Heimstatt sein Dächl bauen!“

Eberwein nickte und strich mit der Hand über den Scheitel des jungen Mannes.

„Nun komm, Bruder, und gib mir das Geleit! Der Bub mag harren, bis du wiederkehrst.“

Sie schritten in den klaren Morgen hinaus, erreichten das Tal der Ache und folgten dem Lauf des Wassers. Während des Wanderns hatten sie noch viel von Arbeit, von Land und Leuten und von den Sorgen des Winters zu reden. Mitten im Gespräche verhielt Eberwein plötzlich den Schritt und blickte umher. „Bruder Sigenot, erkennst du die Stelle?“

„Es ist der Fleck, auf dem wir uns zum ersten Mal gesehen haben.“

„Hier wollen wir scheiden!“ Eberwein faßte die Hand des Gefährten. „Und mein letztes Wort soll dir allein gehören. Unsere Tage waren Arbeit, unsere Nächte müder Schlaf. Ich konnte dir nur das Kleid der Kirche geben, für ihre Lehre blieb uns keine Zeit. Und ich rede auch zu dir in dieser letzten Stunde nicht als Priester, nur als Mensch zum Menschen. So höre die kurze Lehre, die mein Herz davongetragen aus allem Sturm und aller Not! Du lebst. Und zwei Pflichten sind dir auferlegt, die eine gegen deinen Nächsten, die andere gegen dich selbst. Sei gut, und du erfüllst die erste. Sei dir selbst getreu, und du genügst der zweiten. Alles andere laß über dich ergehen, wie es mag. Das Kommende liegt vor dir, ein Wirrwarr dunkler Pfade. Welchen du wandeln sollst? Frage nicht andere, nur immer dich selbst. Beschreite den Weg, den dein redliches Herz dich gehen heißt, und überlasse die Führung jenen Mächten, die du fühlen kannst, doch nicht erkennen. Glaube an Gott! Denn glauben mußt du, Glaube ist Hoffnung, und Hoffnung ist der Atem alles Lebens. Glaube an Gottes Kraft und Liebe, doch hüte dich, nach seinem Wesen und Antlitz zu forschen, nach seinem Rat und Willen. Du bist, wie du geschaffen wurdest: menschlich. Daß du mehr nicht sein und nicht hinauswachsen kannst über deine irdischen Sinne bis zur Wolkenhöhe, das wird dir die unergründliche Macht verzeihen, die dich werden ließ, so, wie du bist!“

Mit ernsten Augen hing Sigenot an Eberweins Lippen. Nach kurzem Schweigen sagte er langsam: „Ich fasse dein Wort. Und ich mein’ auch, daß ich’s im Leben halten kann nach deinem Rat. Weil ich mehr nit lernen hab können, deswegen mußt du dich nit sorgen. ‚Mein guter Herre, du mein Gott!‘ Das ist genug für meine Zung. Was ich mehr brauch, redet mein Herz dazu. Aber eins noch –“ Seine Stimme schwankte, und mit heißen Augen suchte er den Platz, an dem er einst das scheue Roß gebändigt hatte. „Sag, Herr! Gibt es ein Wiederfinden da droben in der helleren Zeit?“

Eberwein wollte sagen: ‚Ich hoffe!' Doch als er in Sigenots Augen blickte und das Bangen in jedem Zug des vergrämten Gesichtes erkannte, sagte er mit fester Stimme: „Ja, Sigenot! Das weiß ich."

„Gute Heimfahrt, Herr!" stammelte Sigenot. „Und kehr bald wieder! Dein Wort soll Eisen sein in mir." Hastig löste er die Hand und eilte davon. Wollte er den Abschied kürzen? Oder wollte er nach diesem letzten Wort kein anderes mehr hören? Lächelnd sah Eberwein dem Verschwindenden nach. „Du, ein Mönch? Laß dir genügen am Kleid der Kirche und an allem, was deine Seele erfüllt mit Weh und Sehnen!"

Er blickte um sich, für kurze Rast eine Stätte suchend. Am Ufer der Ache fand er einen Stein und ließ sich nieder. In einem kleinen Buch, das er aus der Ledertasche zog, begann er zu lesen.

„Integer vitae, scelerisque purus –"

Nicht lange währte seine Rast. Wieder folgte er dem Pfad, zu dessen Seiten noch überall die Spuren der Flut zu erkennen waren, die an jenem Unglücksabend den Weg bis in die Ebene hinaus gesucht und gefunden hatte. Auch das Erdbeben hatte in dem engen Waldtal seine Zeichen hinterlassen. Vom Untersberg war eine Felswand herabgebrochen und hatte mit ihrem Schutt den Lauf der Ache verändert. Auf dem gegenüberliegenden Gehänge klaffte ein tiefer Erdriß, aus dem ein schäumender Bach hervorsprudelte. Eberwein erinnerte sich nicht, bei seinem Einzug in das Tal diesen Bach gesehen zu haben; er mußte neu entstanden sein. Weil ihn dürstete, bückte er sich und schöpfte Wasser mit der hohlen Hand; es schmeckte so bitter, daß es nicht zu genießen war. Betroffen blickte Eberwein auf die rinnenden Wellen nieder und sah im Dunkel der Erdspalte die beiden Säume des Wasserlaufes mit weißen Krusten behangen. Von Erregung befallen, bahnte er sich einen Weg in die Schlucht. Von der schimmernden Masse, die sich ansah wie spröd gefrorener Schnee, brach er einen Splitter ab, zerrieb ihn zwischen den Fingern und kostete. Es war reines Salz. Freudenröte schlug über Eberweins Gesicht. Ein reicher

Schatz lag vor ihm aufgeschlossen. Was er gefunden, bedeutete Segen und Wohlstand für sein geliebtes Tal. Mit feuchten Augen blickte er zurück in die Ferne, in der die beschneite Doppelzinne des gestürzten Riesen in die Lüfte ragte.

„Ihr habt genommen, ihr Berge, und habt gegeben!"

In treibender Eile setzte er die Wanderung fort. Die Freude beflügelte seinen Schritt, und sprossende Pläne kürzten ihm den Weg.

Um die Mittagsstunde erreichte er die Salzburg. Als er das Tor durchschritten hatte und der bischöflichen Pfalz sich näherte, sah er auf der steinernen Freitreppe einen Bruder seines Ordens sitzen, mit kahlem Haupt, das bleiche Furchengesicht umwuchert von den Stoppeln eines graugesprenkelten Bartes. Schlotterig hing die weiße Kutte um den abgemagerten Leib. Es schien ein Genesender zu sein, der eine lange schwere Krankheit überstanden hatte und sich an der Sonne wärmte. Müd und gebrochen saß er; doch plötzlich sprang er auf, schwenkte die Arme, eilte dem Kommenden entgegen und stürzte schluchzend vor ihm nieder.

„Bruder Wampo!" In Freude hob Eberwein den Wiedergefundenen auf.

„Herr! Ach guter Herr! Geh nit ins Gericht mit mir, weil ich die Klaus verlassen hab und gelaufen bin wie die Maus vor einer Katz. Das Grausen hat mich gepackt, das Grausen! Aber schau mich an! Ich bin gestraft dafür. Sechs Wochen hab ich auf den Tod gelegen vom Schreck und von der Angst. Sechs Wochen, Herr! Und allweil Krankenkost!" In Schluchzen erloschen ihm die Worte, und Eberwein mußte lächeln.

An einem der hohen Bogenfenster stand Herr Haunsperg. Als er den Gast erkannte, furchten sich seine Brauen, und hastig trat er in das Gemach zurück. Eine Weile später kam ein Schwarm bunt gekleideter Kämmerlinge gelaufen, die den Propst mit Ehrerbietung begrüßten und in die Burg geleiteten. Mit offenen Armen und überströmender Herzlichkeit empfing der Bischof seinen ‚fürstlichen Bruder' und führte ihn zu der gedeckten Tafel, um die der ganze Hofstaat schon versammelt war: Lehensritter in goldgestickten Wappenröcken und schöne, mit blitzenden Steinen geschmückte Frauen zwischen den wohlgenährten Domherren in ihren seidenen Schlepptalaren. Eberwein in seiner schlichten, abgetragenen Kutte und mit den sonnverbrannten, schwieligen Händen stand wortlos und bedrückt inmitten dieses gleißenden Prunkes. Der schreiende Gegensatz des Jammers, den er gesehen, zu diesem Bild des üppigen Genusses drang ihm in die Seele wie quälender Schmerz und trieb ihm heiße Röte in die Stirn.

In sich versunken, kaum die Reden hörend, die an ihn gerichtet wurden, saß er beim Mahl. In fast endloser Folge erschienen die gefüllten Silberkrüge und die Schaugerichte auf der Tafel. Flötenbläser, Harfner und Psalterionspieler ließen ihre schmeichelnden Weisen hören, Gaukler zeigten ihre Künste, und mit seiner Schellenkappe und der Laute tänzelte der Narr des Bischofs um die Tafel, gab seine derben Späße zum besten und flüsterte den schönen Frauen Heimlichkeiten ins Ohr, die sie häufiger lachen als erröten machten. Hinter Eberwein setzte er sich auf die Brüstung des Fensters, betrachtete den stillen Mönch mit zwinkernden Augen und wiegte sinnend den Kopf zwischen den Schultern; dann lachte er und strich mit dem Plektrum über die Saiten, daß der klirrende Akkord das laute Geschwatz an der Tafel übertönte.

Der Bischof blickte auf und fragte gnädig: „Willst du singen?"

„Ja, Bruder Kirchenlicht, ich möchte wohl! Doch ich fürchte, die gespickte Pfauenbrust, die ich auf deinem Teller liegen sehe, könnte dir übel schmecken, wenn ich sie mit der Pfeffertunke meines Liedes übergieße."

„Da sei ohne Sorge!" tröstete der Bischof lächelnd und faßte den saftigen Leckerbissen zierlich mit den Fingerspitzen. „Was sollen wir hören?"

Der Narr kicherte. „Ein Lied, so neu, wie das Kleid deines Gastes alt ist! Ein Lied vom fürstlichen Aar, der den Flug zu kurz genommen, von den Füchslein, denen die Lust am Mausen verging, und von den weißen Raben –“ er schlug die Saiten an und iel in singenden Ton, „die fern im Walde bauten ihr Nest – ich fürchte, Bruder, sie bauten fest!“

An der Tafel trat verlegenes Schweigen ein, während Eberwein die Augen hob und mit der Hand über die Stirn strich, als wäre eine verschwommene Erinnerung in ihm aufgestiegen. Der Bischof hatte dem Narren einen zornigen Blick zugeworfen, und Herr Haunsperg rief mit grober Stimme über die Tafel: „Pack ein, Narr! Wir haben Besseres zu hören als Schelmenlieder.“ Er wandte sich an Eberwein: „Ihr habt wohl große Dinge zu erzählen, Herr Propst? Euer Bruder, der in der Angst vom Fett gefallen, und ein paar Knechte des Spisars, die zu uns gelaufen kamen, haben Kunde gebracht wie vom Untergang der Welt. Und das große Wasser, das ihr uns geschickt habt aus dem Berchtesgaden, hat übel gehaust auf unseren Feldern und hat uns mehr Leichen zugeschwemmt als Fische.“

Eberwein fühlte sich verletzt durch die rohe Art dieser Rede; doch der Bischof legte sich mit freundlichen Worten ins Mittel, und unter schweigendem Lauschen der Tafelrunde begann Eberwein zu erzählen. Seine Stimme, die zu Anfang unsicher und zögernd klang, belebte sich, Glanz erwachte in seinen Augen, und seine Wangen röteten sich. Er schien von neuem zu erleben, was aus seinen Worten sprach: alle Not, die er gesehen und mitgetragen, allen Trost, den er geboten und gefunden. Manchmal schwieg er eine Weile, um in sich versunken nachzuempfinden, was nicht für fremde Ohren geschaffen war und ihm allein gehörte. Mit freudiger Wärme schilderte er die Tage der rastlosen Arbeit, das neu erwachende Leben nach allem Tod. Und der Wände und Menschen vergessend, die ihn umgaben, sprach er in träumender Zuversicht von der guten Zeit, die seinem Land erblühen sollte, von seinen Plänen für die Zukunft und von dem willkommenen Segen, der seinem Volke aus dem glücklichen Fund erwachsen mußte, den er am Morgen auf der Wanderung getan. Herr Haunsperg und der Bischof tauschten einen Blick und horchten auf. Schon wollte Eberwein, auf eine rasche, teilnahmsvolle Frage seines Wirtes, genauer die Stelle bezeichnen, an welcher der Salzbach aus der Erde sprudelte – da wurde es plötzlich schwarz vor seinen Augen, und helles Gelächter erhob sich an der Tafel.

Der Narr hatte dem Propst von Berchtesgaden die Schellenkappe über den Kopf gestülpt.

Eberwein riß das bunte Tuch von seinem Haupt und erhob sich mit brennender Stirn. Da sah er, während die anderen lachten, eine Träne in den Augen des Narren schimmern und sagte betroffen: „Du bist ein seltsamer Narr. So scheint mir."

„Und du bist mein Gesell. So scheint mir auch. Wir beide sind Brüder unter der gleichen Kappe. Und doch ist ein Unterschied zwischen dir und mir. Ich bin der Narr meines trüben Gehirns. Und du bist der Narr deines reinen Herzens." Mit schrillem Ton ließ der Narr eine Saite schwingen und wandte sich an den Bischof. „Hab ich recht, Bruder Kirchenlicht?"

Der Bischof hörte nicht. Er lag in den Sessel zurückgesunken und blickte sinnend vor sich hin.

20

Es war um die Sonnenwende des folgenden Jahres, an einem sengend heißen Tag, als ein langer Zug von Menschen, beladenen Saumtieren, Karren, Pferden und Rindern durch die Waldschlucht der Ache den Weg zum Berchtesgaden suchte.

Propst Eberwein kehrte in sein Land zurück, und der Bau des Klosters sollte beginnen.

Drei Väter kamen in seinem Geleit und vier Brüder, unter ihnen Bruder Wampo, dessen Falten sich schon wieder zu glätten und zu füllen begannen. Er war auf der weiten Reise in bester Laune gewesen, denn einer der Karren war schwer befrachtet mit bauchigen Fässern. Doch je näher man der ‚schiechen Gegend‘ kam, desto unruhiger blickten Bruder Wampos hurtige Äuglein. Um so heller aber strahlte die Freude in Eberweins Antlitz. Immer wieder eilte er an dem langen Zuge auf und nieder und musterte die Menschen, die Tiere und alles Gerät. Gegen hundert Gewerksleute und Knechte kamen mit ihm; der Bau des Klosters und der steinernen Kirche sollte nicht ihre einzige Arbeit sein. Er streichelte die schweren Pferde und sah sie schon im Pfluge gehen und die rauhdurchschotterte Erde brechen. Und wie die Bauern staunen würden beim Anblick dieser Rinder! Es war ein fester stämmiger Schlag, der die verkümmerte Zucht des Gadens in wenigen Jahren verbessern würde. Ein Teil der Saumtiere war mit Säcken beladen, die den Bedarf für die erste Wintersaat und Flachssamen für das kommende Jahr enthielten. Zwei Karren trugen mancherlei Gerät, nach dessen Muster die Bauern lernen sollten, ihre Stuben und Kammern freundlicher zu bestellen; ein anderer Karren war bepackt mit Handwerkszeug, wie es im Partnachgau und im Wertofelser Land die Holzschnitzer führten; denn die Kunst, allerlei Bildwerk und zierlichen Hausrat zu schnitzen und zu drechseln, gedachte Eberwein die heranwachsenden Knaben zu lehren, damit sie in den Tagen des langen Winters lohnende Arbeit hätten.

Je mehr der Zug in der Waldschlucht vordrang, desto ungeduldiger eilte ihm Eberwein voran; es brannte in seinem Herzen die Sehnsucht, das vielgeprüfte Tal, die stille Klause und ihren einsamen Hüter wiederzusehen. Er überholte die zehn Knechte, die mit Beilen einen Pfad für die Tiere und Karren bahnten, und wanderte aufwärts an der rauschenden Ache. Bei einer Wendung des Tales sah er einen Kreis von Balkenhäusern mit dampfenden Dächern vor sich. Es war die Sudstätte, die der Bischof errichtet hatte, um den von Eberwein entdeckten Salzquell auszubeuten. Ein bitteres Lächeln zuckte um den Mund des Propstes, obwohl er seit langer Zeit schon wußte, was er an dieser Stelle finden sollte. Der Bote, den er nach der Rückkehr in das Mutterkloster an den herzoglichen Hof gesandt, um für den Berchtesgaden das Hoheitsrecht des Bergbaues zu erwerben, hatte wohl die gewährende Urkunde heimgebracht, doch auch die Botschaft, daß der Herzog wenige Tage früher das Recht auf eine neu gefundene Quelle dem Salzburger Bistum verliehen hätte.

Während Eberwein zu den weißen Dampfwolken aufblickte, die sich aus den Dächern der Sudstätte in die klaren Lüfte kräuselten, klang es ihm vor den Ohren wie die Schellen einer Narrenkappe. Wie hätte er damals denken mögen, daß der reiche Kirchenfürst, in dessen Land seit alten Zeiten ergiebige Sole floß, den bedürftigen Nachbar um diesen Quell betrügen könnte! In Unmut wandte Eberwein der Sudstätte den Rücken. Was ihn bekümmerte, war nur der Verlust, den sein armes Land zu tragen hatte, nicht die häßliche Erfahrung, die er selbst gemacht. Sein Blick glitt über den Weg zurück, den er durchwandert hatte, und seine Gedanken sprachen: ‚Du bist der erste nicht, der mein redliches Vertrauen täuschte. Ich will auch von dir nicht lernen, den Menschen zu mißtrauen, und will dem nächsten wieder glauben, der mir begegnet auf meinem Weg.'

Raschen Ganges folgte er dem Ufer der Ache, und während der Wanderung überdachte er die Vermutung, ob die Berge, die diesen einen Quell gespendet hatten, nicht auch noch andere in ihrem Schoß verschlossen hielten. Er nahm sich vor, keine Mühe zu scheuen, wollte bauen und bohren – vielleicht, daß es gelingen könnte, das Verlorene zu ersetzen. So hoffte er, ohne zu ahnen, wie reich sich diese Hoffnung in kommender Zeit erfüllen sollte.

Immer weiter traten die Gehänge der Waldschlucht auseinander. Als Eberwein nach stundenlanger Wanderung das offene Talgelände des Gadens erreichte, verhielt er freudig den Schritt: Vom Lokiwald tönte die Glocke. Er hätte sich lieberen Gruß zum neuen Einstand in seinem Land nicht wünschen mögen. Hastig suchte er den zur Klause emporziehenden Waldhang zu erreichen. Immer tönte die Glocke noch. Ein Bangen überfiel ihn. Was sollte dieses lange Geläut bedeuten? Und es war im Hall zu merken, daß der Strang mit Ungestüm gezogen wurde. War es Notgeläut?

Von zielloser Sorge erfüllt, hastete er durch den Wald empor und erreichte die mit dünner Saat bewachsenen Felder, in die man die gebrochenen Waldstrecken verwandelt hatte. Von der Klause her tönten zahlreiche Stimmen, und als er die Lichtung betrat, sah er rings um die Kirche über hundert Menschen versammelt, und andere kamen noch immer herbeigeströmt von allen Seiten. Als die Leute den Mönch gewahrten, erhoben sie ein helles Geschrei und eilten ihm jauchzend entgegen. Sie drückten seine Hände, küßten sein Gewand und begrüßten ihn, recht wie ein dankbares Volk seinen guten Fürsten. Seit Wochen hatten sie seiner Wiederkehr gewartet und auf den Höhen des Untersberges Späher aufgestellt, die durch Rauchsäulen die Ankunft des Zuges verkündeten. Wohin Eberwein blickte, sah er bekannte Gesichter. Auch der alte Gobl fehlte nicht; er war säuberlich gekleidet, und auf Eberweins Frage, wie es dem Knaben ginge, sagte der Alte stolz: „Der hat sich herausgewachsen, Herr! Aus dem Buben ist was geworden. Den kann man brauchen jetzt. Der hütet im Gaden die Säu. Das sind gemütliche Tierlen. Denen kommt er nach, obwohl er ein lützel hinket!“

Den anderen währte die Rede des Greises zu lang, sie wollten auch zu Worte kommen und schoben ihn beiseite. Eberwein bekam die Hände nicht mehr frei. Jetzt hielt ihn der Jungsenn, der zum Fischer geworden, und jetzt die Heilwig, die sich aus des Fischers Magd in eine Bäuerin verwandelt hatte; Mitleid und Erbarmen hatten ihr einen Mann erworben, den Kaganhart. Seine Trauer um die Hilmtrud schien sich gelegt zu haben. Das rote Gesicht strahlte vor Vergnügen, und die Haare lagen glatt, als wäre ihm schon lang keine zausende Hand mehr dazwischen gefahren. Aber wo blieben Ruedlieb und Rötli? Und Bruder Sigenot?

„Da drüben sitzt er, beim Kirchl!" lautete die Antwort auf Eberweins Frage. „Er hat nimmer stehen können, die Freud ist ihm in die Knie gefahren."

Eberwein brach sich Bahn durch das Gedräng der Leute. Bis ins Herz erschrak er, als er auf einem Holzblock neben der Kirchentür den gebrochenen Mann gewahrte, das graue Haupt an die Balkenwand gelehnt. „Sigenot! Mein Bruder!" Lange hielten sie sich stumm umschlungen. Als Eberwein seiner Bewegung Herr geworden, strich er mit den Händen über die abgehärmten Wangen des Freundes und stammelte: „In aller Freude ein Schmerz! Ich hoffte dich anders zu finden, mutig und stark, wie du immer warst!"

„Stark, Herr? Stark ist nur einer!" Ein müdes Lächeln irrte um Sigenots Mund. „Ich will dir sagen, was schuld ist. Es steht für mich die Klaus auf einem unguten Fleck. Allweil seh ich den halben Berg da drüben. Und ich kann's nit wehren: Sooft ich hinaufschau, reißt er mir ein Stückl von meiner Seel. Viel ist nimmer übrig, Herr!"

Geschrei und Lärm erhoben sich; die Geleitschaft Eberweins war auf der Rodung erschienen. Erschrocken blickte Bruder Sigenot auf die Schar der Kommenden. „Herr? Unter all den Leuten soll ich weiterleben?"

„Nein, Sigenot!" Eberwein legte die Hand auf die Schulter des Bruders und sah ihm in die Augen. „Ich will dich mir erhalten, und deshalb lege ich eine heilige Pflicht auf deine Seele und gebe dir ernste Arbeit. Was ich meine, sollst du morgen hören. Für heute nimm deinen Stab, ziehe zur Ramsau und lade die Männer auf den zweiten Tag von heute zur Martinsklause. Sie sollen zugegen sein, wenn ich den Grundstein meines Klosters lege. Morgen zu Mittag kehre heim und erwarte mich im Hause deiner Schwester!“

Sigenot wehrte mit der Hand. „Herr, laß meinen Schatten nit fallen auf ihren hellen Weg!“

Einer der Mönche kam, um die Ankunft des Zuges zu melden und die Befehle des Propstes zu hören.

„Ich komme!“ sagte Eberwein. Dann drückte er den eigenen Stab in Sigenots Hand. „Nimm den Stecken und wandere! Ich erwarte dich morgen.“ Er wandte sich ab und folgte dem Mönche. Bruder Sigenot stand noch eine Weile, die Augen mit verlorenem Blick auf den Stab geheftet. Als er einen kleinen wohlbeleibten Bruder mit anderen Mönchen der Klause sich nähern sah, kehrte er sich hastig ab und begann die Wanderung.

Der Abend kam, und treibendes Leben herrschte auf der weiten Rodung. Während Zelte und Hütten aufgeschlagen wurden und in der sinkenden Nacht die Feuer zu lodern begannen, saß Eberwein beim Licht einer Kerze in seiner Zelle und schrieb. Lange währte die stille Arbeit. Er siegelte die Rolle, verwahrte sie in hölzerner Kapsel und legte sie mit einem schweren Beutel in eine Ledertasche. Von den drei Vätern begleitet, machte er noch die Runde bei allen Feuern und Baustätten, dann begab er sich zur Ruhe.

Vor dem Grau des Morgens erhob er sich wieder. Während alles noch schlummerte, schwer ermüdet von der weiten Fahrt, und nur die stillen Wächter um die rotstrahlenden Gluthaufen standen, schritt er dem Tal der Ache zu, die Ledertasche an seinem Gürtel. Es drängte ihn, eine Höhe zu ersteigen und von freier Warte sein Land zu überblicken, wie an jenem ersten Morgen, an dem der Kohlmann ihn zur Zinne des Untersberges geführt hatte. Auf schmalem Steg überschritt er die Ache und überließ sich einem Almenpfad, der durch den Bergwald empor führte zu den Gehängen des Göhl. Zwei Stunden wanderte er aufwärts; endlich gingen die Bäume zu Ende, und mit schimmerndem Duft erwachte der schöne Morgen.

Auf steilem Gipfel ruhte Eberwein und harrte, bis im Tal die Schatten wichen. Noch ehe sein Blick die Hage und Häuser unterscheiden konnte, sah er schon die weißgrauen Schuttfelder, die mit langgestreckten Fingern über die Halden der Schönau griffen. Bald erkannte er auch den mattgrünen Schimmer, von dem die gerodeten Flächen wie von einem dünnen Schleier überzogen waren. In stillen Bildern zog das Vergangene an Eberweins Augen vorüber, sein eigenes Hoffen und Leiden, alles Glück und Weh der hundert Menschen, die dort unten mit dem Morgen jetzt erwachten oder ewig schlummerten unter Felsen und Erde. Und er fragte sich bang, wie der Streit zwischen Recht und Willkür, wie der Kampf um die bessere Zukunft dieses felsumgrenzten Landes wohl geendet hätte, wäre nicht die Natur mit einem Gewaltstreich dazwischengefahren und hätte geholfen – geholfen freilich wie der Hufschmied für das Zahnweh.

Wie viel an gutem und gesundem Leben lag unter den Trümmern des gebrochenen Berges begraben! Und dennoch erkannte Eberwein, daß keine Kraft und Menschenhilfe diesem Land und seinen kommenden Geschlechtern größere Wohltat hätte erweisen können als jene Stunde der stürzenden Felsen. Am verwichenen Abend hatten es ihm die Leute als ein Wunder berichtet, daß seit Menschengedenken der Winter im Gaden nicht so kurz und mild gewesen, der Schnee in den Tälern nicht so früh geschmolzen und der grüne Frühling nicht so zeitig eingetreten wäre wie in diesem Jahr. Sinnend schweiften die Blicke Eberweins über das weite Tal hinüber zu den von der Morgensonne beglänzten Ruinen des gebrochenen Berges. Die beiden riesigen Stümpfe waren frei von Schnee, und nur in der breiten Scharte zwischen ihnen dehnte sich im Schatten ein weißes Feld. Auch andere Berge, die noch im letzten Sommer weiße Köpfe getragen, waren in der

Sonne schneefrei geworden, nachdem der gewaltige Eisriese verschwunden war, der die ganze Runde in seinem kalten Bann gehalten. Ein neues ‚Wunder'! Eberwein seufzte, wenn er des absonderlichen Christentums gedachte, das in die Köpfe und Herzen seiner Gadener Leute eingezogen war und zu dem nicht die Lehre der Liebe sie bekehrt hatte, sondern die Not, welche beten lehrt, Waldrams blutiges Ende und Bruder Wampos Bär. Wunder und Wunder, Gottes starke Faust und der strafende Zorn des Himmels – das war der Inhalt ihres Glaubens. Daneben wandelte der Alte aus dem Untersberg durch ihre Herzen und um ihre Häuser. Und ihre Kinder schreckten sie mit dem steinernen Gespenst des Spisars. Nicht mehr König Eismann, sondern ‚Wazemann' hieß der gebrochene Berg, und die starrenden Zacken des Grates hießen ‚Wazemanns Kinder'. Aber wie auf den gerodeten Flächen mit dem Unkraut die erste Saat, so war in den vom Schreck geackerten Herzen doch der erste Keim des Glaubens aufgegangen.

Die Arme gegen die Täler streckend, in deren Tiefe schon der helle Schein der Sonne fiel, erhob sich Eberwein. Sie waren ihm gewonnen, nun hatte er sie und wollte sie halten. Nun kam die Zeit, das Unkraut von der Saat zu scheiden, den jungen Stamm mit Sorge zu pflegen und dem beschnittenen Wildling junge Reiser aufzusetzen. Ob es ihm gelingen würde? Dieses eine wie alles andere, was er zum Wohl seines Landes und seiner Menschen sann und plante? Eine Antwort konnte nur die Zeit ihm geben. Er atmete tief. „Die wir berufen sind, das Leben der Menschen auf guten Pfad zu lenken, wir sind wie der Sämann auf kahlem Acker. Nur den Samen kann er streuen und geduldig auf die Ernte harren. Es wachsen die Halme, wie es der dunklen Erde gefällt, es reifen die Früchte, wenn die Wolken es dulden."

Der Ton einer Almenschelle traf sein Ohr, und als er aufblickte, sah er über eine grasige Kuppe bläulichen Rauch zum Himmel steigen. Dort mußte eine Hütte liegen, und er wollte unter ihrem Dach eine Stunde friedlicher Einkehr halten. Als er die Kuppe erreichte, öffnete sich ein flaches Almfeld, und wenige

Schritte vor ihm erhob sich, von moosbehangenen Wetterfichten beschattet, das kleine, von Alter graue Blockhaus. Feuerschein leuchtete aus der offenen Tür, auf deren Schwelle ein junges Weib saß, einen Säugling auf den Armen wiegend. Die rote Herdflamme bestrahlte die nackte Schulter der kleinen zierlichen Gestalt, während das Sonnenlicht um ihre Füße spielte. Mit leiser Stimme summte sie ein Lied und hielt die Augen auf das runde Gesicht des Kindes gesenkt. Der stille Reiz des holden Bildes schlich sich mit Wärme in Eberweins Herz. „Gott grüße dich, junge Mutter!"

Die Sennin blickte auf, und als sie den Mönch gewahrte, wurde sie von lähmendem Schreck befallen; sie wollte sich erheben und sank wieder zurück auf die Schwelle, zitternd an allen Gliedern, mit erblaßtem Gesicht, auf dessen Stirn sich eine Narbe zeigte wie ein feiner blutroter Strich. Da erkannte sie der Propst. „Hinzula!" Er wollte sich nähern. „Weshalb erschrickst du vor mir?"

In Angst umklammerte die junge Mutter ihr Kind, und lautlos bewegten sich die blassen Lippen. Das hastige Gebimmel einer Schelle tönte, dumpfes Stampfen näherte sich, und hinter der Hütte klang eine Männerstimme: „Wirst du halten oder nit? Wart nur, du! Ich treib dir die Wildheit aus deinem dicken Schädel!" Ein schwarzer Stier erschien, die Nüstern von weißem Schaum bedeckt, mit gestrecktem Schweif und stampfenden Füßen; doch alle Wucht des Tieres zerbrach an der eisernen Kraft des hünenhaften Sennen, der mit nackten, sonnverbrannten Armen den Kopf des Stieres an den Hörnern gefaßt hielt und zu Boden drückte.

„Schweiker!"

Als wäre ein Blitzstrahl auf ihn niedergefahren, so stand der Senn beim Klang dieser Stimme, die Fäuste ins Leere gestreckt, während der befreite Stier in tollen Sprüngen das Weite suchte. Eberwein trat auf den Erstarrten zu und rüttelte ihn am Arm. „Schweiker! Schweiker!"

Der Hüne schlotterte an allen Gliedern, auf der keuchenden Brust zitterten die Wellen des silberblonden Bartes, und ein zuckender Krampf befiel seinen Nacken. Er wollte sprechen und würgte nur heisere Laute hervor. Jetzt hing er mit starren Augen an dem brennenden Zorngesicht des Propstes, dann wieder suchte der hilflos irrende Blick die Hütte, sein Weib und Kind. Und als wäre das Bild, das die junge Mutter in ihrem Jammer bot, die einzige Verteidigung, die er dem schweigenden Vorwurf seines Herrn entgegenhalten könnte, so stöhnte er: „Schau sie an, Herr! Himmel oder Höll – ich hab nimmer anders können!“ Er verhüllte mit den Händen das Gesicht und stürzte auf die Knie. Eberwein betrachtete das stumme, von Angst gelähmte Weib, dann wieder das ausgiebige Bröcklein Elend, das vor seinen Füßen auf der Erde lag. Allmählich beschwichtigte sich der Sturm in seinen Zügen, und er legte die Hand auf die Schulter des Knienden. „Steh auf und folge mir! Was ich mit dir zu sprechen habe, ist nicht für die Ohren deines –“ die Stimme des Propstes stockte, „für die Ohren dieses armen Weibes.“ Sich abwendend, schritt er einer Senkung des Almfeldes zu, aus welcher dunkle Fichtenwipfel hervorlugten.

Mühsam richtete Schweiker sich auf, als wären ihm alle Knochen zu Teig geworden. Er streckte die Hände nach seinem Weib, doch als sich Hinzula erheben wollte, winkte er, daß sie bleiben möchte, und rannte dem Mönche nach.

Immer höher stieg die Sonne, immer stiller wurde in der Hütte das Geprassel des Feuers. Mit zitternden Armen den Säugling wiegend, saß das verstörte Weib auf der Türschwelle. Eine Stunde verging, noch eine zweite. Langsam rann eine Träne um die andere über Hinzulas Wangen, während ihre Augen an der Stelle hingen, wo Eberwein und Schweiker verschwunden waren. Mit jedem Herzschlag wuchs ihre Angst, und als die Sonne schon in Mittagshöhe stand und Schweiker noch immer nicht wiederkehren wollte, sprang Hinzula auf. In Sorge seinen Namen schreiend, eilte sie den Bäumen zu.

In der Senkung sah sie den Propst auf einem Baumstamm sitzen, an seiner Seite ihren Mann mit hängendem Kopf und schlaffen Armen. Eberwein hatte die Hände im Schoß der Kutte liegen, und während aus der Tiefe herauf, vom Lokiwald, ein verschwommener Hall der Glocke tönte, blickten die Augen des Propstes in das ferne Tal der Ramsau. Durch die grüne Flut der Wälder sah er einen breiten, grauen Streif aus der Höhe niedergreifen in die Täler: das von der Seeflut verwüstete Gehäng der Windach. Seufzend erhob er sich, trat auf Hinzula zu und blickte in das rosige Gesicht des Kindes. „Ist es ein Knabe?“

Sie konnte nicht sprechen, nickte nur und zog in mütterlicher Regung das hüllende Tüchl nieder, damit er das breite Brüstl und die runden Ärmchen des Knaben sähe. Da kehrte auch dem langen Gesellen das Leben wieder. „So sag ihm doch“, stammelte er, „wie unser Büebli heißt!“

Scheu blickte Hinzula auf, als hätte sie kaum den Mut, den Namen ihres Kindes auszusprechen. „Eberwinli!“

Mit furchtsamen Augen hing Schweiker an dem Gesicht des Propstes, um die Wirkung dieses Wortes zu erspähen. Doch Eberwein schüttelte den Kopf. „Der Name gefällt mir nicht. Den wirst du ändern müssen, Hinzula! Bringe mir den Knaben morgen zur Klause, damit ich ihn taufe. Er soll heißen wie jener, der für euch gesprochen: Hiltischalk!“ Hastig wandte er sich ab, um seine Bewegung zu verbergen, und stieg der Tiefe zu. Er hatte schon den Wald erreicht, als er hinter sich ein Rennen und Keuchen hörte. Mit versagendem Atem holte Schweiker ihn ein und stammelte: „Herr, ich tu dich bitten aus Herzensgrund, sag mir doch ein Wörtl, daß du mir nimmer zürnen willst!“

Eberwein zeigte ein strenges Gesicht. „Ich kann dir ein solches Wort nicht sagen, denn ich zürne dir. Aber was bleibt mir übrig? Du hast flink dafür gesorgt, daß ich das Geschehene nicht mehr ändern kann. Willst du, daß ich vergessen soll – vergeben darf ich nicht –, so füge dich meiner Strafe. Ich will nicht, daß im Gaden die Leute sagen: Es muß ein hartes Weilen im Kloster sein, wenn die Mönche entlaufen und sich an Weiber hängen. So wirst du jedem, der dich fragt, die Antwort geben: Man hat mich aus dem Kloster gejagt, weil ich im Schreck jener Unglücksstunde meiner Pflicht vergaß!“ Schweiker stand, ein Bild der tiefsten Zerknirschung. „Und ich muß helfen zu dieser Ausflucht!“ Eberwein seufzte. „Wenn ich dich nicht verderben will, muß mein erstes Werk nach der Rückkehr in mein Land eine Lüge sein!“

Scheu hob Schweiker die Augen und stotterte: „Eine Lüg?“ Er strich mit der plumpen, schwieligen Hand über sein Haar. „Aber schau, Herr, es ist doch eine gute Lüg!“

„So?“ Mühsam unterdrückte der Propst ein Lächeln. „Du bist mit allem Troste flink bei der Hand. Nur dein Gewissen hat langsame Füße. Schweig! Ich will kein Wort mehr hören. Geh heim zu deinem Weib! Und damit du die schlaflosen Nächte los wirst, die dich plagen, will ich in anderer Stunde wiederkommen und will euch segnen in aller Stille. Ein Senn muß schlafen können, sein Tag ist harte Arbeit.“

„Herr –“

„Schweigen sollst du! Und rühre nicht an mein Kleid! Willst du danken, so laß die Untreu, die du an deinem Gelübd und an mir begangen, die erste und letzte deines Lebens sein!“ Eberwein folgte einem Pfad, der sich in dichtem Wald verlor. Hinter ihm war lautlose Stille. Nach einer Weile hörte er von der Almenhöhe einen gellenden Jauchzer, der an den Wänden des Göhl ein lautes Echo weckte. Lauschend blieb Eberwein stehen. „Er zehret von seinem Himmelsbrot!“

Zwei Stunden später erreichte der Propst die Schönau. Als er sich dem Hag des Richtmanns näherte, sah er den Bruder, der seiner schon wartete, am Wegrand auf einem Steinblock sitzen. Eine warme Erregung belebte die Augen Sigenots und seine bleichen Züge.

„Warum unter freiem Himmel? Weshalb nicht unter deiner Schwester Dach?“

„Herr! Da drinnen ist heut kein Platz für mich. Die Leut laufen umeinander in Freud und Sorg: Das Rötli will Mutter werden."

Eberwein lächelte. „Das Leben rührt sich in meinem Land!" An Sigenots Seite ließ er sich nieder, nahm die Ledertasche vom Gürtel und reichte sie dem Bruder. Neben reichlichem Zehrgeld für eine weite Reise enthielt sie den Brief, den Eberwein in der Nacht geschrieben. „Es ist eine ernste Pflicht, die ich dir auferlege mit diesem Botengang, und ich habe dich gewählt für diesen Weg, weil ich bauen kann auf deine Treu!"

„Wohin die Botschaft?"

„In die Hand des Kaisers, dessen Schutz ich angerufen für mein Kloster und Land."

Sigenot erschrak, daß ihm die Worte versagten. Schweigend hörte er die Ratschläge, die ihm der Propst für die Reise gab.

„Aber Herr!" stammelte er endlich, „wie soll ich Eingang finden in des Kaisers Haus? Ich? Ein bäurischer Mann!"

„Du trägst das Kleid der Kirche. Jedes Herren Tür steht offen vor deinem Fuß. Und ich sende gerade dich, damit der Kaiser sehen mag, daß mein Kloster nicht nur Mönche hat, auch Männer, deren Treue von Wert ist."

Sigenot erhob sich; fester umschloß er den Stab, und langsam streckte sich seine gebrochene Gestalt, als wäre ein Funke der alten Kraft in ihr erwacht. „So laß mich ziehen in der jetzigen Stund!"

„Ja, Sigenot!" Eberwein faßte die Hand des Bruders und hielt sie mit langem Druck in der seinen, während sie Aug in Auge standen, zu schweigendem Abschied.

Aus dem offenen Hagtor kam Ruedlieb hervorgelaufen, mit brennrotem Gesicht. Lachend eilte er auf die beiden Mönche zu und vergaß in seiner Freude, den Propst zu grüßen. „Habt ihr die Hulfrau nit gesehen? Grad ist sie in meinem Haus gewesen, den ganzen Buckel voll Kinder!"

„Ein Bub, Liebli?" stammelte Sigenot.

„Wohl, ein Bub! Und ein Mädel dazu!" prahlte der junge Bauer in strahlender Freude. „Und das wird wohl gut sein! Der Gaden braucht wieder Leut. Aber komm, die Schwester verlangt nach dir. Ihr erstes Wort ist gewesen: Gelt, Liebli, Sigenot heißt mein Bub und Recka mein Mädel?" Er rannte dem Hagtor zu, und hastig folgte ihm Sigenot.

Lächelnd sah Eberwein dem Bruder nach. „Nimm diese Freude als Zehrung auf deinen Weg und wandere! Du wirst mir wiederkehren, im Herzen die unheilbare Wunde, denn deine Treue hat eisernen Halt, aber stark und genesen an Geist und Körper! Es soll aus dir noch ein Priester werden, an dem die Liebe Gottes ihre Freude hat." Tief atmend drückte er die Hände auf seine Brust, als wäre ihm die letzte Sorge vom Herzen gefallen. Mit hellen Augen blickte er umher. Und da glitt schon wieder ein Schatten über sein Gesicht. Ferne, über dem zerstörten Bergwald, sah er den Falkenstein mit seinen verödeten Mauern. In den langen Arbeitswochen, die jenem Unglückstage gefolgt waren, hatte er alle Stätten der Verwüstung besucht, nur diese eine hatte er gemieden. Jetzt zog es ihn zu ihr.

Als er emporstieg zwischen den wirr liegenden Trümmern und gebrochenen Bäumen, führte ihn kein Pfad; der Reitweg war verschüttet, kein neuer Pfad gebahnt, die verrufene Stätte war gemieden von allen Leuten. Ein beklemmendes Gefühl erfaßte ihn beim Anblick des offenen Tores. Die Fallbrücke überspannte den Graben, doch ihre Bohlen waren brüchig und von Schwämmen bedeckt. Im öden Hofe waren an der Ringmauer noch Reste der Ställe zu erkennen, während der steinerne Unterstock des Hauses unter einem wüsten Haufen von Asche und verkohlten Balkenstücken begraben lag. überall wucherte ein großblätteriges Unkraut mit langstieligen Blüten, und an der Mauer rankte sich der die Steine durchbrechende Efeu empor. Einzelne Bäume des Hofes standen noch, die Stämme behangen mit Wildschädeln und morschen Geweihen; die Äste waren kahl und dürr, versengt von der Hitze des Feuers. Aber an vielen Stellen des grauen Bodens, wo das Unkraut dünner stand, erblickte Eberwein kleine lichtgrüne Blättchen, die jungen Sprößlinge des Buchensamens, den die Herbststürme ausgeworfen hatten. Hundert Jahre und auf der Stätte, die Wazemanns Haus getragen, grünte ein hochstämmiger Wald mit dichten Kronen!

Erfüllt von wirbelnden Gedanken und wechselnden Empfindungen schritt Eberwein um die Ränder des Aschenhügels, der das Haus gewesen. Unter seinen Tritten stäubte der Schutt, und als er zu der Stelle kam, an der sich unter der grauen Decke noch die Stufen der Freitreppe erraten ließen, schürfte sein Fuß aus der Asche einen kleinen gebogenen Gegenstand hervor. War es der Beingriff eines Schildes oder der Henkel eines hölzernen Kruges? Eberwein bückte sich, streckte die Hand und erschrak. Auf das Rätsel starrend, das er aus dem Staub gehoben, griff er mit der andern Hand an seine Brust und tastete, ob die ihm heilige Reliquie seiner Kindheit noch an der Halsschnur hinge, ob er sie nicht verloren hätte, jetzt, bei diesem letzten Schritt? Und als er sie fühlte, zerrte er, bis das Bein sich löste. Nun hielt er das eine Stück in der rechten, das andere in der linken Hand, und seine verstörten Blicke glitten ratlos hin und her. Die beiden Stücke glichen einander wie die Hälften eines entzweigesprungenen Reifes. Und dennoch nicht! Die eine Hälfte, die er an der Brust getragen, war festes Bein, nur braun vor Alter, mit Runenzeichen auf der Innenseite. Die andere war morsch und grau, vom Moder so zerbissen, daß auf der Innenseite kaum die Spur eines Zeichens sich erkennen ließ. Mit bebenden Händen fügte er Stück an Stück. Sie paßten zueinander wie die Teile eines Ganzen. Und dennoch nicht! Die eine Hälfte zeigte am festen Bein den scharf gesplitterten Bruch. Die andere war an den Stellen des Bruches rundgefressen von der Fäulnis.

Schwer atmend schüttelte Eberwein den Kopf und wollte schon das graue Rätsel zurück in die Asche werfen. Doch wieder hing sein Blick an dem morschen Bein, wieder fügte er die beiden Stücke aneinander! Waren sie die Hälften eines Ganzen? Und wie wurden sie getrennt? Wie kam die eine auf die Romstraße im Partnachgau, die andere in hundertstündiger Ferne hierher unter die Asche von Wazemanns Haus? Und als sie noch ein Ganzes waren, wem gehörte der beinerne Reif? Wer trug ihn am warmen, lebenden Arm?

Ein heißer Schauer rann dem Fragenden durch Herz und Glieder. Sein Atem flog, und in jagenden Schlägen pochte sein Blut. Er deckte mit dem Arm die Augen, als wollte er den in das Dunkel dieses Rätsels spähenden Blick ersticken und allem entrinnen, was seine Seele bestürmte. „Soll der alte Kampf in mir von neuem beginnen, die alte Qual, die alte ziellose Sehnsucht, nur weil ein unbegreiflicher Zufall meine Sinne schreckt?" Er ließ den Arm wieder sinken und blickte hinaus über das weite Tal. „Bin ich in diesem Augenblick besser als jene, welche ‚Wunder! Wunder!' schreien, wenn ein Bär den Honig leckt, der Sturm die Menschen von der Erde hebt und ein Stein seine unberechenbaren Sprünge macht?" Er lächelte, und eine Blutwelle stieg ihm warm aus dem Herzen, als er im leuchtenden Schein des Abends auf allen Pfaden der Schönau gleich winzigen Figürchen die Menschen wandern sah, die es nach vollbrachtem Tagewerk zur Klause trieb, zu ihrem ‚guten Herrn'. „Ich sehe sie – und suche Haus und Heimat, Brüder und Schwestern! Hab ich sie nicht längst gefunden, Hunderte an der Zahl? Hängt nicht an ihnen meine Liebe und ihre Liebe an mir? Und ich stehe noch –"

Er eilte der Mauer zu, und aus beiden Händen schleuderte er die Hälften des Ringes hinunter in die Tiefe. Er sah sie fallen, immer schneller und schneller. Jetzt erreichten sie den blanken Spiegel des Wassers. Zwei weiße Garben sprühten auf, zwei Wellenkreise schwammen ineinander zu einem einzigen sacht zerfließenden Ring – und wieder, glatt und schimmernd, dehnte sich der See und spiegelte in seiner grünen Flut die Berge und den leuchtenden Himmel.